금석이야기집 일본부 [九]

今昔物語集 九

KONJAKU MONOGATARI-SHU 1-4

by MABUCHI Kazuo, KUNISAKI Fumimaro, INAGAKI Taiichi

ⓒ 1999/2000/2001/2002 MABUCHI Kazuo, KUNISAKI Fumimaro, INAGAKI Taiichi

Illustration ⓒ 1999/2000/2001/2002 SUGAI Minoru

All rights reserved.

Original Japanese edition published by SHOGAKUKAN INC., Tokyo.

Korean translation rights in Korea arranged with SHOGAKUKAN INC., Japan

through THE SAKAI AGENCY and BESTUN KOREA AGENCY.

금석이야기집 일본부[九]

1판 1쇄 인쇄   2016년 4월 15일
1판 1쇄 발행   2016년 4월 20일

—

교주·역자 ㅣ 馬淵和夫·国東文麿·稲垣泰一
한역자 ㅣ 이시준·김태광
발행인 ㅣ 이방원

—

발행처 ㅣ 세창출판사
　　　　신고번호·제300-1990-63호ㅣ주소·서울 서대문구 경기대로 88 냉천빌딩 4층ㅣ전화·(02)723-8660
　　　　팩스·(02)720-4579 ㅣ http://www.sechangpub.co.kr ㅣ e-mail: sc1992@empal.com

—

ISBN 978-89-8411-605-4 94830
ISBN 978-89-8411-596-5 (세트)

—

· 이 책은 한국연구재단의 지원으로 세창출판사가 출판, 유통합니다.
· 잘못된 책은 구입하신 서점에서 바꾸어 드립니다.
· 책값은 뒤표지에 있습니다.

—

이 도서의 국립중앙도서관 출판시도서목록(CIP)은 e-CIP홈페이지(http://www.nl.go.kr/ecip)와 국가자료공동목록
시스템(http://www.nl.go.kr/kolisnet)에서 이용하실 수 있습니다. (CIP제어번호: CIP2016008604)

금석이야기집 일본부
今昔物語集 (권30·권31)
A Translation of "Konjaku Monogatarishu"
【九】

馬淵和夫·国東文麿·稲垣泰一 교주·역

이시준·김태광 한역

세창출판사

머리말

『금석이야기집今昔物語集』은 방대한 고대 일본의 설화를 총망라하여 12세기 전반에 편찬된 일본 최대의 설화집이며, 문학사에서는 '설화의 최고봉', '설화의 정수'라 일컬어지는 작품이다. 작품의 내용은 크게 천축天竺(인도), 진단震旦(중국), 본조本朝(일본)의 이야기로서 본 번역서는 작품의 약 3분의 2의 권수를 차지하고 있는 본조本朝(일본)의 이야기를 번역한 것이다.

우선 서명을 순수하게 우리말로 직역하면 '옛날이야기모음집' 정도가 될 성싶다. 『今昔物語集』의 '今昔'은 작품 내의 모든 수록설화의 모두부冒頭部가 거의 '今昔' 즉 '이제는 옛이야기이지만'으로 시작되기 때문에 붙여진 서명이다. 한편 '物語'는 일화, 이야기, 산문작품 등 폭넓은 의미를 포괄하는 단어이며, 그런 이야기를 집대성했다는 의미에서 '集'인 것이다. 『금석이야기집』은 고대말기 천화千話 이상의 설화를 집성한 작품으로서 양적으로나 문학사적 의의로나 일본문학에서 손꼽히는 작품의 하나이다.

하지만 작품성립을 둘러싼 의문은 여전히 남아 있어, 특히 편자, 성립연대, 편찬의도를 전하는 서序, 발跋이 없는 관계로 이 분야에 대한 연구는 많은 이설異說들을 낳고 있다. 편자 혹은 작가에 대해서는 귀족인 미나모토노 다카쿠니源隆國, 고승高僧인 가쿠주覺樹, 조슌藏俊, 대사원의 서기승書記僧 등이 거론되는가 하면, 한 개인의 취미적인 차원을 뛰어넘는 방대한 양과 치밀한 구성으로 미루어 당시의 천황가天皇家가 편찬의 중심이 되어 신하와 승려들이 공동 작업을 했다는 설도 제시되는 등, 다양한 편자상이 모색되고 있다. 한편, 공동 작업이라는 설에 대해서 같은 유의 발상이나 정형화된 표현이 도처에 보여 개인 혹은 소수의 집단에 의한 것이라고 보는 반론도 설득력을 가지고 공존하고 있다. 성립의 장소는 서사書寫가 가장 오래되고 후대사본의 유일한 공통共通 조본인 스즈카본鈴鹿本이 나라奈良의 사원(도다이지東大寺나 고후쿠지興福寺)에서 서사된 점으로 미루어 봤을 때, 원본도 같은 장소에서 만들어졌으리라 추정되고 있다.

그리고 성립연대가 12세기 전반이라는 점에서 대부분의 연구자가 일치된 견해를 보이고 있다. 출전(전거, 자료)으로 추정되는『도시요리 수뇌俊賴髓腦』의 성립이 1113년 이전이며 어휘나 어법, 편자의 사상, 또는 설화집 내에서 보원保元의 난(1156년)이나 평치平治의 난(1159)의 에피소드가 다루어지고 있지 않다는 점이 이를 뒷받침한다.

전체의 구성(논자에 따라서는 '구조' 혹은 '조직'이라는 용어를 사용)은 천축天竺(인도), 진단震旦(중국), 본조本朝(일본)의 삼부三部로 나뉘고, 각부는 각각 불법부佛法部와 세속부世俗部(왕법부)로 대별된다. 또한 각부는 특정주제에 의한 권卷(chapter)으로 구성되고, 각 권은 개개의 주제나 어떠한 공통항으로 2화 내지 3화로 묶어서 분류되어 있다. 인도, 중국, 본조의 삼국은 고대 일본인에게 있어서 전 세계를 의미하며, 그 세계관은 불법(불교)에 의거한다. 이렇게『금석』은 불교적 세계와 세속의 경계를 넘나들면서 신앙의 문제, 생의 문제 등 인간의 모든 문제를 망라하여 끊임 없이 그 의미를 추구해 마지않는 것이다. 동시에『금석』은 저 멀리 인도의 석가모니의 일생(천축부)에서 시작하여 중국과 일본의 이야기, 즉 그 당시 인식된 전 세계인 삼국의 이야기를 망라하여 배열하고 있다. 석가의 일생(불전佛傳)이나 각부의 왕조사와 불법 전래사, 왕법부의 대부분의 구성과 주제가 그 이전의 문학에서 볼 수 없었던 형태였음을 상기할 때,『금석이야기집』편찬에 쏟은 막대한 에너지는 설혹 그것이 천황가가 주도한 국가적 사업이었다손 치더라도 가히 상상도 못 하리라는 사실을 인정하지 않을 수 없다. 과연 그 에너지는 어디서 기인하는 것일까? 그것은 편자의 현실에 대한 인식에서부터라 할 수 있으며, 그 현실은 천황가, 귀족(특히 후지와라藤原 가문), 사원세력, 무가세력이 각축을 벌이며 고대에서 중세로 향하는 혼란이 극도에 달한 이행기移行期였던 것이다. 편자는 세속설화와 불교설화를 병치倂置 배열함으로써 당시의 왕법불법상의 이념을 지향하려 한 것이며, 비록 그것이 달성되지 못하고 작품의 미완성으로 끝을 맺었다 하더라도 설화를 통한 세계질서의 재해석·재구성에의 에너지는 희대의 작품을 탄생시킨 것이다.

『금석이야기집』의 번역의 의의는 매우 크나 간단히 그 필요성을 기술하면 다음의 세 가지를 들 수 있다.

첫째,『금석이야기집』은 전대의 여러 문헌자료를 전사轉寫해 망라한 일본의 최대의 설화집으로서 연구 가치가 높다.

일반적으로 설화를 신화, 전설, 민담, 세간이야기(世間話), 일화 등의 구승口承 및 서승書承(의거자료에 의거하여 다시 기술함)에 의해 전승된 이야기로 정의 내릴 수 있다면,『금석이야기집』의 경우도 구승에 의한 설화와 서승에 의한 설화를 구별하려는 문제가 대두됨은 당연하다 하겠다. 실제로 에도江戶시대(1603~1867년)부터의 초기연구는 출전(의거자료) 연구에서 시작되었고 출전을 모르거나 출전과 동떨어진 내용인 경우 구승이나 편자의 대폭적인 윤색으로 해석하는 경향이 있었다. 하지만 새로운 의거자료가 확인되는 가운데 근년의 연구 성과에 의하면,『금석이야기집』에는 구두의 전승을 그대로 기록한 것은 없고 모두 문헌을 기초로 독자적으로 번역된 것으로 확인되고 있다. 이하 확정되었거나 거의 확실시되는 의거자료는『삼보감응요략록三寶感應要略錄』(요遼, 비탁非濁 찬撰),『명보기冥報記』(당唐, 당림唐臨 찬撰),『홍찬법화전弘贊法華傳』(당唐, 혜상惠祥 찬撰),『후나바시가본계船橋家本系 효자전孝子傳』,『도시요리 수뇌俊賴髓腦』(일본, 12세기초, 源俊賴),『일본영이기日本靈異記』(일본, 9세기 초, 교카이景戒),『삼보회三寶繪』(일본, 984년, 미나모토노 다메노리源爲憲),『일본왕생극락기日本往生極樂記』(일본, 10세기 말, 요시시게노 야스타네慶滋保胤),『대일본국법화험기大日本國法華驗記』(일본, 1040~1044년, 진겐鎭源),『후습유 와카집後拾遺和歌集』(일본, 1088년, 후지와라노 미치토시藤原通俊),『강담초江談抄』(일본, 1104~1111년, 오에노 마사후사大江匡房의 언담言談) 등이 있다. 종래 유력한 의거자료로 여겨졌던『경률이상經律異相』,『법원주림法苑珠林』,『대당서역기大唐西域記』,『현우경賢愚經』,『찬집백연경撰集百緣經』,『석가보釋迦譜』 등의 경전이나 유서類書는 직접적인 자료라고 할 수 없고,『주호선注好選』, 나고야대학장名古屋大學藏『백인연경百因緣經』과 같은 일본화日本化한 중간매개의 존재를 생각할 수 있으며,『우지대납언이야기宇治大納言物語』,『지장보살영험기地藏菩薩靈驗記』,『대경大鏡』의 공통모태자료共通母胎資料 등의 산일散逸된 문헌을 상정할 수 있다.

둘째,『금석이야기집』은 중세 이전 일본 고대의 문학, 문화, 종교, 사상, 생활양식 등을 살펴보는 데에 있어 필수적인 자료이다.

전술한 바와 같이 인도, 중국, 일본의 삼국은 고대 일본인에게 있어서 전 세계를 의미하며, 삼국이란 불교가 석가에 의해 형성되어 점차 퍼져나가는 이른바 '동점東漸'의 무대이며, 불법부에선 당연히 석가의 생애(불전佛傳)로부터 시작되어 불멸후佛滅後 불법의 유포, 중국과 일본으로의 전래가 테마가 된다. 삼국의 불법부는 거의 각국의 불법의 역사, 삼보영험담三寶靈驗譚, 인과응보담이라고 하는 테마로 구성되어 불법의 생성과 전파, 신앙의 제 형태를 내용으로 한다. 한편 각부各部의 세속부는 왕조의 역사가 구상되어 있다. 특히 본조本朝(일본)부는 천황, 후지와라藤原(정치, 행정 등 국정전반에 강력한 영향력을 가진 세습귀족가문, 특히 고대에는 천황가의 외척으로 실력행사) 열전列傳, 예능藝能, 숙보宿報, 영귀靈鬼, 골계滑稽, 악행惡行, 연예戀愛, 잡사雜事 등의 분류가 되어 있어 인간의 제상諸相을 그리고 있다.

셋째, 한일 설화문학의 비교 연구뿐만이 아니라 동아시아 설화, 민속분야의 비교연구에 획기적인 계기가 될 것으로 기대된다.

먼저 동아시아에서 공통적으로 신앙하고 고대부터 현대에 이르기까지 막대한 영향력을 끼치고 있는 불교 및 이와 관련된 종교적 설화의 측면에서 보면, 『금석이야기집』 본조부에는 일본의 지옥(명계)설화, 지장설화, 법화경설화, 관음설화, 아미타(정토)설화 등이 다수 수록되어 있다. 이와 같이 불교의 세계관에 의해 형성된 설화, 불보살의 영험담 등은 일본뿐만 아니라 한국, 중국에서 또한 공통적으로 보이는 설화라 할 수 있다. 불교가 인도에서 중국, 그리고 한국, 일본으로 전파·토착화되는 과정에서, 각국의 독특한 사회·문화적인 토양에서 어떻게 수용·발전되었는가를 설화를 통해 비교 고찰함으로써, 각국의 고유한 종교적·문화적 특징들이 보다 객관적이고 명확하게 이해될 수 있을 것으로 판단된다.

한편, 『금석이야기집』 본조부에는 동물이나 요괴 등에 관한 설화가 다수 수록되어 있다. 용과 덴구天狗, 오니鬼, 영靈, 정령精靈, 여우, 너구리, 멧돼지 등이 등장하며, 생령生靈, 사령死靈 또한 빼놓을 수 없다. 용과 덴구는 불교에서 비롯된 이류異類이지만, 그 외의 것은 일본 고유의 문화적·사상적 풍토 속에서 성격이 규정되고 생성된 동물들이다. 근년의 연구동향을 보면, 일본의 '오니'와 한국의 '도깨비'에 대한 비교고찰은 일반화되고 있다고 판단된다. 이제는 더 나아가 그 외의 대상에 대해서도 관심을 가지고 문화적인 비교연구가 활성화되어야만 할 것이며, 『금석이야기집』의 설화는 이러한 연구에 대단히 유효한 소재원이 될 것으로 기대하는 바이다.

전술한 바와 같이 본 번역서는 『금석이야기집』의 약 3분의 2를 차지하는 본조本朝(일본)부를 번역한 것으로 그 나머지 천축天竺(인도)부, 진단震旦(중국)부의 번역은 금후의 과제로 삼고자 한다.

권두 해설을 집필해 주신 고미네 가즈아키小峯和明 교수님께 감사를 드린다. 교수님은 일본설화문학을 중심으로 동아시아 설화문학, 기리시탄 문학, 불전 등을 연구하시며 문학뿐만이 아니라 역사, 종교, 사상 등 다방면의 학문에 큰 업적을 남기신 분이다. 개인적으로는 일본 유학시절부터 지금까지 설화연구의 길잡이가 되어 주셨고, 교수님의 저서를 한국에서 『일본 설화문학의 세계』란 제목으로 번역·출판하기도 하였다. 다시 한 번 흔쾌히 해설을 써 주신 데에 대해 심심한 감사를 드린다.

마지막으로 방대한 분량의 원고를 꼼꼼히 읽어 교정·편집을 해주신 세창출판사 임길남 상무님께 감사를 드리는 바이다.

2016년 2월

이시준, 김태광

1. 본 번역서는 新編 日本古典文學全集『今昔物語集 ①~④』(小學館, 1999년)을 저본으로 한 것으로 모든 자료(도판, 해설, 각주 등)의 이용을 허가받았다.

2. 번역서는 총 9권으로 구성되어 있고 각 권의 수록 내용은 다음과 같다.
   ①권-권11·권12　　　　　　　②권-권13·권14
   ③권-권15·권16　　　　　　　④권-권17·권18·권19
   ⑤권-권20·권21·권22·권23　　⑥권-권24·권25
   ⑦권-권26·권27　　　　　　　⑧권-권28·권29
   ⑨권-권30·권31

3. 각 권의 제목은 번역자가 임의로 권의 내용을 고려하여 붙인 것임을 밝혀 둔다.

4. 본문의 주석은 저본의 것을 기본으로 하였으며, 독자층을 연구자 대상으로 하는 연구재단 명저번역 사업의 취지에 맞추어 가급적 상세한 주석 작업을 하였다. 필요시에 번역자의 주석을 첨가하였고, 번역자 주석은 '＊'로 표시하였다.

5. 번역은 본서『금석 이야기집』의 특징, 즉 기존의 설화집의 설화(출전)를 번역한 것으로 출전과의 비교 연구가 중요하다는 점을 고려하여 가능한 한 직역을 위주로 하였다. 단, 가독성을 위하여 주어를 삽입하거나, 긴 문장의 경우 적당하게 끊어서 번역하거나 하는 방법을 취했다.

6. 절, 신사의 명칭은 다음과 같이 표기하였다.
   ㉖ 東大寺 ⇒ 도다이지　㉖ 賀茂神社 ⇒ 가모 신사

7. 궁전의 전각이나 문루의 이름, 관직, 연호 등은 우리 한자음으로 표기하였다.
   예 一條 ⇒ 일조 예 淸凉殿 ⇒ 청량전 예 土御門 ⇒ 토어문 예 中納言 ⇒ 중납언
   예 天永 ⇒ 천영

   단, 전각의 명칭이 사람의 호칭으로 사용될 때는 일본어 원음으로 표기하였다.
   예 三條院 ⇒ 산조인

8. 산 이름이나 강 이름은 전반부는 일본어 원음으로 표기하되, '山'과 '川'은 '산', '강'으로
   표기하였다.
   예 立山 ⇒ 다테 산 예 鴨川 ⇒ 가모 강

9. 서적명은 우리 한자음과 일본어 원음을 적절하게 혼용하였다.
   예 『古事記』⇒ 고사기 예 『宇治拾遺物語』⇒ 우지습유 이야기

10. 한자표기의 경우 가급적 일본식 한자를 한국에서 일반적으로 통용하는 글자로 변환시
    켜 표기하였다.

금석이야기집今昔物語集

권 30

【戀愛】

주지主旨 본권은 대부분 와카和歌를 포함하는 설화로 구성되어 있으며, 와카 이야기物語를 주체로 하여, 남녀의 교정交情·만남과 헤어짐이 엮어 내는 인간의 모습을 그려 내고 있다. 본권은『도시요리 수뇌俊賴髓腦』를 출전으로 하는 것 외에도,『야마토 이야기大和物語』와 동화同話가 많고,『금석이야기집』과 두 서적 간의 직접적인 서승書承(입에서 입으로 전해지는 구승에 대해서 앞선 시대의 특정 텍스트를 직접 보고 서사하는 형식으로 설화가 후대로 이어지는 것) 관계가 있었는지 없었는지가 문제가 된다. 본권 제2·3·5·7·8·10·12화가『야마토 이야기』의 제103·105·148·155·156·157·158화와 동화同話 관계에 있으며, 또한 설화의 배열 순서까지 대응하고 있다는 점에서 두 서적의 관계가 깊은 것은 틀림없지만, 상호간의 본문·내용의 차이로 보면 직접적인 서승書承 관계로 보기에는 의심이 간다. 혹은『야마토 이야기』의 내용을 주석으로 자세하게 기술한 어떤 책을『금석이야기집』의 편자가 참고로 했을 가능성도 있다. 가령 직접 관계가 있었다고 한다면, 상호 간의 차이는『금석이야기집』편자의 창작성이 발현된 것으로 볼 수 있는데,『금석이야기집』의 편자는 그다지 원전의 문체에 구애받지 않고, 자유롭게 자신의 문체로 서술하는 경향이 강한 점을 고려한다면, 상호 간의 본문·내용의 차이는 그러한 태도로 인한 결과인지도 모른다.

다이라노 사다후미^{平定文}가
본원^{本院}의 시종^{侍從}을 연모한 이야기

이야기의 전거는 알려지지 않았으나, 비슷한 이야기가 다수 전해지고 있다. 세간에 퍼져 있던 헤이추平中 호색담好色譚 중의 하나. 다이라노 사다후미平定文(헤이추平中)가 본원本院의 시종侍從에게 끈질기게 구애했지만, 그때마다 시종의 술수에 농락당하고, 결국 연정이 갈수록 깊어져, 페티시즘적인 추태마저 보이며 애태우다 죽은 이야기. 천하의 호색한이라고 자타가 공인하는 헤이추가 시종의 절묘한 줄다리기와 속임수 앞에 딱한 삐에로가 되어 가는 설화 전개가 볼만하며, 여기에서 희화화戲畵化된 헤이추 상像을 엿볼 수 있다.

이제는 옛이야기이지만, 병위좌^{兵衛佐1} 다이라노 사다후미^{平定文2}라는 사람이 있었다. 통칭 헤이추^{平中3}라고 불렸는데, 출신도 비천하지 않고 용모와 자태도 아름다웠다. 또한 기품이 있으며 말솜씨도 뛰어나니, 이 세상에 헤이추보다 뛰어난 자가 없었다. 이러한 사람이었기 때문에, 유부녀와 딸, 심지어 궁녀들에게까지 헤이추가 구애하지 않은 사람은 하나도 없었다.

그런데 그때 혼인^{本院} 대신^{大臣4}이라고 하시는 분이 계셔, 그 저택에는 시

1 　내리內裏의 경호, 행행行幸의 수행을 임무로 하는 병위부의 차관. 오위五位의 벼슬.
2 　→ 인명.
3 　'헤이추平仲'라고 표기하기도 함.
4 　후지와라노 도키히라藤原時平(→인명)를 가리킴.

종侍從님[5]이라는 젊은 여방女房이 있었다. 용모와 자태가 실로 뛰어났고, 성격도 정취가 있는 여방이었다. 헤이추는 항상 그 혼인 대신 저택에 드나들고 있어서, 이 시종의 빼어남을 듣고 오랫동안 열렬히 혼신을 다해 구애했으나 시종은 답장조차 해 주지 않았다. 헤이추는 탄식하며, 편지에 "부디 '봤다'는 두 글자만이라도 보내 주십시오."라고 쓰고, 또 "당신을 생각하며, 항상 울고 있습니다."라고 적어 보내자 그 심부름꾼이 답장을 가지고 돌아왔다. 헤이추는 여기저기 부딪칠 듯이 재빨리 달려 나가, 급하게 편지를 펼쳐 보았다. 그러나 편지의 내용은 자신이 "'봤다'는 두 글자만이라도 보내 주십시오."라고 적어 보낸, '봤다'라는 두 글자를 찢어 얇은 종이에 붙여 보낸 것이었다.

헤이추는 이를 보고, 점점 부아가 나고 스스로가 한심하기 그지없었다. 이월 그믐의 일로, 헤이추는 '어쩔 수 없다. 이제 그만두자. 아무리 마음을 쏟아도 소용없다.'라고 생각하고, 이후로 편지도 보내지 않은 채 있었다. 그런데 오월 스무날 남짓이 되어, 비가 쉬지 않고 내리는 지독히도 컴컴한 밤에, 헤이추는

'그래도 오늘밤 찾아간다면, 어떤 오니鬼와 같은 마음을 지닌 자라 할지라도 마음이 움직이시겠지.'

라고 생각하였다. 밤이 깊어졌다. 빗소리가 그치지 않고, 한 치 앞도 보이지 않는 어둠 속을, 헤이추는 내리內裏에서 가까스로 본원으로 갔다. 그리고 일전부터 시종의 방에 전언傳言을 넣어 주던 여동女童을 불러,

"괴로운 마음을 견디지 못하고, 이렇게 찾아왔습니다."

---

5 원문에는 "侍從ノ君"로 되어 있음. 아버지나 오빠가 시종이었을 것으로 추정. 사실 이 이야기에서 나오는 '봤다'라는 글자에 관한 문답은, 이세伊勢와 헤이추平中 사이에 있었던 일이지만, 『헤이추 이야기平中物語』에서 본원 시종과 있었던 일로 바뀌어져 이야기되고 있다. 이것은 헤이추의 여동생의 아들 후지와라노 다메테루藤原爲照가 본원의 시종을 부인으로 맞이한 일과 혼동되어 기록된 것으로 추정됨.

라고 전하게 하였다. 여동이 금세 돌아와 말하길

"지금은 대신大臣 곁의 사람들이 아직 자지 않고 있사오니 나오실 수 없습니다. 조금 기다려 주십시오. 나오시면 제가 은밀히 말씀드리겠습니다."
라고 했다. 헤이추가 이를 듣고 마음이 들떠서

'생각한 대로다. 이런 밤에, 일부러 찾아온 사람을 가련히 여기지 않을 리가 없다. 잘 왔구나.'
라고 생각하며, 어두운 문틈 사이에 숨어 일일천추一日千秋로 고대하며 기다리고 있었다.

두 시간쯤 지나, 모두 잠이 들었을 것 같은 시간에, 안에서 발소리가 들리더니 미닫이의 자물쇠가 살그머니 풀렸다. 헤이추가 기뻐하며 다가가 미닫이를 밀자 스르륵 열렸다. 마치 꿈을 꾸는 것 같아 몸이 떨려왔다. 헤이추는 '이것이 웬일이란 말인가.' 하며 기쁠 때도 몸이 떨리는 것을 처음으로 알았다. 그래도 마음을 가라앉히고 슬며시 안으로 들어가니, 은은한 향기가 방 안에 가득했다. 헤이추가 가까이 다가가서 침소로 여겨지는 주변을 손으로 더듬어보자, 《부드러운》[6] 한 장의 얇은 옷을 입고 여자가 누워 있었다. 머리와 어깨 언저리를 더듬어 보니 머리는 갸름했고, 머리카락을 만져 보니 얼음을 늘려 놓은 것처럼 서늘한 느낌이 들었다. 헤이추가 기쁨에 정신을 못 차리고 몸이 떨려 무슨 말을 하면 좋을지 모르고 있자, 여자가,

"참으로 중요한 일을 잊었습니다. 맹장지문[7]을 잠그지 않고 왔습니다. 잠시 가서 잠그고 오겠습니다."
라고 말했다. 헤이추도 그렇게 하는 것이 좋겠다고 생각하고는, "그러하면

---

6 『요쓰기 이야기世繼物語』를 참조하여 보충.
7 원문에는 "御障子"로 되어 있음. 당시의 '障子'는 '襖', '唐紙', '衝立(이동식 칸막이)' 등 방의 칸막이로 사용하는 건구建具의 총칭. * 현대어역에서 '후스마襖'로 하고 있는 것을 참조해서 번역함.

어서 다녀오십시오."라고 대답했다. 그러자 여자는 일어나서 겉에 입고 있
던 옷을 벗어 두고 히토에기누單衣[8]에, 하카마袴[9]만 입고 나갔다.

그 후에 헤이추는 옷을 벗고, 누워서 여자를 기다렸다. 그러나 맹장지문[10]
을 잠그는 소리가 들려오고, 이제 오겠지 하고 기다리고 있어도, 발소리가
안쪽으로 가는 듯이 들리더니 돌아오는 소리는 들리지 않는 채, 제법 시간
이 흘렀다. 이상하게 여긴 헤이추가 자리에서 일어나서 맹장지문[11] 근처에
가서 더듬어 보니 맹장지문의 자물쇠가 분명 있었다. 당겨 보자, 자물쇠는
반대편에서 잠겨 있고 여자는 안으로 들어가 버린 것이었다. 이를 안 헤이
추는 이루 말할 데 없이 분한 마음에 발을 구르며 울고 싶었을 것이다. 헤이
추는 망연히 맹장지문 옆에 서서, 밖에 내리는 비처럼 하염없이 눈물을 흘
렸다.

'이렇게 집에 들여놓고 나를 속이다니, 이 얼마나 분한 일인가. 이럴 줄 알
았다면, 함께 가서 잠그도록 했어야 했다. 내 마음을 시험할 생각으로 이런
짓을 한 것이다. 얼마나 바보 천치라고 생각했을 것인가.'
라고 생각하자, 헤이추는 차라리 만나지 말았을 것을 하며, 이루 다 말할 수
없이 분하고 부아가 치밀었다. 그래서

'이렇게 된 이상, 날이 샐 때까지 이대로 이 방에서 자고 있자. 여기서 자
고 있던 사실이 알려진다 한들 상관없도다.'
라고 호기를 부려 보았지만, 점점 날이 밝아지고 사람들이 일어나는 소리가
들려오자, '역시 이목을 끌며 나가는 것도 좋지 않을 것이다.'라고 생각하며,

---

8   앞뒤 구분이 없는 옷.
9   * 일본옷의 겉에 입는 아래옷. 허리에서 발목까지 덮으며, 넉넉하게 주름이 잡혀 있고, 바지처럼 가랑이진
    것이 보통이나 스커트 모양의 것도 있음.
10 원문에는 "障子"로 되어 있음. * 현대어역에서 '후스마襖'로 하고 있는 것을 참조해서 번역함.
11 원문에는 "障子"로 되어 있음. * 현대어역에서 '후스마襖'로 하고 있는 것을 참조해서 번역함.

날이 채 밝기 전에 서둘러 나왔다.

그 이후에 헤이추는 '어떻게든 그 사람에 관해 정이 떨어질 만한 일을 알아내서, 그 사람을 잊고 싶구나.'라는 생각도 했지만, 전혀 그러한 이야기를 들을 수도 없었기 때문에, 더욱 애만 태우며 지내고 있었다. 그러던 차에 문득

'그 사람이 그렇게 아름답고 훌륭하지만, 변기에 들어 있는 물건은 우리와 같을 것이다. 그것을 마구 휘저어 눈으로 본다면 저절로 정나미가 떨어질 게야.'

라는 생각을 하게 되었다. 그래서 '변기를 씻으러 갈 때를 노려 그것을 뺏어 안을 들여다보자.'라고 생각하고 시치미를 떼고, 방 근처를 기웃거리고 있었다. 그러자 열 일고여덟쯤 되는, 자태가 아름답고, 아코메袙[12]의 길이보다 세 치[13] 정도 모자라는 정도의 머리카락을 늘어뜨린 여동이, 패랭이꽃 색의 얇은 아코메를 입고, 진한 보라색 하카마를 대충 걷어 올리고는 황갈색의 얇은 비단 천으로 변기를 싸서 빨간 색지色紙에 그림이 그려진 부채로 숨기며 방에서 나갔다. 이를 보고 헤이추는 실로 기쁜 마음에, 숨바꼭질하듯 뒤따라가다 남의 눈이 없는 곳에서, 달려가 변기를 빼앗았다. 여동이 울면서 뺏기지 않으려 했지만 인정사정 볼 것 없이 낚아채고는 달려 나가, 인적이 없는 집에 들어가 안에서 문을 잠그자 여동은 밖에 서서 울었다.

드디어 헤이추가 변기를 쳐다보았다. 겉은 옻칠을 한 후 금가루가 뿌려져 있었는데, 그 장식이 너무 아름다워 뚜껑을 여는 것이 왠지 꺼림칙했다. 안에 들어 있는 것은 그렇다 치더라도, 우선 변기가 보통 사람 것과는 비교도

---

12 옛날 여인들의 속옷으로, 이후에는 고치기小袿(* 헤이안平安 시대 이래 입게 된 고위 궁녀의 웃옷. 정장(正裝)에 준하는 것)를 대신하는 옷으로도 사용됨. 규

13 * 약 9센티임.

할 수 없이 아름다워서 열어 보고 정나미가 떨어지는 것이 아쉬운 생각이 들어, 얼마간 열지 않고 가만히 보고 있었다. 그러나 계속 이렇게 있을 수도 없다는 생각이 들어, 조심조심 변기 뚜껑을 열어 보았다. 뚜껑을 열자, 정향나무 향이 코를 찔렀다. 그는 영문을 모른 채, 이상하게 여기며 □변기[14] 속을 들여다보았다. 그 안에는 연한 노란색 물이 반 정도 차 있었고, 또 두세 치 정도의 엄지 손가락만한 검노란 물체가 둥그런 모양을 하고 세 토막 정도 들어 있었다. '아마도 그것임이 틀림없다.'라고 생각하며 쳐다보았지만, 이루 말할 수 없이 향기로운 냄새가 났다. 그래서 나뭇조각으로 찔러서 코에 갖다 대고 냄새를 맡아 보니 실로 향긋한 흑방黑方[15] 향료의 냄새가 났다. 누구도 상상할 수 없을 정도로 완벽한 솜씨였다. 헤이추는 '실로 보통 사람이 아니다.'라며, 이 일을 겪고 더욱 어떻게든 그 사람을 갖고 싶다는 마음이 활활 불타올랐다. 헤이추가 변기를 끌어안고 조금 마셔 보니 정향나무 향이 가득 배어 있었다. 또 나뭇조각으로 찔러 건져 올린 물건의 끄트머리를 살짝 핥아보니 씁쓰레하니 단맛이 나고 향기롭기 그지없었다.

　헤이추는 머리가 좋은 사람이었기 때문에, 즉시

　'소변인 것처럼 보이게 한 것은 정향나무를 우려내어 그 물을 넣은 것이로구나. 그리고 나머지는 도코로마와 향료, 그리고 아마즈라甘葛[16]라는 감미료를 배합하여, 두꺼운 붓대에 넣고 밀어내서 뽑아 만든 것이로구나.'
라고 눈치를 챘다. 그리고 헤이추는

　'이런 짓을 할 수 있는 사람이 또 있을쏘냐. 하지만 내가 변기를 찾아서 볼 것이라는 생각은 어떻게 할 수 있단 말인가. 하나부터 열까지 참으로 머리

14　파손에 의한 결자.
15　향료의 하나. 침향沈香·정자향丁子香·갑향甲香·백단향白檀香·사향麝香 등을 반죽하여 만든 것.
16　덩굴의 즙을 졸여 만든 옛날 감미료.

를 잘 쓰는 사람이로다. 이 세상 사람이 아닌 것 같구나. 어떻게든 이 사람을 가지고 싶구나.'

라고 애태우던 와중에 헤이추는 병에 걸렸고, 결국 병이 낫지 않고 죽고 말았다.

참으로 무익한 일이로다. 남자도 여자도 얼마나 죄가 깊은 일인가.[17]

그러므로 여자에게 무턱대고 빠져들어서는 안 된다고 세간 사람들은 비난했다고 이렇게 이야기로 전하여 내려오고 있다 한다.

---

17 호색好色과 풍류風流, 운사韻事는 죄를 더하기만 할 뿐 무익하다는 불교적 견해에서 바라본 편자의 감상과 비판.

平定文仮借本院侍従語第一

今昔、兵衛ノ佐平ノ定文ト云フ人有ケリ。字ヲバ平中ト
ナム云ケル。品モ不賤ズ、形チ有様モ美カリケリ、気ハヒナ
ニトモ物云ヒモ可咲カリケレバ、其ノ比、此ノ平中ニ勝レタ
ル者世ニ無カリケリ。此ル者ナレバ、人ノ妻、娘何ニ況ヤ、
宮仕ヘ人ハ、此ノ平中ニ物不被云ヌハ無クゾ有ケル。

而ル間、其ノ時ニ本院ノ大臣ト申ス人御ケリ。其ノ家ニ侍
従ノ君ト云若キ女房有ケリ。形チ有様微妙クテ、心バヘ可咲
キ宮仕ヘ人ニテナム有ケル。平中彼ノ本院ノ大臣ノ御許ニ常
ニ行通ケレバ、此ノ侍従ガ微妙キ有様ヲ聞テ、年来艶ズ身ニ
替テ仮借シケルヲ、侍従消息ノ返事ヲダニ不為ケレバ、平中
歎キ侘テ、消息ヲ書テ遣タリケルニ、「只、『見ツ』ト許ノ二
文字ヲダニ見セ給ヘ」ト、「絡返シ泣々ク」ト云フ許ニ書テ

遣タリケル使ノ、返事ヲ持テ返リ来タリケレバ、平中物ニ当テ
出会テ、其ノ返事ヲ急ギ取テ見ケレバ、我ガ消息ニ、『見
ツ』ト云フニ二文字ヲダニ見セ給ヘ」ト書テ遣タリツル、其ノ
「見ツ」ト云フニ二文字ヲ破テ、薄様ニ押付テ遣タル也ケリ。
平中此レヲ見ルニ、弥ヨ妬ク侘キ事無限シ。此ハ二月ノ
晦ノ事也ケレバ、「然ハレ、此クテ止ナム。心尽シニ無益
也」ト思ヒ取テ、其ノ後音モ不為デ過ケルニ、五月ノ二十日
余ノ程ニ成テ、雨隙無ク降テ極キ暗カリケル夜、平中、「然
レ」ト思シナムカシ」ト思テ、夜深更テ、雨不音止ズ降テ、
目指トモ不知ズ暗キニ、内ヨリ、破無クシテ、本院ニ行テ、
局ノ前々継女ノ童ヲ呼テ、「思ヒ侘テ此ナム参タル」ト云
セタリケレバ、童即チ返来云、「只今ハ御前ニ二人モ未不寝ネ
バ、否不下。今暫ク待給ヘ。忍テ自ラ聞」ト云出シタレバ、
平中此レヲ聞クニ胸騒テ、「然レバコソ。此ル夜来タラム人
ヲ哀レト不思ザラムヤ。賢ク来ニケリ」ト思テ、暗キ戸ノ迫ニ

消息を渡す（伊勢新名所歌合）

二、掻副テ待立ケル程、多ク年ヲ過ス心地ナルベシ。

一時許有テ皆人寝ヌル音為ル程ニ、内ヨリ人ノ音シテ来テ、遣戸ノ懸金ヲ窃ニ放ツ。平中喜サニ寄テ遣戸ヲ引ケバ、安ラカニ開ヌ。夢ノ様ニ思テ、「此ハ何カニシツル事ゾ」ト思フニ、喜キニモ身籠フ物也ケリ。然レドモ思ヒ静メ、和ラ内ニ入レバ、虚薫ノ香局ニ満タリ。平中歩ビ寄テ、臥所ト思シキ所ヲ捜レバ、女□ナル衣一重ヲ着テ聳臥タリ。頭様肩ツキヲ掻捜レバ頭様細ヤカニテ、髪ヲ捜バ凍テ延ベタル様ニ氷ヤカニテ当ル。平中喜サニ物モ不思ネバ、被籠テ云出デム事モ不思エヌニ、女ノ云フ様、

「極キ物忘レヲコソシテケレ。隔ノ御障子ノ懸金ヲ不懸デ来ニケル。行テ彼レ懸テ来ム」ト云ヘバ、平中、「現ニ」ト思テ、「然ハ疾ク御マセ」ト云

ヘバ、女起テ上ニ着タル衣ヲバ脱置テ、単衣袴許ヲ着テ行ヌ。其ノ後、平中装束ヲ解テ待臥タルニ、障子ノ懸金懸ル音ハ聞エツルニ、「今ハ来ム」ト思フニ、足音ノ奥様ニ聞エテ、来ル音モ不為デ良久ク成ヌレバ、怪サニ起テ、其ノ障子ノ許ニ行テ捜レバ、障子ノ懸金ハ有リ。引ケバ彼方ヨリ懸テ入ニケル也ケリ。然レバ、平中ハム方無ク妬ク思テ、立踊リ泣ヌベシ。物モ不思エデ障子ニ副立テルニ、何ニト無ク涙泛ル事、雨ニ不劣ズ。「此許入レテ謀ル事ハ、奇異シク妬キ事也。此ク知タラマシカバ、副テ行テコソ懸サスベカリケレ。『我ガ心ヲ見ム』ト思フニ、此ハシツル也ケリ。

「夜明クトモ、不会ヌヨリモ妬ク悔シキ事云ハム方無シ。然レバ、此テ局ニ臥タラム。然有ケリトモ人知レカシ」ト強ニ思ヘドモ、夜明方ニ成ヌレバ、皆人驚ク音スレバ、「不隠レデ出デ、モ、何ニゾヤ」思エテ、平明ニ急ギ出ヌ。

然テ其ノ後ヨリハ、「何カデ、此ノ人ノ心疎カラム事ヲ聞

平中其ノ箱ヲ見レバ、琴漆ヲ塗タリ。裏ノ箱ノ体ヲ見ルニ、開ケム事モ糸々惜ク思エテ、内ハ不知ズ、先ヅ裏ノ箱ノ体ノ人ノ二モ不似ネバ、開テ見疎マム事モ糸惜クテ、暫不開デ守居タレドモ、「然リトテ有ラムヤハ」ト思テ、恐々箱ノ蓋ヲ開タレバ、丁子ノ香極ク早ウ聞エ、心モ不得ズ怪シ思テ、箱ノ内ヲ臨ケバ、薄香ノ色シタル水半許入レタリ。亦大指ノ大サ許ナル物ノ黄黒バミタルガ、長二三寸計テ三切許打丸カレテ入リタリ。思フニ、「然ニコソハ有ラメ」ト思テ見ルニ、香ノ艶ズ馥シケレバ、木ノ端ノ有ルヲ取テ、中ヲ突差シテ、鼻ニ宛テ聞ゲバ艶ズ馥シキ黒方ノ香ニテ有リ。惣ベテレヲ見ルニ付テモ、「此レハ世ノ人ニハ非ヌ者也ケリ」ト思テ、此狂フ様ニ付ヌ。箱ヲ引寄セテ、少シ引飲ルニ、丁子ノ香ニ染返タリ。亦此ノ木ニ差テ取上タル物ヲ、崎ヲ少シ甞ツレバ、苦クシテ甘シ、馥シキ事無限シ。

平中心疾キ者ニテ、此レヲ心得ル様、「尿トテ入レタル物ハテ思ヒ跡ミナバヤ」ト思ヘドモ、露然様ノ事モ不聞エネバ、艶ズ思ヒ焦レテ過ス程ニ、思フ様、「此ノ人此ク微妙ク可咲クトモ、箱ニ為入ラム物ハ、我等ト同様ニコソ有ラメ。其レヲ掻涼ナドシテ見テバ、思ヒ被跡テシカナ」ト思ヒ得テ、シテ、局ノ辺ニ伺フ程ニ、年十七八許ノ、姿様体可咲クテ、髪ハ袙長二三寸許、瞿麦重ノ薄物ノ袙、濃キ袴四度解無気ニ引キ上テ、香染ノ薄物ニ箱ヲ裹テ、赤キ色紙ニ絵書タル扇ヲ差隠シテ、局ヨリ出デ行クゾ、極ク喜ク思エテ、見継々ニ行ツ、人モ不見ヌ所ニテ走リ寄テ箱ヲ奪ツ。女ノ

単袴姿（源氏物語絵巻）

童泣々ク惜シメドモ、情無ク引奪テ走リ去テ、人モ無キ屋ノ内ニ入テ内差ツレバ、女ノ童ハ外ニ立テ泣立テリ。

丁子ヲ煮テ、其ノ汁ヲ入レタル也ケリ。今一ツノ物ハ野合

セ薫ヲ藥ニヒチクリテ、大キナル筆櫃ニ入レテ、其ヨリ出

サセタル也ケリ」。此レヲ思フニ、「此ハ、誰モ為ル者ハ有ナ

ム。但シ此レヲ涼シテ見ム物ゾト云フ心ハ何デカ仕ハ

レバ様々ニ極タリケル者ノ心バセカナ。此ノ人ニハ非ザリケ

リ。何デカ此ノ人ニ不会デハ止ナム」ト思ヒ迷ケル程ニ、平

中病付ニケリ。然テ悩ケル程ニ死ニケリ。

極テ益無キ事也。男モ女モ何カニ罪深カリケム。

然レバ、「女ニハ強ニ心ヲ不染マジキ也」トゾ世ノ人誹ケ

ル、トナム語タリ伝ヘタルトヤ。

다이라노 사다후미平定文와 만난 여자가
출가出家한 이야기

앞 이야기에 이어서 이 이야기도 헤이추平中와 관련된 에피소드로, 저잣거리에 나가 여자를 물색하던 헤이추가 무사시武蔵의 수령인 아무개의 딸을 유혹하여 하룻밤 인연을 맺는다. 그러나 헤이추가 집에 돌아온 후, 곧바로 우다宇多 천황天皇의 명으로 오이강大井川 행차에 수행으로 따라가게 된 탓에 그 대엿새 동안 여자에게 편지를 보내지 못하자, 여자는 비탄하며, 너무 수치스러웠던 나머지 사람들 몰래 머리를 깎고 비구니가 되었다는 이야기이다.

이제는 옛이야기이지만, 다이라노 사다후미平定文[1]라는 사람이 있었다. 통칭 헤이추平中라고 불렸다. 굉장한 호색한으로, 여색에 빠져 지내던 즈음에, 《저잣거리》[2]에 나가게 되었다. 과거[3]에는 남자들이 저잣거리에 나가 여자들을 꾀곤 했었다.

그날, 당시 황후皇后[4]를 모시는 여방女房들이 《저잣거리》[5]에 나와 있었는

---

1 → 인명.
2 한자의 명기를 위한 의도적 결자. 문맥을 고려하여 보충.
3 원문은 "中比"로 되어 있음. 대체로 헤이안平安 중기를 가리킴.
4 시치조七條 황후인 온시溫子. 온시가 우다宇多 천황天皇의 중궁中宮이 된 것은 관평寛平 9년(897)의 일로, 온시가 연희延喜 7년(907)에 사망한 것으로 볼 때, 이 이야기는 헤이추가 우근소위右近少尉로 있었던 시절로, 25세 무렵으로부터 10년간의 일에 해당함.
5 한자의 명기를 위한 의도적 결자. 문맥을 고려하여 보충.

데, 헤이추는 이를 보자마자, 마음이 동하여 여방들을 유혹하지 않을 수 없었다. 그래서 집으로 돌아간 후에 헤이추는 편지를 보냈지만, 여방들은

"수레에 실로 많은 사람이 있었습니다만, 누구에게 보내신 편지인가요."
라고 물어 왔다. 그러자 헤이추는

아름답게 차려입은 여방들은 많이 보았지만 그중에서 진홍색 옷을 입고 계신 분이 사랑스럽습니다.[6]

라고 적어 보냈다. 이 여자는 무사시武藏의 수령 □□[7]라는 사람의 딸이었다. 여자는 짙은 진홍색의 네리기누練衣[8]를 입고 있었고, 헤이추는 이 여자를 마음에 두고 있었던 것이었다. 그리하여 이 무사시의 여자가 헤이추에게 직접 답신을 보내 두 사람은 편지를 주고받게 되었다. 무사시의 여자는 용모도 자태도 실로 빼어난 아가씨였다. 그럴 듯한 신분의 남자 몇 명이 여자를 마음에 들어 했지만 눈이 높아 특정한 남자를 두지 않고 있었다. 그러나 헤이추가 이처럼 열렬히 구애해 오자, 여자는 마음이 약해졌고, 결국에는 사람들 몰래 헤이추와 만나게 되었다.

그다음 날 아침, 헤이추는 집에 돌아갔지만 편지를 보내지 않았다.[9] 여자는 괴로워하며, 남몰래 저녁까지 기다렸지만, 편지는 오지 않았다. 여자는 '야속하다.'고 생각하며 밤을 지새웠지만 다음 날이 되어도 편지는 오지 않았다. 그날 밤도 또 편지가 오지 않자, 그다음 날 아침, 여자를 모시고 있던 이들은

---

6 원문은 "モ、ワキノタモトノカズハミシカドモナカニオヒ□□□□"라고 되어 있음.
7 성명의 명기를 위한 의도적 결자.
8 돌로 쳐서 다듬고, 양잿물로 정련한 부드러운 견포絹布.
9 보통 남자는 여자와 헤어진 아침에 와카和歌를 보내는 풍습이 있었음.

"바람둥이라고 평판이 자자한 분에게 몸을 허락하시다니. 본인은 바빠서 오질 못한다고 해도 편지조차 보내지 않는 것은 너무하시다."

라고 말했다. 여자는

'스스로가 생각하는 것을 다른 사람들도 이렇게 말하니 괴롭고 부끄럽구나.'

하며 눈물을 흘렸다. 그리고 그날 밤도 혹시나 하는 마음에 기다렸지만 편지는 오지 않았다. 이튿날 역시 심부름꾼조차 보내지 않았다. 이렇게 대엿새가 지났다. 여자는 울기만 하고 아무것도 먹지 않았다. 시종들이 한탄하며

"그냥 다른 사람들에게는 이 일이 알려지지 않도록 하십시오. 그분이 오지 않는다고 해서 혼자 지내실 수는 없습니다. 다른 인연이라도 찾아보시지요."

라고 말했지만, 여자는 누구에게도 알리지 않고 머리를 깎고 비구니가 되었다. 시종들이 이것을 보고 같이 모여 울며 슬퍼했지만 어찌할 도리가 없었다. 비구니가 된 여주인은

"실로 비참한 몸인지라 죽으려 하였지만 죽을 수도 없으니 이렇게 되어 부처님을 섬기겠네. 이렇다 저렇다 소란 떨지 않았으면 좋겠네."

라고 말했다.

한편, 헤이추는 처음 여자를 만났던 그다음 날 아침, 집에 돌아가자마자 여자에게 편지를 보내려고 하였다. 그러나 테이지인亭子院[10]의 전상인殿上人으로 상황을 항상 가까이서 모시고 있던 헤이추에게 상황께서 서둘러 들어오라고 명을 내리셨기 때문에 만사를 제쳐놓고 서둘러 찾아갔더니, 그대로

---

10 우다宇多 천황天皇(→인명). 정자원亭子院은 우다 천황이 즉위 후 살았던 곳.

오이 강大井川[11] 행행行幸을 수행하게 되어, 그곳에서 닷새고 엿새고 상황을 모셔 오랫동안 소식을 전할 수 없던 것이었다. 헤이추는

'그 집에선 얼마나 이상한 일이라고 생각하고 있을까.'라고 괴로워하였지만, "오늘은 환궁하실 것이다. 오늘은 환궁하실 것이다."라는 말에 곧 돌아갈 수 있겠거니 생각하는 동안에, 그렇게 대엿새가 지나고서야 상황께서 겨우 환궁하셨다. 돌아오자마자 헤이추가

'그 집에 빨리 가서 있는 그대로 해명해야겠다.'

라고 생각하고 있던 차에, 사람이 와서 "이 편지를 받으시지요."라고 하기에 자세히 보자, 그 여자의 유모의 자식이었다. 편지를 보자, 가슴이 《무너지는》[12] 것 같았는데, "이리로."라고 말하고 먼저 편지를 받아 보자, 매우 향기로운 종이에 잘려진 머리칼이 둥글게 말려 싸여 있었다. 이상하다고 생각하며 편지를 읽어 보니

세상을 비관하여 비구니가 되는 것은 저와 관계없는 일이라고 생각하고 있었습니다만, 아, 그것이 제 일이 되어 버렸습니다.[13]

라고 쓰여 있었다. 헤이추는 이것을 보자마자 눈앞이 깜깜하고, 편지를 들고 온 자에게 물었더니 심부름꾼도 울며 말하길,

"벌써 머리를 깎으셨습니다. 그래서 시녀들도 몹시 울면서 소란을 피우고 있습니다. 저도 정말 아름다운 머리라고 생각했는데 참으로 가슴이 아픕니다."

---

11 → 지명.
12 한자의 명기를 위한 의도적 결자. 문맥을 고려하여 보충.
13 원문은 "アマノガハヨソナルモノトキヽシガドワガメノマヘノナミダナリケリ"라고 되어 있음, 『야마토 이야기』, 『헤이추 이야기』에도 수록.

라고 했다. 헤이추도 이를 듣고, 눈물이 흘러 머리칼을 싼 종이를 펼칠 수도 없었다. 그렇지만 그리 둘 수도 없는 일인지라 울며

당신이 아무리 두 사람 사이를 절망했다고 해도 비구니가 되다니, 너무 성급했 던 것이 아닙니까.[14]

라고 답장을 쓰고 "참으로 생각지 못했던 일인지라 망연할 뿐입니다. 곧바로 내 직접 가겠습니다."라고 덧붙였다.

즉시 헤이추가 그 집을 찾아갔지만, 여승은 방[15]에 틀어박혀 아무 말도 하지 않았다. 헤이추는 시녀들을 만나 울며

"이러한 사정[16]이 있었던 것을 아가씨께 알리지도 않으시고, 참으로 박정하십니다."[17]

라고 말하고 돌아갔다. 이렇게 된 것도 남자의 마음 씀씀이가 부족해서 일어난 일일 것이다. 어떠한 사정이 있었다 해도 '이런 일이 생겨서'라고 말해 주는 것은 쉬운 일인데, 그렇게 말도 없이 대엿새가 지나면 여자가 괴로워하는 것은 당연한 일이다.

다만 여자에게도 전세前世[18]의 업보가 있어 그로 인해 이렇게 출가하게 되었을 것이라고 이렇게 이야기로 전하여 내려오고 있다 한다.

---

14 원문은 "世ヲワブルナミダナガレテハヤクトモアマノカハヤハナガルベカラム"라고 되어 있음. 『야마토 이야기』, 『헤이추 이야기』에 수록.

15 * 원문에는 "塗籠"로 되어 있음. 두껍게 흙을 발라 광처럼 만든 방. 의복·도구류를 넣어 두거나 침실로 썼음.

16 우다宇多 천황天皇을 모시고 행차를 가게 된 일.

17 이와 같이 자신이 실수한 것을 타인에게 전가하는 일은 당시에는 일반적인 대화방식.

18 전세의 인연으로 업보가 있었기 때문에. 전세의 일과 관련이 있어, 그 숙연宿緣이 현세現世의 과보과果報로 나타났다는 불교사상임.

会平定文女出家語第二

たひらのさだふみにあふをむなしゆつけすることだいに

今昔、平ノ定文ト云フ人有ケリ。字ヲバ平中ト云ケリ。

極タル色好ミニテ、色好ミケル盛二、平中□二行ニケリ。

中比ハ□二出テノミナム色ハ好ケル。

其ノ時二后ノ宮ノ女房達、其ノ日□二出タリケルニ、平中

此レヲ見テ、色好ミ懸リテ仮借シケルニ、返テ後二、平中消

息ヲ遣タリケレバ、女房達、「車也シ人ハ数有シヲ、誰ガ御

許二有ル消息ニカ」ト云セタリケレバ、平中此ナム書テ遣タ

リケル、

モ、ワキノタモトノカズハミシカドモナカニオヒ□

此レハ武蔵ノ守□ノ□ト云フ人ノ娘ニテナム有ケル。其ノ

人ナム色濃キ練ヲ着タル。其レヲ仮借スル也ケリ。然レバ其

ノ武蔵ナムコノ返事ハシテ云ヒ通シケル。此ノ武蔵ハ形有様

微妙キ若人ニテナム有ケル。可然キ人々数仮借シケレドモ、

思ヒ上リテ男不為デゾ有ケル。然レドモ此ノ平中此ク強ニ仮

借シケレバ、女心二思ヒ弱リテ、遂二忍テ会ニケリ。

其ノ朝平中返ケルニ、文ヲモ不遣ザリケレバ、女心苦シク

思テ、人不知ズタサリマデ待ケレドモ、不来ザリケレバ、

女其ノ夜、「踈シ」ト思ヒ明シケルニ、亦ノ日モ文モ不遣ズ。

亦其ノ夜モ不来ズ成ニケレバ、其ノ朝仕フ者共ナド、「糸バ、万ヲ棄テ急ギ参タリケルニ、ヤガテ御共ニ大井ニ将御マ泛々シク御スト聞渡ル人ヲ会ク会奉ラセ給テ。自コソ御暇モ障リ給ハメ、御文ヲダニ奉リ不給ヌ事」ト云ヘバ、女、「我ガ心ニモ思ケル事ヲ人モ此ク云ヘバ、心踉ク恥カシ」ト思テ泣ケリ。其ノ夜モ、「若力」ト思テ待ケレドモ、不来ザリケリ。亦ノ日モ人モ不遣ズ。此テ五六日ニ成ヌ。然レバ女泣ニノミ泣テ、物モ不食ザリケリ。仕フ者共思ヒ歎テ、「此テ人ニ不被知デ止給テ。然リトテ可有キ事ニモ非ズ。異有様ヲ為セ給ヘカシ」ナド云ヒテ此レヲ見テ、集テ泣迷ケレドモ、更ニ甲斐無シ。「糸心踈キ身ナレバ、『死ナム』ト思フモ、否不被死ネバ、此ク成テ行ヒヲモセム。糸此ナ云ソ、不騒ソ」トナム主ノ尼云ケル。

シニケレバ、其ニ五六日ト候ケル程ニ、「彼ノ所ニ何ニ、『怪シ』ト思フラム」ト、心苦シク思ケレドモ、「今日返ラセ給フ。今日返ラセ給フ」ト、心苦シク思ケル程ニ、「今ニ」ト思フ様ニテ此ノ五六日ニモ成ニケレバ、辛クシテ返ラセ給マフマ丶ニ、彼ノ所ニ疾ク行テ、有ツル有様モ云ヒ臨テ見ルニ、彼ノ人ノ人来テ、「此ノ御文奉ラム」ト云フ程ニ、彼ノ人ノ乳母子。此レヲ見ルニ胸□テ、「此方へ」ト云テ、先ヅ文ヲ取入レテ見レバ、糸馥シキ紙ニ切タル髪ヲ掻蟠テ裏タリ。「糸怪シ」ト思テ文ヲ見レバ、此ク書タリ、

アマノガハヨソナルモノトキヽシカドワガメノマヘノナ
ミダナリケリ
ト。

此テ平中ガ久ク不音信ザリケルハ、様ハ、彼ノ会テノ朝返ケルマニ、文ヲ遣セムトシケル程ニ、亭子ノ院ノ殿上人ニテ、常召仕ハセ給ケレバ、院ヨリ、「急ギ参レ」ト召有ケリ侍ル。己ガ心ニモ、然許也シ御髪ゾ、ト見侍レバ、糸胸痛

平中此レヲ見ルニ、目モ暗レテ心肝ヲ迷ハシ此ノ使ニ問フニ、「早ウ御髪下サセ給ヒテキ。然レバ女房達モ極クナム泣キ喤、

一四クナム」使モ泣ケバ、平中モ此レヲ聞見ルニ、涙落テ不開敢ズ。

然リトテ可有キ事ニ非ネバ、泣々ク返事、此ナム、

一五世ヲワブルナミダナガレテハヤクトモアマノカハヤハナガルベカラム

ト、「糸奇異クテ更ニ物モ不思エズ。一六自ラ只今参テ」トナム云タリケル。

其ノ後即チ一七平中行タリケレバ、尼ハ塗籠ニ閉籠リテ、何カニモ云フ事無カリケレバ、平中、一八仕フ女房共ニ会テゾ、泣々ク、「一九此ル障リノ有ルヲモ二〇知セ不給デ。奇異カリケル御心カナ」ト云テ返ニケル。二一此レモ男ノ志ノ無キガ至ス所也。

何ナル事有トモ、「此ル事有テゾ」ト云遣ラム二二安カルベキ事ナルニ、然モ不云ズシテ、五六日ヲ経テ、女ノ心ニ、「疎シ」ト思ハム、二三理也カシ。

但シ女ノ前ノ世ノ報ノ有ケレバ、二四此レニ依テ此ク出家シタルニコソハ有ラメ、二五トナム語リ伝ヘタルトヤ。

오미近江 수령의 딸이
조조淨藏 대덕大德과 정을 통한 이야기

오미近江 수령의 딸의 병을 가지기도加持祈禱로 고친 조조淨藏가 정욕에 사로잡혀 딸과 정을 통하였지만, 세간의 소문을 두려워하여, 구라마 산鞍馬山에 칩거했는데, 여전히 마음을 다스리지 못하고 그 후로도 관계를 계속한 결과, 추문은 더욱 커져 수령이 딸을 버렸다는 이야기. 남자관계로 인해 여자가 일생을 헛되게 버렸다는 공통의 요소를 두고 앞 이야기와 연결된다. 오미 수령의 딸이 색色을 즐겨 조조 외의 사람들과도 관계가 있었을 것이라는 이야기는 『후찬집後撰集』, 『야마토 이야기大和物語』에서도 보이며, 조조의 파계破戒를 전하는 이야기가 적지 않으나, 특히 권31의 제3화와 같은 유형으로 『삼국전기三國傳記』 권6·9, 『수험도명칭원의修驗道名稱原義』에 수록된 이야기 등은 주목할 만하다. 또한, 여인의 병 치료에 임한 기도승이 여인을 연모한다는 모티브는 유형적類型的으로 권20의 제7화, 권31의 제3화에도 보인다.

이제는 옛이야기이지만, 오미近江 수령, □□□¹라는 사람이 있었다. 집이 부유하였으며, 자식이 많았는데 그중에 딸² 하나가 있었다.

나이는 아직 젊고, 용모가 아름답고, 머리칼은 길며, 언행도 준수했기 때문에 부모도 딸을 지극히 사랑하며 한시도 눈을 떼지 않고 키우고 있었다.

---

1 성명의 명기를 위한 의도적인 결자. 『야마토 이야기大和物語』, 『후찬집後撰集』에 의하면 '다이라노 나카키平中興(→인명)'로 추측됨.
2 다이라노 나카키平中興의 딸. 가인歌人으로 『후찬집』에 세 수가 수록. 그중 한 수가 이 이야기의 "ㅈ ㅁ ㅿ ㅅ ノ ~"로 시작하는 와카和歌.

그것을 알고 고귀한 황자皇子나 상달부上達部[3] 등이 수없이 딸에게 구애했지만 아버지인 수령은 분수에 넘치게도[4] '천황天皇을 모시게 하자.'라고 생각하여 사위도 들이지 않고 딸을 소중히 기르고 있었다. 그런데 이 딸이 모노노케物ノ氣[5]에 들려 며칠이나 병상에 눕게 되었다. 부모는 이를 심히 슬퍼하며, 곁에 붙어 이래저래 기도를 올리게 했지만 이렇다 할 영험도 없어 괴로워하였다. 마침, 조조淨藏[6] 대덕大德이라는 대단한 영험을 지닌 승려가 있었는데, 가지기도加持祈禱[7]의 영험이 신통하기가 실로 부처와 같아서 세간에서 더할 나위 없이 존귀하게 여겨지고 있었다.

이에 오미 수령이 이 조조에게 딸의 병을 위한 가지기도를 시켜야겠다고 생각하고, 예를 갖추고 조조를 부르자 그가 찾아왔다. 수령이 기뻐하며 딸의 병의 가지기도를 올리도록 하였더니, 순식간에 모노노케가 나타나 딸의 병이 나았다. 부모가 "당분간 이곳에 머물며 기도를 올려 주십시오."라고 간절히 부탁하기에, 조조는 뜻에 따라 한동안 머물러 있었다. 그러던 중에 조조는 우연히 그 딸을 어렴풋이 보게 되었고, 순간 애욕愛慾의 정情이 치밀어 올라 다른 것들은 보이지도 않게 되었다. 딸 또한 그러한 낌새를 눈치챈 것이리라. 이렇게 며칠을 보내는 동안에 어느 틈엔가 결국 정을 통하게 되었다.

그 후, 이 일을 감추려 했지만 어느새 사람들이 알게 되어 세간에 소문이 퍼졌다. 세간 사람들이 이 일을 두고 화제로 삼는 것을 조조가 듣고 부끄럽게 여겨 그 집에 가지 않게 되었다. "내 이런 악평을 얻게 되었으니, 이제 세간에 있을 수 없구나."라고 말하고 종적을 감추어 버렸다. 부끄러운 마음이

---

3 삼위三位 이상의 공경公卿 및 사위四位의 참의參議의 총칭.
4 여어女御 혹은 갱의更衣로 만들어야겠다고 생각한 모양으로, 이를 분수에 넘친다고 한 것.
5 사람에게 들러붙어 병에 걸리게 하는 사령死靈·생령生靈. '모노もの'는 오니鬼나 영靈이라고 여겨지고 있음.
6 → 인명.
7 진언밀교眞言密敎에서 행해지는 수행법 혹은 기도. 행자行者가 다라니陀羅尼를 외고 마음을 삼매에 들게 하여 기도하는 것.

들었던 것이리라.

 조조는 그 후에 구라마 산鞍馬山[8]이라는 곳 깊숙이 칩거하며 오로지 수행에 힘썼지만, 전생의 인연이 깊었던 것인지 항상 그 병든 딸의 모습이 떠올라 사모의 정을 억누르기 어려워, 수행도 건성으로 하였다. 어느 날, 잠시 누워 있다 일어나자, 옆에 편지가 있었다. 수행하는 한 제자 법사에게, "이것은 무슨 편지냐."라고 묻자, 알지 못한다고 대답했기 때문에 조조가 편지를 들어 열어 보자, 그가 연모하는 사람의 필적이었다. '기이하도다.'라고 생각하며 읽어 보니

 구라마 산 깊은 곳에 들어가 있으신 분이시여, 어떻게든 길을 찾고 찾아 돌아와 주소서.[9]

라고 쓰여 있었다. 조조는 이것을 보고 더욱 이상히 여기며
 '이것은 누구를 통해 보내온 것인가. 어떻게 가지고 왔는지 모르겠구나. 놀랄 일이로다.'
라고 생각하였다. 조조는 '이제 여인은 잊어버리고 수행에만 전념하자꾸나.'라고 생각했지만 여전히 애욕의 정을 이기지 못하고 그날 밤 남몰래 도읍으로 나가, 그 병든 딸의 집에 가서 남모르게 찾아온 연유를 전하게 하자, 딸이 몰래 안으로 불러들여 만났다. 그리고 그날 밤중에 구라마로 돌아갔다. 그럼에도 조조는 여전히 그리움을 견디지 못하고 여인에게 남몰래

 수행에 몰두하여 겨우 잊어 가고 있던 당신을 향한 마음이, 한심하게도 당신의

---

8 → 지명.
9 원문은 "スミゾメノクラマノ山ニイル人ハタドル ゝ ゝ ゝモカヘリキナ ゝ ム"라고 되어 있음. 『후찬집後選集』 12, 『고금육첩古今六帖』에 수록.

편지(꾀꼬리 울음소리)로 다시 불이 붙고 말았습니다.[10]

라고 말을 전했다. 그 답으로 여자가,

그렇다면 저 따위는 까마득히 잊어버리신 것이군요. 제 편지(꾀꼬리가 울 때)를 보고 겨우 떠올리시다니 슬픕니다.[11]

라고 전했더니 다시 조조는,

당신은 나를 괴롭게 했지만 그런 당신 자신을 제쳐두고 어떻게 아무런 죄도 없는 나를 일방적으로 원망하시는 것입니까.[12]

라고 전하였다.

이렇게 편지를 주고받는 일이 번번해지자 이 일을 세간 사람들 모두가 알게 되었다. 오미 수령은 지금까지 딸을 더할 나위 없이 소중히 기르며, 황자나 상달부의 구혼도 받아들이지 않고, 여어女御로 보내려고 생각하고 있었지만 이렇게 소문이 퍼지자 부모도 딸을 상대하지 않게 되고, 끝내는 돌보지 않게 되고 말았다.

이는 여자의 마음이 참으로 어리석은 탓이다. 조조가 아무리 온 마음으로 구애했다고 해도 여자가 상대하지 않았다면 어쩔 수 없는 일이었을 것이다. 그러므로 세간 사람들이 여자의 마음이 어리석어, 일생을 망쳐 버렸다고 수군거렸다고 이렇게 이야기로 전하여 내려오고 있다 한다.

10　원문은 "カラクシテオモヒワスルヽコヒシサヲウタテナキツルウグヒスノコエ"라고 되어 있음.
11　원문은 "サテモキミワスレケリカシウグヒスノナクヲリノミヤヲモヒイヅベキ"라고 되어 있음.
12　『사화집詞花集』 권7, 『야마토 이야기大和物語』에 수록.

近江守娘通浄蔵大徳語第三

今昔、近江ノ□ト云フ人有ケリ。家豊ニシテ子共

数有ケル中ニ、一人ノ娘有ケリ。

年未ダ若クシテ、形チ美麗ニ、髪長ク、有様微妙カリケ

バ、父母此レヲ悲ビ愛シテ、片時目ヲ放ツ事モ無クテ養ケル

程ニ、止事無キ御子上達部ナド数夜這ケレドモ、父ノ守有

テ、啼クヽ「天皇ニ奉ラム」ト思テ、智取モ不為デ傳ケルニ、

此ノ娘、物ノ気ヲ煩テ日来ニ成ニケレバ、父母此ヲ歎キ繚テ、

傍ニ付テ祈禱共ヲ為セケレドモ、其ノ験モ無カリケレバ、

思ヒ繚ケルニ、其ノ時ニ浄蔵大徳ト云フ止事無キ験シ有ル僧有

ケリ。実ニ験徳新タナル事仏ノ如ク也ケレバ、世挙テ此レヲ

貴ブ事無限シ。

然レバ近江守、「此ノ浄蔵ヲ以テ、娘ノ病ヲ加持セサセム」

ト思テ、構テ呼ケレバ、浄蔵行テ二ケリ。守喜テ娘ノ病ヲ加

持セサセケル程ニ、即チ物ノ気顕ハレテ、病止ニケレドモ、

「暫ハ此テ御マシテ祈ラセ給へ」ト父母強ニ云ケレバ、浄蔵

云フニ随テ暫ク有ケル程ニ、自然ラ髣ニ此ノ娘ヲ浄蔵見テケ

ルニ、忽ニ愛欲ノ心発シテ、更ニ他ノ事不思エザリケリ。亦

娘モ其ノ気色ヲ心得タリケルニヤ、然テ日来ヲ経ル程ニ、何

ナル隙カ有ケム、遂ニ会ニケリ。

其ノ後、此ノ事隠ストスレドモ、自然ラ人粗知ニケレバ、浄

蔵聞テ恥テ、其ノ家ニモ不行ズ成ニケリ。「我レ此ノ名ヲ取

リ、今ハ世ニモ不有ジ」ト云テ、跡ヲ暗クシテ失ニケリ。悔

シカリケルニヤ有ケム。

其ノ後鞍馬山ト云フ所ニ深ク籠居テ、艶ズ行ヒケルニ、前

生ノ機縁ヤ深カリケム、常ニ彼ノ病者ノ有様ノ思ヒ被出テ、

心ニ懸リ恋シク思エケレバ、行ヒノ空モ無クテノミ有ケル程

ニ、打臥シタリケルガ、起上テ見ケレバ、傍ニ文有リ。弟子

ノ法師ノ一人副有ケルニ、「此ハ何ゾノ文ゾ」問ヒケレバ、

不知ヌ由ヲ答ケレバ、浄蔵文ヲ取テ披テ見ルニ、此ノ我ガ忍

ブ人ノ手ニテ有リ。「奇異」ト思テ読メバ、此ク書タリ、

　[一] スミゾメノクラマノ山ニヰル人ハタドルトヽモカヘリ

　キナヽム

ト有リ。浄蔵此ヲ見ルニ糸怪ク、「此レハ誰ヲ以テ遣セタル

ナルラム。可持来キ便モ不思ズ。奇異キ事カナ」ト思テ、

「今ハ此ノ事止メテ、偏ニ行ヒヲセム」ト思ケレドモ、尚愛

欲ノ思ヒニ不勝ズシテ、其ノ夜忍テ京ニ出テ、彼ノ病者ノ家

[四] ニ行テ、構テ「然々」ト云入セタリケレバ、娘窃ニ呼入レテ

会ニケリ。然テ亦夜ノ内ニ鞍馬ニ返リ行ニケリ。其レニ、浄

[五] 蔵尚恋シカリケレバ、女ノ許ニ此ナム忍テ云遣タリケリ、

　カラクシテオモヒワスル、コヒシサヲウタテナキツルウ

　グヒスノコヱ

ト。其ノ返事ニ女、

[六] サテモキミワスレケリカシウグヒスノナクヲリノミヤヲ

　モヒイヅベキ

トナム有ケレバ、亦浄蔵、

　[七] ワガタメニツラキ人ヲバヲキナガラナニノツミナキミヲ

　ウラムラム

トゾ遣タリケル。

[一〇] 此様ニ云通ス事度々成ニケレバ、此ノ事、皆世ニ聞エニ

ケリ。然レバ此ノ娘ヲバ近江守無限ク傅テ、[九] 御子上達部ノ夜

這ケルヲモ不聞キ入ズシテ、[八]「女御ニ奉ラム」ト思ケレドモ、

此ク聞ニケレバ、祖モ不知シテ遂ニ不見ズ成ニケリ。

此レハ女ノ心ノ極テ憾キ也。浄蔵心ヲ尽シテ云フトモ、女

ノ不用ザラムニハ、不可叶ズ。然レバ「心柄女ノ、身ヲ

[三] 徒ニ成ツル也」トゾ、世人云繚ケル、トナム語リ伝ヘタル

トヤ。

중무성中務省 태보太輔의 딸이
오미近江 군사郡司의 여종이 된 이야기

이별한 부부의 뜻밖의 재회가 불러온 비극담悲劇譚. 중무성中務省 대보大輔의 딸이 부모가 먼저 죽고 영락零落하여 남편인 병위좌兵衛左와 헤어져 쓸쓸하게 살고 있었는데, 같이 살던 여승의 주선으로 오미 지방近江國 군사郡司의 아들과 맺어져 지방으로 내려갔다. 그런데 우연히 새로 수령으로 부임한 옛 남편의 눈에 들어 다시 만나지만, 자신의 처지를 부끄럽게 여겨 그 충격으로 죽어 버렸다는 이야기.

이제는 옛이야기이지만, 중무태보務省太輔[1] □□□[2]라는 사람이 있었다. 아들은 없고 딸 하나만 있었다.

집안은 가난하였지만, 병위좌兵衛佐[3] □□□[4]라는 사람을 자신의 딸과 짝지어 사위로 삼고, 오랜 세월을 지냈다. 이것저것 뒷바라지를 해 주었기에[5] 사위 또한 딸을 떠나기 어렵다고 생각하던 차에, 중무태보가 죽게 되었다. 어머니 한 분만 남게 되어 만사 불안하게 지내던 중, 어머니마저도 아버

---

1 '중무中務'는 중무성中務省의 준말. 태정관太政官에 속하여 천황을 모시며, 조칙詔勅·여관女官에 관한 일 등의 궁중의 사무나 황거皇居의 경호를 담당. '태보太輔'는 정확하게는 '대보大輔'. 팔성八省의 차관次官으로 정오위正五位임.
2 중무대보中務大輔 성명의 명기를 위한 의도적인 결자.
3 '병위兵衛'는 '병위부兵衛府'의 준말. 내리內裏의 호위를 맡았다. '좌佐'는 차관으로 5위.
4 병위좌兵衛佐 성명의 명기를 위한 의도적인 결자.
5 당시에는 사위의 옷을 처가에서 준비하는 것이 관습이어서 상당한 경제적 부담이 되었음.

지에 이어 병에 걸려 오랫동안 병상에 누워 지내는 신세가 되었다. 딸은 매우 탄식하였는데 결국 어머니도 죽고 말았고 홀로 된 딸은 울며 슬퍼했지만 어찌할 도리가 없었다.

얼마 지나, 집안에서 일하던 이들도 모두 나가 버려 사라지자, 딸은 남편인 병부좌에게 "부모님이 계실 때는 어떻게 뒷바라지를 할 수 있었다 해도, 이렇게 의지할 곳 없어져서는 뒷바라지를 계속할 수가 없습니다. 입궐하실 때에는 정말이지 보잘것없는 차림으로는 안 됩니다. 앞으로는 당신 뜻대로 마음대로 하십시오."
라고 말했다. 이것을 듣고, 남자는 참으로 딱한 마음에 "어떻게 너를 버리겠느냐."라고 하며, 부인과 함께 살았다. 그러나 입을 것도 점점 초라해지자 부인은

"다른 사람과 지내더라도 제가 그리워지실 때는 찾아와 주십시오. 이래서야 어떻게 입궐하시겠습니까? 옷차림이 참으로 보잘것없습니다."
라고 완고하게 권하여, 남자는 결국 떠나고 말았다.

그렇게 여자는 혼자 남겨져, 더욱 슬프고, 이루 말할 데 없이 불안해졌다. 집이 텅 비어 아무도 남아 있지 않게 되고, 오직 하나 남아 있던 어린 여종도 입을 것도 없고, 먹는 것조차 어려워져, 버티기 힘들어지자 그마저도 집을 나가 버렸다. 남자도 처음에는 불쌍하다고 여겼지만 다른 여자의 남편이 되고 나서는, 소식조차 전하지 않게 되어 찾아오는 일도 없어졌다.[6] 그리하여 여자는 부서진 침전寢殿[7]의 한구석에 초라하고 적적하게 혼자 살고 있었다.

언젠가부터 그 침전 한 구석에 늙은 여승이 살고 있었는데, 이 여자를 가엾게 여겨 때때로 과일이나 먹을 것이 있으면 가지고 와 여자에게 베풀어

---

6   원문에 "出テ其レモ"라고 되어 있으나 의미를 알 수 없음. 혹은 전후에 탈문脫文이 있는 것으로 추정.
7   귀족의 주택의 중심을 이루는 건물.

주기도 했기 때문에, 그것에 의지해 세월을 보내고 있었다. 그러던 중 이 여 승에게 오미 지방近江國에서 장숙직長宿直[8]이라는 직책을 수행하는, 군사郡 司의 젊은 아들이 올라와 머물렀다. 남자가 여승에게, "놀고 있는 여동女童 이나 구해 주지 않겠나."라고 부탁했다. 여승이

"저는 늙어서 외출도 하지 않으니 여동이 있는 곳을 알지 못합니다. 그런 데 이 댁에 참으로 아름다우신 아가씨가 홀로 계십니다."

라고 말하자, 남자는 귀 기울여 듣고

"그 사람을 나와 만나게 해 주게. 그렇게 쓸쓸히 지내고 있을 바에야, 정 말로 아름답다면 고향에 데려가 부인으로 삼겠네."

라고 부탁하기에 여승은 "조만간 이 일을 전하겠습니다."라며 받아들였다.

남자는 이렇게 부탁하고 난 이후, 끊임없이 여승을 재촉하였다. 이에 여 승은 그 여자에게 과일 등을 가져다주는 참에 "계속 지금처럼 이렇게 지내 실 수는 없습니다."라고 말하고선, "지금 제가 머무는 곳에 오미에서 온, 상 당한 집안의 아들이 올라와 있는데 그분이 '그렇게 홀로 계시는 것보다 고 향에 데려가 모시겠소.'라고 간절히 말씀하시고 있으니, 뜻을 따라 보시지 오. 이렇게 쓸쓸하게 계시는 것보다야."

라고 설득하였다. 그러나 여자가 "어찌 그리 하겠습니까."라고 했기에 여승 은 돌아갔다.

남자는 이 여자를 도저히 단념할 수가 없어, 활을 들고 그날 밤 여자가 사 는 주변을 배회하였다. 그러자 개가 짖어 댔고, 여자는 평소보다 더 무섭고 불안해졌다. 날이 밝고 여승이 여자를 찾아가자, 여자는 "어젯밤은 특히 무 서워 견딜 수 없었습니다."라고 했다. 여승이 "그래서 말씀드리지 않았습니

---

8 헤이안平安 말부터 가마쿠라鎌倉 시대에 걸쳐 장원莊園에서 도읍의 영주領主의 집에 장기간 동안 시侍로서 숙직당번으로 일하는 것.

까. 그렇게 부인으로 맞고자 하는 사람을 따르시라고. 이대로는 괴로운 일만 있을 뿐입니다."라고 구슬리자 여자는 실로 어찌하면 좋을까 고민하였다. 여승이 그 낌새를 알아차리고 그날 밤 몰래 남자를 여자의 방으로 들여보냈다.

그 후, 남자는 여자에게 푹 빠졌고, 이런 여자는 태어나서 처음이었기 때문에, 놓치기 싫은 마음에 오미에 데려갔다. 여자도 이렇게 된 이상 어쩔 수 없다고 포기하고는 함께 내려갔다. 그런데 남자는 이전부터 고향에 부인을 두고 있었고, 부인은 그 부모의 집에 살고 있었다. 이 본처가 대단히 질투를 하고 몰아세우는 탓에 남자는 이 도읍 여자의 거처에 가지 않게 되었다. 그래서 도읍에서 온 여자는 남자의 부모인 군사를 모시며 지내고 있었는데 그러던 중, 그 지방에 새로운 국사國司가 내려온다고 하여 온 고장이 떠들썩해졌다.[9]

그리고 있던 차에 "이미 수령님께서 도착하셨습니다."라는 전갈이 있었고, 이 군사의 집에서도 떠들썩하게[10] 과일이니 먹을 것이니 훌륭하게 준비하여 국사가 거하는 관館[11]으로 가져갔다. 군사는 이 도읍에서 온 여자를 교노京ノ라고 이름 붙이고, 일을 시키고 있었는데, 관에 물건들을 옮기기 위해 많은 사람이 필요하자, 이 교노에게도 관에 물건을 옮기도록 하였다.

한편, 국사가 관에서 수많은 남녀들이 물건을 들고 나르는 것을 지켜보고 있었는데, 그중에 교노가 다른 천한 사람들과 다르게, 뭐라고 형용할 수 없는 품격이 느껴졌기 때문에, 국사는 소사인小舍人 동자를 불러서 몰래 "저 여자는 어떤 사람이냐. 물어보고 저녁에 데리고 오너라."라고 명했다. 그리

9　새로운 국사를 맞이한다는 것은 그 지방 사람들에게 있어서 정치 자체가 새롭게 바뀌는 것으로, 조세를 비롯한 여러 일들에 대해 기대와 불안을 가지고 있었음.
10　신임 국사를 맞이하여 환영 연회를 주관하는 것은 그 지방에 오래 머물고 있던 군사의 일이었음.
11　국사의 저택. 지방재청地方在廳 관인의 관사官舍.

하여 소사인 동자가 물어보자, 이러저러한 군사 밑에서 일하는 자라는 것을 알고, 군사에게 "이렇게 국사께서 보아야겠다고 말씀하셨습니다."라고 말했다. 군사는 놀라, 집에 돌아가 교노를 씻기고 머리를 감게 하고 정성들여 꾸미고는 부인에게 "이를 보게. 교노의 치장한 모습이 얼마나 아름다운가."라고 말했다.

그리하여 그날 밤 군사는 교노를 잘 차려 입히고, 국사에게 보냈다. 그런데 놀랍게도 이 국사는 교노의 원래 남편인, 병위좌로 있던 사람이었다. 국사가 교노를 가까이 불러 얼굴을 바라보자, 이상하게도 어디선가 본 적이 있는 것 같았고, 여자를 그대로 끌어안고 누웠더니, 참으로 낯설지 않은 느낌이 들었다. 국사는 "너는 어떠한 사람이냐. 아무래도 만난 적이 있는 것 같구나."라고 말했다. 그러자 여자는 자신의 남편이었던 사람일 거라고는 생각지도 못하고 "저는 이 지방 사람이 아닙니다. 이전에는 도읍에 있었습니다."라고만 짧게 말하였고, 국사는 '그렇다면 도읍에서 와서 군사를 모시고 있는 것일 뿐이로구나.'라고 생각했다. 국사는 여자의 아름다움에 끌려 매일 밤마다 여자를 불렀는데, 참으로 이상하게 낯익은 것이, 전보다 더욱 어디선가 본 적이 있는 것 같이 느껴졌다. 그래서 국사는 여자에게,

"그런데 도읍에서는 어떻게 지내었느냐. 전생의 인연인지 가여운 마음에 묻는 것이다. 숨기지 말고 말해 보아라."

하고 물어보았다. 그러자 여자는 숨길 수가 없어

"실은 이러저러한 사람입니다. 혹시 국사님이 예전의 남편과 혹시 연고가 있으신 분일까 하는 생각에 지금껏 말씀드리지 않고 있었지만 이렇게 굳이 물어보시기에 말씀드리는 것입니다."

라고 있는 그대로 이야기하고 눈물을 흘렸다. 국사는 '그래서 이상한 생각이 들었던 것이구나. 역시 내 옛 부인임이 틀림없구나.'라고 생각하고 가슴

이 벅차 눈물이 났지만 아무렇지 않은 척하고 있을 때, 호수의 파도 소리가 들려왔다. 여자가 이를 듣고 "이것은 무슨 소리입니까. 무섭습니다."라고 묻자, 국사가

"이것은 오미近江 호수의 물결치는 소리입니다. 그 이름처럼[12] 두 사람도 결국 만나게 될 몸이면서 서로 떨어져 살아왔으니, 살아 있는 낙이 없구려."[13]

라고 말했다. 그리고 "나는 그대의 남편이 아니더냐."라고 말하며 울기에, 여자도 '그렇다면 이분은 내 남편이었던 분이시구나.'라고 깨닫고, 부끄러움에 견딜 수 없게 된 것인지, 아무 말도 못하고 그저 점점 몸이 얼어붙어 경직되어 갈 뿐이었다. 국사가 "이건 또 무슨 일인가." 하고 난리를 치고 있는 동안 여자는 죽어 버리고 말았다. 이 일은 참으로 불쌍한 일이 아닐 수 없었다.

여자가 '옛 남편이었던가.'라고 알게 되자 자신의 숙세宿世를 한탄하고 부끄러움을 견디지 못하고 죽어 버린 것이 틀림없다.

남자는 배려심이 부족했다. 그것을 밝히지 말고 그저 잘 돌봐 주었다면 좋았을 것이다.

이 일에 대해, 여자가 죽은 후에 어떻게 되었는지는 알 수 없다고 이렇게 이야기로 전하여 내려오고 있다 한다.

---

12 지명 '오미あふみ'는 '만나게 될 몸逢う身'과 발음이 같음.
13 원문은 "コレゾコノツヒニアフミヲイトヒツ丶世ニハフレドモイケルカヒナシ"라고 되어 있음.

中務太輔娘成近江郡司婢語第四

今昔、中務ノ太輔□ノ□ト云フ人有ケリ。男子ハ無ク
テ娘只独ノミゾ有ケル。

家貧カリケレドモ、兵衛ノ佐□ノ□ト云ケル人ヲ、其ノ
娘ニ会セテ、智トシテ年来ヲ経ケル程ニ、此彼構テ有セケルニ、
智モ難去ク思テ有ケル程ニ、中務ノ太輔失ニケレバ、母堂
一人シテ万ヲ心細ク思ケルニ、其レモ指次煩テ日来ニ成ニ
ケレバ、娘糸哀レニ悲ク歎ケル程ニ、母堂モ失ニケレバ、娘

独リ残居テ、泣悲ビケレドモ甲斐無シ。
漸ク家ノ内ニ二人モ無ク出畢ニケレバ、娘夫ノ兵衛ノ佐ニ、
「祖ノ御セシ限ハ、此彼構テ有セ聞エシヲ、此ク便無ク成ニ
タレバ、其ノ御緩ナドモ不叶。宮仕ハ、何デカ見苦クテモ
御セム。只何カニモ吉カラム様ニ成リ給ヘ」ト云ケレバ、

男糸惜クテ、「何カデ見棄ムズルゾ」トナド云テ、尚棲ケレ
ドモ、着物ナドモ見苦ク只成リニ成リ持行ケバ、妻、「外也
トモ糸惜ト思給ハム時ハ、音信給ヘ。何カデカ此テハ宮仕へ
ハシ給ハム。見苦キ事也」ト強ニ勧ケレバ、男遂ニ去ニケリ。
然レバ女独リニテ弥ヨ哀レニ心細キ事無限シ。家モ澄ズ人

モ無カリケレバ、只幼キ童一人ナム有ケルモ、衣着ル事モ
無ク、物食フ事モ難クテ破無カリケレバ、其レモ出テ去ニケ
リ。男モ然コソ、「糸惜」ト云ケレドモ、人ノ智ニ成ニケレ
バ、音信ヲダニ不為ザリケレバ、出テ其レモ、云ハムヤ来ル
事ハ絶ニケリ。然レバ様悪ク、壊タル寝殿ノ片角ニ、幽ニテ
ゾ独リ居タリケル。

其ノ寝殿ノ片端ニ、年老タル尼ノ宿テ住ケルガ、此ノ人ヲ
哀ガリテ、時々菓子食物ナド見ケルヲバ持来ツ、志ケレバ、
其ニ懸リテ年月ヲ経ケル程ニ、此ノ尼ノ許ニ、近江国ヨリ
長宿直ト云フ事ニ当テ、郡司ノ子ナル若キ男ノ上リケルガ
宿テ、其ノ尼ニ、「徒然ナル女ノ童部求メテ得サセヨ」ト云

此ノ男此ノ事ヲ切ニ思テ、弓ナド持テ其ノ夜其ノ辺ヲ行ケレバ、狗吠テ、女物怖シク常ヨリモ思エテ侘シク思ヒテ居タリケル程ニ、夜明テ尼亦行タルニ、其ノ人云ク、「今夜コソ物怖シク破無カリツレ」ト。尼、「然レバコソ申シ候ヘ、『然申ス者ニ打具シテ御マセ』トハ。侘シキ事ノミコソ御マサムズレ」ト云シケレバ、女、「実ニ何ガセマシ」ト思タル気色ヲ尼見テ、其ノ夜忍テ此ノ男ヲ入レテケリ。

其ノ後、男馴睦ビテ、不見習ヌ心ニ難去モ思テ、近江ヘ将下ケレバ、女モ、「今ハ何ガハセム」ト思テ、具シテ下ニケリ。其レニ、此ノ男本ヨリ国ニ妻ヲ持タリケレバ、祖ノ家ニ住ケルニ、其本ノ妻極ク妬ミ嗔ケレバ、男此ノ京ノ人ノ許ニハ寄モ不付ズ成ニケリ。然レバ京ノ人、祖ノ郡司ニ被仕テ有ケル程ニ、其ノ国ニ新ク守成テ下給フトテ国挙テ騒ギ合タル事無限シ。

而ル間、「既ニ守ノ殿御マシタリ」トテ、此ノ郡司ノ家ニモ騒ギ合テ、菓子食物ナド器量ク調ヘ立テ館ヘ運ケルニ、此

ケレバ、尼、「我レハ年老テ行クモ不為ネバ、女ノ童部ノ有ラム方モ不知ズ。然テ此ノ殿ニコソ、糸厳気ニ御スル姫君ハ只独リ難有気ニテ御ヌレ」ト云ケレバ、男耳ヲ留メテ聞テ、「其レ已ニ会下テ妻ニセム」ト云ケレバ、尼、「今此ノ由ヲ云ハム」ト受セ給ヘ。然テ心細クテ過シ給ハムヨリハ、実ニ厳クハ国ニ将ケリ。

男此ク云始メテヨリ後ハ、切ニ切テ責メ云ケレバ、尼彼ノ人許ニ菓子ナド持行タリケル次デニ、「常ニハ何カデカ此テハ御マサムト為ル」ナド云後ニ、「此ニ近江ヨリ可然キ人ノ子ノ上タルガ、『然テ御マスヨリモ国ニ将下リ奉ラム』ト、切々ニ申シ候フヲ、然様ニモセサセ御マセカシ。此ク徒然ニ御マスヨリハ」ト云ケレバ、女、「何カデカ然ル事ハセム」ナド云ケレバ、尼返ヌ。

尼（信貴山縁起）

ノ京ノ人ヲバ、京ノト付テ郡
司年来仕ケルニ、館ヘ物共
運ケルニ、男女ノ多ク入ケレ
バ、此ノ京ノニ物ヲ持セテ館
ヘ遣ケリ。

而ル間、守館ニ多ノ男
女ノ下衆共物ヲ持運ブヲ見ケル中ニ、異下衆共ニモ不似ズ、
哀レニ故有テ、此ノ京ノガ見ケレバ、守小舎人童ヲ召テ、忍
テ、「彼ノ女ハ何ナル者ゾ。尋テ夕サリ参ラセヨ」ト云ケ
バ、小舎人童尋ヌルニ、「然々ノ郡司ノ徒者也」聞テ、郡司
ニ、「此ナム、守ノ殿御覧ジテ被仰ル」ト云ケレバ、郡司
驚テ家ニ返テ、京ノ二湯浴シ、髪洗セト、返々ス傅立テ、
郡司妻ニ、「此レ見ヨ、京ノ為立タル様ノ美サヲ」トゾ云
ケル。

髪を洗う女（扇面法華経）

此ノ京ノヲ近ク召寄セテ見ケルニ、怪ク見シ様ニ思エケレバ、
抱テ臥タリケルニ、極テ睦マシカリケレバ、「己ハ何ナル者
ゾ。怪ク見シ様ニ思ユルゾト」ト云ケレバ、女然モ否心
不得ザリケレバ、守、「己ハ此ノ国ノ人ニモ非ズ、京ナム有シ
ナム許云ケレバ、守、「京ノ者ノ来テ、郡司ニ被仕ケルニコ
ソト有ラメ」ナド、打思テ有ケルニ、見シ様ニ思エケレバ、守
夜々召ケルニ、尚怪ク物哀ニ、

女ニ、「然テモ京ニハ何也シ者ゾ。不隠サデ云へ」ト云ケレバ、
惜』ト思ヘバ云フゾ。可然キニヤ、『哀レニ糸
サデ、「実ニ然々有シ者也。若シ旧キ男ニテ有シ人ノ故ナド
ニテモヤ御マスラムト思ツレバ、日来ハ不申ザリツルニ、此
ク強ニ問ハセ給ヘバ申ス也」ト、有ノマヽニ語テ泣ケレバ、
守、「然レバコソ怪ク思ツル者ヲ。我ガ旧キ妻ニコソ有ケレ
ト思フニ、奇異クテ、涙ヲ泛ヲ然ル気無シニ成シテ有ル程
ニ、江ノ浪ノ音聞エケレバ、女此レヲ聞テ、「此ハ何ニノ音
ゾトヨ。怖シヤ」ト云ケレバ、守此ナム云ケル、

此ノ京ノガ本ノ夫ノ兵衛ノ佐ニテ有シ人ノ成タリケル也ケリ。

然テ其ノ夜、衣ナド着セテ奉テケリ。早ウ、此ノ守ハ、

コレゾコノツヒニアフミヲイトヒツ、世ニハフレドモイ

ケルカヒナシ

トテ、「我レハ実然ニハ非ズヤ」ト云テ泣ケレバ、女、「然ハ、

此ハ我ガ本ノ夫也ケリ」ト思ケルニ、心ニ否ヤ不堪ザリケム、

物モ不云ズシテ、只氷ニ氷痙ケレバ、守、「此ハ何ニ」ト云

テ騒ケル程ニ、女失ニケリ。此レヲ思フニ糸哀レナル事也。

女、「然ニコソ」ト思ケルニ、身ノ宿世思ヒ被遣テ、恥カ

シサニ否不堪デ死ニケルニコソハ。

男ノ、心ノ無カリケル也。其事ヲ不顕サズシテ只可養育カ

リケル事ヲ、トゾ思ユル。

此ノ事、女死テ後ノ有様ハ不知ズ、トナム語リ伝ヘタルト

ヤ。

가난한 남자를 떠난 아내가
셋쓰攝津 수령의 부인이 된 이야기

앞 이야기와는 반대로 이혼한 여자가 출세하여 셋쓰攝津 국사國司의 부인이 되어 남편과 함께 부임지로 내려가던 길에, 나니와難波 해변에서 갈대를 자르고 있는 몰락한 전 남편을 발견하고 가엾이 여겨 와카和歌를 덧붙여 의복을 주었더니, 남자는 여자임을 눈치채고 스스로를 부끄럽게 여겨 답가로 마음을 전하고 도망쳤다는 이야기. 갈대 베기 설화芦刈 / 說話로 유명한 이야기.

이제는 옛이야기이지만, 도읍에 너무도 가난한 그다지 신분도 높지 않은 남자가 있었다. 아는 사람도 없고 부모나 친척도 없어, 특별히 머물 곳이 없기에 누군가의 밑에 들어가 모시며 지내고 있었지만 그곳에서도 전혀 인정받지 못하였다. 남자는 '어쩌면 더 나은 곳이 있을지도 모른다.'라며 이곳저곳 다니며 주인을 바꾸어 보았지만, 어디를 가도 마찬가지여서 결국 누구를 모시지도 못하고 생계를 이어갈 방도도 없이 지내고 있었다. 그런데 남자에게는 아내가 있었는데 젊고 자태가 빼어나고 마음씨가 상냥했기 때문에 이 가난한 남편과 함께 지내고 있었다. 남편은 이래저래 고민하다가 아내에게 말하길,

"이 세상에 있는 한 이렇게 같이 살자고 생각했는데 날이 갈수록 더욱 가난해지기만 하니, 혹시 같이 있는 것이 잘못된 것인지도 모르겠네. 여기서

헤어져서 각자의 운을 시험하고자 하는데 어떻겠는가."

라고 하였다. 그러자 아내는

"저는 결코 그렇게 생각하지 않습니다. 이것도 전부 전세의 업보이니, 같이 굶어 죽어도 괜찮다고 생각했습니다. 그렇지만, 이렇게 힘든 상황만 계속된다면 말씀하신 것처럼 정말 같이 있는 것이 잘못된 것일지도 모르니 헤어져서 시험해 보는 것도 좋겠지요."

라고 했고, 남자는 그리하는 것이 좋다 하며 서로 재회할 것을 약속하고 울면서 헤어졌다.

그 후에 아내는 나이도 젊고 용모와 자태도 빼어난지라 □□□[1]라고 하는 사람의 밑에 들어가 지내게 되었다. 원래부터 여자의 마음씨가 지극히 상냥한 덕에 주인에게 귀여움을 받으며 지내던 중에 주인의 아내가 죽었다. 그러자 이 여자를 자주 불러 쓰면서 곁에 두고, 마침내 여자를 자신의 옆에서 자도록 하였다. 참하다고 생각되어 계속 그런 생활을 하던 중 결국에 주인은 완전히 이 여자를 아내로서 대하며 온갖 일들을 맡기게 되었다.

그러던 중에 주인이 셋쓰攝津[2]의 수령이 되었다. 여자는 더욱 윤택한 생활을 하며 지내고 있었다. 반면 옛 남편은 아내와 헤어져 자신의 운을 시험해 보려 했지만 그 후로 더욱더 초라해져 도읍에 있을 수가 없어, 결국 셋쓰 지방 근처까지 가서 비천한 농부가 되어 다른 사람 밑에서 일하고 있었다. □□[3] 천한 사람들이 하는 밭농사, 논농사, 땔나무 같은 일들도 익숙하지 않아, 남자가 일을 잘 못하고 있자, 주인은 남자에게 나니와難波 해변[4]에서 갈대를 베어 오도록 시켰다. 남자가 그곳에 가서 갈대를 베고 있을 때, 셋쓰

---

1   성명의 명기를 위한 의도적인 결자.
2   → 옛 지방명.
3   한자의 표기를 위한 의도적인 결자. 문맥상 '역시' 등의 어휘가 들어갈 것으로 추정됨.
4   셋쓰 지방攝津國의 나니와難波 지역의 해변.

의 국사가 아내를 데리고 셋쓰 지방에 내려가는 도중, 나니와 근처에 수레를 멈추고 쉬면서 경치를 즐기며, 많은 낭등郎等, 가솔家率들과 함께 밥을 먹고 술을 마시며 놀이를 즐기고 있었다. 국사의 부인은 수레 안에서 여종들과 함께 나니와 해변의 아름다운 경치를 구경하고 있었고, 해변에는 갈대를 베고 있는 천한 사람들이 많이 있었다. 그런데 그 가운데에 천하지만, 기품이 있고 왠지 측은하여 마음이 끌리는 한 남자가 있었다.

국수의 부인이 그를 보고 주시하고 있자니 '이상하게 내 전남편과 닮은 사람이구나.'라는 생각이 들었다. 부인은 잘못 본 것이 아닌가 □□[5] 싶어서 더욱 주의 깊게 살펴보니 '정말로 그 사람이로구나.'라고 깨달았다. 초라한 차림으로 갈대를 베고 있는 것을 보고

'여전히 안쓰러운 모습으로 있구나. 전세에 어떤 업을 지었기에 저렇게 되었는가.'

라는 생각에 눈물이 흘렀지만 태연한 척 사람을 불러 "저 갈대를 베는 사람들 중에 이러이러한 남자를 불러 오거라."라고 했다. 심부름꾼이 달려가 "이보게, 수레에 계신 분께서 부르신다."라고 전했다. 그러자 남자는 예상치 못한 일인지라 어안이 벙벙하여 고개를 들고 서 있었더니 심부름꾼은 "빨리 오게."라고 소리를 높여 위협하였고, 남자는 갈대를 버려 두고 낫을 허리춤에 꽂은 채로 수레 앞으로 나갔다.

부인이 가까이서 자세히 보니 정말로 그 남자였다. 남자는 흙에 더럽혀져 새카맣게 되어 버린, 소매도 없는 삼베로 된 무릎까지밖에 오지 않는 홑옷을 입고 있었다. 또 모양이 형편없는 에보시烏帽子[6]를 쓰고, 얼굴에도 손발에도 흙이 묻어 참으로 더럽기 그지없었다. 무릎 뒤와 정강이에는 거머리가

---

5   파손에 의한 결자. '이상하다'정도로 추측됨.
6   *옛날 성인식을 치른 남자가 쓰던 두건. 귀족은 평복으로, 평민은 예복으로도 평복으로도 사용했음.

들러붙어 피투성이였다. 부인이 이것을 보고 마음이 아파 샤람을 시켜 음식을 먹이고 술을 마시게 하자 수레를 향해 게걸스럽게 먹는 얼굴이 매우 꼴사나웠다. 부인은 수레에 타고 있던 여종에게

"저 갈대 베는 천한 사람 가운데, 저 남자가 기품이 있고 측은하게 보여 불쌍한 마음이 들었네."

라고 말하며 한 벌의 의복을 수레에서 내어, "이것을 저 남자에게 주라."라며 건네고 종이 끄트머리에

앞으로 더욱 나빠지지는 않을 것이라는 생각에 당신과 헤어졌는데도 불구하고 당신은 어째서 이런 갈대 베는 일 따위를 하며 나니와 해변에서 살고 있는 것입니까.[7]

라고 적어서 옷과 함께 주었다. 남자는 옷을 받고 어찌 된 영문인지 알 수 없는 일이라 이상하다고 생각하며 쳐다보자, 종이의 끄트머리에 무엇인가 쓰여 있었다. 그것을 읽자, 남자는 '이럴 수가, 내 옛 부인이었구나.'라고 깨닫고 '나의 숙세宿世가 참으로 슬프고 부끄럽구나.' 하고 생각했다. 남자가 "벼루를 빌려 주십시오."라고 말했더니 벼루를 내주었기에

역시 당신이 없으면 안 되었구나 하고 생각하니 더욱 나니와 해변에서 살기 괴롭다는 생각이 듭니다.[8]

---

7 원문은 "アシカラジトオモヒテコソハワカレシカナドカナニハノウラニシモスム"라고 되어 있음. 『야마토 이야기 大和物語』, 『습유집拾遺集』 9에 수록.
8 원문은 "キミナクテアシカリケリトオモフニハイド〻ナニハノウラゾスミウキ"라고 되어 있음. 『야마토 이야기』, 『습유집』 9에 수록. 남자는 여자와 헤어진 것을 후회하고, 그 좌절감이 한층 더 남자를 불행하게 하여 영락하고 말았던 것. 『야마토 이야기』에서는 와카和歌의 순서가 다르지만, 남자는 바닥에 떨어져 있으므로 여자 쪽에서 와카를 읊고 비로소 이것에 대답할 기력이 생긴 것이라고 본다면 이 이야기의 순서가 더 자연스러움.

라고 써서 보냈다. 부인이 이것을 보고 한층 가련하고 슬퍼졌다. 그 후에 남자는 갈대도 베지 않고 달려가 사라져 버렸다. 후에 부인은 이 일을 다른 사람에게 한마디로 하지 않았다.

이것은 모두 전세의 업보에 의한 것인데, 그것을 깨닫지 못하고 어리석게도 자신의 불운을 원망하는 것이다.

이 이야기는 이 부인이 나이 들어 늙은 후에 사람들에게 말한 것이리라. 그것을 듣고 전하여 후세에까지 이렇게 이야기로 전하여 내려오고 있다 한다.

身貧男去妻成摂津守妻語第五
みまづしきをとこをさるめつのかみのめとなることだいご

今昔、京ニ極テ身貧キ生者有ケリ。　相知タル人モ無ク、父母類親モ無クテ、行宿ル所モ無カリケレバ、人ノ許ニ寄テ被仕ケレドモ、其レモ聊ナル思モ無カリケレバ、只同様ニノミ有ケレバ、「若シ宜キ所ニモ有ル」ト、所々ニ寄ケレドモ、宮仕ヘヲモ否不為デ、可為キ様モ無クテ有ケルニ、其ノ妻年若クシテ形チ有様宜クテ、心風流也ケレバ、此貧キ夫ニ随ヒテ有ケル程ニ、夫万ニ思ヒ煩テ、妻ニ語ヒケル様、「世ニ有ラム限ハ、此テ諸共ニコソハ」思ツルニ、日ニ副テ身貧サノミ増ルハ、『若シ共ニ有ラバ悪シカト、各々試ム』ト思ヲ何ニ」ト云ケレバ、妻、「我レハ更ニ然モ不思ハズ。『只前ノ世ノ報ナレバ、互ニ餓死ナム事ヲ可期シ』ト思ツレドモ、其

ニ、此ク云フ甲斐無クノミ有レバ、『実ニ共ニ有ルガ悪シカ』ト、別レテモ試ヨカシ」ト云ケレバ、男、「現ニ」ト、互ニ云契テ、泣々ク別レニケリ。

其ノ後、妻ハ八年モ若ク、形チ有様モ宜カリケレバ、□○□「ト云ケル人ノ許ニ寄テ被仕ケル程ニ、女ノ心極テ風流也ケレバ、哀レニ思テ仕ケル程ニ、其ノ人ノ妻失ニケレバ、此ノ女ヲ親ク呼ビ仕ケル程ニ、傍ニ臥セナドシテ思不慣カラズ。然様ニテ過ケル程ニ、後ハ偏ニ此ノ女ヲ妻トシテ有ケレバ、万ヲ仕セテノミゾ過ケル。

而ル間、摂津ノ守成ニケリ。女弥ヨ微妙キ有様ニテナム年来過ケルニ、本ノ夫ハ妻ヲ離レテ試ムト思ケルニ、其ノ後ハ弥ヨ身弊クノミ成リ増テ、遂ニ京ニモ否不居デ、摂津ノ国ノ辺ニ迷ヒ行テ、偏ニ田夫ニ成テ人ニ被仕ケレドモ、□□下衆ノ為ル田作リ、畠作リ、木ナド伐ナド様ノ事ヲモ、不習ヌ心地ナレバ、否不為デ有ケルニ、仕ケル者、此ノ男ヲ難波ノ浦ニ葦ヲ苅ニ遣タリケレバ、行テ葦ヲ苅ケルニ、彼ノ摂津ノ

守、其ノ妻ヲ具シテ摂津ノ国ニ下ケルニ、難波辺ニ車ヲ留メテ逍遥セサセテ、多ク郎等眷属ト共ニ、物食ヒ酒呑ナドシテ遊ビ戯ケルニ、其ノ守ノ北ノ方ハ車ニシテ、女房ナド、共ニ難波ノ浦ノ可咲ク諷キ事ナド見興ジケルニ、其ノ浦ニ葦苅ル下衆ドモ多カリケリ。其ノ中ニ下衆ナレドモ故有テ哀レニ見ユル男一人有リ。

守ノ北ノ方此レヲ見テ、吉ク護レバ、「怪ク我ガ昔ノ夫ニ似タル者カナ」ト思フニ、僻目カ□思テ強ニ見レバ、「正シク其レ也」ト見ル。奇異キ姿ニテ葦ヲ苅立テルヲ、「尚心疎クテモ有ケル者カナ。何ナル前ノ世ノ報ニ此ルラム」ト思フニモ、涙泛レドモ、然ル気無クテ人呼テ、「彼ノ葦苅ル下衆ノ中ニ、然々有ル男召セ」ト云ケレバ、男思ヒモ不懸ネバ、奇異クテ仰ギ立ケルヲ、使、「疾ク参レ」ト音ヲ高クシテ恐セバ、「彼ノ男御車ニ召ス」ト云ヒケレバ、男思ヒモ不懸、使走リ行テ、葦ヲ苅リ棄テ、鎌ヲ腰ニ差シテ、車ノ前ニ参タリ。

北ノ方近クテ吉ク見レバ、現ニ其レ也。土ニ穢テ夕黒ナル袖モ無キ麻布ノ帷ヲ著タリ。帽子ノ様ナル烏帽子ヲ被テ、顔ニモ手足ニモ土付テ、穢気ナル事無限シ。膕脛ニハ蛭ト云フ物食付テ血肉也。北ノ方此レヲ見ルニ、心疎ク思エテ、人ヲ以テ物食ハセ、酒ナド呑スレバ、車ニ指向テ糸吉ク食居ル顔糸心疎シ。然テ車ニ有ル女房ニ、「彼ノ男御車共ノ中ニ、此レガ故有テ哀レ気ニ見エツルニ、糸惜ケレバ也」トテ、衣ヲ一ツ、車ノ内ヨリ、「此レ彼ノ男ニ給ヘ」トテ取スルニ、紙ノ端ニ此ク書テ、衣ニ具シテ給フ、

アシカラジトオモヒテコソハワカレシカナドカニハノウラニシモスム

ト。

男衣ヲ給ハリテ、思ヒ不懸ヌ事ナレバ、「奇異」ト思テ見レバ、紙ノ端ニ被書タル物ノ有リ。此ヲ取テ見ルニ、此ク

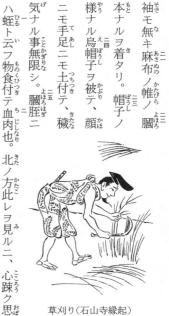

草刈り（石山寺縁起）

60

被書タレバ、男、「早ウ、此ハ我ガ昔ノ妻也ケリ」ト思ニ、「我ガ宿世糸悲ク恥カシ」ト思エテ、「御硯ヲ給ハラム」ト云ケレバ、硯ヲ給ヒタレバ、此ク書テナム奉タリケル、

キミナクテアシカリケリトオモフニハイトベナニハノウラゾスミウキ

ト。

北ノ方此レヲ見テ、弥ヨ哀ニ悲ク思ケリ。然テ男ハ、葦不苅ズシテ走リ隠レニケリ。其ノ後、北ノ方此ノ事ヲ此ク彼人ニ語ル事無クテ止ニケリ。

然レバ皆、前ノ世ノ報ニテ有ル事ヲ不知シテ、愚ニ身ヲ恨ル也。

此レハ其ノ北ノ方、年ナド老テ後ニ語ケルニヤ。其レヲ聞継テ世ノ末ニテ此ク語リ伝ヘタルヲトヤ。

야마토 지방^{大和國}의 사람이 다른 사람의 딸을 얻은 이야기

후반에 누락된 부분은 파손에 의한 것으로 보인다. 어느 지방 수령의 아내와 첩이 동시에 딸을 낳았는데, 첩의 딸이 본처의 유모의 간계로 인해 버려질 뻔했으나, 우연히 하세데라長谷寺에 참배하고 돌아오는 길에 만난 야마토 지방大和國의 도藤 대부大夫의 처의 청으로 양녀養女가 되었다. 세월이 지나 본처에게서 난 딸은 우근소장右近小將과 부부의 연을 맺었지만 요절하고, 상심에 차 있던 소장은 죽은 부인을 그리워하며 애태우고 있었다. 소장이 마음을 달래기 위해 이월 초닷새에 후시미이나리 신사伏見稻荷神社에 참배를 가던 도중에 죽은 부인과 닮은, 더 매력적인 첩의 딸을 만나 마음을 빼앗겨 그 거처를 수색하고, 부리고 있던 소사인小舍人 동자를 시켜 야마토 지방의 시키노시모 군城下郡을 수소문한 끝에, 어떤 집의 문 앞에서 일전에 그 아가씨를 모시고 있던 여동女童을 발견하였다는 부분에서 그 뒤가 누락되어 있다. 그 후의 전개에 대해서는, 소장이 첩의 딸과 다시 만나 연을 맺고 그 여자의 출신도 알게 되어 운명의 기구함에 경탄한다는 줄거리로 추정된다. 죽은 부인을 대신할 사람을 찾아 그 이복 자매에 해당하는 여자와 맺어진다는 모티브는 전형적인 것으로 『겐지 이야기源氏物語』의 가오루薫 대장大將이 죽은 우지宇治 아가씨에 대한 그리움에 이복 자매이자, 첩의 딸이었던 우키후네浮舟와 맺어지는 구상과 취지가 같다. 또한 이 이야기는 하세관음長谷觀音 영험담靈驗譚으로, 동시에 후시미이나리의 이생담利生譚의 성격도 가지고 있다고 볼 수 있다.

이제는 옛이야기이지만, □□¹의 수령, □□□□²라는 사람이 있었다.

1　지방명의 명기를 위한 의도적인 결자.
2　성명의 명기를 위한 의도적인 결자.

이 사람은 고귀한 집안의 공달公達로, 무슨 이유에서인지[3] 수령受領[4]으로 있었는데, 집안이 윤택하여[5] 무엇하나 부족함이 없었다. 그의 부인이 회임하였는데, 마침 높은 사람을 모시고 있는, 오랜 세월 동안 떨어지기 어려운 사이로 지낸 여방女房도 동시에 회임하게 되었다.

얼마 지나, 두 여자 모두 여자 아이를 출산하였다. 수령은 여방이 출산한 아이의 일을 매우 고민하였지만, 어쩔 도리가 없어 정처에게 솔직하게 이 일을 털어놓았다. 부인은 슬퍼하며

"그렇다면 태어난 그 여자애를 이곳에 불러들여 기르십시오. 이 딸아이를 모시게 하지요."

라고 상냥하게 말하니 수령은 기뻐하며 유모만 붙여 그 여자 아이를 불러들였다. 그리고 맹장지문[6]을 사이에 두고 서로 반대편 방에 두 여자 아이를 놓고 길렀다.

계모[7]는 마음이 고와 의붓자식을 미워하지 않고 자기 자식을 대하는 것과 다르지 않게 아껴줬다. 그러나 이 정처가 낳은 딸의 유모는 속이 검은 사람이었던 모양이다. 의붓자식이 밉고 편치 않아 적의를 품고 속으로 '어떻게 저 아이를 없앨꼬.'라고 생각하고 있었다. 그러던 중 야마토 지방大和國에 살고 있는 여자가 일이 있어 정처 딸의 유모의 거처에 자주 와 있었는데, 유모는 '이 첩의 자식을 이 여자에게 넘겨 죽여 없애 버리자.'라고 생각하고, 밤에 의붓자식의 유모가 푹 잠든 사이에 틈을 봐서 아기를 몰래 안고 나왔다.

---

3 보통은 중앙의 고급관리가 되어야 마땅한데 당시의 권력자의 눈에 벗어나 지방수령이 되었다는 의미를 포함.

4 국사國司를 중심으로 한 지방관에 임명되는 계층으로 하급귀족.

5 지방관은 도읍에 있는 중앙관리보다도 재물이 풍요로웠으며, 세금으로 인한 수입도 많았음.

6 원문에는 "障子"라고 되어 있음. 당시의 '障子'는 '襖', '唐紙', '衝立(이동식 칸막이)' 등 방의 칸막이로 사용하는 건구建具의 총칭. * 현대어역에서 '후스마襖'로 하고 있는 것을 참조해서 번역함.

7 여기에서는 정처를 가리킴.

그리고 야마토에서 온 여자에게 아기를 주며,

"이 아기를 데리고 가서 어느 곳이든 좋으니 버리고 개에게 잡아먹히게 하시오. 마음에 들지 않아 그러는 것이오. 이 일은 자네만 알고 절대로 입 밖으로 내지 마시오. 그대를 오랜 세월 동안 보아 왔지만 누구보다도 의지하기 때문에 내 이런 큰 비밀을 털어놓는 게요. 만사를 부탁하오."

라고 소곤거렸다. 여자는 아기를 안고 나가 밤낮으로 야마토로 향했다. 그러던 중 도중에 말을 타고 많은 이들을 거느린 여자와 만났다. 이 여자는 그 지방의 시키노시모 군성城下郡[8]이라는 곳에 사는 도藤 대부大夫[9]의 부인이었다. 권력과 재력이 대단했지만 도무지 아이가 생기지 않아 슬퍼하며 오랜 세월 동안 자주 하세長谷[10]를 참배하여 "아이를 점지해 주십시오."라고 기원하고 있었다. 마침 도 대부의 부인이 하세에 갔다가 돌아오던 길이었다.

야마토의 여자는 유모가 알려준 대로 아기를 버려야겠다고 생각했지만 아기가 너무 귀여워 버리지 못하고 길을 계속 가던 중에 도 대부의 부인과 만난 것이었다. 부인은 신분이 미천한 여자가 아기를 안고 있는 것이, 여자의 아기라고 여기고, 스쳐 지나가며 아기를 보았더니, 남루한 옷 안의 백일 정도 된 여자애가 실로 아름다웠다. 부인은 저 여자의 아기가 아닌 것 같다는 의심이 들어, "그 아기는 너의 아기냐. 참으로 아름다운 아기구나."라고 아기가 너무 갖고 싶은 마음에 사람을 시켜 물어보았다. 여자가 말하기를,

"이것은 제 아기가 아닙니다. 귀하신 분의 자식을 낳자마자 그 어미가 죽어 버려 '갖고 싶다는 사람에게 주어라.'라고 하시며 어느 분이 주었습니다. 그래서 이렇게 아기를 원하는 사람을 찾아다니고 있는 것입니다."

---

8 현재의 나라 현奈良縣 시키 군성城郡.

9 후지와라藤原 가문의 오위五位의 관직에 있는 이를 일컫는 말.

10 하세데라長谷寺(→사찰명)를 가리킴. 하세데라에 기원하러 가는 이야기는 권16·권19 등에서도 보임. 이 이야기도 하세데라 영험담靈驗譚의 하나.

라고 했다. 그러자 이 오위五位의 아내[11]가 속으로 기뻐하며 여자에게 말하기를

"나는 아이가 없어 오랜 세월 동안 하세에 참배하며 기도를 올리고 있었다. 이렇게 너와 만난 것은 관음님이 인도하신 것이구나. 그 아기를 빨리 내게 주지 않겠나."

라고 하였다. 그러자 여자도 기뻐하며 아기를 부인에게 주자, 부인이 아기를 안아 들고 말하기를

"그런데 이 아이는 어떠한 분의 자식이냐. 기왕이면 확실히 들어 두는 것이 나중에라도 좋을 듯하네. 부디 살짝 알려 주시게. 나는 이 아기를 위해서 묻는 것이라네. 누구의 아기라고 들어도 결코 다른 사람에게 말하지 않을 것이야."

하며 겉에 입은 옷을 하나 벗어 건네주었다. 여자는 뜻밖에 옷을 얻어 기뻐하며, 미천한 자의 천박함에[12] 유모의 당부를 망각하고

"절대로 입 밖에 내지 않으신다면 말씀드리지요. 혹시 누구의 아이라고 소문이 날까 봐 그런 것입니다."

라고 말했다. 도 대부의 부인은 말하지 않겠다고 맹세를 했다. 그러자 비로소 여자가 "실은 이러저러한 분의 자식입니다."라고 알려 주었다. 이를 듣고 천한 아이가 아니라고 생각하자 더욱 기뻤고 전부 관음觀音의 은혜라고 생각하고, 혹시 되돌려 달라고 하면 큰일이라는 생각에 도망치듯 헤어졌다. 이렇게 아기를 집에 데려가 부부가 함께 정성을 다해서 길렀다.

한편, 부모의 집에서는 아기가 없어져서 놀라 야단법석을 떨며 찾았지만 결국 소식을 알 수 없어 어쩔 수 없이 포기하고 말았다. 그리하여 종전보다

---

11 도藤 대부大夫의 아내. '대부大夫'는 오위의 통칭.
12 신분이 비천한 자는 신의信義도 부족하다는 생각.

더욱 정처의 딸을 소중하게, 금지옥엽으로 길렀다. 드디어 열대여섯이 되어서 우근소장右近小將인 □□□[13]라는 젊고 용모가 아름답고 심성이 훌륭한 사람을 사위로 삼아, 더할 나위 없이 소중히 돌봐 주었다. 딸 또한 용모와 자태가 빼어나 소장과 서로 사랑하며 한시도 떨어지는 일 없이 지내고 있었다. 그런데 딸이 사소한 병에 걸려 며칠을 병상에 누워 있더니 그만 병세가 심각해졌다. 온갖 기도를 올리며 부모가 한탄했지만 결국 딸은 세상을 떠나 버렸다. 부모가 얼마나 안타깝고 슬퍼했겠는가.

그 후에 소장은 이 딸을 그리워하며 이승에 남아 있을 낙도 없다고 생각하고, 새로 아내를 두지도 않고 오로지 그녀를 생각하며 궁중의 일도 등한시하고 그저 "그 사람과 닮은 사람과 만나고 싶을 뿐이다."라고 바라고 있었다. 한편, 야마토에 있는 딸은 그 후, 긴 세월 더할 나위 없이 소중하게 길러졌다. 용모와 자태가 죽은 정처의 딸보다 더 훌륭할 정도였다. 이 딸이 칠조七條 근처에서 태어났기 때문에, 산신産神[14]이신 후시미이나리 신사伏見稻荷神社를 2월의 첫 오일午日[15]에 참배하기 위해 야마토에서 상경上京하여 걸어서[16] 이나리 신사稻荷神社에 참배를 갔다. 그 소장도 마음을 달래자는 생각에 그날 이나리 신사에 참배를 갔는데, 돌아오는 길에 이 야마토의 여자를 만나게 되었다. 소장이 문득 보니 자태가 아름답고 《부드러운》[17] 의상을 입은 여자가 다가왔다. 자세히 들여다보니 나이는 열일곱이나 열여덟 정도였고, 기품이 있고 청아하여 아름답기 그지없었다. 삿갓 아래로 무심코 위를

---

13 성명의 명기를 위한 의도적인 결자. 참고로 '소小'의 한자는 저본底本을 그대로 따름.
14 '우부스나가미産土神'의 준말. 태어난 토지의 수호신.
15 2월의 처음 간지干支가 '오午'로 된 날. 이날 이나리 신사에 참예하여 경내의 '영험의 삼나무' 작은 가지를 받아 초복招福의 연緣으로 한 풍습(『야마시로 지방 풍토기山城國風土記』 일문逸文, 『대경大鏡』 권6·미치나가 전道長傳).
16 신불神佛의 은혜를 입기 위해 높은 사람도 산기슭에서 수레에서 내려 걸어서 참배함.
17 한자의 표기를 위한 의도적인 결자. 문맥을 고려하여 보충.

쳐다본 얼굴이 드러나서 살펴보니 신기하게도 예전 부인과 닮았는데, 이 여자가 한층 매력적이고 청아하였다.

여자를 본 소장은 눈앞이 캄캄해지고 가슴이 두근거려 소사인小舍人 동자를 불러 "저 사람이 가는 곳을 잘 보고 오너라."라고 명하고 뒤를 밟게 했다. 그래서 아이가 뒤를 따라가자 여자를 모시던 이들이 눈치채고, "너는 누구냐. 종자인 척하고 따라오는 것이 수상하구나."라고 말하자, 아이는 웃으면서 "저기 계시는 소장님께서 '가시는 곳을 잘 보고 오너라.'라고 하셨습니다."라고 말했다. 그러자 여자를 모시는 이가 말하길

"계시는 곳은 보기에도□□[18] 곳이니라. 그저 '다다미疊의 뒤'[19]라고만 말씀드려라."

라고 하기에 아이는 그 말을 듣고 돌아가 소장에게 "이렇게 말하였습니다."라고 전했다. 그러나 소장은 그 뜻을 전혀 알 수 없어서 안타까웠지만 여자는 이미 떠나 버려 물어볼 방도도 없었다. 그런데 소장의 집에 뛰어난 학자인 박사博士[20]가 와, 서로 이야기를 하는 참에 소장이 "'다다미의 뒤'라는 것이 무슨 뜻입니까?"라고 물어보자 학자가 "'다다미의 뒤'라는 것은 야마토에 있는 시키노시모城下라는 곳으로, 전해 오는 구사舊事[21]에서 그렇게 말하고 있습니다."라고 대답하였다. 그러자 소장이 이것을 듣고 기쁜 마음에 "그렇다면 그곳에 사는 사람이겠구나."라는 생각에, 뜬구름을 잡는 격이지만, 그 여자를 더욱 연모하게 되었다.

그리하여 더욱 그곳에 가고 싶다는 마음이 깊어져 이전에 심부름을 시켰

---

18 이대로는 뜻이 통하지 않아 결문이 있는 것으로 보임. '부끄럽다' 혹은 '드러낼 입장이나 신분이 아니다.'라는 의미일 것으로 추정됨.

19 뒤에 나오는 박사博士의 말에 의하면 야마토의 '시키노시모城下'군郡을 '敷下'라고 표기한다는 이야기에서 나온 말. 이 말이 수수께끼를 푸는 키워드.

20 '박사博士'는 대학료大學寮에서 학생을 가르치는 교관.

21 구사舊事는 옛날의 전설, 고사故事, 고가古歌 등을 말함. 단 이 내용을 전하는 자료는 현존하지 않음.

던 소사인小舍人 동자와 야마토 주변을 잘 아는 시侍[22] 한 명, 그리고 소사인
小舍人 한 명만을 데리고 말을 타고 남몰래 집을 나와 야마토로 향했다. 그
러나 시키노시모라는 곳에 도착은 했으나 어느 곳인지 알 수가 없었다. 그
저 노송나무 울타리가 길게 둘러쳐져 있는 커다란 저택이 있었다. '혹시 여
기에 있지 않을까.'라는 생각에, 말에서 내려 문 앞에 섰다. 그러자 소사인
동자가 전에 이나리 신사에서 여자를 모시던 여동이 문 안에서 나오는 것을
보고(이하 결缺)[23]

22　* 일본어로 '사부라이'로 읽음. 후세의 사무라이侍와는 다르게, 신분이 낮은 고용살이를 하는 남자의 총칭.
　　경비나 잡무에 종사하는 고용인.
23　이하 원문 누락. 저본底本 한 쪽 정도가 비어 있음.

● 제6화 ●

야마토 지방 大和國의 사람이 다른 사람의 딸을 얻은 이야기

大和国人得人娘語第六
やまとのくにのひとのひとのむすめをうることだいろく

今昔、□ノ守□ノ□ト云フ人有ケリ。此ノ人有ケリ。

此ノ人、家高キ君達ニテ有ケレドモ、何ナル事ニテカ有ケム、受領ニテ有ケレバ、家豊ニシテ、万ヅ叶ヒテナム有ケル。

其ノ妻懐妊シタリケルニ、亦可然キ所ニ有ケル宮仕人也ケル女房ヲ難去ク思テ年来有ケルニ、其モ一度ニ懐任シケリ。

而ル間、共ニ女子ヲ産タリケリ。其レニ、其ノ□

思ヒ、歎キ悲ビケレドモ、甲斐無テ、実ノ妻ニ此ノ事ヲ語ケレバ、妻モ哀ガリテ、「然ラバ其ノ産レタラム女子ヲバ、此ニ迎ヘテ養ヒ給ヘカシ。此ノ姫君ノ御ニ共ニセム」ナド事ヨク云ヒケレバ、守、「喜」ト思テ、乳母許ヲ具シテ、其ノ女子ヲ迎ヘ取テケリ。然テ障子ヲ隔テテ、彼方此方ニ二人ノ女子ヲ置テゾ養ケル。

継母ノ心ハ風流也ケレバ、継子ヲ、「憐シ」トモ不思デ、我ガ子ニモ不劣ズ思テ過ケルニ、此ノ向腹ノ乳母、心ヤ悪カリケム、此ノ継子ヲ憎マシク不安ズ挑思テ、「何デ此ノ子ヲ心ノ内ニ思ケル程ニ、大和ノ国ニ住ケル女ノ、事ノ縁有テ此ノ向腹ノ乳母ノ許ニ常ニ来タリケルニ、「此ノ継子ヲバ此レニ取セテコソ失ナフベカリケレ」ト思テ、夜ル此ノ継子ノ乳母ノ吉ク寝入タリケル間ニ、隙ヲ量テ其ノ児ヲ抱キ取テケリ。然テ其ノ大和ヨリ来タル女ニ取セテ云ク、「此ノ子ヲ得テ

何ナラム所ニモ落シ棄テ、狗ニ食セテヨ。不安シ思フ事ノ有

レバ也。努々心ヨリ外ニハ人不可散ズ。汝ゾ年来見ツルニ、

二ツ無ク憑タレバ、我レハ此ノ許ノ竊事ヲ云フニテ、万ハ

可知シ」ト私語テ取セツレバ、女児ヲ掻抱テ出テ、夜ルヲ昼

ニテ大和へ行ケルニ、途ニ馬ニ乗テ従者共数具シタル女会

タリ。此レハ、其ノ国ノ城下ノ郡ト云フ所ニ住ケル藤太夫ト

云ケル者ノ、勢徳器量クテ過ケルガ、何ニモ子ノ無カリケレ

バ、此ノ事ヲ歎テ、年来常ニ長谷ニ参テ、「子ヲ給へ」ト願ヒ

申ケルニ、其ノ藤太夫ガ妻ノ、其ノ時ニ長谷ニ参テ還向シケ

ル也ケリ。

此ノ乳母ノ教ヘツル様ニ、「此ノ児ヲ棄テム」ト思ケルニ、

児ノ糸厳気也ケレバ、難棄テ行クニ、此ノ藤太夫ガ妻行会

テ見レバ、下衆女ノ児ヲ掻抱キタレバ、思フニ、「己ガ子ニ

コソハ有ラム」ト思テ行過ル程見レバ、賤ノ衣ノ中ヨリ百日

許ニ成タル女子ノ糸厳ナルヲ見レバ、「子ニハ非ヌニヤ」ト疑ヒ、

「其ノ児ハ其ノ子カ。糸厳気ナル児カナ」ト、子欲キ余ニ人

ヲ以問ハスレバ、女ノ云ク、「此レハ己ガ子ニモ非ズ。止事

無キ人ノ御子ヲ産レ給テ即チ、其ノ母堂フ失セ給ヒタレバ、

『要セム人ニモ取セヨ』トテ人ノ給タレバ、然様ニ、『要セム

人ヲ尋テコソ』トテ思テ罷ル也」ト云へバ、此ノ五位ノ妻、

心ノ内ニ、「喜シ」ト思テ云ハスル様、「我レナム子無クテ、

年来長谷ニ詣デツ、其ノ事ヲ祈リ申ツルニ、可然キニテ此

ノ児ヲ取セツレバ、児ヲ速ニ我ニ得サセテヨ」ト云バ、女モ喜テ

児ヲ抱キ取テ云ク、「尚々此ノ児ハ何ナル

人ノ御子ゾ。同ハ慥ニ聞テラムコソ末モ喜カラメ」ト只窃ニ云

へ。我ハ此ノ児ノ為ノ事ナレバ、其人ノ御子ト聞タレドモ、

更ニ人ニ不可散ズ」ト云テ、上ニ着タル衣ヲ一ツ脱テ、喜キ

マヽニ取スレバ、女思ヒ懸ヌ衣ヲ得テ、喜カリケルマヽニ、

下衆ノ云フ甲斐無キ事ハ、乳母ノ教シ事ヲモ不信ニシテ、

「努々散サセ不給マジクハ、申シ侍ナム。若シ聞エヤセムズ

ラムト思ヘバ也」ト云へバ、誓言ヲ立テ、不可散ヌ由ヲ云フ。

其ノ時ニ女、「実ニ然々ノ人ノ御子也」ト云へバ、此レヲ

聞クニ、「下衆ニハ不有ザナリ」ト思フニ、弥ヨ喜クテ、「偏ニ観音ノ御助」ト思ヒ成シテ、「若シ取返モゾ為ル」ト思ケレバ、逃ゲ別レ去ニケリ。然テ児ヲ家ニ将行テ、夫妻共ニ心ヲ尽シナム養ケル。

然テ彼ノ祖ノ家ニハ、児ヲ失ヒテ、奇異ガリテ、騒ギ合テ求メ嘖ケレドモ、遂ニ不聞エズシテ、甲斐無クシテ止ニケリ。然レバ弥ヨ此ノ向腹ノ姫君ヲ傅テ、亦無キ者ニシケル程ニ、十五六歳ニモ成ケレバ、右近小将□ノ□ト云ケル人ノ、年若ク形チ美麗ニ心ヘ可咲カリケルヲ、智ニ取テ、傅緑ケル事無限シ。姫君モ、形チ有様微妙カリケレバ、互ニ相思テ片時立離ル事モ無ク見ケル程ニ、姫君墓無ク病付テ、日来煩テ心地大事ニ成ニケレバ、祈リ様々ニシテ父母歎ケレドモ、遂ニ失ニケルハ、恋悲ビケル事、只思ヒ可遣シ。其ノ後、少将此ノ人ヲ恋悲デ、「世ニモ不経ジ」ト思テ、妻ヲモ不儲ズシテ心ヲ澄シテ、宮仕ヘモ心殊ニ不為デ、只、「有シ人ニ似タラム人ヲ見テシガナ」ト願ヒ思ケルニ、彼大

和ノ人ハ年月ヲ経ルマヽニ、艶ズ傅キ養ヒケリ。形チ有様ハ失ニシ向腹ノ姫君ニハ勝レテナム有ケル。其レガ七条辺ニテ産レタリケルバ、産神ニ御スルトテ、二月ノ初午ノ日稲荷ヘ参ラムトテ、大和ヨリ京ニ上テ、其ノ日歩ニテ稲荷ニ詣デタリケルニ、彼ノ少将、「心モ嗳メム」ト思テ、其ノ日稲荷ニ詣デ還向シケルニ、此ノ大和ノ人ニ会ニケリ。少将此ヲ見レバ、姿有様労気ニテ、着物□ヤカナル女会タリ。吉見レバ、年十七八ノ程也。気高ク浄気ニテ、厳キ事無限シ。何心モ無ク打仰タルヲ笠ノ下ヨリ見レバ、怪ク、有シ昔人ニ少シ似タル有。猶此レ愛敬付キ浄気ナル事増タリ。

然レバ少将、目モ暗レ心モ騒ギ、小舎人童ヲ呼テ、「此ノ人ノ入ラム所ヲ慥ニ見テ来」トテ遣タレバ、童後ニ立行クヲ、共ナル者共気色バミテ、「己レハ誰ソ。怪ク具シ参ラセタル様ナルハ」ト云ヘバ、童打咲テ、「彼コニ御マシツル少将殿ノ、『入ラセ給ハム所ヲ慥ニ見テ参レ』ト云ヘバ、共ナル人ノ云ク、「御マサム所ハ可見クモ□所也。只、『畳

ノ裏』ト許ヲ申セ」ト云ケレバ、童其ノ由ヲ聞テ返テ、少将

二、「此ナム申ツル」ト云ケレバ、少将更ニ心難得ク歎キ思

ケル程ニ、女ハ行キ別レニケレバ、可尋キ方モ無カリケルニ、

少将ノ家ニ止事無キ学生ノ博士ノ来タリケルニ、物語ノ次デ

二、少将、『畳ノ裏』ト云フ事ハ何ト云フ事ゾ」ト問ケレバ、

博士、『畳ノ裏』トハ大和ニ有ル城下ト云フ所ゾコソ、古ヘ

旧事ニ申タレ」ト云ケレバ、少将此ヲ聞テ、心ノ内ニ喜ビ思

テ、「然テハ其ニ住ム人ナヽリ」ト心得テ、上ノ空ナレドモ、

彼ノ人ニ心移リ畢ニケリ。

「然云ラム所ヘ行カムバヤ」ト思フ心深ク付テ、使也シ小舎

人童ト大和ノ辺知タリケル侍一人、舎人男一人許シテ、馬

二乗テ忍テ出立テ大和ヘ行ケル。城下ト云フ所ヲ尋テ行タレ

ドモ、何クトモ不知ズ。只大キヤカナル家ノ有ルニ、檜垣長

ヤカニ差廻シタル有リ。「若シ此ニヤ有ラム」ト思ヒ煩テ、

馬ヨリ下テ門ニ立ル程ニ、小舎人童、彼ノ稲荷ノ共也シ童ノ、

家ノ内ヨリ出タルヲ見テ（以下欠）

우근소장右近少將□□
진제이鎭西에 간 이야기

앞 이야기에 이어서 뒷부분이 누락되어 있으며, 이것도 파손에 의한 것으로 보인다. 관현管絃을 애호하는 모 우근소장右近少將이 달 밝은 밤, 묘한 쟁箏 소리에 이끌려 연주를 하던 여자와 연을 맺었지만 여자는 다음 만남을 기다리지 않고 아버지인 대재부大宰府의 대이大貳를 따라 규슈九州로 내려갔다. 소장은 그리움을 억누르지 못하고, 힘든 여행을 계속하여 규슈로 내려가 여자를 데리고 도읍으로 올라가지만 도중에 괴사怪死한다. 여자가 절망으로 좌절하고 있을 때, 도읍과 규슈에서 그녀를 찾던 사람이 도착하여 여자는 규슈로 되돌아가게 되었다는 부분부터 뒷부분이 누락되어 있다. 우근소장의 사랑과 여자와의 재회라는 모티브를 매개로 앞 이야기와 이어지며, 야마노이山の井의 지명 및 사랑의 도피, 그리고 비극적 최후 등을 매개로 다음 이야기와 연결되어진다는 점만은 거의 확실한 것으로 보인다.

이제는 옛이야기이지만, 우근소장右近少將[1]인 □□□[2]라는 사람이 있었다. 용모와 자태가 뛰어나고 풍아風雅를 알았는데, 그중에서도 특히 관현管絃[3]을 애호했다.

9월 중순경, 달이 매우 아름다운 날 밤에 소장이 어떤 사람의 거처를 방문

---

1 우근위부右近衛府의 차관次官.
2 우근소장右近少將의 성명의 명기를 위한 의도적인 결자.
3 음악. 관현은 귀족의 교양.

했는데, □□과 □□[4]의 주변에, 정원의 나무들은 정취가 있었지만 매우 황폐해진 집이 있었다. 그 안에서 은은하게 쟁箏[5] 소리가 들려왔다. 소장은 원래부터 그 방면에 매우 관심이 있는 사람이었기 때문에 수레에서 내려 '여기에는 어떤 사람이 살고 있을까.' 하며 마음 끌리는 대로 문으로 들어가, 중문의 복도 곁에 숨은 채로 서서 살펴보았다. 스물쯤 되어 보이는, 이루 말할 수 없을 만큼 아름다운 여자가 서쪽에 있는 다이노야對屋[6]의 발을 조금 걷어 올리고, 하나치이데노마放出の間[7]를 향해 쟁을 앞에 두고 연주하고 있었다. 그 손놀림이 달에 □□[8]되어 참으로 아름답게 보였다.

이것을 보고 소장은 모든 것을 잊어버릴 정도로 여자에게 마음을 빼앗겨 버렸다. 여자 앞에는 어린아이가 하나 있을 뿐 다른 사람은 없었기 때문에 소장은 '이런 기회는 또 없을 것이다.'라 생각하고 알리지도 않고 안으로 들어갔다. 놀란 여자는 숨을 방법도 없고 어처구니가 없고 혐오스러웠지만 끝내 거절하지 못하고 소장과 부부의 인연을 맺었다. 여자의 몸가짐이나 자태가 이 세상 사람이 아닐 정도로 빼어났기 때문에, 소장은 여자를 더할 나위 없이 사랑스럽게 생각했지만 이렇게 계속 그곳에 있을 수도 없었다. 날이 밝아왔고, 여자도 "날이 밝아옵니다."라며 당혹스러워 하자, 소장은 몇 번이고 미래를 약속하고 돌아갔다.[9]

그 후로는 쉽사리 만나지도 못하자, 소장은 탄식하며 세월을 보내고 있었다. 사실 이 여자는 □□□□[10]라는 사람의 딸로, 어머니가 죽고 아버지는

4　헤이안 경의 조방條坊의 명기를 위한 의도적인 결자.
5　당에서 전래된 십삼현금十三絃琴. 기러기발을 괴우고 현을 뜯음. 길이는 약 6척尺.
6　침전寢殿 건축에서 주인이 사는 모옥母屋에 대해서 부인夫人, 가인家人, 여방女房이 사는 건물.
7　모옥母屋을 행랑방(히사시庇)이나 툇마루까지 넓혀 맹장지나 미닫이문을 달지 않은 임시적인 방.
8　한자의 표기를 위한 의도적인 결자. '달에 비쳐', '달빛에 반사되어' 정도로 추정.
9　당시에는 날이 밝으면 남자가 돌아가는 것이 보통이었음.
10　이름의 명기를 위한 의도적인 결자.

후처를 맞이하여 딸을 보살펴 주지 않아, 어머니가 죽은 집에 홀로 남아 있었던 것이었다. 그러던 중에 아버지가 대재大宰의 대이大貳[11]가 되어서 진제이鎭西[12]에 내려가게 되었다. 아버지가 말하길

"딸을 오랫동안 모른 체하고 살아왔지만 도읍에 이렇게 두고 가면 어떻게 살아가겠는가."

라며 딸을 데리고 내려가려 했다. 소장이 이를 듣고

'그 사람이 도읍에 있었기 때문에 만나기 어려운 것도 탄식하면서도 견딜 수 있었다. 부모를 따라 진제이로 내려간다면 어떻게 만날 수 있겠는가.'

하며 슬퍼하고 불안했지만 이를 막을 도리가 없었다. 소장은 오로지 비탄의 눈물을 흘렸지만, 어찌할 도리가 없었고, 결국 여자는 내려가 버렸다.

그 후로 소장은 살아갈 낙을 잃어버려, 뒤에는 병에 걸려 세월을 보내는데 더욱 슬픔을 견딜 수 없게 되어 죽을 것 같았다. 이에 소장은 '어떻게 해서든 그 사람을 한 번 더 보지 않고는 살 수 없다.'라고 생각하고, 조정에 말미를 얻어 아버지인 대납언大納言[13] □□[14]라고 하는 사람에게도 "잠시 참배를 다녀오겠습니다."라고 말한 뒤, 사람들 몰래 나와 진제이로 향했다. 소장은 수신隨身[15] 한 명, 소사인小舍人 동자, 말을 끄는 자 한 명만을 데리고 그저 발 닿는 곳에 그날의 숙소를 정하고, 시중드는 이들의 호위를 받으며 진제이로 내려가던 중, 며칠이 지나 어느덧 대재부에 도착하였다. 그런데 여자를 찾아갈 방법이 없어, 어렵게 일전에 도읍에 있던 여동을 찾아가 불러내자, 아이는 "깜짝 놀랐습니다. 여기에는 어쩐 일이십니까"라고 말하고

---

11 규슈九州의 구국이도九國二島를 다스리는 대재부大宰府의 차관으로 수帥의 아래, 소이少貳의 위에 해당. 정오위이며 후에 종사위에 상당함.

12 규슈를 일컬음.

13 태정관太政官의 차관.

14 대납언 성명의 명기를 위한 의도적인 결자.

15 조정이 귀인貴人에게 붙여 주는 호위. 소장에게는 보통 두 명이며 근위부近衛府의 사인舍人이 담당함.

는 주인 여자에게 알렸다. 주인 여자는 남자와 만나 감개무량하였다.

소장이 말하기를

"도저히 이 세상을 살아갈 수 없을 것 같은 생각에, 죽을 것 같았기 때문에, 딱 한 번만 만나 보자라고 생각했습니다."

라고 하니 여자는 "그 정도로 절 그리워해 주셨을 줄이야."라고 대답했다. 소장은 당장은 이래저래 말하지 않고 날이 밝아오자, 여자를 말에 태워 도읍으로 데리고 올라가려고 하였다. 그러자 여자는 "도저히 갈 수 있을 것 같지 않습니다."라고 거절했지만 끝까지 거절하지 못하고, 이렇게 된 이상 어쩔 수 없다고 생각하고 따라나섰다. 12월경의 일인지라, 눈이 심하게 오고 바람도 불어 견디기 힘들었지만, 한시라도 빨리 도읍에 도착하려는 마음에 길을 서둘러 가는 중에 해가 기울기 시작했다. 눈이 쌓이는 것도 아랑곳하지 않고 계속 걸어가니 주위는 완전히 어두워졌다. 쉬어 가자고 생각했지만, 머물 만한 곳도 없었다. 소장이 참담한 생각에 말에서 내려, 나무 아래에 앉아 "이곳은 어디냐."라고 묻자, 종자 중 한 사람이 "이곳은 야마노이山の井[16]라고 합니다."라고 대답했다. 옆에 흐르는 시냇물의 물을 손으로 떠서 마시고 식사를 준비하여, 여자에게 주고 자신들도 먹었다.

이렇게 여행길을 계속 갈 수 있었던 것도 시중드는 이들이 약간의 비단을 가지고 있어, 그것을 먹을 것과 바꾸어 가까스로 살아갈 수 있었던 것이었다. 그런데 이곳은 너무도 인가와 떨어져 있고, 어쩐 일인지 자꾸 마음이 불안해지는 곳이었기에, 그들은 장애물이 없어 멀리까지 내다보이는 그곳에서 서로 지나온 날과 앞으로의 다가올 날 등을 함께 절절히 이야기하며 눈물을 흘렸다.

---

16 야마구치 현山口県 아사 군厚狭郡 산요 정山陽町 야마노이山野井로 추정됨.

그러던 중에 소장이 "잠깐 다녀오마."라고 하며, 사람 눈에 띄지 않는 곳으로 갔다. 그러나 얼마간 기다려도 소장이 돌아오지 않자, 여자는 '어째서 이렇게 오래 나타나지 않으실까.'라고 생각하여 시종들에게 이 사실을 알렸다. 그래서 시종들이 나가 소장을 찾아보았지만 어디에도 보이질 않았다. 여자가 놀라 직접 멀리 있는 논 근처까지 나가 보았더니, 그곳에 있던 울타리 옆에, 소장이 입고 있던 가리기누狩衣[17]의 소매만이 걸려 있었다. 여자는 이것을 보고 "아아 큰일이다."라는 말조차 입에 담지 못하고 눈앞이 깜깜해졌다. 그 안쪽을 살펴보니, 뒤쪽에 소장이 신고 있던 □[18] 한 쪽만이 떨어져 있었다. 같이 간 자가 그것을 들어 올려 보자, 단지 발바닥[19]만 남아 있을 뿐이었다. 슬픔에 할 말을 잃고, 여자에게 이것을 들고 가 엎드려 한탄하였다. 이것을 본 여자는 어떤 생각을 했을 것인가. 결국 여자는 그 자리에 엎드려 정신없이 울었다.

이렇게 이틀 정도 그곳에 머물렀는데, 여자의 부모인 대이大貳가 딸의 실종 소식을 듣고 진제이에서 많은 사람을 보내어 수색하고 있었다. 한편, 소장의 부모인 대납언 측에서도 "소장이 진제이에 갔습니다."라는 이야기를 듣고 사람을 보냈는데, 양쪽이 동시에 이 나무 아래로 찾아와 서로 만나게 되었다. 명을 받들고 온 자가 이를 보고 기뻐하며 "소장님은 어디에 계신가."라고 물었지만 대답할 수 없었다. 겨우 "이런 일이 있었습니다."라고 말하였더니 명을 받들고 온 자들은 어찌할 바를 몰라 울며 당황해 했지만 이제 와서 어쩔 도리가 없는 일이었다. 진제이에서 명을 받들고 온 자들은 "이제 어쩔 수 없다."며 여자에게 "돌아가십시다."라고 하며 진제이로 데려가

---

17 * 원래 수렵狩獵용의 의복이었는데 헤이안 시대 이후에는 남성귀족, 관인官人의 평복이 되었음.
18 한자의 표기를 위한 의도적인 결자. 해당어로는 '버선'이 추정됨.
19 * 원문에는 '足ノ平'라고 되어 있다. 이것에 대해 두주에는 '발바닥의 평평한 부분'이라 설명하고 있고 현대어 역에서는 '발바닥의 皮(껍질, 가죽)'라고 설명되어 있음.

려 했지만 여자는 엎드려서 울기만 할 뿐 일어나려고 하지도 않았다. 그래서 명을 받은 자는 (이하 결缺)[20]

---

20 이하 누락.

右近少将□□行鎮西語第七

今昔、右近ノ少将□□ト云フ人有ケリ。形チ有様美麗ニシテ、心バヘ可咲カリケリ。其ノ中ニ管絃ヲナム極ク好ケル。

其ノ人九月ノ中ノ十日許ノ程ニ、月ノ糸諂カリケル夜、人ノ許ヘ行ケルニ□□トノ辺ニ極ク荒タル家ノ木立ナド諡キ有ケリ。其ノ内ニ髪ニ筝ノ音ノ聞エケレバ、少将此レヲ極ク興ジケル人ニテ、車ヨリ下テ、「此ハ何ナル人ノ住レラム」ト心憾ク思テ、門ヨリ入テ中門ノ廊ノ脇ニ隠レテ立テ見レバ、西ノ対ノ簾ヲ少シ巻上テ、放出ノ間ニ向テ、年二十許ナル女ノ、云ハム方無ク可咲気ナル、前ニ筝ヲ置テ弾居タル手ツキ、月ニテ、糸微妙ク可咲ク見ユ。少将此レヲ見ルニ、心移リ畢テ行ク方ノ事ハ忘ニケリ。

女房ノ前ニ小キ童一人居タリケリ。亦人モ無カリケレバ、少将、「此ハ折ハヨモ不有ジ」ト思テ、押テ入ニケリ。女可隠キ方モ無カリケレバ、奇異ク思ケレドモ、可辞キ様無クテ近付ニケリ。少将女ノ気ハヒ有様ナド世ニ不似ズ微妙カリケレバ、類グヒ無ク哀レニ糸惜ク思ケレドモ、然テ可有キ事ニ非ネバ、暁ニ成タルヲ、女モ、「夜明ナム」トテ侘ケレバ、少将無限ニ云契テ出ニケリ。

其ノ後ハ軽ク会事モ無カリケレバ、少将此レヲ歎ツヽ有ケル程ニ、此ノ女ハ□□ノ□□ト云ケル人ノ娘也ケリ、其ガ母堂失タル家ニ、独リ残留テ居タル也ケリ。失タル家ニ、父妻ヲ儲テ此ノ娘ヲ不知ザリケレバ、母堂ノ大弐ニ成ニケレバ、鎮西ニ下ケルニ、「此ノ娘ヲ年来ハ不知ザリケレドモ、京ニ此テハ何ニシテカ有ラムト為ル」ト云テ、具シテ下ラムト為ルヲ、少将此レヲ聞テ、「京ニ有ツレバコソ、会フ事難歎ヲシツヽモ過ツレ。鎮西ニ祖ニ具シテ下ナムニハ、何ニシテカハ可見キ」ト、哀ニ心細ク思ケレド

モ、可止キ様無ケレバ、極ク泣キ歎ケレドモ、甲斐無クテ、女下ニケリ。

其ノ後ハ少将、惣テ世ニ可有クモ更ニ不思ザリケレバ、後ニハ病成テ年月ヲ経ルニ、尚侘テ難堪ク可死ニテ思ケレバ、「然ハ今一度相ヒ不見デハ、何デカ有ラム」ト思テ、公ニ暇ヲ申シ、父ノ大納言□ト云テ、「白物ニ物ニ詣デム」ト云、忍テ窃ニ出立テ、鎮西ヘ下ケルニ、随身一人、小舎人童一人、馬舎人許ニテ、只行着ク所ヲ泊ニテ、此ノ者共ニ被養テ行ケル程ニ、日来ヲ経テ既ニ太宰府ニ下着テ、可尋キ方無カリケレバ、構テ京ニテ前ニ居タリシ童ヲ尋テ、呼出シタリケレバ、童、「穴極ジヤ。此ハ何ニシテ御シツルゾ」ト云テ、主ノ女ニ告タリケレバ、主会テ、「哀レ」ト思タル気色也。

少将、「尚世ノ中ニモ難有ク思エテ、可死ク成ニタレバ、『今一度対面セム』ト思テナム」ト云ケレバ、女、「哀レニ此クマデ思給ケル事」ト云テ、会タリケレバ、少将ヤガテ此

モ彼モ不云デ、暁ニ馬ニ打乗テ京ヘ返リ上ラムトシケレバ、女、「何ニシテカ可行キ」云ケレドモ、可遁クモ無カリケレバ、「何ニカハセム」ト思テ行ケルニ、十二月許ノ程ド也ケレバ、雪極ク降テ、風ノ気色難堪カリケレドモ、「只疾ク行着ナム」ト思テ念テ行ケルニ、暗ク成ニケレバ、行キ宿ル所モ無クテ、只モ不知ズ行々テ、墓無ク木ノ本ニ下居テ、「此ハ何クトカ云フ人有テ、「此ヲバ山井トナム申ス」ト云ケレバ、流々行ク水ヲ結ビテ上テ、食物ナムド構テ、女ニモ食ハセ、我等ナドモ食テケリ。

此様ニ道ノ遇ナルモ、此ノ共ナル者共ノ墓無ク軽物ナドヲ持タリケレバ、此ヲシテ養ケルニ、此ハ無下ニ人気モ遠クテ、故ヘ無ク心細ク思ヒ次ケラレテ、遥々ト見エ渡ケルニ、過コシ方行末ナドノ哀レナル事共ヲ互ニ語リツヽ泣ケリ。而ル間、少将隠レナル方ニ、「白地サマニ」トテ行ニケルガ、良久ク不見エザリケレバ、女、「何カニ此ク久クハ不見

エヌニカ」思テ、共ナル者共ニ告レバ、其等行テ見ケレバ、

少将モ無シ。女驚テ小田深ク行テ見ケレバ、垣ノ有傍ニ

少将ノ狩衣ノ袖ノ限リ懸リタリ。女此レヲ見テ、「穴極」ト

ダニ更不云不ズ被迷テ、尚奥ヲ見ケルバ、其ノ後ノ方ニ少将

ノ履タリツル□五ノ、片足ノミ有リ。取上テ見レバ、只足ノ平

ノミゾ有ケル。悲ク極キ事云ヘバ愚ニテ、女ノ前ニ此レヲ持

行テ、臥シ丸ビ泣迷フ。此レヲ見ル女何許思エケム。ヤガ

テ其コニ泣臥ニケリ。

然テ二日許其ニ有ケル程ニ、女ノ祖ノ大弍、此ト聞テ鎮

西ヨリ数ノ人ヲ遣セテ尋ケルニ、亦少将ノ祖ノ大納言ノ許ノ

ヨリモ、「少将鎮西ヘ行ニケリ」ト聞テ人ヲ遣ケルニ、共ニ

此ノ木ノ本ニ尋ネ来リ会ニケリ。此ト見テ使喜ビ乍ラ、「何

ラ、少将殿ハ」ト問ケレバ、可答キ方無シ。辛クシテ、

「然々」ト云ケレバ、使奇異ク泣迷ヘドモ更ニ甲斐無シ。鎮

西ノ使ハ、「今ハ甲斐無」ト云テ、女ヲ、「去来給ヘ」トテ、

鎮西ヘ将行カムト為レドモ、泣迷テ泣臥テ、起モ不上ネバ、

使（以下欠）

대납언大納言의 딸을
내사인內舍人에게 빼앗긴 이야기

대납언大納言의 집에서 일하던 내사인內舍人 아무개가, 우연히 훔쳐보게 된 아가씨를 사랑하게 된다. 내사인은 직소直訴를 빙자하여 아가씨에게 접근하고, 아가씨를 납치해 도망가서 무쓰 지방陸奧國 아사카 산安積山에 오두막을 지어 같이 살게 된다. 이윽고 회임한 아가씨는 남자가 집을 비운 사이에 산중의 우물에 자기 얼굴을 비춰 보고 자신의 너무나도 야윈 얼굴에 슬퍼하며 죽고, 돌아온 남자도 아가씨의 죽음을 슬퍼하며 숨을 거두었다는 이야기. 예로부터 '아사카 산~'으로 시작하는 와카和歌와 관련하여 수많은 이야기가 만들어져 왔는데, 이 이야기도 그중 하나이다.

이제는 옛이야기이지만, □□[1] 천황天皇의 치세에 대납언大納言 □□□[2]라는 사람이 있었다. 대납언에게는 수많은 자식들이 있었는데, 그중에 용모가 아름답고 자태가 빼어난 딸이 하나 있었다. 아버지 대납언이 이 딸을 특히 귀여워하여 한시도 곁에서 떨어지지 않고 정성을 다해 길러, 장래에는 천황을 모시도록 할 심산이었다. 한편, 그 집에 시侍로 일하고 있던 내

---

1   천황의 시호諡號의 명기를 위한 의도적인 결자. 저본에는 공란이 없지만 다른 예를 참조하여 설정함.
2   대납언의 성명의 명기를 위한 의도적인 결자.

사인內舍人[3] □□□□[4]라는 남자가 있었다.

　이 남자는 어떤 사정으로 그 집 안에까지 출입할 수 있도록 허락받아, 가까이에서 주인을 모시고 있던 중에 우연한 기회에 이 집의 아가씨를 살짝 엿보게 되었다. 아가씨의 용모와 자태, 그리고 몸가짐도 세상에 비할 바 없이 아름다운 것을 보고, 이 남자는 즉시 애욕의 마음이 끓어올랐다. 아가씨를 마음에 품는 것은 감히 있을 수 없는 일이었지만, 그 이후로 만사가 손에 잡히질 않고 밤낮으로 오직 이 아가씨만이 떠올라, 어떻게 해서든 아가씨를 만나고 싶어 견딜 수 없었다. 결국에 남자는 병에 걸렸고 식사도 제대로 할 수 없어 죽을 지경에 이르렀다. 남자는 고민 고민 끝에, 그 아가씨를 곁에서 모시는 여자를 만나

　"참으로 중요한 일로 주인님께 말씀드릴 일이 있습니다만, 그 전에 아가씨께 말씀드리고 싶습니다. 잘 말씀드려 주십시오."

라고 말했다. 그러자 여자가 "무슨 일을 말씀드릴 생각입니까."라고 물었다. 그러자 남자가 "이 일은 정말 비밀스러운 일이기 때문에 다른 사람을 통해 아뢸 수 없는 일입니다. 저는 오랜 세월 동안 이 집안을 섬기며 저택의 안팎을 자유롭게 드나드는 것을 허락받은 몸이니, 송구스럽지만 툇마루 가까이 나와 계시면 직접 상세히 말씀드릴 생각입니다."

라고 말했기에, 여자가 그 말을 듣고 아가씨에게 "이렇게 말하고 있습니다."라고 살짝 전하였다. 아가씨가

　"무슨 일일까. 그 남자는 신뢰를 하고 부리고 있는 사람이니 꺼릴 필요는 없습니다. 직접 듣지요."

3　중무성中務省에 소속되어 조정의 숙위宿衛와 잡역에 종사하며 행행行幸에 수행하여 경호警護하는 관인官人. 공경의 자제, 또한 후에는 미나모토源 가문이나 다이라平 가문 중에서 선발하여 이 직책을 맡게 했음.

4　성명의 명기를 위한 의도적인 결자.

라고 □□⁵ 말하였고, 여자가 남자에게 이 말을 전하였다. □□⁶ 남자는 기뻤지만 가슴이 몹시 떨렸고, 마음속으로

'더 이상 이승에서 살아도 사는 것 같지 않으니 어차피 죽을 바에야 이 아가씨를 차지하여 내 소원을 이룬 후에, 몸을 던져 죽으리라.'라고 결심했다. 남자가 이러한 마음을 가지고 있었기 때문에 아가씨의 시종에게 그와 같이 말한 것이었다. 그리하여 남자는 이승에서 살날도 얼마 남지 않았다고 생각하니 만사가 걱정되고 슬펐지만, 아가씨에 대한 마음을 억누를 수 없어 그 시종을 만나 "그 일은 어떻게 되었습니까. 어서 빨리 아뢰지 않으면 안 됩니다."라고 재촉하였다. 그래서 여자가 다시 아가씨에게 말씀드리자, 아가씨는 별다른 생각 없이 툇마루 쪽으로 나와, 모퉁이에 있는 문⁷의 발 안쪽에 서서 이야기를 들으려 하였다. 밤이라 주변에는 아무런 인기척도 없었다. 남자는 마루 가까이 다가갔지만 말씀드릴 것도 없어 잠시 가만히 있었다. 그리고 '내 어이없는 일을 저질러 버렸구나. 이제 나도 끝장이다.'라고 생각하며 괴로워했다. 그러나 여전히 연모의 정에 몸이 타들어 가는 것 같아서 '이제 죽는다 해도 상관없다.'고 결심하고 발 안으로 뛰어들어 아가씨를 끌어안고 날듯이 그 집을 나와 멀리 인적이 없는 곳으로 데리고 갔다.

집에서는 "아가씨가 보이지 않는다."라며 큰 소란이 났고, 대납언은 물론 신분의 상하를 막론하고, 모두가 우왕좌왕 당황하여 부산을 떨었다. 하지만 아가씨를 찾을 방법이 없어 어쩔 수 없이 포기하고 말았다. 내사인이 그날 밤부터 종적을 감추고 보이지 않았지만, 내사인이 아가씨를 데려갔다고는 생각지 못하고, 어딘가의 신분이 높은 자가 꾀어낸 것인지 모른다고 추측하

5　이 공란은 무시해도 뜻이 통함. 의도적인 결자인지 파손에 의한 것인지 불명.
6　이 공란은 무시해도 뜻이 통함. 의도적인 결자인지 파손에 의한 것인지 불명.
7　＊원문에는 "妻戸"로 되어 있음.

고 있었다. 또한 일전에 아가씨에게 남자의 말을 전한 여자도 분명히 내사인이 아가씨를 안고 도망치는 것을 보았으면서도 후환이 두려워 말하지 못했기 때문에, 결국 신분이 높은 사람이 내사인을 부추겨 한 일이라고 의심만 하고 끝나 버렸다.

한편 내사인은 '이 일이 알려지게 되면 나는 끝이다.'라고 생각했기 때문에 '도읍에는 있을 수 없겠구나. 먼 곳으로 가서 들판이든 산속이든 이 아가씨를 데리고 살아야겠다.'라고 결심했다. 그리고 아가씨를 말에 태우고, 자신도 말을 타고 활과 화살을 짊어지고, 오직 가까이에서 부리던 종자 두 사람만 데리고 무쓰 지방陸奧國으로 향했다. 밤낮을 가리지 않고 가서 무쓰 지방 아사카 군安積郡에 있는 아사카 산安積山[8]에 도착하여 '여기는 《손쉽게》[9] 뒤쫓아 올 사람도 없을 것이다.'라고 생각하고, 나무를 베어 오두막을 만들어 아가씨를 모셨다. 내사인은 종자들을 데리고 마을에 나가 먹을 것을 구해 와 아가씨를 돌봤다.

이렇게 세월을 보내고 있었는데, 남편이 마을에 나가 있는 동안 여자는 혼자 남아 있었다. 그러던 중에 여자가 임신을 하게 되었다. 어느 날, 남자가 먹을 것을 구하기 위해 마을에 나가, 네댓새 동안 돌아오지 않았다. 여자는 기다리다 지쳐 불안한 마음에 오두막 주변을 둘러보았다. 그러다 산 북쪽에 얕게 구멍을 판 우물이 있는 것을 발견하고 문득 들여다보자 물에 자기의 모습이 비쳤다. 거울을 볼 일이 없었으니[10] 자신의 얼굴이 어떻게 되었는지 몰랐지만, 물에 비친 모습을 보자, 너무나 참담한 모습이었다. 여자는 '참으로 부끄럽구나.'라고 생각하고 혼잣말로,

---

8 아사카 군安積郡은 무쓰 지방陸奧國 남부에 있었던 지역으로, 현재의 후쿠시마 현福島縣 고오리야마 시郡山市를 중심으로 하는 지역.
9 한자의 명기를 위한 의도적인 결자.
10 거울은 당시 상당한 귀중품으로, 동북 지방의 산중에서는 얻기 힘든 물건이었을 것임.

내 모습조차 비치는 아사카 산의 우물처럼 얕은 마음을, 나는 당신께 가지고 있지는 않습니다.[11]

라고 읊었다. 여자는 이 노래를 나무에 새겨 넣고 오두막으로 돌아갔다. 그리고 자신이 도읍에 있을 때, 부모님을 비롯하여 모든 사람들이 소중히 대해 주고, 풍족한 생활을 했던 일들을 떠올리자 더할 나위 없이 쓸쓸해졌다. 여자는 '어떤 전생의 업으로 이렇게 된 것인가.'라고 생각하다 슬픔에 견딜 수 없었을 것이다, 그대로 골똘히 생각한 나머지 숨을 거두고 말았다. 그 후, 남자가 먹을 것을 구해 종자에게 들려 집으로 가져와 보니 여자가 쓰러져 숨져 있었다. 이게 무슨 일인가 하고 놀라 슬퍼했지만 산속 우물곁의 나무에 적혀 있는 노래를 발견하고, 더욱 슬퍼져서 오두막으로 돌아와 죽은 아내 옆에 엎드려 슬퍼하다 죽어 버렸다.

이 일은 종자가 이야기해서 세상에 알려진 것이리라. 세간의 구사舊事[12]로 전해지고 있다.

그러므로 여자는 설령 가까이서 부리는 이라고 해도 남자에게는 방심하면 안 된다고 이렇게 이야기로 전하여 내려오고 있다 한다.

---

11 원문은 "アサカ山カゲサヘミユル山ノ井ノアサクハ人ヲオモフモノカハ"라고 되어 있음. 『만엽집萬葉集』 권16에 수록.

12 구사舊事는 옛날의 전설, 고사故事, 고가古歌 등을 말함. 단 이 이야기를 전하는 자료는 현존하지 않음.

大納言娘被取内舍人語第八
だいなごんのむすめうどねりにとらるることだいはち

今昔、□天皇ノ御代ニ、大納言□ノ□ト云フ人有ケ
リ。子共数有ケル中ニ、形チ美麗、有様微妙キ女子一人有
ケリ。父ノ大納言此ヲ愛シ悲デ、片時モ傍ヲ不放ズシテ養ヒ
傅テ、天皇ニ奉ラムトシケルニ、其ノ家ニ侍ニテ被仕ケル
内舍人□ノ□ト云フ者有ケリ。

事ノ縁有テ、其ノ家ノ入立ニテ近ク被仕ケル程ニ、自然ラ
髴ニ此ノ姫君ヲ見テケリ。形チ、有様、気ハヒノ世ニ不似ズ
厳カリケルヲ見テ、此ノ男、忽ニ愛欲ノ心深ク発テ、思ヒ
可寄クモ非ヌ事ナレドモ、其ノ後ハ万ノ事不思ズシテ夜昼、
只此ノ姫君ヲ有様ノミ心ニ懸リテ、見マ欲ク難堪ク思ヘケル
程ニ、畢ニハ病ニ成テ、物ナドモ敢テ不食ハズシテ、可死キ

程ニ成ニケレバ、返々思ヒ繚テ、其ノ姫君ノ御方ニ有ケル
女ニ会テ、「極タル大事ニテ、殿ニ可申キ事ノ候ヲ、姫御前
ニ申サムト思給フルヲ、其ノ事申給ヘ」ト云ケバ、女、
「何事ヲ申サム」ト云ケバ、男、「此ノ事ヲ極タル蜜事ニテ、
人伝ニテハ否不申マジキ事ニテナム有ルヲ、已レ年来此ノ殿
ニ仕テ内外無キ身也、忝クモ端ニ立出サセ給ヒテラバ、不
人伝ニ細カニ申サムト□思給フル」ト云ケバ、女其ノ由
ヲ聞テ、姫君ニ、「此クナム申ス」ト忍ビヤカニ語ケレバ、
姫君、「何事ニカ有ラム。実ニ其ノ男ハ親ク被仕ル者ナレバ、
可憚キニモ非ズ。□自ラ聞カム」ト□云ケバ、女此ノ由ヲ
告レバ、□喜キ物カラ心騒ギテ、心ニ思ケル様ハ、「今ハ
生テ世ニ可有クモ不思エザリケレバ、同死ニヲ、此ノ姫君ヲ
取テ、本意ヲ遂ゲ後ニ、身ヲモ投テ死ナム」ト思ヒ得テ、此
モ云ケリ。然バ男、世ニ有ラム事残リ少ク思エテ、此ノ
細ク哀レニ思エケレドモ、此ノ心難思止クテ、万ヅ心
テ、「彼ノ事何カニ。尚急ギ可申キ事ニテナム有ル」ト責ケ

レバ、女此ノ由ヲ姫君ニ申シケレバ、姫君何心モ無ク端ニ出テ、妻戸ノ有ル簾ノ内ニ立テ聞ムト為ル、夜ナレバ人モ無シ。男延ノ際ニ近ク寄テ、打出シ可申キ事モ無ケレバ、暫ク居タルニ、「奇異キ態ヲモシテムズルカナ。今ハ我ガ身ハ限也ケリ」ト思ヒ煩ヒケレバ、只此ノ思ヒノ燥焼クガ如クニ思エケレバ、「然ハレ、死ナム、」ト思テ、立走テ簾ノ中ニ飛入テ、姫君ヲ掻抱テ飛ブガ如クニシテ、其ノ家ヲ出テ遥ニ去テ、人モ無カリケル所ニ将行ニケル。

其ノ家ニハ、「姫君失給ヒニタリ」嗚合テ、大納言ヨリ始テ、一家ノ上中下ノ人騒迷ケル事無限シ。然レドモ可尋キ方無ケレバ、甲斐無テ止ニケリ。其レニ、此ノ内舎人其ノ夜ヨリ跡ヲ暗クシテ不見エザリケレバ、「此ノ内舎人ガ取ツル」トハ不思

女を負う（北野天神縁起）

デ、「止事無キ人ナドニ被語モシタル事ニカ」トゾ、疑ヒ合ヘリ。亦彼ノ申継ケル女モ、現ニ内舎人ガ抱テ逃ニシヲバ見シカドモ、恐テ然モ否不云デ、然ニ疑テゾ止ニケリ。

然テ彼ノ内舎人ハ、「此ノ事聞エナバ、我ガ身モ徒ニ成ナム」ト思ケレバ、「京ニモ否不有ジ。只遥ナラム方ニ行テ、野ノ中ニモ山ノ中ニモ、此ノ姫君ヲ具シテ有ラム」ト思ヒ得テ、此ノ姫君ヲ馬ニ乗セテ、我レモ馬ニ乗テ調度掻負テ、陸奥国ノ方へ行テ、只親ニ仕ケル従者二人ヲ付テ行ケル。夜ル昼トモ無ク行テ、陸奥国ノ安積ノ郡安積ト云フ山ノ中ニ行着テ、「此ハ□ニテ人不来ジ」ト思テ、其ノ所ニ木ヲ伐テ竜ヲ造テ、此姫君ヲ居ヘテ、内舎人ハ此ノ従者共ヲ具シテ里ニ出ツヽ、食ヲ求メテゾ食セケル。

然テ年月ヲ経ケルニ、夫里ニ出タル程ハ、女ハ只独リゾ居タリケル。而ル間、女懐任シニケリ。男食ヲ求ムガ為ニ里ニ出ニケルニ、四五日不来ザリケレバ、女待詫テ心細ク思エケルマヽニ、竜ヲ立出テ見行ケルニ、山ノ北ニ穴井ノ有ケル

ヲ見テ、我ガ影ノ水ニ移タリケルヲ見ケルヲ、
カリケレバ顔ノ成ニケル様モ不知デ、水ニ移タルヲ見レバ、
糸怖シ気也ケルヲ、「極テ恥カシ」ト思テ、此ナム独言ニ云
ケル。

我ガ影ノ水ニ移タリケルヲ見ケルヲ、鏡見ル世モ無

アサカ山カゲサヘミユル山ノ井ノアサクハ人ヲオモフモ

ノカハ

ト云テ、此レヲ木ニ書付テ、庵ニ返リ行テ、我ガ家ニ有シ時、
父母ヨリ始メテ万ノ人ニ被傳テ微妙カリシ事共ヲ思ヒ出シテ、
心細キ事無限ク、「何ナル前ノ世ノ報ニテ、此ルラム」ト思
ケルニ、否ヤ不堪ザリケム、ヤガテ思ヒ死ニ死ニケリ。其ノ
後、男食物ナド求テ、従者ニ持セテ持来テ見ケレバ、死テ臥
セリケレバ、「糸哀レニ奇異」ト思ケルニ、山ノ井ニ木ニ彼
書タリケル歌ヲ見テ、弥ヨ悲ムデ、庵ニ還テ、死タル妻ノ
傍ニ副ヒ臥シテ、思ヒ死ニ死ニケリ。

此ノ事ハ従者ノ語リ伝タルニヤ。世ノ旧事ニナム云スル。

然レバ女ハ、徒者也トモ、男ニ心不許マジキ也、トナン

語リ伝ヘタルトヤ。

시나노 지방信濃國에서
이모를 산에 버린 이야기

시나노 지방信濃國 사라시나 군更級郡에 사는 한 남자가, 이모를 부모님처럼 모시고 살고 있었는데, 이모를 싫어하는 아내의 성화에 어쩔 수 없이 이모를 산에 버렸으나 집에 돌아온 후에 후회하여 다시 이모를 데리고 왔다는 이야기. 이른바 기로설화棄老說話 중 하나로 오바스테 산姨捨山의 지명기원설화이기도 하다. 비슷한 이야기는 민간 구전으로서 남아 있다. 여자를 데려가서 산에 둔다는 모티브를 매개로 하여 이전 이야기와 연결되고 있다.

이제는 옛이야기이지만, 시나노 지방信濃國 사라시나更科¹라는 곳에 사는 사람이 있었다. 나이 든 이모를 집에서 부모처럼 모시면서 오랜 세월 동안 함께 지내 왔다. 그러나 아내는 마음속으로 이 이모를 매우 싫어하여 이모가 시어머니처럼 늙어 꾸부렁해져 있는 것이 마음에 들지 않아, 항상 남편에게 이모의 심성이 《삐뚤어²져서 심술궂다고 험담을 했다. 그러다 보니 남편은 '성가신 일이로구나.'라고 생각하는 동안 본의 아니게 이모에게 소홀하게 행동하는 일이 많아졌다. 이모도 더욱 늙어 허리가 굽어질 대로 굽어 버렸다.

---

1   → 옛 지방 이름. 나가노 현長野縣 사라시나 군更級郡.
2   한자의 명기를 위한 의도적인 결자. 『야마토 이야기大和物語』를 참고하여 보충함.

아내는 더욱 이모가 싫어져서 '이 늙은이, 이제 그만 죽어 버리면 좋을 텐데.'라고 생각하고, 남편에게 "이모의 심성이 싫어 견딜 수 없으니, 깊은 산에 가서 버려 주세요."라고 말했지만, 남편은 이모가 불쌍하여 버리지 못하였다. 그러자 아내는 더욱 남편을 몰아붙였고, 결국 남편은 아내의 등쌀에 버티지 못하고 이모를 버려야겠다고 생각했다. 팔월 보름날 밤, 달이 매우 밝은 밤에 이모에게 "가십시다, 이모님. 절에서 참으로 훌륭한 행사³를 한다니 가서 보시지요."라고 말했다. 이모는 "참으로 좋은 일이구나. 보러 가자."라고 말했고, 남자는 이모를 업었다. 이들은 높은 산의 기슭에 살고 있었는데, 그 산의 높고 높은 봉우리에 올라, 이모가 혼자서 내려올 수 없는 곳에 가서 내버려 두고 남자는 도망쳐 돌아왔다.

이모가 "애야, 애야." 하고 소리쳤지만 남자는 대답도 하지 않고 집으로 도망쳐 왔다. 그리고 집에 돌아온 남자는 '아내의 등쌀에 이모를 산에 버려 두고 왔지만, 오랜 세월 동안 부모처럼 모시고 같이 살아왔는데, 이모를 버리다니 참으로 슬픈 일이로다.'라고 생각하였다. 남자는 산 위에 달이 매우 밝게 솟아오르는 것을 보고 밤새도록 잠들지 못하고, 이모가 그립고 슬퍼져 혼잣말로

이모를 버리고 온 사라시나 비추는 달빛을 보고 있자니, 이모가 떠올라 도저히 내 마음을 달랠 수가 없구나.⁴

---

3 법회法會·설교說教를 가리킴. 참고로 이 문장은 부녀자를 속여서 꾀어내는 장면에 자주 나오는 상투적인 수단으로 권20 제33화·권29 제24화 등에서도 보임.

4 원문은, "ワガコヽロナグサメカネテサラシナヤヲバステヤマニテルツキヲミテ"라고 되어 있음. 『야마토 이야기』, 『고금집古今集』 권17, 『고금육첩古今六帖』 권1, 『신찬 와카집新撰和歌集』 권4, 『도시요리 수뇌俊賴髄腦』 등에 수록. '오바스테 산'은 나가노 현 젠코지다이라善光寺平 남쪽의 오바스테 산姨捨山, 가무리키 산冠着山이라고도 알려짐.

라고 읊었다. 그래서 다시 그 산봉우리에 올라가 이모를 모시고 내려왔다. 그리고 전처럼 이모를 모시고 살았다.

그러므로 새로 온 아내가 하라는 대로 하여, 어리석은 마음을 가져서는 안 될 것이다. 지금까지도 이런 일은 있을 것이다.

그 후로 그 산을 오바스테 산姨捨山[5]이라고 한다. '달래기 어렵다.'는 비유에 '오바스테 산'이라고 하는 것은 이 구사舊事[6]에 기인한 것이다. 이 산은 이전에는 간무리 산冠山이라고 불렸다. 관冠 위쪽의 뾰족한 부분과 닮아서 그런 것이라고 이렇게 이야기로 전하여 내려오고 있다 한다.

---

5   * 이모를 일본어로 '오바', 버리다는 '스테루'라고 함. 즉 이모를 버린 산이라는 뜻임.
6   구사舊事는 옛날의 전설, 고사故事, 고가古歌 등을 말함. 단 이 내용을 전하는 자료는 현존하지 않음.

信濃国姨母棄山語第九

今昔、信濃ノ国更科ト云フ所ニ住ム者有ケリ。年老タリ
ケル姨母ヲ家ニ居ヘテ、祖ノ如クシテ養テ、年来相副テ過シ
ケルニ、其ノ心ニ此ノ姨母ヲ糸厭ハシク思エテ、此ガ姑
如ニテ老屈リテ居タルヲ極テ憎ク思ケレバ、常ニ夫ニ此ノ姨
母ノ心ノ□ク悪キ由ヲ云聞セケレバ、夫、「六借キ事カナ」
ト云テ、此ノ姨母ノ為ニ心ニ非デ愚ナル事共多ク成リ持行ケ
ルニ、此ノ姨母糸痛ク老テ、腰ハ二重ニテ居タリ。
婦ハ弥ヨ此レヲ厭テ、「今マデ此ガ不死ヌ事ヨ」ト思テ、
夫ニ、「此ノ姨母ノ心ノ極テ憎キニ、深キ山ニ将行テ棄テヨ」
ト云ケレドモ、夫糸惜ガリテ不棄ザリケルヲ、妻強ニ責云
ケレバ、夫被責レ侘テ、「棄テム」ト思フ心付テ、八月十五

夜ノ月ノ糸明カリケル夜、姨母ニ、「去来給ヘ、嫗共、寺ニ
極テ貴キ事為ル、見セ奉ラム」ト云ケレバ、姨母、「糸吉キ
事カナ。詣デム」ト云ケレバ、男搔負テ、高キ山ノ麓ニ住ケ
レバ、其ノ山ニ遥々ト峰ニ登リ立テ、姨母下リ可得クモ非ヌ
程ニ成テ打居ヘテ、男逃テ返ヌ。
姨母、「ヤイヽヽ」ト叫テ、男答ヘモ不為デ、逃家ニ返
ヌ。然テ家ニテ思ニ、「妻ニ被責テ此ク山ニ棄テツレドモ、
年来祖ノ如ク養ヒテ相副テ有ツルニ、此レヲ棄ツルガ糸悲
ク」思エケルニ、此ノ山ノ上ヨリ月ノ糸明ク差出タリケレ
バ、終夜不被寝ズ、恋ク悲ク思テ、独言ニ此クナム云ケル、

　　ワガコヽロナグサメカネツサラシナヤヲバステヤマニテ
　　テル月ヲミテ

ト云テ、亦其ノ山ノ峰ニ行テ、姨母ヲ迎ヘ将来タリケル。然
レバ今ノ妻ノ云ハム事ニ付テ、由無キ心ヲ不可発ズ。今

モ然ル事ハ有ヌベシ。

然テ其ノ山ヲバ其ヨリナム姨母棄山ト云ケル。難嘰シト云フ譬ニハ旧事ニ此レヲ云フニゾ。其ノ前ニハ冠山トゾ云ケル。冠ノ巾子ニ似タリケル、トゾ語リ伝ヘタルトヤ。

시모쓰케 지방下野國에 사는 사람이
부인을 버렸다가 다시 돌아가 산 이야기

본처를 버리고 새로운 애인에게 열중하고 있던 시모쓰케下野 지방에 사는 사람이 가재도구를 남김없이 전부 새집에 옮기고, 겨우 남겨 놓은 여물통을 찾으러 갔는데 원래의 처가 여물통과 함께 심부름꾼에게 전한 와카和歌에 마음이 움직여 원래의 처 곁으로 되돌아갔다는 이야기. 원래의 처가 조신하고 정취 깊은 심정으로 읊은 노래에 남자가 마음을 바꾼다는 가덕설화歌德說話에 포함된다.

이제는 옛이야기이지만, 시모쓰케 지방下野國[1] □□[2]군郡에 사는 사람이 있었다. 오랜 세월 동안 부부가 함께 살았는데, 무슨 사정이 있었는지 남편이 아내를 떠나 다른 여자를 아내로 두었다. 마음이 완전히 변한 남편은 원래의 처의 집에 있던 가재도구들을 하나도 남김없이 새 처의 집으로 옮겼다. 원래의 처는 너무도 비참했지만 그저 남자가 하는 대로 보고 있었고, 남자는 티끌 하나 남기지 않고 모두 가져가 버렸다. 겨우 남은 것이라고는 말 여물통 하나뿐이었다.

남편의 종자從者로 마카지마로眞梶丸[3]라고 불리는, 말을 돌보는 일을 하는

---

1   → 옛 지방명.
2   군명의 명기를 위한 의도적인 결자.
3   미상. 보통 이러한 인물의 이름은 말하지 않는 법이지만 여기에서는 뒤에 나오는 노래의 용어의 복선을 위해 적은 것임.

아이가 있었다. 남편이 이 아이를 본처의 집에서 여물통을 가져오도록 심부름을 시켰다. 본처가 이 아이에게 "이제 여기에는 오지 않겠구나."라고 말했다. 아이가 "어떻게 오지 않겠습니까. 마음에 없는 말씀을 하시는군요." 라고 대답하며 말 여물통을 가지고 가려고 했다. 그러자 원래의 처는 아이에게 "네 주인에게 말씀드리고 싶은 것이 있으니 전해 다오."라고 말했다. 그러자 아이가 "분명히 전달하겠습니다."라고 하였고, 원래의 처는 "글을 보내도 분명 봐 주지 않으시겠지. 구두로 이렇게 말씀 드려라."라고 말하고 노래를 읊었다.

　　말 여물통도 이제 돌아오지 않겠구나. 마카지眞梶도 다신 오지 않겠구나. 배도, 노도 잃어버린 나는 오늘부터 이 한 많은 세상을 어찌 보내면 좋을 것인가.[4]

　　아이가 이것을 듣고 돌아가 주인에게 "이렇게 말씀하셨습니다."라고 하자, 남자는 이것을 듣고 가련한 마음이 들었을 것이다. 옮겨 온 물건들을 모두 되돌려 보내고 원래의 처의 집으로 돌아가 예전처럼 다른 여자에게 마음을 주지 않고 화목하게 살았다.
　　그러므로 정취를 아는[5] 사람은 이런 일이 있는 것이라고 이렇게 이야기로 전하여 내려오고 있다 한다.

4　원문은 "フネモコジマカヂモコジナケフヨリハウキ世ノナカヲイカデワタラム"라고 되어 있고, 『야마토 이야기大和物語』에 수록되어 있음. 와카 첫머리의 '말 여물통'은 일본어로 '우마후네馬船'라 해서 후네는 '배'를 가리켜 뒤에 나오는 '배'와 연결됨. 한편 심부름꾼의 이름인 '마카지眞梶'는 배 좌우에 달린 노, 즉 '마카지眞梶'와 연결됨.
5　원문은 "情有ル心有る"라고 되어 있음.

住下野国去妻後返棲語第十

しもつけのくににすみてめをさりてのちかへりすむことだいじふ

今昔、下野ノ国□ノ郡ニ住ム者有ケリ。年来夫妻相共

ニ棲渡ケル程ニ、何ナル事カ有ケム、夫其ノ妻ヲ去テ異妻ヲ

儲テケレバ、夫心替リ、其ノ本ノ妻ノ許ニ有ケル物共ヲ

何ニモ不残サズ、今妻ノ許ヘ計ニ運ビ持行ケルヲ、本ノ妻、

「糸心疎シ」ト思ケレドモ、只男ノ為ルニ任テ見ケルニ、塵

許ノ物モ不残サズ、皆持行畢ヌ。只纔ニ残タル物ハ、馬船一

ツゾ有ケル。

其レヲ、此ノ夫ノ従者ニテ、馬飼ニテ仕ケル童有ケリ、名

ヲバ真梶丸トゾ云ケル、其レヲ使ニテ、取二遣セタリケレバ、

本ノ妻此ノ童ヲ見テ云ケル様、「今ハ世ニ不来ジナ」ト。童

云ク、「何デカ不参候ザラム。心浅クモ被仰ルカナ」トテ、

馬船持行カムト為ルニ、本ノ妻、「己ガ主ニ申サムト思フ事

ノ有ルヲバ、申テムヤ」ト云ケレバ、童、「糸吉ク申シ候ヒ

ナム」ト云ケレバ、本ノ妻、「文ヲ奉ラムヲバ、更ニ世モ不

見給ハジ。只事ニ此ク申セ」トテ、

　フネモコジマカヂモコジナケフヨリハウキ世ノナカヲイ

　カデワタラム

ト。

童此ヲ聞テ返リ行テ、主ニ、「此ナム被仰ツルハ」。男此

ヲ聞テ、「哀レ也」トヤ思ヒケム、運ビ取タリケル物共ヲ、

皆運ビ返シテ、本ノ妻ノ許ニ返行キ、本ノ如白地目モ不為デ

棲ケル。

然レバ情有ル心有ル者、此ナム有ケル、トナム語リ伝ヘタ

ルトヤ。

비천하지 않은 사람이
부인을 버렸다가 다시 돌아가 산 이야기

본처를 버리고 새로운 부인을 만든 젊은 국사國司가 나니와 강難波江에서 손에 넣은 청각채가 달라붙은 멋들어진 작은 대합을 애인에게 보내었더니 심부름꾼이 착각하여 본처에게 갖다 주었다. 남자는 새 부인과 만나서 잘못 전해진 것을 알고 다시 심부름꾼을 본처의 집에 보내었더니 사정을 눈치챈 본처는 돌려보내는 조개의 포장지에 와카를 적어 보내었는데, 남자는 그것을 보고 크게 마음이 흔들려 애인을 버리고 본처의 곁으로 돌아갔다는 이야기. 정취를 모르고 식욕만 내세우는 애인의 저속한 본성에 남자도 질려버린 것으로 여기에서도 본처의 빼어난 정취와 본성, 그리고 그 표출인 와카和歌가 한번 멀어진 남자의 마음을 다시 불러들이는 데 성공하고 있다. 이전 이야기에 비해 구조는 제법 복잡하면서도 본질적으로는 같은 테마의 비슷한 이야기이다.

이제는 옛이야기이지만, 누구라고 밝히지는 않겠지만, 신분도 비천하지 않은 공달公達로 수령受領으로 있는 한 젊은 남자가 있었다. 풍아風雅를 알고 품위가 있었지만 오랜 세월 동안 같이 살던 처를 버리고, 당세풍當世風의 여자에게 마음이 가 버렸다. 남자가 본처를 완전히 잊고 새 처와 살았기 때문에, 원래의 처는 쓸쓸해 하며 외롭게 지냈다.

남자는 셋쓰 지방攝津國¹에 영지가 있어 그곳에 놀러 나갔다. 마침 나니

---

1 → 옛 지방명.

와難波 주변을 지나가고 있자니 바닷가의 경치가 매우 흥취가 있었다. 그것을 바라보면서 가고 있는 사이, 남자는 청각채가 더부룩하게 달라붙어 있는 작은 대합을 발견하고 '이건 참으로 재미있는 물건이로다.'라고 생각하며 주웠다. 그리고 '이것을 내 사랑하는 이에게 보내, 보고 즐기도록 해야겠다.'라고 생각하고, 풍류에 소질이 있는 소사인小舍人 동자에게

"이것을 확실히 도읍에 가져가서 그 사람에게 전해 주거라. 그리고 '이것은 흥미로운 것이라 보여 드리고 싶어서.'라고 말씀드려라."

라고 말하며 보냈다. 그러자 아이는 이것을 들고 갔는데, 그만 착각하여 새 처의 집이 아닌 원래 처의 집으로 가져가서 "이러저러한 연유입니다."라고 전했다. 그러자 원래의 처는 남편이 심부름꾼을 보내는 것도 뜻밖의 일인데다, 이렇게 흥미로운 물건을 보내고, 아이를 시켜 "이것을 내가 올라올 때까지 잃어버리지 말고 감상하고 있으시오."라고 전하게 하니, "주인님은 어디에 계시느냐."라고 아이에게 물었다. 그러자 아이가

"셋쓰 지방에 계십니다. 그리고 나니와 주변에서 이것을 발견하셨는데, 이것을 이곳으로 가져가라고 하셨습니다."

라고 말했다. 원래의 처는 이것을 듣고 이상하여 '착각하여 잘못 가져온 것이 아니겠는가.'라고 생각했지만, 그것을 받고 "확실히 받았습니다."라고만 말했다. 그러자 아이는 즉시 셋쓰 지방으로 달려가 주인에게 "확실히 드렸습니다."라고 전하였다. 주인은 새 부인에게 가져다줬을 것이라고 생각하고 있었지만, 원래의 처의 집에서는 참으로 흥미로운 물건이라 여기고, 물을 넣은 그릇을 앞에 두고, 이것을 넣어 흥미롭게 감상하였다.

드디어 열흘 정도가 지나고, 셋쓰 지방에서 돌아온 남자는 새 처에게 "일전에 보내 준 물건은 아직 있습니까."라고 웃으며 말하자, 새 여자는 "보내 주신 물건이라니요. 어떤 것을 말씀하시는 것입니까."라고 대답했다. 남자가

"아니, 작고 아름다운 대합에 청각채가 줄줄이 달린 것을 나니와 해변에서 발견하여 흥미로운 물건이라고 서둘러 보내 드렸지 않습니까?"라고 하였다. 그러자 여자는 "그런 물건은 전혀 알지 못합니다. 누굴 시켜서 보내셨는지요. 가져왔다면 대합은 구워 먹을 것이고, 청각채는 초를 쳐서 먹었을 텐데요."라고 말했다. 남자는 이 말을 듣고 자신이 기대했던 바와 달라 조금 흥이 깨져 버리고 말았다.

그래서 남자는 밖으로 나와 심부름을 보냈던 아이를 불러서 "너는 예의 물건을 어디에 가져갔느냐."라고 묻자, 아이는 착각하여 원래의 처의 집에 가져갔다고 말했다. 주인은 크게 화를 내며 "서둘러 그것을 다시 찾아서 당장 가져오너라."라고 책망했다. 이에 아이는 엄청난 잘못을 저질렀다는 생각에 놀라, 원래의 처의 집에 달려가 자초지종을 이야기하였다. 그러자 원래의 처는 "역시 보낼 곳이 잘못되었던 것이구나."라고 생각하며 물에 넣어 두고 감상하고 있었던 것을 급히 가지고 나와, 미치노쿠니陸奥 종이[2]에 싸서 돌려주면서 그 종이에

이 바다의 선물은 제게 주신 것이 아니라고 하니, 이것을 보고 즐기는 보람도 없이 돌려드리기로 했습니다.[3]

라고 적었다. 아이는 이것을 가지고 돌아가서 다시 찾아왔다고 전했다. 그러자 주인이 밖으로 나와, 이것을 손에 들고 보았는데, 처음 들려 보냈던 그

---

2 무쓰陸奥에서 생산되는 박달나무 껍질로 만든 두꺼운 종이로, 편지 등에 자주 사용되었다. 박흑지薄黑紙, 인합지引合紙라고도 함.

3 원문은 "アマノツトオモハヌカタニアリケレバミルカヒナクモカヘシツルカナ"라고 되어 있음. 와카 속의 '미루ミル'는 '미루海松(청각채)'와 '미루見る(보다)'와 관련이 있으며, '가히カヒ'는 '가히甲斐(보람)'와 '가히貝(조개)'와 관련이 있음.

대로인지라 '참으로 기쁘게도 잃어버리지 않았구나.'라며, 원래의 처를 그윽하고 고상한 사람이라고 생각하였다. 그리고 남자가 그것을 안으로 가지고 들어가 살펴보다가, 물건을 싼 종이에 와카가 적혀 있는 것을 보자 원래의 처가 참으로 가련하고 애처롭게 여겨졌다. 새 처가 "대합은 구워 먹을 것이고, 청각채는 초를 쳐서 먹었을 텐데"라고 말한 것이 동시에 떠올라, 순식간에 마음이 바뀌어서 '본처의 집에 가야겠구나.'라는 마음이 생겨, 그대로 그 대합을 들고 원래의 처에게 갔다. 분명, 그 새 처가 말했던 것을 본처에게 이야기했을 것이리라. 남자는 이렇게 새 처를 잊어버리고 원래의 처의 집에서 살게 되었다.

정취를 아는 사람의 마음[4]은 이러한 것이다. 실로 새 처의 대답에 염증을 느낀 것이리라. 정취를 아는 원래의 처에게는 남편은 반드시 돌아오는 법이라고 이렇게 이야기로 전하여 내려오고 있다 한다.

4　원문은 "情有ケル人ノ心"라고 되어 있음.

品不賤人去妻後返棲語第十一

今昔、誰トハ不云、人品不賤ヌ君達受領ノ年若キ有ケリ。心ニ情有テ故々シクナム有ケル。其ノ人年来棲ケル妻ヲ去テ、今メカシキ人ニ見移ニケリ。然レバ本ノ所ヲバ忘レ畢ヌ。今ノ所ニ住ケレバ、本ノ妻、「心疎シ」ト思テ、糸心細クテ過ケル。

男摂津ノ国ニ知ル所有ケレバ、遊バムガ為ニ下ケルニ、難波辺ヲ過ケル程ニ、浜辺ノ糸諉キヲ見行ケルニ、蛤ノ小ヤカナルニ海松ノ房ヤカニテ生出タリケルヲ見付テ、「此レ極ク興有物也」ト思テ、取テ、「此レヲ我ガ難去ク思フ人ノ許ニ遣テ、見セテ興ゼサセム」ト思テ、小舎人童ノ、然様ノ方ニ心得テ仕ケルヲ以テ、「此レ慥ニ京ニ持行テ彼ニ奉レ。『此レガ興有ル物ナレバ、見セ奉ラムトテナム』ト申セ」ト云テ遣ケレバ、童此ヲ持テ行テ、思ヒ違ヘテ、今ノ所ヘハ不行持ズシテ、本ノ妻ノ家ニ持行テ、「此ナム」ト云入タリケレバ、本ノ妻糸思ヒ不懸ヌ程ニ、此ク興有ル物ヲサヘ遣セ給ヘレバ、怪ク、「殿ハ何ニ御マスゾ」ト問スレバ、童、「摂津ノ国ニ御マス。其レニ難波辺ニテ此レハ御覧ジ付タル物ヲ奉ラセ給ヒ候フ。此レ我ガ上マデ不失ハデ、御覧ゼヨ」ト云遣セ給ヒツル也」ト云ヘバ、本ノ妻此ク聞クニ、怪ク、「僻事ニ、所違ニ持来タルニヤ有ラム」ト思エドモ、取リ入レテ、「然承リヌ」ト云許セレバ、童即チ走リ返テ、摂津ノ国ニ行テ、主ニ、「慥ニ奉リ候ヒヌ」ト云ヘバ、主ハ「今ノ所ニ持行タルゾ」ト知テ有ケルニ、彼ノ本ノ所ニハ、此レヲ見ルニ、実ノ興有ル物ナレバ、盤ニ水ヲ入レテ前ニ並テ、此レヲ入レテ興ジ見居タリケリ。

而ル間、男十日許有テ摂津ノ国ヨリ返リ上テ、今ノ妻ニ、「何シカ彼ニ奉リシ物ハ侍リヤ」ト、打咲テ云ケレバ、妻、「遣タリシ物ヤハ有シ。其レハ何物ゾ」ト云ケレバ、男、「否

ヤ。小キ蛤ノ可咲気ナルニ海松ノ房ヤカニ生出タリシヲ、難波ノ浜辺ニテ見付テ見シニ、興有ル物也シカバ、急ギ奉リシハ」ト云ヘバ、妻、「更ニ然ル物不見エズ。誰ヲ以テ遣セ給ヒシゾ、持来タラマシカバ、蛤ハ焼テ食テマシ、海松ハ酢ニ入レテ食マシ」ト云フニ、男聞クニ思ヒニ違テ、少シ心月無キ様也。

然テ男、外ニ出テ、遣セシ[四]童ヲ呼テ、「汝ハ有シ[五]物ヲバ何ニ持行ニシゾ」ト問ヘバ、童、思ヒ違ヘテ、本ノ所ニ持行タル由ヲ云ヘバ、主大キニ嗔テ、「速ニ其レ取リ返シテ、只今来」ト責レバ、童、「極キ[六]錯ヲモシテケルカナ」ト思ヒ驚テ、本ノ所ニ走リ行テ、此ノ由ヲ云入セタリケレバ、本ノ人、「然レバコソ所違ヘ也ケルニコソ」ト思テ、水ニ入レテ見ケルヲ急ギ取上テ、陸奥紙ニ裏テ返シ遣ケルニ、其ノ紙ニ此ナム書タリケル、

アマノツトオモハヌカタニアリケレバミルカヒナクモカヘシツルカナ

ト。童此レヲ持行テ、此ク持参タル由ヲ云ヘバ、主外ニ出[九]テ此レヲ取テ見ルニ、本様ニテ有レバ[一〇]、「糸喜ク不失ハズシテ有ケル」ト心憨ク思テ、内ニ持入テ見レバ[一一]、裏紙ニ此ク書タリ。男此レヲ見ルニ、糸哀レニ悲クテ[一二]、今ノ妻ノ、「貝ハ焼テ食テマシ、海松ハ酢ニ入レテ食テマシ」ト云シ事思ヒ被合テ、忽ニ心替テ、「本ノ所ニ行ナム」ト思フ心付ニケレバ、ヤガテ其ノ蛤ヲ打具シテ行ニケリ。定テ其ノ今ノ妻ノ云シ事、本ノ妻ニ二語リケル。

然テ今ノ妻ヲバ忘レテ、本ノ所ニナム住ケル。

情有ケル人ノ心ハ此ナム有ケム[一三]。現ニ今ノ妻ノ云ケム事[一四]疎シテムカシ[一五]。本ノ妻ノ情ニハ必ズ返リ可棲キ也、トナム語リ伝ヘタルトヤ。

단바 지방^{丹波國}에 사는 사람의
부인이 와카^{和歌}를 읊은 이야기

본처가 있으면서도 새로운 애인에게 마음이 기울어져 있던 남자가, 가을 사슴이 우는 목소리에 대한 처와 첩의 감수성의 차이를 계기로, 정취를 아는 본처의 곁으로 돌아갔다는 이야기. 청각채가 달라붙은 대합이 가을 사슴으로 바뀌었을 뿐, 이전 이야기와 발상·모티브가 같다. 한 남자를 둔 삼각관계로, 마음씨의 우열이 열쇠가 되어 본처가 남자의 애정을 회복한다는 점에서 제10화 이후, 연속하여 비슷한 이야기가 배열되어 있다.

    이제는 옛이야기이지만, 단바 지방丹波國¹ □□²군郡에 사는 사람이 있었다. 시골 사람이었지만 풍아風雅를 아는 사람이었다. 이 남자는 두 처를 데리고 집을 나란히 세워 처들을 각각 그곳에 살게 하였다. 원래의 처는 그 지방 사람으로, 남자는 원래의 처에게 싫증이 났다. 새 처는 도읍에서 데려온 사람으로, 남자가 새 부인을 더욱 아꼈는지 원래의 처는 쓸쓸히 지내고 있었다.

    그러던 어느 가을 날, 산마을인지라 북쪽에 있는 뒷산에서 사슴이 실로 애처롭게 울고 있는 소리가 들려왔다. 마침 남자가 새 처의 집에 있었는데,

---

1   → 옛 지방명.
2   군명의 명기를 위한 의도적인 결자.

새 처에게 "저 소리를 듣고 무슨 생각이 드는가."라고 물어보았다. 그러자
새 처는 "삶아 먹어도 맛있고, 구워 먹어도 맛있는 녀석이지요."라고 대답했
다. 남자는 기대했던 것과 다른 대답에 '도읍에서 온 사람이니 이런 일에 흥
미를 보일 것이라고 생각했는데, 조금 실망이로세.'라고 생각하고, 원래의
처의 집에 가서 "방금 운 사슴의 소리를 들었는가."라고 물어보았다. 그러
자 원래의 처는

예전의 당신은, 저 사슴처럼 울며 저를 사랑해 주셨습니다. 하지만 이제는 당신
의 목소리는 다른 곳에서 들릴 뿐입니다.[3]

라고 읊었다. 남자가 이것을 듣고 '참으로 애처롭구나.'라고 생각하였다. 그
리고 새 처가 말한 것이 떠올라, 새 처에 대한 애정이 사라져 버려 도읍으로
돌려보내고 원래의 처와 함께 살았다.

이것을 생각해 보면, 원래의 처는 시골 사람이지만, 남자는 여자의 마음
에 감동하여 이렇게 한 것이었다. 또한 여자도 풍아를 알기에 이렇게 와카
和歌를 읊은 것이라고 이렇게 이야기로 전하여 내려오고 있다 한다.

---

3 원문은 "ワレモシカナキテゾキミニコヒラレシイマコソコヱヲキヨソニノミキケ"라고 되어 있고, 『신고금집新古今
集』권15, 『야마토 이야기大和物語』에 유사한 노래가 수록되어 있음. '시카シカ'는 '시카然カ(그처럼)'와 '시카
鹿(사슴)'와 관련 있음.

住丹波国者妻読和歌語第十二

たんばのくににすむものめわかをよむことだいじふに

今昔、丹波ノ国□ノ郡ニ住ム者アリ。

田舎人ナレドモ心ニ情有ル者也ケリ。其レガ妻ヲ二人持テ、家ヲ並ベテナム

住ケル。本ノ妻ハ其ノ国ノ人ニテナム有ケル。其レヲバ静ニ

思ヒ、今ノ妻ハ京ヨリ迎ヘタル者ニテナム有ケル、其レヲバ

思ヒ増タル様也ケレバ、本ノ妻、「心踈シ」ト思テゾ過ケル。

而ル間、秋、北方ニ、山郷ニテ有ケレバ、後ノ山ノ方ニ糸

哀レ気ナル音ニテ鹿ノ鳴ケレバ、男今ノ妻ノ家ニ居タリケル

時ニテ、妻ニ、「此ハ何ガ聞給フカ」ト云ケレバ、今ノ妻、

「煎物ニテモ甘シ、焼物ニテモ美キ奴ゾカシ」ト云ケレバ、

男、心ニ違ヒテ、「『京ノ者ナレバ、此様ノ事ヲバ興ズラム』

トコソ思ケルニ、少シ心月無シ」ト思テ、只本ノ妻ノ家ニ行キ

テ、男、「此ノ鳴ツル鹿ノ音ハ聞給ヒツカ」ト云ケレバ、本

ノ妻此ナム云ケル、

ワレモシカナキテゾキミニコヒラレシイマコソコエヲヨ

ソニノミキケ

ト。男此ヲ聞テ、「極ジク哀レ」ト思テ、今ノ妻ノ云ツル事、

思ヒ被合テ、今ノ妻ノ志失ニケレバ、京ニ送テケリ。然テ

本ノ妻トナム棲ケル。

男、田舎人ナレドモ、男モ女モ心ヲ思ヒ知テ此ナム有ケ

ル。亦、女モ心バヘ可咲カリケレバ、此ナム和歌ヲモ読ケル、

本ノ妻トナム語リ伝ヘタルトヤ。

106

권30 제13화

남편과 사별한 여인이 후에
다른 남자에게 시집을 가지 않은 이야기

남편을 먼저 보낸 과부에게 부모가 재혼을 권하지만, 암제비의 군건한 정조를 이야기하며, 일부러 그것을 실험해 보기를 청하고 재혼을 거부한다. 그러자 부모가 숫제비를 죽였고, 아니나 다를까, 암제비의 정조가 증명되어 부모도 납득하여 여자는 지조를 지켜낼 수 있었다는 이야기. 여자의 갸륵한 심성을 매개로 앞 이야기와 이어진다.

이제는 옛이야기이지만, □□[1]지방國의 □□[2]군郡에 살고 있는 부모가 딸을 시집보냈지만, 그 남편이 죽어 딸을 다른 남편에게 시집을 보내려고 하였다. 그러자 딸이 이를 듣고, 어머니에게 말하기를

"제가 남편과 오랜 세월 같이 있을 숙세宿世[3]였다면, 전의 남편도 죽지 않고 부부로 함께 지냈겠지요. 남편과 함께 있을 수 없는 업보業報[4]가 있기 때문에 그 사람도 죽은 것입니다. 가령 또 남편을 얻는다고 해도 저의 업보라면 그 사람도 역시 또 죽을 것입니다. 그러하니 이 일은 없었던 일로 해 주십시오."

---

1 지방명의 명기를 위한 의도적인 결자.
2 군명의 명기를 위한 의도적인 결자.
3 → 불교.
4 보報. 숙세宿世(→불교)의 결과. 운명.

라고 했다.

어머니가 이를 듣고 크게 놀라, 아버지에게 전하자 아버지가 말하기를

"나는 이미 나이 들고 늙었다. 죽을 날도 가깝다. 내가 죽은 뒤에 너는 어찌 세상을 살아가려 하느냐."

라고 하며 여전히 딸을 시집보내려고 하였다. 그러자 딸이 부모에게 말하길,

"그렇다면 이렇게 해 주십시오. 이 집에 둥지를 만들고 새끼를 낳은 제비가 있는데, 숫제비와 함께 살고 있습니다. 그 숫제비를 잡아 죽이고 암제비에게 표시를 한 후에 풀어 주십시오. 그렇게 한 다음 해에 그 암제비가 다른 숫제비와 함께 온다면 그것을 확인하고, 저를 시집보내세요. 금수조차 남편을 잃으면 다른 남편을 얻는 일이 없습니다. 하물며 사람은 금수보다 나아야 하지 않겠습니까."

라고 했다.

부모가 이것을 듣고 "참으로 옳은 말이다."라고 하며, 그 집에 둥지를 만들어 새끼를 낳은 제비를 잡아, 숫제비를 죽이고, 암제비의 목에 빨간 실을 묶고는 다시 풀어 주었다. 이윽고 다음 해 봄이 되고 제비를 기다리고 있었는데, 바로 그 암제비가 다른 숫제비를 데려오지 않고 목에 실을 달고 돌아왔다. 그리고 둥지를 만들었지만, 새끼를 낳지 않고 날아가 버렸다.

부모가 이것을 보고 "과연, 딸의 말대로 되었구나."라고 하고 딸을 시집보낼 마음을 접었다. 그리고 딸은

부모님은 제가 두 지아비를 섬기려 하지 않는 것을 슬퍼하시겠지요. 하지만 제비조차 두 지아비를 두려 하지 않는 법입니다.[5]

5　원문은 "カゾイロハアハレトミルラムツバメソラフタリハ人ニチギラヌモノヲ"라고 되어 있고, 『도시요리 수뇌俊賴髓腦』, 『와카동몽초和童蒙抄』에 유사한 노래가 수록되어 있음.

라고 노래했다.

　이것을 생각해 보면, 옛날 여자의 마음은 이러했다. 요즘의 여자들과는 실로 다르다. 제비도 다른 수컷을 만나지 않아 새끼를 낳지 않았지만, 집으로 돌아온 것은 참으로 딱한 일이라고 이렇게 이야기로 전하여 내려오고 있다 한다.

● 제13화 ●
남편과 사별한 여인이 후에 다른 남자에게 시집을 가지 않은 이야기

夫死女人後不嫁他夫語第十三

今昔、□ノ国[一九]□ノ郡[二〇]ニ住ケル人祖有テ、娘ニ夫ヲ合セタリケルニ、其ノ夫失ニケレバ、祖亦他ノ夫ヲ合セムト為ルニ、娘此レヲ聞テ母ニ云ク、「我レ男ニ具シテ可有キ宿世有ラマシカバ、前ノ男コソ不死ズシテ、相具シテ有ラマシカ。男ニ不具マジキ報ノ有レバコソ、彼レモ死タラメ。譬ヒ夫ヲ儲タリトモ、身ノ報ナラバ亦モ死ナム。然レバ此ノ事可被止シ」ト。

母此レヲ聞、大キニ驚テ父ニ此ノ由ヲ語ケレバ[三]、父ノ云ク、「我レ年既ニ老ヒタリ[四]。事近キニ有リ[五]。汝ヂ[六]、其ノ後ハ何ニシテカ世ニハ有ラムト為ル」トテ、尚合セムト為ル。娘父母ニ云ク、「然ラバ、此ノ家ニ巣ヲ作テ、子ヲ産メル鷰有リ。雄鷰ヲ相具セリ。其ノ雄鷰ヲ取テ殺シテ、雄鷰ニ注シ[七]ヲ付テ放チ給ヘ。然テ明ケム年其ノ雌鷰、他ノ雄鷰ヲ具シテ来タラム時ニ、其レヲ見テ我レニ夫ヲバ合セ給ヘ。畜生ソラ夫ヲ失ヒツレバ、他ノ夫ヲ儲クル事無シ。況ヤ人ハ畜生ヨリモ心可有シ」ト。

父母、「現ニ然モ有ル事」トテ、其ノ家ニ巣ヲ咋テ子ヲ産タル鷰ヲ取テ、雄鷰ヲ殺シテ、雌鷰ニ赤キ糸ヲ付テ放ツ。然テ明ル年ノ春鷰ヲ待ツニ、其ノ雌鷰他ノ雄鷰ヲ不具

ズシテ、頸ニ糸ハ付乍ラ来レリ。巣ヲ咋テ子ヲ産ム事無クシ
テ飛ビ去ヌ。

父母此レヲ見テ、「実ニ然ル事也ケリ」ト云テ、娘ニ夫合
セムノ心無クテ止ニケリ。然テ娘此ナム云ケル、

カゾイロハアハレトミルラムツバメソラフタリハ人ニチ
ギラヌモノヲ

トゾ云ケル。

此レヲ思フニ、昔ノ女ノ心ハ此ナム有ケル。近来ノ女ニハ
不似ザリケルニコソ。鷰メモ亦他ノ雄無ケレバ、子ハ不産ネ
ドモ、家ニ来リケムコソ哀ナレ、トナム語リ伝ヘタルトヤ。

사람의 아내가 활이 된 후에,
새가 되어 날아가 사라진 이야기

옛날 어떤 곳에 살고 있던 남자가 사랑하는 아내와 같이 자던 중에, 아내가 이별을 고하는 꿈을 보고 눈을 뜨자, 꿈에서 본 것처럼 아내가 사라지고 유품으로 활이 하나 남아 있었다. 그것을 아내의 유품으로 여겨 밤낮으로 어루만지며 지내는 동안, 활이 백조로 변해 남쪽으로 날아가 버렸고, 새를 쫓아가 보니 기이 지방紀伊國에 도착하여 다시 사람으로 변했기 때문에, 남자는 아내가 초월적인 존재라고 생각하고, 포기하고 집으로 돌아가 와카和歌를 읊었다는 이야기. 곡령穀靈이나 신神·사람·동물령動物靈 등이 새로 변하는 비슷한 이야기는 세계적으로 분포되어 있으며, 또한 활이나 화살로 변하는 신이神異도 쉽게 찾아볼 수 있다. 이 전승은 그러한 신앙 혹은 옛 전승에 입각하여 성립하였으며, 이류혼인담異類婚姻譚에서 부부의 생이별이라는 모티브가 일반적이라는 점에서, 경우에 따라서는 그러한 옛 전승에서의 탈화脫化 혹은 전성轉成이라고도 생각할 수 있다.

이제는 옛이야기이지만, □□¹지방國 □□²군郡에 살고 있는 남자가 있었다. 그의 아내는 용모가 아름답고 자태가 빼어났기 때문에, 남편은 잠시도 아내와 한시도 떨어지지 않고 사랑스럽게 여기며 함께 살고 있었다. 어느 날 밤, 부부가 잠을 자고 있을 때 남자는 꿈을 꾸었었는데, 꿈에서 사

---

1 지방명의 명기를 위한 의도적인 결자.
2 군명의 명기를 위한 의도적인 결자.

랑하는 아내가 남자에게

"당신과 함께 살고 있지만, 저는 급히 먼 곳으로 가게 되었습니다. 이제 당신을 볼 수 없습니다. 다만 제 유품을 남겨 두겠습니다. 그것을 저 대신에 아껴 주십시오."

라고 말했다. 남자는 이러한 꿈을 꾸고 잠에서 깨어났다.

남자가 잠에서 깨서 놀라 옆을 보자, 아내가 없었다. 일어나서 주변을 돌아다니며 찾아보았지만 아내가 없었기 때문에, 도대체 어떻게 된 일인가하고 있자, 원래 없었던 활 하나가 베개 위에 세워져 있었다. 남자는 그것을 보고 '꿈에서 유품이라고 했던 것은 이것을 말한 것인가.' 하고 기이하게 여기면서도 '아내가 혹시 다시 오지 않을까.' 하고 기다리고 있었다. 그러나 아내는 다시 나타나지 않았고 남자는 아내를 그리워하며 슬픔에 빠졌지만 어찌할 도리가 없었다. 남자는 '혹시 오니가미鬼神³가 권화權化한 것이 아닌가.' 싶어 무서워졌지만, '그렇다고 한들 이제 와서 어찌하겠는가.'라는 생각에 그 활을 곁에 가까이 세워 두고, 밤낮으로 아내에 대한 그리움에 활을 손에 들고 닦으며 몸에서 멀리 두는 법이 없었다.

그렇게 여러 달이 지났는데, 곁에 세워 두었던 활이 갑자기 하얀 새가 되어 저 멀리 남쪽으로 날아갔다.⁴ 남자가 놀라 밖으로 나가 보자, 새가 구름을 따라 날아가고 있었다. 남자가 새를 쫓아가자, 기이 지방紀伊國⁵에 도착하였다. 그러자 그 새가 다시 사람의 모습으로 변하였다. 남자는 '역시 보통 것이 아니었구나.'라고 생각하고, 그곳을 떠났다.

한편, 남자는

---

3 이류異類·이형異形의 괴물怪物·사귀邪鬼 등을 말함. 불교의 영향으로 사람들이 상상한 것임.
4 야마토노타케루日本武尊가 죽어서 백조가 되어 고향으로 간 이야기와 동류로, 혼이 승화昇華한 것이라고 여겨짐.
5 → 옛 지방명.

아사모요히 기노카하유스리 유쿠미즈노 이즈사야무사야 이루사야무사야.⁶

라는 와카和歌를 읊었다. 이 노래는 요즘의 노래와 전혀 다르다. '아사모요히ァサモヨヒ'라는 것은 아침식사 때를 말하는 것이다. '이즈사야무사야ィッサヤムサヤ'라고 하는 것은 사냥하는 들판을 말하는 것이다. 이 노래는 □□⁷ 듣지만 도통 의미를 알 수가 없어 설명을 덧붙였다.

또한 이 이야기에 대해 더 알고 싶고 또 사실이라고도 생각되지 않지만, 오래된 서책⁸에 적혀 있는 이야기이기 때문에 이렇게 이야기로 전하여 내려오고 있다 한다.

---

6 원문은 "アサモヨヒキノカハユスリユクミヅノイツサヤムサヤイルサヤムサヤ"라고 되어 있음. 한자와 가나로 표시하면 '아さもよひ 紀の川ゆすりゆく水のいづさやむさやいるさやむさや'가 됨. '아사모요히(アサモヨヒ)'는 '아사모요시(朝裳よし)'의 음편으로, '着', '기이 지방紀伊國'의 마쿠라코토바枕詞. 상구上句의 뜻은 '기紀 강을 출렁거리며 흘러가는 물처럼'이며, 하구下句의 뜻은 본문에 그 해석이 있지만, 정확하게는 알 수 없음. 『도시요리 수뇌俊賴髓腦』, 『사림채엽초詞林采葉抄』 등에 동류의 와카가 수록되어 있음.
7 이 부분의 뜻이 이어지지 않으므로 앞에 탈문脫文이 있을 것으로 추정.
8 『고사기古事記』를 비롯한 역사이야기歷史物語, 설화說話, 고소설物語 등을 가리킴.

114

人妻化成弓後成鳥飛失語第十四

ひとのめくゑしてゆみとなりのちとりとなりてとびうすることだいじふし

今昔、□ノ国□ノ郡ニ住ケル男有ケリ。其ノ妻形チ

美麗ニシテ、有様微妙カリケレバ、夫離去ク思テ棲ケル程ニ、

妻夫寝タリケル間ニ、男ノ夢ニ見ル様、「此ノ我ガ愛シ思フ

妻、我レニ云ク、『我ガ汝ト相棲ト云ヘドモ、我レ忽ニ遥ナ

ル所行ナムトス。汝ヲ今ハ不可見ズ。但シ我ガ形見ヲバ留

置カム。其レヲ我ガ替ニ可哀キ也』」ト見ル程ニ、夢

覚ヌ。

男驚キ騒テ見ルニ、妻無シ。起テ近キ辺ニ此ヲ求ムルニ

無ケレバ、奇異ト思フ程ニ、本ハ無カリツルニ、枕上ニ弓一

張立タリ。此レヲ見ルニ、「夢ニ形見ト云ツルハ、此ヲ云ケ

ルニヤ」ト疑ヒ思テ、「妻若シ尚ヤ来ル」ト待テドモ、遂ニ

不見エズシテ、夫恋ヒ悲ブト云ヘドモ、甲斐無シ。「此レ

若シ鬼神ナムドノ変化シタリケルニヤ」ト怖シク思ヒケリ。

「然リトテ今ハ何ガハセムト為ル」ト思テ、其ノ弓ヲ傍ニ近

ク立テ、明ケ暮レ妻ノ恋シキマヽニハ、手ニ取リ掻巾ヒナド

シテ、身ヲ放ツ事無カリケリ。

然ル月来ヲ経ル程ニ、其ノ弓前ニ立タルガ、俄ニ白キ鳥ト

成テ飛ビ出テ、遥ニ南ヲ指テ行ク。男、奇異ト思テ、出テ見

ルニ、雲ニ付テ行クヲ、男尋ネ行テ見レバ、紀伊ノ国ニ至リヌ。

其ノ鳥亦人ト成ニケリ。男、「然レバコソ、此ハ只物ニハ非

ザリケリ」ト思テ、其ヨリゾ返ニケル。然テ男和歌ヲ読テ云

ク、

アサモヨヒキノカハユスリユクミヅノイツサヤムサヤイ

ルサヤムサヤ

ト。

此ノ歌近来ノ和歌ニハ不似ズカシ。「アサモヨヒ」ト朝ヲ

メテ物食フ時ヲ云フ也。「イツサヤムサヤ」ト狩スル野ヲ

云フ也。此ノ歌ハ、□聞ク、何トモ心不得マジケレバナム。

亦此ノ語リ奥恋ク、現ニトモ不思エヌ事ナレドモ、旧キ記

ニ書タル事ナレバ此ナム語リ伝ヘタルトヤ。

금석이야기집今昔物語集

권 31
【雜事】

주 지主旨　본집의 최종권이 어중간하게 '제31'이 된 점에 대해서는 종전부터 다양한 논의가 있었다. 처음에는 전 30권으로 기획된 것으로 여겨지는데, 편집 도중에 본조(일본)부를 완성하다 다소 이질적인 이야기들이 나왔고, 그 결과 이와 같이 된 것으로 여겨진다. 본권에 수록된 모든 설화를 전체적으로 훑어보면, 다른 권들에 비해 주제적 통일성이 부족하고, 잡다하게 여러 이야기들을 그러모은 느낌이 있다. 최종권인 점을 더불어 감안하면, 다른 권들에 이야기를 수록하던 과정에서 빠진 이야기들을 주워 모은 '습유拾遺'의 성격을 띤 권은 아닐까도 생각할 수 있다. 그러므로 권 설정이 변경되어 '제31'이 생긴 것이 아니라, '정권正쓺'인 30권에 '습유'로 이루어진 한 권을 더한 것이라고 생각해 볼 수 있다.

야마시나山科 동쪽의 후지오데라藤尾寺의 비구니尼가 하치만八幡 신궁新宮을 다른 곳으로 옮긴 이야기

아와타 산粟田山 동쪽에 이와시미즈하치만대보살石淸水八幡大菩薩을 권청勸請하여 신궁新宮을 지은 연로한 비구니가 재력을 이용하여 본궁本宮보다 성대하게 방생회放生會를 열고 이로 인해 본궁의 반감을 산다. 비구니는 본궁과 다른 날에 방생회를 열도록 권유를 받지만, 이것을 거절하여 결국 본궁의 신인神人들에게 신궁을 파괴당했다는 이야기.

이제는 옛이야기이지만, 천력天曆[1]의 치세에 아와타 산粟田山[2] 동쪽, 야마시나 향山科郷 북쪽에 절이 있었다. 이 절은 건립과 동시에 후지오데라藤尾寺라고 불렸다. 후지오데라의 남쪽에는 따로 당堂이 있었는데, 그곳에 한 연로한 비구니가 살고 있었다. 비구니는 매우 유복하여 오랜 세월 동안 대단히 풍요로운 삶을 보내고 있었다.

비구니는 젊은 시절부터 열심히 하치만八幡[3]에 귀의하였고, 항상 참예를

---

1 '천력天曆'은 제62대, 무라카미村上 천황天皇의 연호(947~57). 다만, '천력天曆의 치세'란 무라카미 천황의 치세라고 하는 의미로, 천경天慶 9년(946) 4월~강보康保 4년(967). 이 이야기가 천경 원년 또는 천경 2년의 일이라고 치면(『부상약기扶桑略記』 천경 2년, 『본조세기本朝世紀』 천경 원년의 조에 따름), '천력'은 '천경天慶'의 오자가 되며, 스자쿠朱雀 천황의 치세에 해당함.

2 → 지명.

3 → 불교. 하치만대보살八幡大菩薩. 여기서는 이와시미즈하치만 궁石淸水八幡宮(→사찰명)에서 모시는 삼신三神의 주제신主祭神인 하치만대보살(오진應神 천황)임. 본지수적설本地垂迹說에 따라 하치만 신八幡神을 호국영험위력신대자재왕보살護國靈驗威力神大自在王菩薩의 수적신垂迹身이라 보고 대보살로 함.

게을리하지 않았다. 비구니는 내심

'오랜 세월 하치만대보살八幡大菩薩에게 귀의하여, 아침저녁으로 기원을 드리며 섬기고 있다. 기왕이면 대보살을 집 근처에 옮겨서 하고 싶을 때마다 항상 섬기고 싶다.'

라고 생각하였다. 비구니는 즉시 근처의 토지를 골라 신전을 짓고, 훌륭하게 장식하여 대보살을 권청勸請하였다. 이리하여 오랜 세월 하치만대보살을 섬기고 있었는데, 비구니는

'본궁本宮⁴에서는 매년 행사로 8월 15일에 법회를 한다. 그것을 방생회放生會⁵라 하는데, 이는 대보살의 서원誓願⁶에 의한 것이다. 그러므로 나는 같은 날에 이 궁⁷에서 방생회를 열기로 하자.'

라고 다시금 기원하고 연중행사로서 본궁과는 별도로 방생회를 하는 것으로 하고, 본궁과 동일하게 8월 15일에 방생회를 실시하게 되었다. 그 의식은 본궁의 방생회와 완전히 동일하게 거행되었다. 이렇게 해서 많은 고승들을 초청하고 훌륭한 음악을 연주하고 노래와 춤을 시연하며 법회를 거행하였다. 본래 비구니는 유복하고 조금도 부족함이 없는 생활을 하고 있어서, 초청한 승려에 대한 보시와 악사의 축의祝儀도 충분히 이루어졌고, 본궁의 방생회에 뒤떨어지지 않았다.

이렇게 매년 법회를 하며 어느덧 몇 년이 지났는데, 본궁의 방생회는 차츰 비구니의 신궁新宮에 뒤떨어지게 되었다. 축의도 신궁이 더 후했기에 무

---

4   이와시미즈하치만 궁. 비구니가 야마시나山科에 권청勸請한 하치만 궁과 비교해서 '본궁本宮'이라고 함. 『부상약기』에는 '이와시미즈 본궁石清水本宮'이라 되어 있음.

5   '방생放生'은 '살생殺生'의 반대. 권12 제10화 참조.

6   이와시미즈하치만은 정관貞觀 연중(859~77) 다이안지大安寺 교교行教에 의해 우사하치만宇佐八幡을 권청한 것인데, 겐쇼元正 천황 양로養老 4년(720), 휴가日向·오쿠마大隈의 하야토 족隼人族의 반란 당시에 하야토 족을 대량 살상했기 때문에 난이 평정된 후에 제주諸州에서 방생회를 열어야 한다는 하치만의 신탁이 있었음. 이것을 하치만방생회의 기원으로 하는 것이며, 이 점에서 '서원'은 신탁을 가리키는 것.

7   비구니가 야마시나에 권청한 하치만 궁.

인舞人과 악사 모두가 앞 다투어 아와타구치의 방생회에 모이게 되었고, 그 탓에 본궁의 방생회는 다소 쇠락하게 되었다. 그리하여 본궁의 승속僧俗의 신관神官[8]들 모두가 이 일을 한탄하며, 논의한 끝에 아와타구치의 비구니에게 심부름꾼을 보내서

"예로부터 오늘에 이르기까지 8월 15일의 방생회는 하치만대보살의 서원에 따라 행하는 방생 대회이다. 즉 사람이 고안해 낸 것이 아닌 것이다. 그런데 그쪽에서도 같은 날에 방생회를 하는 통에, 본궁에서 하는 항례의 방생회가 그야말로 쇠락하게 되었다. 그러니 그대의 새 방생회를 8월 15일에 하지 말고, 다른 날로 연기하여 치르도록 하라."

라고 알렸다.

이에 비구니는

"방생회는 대보살의 서원에 따라 8월 15일에 치르게 되어 있습니다. 그러므로 제가 실시하는 방생회 역시 똑같이 대보살을 섬기는 것이므로 8월 15일에 하는 것이 맞습니다. 절대로 다른 날에 할 수 없습니다."

라고 답하였다.

심부름꾼이 돌아가 비구니의 대답을 전하자, 본궁의 승속 신관들이 이를 듣고 크게 화를 냈다. 그들은 논의를 거쳐

"속히 신궁으로 가서 신전을 부수고 신체神體를 빼앗아 본궁에 안치합시다."라고 결정을 내렸고, 수많은 신인神人들이 구름떼처럼 몰려와 아와타구치 궁[9]을 습격하였다. 그들은 비구니가 밤낮으로 섬기던 신궁의 신전을 전부 파괴하고 신체를 빼앗아 본궁으로 옮겨서 고코쿠지護國寺[10]에 안치하였

---

8 승려를 신관으로 한 것은 당시의 신불혼교神佛混交의 사상에 의한 것. 신관은 하급 신직神職.

9 → 지명. 여기서는 아와타구치栗田口 부근에 지은 신궁新宮을 가리킴.

10 이와시미즈하치만 궁의 경내에 있던 절. 본래 이 절이 있었고, 수호신으로서 하치만이 모셔짐(『고사류원古事類苑』). 원래 사명寺名은 이와시미즈데라石清水寺.

다. 그래서 그 신체는 지금도 고코쿠지에 진좌鎭坐하시며 신통한 영험靈驗을 보이신다. 그 후 아와타구치의 방생회는 사라지고 말았다.

아와타구치의 방생회는 본래 조정의 허가를 얻은 것도 아니었다. 때문에 비구니는 이 일을 고소하지 않았고, 세상 사람들은 비구니를 비난하였다. "다른 날로 연기하여 치르도록 하시오."라는 본궁의 전갈에 따라 다른 날에 했다면, 지금도 나란히 두 곳에서 방생회를 하고 있었을 것이다. 불필요하게 고집을 부려 방생회를 연기하지 않은 것은 옳지 않은 처사였다. 그러나 이 역시도 그렇게 될 □□[11]이었을 것일까. 대보살을 섬긴다는 자들이, 예로부터 존경받아 온 법회를 두고 성대함을 경쟁한 것을 대보살께서 옳지 않게 여기셨던 것이리라.

그 후 본궁의 방생회는 점차 성대해져서 지금에 이르기까지 계속 번영하고 있다고 이렇게 이야기로 전하여 내려오고 있다 한다.

11 해당어 알 수 없음.

東山科藤尾寺尼奉遷八幡新宮語第一

今昔、天暦ノ御代ニ、粟田山ノ東山科ノ郷ノ北ノ方ニ寺有リ。始テ藤尾寺ト云フ。其ノ寺ノ南ニ別ノ堂有リ。其ノ堂ニ一人ノ年老タル尼住ケリ。其ノ尼財豊ニシテ、万ヅ皆思フ様ニテナム年来過ケル。

其ノ尼若クヨリ慇ニ八幡ニ仕テ常ニ詣ケル。心ノ内ニ思ニケル様、「我レ年来大菩薩ヲ憑ミ奉テ、朝暮ニ念ジ奉ル。同ク我ガ居タル辺ニ大菩薩ヲ遷シ奉テ、常々思ノ如ク崇メ敬ヒ奉ラム」ト思テ、忽ニ其ノ辺ノ所ヲ撰テ、微妙荘テ、宝殿ヲ造リ大菩薩ヲ崇奉テ、年来崇メ奉ケルニ、尼亦敬ヒ奉ケル様、「本宮ニハ毎年ノ事トシテ、八月ノ十五日ノ法会ヲ行テ、放生会ト云フ。此レ、大菩薩ノ御誓ニ依ル事也。然レバ我レ此ノ宮ニモ同日ニ此ノ放生会ヲ行ハム」ト思得テ、

本宮ノ如ク、年ノ内ニ所々ニシテ放生会行テ修シテ、八月ノ十五日ヲ以テ放生会ヲ行テケリ。其儀式、本宮ノ放生会ニ異ナル事無シ。但シ、諸ノ止事無キ多ノ僧ヲ請ジ、微妙キ音楽ヲ奏シ、歌舞ヲ調ヘテ、此ク法会ヲ行ケルニ、尼本ヨリ財ヒ豊ニテ乏キ事無カリケレバ、請僧ノ布施モ楽人ノ禄ナドモ器量カリケリ。然バ本宮ノ放生会ニ不劣ザリケリ。

如此クシテ、毎年ニ行テ、既ニ数々年ヲ経ル間、本宮ノ放生会、新宮ノ漸ク劣テ、禄ナド珍シカリケレバ、舞人楽人ナドモ此ノ粟田口ノ放生会ニ皆競テ参ケレバ、本宮ノ会少シ廃ヌ。此ノ事ヲ本宮ノ僧俗ノ神官等皆歎テ相議シテ、使ヲ以テ彼ノ粟田口ノ尼ノ許ニ遣シテ云ク、「八月ノ十五日ハ、此レ大菩薩ノ御誓ニ依テ、昔ヨリ于今至マデ行フ所ノ放生大会ニシテ、放生会ヲ行フ。故ニ、本宮ノ恒例ノ放生会既ニ廃ルニ似タリ。然レバ其ノ被行ル所ノ今ノ放生会ヲ八月ノ十五日ニハ不行シテ、延テ他ノ日ヲ以テ可行キ也。人構ヘ出タル事ニハ非ズ。而ルニ其ノ日、亦別ニ其ノ所ニシテ、放生会ヲ行フ。

尼答テ云、「放生会、大菩薩ノ御誓ニ依テ、八月ノ十五日ニ行フ事也。然レバ尼ガ行フ放生会モ同ク大菩薩ヲ崇メ奉ル故ナレバ、尚八月十五日ヲ以テ可行キ也。更ニ他ノ日ヲ以テ行フ事不可有」ト。

使返テ、尼ノ言ヲ語ルニ、本宮ノ僧俗ノ神官等皆此ヲ聞テ大キニ嗔[15]、相ヒ議シテ、「我等速ニ彼ノ新宮ニ行テ、宝殿ヲ壊テ[16]御聖体ヲ取テ、本宮ニ安置シ可奉キ也[18]」ト云テ、若干ノ神人等[19]雲ノ如クニ集リ[20]発テ、彼ノ粟田口ノ宮ニ行キ向テ、猥ニ[21]尼ノ夜ル昼ル崇メ奉ル新宮ノ宝殿ヲ皆壊チ棄テ、御正体ヲバ取テ本宮ニ将奉テ[22]、護国寺ニ[23]安置シ奉リツ。然レバ其ノ御聖体[24]干今護国寺ニ御マシテ[25]霊験新タ也。粟田口ノ放生会ハ其ノ後絶ニケリ。

其ノ尼、本ヨリ公ニ[26]申シテ行フ事ニテモ無カリケレバ、訴ヘ申ス事モ無カリケリ。只世ニゾ尼ヲ謗ケル[27]。本宮ヨリ、「延テ他ノ日行ヘ[28]」ト云ケルニ随テ、他ノ日行マシカバ、于今モ並ベテ行テマシ。強ニ蜜ク[30]云テ、不延ザリケルガ悪キ[29]也。

其レモ可然キ□一事ニヤ。大菩薩ヲ崇メ奉ルト云ヒ乍ラ、往古止事無キ会ヲ競フ様ニ為ルヲ、大菩薩ノ、「悪シ」ト思シ食ケルニヤ。

其後チ本宮ノ[3]放生会弥ヨ厳重ニシテ、于今至マデ不愚ズ[4]。

此ナム語リ伝ヘタルトヤ。

도바 향鳥羽鄕의 성인聖人들이
큰 다리를 만들어 공양한 이야기

한 성인이 가쓰라 강桂川에 걸린 도바 대교鳥羽大橋를 수리하고 대대적인 공양을 열었다는 이야기. 본문은 도중에 누락되었는데, 이유는 알 수 없다. 예로부터 다리를 놓는 것은 중인衆人의 어려움을 구하는 보살행菩薩行으로 여겨졌으며, 독지篤志를 일으켜 다리를 놓은 고승의 행적이 전해지고 있는데, 『금석이야기집今昔物語集』에서는 교키行基가 나니와 강難波江의 다리를 놓은 일(권11 제2화)과 도등道登이 우지宇治에 다리를 놓은 일(권19 제31화) 등을 찾을 수 있다.

이제는 옛이야기이지만, 도바鳥羽¹ 마을에 큰 다리橋²가 있었다. 이것은 예로부터 가쓰라 강桂川³을 가로지르는 다리였다. 그런데 그 다리가 부서져서 사람이 건널 수 없게 되었다.

□□⁴ 무렵, 한 성인聖人이 있었다. 다리가 망가져 모든 사람들이 강을 건너는 것을 걱정하였고, 오고가는 사람들을 돕기 위해 널리 많은 사람들에게 설하며⁵ 돌아다녀 희사喜捨를 모으고 다리를 수리하였다.

---

1 → 지명.
2 가쓰라 강桂川(→지명)에 놓인 사히 교佐比橋. 사히 교는 주작대로朱雀大路의 끝과 조우대로鳥羽大路를 연결함.
3 → 지명.
4 연호 또는 연시年時의 명기를 위한 의도적 결자.
5 원문에는 "지식知識"으로 되어 있는데, '지식을 모으다', '지식을 불러일으키다'라는 뜻으로, 선지식을 권유

그 후 희사품이 많이 남아서 성인은 그것을 밑천으로 다시 사람들을 모았고, 마을 사람들에게 협조를 부탁하여 성대하게 법회를 열어 다리 공양을 하였다. 그때 강사講師[6]로 □□□[7]이란 사람을 초청하였다. 초청된 승려들은 사색四色 법의法衣[8]를 입었고, 그 수가 백 명에 이르렀다. 히에이 산比叡山, 미이데라三井寺[9]의 유명한 명승을 죄다 초청하였다. 당악唐樂이나 고구려악高句麗樂의 무인舞人과 악인樂人[10]들 모두가 당唐 옷을 입었다. 도읍 안의 모든 상중하의 사람들이 희사를 하였다. 무대, 분장실, 승석僧席의 장막 등을 마련하였고, 그것들을 모두 훌륭하게 꾸미고 또 큰 북 두 개를 아름답게 장식해 두었다. 공양일이 되자, 도읍 안의 신분의 높낮음을 막론하고 모든 사람들이 모여와 청문하였다. (이하 결缺)

한다는 것을 의미. 신자를 권진하여 정재를 모으고 또 노역의 봉사를 구하는 것.
6   법회에서 설경을 하는 역할의 승려. 법회에서 경론을 강설하는 승려.
7   강사의 이름의 명기를 위한 의도적 결자.
8   '사색四色'은 자색, 녹색, 노란색, 붉은색.
9   → 사찰명.
10 불교행사 공양 때 쓴 당唐·고려高麗의 악사를 말함. 권12 제22화의 호조지法成寺 대일大日 불화공양에도 등장함.

126

鳥羽鄕聖人等造大橋供養語第二

今昔、鳥羽ノ村ニ大キナル橋有ケリ。此レハ昔ヨリ桂川ニ渡セル也。其ノ橋壊レテ人渡ル事無カリケリ。

□ノ比、一人ノ聖人有テ、此ノ橋壊レテ人皆河ヨリ渡ル事ヲ歎テ、往還ノ人ヲ助ケムガ為ニ、普ク諸ノ人ヲ催テ、知識ト云事ヲ以テ其ノ橋ヲ渡シテケリ。

其後、其ノ知識人物多ク残タリケレバ、聖人其ヲ以テ本トシテ、亦人ヲ催シ、其ノ村ラノ人ノ与力ヲ憑テ、大キニ法会ヲ儲テ供養ジケリ。其ノ講師ニハ□ト云フ人ヲナム請ジタリケル。請僧ハ四色ヲ調テ、百僧ヲ請ジタリ。大山寺三井寺ノ止事無キ名僧ヲ皆尽シタリ。京中ノ上中下ノ人皆物ヲ加フ。舞台、楽屋、装束ヲ用ユル。唐高麗ノ舞人楽人等皆唐ノ僧ノ幄ナドシ、皆微妙クシ立テ、大皷二ツヲ荘リテ立タリ。

其ノ日ニ成テ京中ノ上中下ノ人皆来テ聴聞ス。（以下欠）

단케이湛慶 아사리阿闍梨가 환속하여
다카무코노 기미스케高向公輔가 된 이야기

이야기의 출전은 알 수 없으며, 이 이야기는 두 부분으로 나뉜다. 앞부분은 진언眞言 및 여러 학문에 능통한 단케이湛慶가 주닌 공忠仁公의 기도를 위해 부름을 받는데, 이 때 승공僧供을 나르는 여자에게 마음을 빼앗겨 정을 통한다. 이로 인해 단케이는 환속 당하여 다카무코노 기미스케高向公輔라는 사누키讚岐의 수령이 된다. 단케이는 예전 에 '오와리 지방尾張國의 여자와 내통하게 될 것'이란 부동존不動尊의 계시를 받고, 오 와리 지방으로 내려가 계시가 지칭한 여자아이를 죽인다. 하지만 그 여자아이가 죽지 않고 살아서 단케이와 부부가 되었다는 이야기이다. 후반은 단케이가 환속 후에 아무 도 바로잡지 못한 고쿠라쿠지極樂寺 양계兩界 제존諸尊의 앉은 자리를 바르게 바꾸었 다는 이야기이다.

이제는 옛이야기이지만, 《몬토쿠文德》[1] 천황天皇의 치세에, 단케이湛
慶[2] 아사리阿闍梨라는 승려가 있었다. 지카쿠慈覺 대사大師[3]의 제자였다.
진언眞言의 교의敎義[4]에 정통했고, 불전과 일본, 중국의 서적[5]에도 능통

---

1   천황天皇의 시호諡號의 명기를 위한 의도적 결자. 『삼대실록三代實錄』에 의하면, 단케이湛慶가 환속하는 계
    기가 된 유모와의 밀통사건을 인수仁壽(851~854)의 일이라 한다. 때문에 '몬토쿠文德 천황天皇'의 시기로
    추정.
2   → 인명.
3   → 인명.
4   진언眞言의 밀법密法(→불교). 지카쿠慈覺 대사大師의 진언 전수에 관해서는 권11 제11화 참조.
5   내전內典(불전)과 외전外典(불전 이외의 일본과 중국의 전적典籍).

할 뿐만 아니라, 제도諸道에 관해서도 훌륭한 재능이 있었다.

단케이는 행법行法[6]을 하여 공사公私에 종사하고 있었다. 그런데 주진 공忠仁公[7]이 병에 걸리시자 기도를 위해 부름을 받고 찾아뵙게 되었다. 단케이의 기도 봉사의 효험이 현저하여 주닌 공의 병색이 나아 건강이 회복되셨다. 그러나 단케이는 '이대로 당분간 살펴 드리자.' 하고 저택에 머물러 있었는데, 젊은 여자의 목소리가 들려왔고, 이윽고 단케이 앞에 승공僧供이 《차려졌다》.[8] 단케이는 이 여자를 보자마자 강렬한 애욕의 정이 생겼고, 은밀히 그녀를 설득하고 구슬려 서로 정을 나누게 되었다. 그리고 어느 사이엔가 결국 여색에 빠진 파계승이 되었다. 그 후 단케이는 이 사실을 숨겼지만 널리 소문이 퍼지고 말았다.

예전에 단케이는 열심히 부동존不動尊[9]을 섬기며 수행하고 있었다. 그런데 어느 날 꿈에 부동존이 나타나

"그대는 진심으로 내게 귀의하고 있으니 가호해 주겠노라. 그대는 전세의 인연[10]으로 《오와리尾張》[11]지방國 □□□군郡[12]에 사는 □□□[13]라는 자의 딸과 정을 통하여 부부가 될 것이다."

라고 계시하시는 꿈을 꾸었고, 단케이는 잠에서 깨어났다.

그 후 단케이는 이 일을 비탄하며

'어찌 내가 여자와 정을 통하여 계율을 어기게 된다는 말인가. 부동존께

---

6   밀교密敎의 예의범절과 수법修法.
7   → 인명. 후지와라노 요시후사藤原良房를 가리킨다.
8   한자표기를 위한 의도적인 결자.
9   → 불교.
10 숙세宿世(→불교).
11 옛 지방명의 명기를 위한 의도적 결자. 『옥엽玉葉』에 "그대는 오와리 지방尾張國의 사람과 연이 있다."는 기사에 따라 '오와리'로 추정.
12 군명郡名의 명기를 위한 의도적 결자.
13 인명(딸의 아버지)의 명기를 위한 의도적 결자.

서 가르쳐 주신 그 여자를 찾아내서 죽이고 맘 편히 지내야겠다.'
라고 생각하였다. 그리고 수행 길에 오르는 척 혼자서《오와리》[14]지방으로
나섰다. 그런데 부동존께서 가르쳐 주신 곳에 찾아가 물어보니 확실히 그런
사람이 있었다. 단케이는 기뻐하며 그 집에 가서 살그머니 집안의 상황을
살폈다. 단케이는 인부人夫인 척하며 집의 남쪽에서 상황을 엿보고 있었는
데, 열 살 정도의 용모와 자태가 아름다운 여자아이가 뜰로 달려 나와 뛰놀
고 있었다. 단케이는 집에서 나온 시녀를 붙잡고 "저기 나와서 놀고 있는 소
녀는 누구요?"라고 묻자 "저 아이는 이 댁의 외동딸입니다."라고 답하였다.
단케이는 이를 듣고 '저 아이로군.' 하며 기뻐하였고, 그날은 그 정도로 끝냈
다. 다음날 다시 나가 남쪽 뜰을 서성거리고 있자, 전날처럼 여자아이가 나
와서 놀며 돌아다녔다. 마침 주변에 단 한 사람도 없었다. 단케이는 기뻐하
며 가까이 달려가 여자아이를 붙잡고 단숨에 목을 베었다. 이것을 눈치챈
사람은 아무도 없었다. '나중에 발견되면 큰 소동이 나겠군.'이라 생각하고,
단케이는 멀리 도망쳤고 그 길로 도읍으로 돌아갔다.

　그리하여 단케이는 이제는 안심하고 있었는데, 현재 이렇게 뜻밖의 여자
에게 미혹되어 버린 것이다. 그래서 단케이는

　'몇 해 전, 부동존께서 계시해 주신 여자는 죽여 버렸는데, 이렇게 생각지
도 못한 여자에게 미혹되고 말다니. 참으로 기이한 일이다.'
라고 생각하고, 여자를 안고 자고 있을 때 여자의 목을 더듬어 보니 큰 흉터
가 있었다. 자세히 보니 상처를 지져서 붙인 흔적이었다. 단케이가 "이건 무
슨 상처인가?" 하고 물었다. 여자가 대답하기를

14　옛 지방명의 명기를 위한 의도적 결자.

"저는 실은 《오와리》¹⁵ 지방의 사람으로 □□□¹⁶라는 사람의 딸입니다. 어렸을 적, 집 안 정원에서 놀고 있는데 낯선 사람이 나타나 저를 붙잡고 단숨에 목을 베었습니다. 나중에 집안사람이 발견하여 큰 소동이 일어났습니다만, 범인의 행방은 끝내 알 수 없었습니다. 그 후 누군지는 기억나지 않습니다만, 상처 입은 자리를 지져 주었습니다. 기이하게도 죽어야 할 목숨을 살릴 수 있었던 것이지요."

라고 하고, "그 후 연이 있어서 이 저택에 있게 된 것입니다."라고 말을 이었다. 이것을 듣고 단케이는 기이하기도 하였고 애틋하기도 하였다. 자신이 여자와 전세의 깊은 인연인 것을 부동존이 보여 주신 것이라고 존귀하게 여기면서 슬퍼져 눈물을 흘리며 여자에게 사실을 이야기하니 여자도 깊이 감동하였다. 이렇게 해서 둘은 오래도록 부부로서 살게 되었다.

단케이가 파계승으로 전락하였기에 주닌 공은

"단케이 법사는 난행亂行에 빠지고 말았도다. 승려의 모습으로 있는 것은 용서할 수 없으나, 불도뿐 아니라 일본과 중국의 제도諸道에 능통한 자다. 이러한 자를 세상에서 쓰지 않고 버린다면 아니 될 것이다. 당장 환속해서 조정을 섬기도록 하라."

라고 결정하셨고 단케이는 환속하게 되었다. 이름은 기미스케公輔라고 하고, 원래의 성을 써서 다카무코高向라 하였다. 즉시 오위五位에 올랐고 조정에 출사하게 되었는데, 바로 이 사람이 고대부高大夫라는 사람이다. 원래 뛰어난 재인才人이라 조정을 섬기기에 부족함이 없었다. 고대부는 사누키讚岐 수령¹⁷에 임명되어 가문도 더욱 유복해졌다. 생각건대 이것을 생각하면 주

---

15 옛 지방명의 명기를 위한 의도적 결자.

16 인명(딸의 아버지)의 명기를 위한 의도적 결자.

17 『삼대실록三代實錄』 원경元慶 4년(880) 10월 19일의 졸전卒傳에 의하면, 사누키讚岐의 권수權守가 된 해는 원경元慶 원년元年.

닌 공은 이렇게 재능 있는 사람을 내버려 둘 수 없었던 것이다.

고대부는 속인俗人[18]이 되었지만, 진언의 밀법密法[19]에 능통하였다. 고쿠라쿠지極樂寺[20]라는 절에 목상木像 양계兩界[21]의 존상이 안치되어 있었는데, 오랫동안 이 제존諸尊이 앉은 자리가 잘못되어 있었다. 그래서 어떤 사람이 이것을 바르게 고칠 수 있는 사람을 찾아 많은 진언의 사승師僧을 불러 고치게 해 보았지만, 이리저리 둘러대고는 아무도 자리를 바로잡지 못하였다. 고대부가 이 일을 듣고 고쿠라쿠지에 가서 그 양계를 삼가 뵈며 "과연 제존께서 앉은 위치가 모두 잘못되었군요."라고 하고 "이쪽 부처님은 여기로 오십시오. 그쪽 부처님은 저리로 가십시오."라고 지팡이로 가리키니, 아무도 손을 대지 않았음에도 불상들이 저절로 뛰어올라 고대부의 지팡이가 가리키는 곳으로 자리를 옮겼다.[22] 많은 사람이 이것을 목격하였다. 사람들은 미리 "고대부가 불상의 위치를 바로잡기 위해 고쿠라쿠지에 갈 것이다."라고 전해 듣고 모여 있었는데, 개중에는 내로라하는 신분의 사람들도 있었다. 그런데 이처럼 불상들이 각자 바른 위치로 자리를 바꾼 것을 보고, 모두 눈물을 흘리며 존귀하게 여겼다.

고대부는 불도뿐만 아니라, 그 밖의 제도諸道에도 이와 같이 전부 출중하였다고 이렇게 이야기로 전하여 내려오고 있다 한다.

---

18 환속한 후에도 『사가실담기四家悉曇記』에 정관貞觀 19년(877) 실담悉曇의 대학자 안넨安然이, 환속한 단케이로부터 엔닌圓仁이 일본에 소개한 실담음悉曇音을 받은 사실을 "닌仁(엔닌圓仁) 아사리阿闍梨 또한 이 실담을 관정灌頂의 제자 단케이 대덕大德에게 전하였다. … 단케이 대덕은 환속하여 지금 중대부中大夫 지위를 받고 시종侍從의 신臣이 되어 태상천황太上天皇(세이와淸和) 분양궁汾陽宮에서 일하고, 겸하여 사누키讚州 사사刺史의 지위를 받았다. 대부大夫 또한 이 실담을 안넨에게 전하였다."라고 기록하고 있음. 안넨은 이때 태장계법胎藏界法을 단케이에게 받았는데, 단케이는 환속 후에도 태밀台密의 대학자로서 인정받고 있었음을 알 수 있음(하시모토 신키치橋本進吉 『안넨화상사적고安然和尚事蹟考』).

19 → 불교. 진언 비밀의 법.

20 → 사찰명.

21 금강계金剛界의 삼십칠존三十七尊, 태장계胎藏界의 구존九尊을 가리킴.

22 관음·지장의 상이 저절로 이동한 이야기는, 권16 제12화, 권17 제6화에도 보임.

湛慶阿闍梨還俗為高向公輔語第三

今昔、□ノ御代ニ湛慶阿闍梨ト云フ僧有ケリ。慈覚大
師ノ弟子也。真言ヲ極メ内外ノ文道ニ足レリ。亦、芸無極力
リケル。

湛慶行法ヲ修テ、公私ニ仕ヘケルニ、忠仁公不例ノ事有
ケル時ニ、湛慶御祈リノ為ニ被召テ参ヌ。祈リ奉ルニ験シ掲ゲ
焉クシテ、病愈給ヒヌレドモ、「暫ク此テ候ヘ」トテ被置タ
ク。

ル程ニ、若キ女音出来テ、湛慶ガ前ニ僧供ヲ□フ。湛
慶此ノ女ヲ見ルニ、深ク愛欲ヲ発テ窃ニ語ヲ成シテ、互ニ契
テ、遂ニ始メテ落ヌ。其ノ後隠スト為ドモ、其ノ聞エ顕ニ成
ニケリ。

湛慶前ニ勧ニ不動尊ニ仕テ行ケルニ、夢ノ中ニ、不動尊
告テ宣ハク、「汝ハ専ニ我レヲ憑メリ。我レ汝ヲ可加護ス。
但シ汝ヂ前生ニ縁有ルニ依テ□ノ□□□ノ郡ニ住ム
□ト云フ者ノ娘ニ落テ、夫妻トシテ有ラムトス」ト告ゲ
給フト見テ、夢覚ヌ。

其ノ後、湛慶此ノ事ヲ歎キ悲ムデ、「我レ何ノ故ニ女ニ
落ム。但シ、我レ彼ノ教ヘ給フ女ヲ尋テ殺シテ、心安クテ有
ラム」ト思ヒ得テ、修行ズル様ニテ、只独リ□ノ国ヘ行
ヌ。其所ニ尋ネ行テ問フニ、誠ニ然カ云フ者有リ。湛慶喜
テ其ノ家ニ行テ、窃ニ伺ヒ見ル。家ノ南面ニ湛慶夫如クシテ
何フニ、十歳許ナル女子ノ端正ナル、庭ニ走リ出デ、遊ビ行
ク。湛慶、其ノ家ヨリ下女ノ出タルニ、「彼ノ出遊ブ女子ハ

誰ソ」ト問ヘバ、「彼レハ此ノ殿ノ独娘也」ト答フ。湛慶此レヲ聞テ、「其レ也」ト喜テ、其ノ日ハ然テ止メ、次日行テ、南面ノ庭ニ居ルニ、昨日ノ如ク女子出テ遊ビ行ク。其ノ時ニ敢テ人無シ。湛慶喜ビ乍ラ走リ寄テ、女子ヲ捕ヘテ、頸ヲ掻斬ツ。此レヲ知ル人無シ。「後ニコソハ見付テ嗔メ」ト思テ、遥ニ逃ゲ去テ、其ヨリ京ニ帰ヌ。

一五「今ハ為得ツ」ト思テ有ルニ、此ク思ヒ不懸ヌ女ヲ殺シニ、此ク思ヒ不懸ヌ者ニ落ニタルコソ奇異ケレ」ト思テ、此ノ女ト抱テ臥シタル時ニ、湛慶女ノ頸ヲ捜ルニ、頸ニ大ナル疵有テ、炙キ綴タル跡也。湛慶、

不動明王（図像抄）

「此ハ何ナル疵ゾ」ト問ヘバ、女ノ云ク、「我レハ□□ノ国ノ人也。□□ト云フ者ノ娘也。幼カリシ時、家ノ庭ニ遊ビ行キシヲ、不知ヌ者ノ出来テ捕ヘテ、頸ヲ掻斬タリシ也。後ニ家ノ人見付テ嗔ケレドモ、行方ヲ不知デ止ニケリ。其後、誰ト不知ヌ、其レヲ炙キ綴タル也。奇異キ命ヲ生テコソ」ト、「事ノ縁有テ此ノ殿ニハ参タル也」ト云フヲ聞ニ、湛慶奇異クモ哀レニモ思ユ。我ガ深キ宿世ノ有テ、湛慶、「先年ニ不動尊ノ示シ給ヒシ女ヲバ殺テシニ、此ク思ヒ不懸ヌ女ニ落ヌレバ、不動尊ノ示シ給ヒシ事ヲ貴ク悲ク思テ、泣々ク女ニ此ノ事ヲ語ケレバ、女モ哀ニ思ケリ。然テ永キ夫妻トシテゾ有ケル。

湛慶濫行ニ成リ畢ニケレバ、忠仁公、「湛慶法師既ニ濫行ニ成タリ。僧ノ身ニテ異様也。亦内外道ニ付テ極タル者也。此レヲ徒ニ可被棄キニ非ズ。速ニ還俗シテ、公ニ可仕キ也」ト被定テ、還俗シツ。名ヲ公輔ト云フ。本姓高向也。既チ五品ニ叙シテ公ニ仕ル。此レヲ高大夫ト云フ。本止事無キ才人也ケレバ、公ニ仕ルニ心モト無キ事無カリケリ。遂ニ讃岐ノ守ニ任ジテ、弥ヨ家モ豊也ケリ。此ヲ思フニ、人ノ態有ルヲバ、此ナム不被棄ザリケル。

但シ此ノ高大夫、俗ノ身ニ成テ、真言ノ蜜法ヲ吉ク知タリ
ケレバ、極楽寺ト云フ寺ニ、木像ノ両界ノ像御マス、久ク其
ノ諸尊ノ座位違テ有ケルニ、人有テ、「此レヲバ誰カ直シ可
奉キ」トテ、諸ノ真言師ノ僧ヲ呼テ直サセケレ共、様々ニ
云ツ、直シ得ル事モ無カリケルニ、高大夫此ヲ聞テ、極楽寺
ニ行テ、其両界ヲ見奉テ、「実ニ此ノ座位悉ク二錯シ給ヒ
ケリ」ト云テ、杖ヲ持テ、「此ク仏ハ此ニ可御シ」ト、「彼ノ
仏ハ彼ニ可御シ」ト差スニ付テ、仏達、人モ手モ触レ不奉
ニ、踊テ杖ノ差ス所ニ、自然ニ居給ケリ。多ク人此ヲ見ケリ。

「高大夫、仏ノ座位直シ奉ラムガ為ニ、極楽寺ニ行シ」ト、
兼テ聞キ継テ、可然キ人共モ有ケルガ、此ク仏達ノ各直リ
給フヲ見テ、泣々ク貴ビケリ。

高大夫、内外ノ道ニ付テ、此クゾ有ケル、トナム語リ伝へ
タルトヤ。

권31 제4화

화공 고세노 히로타카巨勢廣高가 출가하고 환속한 이야기

이름난 화공인 고세노 히로타카巨勢廣高는 병을 계기로 출가하지만, 조정은 내리內裏의 회소繪所로 불러들이기 위해 환속을 명한다. 조라쿠지長樂寺의 벽판에 걸린 지옥도는 그가 머리를 기르기 위해 침거하던 중에 그린 것으로, 그 후에도 맹장지문과 병풍에 뛰어난 그림을 많이 그렸다는 이야기. 본문은 도중에 누락되었으나, 제2화와 마찬가지로 파손에 의한 것으로 보이지 않는다. 앞 이야기와는 명인名人이 환속을 강요받고 조정에 출사한다는 점에서 연결된다. 지옥도가 그려진 병풍에 대해서는 『마쿠라노소시枕草子』『영화榮花』나 여러 가집歌集에서도 그 무서움을 언급하고 있는데, 지옥 회권繪卷으로는 미쓰나가光長가 그렸다는 것이 현존한다. 『기타노 천신연기회권北野天神緣記繪卷』권7의 지옥도도 유명하다.

이제는 옛이야기이지만, 이치조一條 천황天皇[1]의 치세에 화공 고세노 히로타카巨勢廣高[2]라는 사람이 있었다. 옛 명인들에게도 부끄럽지 않을 정도로, 당대에 어깨를 나란히 할 자가 없을 만큼 실력이 출중한 화공이었다.

그런데 히로타카는 원래 불심이 깊었는데 중병에 걸려 오래도록 병상에 누워 있었다. 그러는 동안 히로타카는 절실히 세상이 무상하다고 여기고 출가해 버렸다. 이후 회복하여 원래의 건강한 몸이 되었는데 조정에서 그의

---

1 → 인명.
2 → 인명.

출가를 전해 들으시고,

"법사法師가 되었다고 해서 그림을 그리기에 딱히 지장이 있는 것은 아니지만, 내리內裏 회소繪所3에 불러들이기에는 모양새가 안 좋으니 속히 환속함이 옳도다."

라고 결정하시고, 히로타카를 불러들여 환속하도록 분부를 내리셨다. 히로타카는 자신의 뜻이 아니라고 한탄했지만, 선지宣旨는 어쩌지 못하였기에 환속하고 말았다.

그리고 오미近江 수守 □□□4라는 사람에게 히로타카의 신병을 부탁하여 머리를 기르게 하였는데, 수령은 히가시 산東山의 어떤 곳에 히로타카를 감금해 두고 감시자를 붙여 머리를 기르게 하였다. 그래서 히로타카는 그곳에 있던 새로운 당堂에 칩거하며 아무도 만나지 않고 머리를 길렀다. 그러는 중에 심심풀이로 당 뒤편 벽에 지옥도를 그렸는데, 그 그림은 지금도 남아 있다. 많은 사람들이 방문하여 이 그림을 보았는데, 모두들 참으로 훌륭한 그림이라고 하였다. 지금 조라쿠지長樂寺5라고 부르는 곳이 바로 히로타카가 지옥도를 그린 불당이다.

히로타카는 그 후에도 속인으로 오랜 세월에 걸쳐 조정에 출사하였다. 히로타카가 그린 맹장지문6의 그림이나 병풍의 □□□7은 내로라하는 곳에 남아 있다. 섭관가攝關家에 대대로 전해지는 물건 중에도 히로타카가 그

---

3 궁중의 회화·건축의 장식을 담당하는 곳. 식건문式乾門 안의 동쪽 옆. 어서소御書所의 남쪽에 있었음(『서궁기西宮記』임시臨時 五).
4 오미近江 수령의 이름 명기를 위한 의도적 결자.
5 → 사찰명.
6 원문은 "障紙"(=障子)로 되어 있음. 당시의 '障子'는 '襖', '唐紙', '衝立(이동식 칸막이)' 등 방의 칸막이로 사용하는 건구建具의 총칭.
7 결자의 종류, 해당어 알 수 없음.

린 병풍그림이 있다. 이것은 가보로서 대향大饗[8]이나 임시객臨時客[9] 등에 꺼내어 전시된다고 한다.(이하 결缺)

8   궁중의 대연회나 대신大臣 임명에 대한 축연 등을 주로 가리킴. 여기서는 대신이 주최하는 대연회.

9   * 헤이안平安 시대, 정초 때 섭정攝政, 관백關白, 대신집 등에서 대신 이하의 귀족을 초대하여 개최한 연회.

絵師巨勢広高出家還俗語第四

今昔、一条ノ院ノ御代ニ、絵師巨勢ノ広高ト云者ノ有ケリ。古ニモ不恥ズ、今モ肩ヲ並ブル者無シ。

而ニ広高本ヨリ道心有ケルニ、身ニ重キ病ヲ受ケテ日来煩ヒケルニ、世ノ中ヲ、「無端シ」ト思取テ出家シテケリ。

其ノ後、病喩テ有ケルヲ、公此ノ由ヲ聞シ食テ、「法師ニテモ絵書カム事ハ憚リ不有マジケレドモ、内裏ノ絵所ニ召テ被仕ムニ便無カルベケレバ、速ニ可還俗シ」ト被定テ、召テ可還俗キト被定ル由ヲ仰セ給ヒツ。広高本意ニ非、歎キ悲ムト云ヘドモ、宣旨限リ有レバ、力不及ズ。

而ル間、公、近江ノ守□ノ□ト云フ人ニ、広高ヲ預ケ髪ヲ被生ケルニ、守、東山ニ有ル所ニ、広高ヲ籠メ居ヘテ、人ヲ付テ髪ヲ令生ム。然レバ其ノ所ニ新キ堂一有ケルニ籠リ

居テ、人ニモ不会ズシテ、髪ヲ生シケル間、堂ノ後ニ有ケル壁板ニ、徒也ケルママニ、地獄ノ絵ヲナム書タリケル。其ノ絵于今有リ。万ノ人行テ皆此ヲ見ル。「微妙キ物ニテ有」トナム云フ。今ノ長楽寺ト云ハ其絵書居ケル堂也。

広高、其後俗ニテ久ク有テ公ニ仕ケリ。此ノ広高ガ書タル障紙ノ絵、屏風ノ□可然キ所ニ有リ。一ノ所ノ伝ハリノ物ニテ広高ガ書タル屏風ノ絵有リ。此ヲ財トシテ大饗、臨時ノ客ナドノ時ニゾ、取リ被出ルナリ。（以下欠）

대장성大藏省의 사생史生 무네오카노 다카스케宗岡高助가 딸을 소중히 기른 이야기

대장성大藏省의 사생史生 무네오카노 다카스케宗岡高助는 평소에는 몹시 미천한 차림새로 지냈지만, 막강한 재력으로 대저택을 짓고 두 딸에게 마음껏 호화로운 생활을 하게 한다. 하지만 그가 죽은 후에 딸들이 영락零落하여 죽었다는 이야기. 유복한 하급 관리의 사치스러운 생활을 비판하면서도 놀라워하며 이야기를 전하고 있다. 재력 때문에 귀족사회에서 무시당한 남자지만 사랑하는 딸들이 사치를 다할 수 있게 함으로써 자신이 할 수 있는 최대한의 저항을 하려 한 점에 일말의 가련함이 느껴진다.

이제는 옛이야기이지만, 대장성大藏省의 말단 사생史生[1]으로 무네오카노 다카스케宗岡高助[2]라는 사람이 있었다. 길을 걸을 때는 관모를 사용하지 않고 머리를 풀어 헤치고, 황갈색의 볼품없는 암말을 타며, 우에노하카마表の袴,[3] 아코메衵,[4] 버선 등은 조악한 옷감을 쓰고 있었다. 신분이 낮다고 해도, 다카스케의 몸가짐과 차림새는 특히나 비천하였다. 집은 서경西京[5]

---

1 태정관太政官이나 팔성八省에 설치된 하급 서기관. 대장성大藏省은 팔성의 하나.
2 미상. 『씨성가계대사전氏姓家系大辭典』에 의하면, 무네오카 씨宗岡氏는 소가 씨蘇我氏의 일족인 무네타케 씨宗岳氏와 동족이라고 함.
3 속대를 할 때, 소매가 넓은 하카마袴 위에 덧입는 옷.
4 속대를 할 때, 시타가사네下襲(* 옛 일본 관리가 의관정제 할 때 포袍 밑에 입던 옷)의 아래, 히토에기누單衣(* 정장용 속옷) 위에 입는 고소데小袖.
5 우경右京. 주작대로의 서쪽을 말함.

에 있었는데, 굴하소로堀河小路에서는 서쪽, 근위대로近衛大路에서는 북쪽에 있는 여덟 호八戶 넓이의 집이었다. 남쪽으로 근위대로와 면하여 당풍의 문[6]을 세우고, 동쪽에 일곱 칸七間짜리 건물을 지어 살고 있었다.

그 부지 안에 노송나무 울타리를 두르고, 다시 그 안에 사방으로 둘러싸인 다섯 칸五間짜리 작은 침전寢殿을 지어 두 딸을 살게 하였다. 침전의 《장식》[7]에 관해 말할 것 같으면, 침소에는 겨울에는 썩은 나무 무늬가 염색된 휘장대의 천을 걸치고, 여름에는 얇은 천을 걸었다. 그 앞에는 금, 은가루로 칠기 표면에 당초唐草 무늬를 새긴 화장도구함 하나를 놓아두었다. 스무 명가량의 여방女房으로 하여금 시중을 들게 하였는데, 모두에게 모裳와 가라기누唐衣[8]를 입게 하였다. 딸 하나에 열 명씩 붙인 셈이었다. 또 여동女童 넷을 두어 항상 가자미汗衫[9]를 입게 하였는데, 그들도 딸 하나에 둘씩 시중을 들게 한 것이었다.

이들 여방과 여동들은 모두 내로라하는 장인藏人의 관직에 있던 이의 여식으로, 부모를 여의고 의지할 곳 없이 떠돌던 것을 그럴듯하게 구슬려, 마치 훔쳐 오듯이 데려와 시중을 들게 한 것이기 때문에 변변치 않은 이가 없었다. 용모와 태도도 모두 흠잡을 데 없이 고상하였다. 말단인 여종에 이르기까지 한껏 용모가 아름다운 이를 골랐던 터라 누구 하나 비천하게 보이는 자가 없었다. 여방의 방마다 《장식된》[10] 병풍, 휘장대, 다다미疊 등이 궁가宮家의 그것에 뒤처지지 않았고, 여자들에게는 계절에 맞춰 의복을 갖춰 때마

---

6 원문에는 "가라몬야唐門屋". 당풍唐風의 대문 구조의 집. 원주圓柱, 당호唐戶를 달고 지붕은 당파풍唐破風 구조로 만들어진 문.

7 한자표기를 위한 의도적인 결자. 문맥을 고려하여 보충.

8 여관女官이 입는 정장. 허리에 모裳를 입는다. 권24 제31화 참조.

9 여동이 정장에 착용하는 상의. 초여름에 입었음.

10 한자표기를 위한 의도적인 결자. 문맥을 고려하여 보충.

다 갈아입게 하였다. 그러니 딸들의 차림을 말할 것 같으면, 능직綾織[11] 장인을 선별하여 옷을 짓게 하고, 염색 장인을 물어물어 찾아가 염색을 부탁하였다. 때문에 직물의 무늬나 염색에서 빛이 나서 눈이 부실 정도이었으며, 식사는 각자의 밥상에 은으로 된 식기를 갖추어 올렸다.

시侍[12]로는 영락한 지체 높은 가문의 자제 중에서 가난한 자들을 잘 설득하여 데려와 갖가지 복장을 꾸며 딸들의 시중을 들게 하였다. 그 《고운》[13] 모습과, 기품 있는 몸가짐은 참으로 고귀한 가문의 자식과 다를 바가 없었다. 아버지 다카스케는 평소 외출할 때면 실로 볼품없는 차림을 했지만, 딸들에게 찾아갈 때는 능직 노시直衣[14]에 에비조메葡萄染め[15]로 짠 사시누키指貫[16]를 입고 붉은색의 속옷자락이 아래로 조금 보이게 하고 옷감에는 향내를 배게 하고 갔다. 아내는 평소에 □[17]의 아오襖라는 옷을 입고 지냈지만, 그것을 벗고 색색으로 겹쳐 꿰맨 옷을 입고 딸들에게 갔다. 이처럼 다카스케는 정성을 다해 딸들을 더없이 소중하게 길렀다.

어느 날, 이케가미池上의 간추寬忠[18] 승도僧都라는 사람이 당堂을 세워 공양을 올렸는데 이 다카스케가 승도에게 가서 "불당 공양은 참으로 존귀한 일이오니, 미천한 딸들에게도 보여 주고 싶습니다."라고 하자, 승도가 "실로 좋은 일이로다. 적당한 곳에 자리를 만들어 볼 수 있도록 하겠다."라고 허락하셨고, 이에 다카스케는 뛸 듯이 기뻐하며 돌아갔다. 다카스케는 오랫동안

---

11 문양을 짜 넣은 옷감.

12 * 일본어로 '사부라이'로 읽음. 후세의 사무라이侍와는 다르게, 신분이 낮은 고용살이를 하는 남자의 총칭. 경비나 잡무에 종사하는 고용인.

13 한자표기를 위한 의도적 결자. 문맥을 고려하여 보충.

14 중고中古 이후 남성 귀족의 평복. 속대 차림에 비해 귀족의 평상복을 말함.

15 날실은 붉은색. 씨실에 보라색을 써서 짠 직물. 염색은 연보라색으로 함.

16 옷자락에 실을 통과시켜서 끈을 조아서 발목을 졸라매게 한 하카마袴.

17 한자표기를 위한 의도적 결자. 내용적으로 '시보襁'나 '시보기누襁衣'가 추정됨. '시보襁'란 짜임이 일정치 않은 고치실로 짠 주름이 많은 조악한 직물.

18 → 인명.

승도를 지극히 받들어 모셔 온 사람이었는데, 불당 공양에 관해서도 전부터 필요한 준비들을 여러모로 하고 있었고, 덕분에 이처럼 관람을 부탁할 수 있었다.

이윽고 불당 공양을 하루 앞두게 되었다. 저녁 무렵 수많은 횃불을 밝히고 짐수레 두 대에 평평한 배[19] 두 척을 싣고, 소에게 끌게 하여 연못가에 이것들을 내려놓는 사람이 있었다. 승도가 "이건 어디에서 가져온 것이냐?"라고 물어보시니 일꾼이 "대장성의 사생史生 다카스케가 가져오게 한 짐배입니다."라고 아뢰었다. 승도는 어디에 쓸 배인지 궁금해 하였다. 이것은 다카스케가 미리 만들어 둔 것이었다. 배에는 기둥을 달아 하룻밤 새 온갖 장식물을 붙이고 위에는 비단 천막을 쳤다. 측면에는 위쪽부분을 천으로 테두리로 댄 발을 걸고 스소고裾濃[20]방식으로 물들인 휘장대를 겹쳐 세웠다. 그리고 주칠朱漆을 한 난간을 배 둘레에 세우고, 그 아래에 감색 천을 둘러 쳤다.

이윽고 날이 새자 덧문을 올린 새 수레에 딸들을 태우고, 그 뒤에 화려한 옷을 밖으로 내보인 시녀의 수레를 열 량 정도 뒤따르게 하였다. 또 여러 색으로 꾸민 사시누키指貫[21] 차림의 십여 명이 그 앞에서 횃불을 밝히고 벽제辟除하였다. 이렇게 모두 배에 오른 후에는 걸어 놓은 발簾 밑으로 차례로 옷을 늘어뜨렸다. 옷들의 겹쳐진 모양과 색들이 이루 말할 수 없을 정도로 아름다워 마치 빛을 발하는 것 같았다. 또 원형으로 된 동식물 문양의 옷을 입고 머리를 갈라 고리모양으로 묶은 시동들을 두 척의 배에 태우고, 화려하게 색칠한 장대로 배를 조정했다. 연못의 남쪽에는 천장이 평평하게 천막

19 원문에는 "艜"라 되어 있음. 물건을 적재하고 얕은 강을 편하게 건너기 위하여 배 바닥을 평평하고 넓게 만든 배.

20 염색법의 하나. 위를 옅게 아래를 진하게 물들여 무늬를 내는 것.

21 *옷자락에 끈목을 연결해 입은 후 발목 부근을 꽉 조여 묶는 바지.

을 치고, 거기에 행렬의 선두에 선 자들의 자리를 마련하였다.

드디어 날이 밝고 공양날 아침이 되었다. 상달부上達部, 전상인殿上人을 비롯해 초청을 받은 승려 등이 모두 모였다. 예의 두 척의 배가 연못 위를 돌자, 멋스럽게 장식한 큰 북, 정고鉦鼓, 무대, 비단으로 친 천막 등이 찬란하게 빛나서 눈이 휘둥그레질 정도였지만, 이보다 더욱 아름답게, 두 척의 배의 장식과 난간에 걸쳐 내놓은 옷들이 색색이 겹쳐 수면에 비치니 마치 이 세상 것이 아닐 만큼 훌륭해 보였다. 상달부와 전상인은 이것을 보고 "저건 어느 황족의 여방께서 보러 오신 것인가?" 하고 물어보셨지만, 승도가 "결코 누구의 배인지 밝혀서는 안 되느니라."라고 입단속을 해 두었기 때문에 다카스케의 배라고 말하는 자는 없었다. 그러자 그들은 더욱 궁금해져서 끊임없이 물었지만, 결국 누구의 배인지는 알 수 없었다. 그 후에도 기회가 있을 때마다 다카스케는 이처럼 딸들에게 구경을 시켜 주었다. 하지만 그것이 다카스케의 딸이라고는 누구 하나 알지 못하였다.

이토록 딸들을 재력을 쏟아 지극정성으로 길렀기에, 일정한 날에 궁중에 출사하는 자[22]나 황가皇家에서 근무하는 시侍,[23] 내로라하는 여러 관청의 위尉[24]의 자제 등이 사위가 되고 싶다고 해도 다카스케는 당치도 않은 일이라며 딸에게 편지조차 받지 못하게 하였다.

"내 몸은 천할지라도 벽제辟除하는 자[25]를 부릴 수 있는 정도의 집안사람을 딸과 사귀게 하고 싶다. 아무리 유복한 오미近江나 하리마播磨의 수령 아

---

22 원문에는 "上日ノ者"라 되어 있음. 일정한 날에 궁중에 출사出仕하는 하급관료. 이하 열거된 인물들은 모두 신분은 높지 않음.

23 * 일본어로 '사부라이'로 읽음. 후세의 사무라이侍와는 다르게, 신분이 낮은 고용살이를 하는 남자의 총칭. 경비나 잡무에 종사하는 고용인.

24 * 삼등관.

25 원문에는 "前追ハ厶人"라 되어 있음. 귀인의 행렬에 앞서 가면서 잡인의 통행을 금하는 사람으로, 여기서는 공경公卿 정도 되는 사람을 사위로 삼으려는 것. 즉 삼위三位 이상 및 사위四位의 참의參議.

들이라 해도, 벽제하는 자를 부릴 수 없다면 절대로 내 딸 가까이 오지 못하게 할 것이다."

라며 사위를 맞아들이지 않았는데, 그런 중에 부모가 차례로 세상을 떴다. 오라비가 하나 있었지만 부친이 거듭거듭 일러두었음에도 불구하고, '재산은 모조리 내가 독차지해야지.'라고 생각하여, 여동생들은 전혀 돌보지 않았다. 때문에 시侍나 여방들이 남김없이 떠나가고 가까이하는 이도 없어졌다. 이에 두 딸이 깊이 한탄하며 아무것도 먹지 않던 중 병이 들었다. 그러나 제대로 돌봐 주는 사람도 없었기에 두 사람 모두 차례로 죽고 말았다. 이 다카스케라는 사람은 바로 대장성의 사생 도키노부時延[26]의 조부이다.

옛날에는 이처럼 천한 이들 중에서도 이렇게 기골이 장대한 사람이 있었다. 하지만 아무리 기골이 있다 해도, 집이 가난하고 재산을 지니지 못했다면 아무리 딸을 사랑할지라도 이렇게 돌보지는 못했을 것이다.

이것을 생각하면, 다카스케는 헤아릴 수 없을 만큼의 재산을 가진 사람이었던 것이다. 현직 수령受領들보다도 재산이 더 많았기 때문에, 이렇게 행동할 수 있었을 것이라고 사람들이 서로 이야기했다고 이렇게 이야기로 전하여 내려오고 있다 한다.

---

26 미상. 이 이야기의 전승자(혹은 기록자)가 도키노부時延를 아는 같은 시대의 인물이었음을 알게 함.

大蔵史生宗岡高助傳娘語第五

今昔、大蔵ノ最下ノ史生ニ宗岡ノ高助ト云フ者有キ。行ク時ニハ垂髪ニテ、栗毛ナル草馬ヲ乗物ニシテ、表ノ袴、袙襖ナドニハ布ヲナムシタリケル。此ノ高助下衆ト云ヘラモ、身ノ持成シ有様ナド、無下ニ賤クナム有ケル。家ハ西ノ京ニナム住ケル。堀河ヨリハ西、近衛ノ御門ヨリハ北ニ八戸主ノ家也。南ニ近衛ノ御門面ニ唐門屋ヲ立テタリ。其ノ門ノ東ノ脇ニ、七間ノ屋ヲ造テ、其レニナム住ケル。

其ノ内ニ綾檜垣ヲ差廻シテ、其ノ内ニ小ヤカナル五間四面ノ寝殿ヲ造テ、其レニ高助ガ娘二人ヲ令住ム。其ノ寝殿ヲ□タル事、帳ヲ立テ、冬ハ朽木形ノ几帳ノ帷ヲ懸ケ、夏ハ薄物ノ帷ヲ懸ク。前ニハ唐草ノ蒔絵ノ唐櫛笥ノ具ヲ立タリ。女房二十人許ヲ仕ハセケルニ、皆裳唐衣ヲ着セタリケリ。娘一人ガ方ニ二十人ヅヽナルベシ。童四人ニ常ニ汗衫ヲ着セタリケリ。其レモ二人ヅヽ仕ハスルナルベシ。

此ノ女房童ハ皆可然キ蔵人経タル人ノ娘ノ、父モ母モ無クテ、便無ク迷ヌベキヲ、盗ムガ如クニ語ヒ取テ仕ハスレバ、一人弊キ者ナシ。形チ持成シモ皆可有カシク故ビタリ。下仕半物心ニ任セテ形チ有様ヲ撰勝ケレバ、敢テ仭ナム者無カリケリ。女房ノ局共ニ屏風、几帳、畳ナド□タル事宮原ノ有様ニ不劣ズ、時折節ニ随テ、衣ハ調ヘ重ネテ着セ替ケリ。姫君達ノ装束ハタラ綾織ヲ撰ツ、織セ物シテ尋ネ語ヒテ染サセケレバ、織綾様、物ノ色、手ニ移ル許、目モ曜キテゾ見エケル。物食スルニハ、各台一具ニ銀ノ器ドモニテナム備ヘケル。

侍ニハ落ブレタル尊ノ子共ノ為ニ無ク不合ナルヲ語ヒ将
来テ、様々ニ装ゾカシテ仕ハセケル。
気高ク持成シタル事、実ニ吉キ人ニ不異ザリケリ。
行ク時ニハ極ジ気ナル様シタリケレドモ、我ガ娘ノ方ニ行ク
時ニハ、綾ノ襴ニ蒲萄染ノ織物ノ指貫ヲ着テ、紅ノ出シ袿ヲ
シテ、薫ヲ焼シメテ行ケリ。妻ハ□ノ襖ト云フ物ヲ着タリケ
ルヲ脱棄テ、色々ニ縫重タル
衣ヲ着テゾ、娘ノ方ニ行ケ
ル。此様ニ力ノ及ブ限リ、極
ク傅ク事限ナシ。
而ル間、池上ノ寛忠僧都ト
云フ人、堂ヲ造テ供養シケル

汗衫（扇面法華経）

ニ、此高助、彼僧都ノ許ニ行テ申サセケル様、「御堂供養極
テ貴ク候ナレバ、賤ノ童部ニ物見セムトナム思ヒ給フル」ト
云ケレバ、僧都、「糸吉キ事也。可然カラム所ニ狭敷ナドヲ
シテ見セヨ」ト被許ケレバ、高助極ク喜テ返ニケリ。此ノ

高助ハ此ノ僧都ニ二年来極ク仕ケル者ナレバ、此ノ堂供養
ノ間ニモ、兼テヨリ可然キ事共ヲ様々ニ訪ケレバ、此ク見物
ノ事ヲモ申シ請ナルベシ。
然テ明日堂供養ニ成ヌルニ、夕サリ火ヲ数燃シテ、荷ノ車
二ツニ艫ニ二ツ積テ、牛共ニ懸テ遣リ入レテ、池ノ汀ニ下セ
バ、僧都、「此ハ何ニコヨリ持来レルゾ」ト問ハスレバ、「大蔵
ノ史生高助ガ令上ルヽ艫也」ト申セバ、僧都、「何ニゾ料
ノ船ニカ有ラム」ト思ケルニ、兼テ造リ儲タリケレバ、其ノ
船ニ、高助、蘭ナドシテ、様々ニ終夜物ノ具共打付テ、上ヘ
ニ錦ノ平張ヲ覆ヒ、喬ニ帽額ノ簾ヲ懸テ、裾濃ノ几帳ノ
帷ヲ重タリ。朱塗タル高欄ヲ造リ渡シテ、下ニハ紺ノ布ヲ引
タリ。
然ルニ暁ニ成ヌレバ、蔀上タル車ノ新キニ娘共ヲ乗セテ、出
シ車十両許リ乗リ絞レテ次キタリ。色々ニ装ソヘタル指貫姿
ノ御前共十余人前ニ火ヲ燃シ次タリ。然シテ皆船ニ乗タレ
バ、簾ノ懸リタルマヽニ、廻々ル皆衣ヲ出シツ。衣ノ重ナリ

色共ニ可云尽クモ非ズ、光ヲ放ツ様也。

ル、二ツノ船ニ乗セテ、色取リタル棹ヲ以テ船ヲ差ス。池ノ

南ニ平張ヲ打テ、其ニ御前共ヲ居タリ。

然テ夜明テ、供養ノ朝ニ成ヌレバ、上達部、殿上人、請僧

ナド皆来ヌ。此ノ二ノ船池ノ上ニ廻リ行クニ、荘リ立タル大

鼓、鉦鼓、舞台、絹屋ナドノ照リ曜キ愕タヽシク見ヨリモ、

此ノ二ツノ船ノ荘タル様、出シ衣共ノ欄ニ被打懸ツヽ、色々

重タルガ、水ニ影ノ移テ世ニ不似ズ微妙ク見ユレバ、上達

部殿上人此ヲ見テ、「彼レハ何ノ宮ノ女房ノ物見ルニカ」ト

問ヒ被尋ケレドモ、僧都ノ、「穴賢、彼ガ船ト不云ナ」トロ

ヲ被固タリケレバ、「高助ガ船」ト云フ人モ無カリケリ。然

レバ心憶ガリテ極クナム尋問ケル。然レドモ遂ニ誰ガ船トモ

不知デ止ニケリ。其ノ後ニモ事ノ折節ニ付ツ、高助此様ニ

シテ娘ニ物ハ見セケリ。然レドモ其ノ人ハ露不被知ザリケリ。

然テ此様ニ微妙ク傳ケレバ、上日ノ者、宮ノ侍、可然キ諸

司ノ尉ノ子ナド、「智ニ成ラム」ト云セケレドモ、高助目ザ

マシガリテ文ヲダニ不取入サセザリケリ。只、「賤クトモ前

追ハム人ヲコソ出シ入レテ見メ。極カラム近江幡磨ノ守ノ子

也トモ、前追ザラム人ヲバ、我ガ御前達ノ御当リニハ何デカ

寄セム」ナム云テ、智取モ不為ザリケル程ニ、父母打次キテ

死ケレバ、兄ニ男有ケルモ、智取モ不為ザリケルヲ、父返々云付ケテ

財ハ我レ独コソ取テム」ト思ケレ、妹、傳ヲバ露不知ザリケ

レバ、侍モ女房モ一人モ無ク皆去テ、不寄来ザリケレバ、娘

二人歎キ入テ、物モ不食ザリケル程ニ、病付ニケルニ、墓々

シク繚フ人モ無カリケルマヽニ、二人乍ラ打次キテ死ニケリ。

其レハ大蔵ノ史生時延ガ祖父也。

昔ハ此ル賤キ者ノ中ニモ、此ク心バセ有ル者ナム有ケル。

亦極ク心バセ有トモ、家貧クシテ財ヲ不持ザラムニハ、娘

悲クトモ、然許ハ否不繚ハジ。

此ヲ思フニ、「高助量無カリケル徳人ニコソ有ヌレ。当任

ノ受領ナドニモ増リテ有ケレバコソ、然ハ翔ケム」トゾ人云

ケル、トナム語リ伝ヘタルトヤ。

일조대로一條大路에 고찰高札을 세워
가모마쓰리賀茂祭를 구경한 노인 이야기

서팔조西八條의 도네刀禰인 여든 살 노인이 가모마쓰리賀茂祭 행렬에 참가한 장사藏司
의 소사小使인 손자의 멋진 모습을 보려고 미리 사거리에 고찰高札을 세워, 흡사 요제
이인陽成院의 관람석인 것처럼 착각하게 만들어 홀로 여유롭게 행렬을 구경한다. 요
제이 인이 후에 그 사실을 알게 되지만 노인을 혼내지 않고 오히려 감탄하였다는 이야
기이다.

　　이제는 옛이야기이지만, 가모마쓰리賀茂祭[1] 당일 일조대로一條大路와 동
동원대로東洞院大路가 교차하는 사거리에 새벽부터 고찰高札이 세워져 있었
다. 그 고찰에는 '여기는 노인이 구경하는 자리이다. 다른 사람이 이곳에 서
서 구경하는 것을 금한다.'라고 쓰여 있었다. 사람들은 그 고찰을 보고 아무
도 근처로 가려고 하지 않았다. 모두 '이것은 요제이인陽成院[2]이 축제를 구
경하시려고 세우신 고찰일 것.'이라고 생각하고, 행인들조차 다가가려 하
지 않았다. 하물며 모든 수레란 수레는 그 고찰 주변에 세워 두려고 하지 않
았다. 그런데 이윽고 축제의 행렬이 다가오려고 할 때, 그곳을 보니 위아래

1　가모 신사賀茂神社의 제례祭禮. 4월의 유일酉日에 행해지며 칙사가 파견된 대제大祭. 아오이마쓰리葵祭라고
　　도 함. 칙사의 행렬이 대단히 화려하여 제례 최대의 구경거리로서 인기를 끌었음.
2　→ 인명.

로 연한 노란빛 옷을 입은 노인이 나타나 당연하다는 듯이 하늘을 위아래로 쳐다보면서 높게 부채를 부치며 고찰 아래에 서서 느긋하게 구경을 하였고, 행렬이 지나가자 유유하게 돌아갔다.

그러자 사람들은 "요제이인님이 구경하셨어야 하는데 어째서 오시지 않았을까?", "뭔가 구경하러 오시지 못할 사정이라도 생긴 것일까?", "고찰을 세워놓고 오시지 않았다니 이상한 일일세."라고 서로가 고개를 갸우뚱하며 이야기하고 있었다. 그러다 어떤 자가 말하기를,

"아무래도 말일세, 아까 구경하던 할아버지가 수상했다네. 마치 요제이인이 세워 두신 고찰이라고 생각하게 만들려고 그 자가 그 고찰을 세워서 혼자 좋은 장소를 차지하고 구경하려던 게 아닐까 싶네."

라고 하는 등, 사람들이 이러쿵저러쿵 화제로 삼아 이야기했다. 그런데 어느새 이 이야기가 요제이인의 귀에 들어갔다. 요제이인이 "그 노인장을 불러내어 심문해 보도록 하여라."라고 명하셨기에, 노인을 찾아보니 서팔조西八條[3]의 도네刀禰[4]였다. 요제이인이 부하를 시켜 불러들이게 하니 노인이 알현하였다.

요제이인의 분부대로 관리가

"자네는 어째서 고찰에 '원이 세운 표찰'이라고 써서 일조대로에 세워 사람들을 겁주고 득의양양한 얼굴로 구경을 한 것인가? 그 연유를 똑바로 고하라."

고 힐문하였다. 노인은

---

3 훗날에 다이라노 기요모리平淸盛의 저택이 있었던 근처로 추정. 서팔조西八條에 있었던 기요모리의 저택은 『습개초拾芥抄』에 "좌경左京, 팔조방문八條坊門 이남, 팔조八條 이북, 대궁大宮 이서, 방성坊城 이동"이라는 기록이 있고, 현재의 교토 시京都市 미나미 구南區의 북부 일대로 추정.

4 정町의 다섯 호五戶로 구성되는 보保라는 조직의 장으로, 검비위사檢非違使가 임명함. 권11 제2화에는 촌락의 장으로 등장.

"표찰을 세운 것은 이 늙은이의 소행입니다만, 절대로 '원이 세운 표찰'이라고 쓰지는 않았습니다. 이 늙은이는 나이 여든이 되어서 축제를 구경하려는 마음도 없었습니다. 그런데 손자 되는 놈이 올해 내장료内藏寮[5]의 소사小使[6]로 행렬에 참가하고 있습니다. 어떻게든 그 모습이 보고 싶어서 나가서 행렬을 보려고 했는데, 군중 속에서 구경하려고 하니 이제는 늙은 몸이라 밟혀 죽을지도 모른다고 생각했습니다. 그렇게 되면 한심하다 싶어서 사람이 접근하지 않는 장소에서 느긋하게 구경하려는 생각에 표찰을 세운 것입니다."

라고 털어놓았다. 요제이인은 이를 들으시고

"이 노인은 참으로 기발한 생각으로 표찰을 세운 것이다. 손자를 보려는 마음은 지극히 당연한 것이다. 자네는 정말 머리가 좋은 노인일세."

라고 감탄하시고 "이제 돌아가도 좋네."라고 하셨다. 노인은 득의양양하게 집으로 돌아가 아내에게 "자, 내 계획대로 되지 않았소? 요제이인께서도 이렇게 감탄하셨소."라며 자신이 생각해도 자신이 지혜롭다고 생각하며 득의만면하였다.

그렇지만 세상 사람들은 요제이인이 이렇게 감탄하신 것을 좋게 말하지는 않았다. 그렇지만 노인이 손자를 보고 싶다고 생각한 것은 당연한 일이라고 서로 이야기하였다고 이렇게 이야기로 전하여 내려오고 있다 한다.

---

5 중무성中務省에 속하며 여러 지방으로부터 헌상된 재물과 천황天皇의 옷과 제기물 등을 관장하던 관청.
6 잡일에 종사하는 자.

加茂祭日一条大路立札見物翁語第六

今昔、[一二]加茂ノ祭ノ日、[一三]一条ヨリ東ノ洞院トニ、[一四]暁ヨリ札立タリケリ。其ノ札ニ書タル様、「此ハ翁ノ物見ムズル所也。[一六]人不可立ズ」ト。人其ノ札ヲ見テ、[一五]敢テ其ノ辺ニ不寄ズ。

「此ハ陽成院ノ物御覧ゼムトテ被立タル札ナリ」ト皆人思テ、歩ノ人更ニ不寄ケリ。何況ヤ、[一七]車ト云フ物ハ、其ノ札ノ当リニ不立ザリケルニ、漸ク事成ラムト為ル程ニ、見レバ、[一八]浅黄[一九]ノ上下着タル翁出来テ、上ヲ見上下シテ、[二〇]高扇ヲ仕テ、其ノ札ノ許ニ立テ、静ニ物ヲ見テ、物渡リ畢ニケレバ返ヌ。

然レバ、人、「陽成院ノ物可御覧カリケルニ、怪ク不御マサバリヌルハ」「何ナル事ニテ不御覧ヌニカ」「札ヲ立乍ラ不御マサバリヌル、怪キ事カナ」ト人口々ニ心不得ズ云合タ[二一]リケルニ、亦人ノ云フ様、「此ノ物見ツル翁ノ気色ハ怪カリツル者カナ。此ノ翁ノ、札ヲ立テ、『院ヨリ被立タル札』トテ為タルニヤ有ラム」ナド、[二二]様々ニ人云繚ケルニ、陽成院自然ラ此ノ事ヲ聞シ食テケレバ、「其ノ翁慥ニ召シテ問ヘ」ト被仰ケレバ、其ノ翁ヲ被尋ケルニ、其ノ翁、[二三]西ノ八条ノ刀禰有ケル。然レバ院ヨリ下部ヲ遣シテ召ケレバ、翁参テケリ。

院司承リテ、「[二四]汝ヂ何カニ思テ、『院ヨリ被立タル札』ト書テ、一条ノ大路ニ札ヲ立テ人ヲ恐シテ、シタリ顔ニ物ハ見ケルゾ」ト、「其ノ由慥ニ申セ」ト被問ケレバ、翁申テ云ク、「札ヲ立タル事ハ翁ガ仕タル事也。但、[二五]『院ヨリ被立タル札』トハ更ニ不書候ズ。翁既二年八十二罷リ成ニタレバ、物見ム心モ不候ズ。其レニ、孫ニ候フ男ノ、[二六]今年蔵司ノ小

使ニテ罷リ渡リ候ツル也。其レガ極テ見マ欲ク思給ヘ候シカ

バ、『罷出テ見給ヘム』ト思給ヘシニ、『年ハ罷老ニタリ。人

ノ多ク候ハム中ニテ見候ハバ、被踏倒テ死候ナム。益無カリ

ケム』ト思給テ、『人不寄来ザラム所ニテヤスラカニテ見給

ヘム』ト思給ヘテ立テ候ヒシ札也』ト陳ケレバ、陽成院此ヲ

聞シ食シ、「此ノ翁極ク思ヒ寄テ札ヲ立タリケリ。『孫ヲ見

ム』ト思ケム、専ラ理也。此奴ハ極ク賢キ奴ニコソ有ケ

レ」ト感ゼサセ給テ、「速ニ疾ク罷返リネ」ト仰セ給ケレバ、

翁シタリ顔ナル気色ニテ、家ニ返テ、妻ノ嫗ニ、「我ガ構タ

リシ事、当ニ悪ヤ。院モ此ク感ゼサセ給フ」ト云テ、我レ

賢ニナム思タリケル。

然レドモ、世ノ人ハ此ク感ゼサセ給不受申ザリケリ。但

シ、「翁ノ、『孫ヲ見ム』ト思ケムハ理也」トゾ人云ケル、

トナム語リ伝ヘタルトヤ。

우소변右少辨 모로이에師家 아손朝臣이
여자의 죽음을 본 이야기

후지와라노 모로이에藤原師家가 한동안 찾아가지 않았던 연인의 집 앞을 지나가다 그 집에 불려 들어간다. 여자가 독경을 마치자 모로이에에게 '당신을 한 번 더 보고 싶어서 부른 것'이라 말하고 갑자기 몸 상태가 급변하여 죽어 버리는데, 모로이에도 집으로 돌아가 얼마 지나지 않아 병을 얻어 죽었다는 이야기이다. 이 이야기는 남자가 여자의 영령靈靈 때문에 죽는 이야기이기 때문에 권27에 수록되어도 어울리나, 권27의 영령靈靈·귀鬼 등은 적극적으로 영·귀로서 행동을 한다는 점에서 이 이야기와는 다소 성질을 달리한다.

이제는 옛이야기이지만, 우소변右少辨[1] 후지와라노 모로이에藤原師家[2]라는 사람이 있었다. 이 사람에게는 서로 사랑하는 사이가 되어 찾아가던 여자가 있었다.

여자는 상당히 기품이 있고 고상하여 괴로운 일도 지그시 참고 견뎠기에, 변辨은 여자가 자신을 박정하다고 생각하지 않도록 매사에 노력하였다. 그러나 공사公事로 다망한 때도 있고, 또한 때로는 색을 밝히는 여자의 집에 발이 묶인 밤도 있어서, 여자의 집에는 잘 다니지 않게 되었다. 여자는 이러

---

1 태정관太政官 우변국右辨局에 속하는 관직. 우중변右中辨 아래의 지위.
2 → 인명.

한 일에는 익숙하지 않은 탓에 괴로워하였고, 속내를 털어놓지 못하고 있던 중 점점 남자의 방문은 뜸해지고 이전과 같지 않게 되었다. 여자는 남자를 미워하지는 않았으나, 관계가 소원해진 것을 비참해 하고 불만은 점점 쌓여 갔기에, 서로가 싫어하지도 않았음에도 두 사람의 관계는 끊어져 버렸다.

이렇게 반 년 정도 지났을 무렵, 변이 여자의 집 앞을 지나고 있는데 마침 외출에서 돌아온 이 집의 사람이 집안으로 들어가

"변 나리가 지금 집 앞으로 지나가고 계십니다. 예전처럼 아씨께 다니러 오셨을 때라면 어땠을까요. 뭔가 표현하기 어려운 맘으로 그저 보고만 있었습니다."

라고 말했다. 주인인 여자는 이것을 듣고 사람을 시켜 "드리고 싶은 말씀이 있습니다. 잠깐 들러 주시지 않으시겠습니까."라고 전하게 하였다. 변은 그 말을 듣고 '그래, 이 집은 그 사람 집이었지.'라고 떠올리고, 수레를 돌려 집안에 들어가 보니 여자는 경전 상자를 향한 채, 《부드》[3]러운 옷에 아름답고 청아한 생견生絹의 하카마袴 등을 입고 있었다. 급히 차려입은 것이 아니라 그전부터 입고 있었던 듯 곱게 앉아 있었는데, 눈매와 이마가 아름다워 흠잡을 데 없는 자태였다. 그래서 변은 마치 오늘 처음으로 본 사람인 것 같은 느낌이 들어 '이런 이를 왜 지금껏 소홀히 대했던 것인가.'라고 스스로도 심히 후회스러워, '읽고 있는 경전을 치우고 함께 잠자리에 들고 싶구나.'라고 생각했지만, 몇 달이나 찾아오지 않았기 때문에 아무런 말도 못하고 강요하는 것도 내키지 않아 이런저런 말을 걸어 보았다. 하지만, 여자는 대답도 하지 않고, 독경이 끝나면 모든 것을 다 말하겠다는 모습이었다. □□□[4] 얼굴은 매우 아름다웠고, 변은 이미 지나가 버린 두 사람의 인연을 되돌릴 수

---

3 한자표기를 위한 의도적 결자. 내용에 따라 보충함.
4 한자표기를 위한 의도적 결자.

있다면 지금이라도 되돌리고 싶다고 꼴사나울 정도로 사랑스럽게 생각했다. 그래서 그대로 집에 머무르며 '만약 오늘부로 다시 이 사람을 소홀히 대한다면 어떤 벌이라도 받겠다.'라고 마음속에서 온갖 맹세를 하면서, 요 몇 달 마음에도 없는 짓을 반복해 온 이유를 거듭거듭 설명을 하였다. 그러나 여자는 대답도 하지 않았고 이윽고 『법화경法華經』 7권 독경에 이르러 약왕품藥王品[5]을 반복하고, 또 반복해서 세 번 정도 계속 읽었다. 변은

"왜 그렇게 계속 읽는 것이오? 어서 빨리 다 읽으시오. 하고 싶은 이야기가 산더미 같소."

라고 말하자 여자는

"어차명종於此命終 즉왕안락세계卽往安樂世界 아미타불대보살중阿彌陀佛大菩薩衆 위요주소圍遶住所 청연화중보좌지상靑蓮花中寶座之上."[6]

이라는 부분을 읽고 나서 눈에서 눈물을 똑똑 떨어뜨렸다. 변이 "왜 그러오? 비구니처럼 불심이 생기신 것이오?"라고 하자, 여자가 눈물을 머금은 눈을 들어 가만히 남자를 응시했다. 그 눈가가 마치 서리나 이슬에 젖은 것처럼 보여서 어쩐지 불길한 기분이 들었다. 변은 요 몇 달간 얼마나 자신을 야속하다고 여겼을까 하는 생각이 들어 저도 눈물을 억누를 수 없었다. '만약 오늘 이후로 이 사람을 두 번 다시 만나지 못한다면 얼마나 괴로울까.' 하고, 변은 지금까지의 일들이 계속 절실히 후회되어 자기 스스로도 화가 나서 견딜 수가 없었다.

이윽고 여자는 독경을 마친 후에 호박琥珀으로 장식된 침향목으로 만든 염주를 돌리며 기원하고, 한참 뒤에 눈을 고개를 들었는데 그 안색이 하도

5 『법화경法華經』 제23품. 약왕보살藥王菩薩의 본사本事를 설하고, 또한 이 품을 수지受持하는 자는 사후 안락세계安樂世界에 왕생한다고 설하는 부분.
6 생이 끝난 뒤에 극락세계의 아미타불阿彌陀佛이나 대보살大菩薩들에게 둘러싸인 곳에 왕생하고, 푸른 연꽃 속의 보좌寶座 위에 태어난다는 뜻.

변해 있어서 심상치 않았다. 어찌된 일인가 살펴보니 여자는

"사실을 말씀 드리자면, 한 번 더 뵙고 싶어서 부른 것이옵니다. 지금은 이것을 계속 원망하여."

라고 말하자마자 숨이 끊어졌다. 변은 경악하고 "어찌된 일인가!"라고 소리치고 "누구 없는가!"라고 사람을 불러 보았으나, 그 말을 바로 듣고 온 자는 없었다. 잠시 뒤에 그 소리를 들은 나이가 많은 시녀가 "무슨 일이십니까?" 하며 나타자자, 변이 □□□⁷해 있어서 시녀는 "어머나 세상에 이런 기□⁸한 일이, 이게 도대체 무슨 일이옵니까!"라고 소리치며 당황하는 것도 당연한 일이었다. 이미 어찌할 도리가 없었다. 마치 머리카락이 잘리듯이 순식간에 죽어 버린 것이다. 이 자리에서 상을 치를 수도 없는 노릇이라 변은 집으로 돌아가려고 했으나, 여자의 생전의 모습만 눈에 아른거려서 그저 슬플 뿐이었다. 그렇다고 해도 이렇게 되리라고 짐작이나 할 수 있었겠는가.

그리하여 변은 그 뒤에 집으로 돌아갔는데, 그 후 얼마 지나지 않아 병을 얻어 며칠 후 결국 죽어 버렸다. 그 여자가 썬 것은 아닐까라고 사람들은 말했다. 여자와 친했던 사람은 여자의 영靈이 한 짓이라는 것을 알고 있었을 것이다.

여자는 마지막 순간에 『법화경』을 읽고 죽었기 때문에 분명 후세도 존귀할 것이라고 생각했던 사람들도 변을 보고 깊이 원망하는 마음으로 죽었으니, 두 사람 모두 이 얼마나 죄가 깊은가라고 생각하였다고 이렇게 이야기로 전하여 내려오고 있다 한다.

---

7 한자표기를 위한 의도적 결자. '망연자실하다'는 의미가 들어갈 것으로 추정.
8 파손에 의한 결자로 '이롯'가 들어갈 것을 추정.

右少弁師家朝臣値女死語第七

今昔、右少弁藤原ノ師家ト云フ人有キ。其ノ人互ニ志

有テ、行キ通フ女有リケリ。

女ノ心様ノ極テ心憾クテ、疎キ事ヲモ静メ思ヒナドシテ有
ケレバ、弁事ニ触テ、此ニ偶ト不被思ジト翔ケレドモ、公事
ニ付ツゝ、忩ガシキ事共有リ、亦自然ラ泛ナル女ナドニ被留ル
夜モ有ケル程ニ、夜枯ガチニ成ケルヲ、女此様ナル有様モ未
ダ不習ヌ心ニハ、心疎ウキ事ニ思ツゝ、打解タル気色モ不見
エズノミ有ケル程ニ、漸ク枯々ニ成ツゝ、前々ノ様ニモ無カ
リケリ。憾シトハ無ケレドモ、其レヲ心疎キ事ニ思テ、心
不吉ズノミ成リ持行ケルバ、互ニ疎ム心ハ無ケレドモ、遂ニ
絶ニケリ。

然テ年半許ニ成ニケレバ、弁其ノ女ノ家ノ前ヲ過ケルニ、

其ノ家ノ人外ヨリ来ケルガ入来テ、「弁殿ニコソ此ヨリ過サセ
給ヒツレ。入御マシ時ハ何ニカ有ケム。哀ニコソ見奉ツレ」
ト。主ノ女聞テ、人ヲ出シテ、「可申キ事ノ有ルヲ、白地ニ
入給ヒナムヤ」ト云セタリケレバ、弁此レヲ聞テ、「実ニ此ハ
然ゾカシ」ト思ヒ出テ、遣リ返サセテ、下テ入テ見レバ、女
経箱ニ向テ□ヨカナル衣、厳気ナル生ノ袴ノ清気ナルヲ
ド、有付テ今取ツゝラ出タルトモ不見エズ、様吉クテ居タル眼
見、額頭ロキナド不憾ズ、見マ欲キ様也。然レバ弁、事シモ
今日始メテ見ム人トノ様ニ、「此ヲバ何ド今マデ不見ザリケ
ルゾ」ト、返々ス我ガ心モ口
惜クテ、「経読奉ルヲモ取
リ妨ゲテ臥ナバヤ」ト思ヘド
モ、月来ノ隔ニ許サレ無クテ
押立ムモ慎マシクテ、此彼物
云懸レドモ、答ヘズ不為ネ
バ、経読畢テ万ゾ云ズル気色

経を講ずる僧と講義を受ける僧（慕帰絵詞）

ニテ、打□タル顔ノ匂、過ヌル方取返ス物ナラバ今モ取

返シツベク、強ニ様悪キマデ思ユレバ、ヤガテ留リテ、「今

日ヨリ後、此ノ人ヲ愚ニ思タラバ」ト、心ノ内ニ万ノ誓言ヲ

思次ケテ、月来心ヨリ外也ツル事ナドヲ返々云ヘドモ、答

ヘモ不為デ、七ノ巻ニ成テ、薬王品ヲ押返シマシクリ返ツ、

三度許読奉レバ、弁、「何ド此クハ。疾ク読畢給ヘ。可申

事共モ多カリ」ト云フニ、「於此命終 即往安楽世界 阿弥

陀仏大菩薩衆 囲遶住所 青蓮花中宝座之上」ト云フ所ヲ読

奉テ、目ヨリ涙ヲホロ〳〵ト泛セバ、弁、「穴転テ。尼原

ノ様ニ道心付給タルヤ」ト云フニ、女涙ノ浮タル目ヲ見合

ル、霜露ニ湿タルカト思フニモ、忌々シクテ、「月来何ニ佃

シト思ツラム」ト思フニ、我モ忍カネヌ。「若シ此ノ人ヲ今

日ヨリ後亦モ不見ザラム、何ナル心有ナム」。「我ガ心乍ラ憾

シキマデ思ヘテ、我ガ心乍ラ憾シク思ユ。

而ル間、女経ヲ読ミ畢テ後、沈ノ念珠ノ虎珀ノ装束シタル

ヲ押攪テ、念ジ入テ、暫許有テ目ヲ見上タル気色ノ俄ニ替

テ怪ク成タルニ、「此ハ何ニ」ト見ルニ、女、「今一度対面セ

ムト思テ呼聞エツル也。今ハ此レヲ恨ミテ」ト云テ只死ヌレ

バ、弁奇異クテ、「此ハ何ニ」トテ、「此ニ人ト来」ト云ヘド

モ、急ト人モ否不聞付デ、暫許有テゾ聞付テ、長キ人、「何

ニ」トテ指出タルニ、弁□居タレバ、此ノ長シキ者、

「穴奇□。此ハ何ニシツル事ゾヤ」トテ、迷モ理也ヤ。

云フ甲斐無ク、只髪ノ筋ノ切レム程ニ失畢ヌレバ、然リトテ

ヤハ穢ニ籠キニ非ネバ、弁返ナムト為ルニモ、有ツル顔ノ

ミニ懸リテ悲ク思フニ付テモ、何ガハ思ヒ得ム。

然テ其レヨリ返テ、弁幾モ無クテ病付テ、日来ヲ経テ遂

ニ失ニケリ。其ノ女寄タルニヤトゾ、其ニ、親カリケル人ハ

女ノ霊ナドハ知タリケンカシ。

「其ノ女最後ニ法花経ヲ読奉テ失ニケレバ、定メテ後世モ

貴トカラム」ト人モ見ケルニ、「弁ヲ見テ深ク恨ノ心ヲ発シ

テ失ケルニコソハ、何ニ共ニ罪深カヽラム」トゾ思ユル。此

ナム語リ伝ヘタルトヤ。

등불에 모습이 비춰져
죽은 여자 이야기

이 이야기 이후 제21화까지와 제28화~34화, 제36·37화에서 목록의 제목과 본문의 제목에 약간의 차이가 있지만, 이것은 우선 목록을 작성하고 나중에 본문을 배열했기 때문이라고 추측된다. 후지와라노 다카쓰네藤原隆經의 애인인 소중장小中將이, 모시던 여어女御의 방 등불에 자신의 모습이 비춰지고 이것을 여방女房들이 그저 보고만 있었다. 그런 상황에는 대처할 관례가 있었지만 이에 능통한 경험이 많은 여방이 없었기 때문에, 소중장은 곧 병이 들어 궁을 떠난다. 그 후 다카쓰네가 여자를 방문하고 돌아간 후, 여자로부터 '도리베 산鳥部山'이라고만 쓰인 편지를 받는데 다음 방문했을 때에는 여자가 이미 죽어 있었다는 이야기. 남자와 연애관계에 있던 여방의 괴이한 죽음이라는 점에서 앞 이야기와 이어진다.

이제는 옛이야기이지만, 여어女御의 곁에서 시중을 들던 젊은 여방女房이 있었는데, 소중장小中將[1] 님이라고 불리고 있었다. 용모와 자태가 아름다웠고 마음씨도 고왔기에, 동료 여방들 모두가 소중장에게 호의를 갖고 있었다. 따로 정해진 남편은 없었지만, 미노美濃의 수령 후지와라노 다카쓰네藤原隆經[2] 아손朝臣이 때때로 소중장의 거처를 다니고 있었다.

---

1 『무라사키 식부 일기紫式部日記』, 『영화榮花』 권8의 11에, 이치조一條 천황天皇의 중궁中宮 쇼시彰子의 시중을 든 여방女房으로 동명 인물(영화榮花는 '중장中將의 명부命婦')이 있음. 후지와라노 다카타다藤原孝忠의 딸이라고도 하지만 불명.

2 → 인명.

어느 날, 소중장이 연보랏빛 옷에 다홍색 히토에기누單衣³를 입고 여어의 방에 있었다. 이윽고 저녁이 되고 촛대에 불이 켜졌다. 그런데 소매를 입가에 대고 연보랏빛 옷에 다홍색 히토에기누를 입고 서 있는 모습과 조금도 다르지 않게, 또한 소매를 입가에 댄 눈매와 이마, 머리카락이 흘러내린 정도까지 조금도 다르지 않게 그대로 등불에 비춰지고 있었다. 이것을 여방들이 발견하고 "어쩜, 이상할 정도로 닮았네요."라고 말하며 서로 떠들어 댔다. 그렇지만 여방들 중에는 이런 경우의 대처방법을 알고 있는 연장자가 없었기 때문에, 단지 모여서 구경하며 재미있어 하다가 등불의 심지를 떨어뜨려 버렸다.

그 후 소중장에게 "이런 일이 있었어요."라고 이야기하여 들려주니, 소중장은

"어머, 그건 얼마나 보기 흉하고 민망한 모습이었을까요. 바로 불을 끄지 않으시고 계속 계셨다니 정말 부끄럽습니다."
라고 말했다. 그 후 여방 중의 연장자들이

"그런 경우에는 등불 심지의 타고 남은 재를 《마시게 한다》⁴고 들었습니다만, 그 사람들이 제게 알리지도 않고 심지를 떨어뜨려 버렸군요."
라고 말하였는데 이제와 어쩔 도리가 없었다. 이렇게 해서 스무 날 정도 지나자, 소중장은 딱히 원인도 없이 감기로 이삼일 간 방에 누워 있었는데 얼마 지나지 않아 괴로워하다 자신의 집으로 돌아갔다.

한편 다카쓰네 아손朝臣은 용무가 영지로 출타하려고 여어의 어전에 알현한 김에 □□⁵을 찾아갔더니 "지금은 자신의 집으로 가셨습니다."라고 대

3　속대 차림에서 가장 아래에 입는 옷.
4　한자표기를 위한 의도적인 결자.
5　여어전女御殿의 쓰보네局(* 궁에서 일하는 여성을 위한 개인 거처)의 명칭의 한자표기를 위한 의도적인 결자로 추정.

반소臺盤所의 여동이 말했다. 그래서 그 길로 여자의 집을 방문하였는데, 마침 이레, 여드레경의 달이 서쪽으로 기울 무렵이었다. 서쪽방향의 모퉁이에 있는 문[6] 안쪽에 소중장이 나와 있는 것이 보였기에, 다카쓰네는 그 문을 밀어 열고 안으로 들어갔다. 다카쓰네는 '새벽녘에는 길을 떠나야 하니, 왔다는 것만 알리고 돌아가야겠구나.'라고 생각하였으나, 소중장을 보니 여느 때보다 사무치게 사랑스럽게 여겨졌다. 그런데 소중장은 불안한 듯했고 조금 몸 상태가 나빠 보여서 다카쓰네 아손은 '일단은 돌아가야겠다.'라고 생각하였지만, 결국 그대로 머물러 함께 잠자리에 들었다.

밤을 지새워 이야기하고 새벽녘에 돌아왔지만, 다카쓰네는 소중장이 애틋해 하는 것을 뿌리치고 나온 것이 돌아가는 길 내내 신경 쓰였다. 다카쓰네는 집에 돌아오자마자 "마음에 걸려 견딜 수 없습니다. 서둘러 여행에서 돌아오겠습니다."라고 편지를 써서 심부름꾼을 보냈는데, 그 답장이 오는 것을 이제나 저제나 손꼽아 기다리던 사이 이윽고 심부름꾼이 답장을 가져왔다. 편지를 손에 쥐는 시간조차 아까워 황급히 열어 보니, 단지 '도리베산鳥部山[7]'이라고만 쓰여 있었고 달리 아무 말도 없었다. 다카쓰네는 이것을 보고 가련한 마음에 품속에 넣어 피부에 밀착시키고 여행을 떠났다. 여행길 내내 이것을 꺼내서 거듭 보았는데 필적도 매우 아름다웠다. 여행지에서 잠시 머무르지 않으면 안 되는 용무가 있었지만, 다카쓰네는 소중장에 대한 그리움에 서둘러 돌아왔다.

도읍에 도착하자마자 먼저 서둘러 소중장의 집을 방문하니 집에서 사람

---

6 원문에 "쓰마도妻戸". 침전구조에서 건물의 네 모퉁이에 있는 쌍여닫이 판자문.

7 '도리베노鳥部野(→지명)'와 동일. 『금경今鏡』에는 여자의 노래로 "도리베 산鳥部山 골짜기에 연기가 피어오르면 덧없이 사라진다고 알려무나."라고 나와 있음. 또한 이 노래는 『습유집拾遺集』에 수록된 노래로, 『사라시나 일기更級日記』에도 유키나리行成의 딸이 쓴 이 노래를 작자 본으로 삼아 기록하였으며, 당시는 '도리베 산'이라고 한 것만으로도 이 노래인 것을 알 수 있었던 것.

이 나와 "이미 돌아가셨기 때문에 어젯밤 도리베노鳥部野에 장사 지냈습니다."라고 말했다. 그것을 들은 다카쓰네 아손의 심정은 어떤 말로도 표현할 수 없을 정도로 슬펐을 것이다.

그러므로 사람의 모습이 불빛 속에 보였다면, 그 타다 남은 심지를 떨어뜨려 반드시 그 사람에게 《마시게》[8] 해야 한다. 또한 기도도 잘 행하지 않으면 안 된다. 엄중히 근신해야 함을 모르고, 심지를 《마시게 하지 않고》[9] 떨어뜨린 채 가만히 있었기에, 실제로 이렇게 죽고 만 것이라고 이렇게 이야기로 전하여 내려오고 있다 한다.

---

8 한자표기를 위한 의도적인 결자.
9 한자표기를 위한 의도적인 결자.

移灯火影死女語 第八

ともしびにかげのうつりてしぬるをむなのことだいはち

今昔、女御ノ御許ニ候ケル若キ女房有ケリ。小中将ノ君[一]トナム云ケル。形チ有様皆美麗ニテ、心バヘ不悪ケレバ、同僚ノ女房達モ皆、此ノ小中将ヲ労タキ者ニナム思タリケル。定メタル男モ無カリケルニ、美濃ノ守藤原ノ隆経ノ朝臣ゾ時々通ヒケル。

而ル間、此ノ小中将、薄色ノ衣共ニ[四]、紅ノ単衣ヲ着テ[五]、女御殿ニ候ケル程ニ、夕サリ御灯油参ラセタリケル火ニ[六]、此ノ小中将ガ薄色ノ衣共ニ、紅ノ単重ヲ着テ立テリケル形チ、有様、体一ツモ不替デ[七]、口覆シタル眼見[八]、額ツキ、髪ノ下バ露[九]不違ズシテ移タリケルヲ見付テ、女房達、「奇異ク似タル者カナ」ナド云テ見騒ケルニ、其中ニ然様ノ事為ル様知タル長シキ人モ無クテ、只集テ見興ジケル程ニ、掻落シテケリ。

然テ、「此ク有ツレ」ナド小中将ニ語リケレバ[一〇]、「何ニ賤気ニテ[一一]、弊カリツラム[一二]。疾不掻棄デ無期ニ見給ヒツラムコソ[一三]恥シケレ」トゾ小中将云ケル。其ノ後、長シキ人々、此レヲ聞テ、「彼ハ□ナル物ヲ[一四]。此ノ君達ノ、人ニ此トモ不告給ズシテ、掻落シテ止ニケル[一五]」ナド云ヘドモ甲斐無クテ止ニケリ[一六]。然テ二十日許候ケル程ニ、此ノ小中将其ノ事トモ無ク、風ゼ発タリトテ二三日八局ニ臥タリケルガ、「苦」ト云ヒ里ヘ出ニケリ。

而ル間、隆経ノ朝臣、白地ニ知ル所へ行カムトテ[一八][一九]、女御殿へ参タリケル次ニ[二〇]、□ヲ尋ケレバ、「只今里ヘ出給ヌ」ト大盤所ノ女ノ童部ノ云ケレバ[二一]、ヤガテ家ニ行キ尋ケルニ、七日八日ノ程ノ月ノ西ニ傾タル程ニテ有ケルニ、西向ナル妻戸[二二]ノ有ケル内ニ、小中将出タリケルバ、隆経妻戸ヲ押開テ入テ、「暁ニ物へ行カムズレバ[二三]、此ノ告グ許ニテ返ナム[二四]」ト思ケルニ、此ノ小中将見ルニ、例ヨリモ身ニ染テ糸惜ク思ケルニ合セテ、小中将モ心細気ニ思テ、少悩マシ気ニテ有ケレバ、

164

隆経ノ朝臣、「返ナム」ト思ケレドモ、留リテ臥ニケリ。

終夜語ヒテ暁ニ返ケルヲモ恋気ニ思タリケルヲ見テ出

ニケレバ、隆経家ヘ返ケル終道心ニ懸テ家ニ返リ着ケルニ、

「不審カルベキ事。今疾ク返ナムトス」ナド書テ遣タリケル

ヲ、返事ヲ何シカ待居タリケルニ、持来タレバ、不取敢ズ取

テ披テ見レバ、異事ハ無クテ、只、「鳥部山」ト許書タリケ

レバ、隆経此ヲ見テ哀レニ思テ、懐ニ差入レテヒタ秦ニ宛テ

ナム出テ、物ヘ行ニケル。終道モ、此レヲ取出ツ、見ケレバ、

手モ糸吉カリケリ。然テ彼モ暫シ可有キ事有ケレドモ、此ノ

人ノ恋サニ、急ギ返ニケリ。

京ニ上着ケルニ、先ヅ急ギテ行タリケレバ、家ヨリ人出テ、

「早ウ失給ヒニシカバ、夜前ナム鳥部野ニ葬シ奉テシ」ト

云ケルヲ聞ケム隆経ノ朝臣ノ心コソ、可譬キ方無カリケレ。

現ニ然ゾ有ケム。

然レバ、火ニ立テ見エム人ヲバ、其ノ燗ヲ掻落シテ、必ズ

其ノ人ニ可□キ也。亦祈ヲモ吉ク可為シ。極ク忌ム事ニテ

有ヲ不知デ、不□ズシテ掻落シテ止ニケレバ、新タニ此ク

死スル也ケリ、トナム語リ伝ヘタルトヤ。

쓰네즈미노 야스나가^{常澄安永}가
후와^{不破} 관문에서 꿈을 꾼 이야기

고레타카惟喬 친왕親王의 하가사下家司인 쓰네즈미노 야스나가常澄安永가 동국東國 지방에서 귀경하던 중 후와不破 관문에 머물다가 도읍에 있는 아내가 낯선 젊은이와 관계하는 꿈을 꾼다. 이에 서둘러 귀가하니 아내도 똑같은 꿈을 꾸었다고 하는 이야기. 부부가 같은 꿈을 꾼 기이함은, 일종의 괴기스러운 속신적인 성격의 이야기이기 때문에 이 권에 넣을 수 있었던 것으로 본다.

　이제는 옛이야기이지만, 쓰네즈미노 야스나가常澄安永[1]라는 사람이 있었다. 이 사람은 고레타카惟喬 친왕親王[2]이라는 분의 하가사下家司[3]였다. 그런데 이 야스나가가 고레타카 친왕의 봉호封戶[4]의 조세를 징수하려고 고즈케 지방上野國[5]으로 떠났다. 그리고 몇 개월 정도 걸려 상경하던 길에

1　미상. 『습개초拾芥抄』 성시록부姓尸錄部 스쿠네宿禰 항에 "常澄又朝臣"라는 기사가 있음. 또 『성씨가계대사전姓氏家系大辭典』에는 "쓰네즈미ツネズミ" 또는 "도코즈미トコズミ"라고 읽고 있고, 쓰네즈미노 스쿠네常澄宿禰는 고려족高麗族이라고도 하고, 광무제光武帝 후예라고도 한다고 기록되어 있음.

2　→ 인명.

3　친왕가親王家나 공경가公卿家에 있던 직원을 가사家司라고 하였고, 그 하급의 사람(육위六位, 칠위七位)을 하가사下家司라고 함.

4　나라奈良・헤이안平安 시대의 녹제祿制의 하나. 친왕 이하 제신諸臣의 관위官位・훈공勳功 등에 따라서 급여한 민호民戶. 조租의 절반(때로는 전부), 용庸, 조調의 전부가 소득이 되었음.

5　→ 옛 지방명. 고레타카惟喬 친왕은 고즈케上野의 태수太守였던 적이 있음(『삼대실록三代實錄』 정관貞觀 14년 (872) 2월 29일, 『본조제윤소운록本朝帝胤紹運錄』).

미노 지방美濃國의 후와不破 관문⁶까지 와서 숙소를 잡았다.

　그런데 야스나가에게는 도읍에 젊은 처가 있었다. 몇 개월 전 고즈케 지방으로 내려갈 때부터 집을 비운 것이 너무나도 걱정이 되어 견딜 수 없는데다, 어찌된 영문인지 갑자기 처가 참을 수 없이 그리워서 '무슨 일이 생기진 않았을까. 날이 밝으면 곧바로 떠나자.'라고 생각하고 관문지기의 오두막에 누워 있다가 깊이 잠이 들어 버렸다. 그러자 꿈에 도읍 방향에서 횃불을 밝히고 누군가 다가오고 있었다. 보니, 한 젊은이가 손에 횃불을 들고 여자가 따라오고 있었다. '누가 오는 것일까.'라고 생각하고 있는데, 자신이 자고 있는 관문지기의 오두막 옆으로 왔다. 그런데 자세히 보니 따라오던 여자는 바로 자신이 걱정하던 도읍의 처였다. 어떻게 된 영문인가 하고 놀라던 중, 두 사람은 자신이 자고 있는 곳과 벽을 사이에 둔 방에 자리를 잡았다. 야스나가가 그 벽의 구멍으로 들여다보니, 젊은이가 처와 나란히 앉아 있었고, 처는 곧바로 냄비를 꺼내 밥을 지어 젊은이와 함께 먹기 시작하였다. 야스나가는 이것을 보고 '내가 집을 비운 사이에 처가 저 젊은이와 부부가 되었구나.'라고 생각하였다. 그러자 억장이 무너지면서 속이 편치 않았지만 '아무튼 어떻게 하는지 일단 지켜보자.' 하고 가만히 보고 있었는데, 음식을 다 먹은 뒤 아내와 젊은이가 서로 껴안고 잠자리에 들었고, 이윽고 관계를 맺었다. 이것을 본 야스나가는 울컥하고 화가 나서 그 방으로 뛰어 들어갔는데, 불도 없고 인적도 없다고 생각하는 찰나에 꿈에서 깨어났다.

　'아, 꿈이었구나.'라고 생각하니, '도읍의 집에 무슨 일이 일어나긴 했구나.'라고 더욱 걱정을 하며 누워 있는 사이 날이 밝았다. 그래서 야스나가는 서둘러 출발하여 밤낮을 달려 도읍에 돌아왔다. 집에 부랴부랴 달려 들어가

6　→ 지명.

보았는데 처에게는 아무 일도 없었다. 야스나가는 안심하며 가슴을 쓸어내렸다. 아내는 야스나가를 보고 미소를 머금으며

"저 어젯밤에 꿈을 꾸었어요. 집에 본 적도 없는 젊은이가 와서 절 꾀어 데리고 나가서는 알 수 없는 곳으로 갔는데요, 밤이라 불을 지펴 들고 주변의 빈집에 들어가 밥을 지어서 젊은이와 둘이서 먹고 나서 함께 잠을 잤지 뭐예요. 그런데 거기에 느닷없이 당신이 나타나는 바람에 젊은이도 나도 당황해서 허둥지둥한 것 같았는데, 거기서 갑자기 꿈에서 깨어났어요. 그래서 당신에게 무슨 일이 생긴 게 아닌가 하고 불안해 하던 참이었는데, 이렇게 당신이 돌아오셨군요."

라고 말했다. 이것을 들은 야스나가가 "나도 말이오, 이러이러한 꿈을 꿔서 정신없이 밤낮을 달려 서둘러 돌아온 것이오."라고 말하니, 아내도 이것을 듣고 기이하게 여겼다.

이것을 생각하면, 아내와 남편이 동시에 같은 꿈을 꾼 것은 실로 놀랄 만한 일이다.[7] 이것은 서로가 똑같이 상대방을 걱정했기에 같은 꿈을 꾼 것일 것이다. 아니면 혼이 나타났던 것일까. 아무래도 납득이 가지 않는 일이다.

그러므로 여행을 떠날 때에는 설령 처자에 대한 일일지라도, 괜스레 불안해 해서는 안 된다. 이런 꿈을 꾸면 몹시 걱정되는 법이라고 이렇게 이야기로 전하여 내려오고 있다 한다.

---

7 부부가 같은 꿈을 꾸는 이야기는 다음 이야기에도 등장함.

常澄安永於不破関夢見語第九

쓰네즈미노 야스나가 常澄安永가 후와不破 관문에서 꿈을 꾼 이야기

今昔、常澄ノ安永ト云フ者有ケリ。此レハ惟孝ノ親王ト申ケル人ノ下家司ニテナム有ケル。其二、安永其ノ宮ノ封戸ヲ徴ラムガ為ニ上野ノ国ニ行ニケリ。然テ年月ヲ経テ返リ上ケルニ、美濃国ノ不破ノ関ニ宿シヌ。

而ル間、安永京二年若キ妻ノ有ケルヲ、月来国二下ケル時ヨリ、極テ不審ク思ケルニ合セテ、俄二極ジク恋シク思エケル。「何ナル事ノ有ナラム。夜明バ疾ク急ギ行カム」ト思テ、夢二安永見レバ、京ノ方ヨリ火ヲ燃シタル者来ルヲ見レバ、童火ヲ燃シテ女ヲ具シタリ。「何ナル者ノ来ナラム」ト思フ程二、此ノ臥タル屋ノ傍二来タルヲ見レバ、此ノ具シタル女ハ、早ウ、京二有ル我ガ、「不審シ」ト思フ妻也ケリ。「此ハ何カニ」ト奇異ク思フ程二、此ノ臥タル所二、壁ヲ隔テ居ヌ。安永其ノ壁ノ穴ヨリ臨テ見レバ、此ノ童我ガ妻ト並ビ居テ、忽二鍋ヲ取寄テ、飯ヲ炊テ、童ト共二食フ。安永此レヲ見テ思ハク、「早ウ、我ガ妻ハ、我ガ無カリツル間二、此ノ童ト夫妻ト成ニケリ」ト思フニ、肝騒ギ心動テ、不安ズ思ヘドモ、「然ハレ、為セム様ヲ見ム」ト思テ見ルニ、物食ヒ畢テ後、我ガ妻此ノ童ト二人掻抱カラヒテ臥ヌ。然テ程モ無ク娑。安永此レヲ見ルニ、悪心忽二発テ、其二踊入テ見レバ、火モ無シ、人モ不見エズ、ト思フ程二、夢覚ヌ。

「早ウ夢也ケリ」ト思フニ、「京二何ナル事ノ有ルニカ」ト弥々不審ク思ヒ臥タル程二、夜明ヌレバ、急立テ夜ヲ昼二成テ、京二返テ家二行タルニ、妻若モ無クテ有ケレバ、安永、「喜」ト思ケレバ、妻安永ヲ見マ丶咲テ云ク、「昨日ノ夜ノ夢二、『此二不知ヌ童ノ来テ、我レヲ倡テ相具シテ、何クト

モ不思ヌ所ニ行シニ、夜ル火ヲ燃シテ、空ナル屋ノ有シ内ニ入テ、飯ヲ炊テ童ト二人食テ後、二人臥タリシ時ニ、其ニ俄カニ出来タリシカバ、童モ我モ騒グ』ト思ヒシ程ニ、夢覚ニキ。然テ、『不審』ト思ヒ居タリツル程ニ、此ク御タル」ト云ケルヲ聞テ、安永、「我モ然々見テ、『不審』ト思ヒ、夜ヲ昼ニ成シテ、急ギ来タル也」ト云ケレバ、妻モ此ク聞テ、奇異ニ思ケリ。

此ヲ思フニ、妻モ夫モ此ク同時ニ同様ナル事ヲ見ケム、実ニ希有ノ事也。此レハ互ニ同様ニ、「不審シ」ト思ヘバ、此ク見ルニヤ有ラム。亦精ノ見エケルニヤ有ラム、不心得ヌ事也。

然レバ物ナドヘ行ニモ、妻子ニテモ強ニ、「不審シ」トハ不思マジキ也。此ク見ユレバ極ク心ノ尽ル事ニテ有ル也、トナム語リ伝ヘタルトヤ。

오와리 지방尾張國의 마가리노 쓰네카타勾經方가 처의 꿈을 꾼 이야기

오와리 지방尾張國의 마가리노 쓰네카타勾經方가 새 여자를 만들어 여자의 거처를 계속 다녔는데, 상경하기 전날 밤에 용무가 있다는 핑계를 대서 여자에게 가서 함께 자고 있었는데, 본처가 나타나 두 사람을 훼방 놓는 꿈을 꾼다. 쓰네카타가 집으로 돌아오자 본처가 화를 내며 간밤에 남편과 같은 꿈을 꾸었다고 하는 이야기. 이 이야기는 떨어진 장소에 있는 부부가 같은 시각에 남편이 밀통하는 꿈을 꾸었다는 모티브로 앞 이야기와 연결된다.

이제는 옛이야기이지만, 오와리 지방尾張國[1]에 마가리노 쓰네카타勾經 方[2]라는 사람이 있었다. 통칭 마가리勾 관수官首[3]라고 하였는데, 생활에 어려움이 없는 사내였다.

쓰네카타는 오랫동안 부부로 함께 지내던 처 말고도, 그 지방에 따로 사랑하는 여자가 있었다. 본처는 으레 여자가 겪는 일이라고 하면서도 매우 질투를 하였다. 하지만 쓰네카타는 여자와 헤어지기 힘들 정도로 사랑하고 있었는지, 이래저래 구실을 세워서 남몰래 여자의 거처를 다니고 있었다.

---

1 → 옛 지방명.
2 → 인명.
3 '貫首'라고 표기하기도 함. 수령受領, 통령統領의 의미이지만, 여기서는 군사郡司의 부하를 지칭하는 것이라고 추정됨.

본처는 필사적으로 수소문하여 "쓰네카타가 그 여자에게 갔다."는 것을 듣게 되면, 안색이 변하여 제정신을 잃고 심하게 질투하였다.

그 사이 쓰네카타는 상경할 일이 생겨 며칠 동안 여행 채비로 분주히 보냈다. 드디어 출발하기 전날 밤이 되자 여자에게 가 보고 싶은 마음이 간절했는데, 본처가 심하게 질투하는 것이 성가셔서 □□□⁴ 대놓고 가기는 어려우니 "국부國府에서 부른다."고 둘러대고 그 여자의 집을 방문했다.

쓰네카타는 여자와 이야기를 하다 자리에 누웠는데, 깜빡 깊이 잠들고 말았다. 그런데 그때 쓰네카타는 꿈을 꿨다. 이곳으로 본처가 느닷없이 달려들어와서 "세상에 당신은 늘 이런 식으로 둘이서 잤군요. 그러면서 어찌 입으로는 떳떳하다고 했는지요."라는 등 이런저런 심한 욕지거리를 연신 뱉어 내며 덤벼들었고, 두 사람이 누운 자리에 끼어들어 사이를 갈라놓고 소란을 피웠다. 쓰네카타는 이런 꿈을 꾸고 잠에서 깨어났다.

그 후 쓰네카타는 두렵고 꺼림칙한 기분이 들어서 급히 그곳을 나와 집으로 향했다. 날이 밝아 쓰네카타는 상경 준비를 하면서

"어젯밤은 관청에서 여러 가지 일로 회의가 있어서 빨리 나오지 못했는데, 제대로 자지 못한 통에 몹시 피곤하구려."라고 말하며 본처의 옆에 앉았다. 본처는 "어서 식사하세요."라고 했는데, 본처의 머리칼이 한순간 곤두서더니 순식간에 가라앉는 것이 보였다. 쓰네카타는 '정말이지 무섭다.'고 생각하며 보고 있으니, 처가

"당신이란 사람은 정말로 낯이 두껍군요. 어젯밤에 분명히 그 여자 집에 갔으면서 말이에요. 둘이서 좋다고 누워 있던 당신 얼굴이란."

이라고 말했다. 쓰네카타는 "누가 그런 소리를 한 게요?"라고 묻자, 처는 "정

---

4 한자표기를 위한 의도적인 결자. '역시' '아무래도'라는 의미가 들어갈 것으로 추정됨.

말 얄밉군요. 제 꿈에 또렷이 나왔단 말이에요."라고 말했다. 쓰네카타가 기이하게 여기며 "어떤 꿈이었소?"라고 물었다. 처는

"어젯밤 외출할 때 틀림없이 그 집에 갈 것이라고 생각하긴 했는데, 그에 맞춰서 어젯밤 꿈에 제가 그 여자 집에 갔더니, 당신이 그 여자와 자면서 이런저런 이야기를 하고 있었어요. 그걸 잘 듣고 있다가 '어머 여기 안 온다던 사람이 어떻게 이렇게 같이 누워 있을 수가 있지요?' 하고 둘 사이를 갈라놓았더니, 여자와 당신이 일어나서 소동을 피웠어요. 뭐 이런 꿈이었지요."라고 말했다. 이것을 듣고 쓰네카타는 깜짝 놀라서 "그렇다면 그때 내가 뭐라고 말했소?"라고 묻자, 아내는 쓰네카타가 그 집에서 말한 것을 한 마디도 빠뜨리지 않고 줄줄 대답하였다. 그것은 쓰네카타의 꿈과 똑같았기에, 쓰네카타는 너무나도 무서워 《질릴》[5] 뿐이었다. 하지만 자신이 꾼 꿈을 아내에게 말하지 않았고, 후에 다른 사람을 만나 "이러이러한 놀라운 일이 있었다."라고 이야기하였다.

그러므로 절실히 생각하는 일은 반드시 꿈에 나타나는 법이다.

이것을 생각하면, 본처의 죄는 얼마나 무거운 것인가. 질투는 그 죄가 무겁다. 본처는 필시 내세에 뱀[6]으로 다시 태어날 것이라고 사람들이 서로 이야기하였다고 이렇게 이야기로 전하여 내려오고 있다 한다.

---

5   한자표기를 위한 의도적인 결자. 문맥을 고려하여 보충.
6   집념에 의해 사후 뱀이 되었다는 이야기는 권14 제1·2·3·4화, 권20 23·24화 등이 있으며, 특히 도조지
       道成寺 설화 등은 유명함.

尾張国勾経方妻夢見語第十

今昔、尾張ノ国ニ勾ノ経方ト云フ者有キ。字ヲバ勾官

首トゾ云ケル。事ナド叶タル者ニテナム有ケル。

其ノ経方ガ年来棲ケル妻ノ上ニ、亦思フ女ノ其ノ国ニ有ケ

ルヲ、本ノ妻、女ノ事トハ云乍ラ、強ニ云ケレドモ、経方ノ、

女ノ難去ク思ケルニヤ、此様彼様ニ構ヘツ、忍テ行通ケルヲ、

本ノ妻強ニ尋テ、「経方彼ノ許ニ行ヌ」ト聞付ツレバ、

色形チ失セ、肝心モ迷ハシテ妬ミ狂ケリ。

而ル間、経方ガ可上キ要事有テ日来出立ケルニ、既ニ日

上ラムズル夜、「彼ノ女ノ許ニ構テ行バヤ」ト切ニ思ケルヲ、

此ノ本ノ妻ノ痛ク妬ムガ六借ク思エテ、□ニ打任セテ現

ハニ否不行ズシテ、「国府ニ召ス」ト云成テ、経方彼ノ女ノ

許ニ行ニケリ。

経方女ト物語ナドシテ臥タリケル程ド寝入ニケリ。然テ経

方夢ニ見ル様ニ、本ノ妻忽ニ此走入テ、「アラ己ハ八年来許此

テニ人臥タリケルヲ。此テハ、何デ口浄ク八云ケルヲ」ナド、

様々艶ヤ事共ヲ云次ケテ取懸リテ、二人臥タル中ニ入テ引

妬ゲ騒グ、ト見テ、夢覚ヌ。

其ノ後怖シク気六借ク思ヘテ、忩ギ出デ、家ニ返行ヌ。

夜明テ、経方京へ上ルズル事ナド拈メ居タルニ、「今夜御館

ニ事ノ沙汰共有テ、トミニ否不罷出ズシテ寝ザリツレバ、

苦事無限シ」ト云テ、本ノ妻ノ傍ニ居タリ。本ノ妻、「物

疾ク参レ」ナド云テ、頂ノ髪ヲ見レバ、一度ニ起上リ、

一度ニ散ト臥ス。経方、「怪シク怖シ気ニ為ル物カナ」ト見

居タル程ニ、妻ノ云、「己ヲノレハ強顔キ者カナ」ト、「今夜

正シク女ガ彼ノ許ニ行テ、二人臥シテ愛シツル顔ヲ」ト云ヘ

バ、経方、「誰ガ此ル事ハ云ゾ」ト問ヘバ、妻、「イデ憾ヤ。

我ガ夢ニ憧ニ見ツルゾカシ」ト云ヘバ、経方、「怪」ト思テ、

「何ニ見ルゾ」ト問ヘバ、妻、「夜前出テ行ニシ二、「必ズ其

ソコヘゾ行ラム』ト思ヒシニ合セテ、今夜ノ夢ニ、彼ノ女ノ

許ニ我ガ行タリツレバ、己レハ其ノ女ト二人臥シテ、万ヲ語

ヒツルヲ吉ク聞テ、『アラ己レハ、「不来ズ」ト云ヘドモ、

此テ二人臥タリケルハ』ト云テ、引妨タリツレバ、女モ己モ

起騒テコソハ有ツレ」ト云フヲ聞クニ、経方奇異クテ、「然

ハ何事カ云ツル」ト問ヘバ、妻、経方ガ彼ニテ云ツル事ヲ一

言モ不落サズツラ〳〵ト云フニ、経方ガ夢ニ見ツル事ニ露不

違ネバ、経方、怖シトモ愚也ヤ、□テナム有ケル。然レ

ドモ、我夢ヲバ不語デ、後ニ二人ニ会テナム、「然々ノ奇異キ事

コソ有シカ」ト語ケル。

然レバ、心ニ強ニ思フ事ハ必ズ此ク見ユル也ケリ。

此レヲ思フニ、其ノ本ノ妻何カニ罪深カリケム。「嫉妬ハ

罪深キ事也。必ズ蛇ニ成ニケムカシ」トゾ人云ケル、トナム

語リ伝ヘタルトヤ。

무쓰 지방陸奧國의 아베노 요리토키安倍賴時가
호국胡國에 갔다가 허무하게 돌아온 이야기

무쓰 지방陸奧國의 아베노 요리토키安部賴時가 일족과 낭등郎等들을 거느리고 홋카이도北海道로 추정되는 지역으로 건너가, 큰 강의 하구를 거슬러 올라간다. 그러다 그림에서 본 호국胡國 사람과 닮은 천 명 정도의 기마군단이 뗏목과 같이 말들을 연결하여 말을 몰아 강을 건너는 것을 목격하고, 두려운 나머지 그대로 돌아갔다는 이야기. 이 이야기에도 있듯이 원화原話는 요리토키賴時의 아들로 '전구년의 역前九年の役' 후에 전쟁에 져서 쓰쿠시筑紫로 송치된 무네토宗任가 이야기한 것을 토대로 만들어진 것이다. 이른바 이향설화異鄕說話로서 방문지역을 홋카이도라고 한다면 본집에 수록된 일본 최북단 지역에 관한 이야기가 되며, 당시의 홋카이도의 상황을 전하는 유일한 자료로 주목할 만하다.

이제는 옛이야기이지만, 무쓰 지방陸奧國[1]에 아베노 요리토키安部賴時[2]라는 무사가 있었다.

그 지방 북단에 에비스夷[3]라 불리는 자들이 있었다. 그러나 조정의 뜻을 따르려 하지 않았기에 이 에비스를 토벌하라는 칙명이 내려져 무쓰陸奧의

---

1 현재의 동북지방 전체의 옛 명칭.
2 → 인명.
3 고대의 아이누인을 말함. 에조. 에미시. 혹은 도읍과 동떨어진 미개인, 야만인, 이국인을 뜻할 때 사용함. 여기에서는 전자를 가리킴. 전구년의 역前九年の役에 대해 기록한 권25 제13화에서는 요리토키賴時의 아들 사다토貞任 등의 군병을 '에비스夷'라 함.

수령 미나모토노 요리요시源賴義[4] 아손朝臣이 이들을 토벌하려고 하였다. 그런데 아베노 요리토키가 에비스와 공모하고 있다는 소문이 있어서, 요리요시 아손은 우선 요리토키를 공략하기로 하였다. 요리토키는 "예로부터 지금에 이르기까지 조정에게 죄를 추궁당한 자는 많이 있었지만, 이제껏 조정을 상대로 이긴 자는 아무도 없었다. 내 조금도 과오를 저지르지 않았지만, 이렇듯 죄를 추궁당해서는 도저히 피할 길이 없을 듯하다. 그런데, 무쓰 지방 북단에서 바다를 건너면 아득히 북쪽 너머로 보이는 땅이 있다. 그곳으로 건너가 지형을 살피고 지낼 만한 곳이라면, 여기서 헛되이 목숨을 잃기보다는 나와 헤어질 수 없는 자만을 데려가 살고자 한다."

라고 말하고, 우선 커다란 배 한 척을 준비해서 그것을 타고 갔다. 일행은 요리토키를 비롯해 아들인 구리야카와노 지로사다토廚河二郞貞任,[5] 도리노 우미노 사부로무네토鳥海三郞宗任,[6] 그 외에는 아이들과 가까이에서 따르는 낭등郞等 스무 명 정도였다. 또 그 밖에 종자나 식사를 책임지는 사람 등이 따라서 총 쉰 명 정도가 한 배에 탔다. 당분간의 식량으로 백미, 술, 과일, 생선, 새 등을 많이 준비하여 실어 넣고 출항해서 바다를 건너니, 이윽고 저 너머로 보이는 육지에 도착하였다.

하지만 그곳은 까마득하게 우뚝 솟은 낭떠러지가 있는 해안으로, 위에는 수목이 자라 우거진 산이었기 때문에 상륙할 방법이 없었다. 그래서 낭떠러지의 기슭을 따라 하염없이 돌던 중, 좌우가 탁 트인 갈대밭이 이어지는 큰 강의 하구[7]를 발견하였다. 그곳에 배를 넣어 정박시켰는데, 인적을 살

---

4 → 인명. 권25 제13화의 '전구년前九年의 역役'의 발단과 연관됨. 또 『우지 습유宇治拾遺』에서는 "이 무네토宗任는 아버지가 요리토키라 하여, 무쓰陸奧의 에비스로서 조정에 따르지 않아서 공격하려고 했는데"라고 할 뿐, 요리토키는 등장하지 않음.

5 아베노 사다토安倍貞任(→인명)를 가리킴.

6 아베노 무네토安倍宗任(→인명)를 가리킴.

7 이시카리 강石狩川의 하구로 추정됨. * 이시카리 강은 홋카이도 중서부를 흘러 일본해로 이어지는 일급하천

피며 둘러보았지만 사람 하나 보이지 않았다. 상륙이 가능한 장소가 없을까 하고 주위를 살펴보아도 한없이 계속되는 갈대밭에 사람이 다닌 흔적은 없었다. 강은 바닥을 짐작할 수 없는 깊은 늪과 같았다. 혹시나 사람의 기척이 있는 곳은 없을까 하고 강 상류를 향해 거슬러 올라갔지만, 계속해서 같은 풍경이 이어졌고 하루가 지나고 이틀이 지났다. 정말 질렸다고 생각하며 이레 동안 강 상류로 거슬러 올라갔다. 그럼에도 조금도 경치가 변하지 않았기에 "아무리 그래도 강이니까 필시 그 근원지가 있을 것이다." 하고 거슬러 올라갔는데, 끝내 스무 날이나 계속해서 거슬러 올라갔다. 그래도 역시 인기척이 없는 똑같은 경치가 이어져서 다시 그믐날 동안 거슬러 올라갔다.

그때 이상하게도 땅이 울리는 것 같은 느낌이 들었다. 배 안의 사람들 모두가 '대체 뭐가 오는 거지?' 하고 두려운 마음에 높이 솟아 우거진 갈대숲에 배를 숨겼다. 갈대 사이로 진동이 느껴지는 방향을 보고 있으니, 마치 그림에서 본 듯한 호국胡國[8] 사람의 모습을 하고, 붉은 것을 《둘러》[9] 머리를 묶고 말을 탄 사람이 나타났다. 배 안의 사람들은 이를 보고 '대체 누구일까?'라고 생각하며 보고 있었다. 그때 같은 차림의 호인胡人이 차례로 셀 수 없을 정도로 나타났다. 그들이 모두 강가에 서서 들어 본 적도 없는 언어로 이야기를 하고 있어서 무슨 말을 하는지 알 수 없었다. 혹시 이 배를 발견하고 무언가를 이야기하고 있는 건 아닐까 생각하니 두려워졌다. 일행이 몸을 감추고 지켜보던 사이 호인들은 두 시간 정도 새가 지저귀듯이 이야기를 나눈 끝에, 드디어 뿔뿔이 말을 탄 채 강으로 들어가 건너기 시작하였다.

임.

8 고대 중국의 북방에서 흥망한 민족의 나라. 이른바 기마민족이었던 것은 이하 묘사로 명백해짐.

9 파손에 의한 결자. 「우지 습유」에 "붉은 것으로 머리를 묶었는데, 말을 타고 나왔다."라고 나옴. 문맥을 고려하여 보충함.

말을 탄 사람이 천 명 정도 되는 듯하였다. 말을 탄 자들이 보행하던 자들을 가까이로 끌어당기며 건넜다. 즉 조금 전의 땅 울림은 이들의 말발굽소리가 저 너머에서부터 울려서 들렸던 것이었다.

호인들이 전부 강을 건넌 뒤, 배 안의 사람들은

'그믐날 동안 강을 거슬러 올라오면서 걸어서 강을 건널 만한 곳을 한 곳도 찾지 못했다. 하지만 저렇게 건너는 것을 보니 바로 여기가 걸어서 건널 수 있는 곳이리라.'

라고 생각하고, 조심조심 갈대숲에서 빠져나와 살며시 배를 저어서 가까이 대 보았는데, 그곳도 역시나 바닥을 짐작할 수 없을 정도로 깊었다. '여기도 걸어서 건널 수 있는 곳이 아니었구나.'라고 실망하고, 결국 상륙을 단념하고 말았다. 호인들은 놀랍게도 말 여러 마리를 뗏목과 같은 대형으로 서로 연결[10]하여 말을 헤엄치게 해서 강을 건넌 것이었다. 그리고 말을 탄 자들이 보행하던 자들을 말 가까이로 끌어당기며 강을 건넌 것인데, 일행은 이것을 걸어서 건넌 것이라고만 생각하였던 것이다.

요리토키를 비롯한 배 안의 사람들 모두가 이야기를 나누기를,

"이만큼이나 거슬러 올랐는데 끝도 없다. 계속 가다가 혹시라도 그들과 맞붙기라도 한다면 정말 큰일이다. 그러니 식량이 바닥나기 전에 어서 배를 돌리자."

라고 해서, 강을 내려와 바다를 건너 본국으로 되돌아왔다. 그 후 얼마 되지 않아 요리토키는 죽었다.

호국이라는 곳은 당唐보다 더 북쪽이라고 들었지만, 무쓰 지방의 북단에 있는 에비스의 땅과 연결되어 있던 것인가 하고 요리토키의 아들 무네토宗

---

10 원문에는 "馬筏"이라고 되어 있음. 이에 관해서 『다이라 가문 이야기平家物語』 권4에 구체적인 기술이 보임.

任 법사法師라고 하여 쓰쿠시筑紫[11]에 있는 자가 이야기한 것을 듣고 전하여, 이렇게 이야기로 전하여 내려오고 있다 한다.

---

11 무네토宗任가 대재부大宰府로 간 해는 치력治曆 3년(1067)임. 『백련초百錬抄』 강평康平 7년(1064) 3월 29일 조에 "무네토를 대재부로 옮긴다. 본국으로 도망가려고 한다는 소식을 들었기 때문이다."라는 기사가 보임.

陸奥国安倍頼時行胡国空返語第十一

みちのおくにのあべのよりときごくにゆきてむなしくかへることだいじふいち

今昔、陸奥ノ国ニ安倍ノ頼時ト云フ兵有ケリ。

其ノ国ノ奥ニ夷ト云者有テ、公ニ随ヒ不奉ズシテ、「戦ヒ可奉シ」ト云テ、陸奥ノ守源ノ頼義ノ朝臣責ムトシケル程ニ頼時其ノ夷ト同心ノ聞エ有テ、頼義ノ朝臣、頼時ヲ責ムトシケレバ、頼時ガ云ク、「古ヨリ于今至マデ、公ノ責ヲ蒙ル者、其ノ員有ト云ヘドモ、未ダ公ニ勝奉ル者一人モ無。然レバ我レ更ニ錯ツ事無シト思ヘドモ、此ク責ヲ乃ミ蒙レバ、敢テ可遁キ方無シ。而ルニ此ノ奥ノ方ヨリ海ノ北ニ、幽ニ被見渡ル地有ナリ。其エ渡テ、所ノ有様ヲ見テ、有ヌベキ所ナラバ、此ニテ徒ニ命ヲ亡サムヨリハ、我レヲ難去ク思ハム人ノ限ヲ相具シテ、彼ニ渡リ住ナム」ト云テ、先ヅ大キナル船一ツヲ調ヘテ、其レニ乗テ行ケル人ハ、頼時ヲ始テ、子ノ厨河ノ二郎貞任、鳥ノ海ノ三郎宗任、其ノ外ノ子共、亦親シク仕ケル郎等二十八人許也。其ノ徒者共、亦食物ナド為ル者、取合セテ五十人許一ツ船ニ乗テ、暫ク可食キ白米、酒、菓子、魚、鳥ナド皆多ク入レ拈テ、船ヲ出シテ渡ケレバ、其ノ被見渡ル地ニ行着ニケル。

然レドモ遥ニ高キ巌ノ岸ニテ、上ハ滋キ山ニテ可登キ様モ無カリケレバ、遥ニ山ノ根ニ付テ差廻テ見ケルニ、左右遥ナル葦原ニテ有ケル大キナル河ノ湊ヲ見付テ、其ノ湊ニ差入ニケリ。「人ヤ見ユル」ト見ケレドモ、人モ不見エザリケリ。亦タ、「登ベキ所ヤ有ル」ト見ケレドモ、遥ナル葦原ニテ、道踏タル跡モ無カリケリ。河ハ底モ不知ズ深キ沼ノ様ナル河ニテナム有ケル。「若シ人気ノ為ル所ヤ有ル」ト、河ヲ上様ニ差上ケル程ニ、只同様ニテ一日過ギ二日過ケルニ、「奇異」ト思ケルニ、七日差上ニケリ。其レニ只同様ニテ有ケレバ、「然リトモ何ニ一ノ河ノ畢無テハ有ラムゾ」ト云テ、尚人ノ気ハヒモ無ク同様差上ケル程ニ、二十日差上ニケリ。

也ケレバ、三十日差上ニケリ。

其ノ時ニ、怪シク地ノ響ク様ニ思エケレバ、船ノ人皆、「何ナル人ノ有ルニカ有ラム」ト怖シク思エテ、葦原ノ遥ニ高キニ船ヲ差隠シテ、響ク様ニ為ルル方ヲ葦ノ迫ヨリ見ケレバ、胡国ノ人ヲ絵ニ書タル姿シタル者ノ様ニ、赤キ物ノ□ニテ頭ヲ結タル、一騎打出ス。船ノ人此レヲ見テ、「此ハ何ナル者ゾ」ト思テ見ル程ニ、其ノ胡ノ人打次キ、員モ不知ズ出来ニケリ。河ノ鉉ニ皆打立テ、聞モ不知ヌ言共ナレバ、何事ヲ云フトモ不聞エズ。「若シ此ノ船ヲ見テ云ニヤ有ラム」ト思ヘバ、怖シクテ弥ヨ隠レテ見ル程ニ、此ノ胡ノ人一時許ニ嘲合テ、河ニハラ／＼ト打入テ渡ケルニ、千騎許ハ有ラムトゾ見エケル。歩ナル者共ヲバ、馬ニ乗タル者共ノ喬ニ引付ケ引付ケツ、ゾ渡ケル。早ウ、此ノ者共ノ馬ノ足音ノ遥ニ響キテ聞エケル也ケリ。

皆渡リ畢テ後、船ノ者共、「此ノ三十日許ニ差上ツルニ、一人所渡瀬ト思シキ所モ無カリツルニ、此ク歩渡ヲシツルゾ。此コソ渡瀬也ケレ」ト思ヒ、恐々ヅ差出テ、和ラ差寄セテ見ケルニ、其モ、底ヰモ不知ズ同様ニ深カリケレバ、「此モ渡瀬ニハ非ザリケリ」ト奇異ク思テ止ニケリ。早ウ馬ノ筏ト云フ事ヲシテ、馬ヲ游ガシテ渡ケル也ケリ。其レニ歩人共ヲバ其ノ馬共ニ引キ付ケツ渡シケルヲ、歩渡ト思ケル也ケリ。

然テ船ノ者共、頼時ヨリ始メテ云合セテ、「極ク此ク上ルトモ量モ無キ所ニコソ有ケレ。亦然ラム程ニ自然ラ事ニ値ナバ、極テ益無シ。然レバ食物ノ不尽ヌ前ニ、去来返ナム」ト云テ、其ヨリ差下テ、海ヲ渡テ本国ニ返ニケル。其ノ後、幾ノ程モ不経シテ、頼時ハ死ニケリ。

然レバ胡国ト云所ハ唐ヨリモ遥ノ北ト聞ツルニ、「陸奥ノ国ノ奥ニ有夷ノ地ニ差合タルニヤ有ラム」ト、彼ノ頼時ガ子ノ宗任法師トテ筑紫ニ有ル者ノ語ケルヲ聞次テ、此ク語リ伝ヘタルトヤ。

진제이鎭西 사람이
도라 섬渡羅島에 간 이야기

진제이鎭西의 상인이 장사를 마치고 돌아오는 길에, 진제이의 서남쪽 바다에 섬이 있는 것을 발견하고 상륙하려고 하지만, 등장한 섬사람들의 모습을 보고 두려워 도망쳐 귀국하게 된다. 이것을 노인이 듣고 '그 섬은 인간을 잡아먹는 종족이 사는 도라 섬渡羅島'이라고 하였다는 이야기. 바다 저편의 이향설화異鄕說話로서 앞 이야기와 연결된다. 전설적인 색채가 짙다. 바다 저편의 미지의 나라는 종종 사람을 잡아먹는 나라로 두려움의 대상이 되었다. 권11 제12화에서 등장하는 지쇼智證 대사大師가 당나라를 건너던 중 류큐 국琉球國에 표착한 부분에서도 "사람을 먹는 나라이다."라는 기술이 있다.

이제는 옛이야기이지만, 진제이鎭西[1] □□지방國[2] □□군郡[3]에 사는 사람이 장사를 하러 많은 사람과 배 한 척을 타고 낯선[4] 타국에 갔다 다시 고국으로 돌아가던 도중, 진제이 서남쪽에 이르러 아득히 먼 바다에 있는 큰 섬을 발견하였다. 사람이 사는 듯하여 배 안의 사람들은 이 섬을 보고 '여기에 이런 섬이 있었다니, 이 섬에 올라가 식사라도 해야겠다.'고 생각하

---

1 규슈九州의 옛날명칭.
2 지방명國名의 명기를 위한 의도적인 결자.
3 군명郡名의 명기를 위한 의도적인 결자.
4 원문에는 "모르는 세계不知ㅈ世界"로 되어 있음. '세계世界'는 과거·현재·미래를 '세世'로 하고, 동·서·남·북·상·하를 '계界'라고 하는 불교의 우주관에서 나온 말. 어느 시대든 어떤 장소든 특정 구역을 한정한 경계를 가리킴. 일반적으로는 곳·장소·나라·지방 등의 의미를 포함함.

고, 배를 저어 가까이 대고 섬에 상륙하였다. 어떤 사람은 섬을 둘러보았고, 어떤 사람은 젓가락으로 쓸 □⁵를 잘라 오려고 제 각각 흩어졌다.

그러자 이윽고 산 쪽 방향에서 많은 사람이 다가오는 발소리가 들렸다. '이상하네, 이런 낯선 곳에는 오니鬼가 있을지도 모른다. 여기 있으면 위험하겠구나.'라고 생각하고, 모두 급히 배에 뛰어 올라타 물가에서 멀리 떨어졌다. 그리고 '누구지?' 하고, 산속에서 시끌벅적하게 나온 자들을 보니, 에보시烏帽子⁶를 접어 쓰고 흰 스이칸 하카마水干袴⁷를 걸친 백 명 남짓한 남자들이었다. 배에 있던 사람들은 이들을 보고

'사람이었구나. 그렇다면 무서워할 필요가 없겠군. 하지만 이런 낯선 곳이니만큼 살해당할 수도 있다. 명수도 꽤나 많으니 가까이 있어서는 안 되겠다.'

라고 생각하고, 배를 더 멀리 떨어뜨려 놓고 지켜보았다. 그런데 그 남자들이 해안 가까이까지 다가와 배가 물가에서 멀어지는 것을 바라보더니, 마구 바다 안으로 뛰어 들어왔다. 배 안의 사람들은 원래 무술에 뛰어난 무사들이라 활과 화살, 도검류를 각자 가지고 있었기 때문에 제각기 활을 들고 화살을 시위에 메기고 "뭐하는 놈들이기에 그렇게 쫓아오는 것이냐? 가까이 오면 활을 쏘겠다."라고 큰 소리로 외쳤다. 쫓아온 자들 모두가 이러한 공격을 막기 위한 준비도 충분치 않았고 활과 화살도 갖고 있지 않았다. 배 안의 사람들 대부분이 제각각 활과 화살을 가지고 있었기 때문인지, 그들은 아무 말도 없이 가만히 보고 있더니 잠시 후에 모두 산을 향해 되돌아갔다. 이것을 본 배 안의 사람들은 '놈들이 무슨 생각으로 쫓아왔던 것일까?'라고 생각

5　의미 불명의 결자. 한자표기를 위한 의도적인 결자로 젓가락을 대신할 '나뭇가지'가 들어갈 것으로 추정.
6　*성인의례를 치른 무사나 공가公家가 두르는 두건의 일종. 반으로 접은 것은 서민들이 착용하는 방식.
7　풀을 사용하지 않고 물을 묻혀 말린 비단으로 만든 귀족들의 평상복의 일종. 상의와 반대되는 것이 하카마袴.

했지만 까닭을 알 수 없었기에 두려워하며 아득히 멀리 노를 저어 섬을 떠났다.

한편 진제이에 돌아온 뒤 이 사건을 널리 사람들에게 이야기하여 들려주었는데, 그때 이를 들은 한 노인이

"그것은 틀림없이 도라 섬渡羅島[8]이라는 곳일 게요. 그 섬사람들은 인간의 형상을 하고 있지만, 사람을 잡아먹는다고 하네만. '사정을 모르고 그곳에 가면, 그렇게 모여들어서 붙잡아 잡아먹는다.'고 들었소. 당신들이 놈들을 가까이 오지 못하게 하고 도망친 것은 현명한 일이었구려. 만약 놈들이 가까이 다가왔다면 붙들려서 수많은 활과 화살이 있었더라도 몰살당했을 것이오."

라고 말했다. 배를 탔던 사람들이 이것을 듣고 아연실색하고 더욱 두려워하며 벌벌 떨었다.

이러한 까닭에 사람들 중에서도, 야만스럽게 보통 사람이 먹는 것과 다른 것을 먹는 자를 도라인渡羅人이라고 하였다.[9] 그런데 □□[10] 생각하면, 이 이야기를 듣고 비로소 그 섬의 사람들이 도라인渡羅人이라는 사실을 알았다.

이 일은 도읍에 올라온 진제이 사람이 말한 것을 듣고 전하여, 이렇게 이야기로 전하여 내려오고 있다 한다.

---

8 조선반도 남서부에 있는 제주도의 옛날 명칭. 탐라도耽羅島, 타라도堕羅島라고도 함. 『속일본기』 보귀寶亀 9년(778) 11월 조에 "壬子, 遣唐第四船來, 泊薩摩國甑嶋郡, 其判官海上眞人三狩等漂着耽羅嶋, 被嶋略留"라는 기사가 보임.
9 당시 속담에 있던 것으로 추정.
10 파손에 의한 결자. 해당어 알 수 없음.

鎮西人至度羅島語第十二

今昔、鎮西、□ノ国□ノ郡ニ住ケル人、商ノ為ニ、数ノ人一ツ船ニ乗テ、不知ヌ世界ニ行テ、本国ニ返ケルニ、鎮西ノ未申ノ方ニ当テ、遥ノ息ニ大キナル島有ケリ。人住タル気色有ケレバ、船ノ者共此ノ島ヲ見テ、「此ニ此ル島コソ有ケレ。此ノ島ニ下テ食物ナドノ事ヲモセム」ト思テ、漕寄セテ其ノ島ニ皆下ヌ。或ハ島ノ体ヲモ見廻シ、或ハ箸ノ□伐ラムトテ散々ニ行ヌ。

而ル間、山ノ方ヨリ多ノ人来ル音シ聞エケレバ、「怪ク、此ル不知ヌ所ニハ鬼モ有ラム。由無シ」ト思テ、皆船ニ急ギ乗テ差ノ去テ、山ノ方ヨリ動シテ出来ル者ヲ、「何者ゾ」ト見遣テ見レバ、烏帽子折テ結タル男共ノ、白キ水干袴着タル百余人許出来タリ。船ノ者共此レヲ見テ、「早ウ、人也ケ

リ。此レハ可恐キ事ニハ非ザリケリ。但シ此ル不知ヌ所ナレバ、此奴共ニ被殺モゾ為ル。人ノ員極テ多カメリ。近クハ不寄ジ」ト思テ、弥ヨ船ヲ差去テ見ケルニ、此奴共海際ニ来テ、船ヲ差シ去テ見テ、海ニ只下ニ下ケル時ニ、船ノ者共、本ヨリ皆兵共ニテ、弓箭兵杖ヲ各具シタリケレバ、手毎ニ弓箭ヲ取テ箭ヲ番テ、「何者共ノ此ク追テハ来ルゾ。近ク寄来バ射テム」ト云ケレバ、此奴共皆身ノ衛モ不為ズ、弓箭モ不持ザリケリ、船ノ者共ハ多クノ人皆手毎ニ弓箭ヲ取テ有ケレバニヤ、物モ不云ズシテ打見遣セテ、暫許有テ皆山様へ返入ニケリ。其ノ時ニ船ノ者共、「此ハ何カニ思テ、此奴共追ヒ来ル」トモ不知ザリケレバ、恐レヲ成シテ、遥ニ差去ニケリ。

然テ鎮西ニ返リテ後、此ノ事ヲ普ク人ニ語ケレバ、其ノ中ニ二年老タリケル者此レヲ聞テ云ク、「其レハ度羅島ト云フ所ニコソ有ナレ。其ノ島ノ人ハ、人ノ形チニテハ有レドモ人ヲ食ト為ル所也。然レバ『案内不知ズシテ、人其ノ島ニ行ヌレバ、然集リ来テ人ヲ捕ヘテ、只殺シテ食スル』トコソ聞

侍リシカ。其達ノ心賢クテ、近ク不寄セデ逃タルニコソ有ナ
レ。近ク寄ナマシカバ、百千ノ弓箭有リトモ、取付ナムニハ
不叶ズシテ、皆被殺ナマシ」ト。船ニ有シ者共此レヲ聞テ、
奇異ク思テナム弥ヨ怖レケリ。

此ニ依テ、人ノ中ニモ、弊キ者ノ、人ニ不似ズ弊キ物ナド
食フ者ヲバ、度羅人トハ云也ケリ。只□思フニ、此ク聞テ
後ゾ度羅人ト云事ヲバ知ケル。

此ノ事ハ、鎮西ノ人京ニ上タリケルガ語ケルヲ聞継テ、此
ク語リ伝ヘタルトヤ。

오미네^{大峰}를 지나는 승려가
사케노이즈미 향^{酒泉鄉}에 간 이야기

오미네^{大峰}를 지나던 수행승이 길을 잃고 사케노이즈미 향^{酒泉鄉}에 들어가 죽을 처지에 몰리지만 간신히 살아서 마을로 돌아온다. 그런데 목숨을 구해 준 사람과 한 약속을 어기고 사람들에게 이야기해서, 젊은이들이 그 곳을 찾아 떠났으나 한 사람도 돌아오지 못했다는 이야기. 이향설화^{異鄉說話}인 동시에 은리전설^{隱里傳說}이다. 길을 헤매다 산속에 숨겨진 마을로 들어가 간신히 살아나고, "사람들에게 이야기해서는 안 된다."는 금기를 깨트렸기 때문에 죽게 되고, 비밀스러운 마을이 세상에 밝혀지지 않은 채로 일단락된다는 것이 이 은리전설의 일반적인 패턴이며, 다음에 계속되는 제14·15·16화도 일단 이 패턴에 준한다. 권26 제8화는 원숭이 퇴치에 얽힌 이야기인데, 이것도 은리전설의 일종이다. 은리전설로는 예로부터 도연명^{陶淵明}의 『도화원기^{桃花源記}』가 유명하다.

이제는 옛이야기이지만, 불도[1] 수행을 하며 행각^{行脚}을 하는 승려가 있었다. 그가 오미네^{大峰}[2]라는 곳을 지나고 있는데 길을 잘못 들어서 어디인지 알 수 없는 골짜기 쪽으로 들어가자 큰 마을이 나왔다.

승려는 '아, 다행이다.'라고 생각하고 '인가에 들러 이 마을은 어떤 곳인지 물어봐야겠다.'라고 생각하면서 걷고 있자, 그 마을 안에 샘이 솟아나는 곳

1 　불도수행자. 여기에서는 산악수행을 하는 수험자^{修驗者}.
2 　→ 지명.

이 있었다. 돌이 빈틈없이 깔린 매우 훌륭한 샘으로, 위는 지붕으로 덮여 있었다. 승려는 이 샘을 보고 마시려고 가까이 가서 보니, 색이 조금 노랗게 물들어 있었다. '어째서 이 샘은 이렇게 노랗게 물들었을까?' 하고 자세히 보니, 웬걸 샘에서는 물이 아닌 술[3]이 솟아나고 있었다.

승려가 깜짝 놀라 선 채로 가만히 보고 있자 마을의 집들에서 많은 사람이 나와 "거기 계신 분은 누구십니까?" 하고 물었다. 승려가 "오미네大峰를 지나던 중, 길을 잘못 들어서 뜻하지 않게 여기에 오게 되었습니다."라고 대답하자, 한 남자가 "자, 이쪽으로 오십시오."라고 말하고 승려를 데려갔다. 불안해진 승려는 '대체 어디로 데려가는 것일까? 나를 죽이려는 것일까?'라는 생각이 들었으나, 거절할 정도의 일도 아니었기에 따라오라고 권유한 남자의 뒤를 따라갔다. 남자는 매우 부유해 보이는 커다란 집으로 승려를 데려갔다. 그러자 이 집의 주인인지 나이가 지긋한 남자가 나와 승려에게 여기에 오게 된 경위를 물었고, 승려는 이전처럼 대답하였다.

그 후 승려를 집 안으로 불러들여 식사 등을 대접하였다. 그리고 주인은 젊은 남자를 불러 "이 사람을 데리고 그곳으로 가게나."라고 명하였다. 승려는 '이 사람은 마을의 장로인가 보구나. 그런데 날 어디로 데려갈 속셈인가.' 하고 무서워하는데, 그 젊은 사내종이 "자, 이쪽으로."라고 말하고 승려를 데리고 갔다. 승려는 무섭기는 했지만 도망치지도 못하고, 그저 시키는 대로 따라가게 되었다. 이윽고 마을에서 떨어진 산으로 데려오자 남자는

"사실은 당신을 죽이기 위해 여기에 데려온 것입니다. 예전부터 이렇게 여기에 온 사람이 돌아가서 마을에 대해 말할 것을 두려워하여 반드시 죽였습니다. 그래서 여기에 이런 마을이 있다는 사실을 아무도 모르는 것이지

---

3 주천전설酒泉傳說은 중국 주천酒泉의 지명기원설화나 일본의 미노 지방美濃國 양로養老의 폭포(다도 산多度山의 아름다운 샘美泉)를 비롯하여 민담民話에도 많이 전해지고 있음.

요."

라고 말했다. 승려는 이 말을 듣자 눈앞이 캄캄해져서 눈물을 흘리며 남자에게 말했다.

"저는 불도수행에 뜻을 두고, 많은 사람을 구원⁴하고자 오미네大峰에 입산하여 마음을 다잡고 분골쇄신하여 수행을 계속해 왔습니다. 그런데 길을 잃어 뜻하지 않게 여기에 와 목숨을 잃을 처지에 놓였습니다. 인간이란 언젠가 반드시 죽는 존재이니,⁵ 죽음을 두려워하는 것은 아닙니다. 단, 당신이 불도수행을 하는 아무 잘못도 없는 승려를 죽이려고 하신다면, 그것은 더없이 큰 죄가 될 것입니다. 어떻습니까, 절 살려 주시지 않겠습니까?"

그러자 남자는

"정말로 지당한 말씀이니 용서해 드리고 싶지만, 돌아가서 마을에 대해 이야기하시진 않을까 그것이 걱정됩니다."

라고 말했다. 승려가

"본래 살던 마을에 돌아가서도 결코 이 마을에 대해 다른 사람에게 말하지 않겠습니다. 세상 사람에게 목숨보다 나은 것은 없으니, 목숨만 살려 주신다면 절대 그 은혜를 잊지 않겠습니다."

라고 말했다. 그러자 남자는

"당신은 승려의 몸이시고, 또 불도수행을 하시는 분이십니다. 좋습니다, 살려 드리겠습니다. 다만, 이런 곳이 있다는 사실을 절대로 말씀하지 않으신다면, 죽인 것처럼 꾸미고 용서해 드리겠습니다."

라고 하였다. 이에 승려는 기쁜 나머지 많은 서원誓願을 올리고, 결코 입 밖에 꺼내지 않겠다고 굳게 약속하였다. 그러자 남자는 "그럼 절대 다른 사람

---

4   원문에는 "利益"이라고 되어 있음. '이익利益(→불교).
5   인간에게 죽음이라는 것은 결국 피할 수는 없는 것. 불교에 기초한 인생관.

에게 말해서는 안 됩니다."라고 거듭 입단속을 시킨 뒤 길을 일러 주고 돌려보내 주었다. 승려는 남자를 향해 절을 하고 내세에서도 이 은혜를 잊지 않겠다고 약속하고 눈물을 흘리며 헤어졌다. 그리고 남자가 가르쳐 준 대로 길을 따라가자 사람이 다니는 평범한 길이 나왔다.

그런데 그는 본디 신의가 없고 입이 가벼운 승려였다. 그 탓에 그렇게까지 서원을 올려 약속했음에도 불구하고 본래 살던 마을로 돌아가자, 사람을 만날 때마다 이 일을 이야기하였다. 이 이야기를 들은 사람들은 모두 "그래서 어떻게 됐소?" 하고 계속해서 이야기를 듣고 싶어 했기 때문에, 승려는 마을의 정경, 술이 솟아나는 샘 등에 관해 한마디도 빼놓지 않고 너스레를 떨며 전부 말해 버렸다. 그러자 혈기왕성한 젊은이들이

"이렇게까지 들은 이상, 반드시 이 눈으로 확인하지 않을 수 없다. 그곳에 있는 것이 오니鬼나 신이었다고 들었다면 두렵겠지만, 이야기를 들어 보니 인간이지 않은가? 그 얼마나 강한 사람이라고 해도 그리 대수롭지 않을 것이다.[6] 자, 가 보자."

라고 말했다. 대담하고 아주 힘이 세면서 기량에 자신이 있는 대여섯 명의 젊은이들이 제각기 활과 화살을 지니고 도검 등을 차고 승려를 대동하여 기세 좋게 길을 나서려고 하자, 이것을 본 연장자들이

"이 일은 신중히 생각해야 할 것이오. 상대방은 본거지이니만큼 여러모로 충분히 준비를 하고 기다리고 있을 것이 틀림없소. 우리는 낯선 땅을 여행하는 것이니 필시 위험할 것이오."

하고 제지하였으나, 젊은이들은 의기충천하여 들으려고 하지 않았다. 또 승려도 열심히 부추겼기 때문인지 모두 모여 함께 길을 나섰다.

---

6   인간의 영역을 벗어나지 않을 것. 신도 오니鬼도 아니니 대수롭지 않은 것.

한편 길을 나선 무리의 부모와 친척들은 제각각 불안해서 그저 탄식만 하고 있었다. 그런데 약속한 날에 돌아오지 않았고, 그다음 날도 돌아오지 않았다. 이틀, 사흘이 지나도 돌아오지 않자 점점 비탄에 잠겼지만, 할 수 있는 일은 아무것도 없었다. 이렇게 오랫동안 돌아오지 않았지만 찾으러 나서는 사람은 한 명도 없었고, 단지 서로 한탄할 뿐이었다. 그렇지만 결국 돌아오지 않는 것을 보면, 그 마을로 떠났던 사람들 모두가 몰살당한 것이리라. 그들이 어떤 상황에 있었는지도 모두 죽임을 당한 이상 알 길이 없었다. 실로 승려는 부질없는 말을 했던 것이다. 아무 말도 하지 않았다면 승려 자신도 죽지 않았을 것이고 많은 사람들도 죽지 않았을 텐데, 정말 그랬다면 얼마나 좋았을까.

그러므로 사람은 신의가 없이[7] 가벼이 말을 해서는 절대로 안 된다. 또 아무리 승려가 가볍게 말했다고 해도, 그를 쫓아 길을 떠난 자들 역시도 참으로 어리석다. 그 후, 그 사케노이즈미 향酒泉鄉에 대해 전해 들은 바는 없었다.

이 일은 그 승려가 말한 것을 들은 사람이 이야기로 전하여 이렇게 내려오고 있다 한다.

---

7 약속을 지킬 마음이 없이 가벼이 말을 하는 것. 불신不信에 대한 교훈담은 본권 제19화에도 등장.

通大峰僧行酒泉郷語第十三

今昔、仏ノ道ヲ行フ僧有ケリ。大峰ト云フ所ヲ通ケル間、

二、道ヲ踏違テ、何クトモ不思エヌ谷ノ方様ニ行ケル程ニ、

大ナル人郷ニ出ニケリ。

僧、「喜」ト思テ、「人ノ家ニ立寄テ、『此ノ郷ハ何ナル所ゾ』ナド問ハム」ト思テ行ク程ニ、其ノ郷ノ中ニ泉有リ。石ナドヲ以テ畳ムデ微妙クシテ、上ヘニ屋ヲ造リ覆タリ。僧此レヲ見テ、「此ノ泉ヲ飲ム」ト思テ寄タルニ、其ノ泉ノ色顔ル黄バミタリ。「何ナレバ此ノ泉ハ黄バミタルニカ有ラム」ト思テ、吉ク見レバ、此ノ泉早ウ水ニハ非ズシテ酒ノ涌出ル也ケリ。

僧、奇異ト思テ守リ立テル程ニ、郷ヨリ人数出来テ、「此ハ何ナル人ノ来レルゾ」ト問ケレバ、僧、「大峰ヲ通ツル程ニ、道ヲ踏違ヘテ、思ヒ不懸ズシテ、此ク来レルニ」由ヲ答フ。

一ノ人有テ、「去来給ヘ」ト云テ、僧ヲ将行ケバ、僧、我レニモ非デ、「此ハ何クヘ将行ニカ有ラム。我ヲ殺シニ将行ニヤ有ラム」ト思ヘドモ、可辞キ事ニ非ネバ、此ノ伴フ人ノ後ニ立テ行ク程ニ、大キナル家ノ極キ賑ハシ気ナルニ将行ヌ。

其ノ家ノ主ニヤ有ラム、長シキ男出来テ、僧ニ来レル様ヲ問ヘバ、僧前ノ如ク答フ。

其後、僧ヲ呼上テ、物ナド食ハセテ、此ノ家主若キ男ヲ
呼出テ、「此ノ人具シテ例ノ所ヘ将行」云ヘバ、僧、「此レハ
此ノ郷ノ長者ナドニテ有ナメリ」ト、「我レヲバ何ナル所ヘ
将行ムト為ラムト有ラム」ト、怖シク思フ程ニ、此ノ若キ
男、「去来給ヘ」ト云テ、具シテ将行ケバ、僧、「怖シ」ト思
ヘドモ可遁キ方無ケレバ、只云フニ随テ行ケルニ、片山ノ有
ル所ニ将来ツル也。前々モ此様ニシテ此ニ来ヌル人ヲバ、返テ此
ノ有様ヲ語ラム事ヲ怖レテ、必ズ殺ス也。然レバ、『此ニ此ル
郷有』ト云事ヲバ、人努々不知ヌ也」ト云ニ、僧此レヲ聞ク
ニ、惣ジテ不思エデ、泣々ク此ノ男ニ云ク、「己レ仏ノ道ヲ
行キ。『諸ノ人ヲ利益セム』ト思テ大峰ヲ通ル間、心ヲ発
ス身ヲ砕ク事無限シ。其レニ、道ヲ踏違ヘテ、思モ不懸ズ此
ニ来テ、命ヲ亡シテムトス。死ヌル道遂ニ遁ル所ニ非ズ。然
レバ、其レヲ苦シムニハ非ズ。只其ノ仏ノ道ヲ行フ僧ノ答無
キヲ殺シ給テムト為ルガ無限キ罪ニテ有レバ、若シ助ケ給テ

ムヤ」ト云ケレバ、男、「実ニ宣フ事理ナレバ、免シ可申キ
ニ、若シ返テ此ノ郷ノ有様ヲ語リ給ハム事ノ怖シキ也」ト云
ヘバ、僧、「己レ更ニ此ノ郷ノ有様ヲ語リ給ハム、本ノ郷ニ返テ、人ニ
語リ不侍ジ。世ニ有ル人、命ヲ増ス物無ケレバ、命ヲダニ存
ナバ、何デカ其ノ恩ヲ忘レ申サムヤ」ト云ヘバ、男、「汝ヂ
僧ノ身ニテ御スメリ。亦仏ノ道ヲ修行ジ給フ人也。助ケサ
ム。但シ、『其々ニ此ル所有』ト云フ事ヲダニ語リ給フマジク
ハ、殺サム様ニテ免シ申サム」ト云ヘバ、僧喜キマ丶ニ、諸ノ
誓言ヲ立テ、不云マジキ由ヲ懃ニ云ヘバ、男、「然ラバ穴ノ
向テ礼拝シテ、後ノ世マデノ此ノ恩ヲ不忘マジキ由ヲ契テ、
泣々ク別レテ、其ノ教ヘケル道ノマ丶ニ行ケレバ例ノ道ニ出
タリケリ。

然テ本ノ郷ニ返ルマ丶ニ、然許誓言ヲ立テ云シカドモ、信
無ク口早カリケル僧ナレバ、何シカ会フ人毎ニ、此ノ事ヲ語
リケレバ、此レヲ聞ク人皆、「イデ〱」ト云テ語ヌレバ、

僧、郷ノ有シ様、酒ノ泉ノ有シ事ナド、極ク口聞キ、不落サズ語ケレバ、年若キ勇タル者共有リテ、「此許ノ事ヲ聞、何カデカ不見ヌ様ハ有ラム。『鬼ニテモ神ニテモ有』ナド聞カバコソ怖シカラメ、聞バ人ニコソ有ナレ。其レハ何ナル猛キ者也ト云フトモ、思フニ然許コソハ有ラメ。去来行テ見ム」ト、若キ者共ノ魂、太ク力極ク強ク、手極テ聞ケル五六人許各弓箭ヲ帯シ、兵杖ヲ提テ、此ノ僧ヲ具シテ、只行ニ行カムト為ルヲ、長タル者共ハ、「此レ、由無キ事也。彼レハ我ガ土ナレバ皆構タル事共有ラム。此ヨリ行カムズルハ旅ナレバ悪カリナム」ト云テ、制止シケレドモ、云ヒ立タル事ナレバ聞モ不入ズ。亦僧モ云早シケルニヤ有ラム、皆出立テ行ニケリ。

而ル間、此ノ行タル者共ノ父母親類共ハ、各不審ガリ歎キ合タル事無限シ。其レニ、其ノ日モ不返、次ノ日モ不返ズ、二三日不返リケレバ、弥ヨ悲ビ迷ヒケレドモ、甲斐無シ。然テ久ク不見エザリケレドモ、「尋ニ行カム」ト云フ者モ無シ。

一人モ無テ歎キ合タリケル程ニ、遂ニ不見エデ止ニケレバ、思フニ、行タル人一人不残ズ皆被殺ニケルニコソハ有ラメ。其ノ事何ゾシタリケリト云フ事モ、何デカハ聞ムト為ル。極メテ益無キ事云ヒタリケル僧也カシ。我モ不死ズ多ノ人モ不殺ズシテ有ラマシカバ、何ニ吉カラマシ。然レバ、人ノ不信ニテ口早キ事ハ努々可止シ。亦譬ヒ口早クシテ語ルトモ、行ク者共糸愚也。其ノ後、其ノ所ヲ伝ヘテモ聞ユル事モ無カリケリ。

此ノ事ハ、彼ノ僧ノ語ケルヲ聞タル人ノ語リ伝ヘタルトヤ。

시코쿠四國의 벽지를 지나던 승려가
미지의 장소에 가서 맞아서 말이 된 이야기

세 명의 수행자가 시코쿠四國의 벽지를 돌아다니던 중 산속에서 길을 잃어 인가를 발견하고 들어갔는데, 마치 오니鬼처럼 무서운 모습의 집주인 승려가 있었다. 집주인으로 인해 두 명의 수행자는 말이 되고, 한 명은 집주인의 아내에게 도움을 받아 겨우 마을로 돌아간다. 그 후 여자와의 약속을 어기고 이 일을 사람들에게 말하고, 젊은이들이 오니를 해치우러 가자고 하지만 길을 몰라 사건이 일단락되었다는 이야기. 이향설화異鄕說話이고, 은리전설隱里傳說이기도 하다. 주술로 사람을 말로 바꾼다는 모티브는 여러 서적에도 보인다. 부록 '출전·관련자료 일람' 참조.

　이제는 옛이야기이지만, 불도[1] 수행을 하며 행각行脚을 하는 세 승려가 함께 시코쿠四國의 벽지인 이요伊予,[2] 사누키讚岐, 아와阿波, 도사土佐지방의 해변을 행각하고 있었다. 그 승녀들이 □[3]을 여기저기 돌아다니는 중에 뜻하지 않게 산속에 들어가 버렸다. 깊은 산중에서 길을 잃었기 때문에, 어떻게든 해변으로 나가고자 기원하였다. 하지만 끝내 인적이 끊어진 깊은 골짜기로 깊숙이 들어가 버렸다. 그들이 탄식하며 가시나무나 탱자나무의 사

1　불도수행자. 여기에서는 산악수행을 하는 수험자修驗者.
2　이하 모두 → 옛 지방명.
3　문맥상 '그곳'이 들어갈 것으로 추정.

이를 헤치며 걷던 중, 마침내 평평한 지역으로 나왔다. 주변을 보니 울타리로 둘러친 곳이 있었다. '여긴 틀림없이 사람이 사는 곳일 것이다.'라고 생각하고 기쁜 마음으로 안에 들어가 보니, 집이 쭉 늘어서 있었다. 설령 오니鬼의 거처일지라도 이렇게 된 이상 어쩔 수 없었다. 길을 모르기 때문에 어떻게 나가야 할지 짐작조차 가지 않았다. 그 집에 들러 "실례합니다."라고 말을 걸자, 집안에서 "누구신가."라고 되물었다.

"수행 중인 자입니다만, 길을 잃어 여기까지 왔습니다. 어떻게 나가야 좋을지 가르쳐 주셨으면 합니다."

라고 말하자, "잠시 기다려 주세요."라고 하며 안에서 사람이 나왔는데, 보아하니 예순 살 남짓한 승려로 생김새가 너무도 무서웠다.

그가 가까이 불러들였기에 세 사람은 '이렇게 된 이상, 오니든 신이든 어쩔 수 없다.'라고 생각하고, 모두 툇마루⁴ 위에 올라가 앉았다. 그러자 승려가 "모두 꽤 피곤하시겠군요."라고 말하고 곧바로 아주 정갈하게 차린 밥상을 들고 나타났다. 세 사람이 '이 사람, 역시 평범한 인간이었구나.'라고 속으로 매우 기뻐하고 식사를 다 마치고 잠깐 쉬고 있었다. 그런데 갑자기 집주인 승려가 몹시 무서운 표정을 짓고 세 사람을 불렀다. 그들이 불안에 떨며 있는데, 웬 수상한 법사가 다가왔다. 집주인 승려가 "그걸 가져오너라."라고 명령하자 법사는 말고삐와 채찍을 가져왔다.

집주인 승려가 "평소대로 하여라."라고 명령하자, 법사는 수행자 한 명을 툇마루에서 잡아 끌어내렸다. 두 사람이 이게 어찌된 일인지 생각할 틈도 없이, 법사는 끌어내린 수행자의 등을 채찍으로 때렸다. 정확히 쉰 대를 쳤다. 수행자는 "살려 줘!" 하고 큰 소리를 질렀지만, 둘은 도저히 도와줄 수가

---

4   원문에는 "이타지키板敷". 건물의 바깥쪽에 있는, 판자를 깐 툇마루.

없었다. 이어서 법사는 옷을 벗기고 다시 맨살을 쉰 대 때렸고, 전부 백 대를 맞고 수행자가 쓰러졌다. 그러자 집주인이 "좋아, 일으켜라."라고 하였다. 법사가 일으키니, 수행자가 갑자기 말로 변하여 온몸을 털고 일어났다. 그러자 법사는 고삐를 《채워》[5] 잡아 일으켜 세웠다.

나머지 두 사람이 이 광경을 보고 '이건 또 어찌된 일인가. 여긴 인간세계가 아니었구나. 우리도 필시 저렇게 될 것이다.'라고 생각하였다. 그리고 슬퍼하며 그저 멍하니 있는데, 법사가 다시 수행자 한 명을 툇마루에서 끌어내리고, 똑같이 채찍으로 때렸다. 채찍질을 다 하고 다시 법사가 일으키자, 그 수행자 역시 말이 되어 일어났다. 그래서 두 마리의 말에 고삐를 《채워》[6] 끌고 갔다.

남은 수행자 한 명이 '나도 끌어내리고, 저렇게 때리겠구나.'라고 생각하니 슬퍼져서, 평소에 믿고 의지하던 본존本尊에게 '부디, 절 살려 주시옵소서.'라고 마음속으로 계속 기원하였다. 그러자 집주인 승려가 "저자는 잠시 그대로 두어라."라고 법사에게 명하고, 수행자에게는 "거기 있어라."라고 하였다. 수행자가 지시한 자리에 앉아 있자 어느새 날이 저물었다.

수행자는

'정말 말이 되는 건 싫다. 어떻게든 도망치자. 쫓기다 잡혀서 죽을지라도 어차피 죽는 건 매한가지다.'

라고 생각하였다. 하지만 어디가 어딘지도 모르는 산속인지라 어느 쪽으로 도망가야 좋을지 갈피를 잡을 수 없었다. '차라리 몸을 던져 죽어 버릴까.' 이렇게 저렇게 생각하며 비탄에 빠져 있는데, 집주인 승려가 수행자를 불렀다. "여기 있습니다."라고 대답하자 "저 뒤쪽에 있는 논에 물이 있는지 보고

---

5   한자표기를 위한 의도적 결자. 문맥을 고려하여 보충함.
6   한자표기를 위한 의도적 결자. 문맥을 고려하여 보충함.

와라."라고 하였다. 이에 수행자가 조심조심 가서 보니 논에 물이 있었다. 그가 돌아와 "물이 있습니다."라고 보고하였는데, '이것도 나를 어떻게 하려고 시킨 건지도 모른다.'라는 생각이 들자, 너무 두려워 살아 있는 것 같지도 않았다.

이윽고 사람들이 모두 잠들어 조용해진 때를 가늠해서 수행자는 '무슨 일이 있어도 도망치자.'라고 결심하고, 불구佛具를 넣은 궤[7]도 버리고 맨몸으로 내달려서 발이 향하는 곳으로 쏜살같이 도망갔다. '대여섯 정町[8] 정도 온 건가.' 하고 보니 또 한 채의 집이 있었다. '여기도 어떨지 알 수 없다.'라고 두려워하고 그냥 달려서 지나치려고 하자, 집 앞에 여자가 한 명 서서 "당신은 누구십니까?"라고 물었다. 수행자가

"이러이러한 자입니다만, 여차여차한 사정으로 몸을 던져 죽으려고 도망쳐 온 것입니다. 부디 도와주세요."라고 말했다. 여자가 "어머, 그런 일을 당했군요. 딱하기도 하지, 우선 이쪽으로 들어오세요."라고 말해서 수행자는 집으로 들어갔다.

그러자 여자는

"오랜 세월 동안 이런 비참한 일을 보아 왔습니다만, 제 힘으로는 어찌할 도리가 없었습니다. 그렇지만 당신만은 어떻게든 살려 드리고 싶습니다. 저는 당신이 계셨던 그 집 주인의 안사람입니다. 여기에서 조금 아래쪽으로 가면 제 여동생[9]이 살고 있습니다. 그곳은 이러이러한 곳입니다. 여동생만이 당신을 구해 드릴 수 있을 것입니다. 제 집에서 전해 듣고 왔다고 하고

---

7 원문에는 "負"로 되어 있음. '급笈'과 동의어. 전국을 순례하는 수행자나 로쿠부六部(* 시주를 받으며 여러 지방을 돌아다니는 중), 야마부시山伏(* 산야에 기거하며 수행하는 중) 등이 등에 지는 여행도구로, 불상·경권經卷·의복·식량 등을 넣는 다리 달린 상자.
8 한 정町은 약 110미터.
9 이 여자도 집 주인인 승려의 아내의 한 사람.

그곳에 계십시오. 편지를 써 드리겠습니다."

라고 말하고, 편지를 써서 건네주고 이렇게 말했다.

"그 두 수행자는 말로 바꾸어 버리고, 당신은 땅에 파묻어 죽이려고 한 것입니다. 논에 물이 있는지 보게 한 것은 당신을 파서 묻기 위해서였던 것이지요."

수행자는 이 말을 듣고 '도망치길 잘했구나. 잠시나마 더 살 수 있었던 건 부처님의 가호 때문이다.'라고 생각하고, 편지를 손에 든 채 여자를 향해 두 손 모아 눈물 흘리고 엎드려 절하였다. 그리고 곧장 달려 나가 여자가 알려준 방향으로 갔는데, '스무 정 정도 왔을까.' 하고 생각될 무렵 인적 없는 산중에 집 한 채가 있었다.

수행자가 '여기구나.'라고 생각하고, 가까이 가서 "이러이러한 편지를 가지고 왔습니다."라고 하인에게 안내를 청하자, 하인이 편지를 들고 안으로 들어갔다 곧 다시 나와 "이쪽으로 들어오세요."라고 하여 집으로 들어갔다. 그러자 그곳에도 한 여자가 있어

"저도 오랜 세월 비참하게 생각하고 있었습니다. 그런데 언니도 이리 말하며 당신을 제게 보냈으니, 도와드리고자 합니다. 그렇지만 여기에는 매우 무서운 것이 있습니다. 잠시 동안 여기에 몸을 숨기세요."

라고 하고, 안쪽에 있는 방 한 칸에 숨게 하고

"절대로 소리를 내지 말아 주세요. 마침 때가 되었습니다."

라고 말했다. 수행자는 '무슨 일이지?' 하며 무서워 소리도 내지 않고 꼼짝도 하지 않았다.

잠시 후에 무엇인가 무시무시한 기운을 가진 자가 들어오는 것 같았고, 주변 일대에 비릿한 냄새가 감돌았다. 수행자는 뭐라 말할 수 없이 무서워졌다. '이건 또 뭐지.'라고 생각하고 있는데, 그 자가 안에 들어와 집주인 여

자와 이야기를 하고 함께 잠자리에 드는 기색이었다. 가만히 귀를 기울이고 있으니 관계를 마치고 이윽고 돌아가는 것 같았다. 수행자는 '그럼 이 여자는 오니의 아내이고, 오니가 언제나 찾아와서 이처럼 동침하고 돌아가는 것이구나.'라고 생각하니 아주 오싹해졌다.

그 후 여자가 돌아가는 길을 일러 주고 "정말 죽을 뻔하셨다가 살아나셨습니다. 천만다행이라 생각하십시오."라고 말했다. 수행자는 여자의 언니에게 했던 것과 같이 눈물을 흘리며 엎드려 절하였다. 그 집을 나와 여자가 일러준 대로 걸어가니, 이윽고 새벽녘이 가까워졌다. '이제 백 정町 정도는 왔나.' 하고 생각될 무렵, 날이 밝아왔다. 주위를 보니 어느새 제대로 된 길에 나와 있었다. 그제야 수행자는 겨우 안도의 숨을 내쉬었다. 감개무량하여 뭐라 표현할 수조차 없었다. 그 길로 마을을 찾아가 어느 인가에 들어가 이러이러한 일을 당했다고 일의 자초지종을 말하자, 그 집의 사람도 "참으로 기이한 일이다."라고 경탄하였다. 마을 사람들도 이것을 전해 듣고 모여들어서 자세히 물었다. 그때 수행자가 도망쳐서 도착한 곳은 □□□[10]지방國 □□[11]군郡 □□[12]향鄕이었다.

그런데 그 두 여자는 수행자가 이 일에 대해 발설하지 않도록 하며, "이처럼 죽을 목숨을 구해 드렸습니다. 이러한 곳이 있다고 절대로 세상 사람들에게 말하지 마십시오."라고 몇 번이나 약속하였다. 그러나 수행자는 '이만한 사건을 어떻게 사람들에게 말하지 않을 수 있나.' 하고, 만나는 사람마다 이야기하였다. 그러자 그 지방의 용감하고 무예가 뛰어난 젊은이들이 "군대를 모아서 가 보자." 하며 들고 일어났지만 가는 길도 몰랐기에 어쩔 수

---

10   지방명國名의 명기를 위한 의도적 결자.
11   군명郡名의 명기를 위한 의도적 결자.
12   향명鄕名의 명기를 위한 의도적 결자.

없이 일단락되었다. 그러고 보면, 그 집주인 승려도 수행자가 도망쳤을 때 '길도 모르니 도망칠 수 없을 것이다.'라고 생각해 서둘러서 뒤쫓지 않았던 것이리라.

그 수행자는 거기서 여러 지방을 돌아 상경하였다. 그 후 그 장소가 어디에 있다고 전혀 듣지 못하였다. 눈앞에서 사람을 때려서 말로 바꾸었다니 도무지 믿을 수 없었다. 그곳은 축생도畜生道[13]와 같은 곳이었을까.

수행자는 도읍으로 돌아가 말이 된 두 동학同學 승려를 위하여 특별히 정성들여 선근善根[14]을 쌓았다.

이것을 생각하면, 아무리 몸을 던져[15] 정진[16]을 할지라도 무턱대고 생소한 곳에 가서는 안 되는 법이다.[17]

이 이야기는 그 수행자가 말한 것을 듣고 전하여, 이렇게 이야기로 전하여 내려오고 있다 한다.

---

13 육도六道(지옥·아귀餓鬼·축생畜生·수라修羅·인간人間·천상天上) 또는 삼악도三惡道(지옥·아귀·축생)의 하나. 사람이 축생으로 변한 것에서 추측한 것.

14 → 불교.

15 이른바 사신捨身 수행으로, 불과佛果를 얻기 위해 몸을 버려 고행하는 것을 의미.

16 원문에는 "行 フ". 부처가 되기 위해 노력하는 보살행菩薩行의 육종六種(육도六度·육바라밀六波羅蜜)의 하나인 정진精進은, 항상 수양修養을 게을리하지 않고, 용맹하게 매진하는 것을 가리키는 것임.

17 낯선 곳에는 가지 말라는 교훈 문구로, 권26 제22화, 권27 제7화, 권29 제28화 등에도 보임.

通四国辺地僧行不知所被打成馬語第十四

今昔、仏ノ道ヲ行ケル僧三人伴ナヒテ、四国ノ辺地ト云
ハ伊予、讃岐、阿波、土佐ノ海辺ノ廻也、其ノ僧共□ヲ廻
ケルニ、思ヒ不懸ズ山ニ踏入ニケリ。深キ山ニ迷ニケレバ、

浜辺ニ出ム事ヲ願ヒケリ。終ニハ人跡絶タル深キ谷ニ踏入
ニケレバ、弥ヨ歎キ悲デ、荊蕀ヲ分ケ行ケル程ニ、一ノ
平地有リ。見バ、垣ナド拵ヒ廻タリ。「此ハ人ノ栖ニコ
ソ有ヌレ」ト思フニ、喜クテ、入テ見レバ、屋共有リ。譬ヒ
鬼ノ栖也トモ、今ハ何ガセム。道ヲモ不知ネバ可行キ方モ不
思エデ、其ノ家ニ寄テ、「物申サム」ト云ヘバ、屋ノ内ニ、
「誰ソ」ト問フ。「修行仕ル者共ノ、道ヲ踏違ヘテ参タル
ナリ。方へ可行ニカ。教へ給へ」ト云ヘバ、「暫」ト云テ内
ヨリ人出来ルヲ見レバ、年六十余許ナル僧也、形チ糸怖気
也。

呼寄スレバ、「鬼ニテモ、神ニテモ、今ハ何ニカハセン」
ト思テ、三人乍ラ板敷ノ上ニ昇テ居タレバ、僧ノ云ク、「其
達ハ極ジ給ヒヌラム」ト云テ、程無ク糸清気ナル食物ヲ持来
タリ。「然ハ此ハ例ノ人ナメリ」ト糸喜ク思テ、物打食畢テ
居タル程ニ、家主ノ僧、糸気怖気ニ成テ人ヲ呼ベバ、「怖」
ト思テ有ルニ、来ル人ヲ見レバ、怪気ナル法師也。主、「例

ノ物共取テ来レ」ト云ヘバ、法師、馬ノ轡頭ト答トヲ持来タリ。

主ノ僧、「例ノ様ニセヨ」ト俸レバ、一人ノ修行者ヲバ板敷ヨリ取テ引落トス。

フニ程ニ、庭ニ引落トシテ、此ノ答ヲ以テ背ヲ打ツ。十度打ツ。修行者音ヲ挙テ、「助ケヨ」ト叫ベドモ、今二人

何カハ助ケムトスル。然テ亦衣ヲ引去テ、膚ヲ亦五十度打ツ。百度被打レバ、修行者低ニ臥タルヲ、主ノ僧、「然テ引起

セ」ト云ヘバ、法師引起タルヲ見レバ、忽ニ馬ニ成テ身振打シテ立レバ、轡頭ヲ□テ引立タリ。

残ノ二人ノ修行者、此レヲ見ルニ、「此ハ何ナル事ゾ。此ノ世ニハ非ヌ所也ケリ。我等ヲモ此クセムズル也ケリ」ト思

フニ、悲シクシテ、更ニ物不思デ有程ニ、亦一人ノ修行者ヲ板敷ヨリ引落シテ、前ノ如ク打テバ、打畢テ亦引起タレバ、其モ馬ニ成テ立テリ。

今一人ノ修行者、「我ヲモ引落シテ彼等ガ様ニ打ムズラム」

ト思フニ、悲シケレバ、憑奉ル本尊ニ、「我ヲ助給ヘ」ト心ノ内ニ念ズル事無限シ。其ノ時ニ主ノ僧、「其ノ修行者ヲバ暫ク然テ置タレ」ト云テ、「其ニ有レ」ト云ツル所ニ居タル程ニ、日モ暮ヌ。

修行者ノ思ハク、「我レ馬ニ成テムヨリハ只逃ゲム。被捕テ死ナムモ、命ヲ棄ナム事ハ同事也」ト思ヘドモ、不知ヌ山中ナレバ、何方ヘ可逃シトモ不思エズ。亦、「身ヲ投テ死ナマシ」ト様々ニ思ヒ歎ク程ニ、家主ノ僧、修行者ヲ呼ブ。

「候フ」ト答フレバ、「彼ノ後ロノ方ニ有ル田ニハ、『水ハ有ヤ』ト見ヨ」ト云ヘバ、恐々ヅ行テ見ルニ、水有レバ、返テ、「水候フ」ト答フ。「此レモ我ヲ、『何ニセム』トテ云ニヤ」ト思フニ、生タル心地モ不為ズ。

然ル間ニ、人皆寝ヌル時ニ、

笈(西行物語絵巻)

修行者、「只逃ナム」ト偏ニ思ヒ得テ、負ヲモ棄テ、只身一ツ、暫ク命モ有ルハ、仏ノ御助ケ」ト思ヒ、消息ヲ取マヽニ、

走リ出テ、足ノ向タル方ニ走ル程ニ、「五六町ハ来ヌラム」走リ出デ、教ヘツル方ヲ指テ、「二十町許ハ来ラム」ト思フ程ニ、片山辺ニ屋有リ。

ト思フニ、亦一ツノ屋有リ。「此モ何ナル所ナラム」ト恐シ女ニ向テ手ヲ摺テ泣々ク臥礼テ、

ク思テ、走リ過ムト為ルニ、屋ノ前ニ女房一人立テ、「彼レ「此ナメリ」ト思テ、寄テ、人ヲ以テ、「然々ノ御文奉ラ

ハ何ナル人ゾ」ト問ヘバ、修行者恐ヂツヽ、「然々ノ者ノ此クム」ト云入タレバ、便取テ入テ、返テ、「此方ヘ入給ヘ」

思ヒ得テ、『身ヲ投テモ死ナム』トテ罷候フ也。助ケサセ給ト云ヘバ、入ヌ。亦女房有テ云ク、「我レモ年来、『疎キ事』

ヘ」ト云ヘバ、女、「哀レ、然ル事有ラム。糸惜キ事カナ。ト思ツルニ、姉ノ亦此ク云遣タレバ、『助ケ聞エム』ト思フ

先ヅ此ヘ入リ給ヘ」ト云ヘバ、入ヌ。也。但シ此ニハ極ク恐シキ事有ル所也。

女ノ云ク、「年来此ク疎キ事共ヲ見居タレドモ、我レ力不セ」トテ、一間ナル所ニ隠シ居ヘテ、「努々音ナ不為ソ。

及ズ。但シ、『其ヲバ構テ助ケ聞エム』ト思フ。我レハ其ノ時既ニ吉ク成ヌ」ト云ヘバ、修行者、「何事ナラム」ト恐シ

御ツラム御房ノ大娘也。此ヨリ下ニ然許去テ、丸ガ弟ナルク思テ、音モ不立ズ、不動デ居タリ。

女房御ス。然々有ル所也。暫許有レバ、恐シ気ナル気ハヒシタル者入来。

『此ヨリゾ』トテ其ヘ御セ。消息ヲ奉ラム」ト云テ、書テ取『此レモ何ナル者ナラム』ト思フ

セテ云ク、「二人ノ修行者ヲバ、既ニ馬ニ成シテ、其ヲバ土限ニ、入来テ、此ノ家主ノ女房ト物語ナド打シテ、二人臥ス

ニ堀リ埋テ殺サムト為ツル也。『田ニ水ヤ有』ト見セケルハ、ナリ。聞ケバ、懐抱シテ返ヌ。修行者此ヲ心得様、「此ハ鬼

堀リ埋マムガ為也」ト云フヲ聞クニ、「賢クゾ逃ゲニケル。ノ妻ニシテ、常ニ来テ此様ニ懐抱シテ返ル也ケリ」ト思フニ

モ、極テ気六借シ。

然テ女房可行キ道ヲ教ヘテ、「実ニ奇異ニ命ヲ存シ給ヒヌ
ル人カナ。『喜シ』ト思セ」ト云ヘバ、修行者前ノ如ク泣々
ク伏礼テ、其ノ所ヲ出テ、教ヘケルマ丶ニ行ケバ、夜モ曙
方ニ成ヌ。見レバ、例ノ直キ道ニ出ヌル也ケリ。其ノ時ニゾ心落
成ヌ。「今ハ百町許ハ来ヌラム」ト思フ程ニ、夜白々ト
居ケル。「喜」ト云バ愚也ヤ。其ヨリナム人里ヲ尋テ行キ、
人ノ家ニ遣入テ、然然ノ事ノ有ツル様ヲ語リケレバ、其ノ家
ノ人モ、「奇異カリケル事カナ」ト云ケリ。里ノ者共モ聞継
テ、来テゾ問ヒ合タリケル。其ノ逃テ出タリケル所ハ□□□
ノ国ノ□郡ノ□郷也。

然テ彼ノ二人ノ女房ノ修行者ニ二口固メケル事ハ、「此ク難
有キ命ヲ助ケ聞エツ。努々、『此ル所有ツ』ト人ニ不語給
ソ」トゾ返々ス云ケレドモ、修行者、「然許ノ事ヲバ何デカ
然テハ止マム」トテ、普ク語ケレバ、其ノ国ノ人ノ年若クテ
勇タル兵ノ道ニ堪ハ、「軍ヲ発シテ行テ見ム」ナド云ケレド

モ、道ノ行方モ無カリケレバ、然テ止ニケリ。然レバ彼ノ僧
モ、修行者ノ逃ヌルヲ、「道ノ無ケレバ、否不逃ジ」ト思テ、
念テモ不追ザリケルニコソ。

然テ修行者其ヨリナム、伝ハリテ京ニ上タリケル。其ノ後、
「其ノ所ヲ何コニ有リ」ト云フ事不聞エズ。現ニ人ヲ馬ニ打
成ケル、更ニ不心得ズ。畜生道ナドニヤ有ラム。
彼ノ修行者ノ、京ニ返テ、二人ノ同法ノ馬ノ為ニ、殊ニ善
根ヲ修シケリ。

此ヲ思フニ、身ヲ棄テ、行フト云乍モ、無下ニ不知ザラム
所ニハ不可行ズ。
修行者ノ正シク語ケルヲ聞伝ヘテ、此ク語リ伝ヘタルトヤ。

기타 산北山의 개가
사람을 처로 삼은 이야기

도읍의 기타 산北山에서 길을 잃은 남자가 잡목으로 지은 암자를 발견하고, 주인 여자의 도움으로 하룻밤 묵게 되는데, 여자의 남편은 크고 무시무시한 흰 개였다. 여자가 둘러댄 덕에 다음날 남자는 무사히 돌아가지만, 남자는 여자와의 약속을 깨고 모두에게 말한다. 이에 젊은이들이 암자를 찾아가 개를 화살로 쏴서 죽이려고 하나 맞추지 못하고, 개는 여자와 함께 산속으로 사라졌다는 이야기. 이 역시도 이향설화異鄕說話이고 은리전설隱里傳說에 포함되며 인수혼인담人獸婚姻譚이기도 하다. 앞 이야기와는 산속에서 길을 잃어 재앙을 만나는 이야기로 연결된다. 개가 여자와 부부가 된다는 이야기는, 중국의 『소상록瀟湘錄』(광백천학해廣百川學海 제7), 일본의 다키자와 바킨瀧澤馬琴의 『난소 사토미 팔견전南總里見八犬傳』의 후세히메伏姬와 야쓰후사八房의 이야기가 유명하다.

이제는 옛이야기이지만, 도읍에 사는 젊은 남자가 도읍의 기타 산北山¹ 주변에 놀러갔는데 어느덧 완전히 해도 저물어 버려서 어딘지 알 수 없는 야산 속을 헤매게 되었다. 길을 알 수가 없어 돌아가려고 해도 돌아가지 못하고, 하룻밤 묵을 곳도 없어서 어찌할 바를 모르고 있었다. 그런데 계곡 틈에 있는 작은 암자가 희미하게 눈에 들어왔다. 남자는 '이곳에 틀림없이 누군

---

1 후나오카 산船岡山, 기누가사 산衣笠山, 이와쿠라 산岩倉山 등 교토京都 북방 일대의 산들의 총칭.

가 살고 있겠다.' 싶어 기뻐하며 초목을 헤치고 다가가서 보니 잡목으로 지은 작은 암자가 있었다.

사람이 오는 발소리를 듣고 암자 안에서 스무 살 정도 되어 보이는 젊고 아름다운 여자가 나왔다. 남자는 여자를 보고 매우 좋아하고 있었는데, 여자는 남자를 보며 놀란 표정을 지으며 "거기 계신 분은 누구십니까?"라고 물었다. 남자는

"산에서 놀며 거닐다 길을 잃어 돌아가지 못하던 차에, 해가 저물어 버렸습니다. 묵을 곳도 없어 곤란해 하던 중이었는데, 이곳을 발견하고 반가운 맘에 급히 찾아오게 되었습니다."

라고 하였다. 여자는

"이곳은 《보통》[2] 사람이 올 곳이 아닙니다. 이 암자의 주인이 곧 돌아올 겁니다. 그리고 당신이 암자에 계신 것을 보면 분명 저와 잘 아는 자[3]라고 의심할 것이 틀림없습니다. 그리 된다면 어찌 하실는지요?"

라고 말했다. 그래서 남자는

"어떻게든 잘 둘러대 주시지 않겠습니까? 이렇게 돌아갈 수 없게 되었으니, 오늘 하룻밤만 여기서 묵고 싶습니다."

라고 말했다. 여자는

"정 그러시다면 쉬어 가도록 하시지요. 남편에게는 '오랜 세월 만나지 못한 오라비를 만나고 싶었는데, 마침 뜻밖에 오라비가 산에 놀러 왔다가 길을 잃어 여기에 오게 되었습니다.'라고 말해 두겠으니, 그리 알고 계시기 바랍니다. 그리고 도읍에 돌아가시게 되면 결코 '이런 곳에 이런 사람이 있다'고 말하지 말아 주세요."

2　한자표기를 위한 의도적인 결자. 문맥을 고려하여 보충함.
3　단순히 아는 사이가 아니라 정부情夫의 뜻.

라고 하였다. 남자는 기뻐하며

"정말 고맙습니다, 명심하겠습니다. 또한 그렇게 말씀하신 만큼, 절대로 다른 사람에게 말하지 않겠습니다."

라고 말하자, 여자는 남자를 불러들여 방 한 칸에 자리를 깔아 주었다. 남자가 그곳에 앉아있자 여자가 다가와 조용히 말하길,

"실은 저는 도읍의 이러이러한 곳에 살던 자의 딸입니다. 그러나 생각지도 못하게 기이한 것에게 납치를 당해 그 처가 되어 오랜 세월 이렇게 지내고 있었습니다. 그 남편이 지금 바로 도착할 것입니다. 그가 얼마나 기이한 모습인지는 직접 보시게 될 것입니다. 하지만 여기서 생활하는 데 부족한 점은 없습니다."

라고 하며 하염없이 울기에, 이 말을 들은 남자는 '대체 무엇일까, 오니鬼라도 되는 것일까.' 하고 무서워하였다. 그러던 중 밤이 되자 문 밖에서 무시무시하게 으르렁거리는 소리가 났다.

남자는 이 소리를 듣고 무서움에 몸과 마음이 잔뜩 움츠러들었다. 여자가 나가서 문을 열자, 들어오는 것을 보니 몸집이 당당한 흰 개⁴였다. 남자는 '놀랍게도 개였군. 그럼 이 여자는 이 개의 아내란 말인가.'라고 생각하는데, 개가 집에 들어와 남자를 발견하고 으르렁거렸다. 여자가 다가가

"오랜 세월 그리워하던 오라버니가 산에서 길을 잃고 뜻밖에 이곳에 오게 되었어요. 이 얼마나 기쁜 일인지."

라고 말하며 울었다. 그러자 개는 그 말을 이해했다는 듯, 집안으로 들어와

---

4 흰 개白犬, 흰 코끼리白象, 흰 여우白狐, 흰 토끼白兎, 흰 새白鳥 등 흰색의 동물은 예로부터 영묘한 힘을 가졌다고 여겨짐.

화롯가[5] 앞에 엎드렸다. 여자는 모시[6]를 뽑으며 개 옆에 앉아 있었다. 그리고 여자는 남자에게 식사를 훌륭하게 차려 주었고, 남자는 그것을 깨끗이 먹어치우고 잠을 잤다. 개도 들어와 여자와 함께 잠자리에 드는 듯하였다.

한편 날이 밝자 여자는 남자에게 식사를 가져다주며 살그머니

"잘 아시겠습니까? 절대로 '여기에 이런 곳이 있다'고 다른 사람에게 말하지 마세요. 그리고 종종 들러 주세요. 이미 당신을 오라비라고 했으니 저것도 그리 생각하고 있어요. 뭔가 필요한 것이 있으시다면 마련해 드리겠습니다."

라고 하였다. 남자는 "절대로 다른 사람에게 말하지 않겠습니다. 그리고 가까운 시기에 다시 오겠습니다."라고 정중히 말하고, 식사를 마치자 도읍으로 돌아갔다.

그러나 남자는 도읍에 돌아오기가 무섭게 "어제 이러이러한 곳에 갔는데, 이런 일이 있었다."고 만나는 사람마다 말했다.[7] 때문에 이것을 들은 사람들이 재밌어 하며 잇달아 말을 전하는 사이에, 아무도 모르는 사람이 없게 되었다. 그중 용감한 젊은이들이 모여

"기타 산에 개가 사람을 처로 삼아 암자에 살고 있다 한다. 어떤가, 가서 그 개를 활로 쏴 죽이고 처를 빼앗아 오지 않겠는가?"

하고, 동료를 모아 그 산에 갔다 온 남자를 선두에 세워 길을 나섰다. 일이 백 명 정도였는데, 제각기 활과 화살, 도검류를 손에 들고 남자가 일러 준 대로 그 장소에 도착해 보니, 과연 계곡 틈에 작은 암자가 있었다.

"저기다, 저기" 하고 저마다 큰소리를 내는 것을 개가 듣고 놀라서 나왔

---

5   원문에는 "가마도竈". 집 난방의 일종으로, 화로를 의미하는 경우와 부뚜막竈을 의미하는 경우가 있음. 여기서는 화로를 뜻함. 여기에서 말하는 '화롯가 앞'은 가장인 개의 자리인 것.
6   원문에는 "苧". 삼이나 모시의 총칭으로, 그 껍질의 섬유에서 만든 실을 말하기도 함.
7   "말하지 말라"는 금기를 어기고 다른 사람에게 소문을 내는 것은 권31의 제13·14화와 동일함.

고, 소리가 나는 쪽으로 눈을 돌려 보니, 전에 왔던 남자의 얼굴을 발견하였다. 그 순간 개는 암자로 돌아가 잠시 후에 여자를 앞에 내세우고 암자에서 나와 깊숙한 산속으로 도망쳤다. 많은 사람들이 에워싸서 화살을 쏘았지만 조금도 맞지 않았고, 개와 여자는 도주했다. 사람들이 쫓아가자 그들은 새가 날아가듯 산속으로 들어가 버렸다. 이에 일동은 "이거 참, 만만치 않은 상대다."[8]라고 말하며 모두 되돌아갔다. 암자에 갔던 남자는 돌아오자마자 "몸이 안 좋다."[9] 하고 앓아누웠는데 이삼일 후에 죽고 말았다.

그러자 박식한 자가 말하길 "그 개는 신과 같은 것이었을 것이다."라고 하였다. 그렇다 하더라도 남자는 참으로 부질없는 말을 했던 것이다. 그러므로 약속을 지키지 않은 자는 스스로 명을 단축시키는 법이다.

그 후 그 개의 존재를 아는 자는 없었다. 오미 지방近江國에 있다고 전해 내려오고 있다. 그 개는 아마도 신과 같은 존재일 것이라고 이렇게 이야기로 전하여 내려오고 있다 한다.

---

8   불가사의한 영력을 가진 존재라는 의미.
9   영력靈力이 있는 존재를 해하려 했기 때문에, 그 저주를 받은 것. 이와 같은 것이 권27 제22・45화에도 보임.

北山狗人為妻語第十五

今昔、京ニ有ケル若キ男ノ、遊ガ為ニ北山ノ辺ニ行タリ

ケルガ、日ハ只暮レニ暮ニケルニ、何クトモ不思エズ野山ノ
中ニ迷テ道モ不思エザリケレバ、可返キ様モ無カリケルニ、
今夜可宿キ所モ無クテ、思ヒ繚テ有ケル程ニ、谷ノ迫ニ小キ
菴ノ髴ニ見エケレバ、男、「此ニ人ノ住ムニコソ有ケレ」ト
喜テ、其ヘ搔行テ見レバ、小キ柴ノ菴有リ。
此ク来レル気色ヲ聞テ、菴ノ内ヨリ、若キ女ノ年二十余
許ニテ糸浄気ナル、出来タリ。男此ヲ見テ弥ヨ、「喜」ト思
ケルニ、女男ヲ打見テ、奇異気ニ思テ、「此ハ何ナル人ノ御
タルゾ」ト云ヘバ、男、「山ニ遊ニ行キ侍ツルニ、道ヲ踏違
ヘテ、否返リ不侍ヌ程ニ、日ノ暮ニ夕レバ可行宿キ所モ無カ
リツルニ、此ヲ見付テ喜ビ乍ラ忩ギ参タルニナム」ト云ヘバ、
女、「此ニハ□ノ人不来ズ。此ノ菴ノ主ハ只今来ナムトス。
其レニ、其ノ菴ニ御セムズルヲバ、定メテ己レガ知リタル人ト
コソ疑ハムズラメ。其レヲバ何カベシ給ハムト為ル」ト云ヘ
バ、男、「只何カニモ吉カラム様ニコソハ。但シ可返キ様ノ
無ケレバ、今夜許ハ此テコソ侍ラメ」ト云ヘバ、女、「然ラ

バ此テ御セ。『我ガ兄ノ、年来相ヒ不見ナリツル程ヲ恋ツル

ニ、思ヒモ不懸ズ、山ニ遊ビニ行タリケル道ヲ踏違テ、此

ニ来レル也』ト云ハムズル也。其ノ由ヲ心得テ御セ。然京

ニ出タマヒタラムニ、努々、『此ル所ニ然ル者ナム有ツル』

ト不宣ソ」ト云ヘバ、男喜テ、「糸喜ク侍リ。然心得テコ

ソハ侍ラメ。亦此宣フ事ナレバ、何デカ人ニハ申サム」ト

云ヘバ、女男ヲ呼入レテ、一間ナル所ニ莚ヲ敷テ取セタレ

バ、男其ニ居タルニ、女寄来テ忍テ云ク、「実ニ八己ハ京

ニ其々ニ侍シ人ノ娘也。其レガ思ヒ不懸ズシテ、奇異キ物ニ

被取レテ、其ニ被領テ、年来此テ侍ル也。今此ノ具シタル

物ハ只今来ナムトス。見給テム。但シ乏シキ事ハ不侍也」ト

云テ、サメ〳〵ト泣ケバ、男此ヲ聞ニ、「何ナル物ナラム。

鬼ニヤ有ラム」ナド怖ク思ヒ居タル程ニ、夜ニ入テ外ニ極ク

怖シ気ニムメク物ノ音有リ。

男此ヲ聞クニ、肝身腚マリテ、「怖シ」ト思ヒ居タル程ニ、

女出来テ戸ヲ開テ、入来ル物ヲ男見バ、器量ク大キナル白

キ狗也ケリ。男、「早狗也ケリ。此ノ女ハ此ノ狗ノ妻也ケ

リ」ト思フ程ニ、狗入来テ、男ヲ打見テメキテ立テレバ、女

出来テ、「年来、『恋シ』ト思ツル兄ノ、山ニ迷タリケル程ニ、

不懸ズ此ニ坐シタレバ、奇異ク喜キ事」ト云テ泣ケバ、其ノ

時ニ、狗此ヲ聞知リ顔ニテ、入テ竈ノ前ニ臥セリ。苧ト云フ

物ヲ績テ、狗ノ傍ニ居タリ。食物ヲ糸浄気ニシテ食スレバ、男

モ食テ寝ヌ。狗モ内ニ入テ女ト臥スナリ。

然テ夜明ヌレバ、女、男ノ許ニ食物持来テ、男ニ蜜ニ云ク、

「尚々、穴賢、『此ニ此ル所有』ト人ニ語リ不給ナ。亦時々ハ

御セ。此兄ト申シタルハ、此レモ然知テ侍ル也。自然ラ要

事有ラム事ナドハ叶ヘ申サム」ト云ヘバ、男、「敢ヘテ人ニ

申シ不可侍ズ。今亦参リ来ム」ナド懃ニ云テ、物食畢ツレバ

京ヘ返ヌ。

返ケルママニ、男、「昨日然々ノ所ニ行タリシニ、此ル事

コソ有シカ」ト、会フ人毎ニ語ケレバ、此ヲ聞ク人興ジテ、

亦人ニ語リケル程ニ、普ク人皆聞テケリ。其ノ中ニ年若ク勇

タル冠者原ノ落所モ不知ヌ、集テ、「去来、北山ニ妻ニシテ
奄ニ居ルナル、行テ其ノ狗射殺シテ、妻ヲバ取テ来ム」ト云
テ、召出立テ、此ノ行タル男ヲ前ニ立テ、行ニケリ。一二百
人有ケル者共、手毎ニ弓箭兵杖ヲ持テ行ケルニ、男ノ教ヘ
ケルニ随テ、既ニ其ノ所ニ行着テ見レバ、実ニ谷迫ニ小キ
奄有リ。

「彼ゾ、彼ゾ」ナド、各音ヲ高クシツ云ケルヲ、狗聞テ
驚キ出テ打見テ、此ノ来タリシ男ノ顔ヲ見ルママニ、奄ニ返
入テ、暫許有テ、狗女ヲ前ニ突立テ、奄ヨリ出テ山ノ奥様
ニ行ケルヲ、立衛ムデ多ノ人射ケレドモ、更ニ当ズシテ、狗
モ女モ行ケレバ、追ケレドモ
鳥ノ飛ガ如ニシテ山ニ入ニケ
リ。然レバ此ノ者共モ、「此
ハ只者ニモ非ヌモノ也ケリ」
ト云テ、皆返ケリ。此ノ前ニ
行タリケル男ハ、返ケルマヽ、

地火炉（石山寺縁起）

ニ、「心地悪」ト云テ臥ニケルガ、二三日有テ死ニケリ。
然レバ物思エケル者ノ云ケルハ、「彼ノ狗ハ神ナドニテ有
ケルナメリ」トゾ云ケル。糸益無キ事云タル男也カシ。然バ
信無カラム者ハ心カラ命ヲ亡ボス也ケリ。
其ノ後、其ノ狗ノ有所知タル人無シ。近江ノ国ニ有ケリ
トゾ人云伝ヘタル。神ナドニテ有ケルニヤ、トナム語伝ヘタ
ルトヤ。

사도 지방佐渡國 사람이
바람에 밀려 낯선 섬에 간 이야기

사도 지방佐渡國 사람이 강풍으로 인해 표류하다가 알 수 없는 섬에 도착했는데, 섬 안에서 키가 매우 크고 이 세상 사람이라고 생각할 수 없는 남자들이 나타나 섬에 상륙하지 못하게 막았다. 사람들은 오니鬼가 사는 섬에 온 것이라고 두려워하고, 먹을 것만을 얻어 순풍을 타고 본국으로 돌아갔다는 이야기. 이것도 이향설화異鄕說話이나 앞이야기와의 연결성은 적다.

이제는 옛이야기이지만, 사도 지방佐渡國에 사는 사람이 많은 사람과 함께 배 한 척을 타고 어느 곳으로 가는데, 먼 바다에서 갑자기 남풍이 불어와 마치 화살과도 같이 빠르게 배를 북쪽 방향으로 날려 보냈다. 배에 타고 있던 이들은 이제 끝이라고 체념하고, 노를 배 위로 끌어올린 채, 그저 바람 가는 대로 가던 중에 바다 저쪽으로 섬¹ 하나를 발견하였다. 사람들은 어떻게든 저 섬에 닿고자 기원하였는데, 바라던 대로 그 섬에 흘러가 닿았다.

'가까스로 잠시나마 목숨은 건졌다.'고 생각하고 사람들이 앞다투어 내리려고 했는데, 섬 안에서 사람이 나왔다. 보니, 어른도 아니고 어린아이도 아니었다. 머리를 하얀 천으로 감싸고 있었고, 키가 엄청나게 컸다. 그 모습은

---

1 사도佐渡의 북쪽에 섬은 없음. 그러나 북동北東, 혼슈本州 근처에 아와 섬粟島이 있음.

정말이지 이 세상 사람이라고 생각되지 않았다. 배에 있던 이들은 이를 보고 겁에 질렸다. '이는 오니鬼가 틀림없다. 우리들은 오니가 사는 섬인 줄도 모르고 와 버린 것이다.' 하고 생각하고 있는데, 그 섬사람이 "어인 자들인데 이곳을 찾아온 것인가?" 하고 물었다. 배에 탄 이들이

"우리들은 사도 지방의 사람입니다. 배를 타고 어디로 가던 중에 갑자기 폭풍을 만나 뜻하지 않게 이 섬에 떠내려온 것입니다."

라고 대답하였다. 그 섬사람이 말하길,

"결코 이 섬에 발을 들여서는 안 되오. 상륙하려 한다면 큰일을 당할 것이오. 먹을 것 정도는 가져다주겠소."

하고 돌아갔다.

잠시 후, 좀 전과 비슷한 사람 열 명 남짓이 나타났다. 배에 타고 있던 이들은 "우리를 죽일 작정인가 보다." 하고 겁을 먹었다. 이들의 키를 보아하니 그 힘이 짐작되어 더할 나위 없이 무서워졌다. 그러자 섬사람들은 가까이 다가와

"이 섬에 올라오게 하고 싶지만, 이 땅에 들어오면 당신들에게 좋지 않을 것이라 불러들이지 않은 것이오. 이것을 먹으면서 당분간 기다리고 있으면 그 사이 바람도 순풍으로 바뀔 것이오. 그때 원래 지방으로 되돌아가시오."

라고 말하고 으름덩굴이라는 것과 토란의 어미줄기를 가지고 와서 먹게 해주어서 배불리 먹었다. 그 으름덩굴이라는 것도 굉장히 크고, 토란의 어미줄기도 보통의 것보다 각별히 컸다. "이 섬에서는 이것을 늘 먹고 있소."라고 섬사람은 말했다. 그 후 순풍이 불어 출항하여 사도 지방으로 돌아왔다.

그러므로 그들은 오니는 아니었다. 허나 신과 같은 것이 아니었을까 하고 의심된다. 그 후에 사도 지방에 돌아와 "이처럼 기이한 일이 있었다."고 이야기하니, 듣는 이들도 몹시 무서워하였다.

그 섬사람은 일본어를 하였으므로, 그 섬은 다른 나라는 아니었을 것이다. 다만 그곳에 사는 사람들의 체격이 거대하고 차림새가 일본인과는 달랐을 뿐이다. 이 일은 아주 최근에 일어난 일이다.

사도 지방에 이러한 일이 있었다고 이렇게 이야기로 전하여 내려오고 있다 한다.

佐渡国人為風被吹寄不知島語第十六

さどのくにのひとかぜのためにふきよせられてしらぬしまにゆくことだいじふろく

今昔、佐渡ノ国ニ有ケル者数一船ニ乗テ物ヘ行ケルニ、

奥中ニシテ俄ニ南ノ風出来テ、船ヲ北様ニ箭ヲ射ルガ如クニ

吹キ遣リケレバ、船ノ者共、「今ハ限リゾ」ト思テ、艫ヲモ

引上テ、只風ニ任セテ行ケルニ、奥ノ方ニ一ノ島ヲ見付テ、

「構テ彼ノ島ニ着バヤ」ト思ヒケルニ、思ノ如ク其ノ島ニ着

ケレバ也。

ヌ。

「先ヅ暫ノ命ハ助カリヌ」ト思テ、迷ヒ下ルト為ルニ、島ヨ
リ人出来タリ。見レバ、男ニモ非ズ童ニモ非ズ、頭ヲ白キ衣
ヲ以テ結タリ、其ノ人ノ長極テ高カシ。有様実ニ此ノ世ノ人
ト不思ズ。船ノ人此ヲ見ルニ、怖シキ事無限シ。「此ハ鬼ニ
コソ有メレ。我等ノ、鬼ノ住ケル島ヲ不知デ来ニケリ」ト思
フニ、島ノ人ノ云ク、「此ハ何ナル人ノ寄リ来レルゾ」ト。
船ノ人答テ云ク、「我等ハ佐渡ノ国ノ人也。船ニ乗テ物ヘ罷
ツル程ニ、俄ニ悪キ風ニ値テ、思ヒ不懸ズ此ノ島ニ着タル也」
ト。島ノ人ノ云ク、「努々此ノ地ニ下ル事無カレ。此ノ地ニ
登ナバ悪キ事有ラム。食物ナドヲ遣セム」ト云テ、罷入ヌ。

暫許有レバ同様ナル人、十余人許出来タリ。船ノ人、
「我等ヲバ殺テムズル也ケリ」。此等ガ長程ヲ見ルニ、其ノ力
思ヒ被遣テ、怖シキ事無限シ。島ノ者共寄リ来テ云ク、「此
ノ島ヘ呼ビ可上ケレドモ、上ナバ其達ノ為ニ悪キ事ノ有ヌベ

ケレバ也。此ヲ食ヒテ暫ク有ラバ、自然ラ風直リナム。其ノ

218

時ニ、本国ニ返リ可行キ也」ト云テ、不動ト云フ物ト芋頭ト云フ物ヲ持来テ食スレバ、糸吉ク食テケリ。不動ト云フ物モ極テ大キ也、芋頭モ例ノヨリモ事ノ外ニ大キナム有ケル。

「此ノ島ニ此ヲ食物トシテ過ル也」トゾ云ケル。其ノ後風直リニケレバ、船ヲ出シテ本国ニ返ニケリ。

然レバ鬼ニハ非ザリケリ、神ナドニヤ有ラムトゾ疑ケル。

「此ル奇異キ事ナム有ケル」、彼ノ船ノ者共ガ佐渡ノ国ニ返テ語ケレバ、聞人モ極ク恐ケリ。

其ノ島ハ他ノ国ニハ非ザリケルニヤ、此ノ国ノ言ニテゾ有ケル。只、人ノ大ニ二器量ク、有様ノ不似ザリケル也。此ノ事ハ糸ト近キ事也。

佐渡ノ国ニ此ル事ナム有ケル、トナム語リ伝ヘタルトヤ。

히타치 지방常陸國의 □□군郡에 떠내려온 거대한 시체 이야기

후지와라노 노부미치藤原信通가 히타치 지방常陸國의 수령으로 있던 시절, 그 지방의 동서쪽 해변에 키가 5장丈 남짓한 거인의 시체가 떠내려 와서 큰 소동이 일어난다. 또한 비슷한 시기에 무쓰 지방陸奧國의 가이도海라는 곳에 여자 거인의 시체가 떠내려왔는데, 학식 있는 승려가 불설佛說에 나오는 아수라녀阿修羅女로 추정했는데, 이것을 도읍에 보고하면 성가신 일이 된다 하여 그대로 두었다는 이야기. 해류의 영향으로 히타치와 무쓰 지방의 해안에는 먼 나라들로부터 뭔가가 떠내려온 일이 드물게 있었던 듯하다. 『히타치 지방 풍토기常陸國風土記』의 가시마 군香島郡에 대한 대목에는, 지금의 이바라키 현茨城縣 가시마 군鹿島郡 가미스 정神栖町 다카하마高浜의 해안에 길이 15장丈, 너비 1장丈의 큰 배가 떠내려왔다는 기록이 있다. 이 이야기에는 역사적 사실과 일치하는 국사國司의 이름도 나오는데, 이로 보아 과장된 부분은 있으나 어쨌든 사실을 전하는 이야기로 보인다.

이제는 옛이야기이지만, 후지와라노 노부미치藤原信通[1] 아손朝臣이란 사람이 히타치常陸[2]의 수守로 그 지방에 있었는데, 임기가 끝나는 해의 4월경, 바람이 심하게 불고 날씨가 궂은 밤, □□군郡[3]의 동서쪽 해변에 죽은

---

1 → 인명.
2 히타치常陸의 수령은 원래 친왕親王이 임명되는 것이나, 실제의 국사國司는 개介이었기 때문에 수령으로 통칭한 것.
3 군명의 명기를 위한 의도적인 결자.

사람이 떠내려왔다.

죽은 사람의 키는 5장丈[4] 남짓하였다. 절반은 모래에 파묻혀 있었지만, 드러누운 몸통의 높이는, 저쪽에서 사람이 높은 말을 타고 다가오는데 손에 든 활 끝만이 이쪽에서 보일 정도이니 그 높이의 정도를 추측할 수 있으리라. 그 시체는 목이 잘려 있어서 머리가 없었다. 또 오른손과 왼발도 없었다. 이는 상어 등이 먹어 치운 것이리라. 그것들이 원래대로 붙어있다면 필시 엄청난 크기였을 것이다. 또한 엎드린 채 모래에 파묻혀 있어서 남자인지 여자인지도 알 수 없었다. 다만 몸매나 피부로 보아 여자인 것 같았다. 그 지방의 사람들은 이것을 보고 모두 경악하였고, 주위를 에워싸고 야단법석을 떨었다.

또 무쓰 지방陸奧國의 가이도海道라는 곳에도 이렇게 죽은 거인이 떠내려왔다는 사실을 듣고, 국사國司 □□□[5]라는 사람도 부하를 보냈다. 모래에 파묻혀 있어서 남자인지 여자인지 구분이 가지 않았다. 여자일 것이라고 생각했지만, 학식이 있는 승려가

"이 세상에 이러한 거인이 사는 곳이 있다고 부처님께서도 말씀하신 적이 없소이다. 짐작하건대, 아수라녀阿修羅女[6]라도 되는 것은 아닐는지요. 몸매가 매우 아름다운 것을 보면 어쩌면 그런 것인지도 모르오."

라고 추측하였다.

한편 국사는 "이것은 참으로 불가사의한 일이니, 어쨌든 조정에 보고서[7]를 올리지 않으면 안 되겠다."라며, 곧바로 도읍으로 사자를 보내려고 하였다. 그러자 그 지방 사람들이 "보고서를 올리시게 되면 필시 조정의 사자

---

4   약 15미터.
5   국사의 인명의 명기를 위한 의도적인 결자.
6   → 불교. 여자 아수라阿修羅. 아수라는 간략히 수라修羅라고도 함.
7   원문은 "國解". 국사가 태정관太政官 이하 중앙정부에 보고하는 공문서.

가 조사하러 내려올 것입니다. 그렇게 되면 그 접대가 부담스러운 일이 될 것입니다. 그러니 이 일은 그냥 묻어 두심이 좋을 듯싶습니다."라고 하였다. 이에 국사도 이것을 조정에 보고하지 않고 끝까지 감추었다.

그런데 그 지방에 □□□□[8]라는 무사가 있었다. 그가 이 거인을 보고

"혹시 이 같은 거인이 공격해 온다면 어찌하면 좋을 것인가. 화살이 꽂힐지 어떨지 한번 시험해 보자."

고 하여 화살을 쏘자 화살은 깊숙이 박혔다. 그리고 이를 들은 사람들은 "잘 시험해 보았다."고 칭송하였다.

한편 시체는 날이 갈수록 부패해졌기 때문에, 시체 부근의 열 개, 스무 개의 정町 지역에는 사람들이 살려고 하지 않고 도망을 갔다. 너무나도 지독한 냄새를 견딜 수 없었기 때문이었을 것이다.

이 일은 감추어 두고 있었지만 수령이 상경해서 어느새 세상에 알려져 이렇게 이야기로 전하여 내려오고 있다 한다.

---

8 인명의 명기를 위한 의도적인 결자.

常陸国□郡寄大死人語第十七

今昔、藤原ノ信通ノ朝臣ト云ケル人、常陸ノ守ニテ其ノ国ニ有ケルニ、任畢ノ年四月許ノ比、風糸ヲドロ〳〵シク吹テ、極ク荒ケル夜、□ノ郡ノ東西ノ浜ト云フ所ニ死人被打寄タリケリ。

其ノ死人ノ長ケ五丈余也ケリ。臥長砂ニ半ハ被埋タリケルニ、人高キ馬ニ乗テ打寄タリケルニ、弓ヲ持タル末許ゾ此方ニ見ケル。然テハ其ノ程ニ可押量シ。其ノ死人頭ヨリ切テ頭無カリケリ。亦右ノ手左ノ足モ無カリケリ。此レハ鰐ナドノ咋切タルニコソハ。本ノ如クニシテ有マシカバ極ジカラマシ。亦低シニテ砂ニ隠タリケレバ、男女何レト云事ヲ不知ズ。但シ身成リ秦ツキハ女ニテナム見エケル。国ノ者共此ヲ見テ、奇異ガリツ合テ、見嘖ケル事無限シ。

亦陸奥ノ国ニ海道ト云フ所ニテ、国司□ノ□云ケル人モ、「此ル大人寄タリ」ト聞テ、人ヲ遣テ見セケリ。砂ニ被埋タリケレバ、男女ヲバ難知シ。「女ニコソ有メレ」トゾ見ケルヲ、智リ有ル僧ナムドノ云ケルハ、「此ノ一世界ニ此ル大人有ル所有ト仏ノ不説給ハズ。此ヲ思フニ阿修羅女ナドニヤ有ラム。身成ナドノ糸清気ナルハ若然ニヤ」ゾ疑ヒケ

然テ国ノ司、「此ル希有ノ事ナレバ、何デカ国解不申デハ有ラム」トテ申上ムト既ニシケルヲ、国ノ者共、「申シ被上ナバ、必ズ官使下リ見ムトス。其ノ官使ノ下ラムニ、繚大事也ナム。只隠シテ此ノ事ハ可有キ也」ト云ケレバ、守不申上デ隠シテ止ニケリ。

而ル間、其ノ国ニ□ノ□ト云フ兵有ケリ。此ノ大人ヲ見テ、「若シ此ル大人寄来タラバ何ガセムト為ル。若シ箭ハ立ナムヤ、試ム」ト云テ射タリケレバ、箭糸ト深ク立

ニケリ。然レバ此レヲ聞ク人、「微妙ク試タリ」トゾ讃メ感ジケル。

然テ其ノ死人日来ヲ経ケル程ニ乱ニケレバ、十二十町ガ程ニハ人否不住デ逃ナムシケル。晃サニ難堪ケレバナム。

此ノ事隠シタリケレドモ、守京ニ上ニケレバ自然ラ聞エテ、此ク語リ伝ヘタルトヤ。

에치고 지방越後國에 떠내려온
작은 배 이야기

미나모토노 유키토源行任가 에치고 지방越後國의 수령으로 있을 때, 그 지방의 해안에 아주 작은 배가 떠내려왔고, 사람들 모두가 난쟁이가 타고 온 배일 것이라고 하였다. 옛 일을 잘 아는 노인은 전에도 이런 작은 배가 떠내려온 적이 있다고 하고 북쪽에 소인국小人國이 있을 것이라 추측했다는 내용이다. 앞 이야기와 똑같이 사회적 이슈를 다룬 설화로서, 앞 이야기의 거인이야기에 대응하여 난쟁이 표착으로서 연결고리를 갖는다. 일본해 연안에도 먼 곳의 주민이 해류를 따라 표착한 일이 있었으며, 현재 북방문화박물관(니가타 현新潟縣 나카칸바라 군中蒲原郡 요코고시 정横越町)에는 표착했던 고대古代의 배 파편이 소장되어 있다. 또한 앞 이야기와 이 이야기의 말미에, 이야기를 전파한 사람을 도움으로 상경한 국사國司나 그 권속이라고 하고 있는데, 당시에는 실제로 이들에 의해 중앙과 지방 간의 소식이 전파되는 일이 많았다.

이제는 옛이야기이지만, 미나모토노 유키토源行任[1] 아손朝臣이라는 사람이 에치고 지방越後國의 수령으로 그 지방에 있었는데, □□□군都[2]의 해변에 작은 배가 떠내려왔다. 너비가 2척尺 5촌寸, 깊이가 2촌, 길이 1장丈[3] 정도 되었다.

---

1 → 인명.
2 군명의 명기를 위한 의도적인 결자.
3 배의 크기가 폭 76센티미터, 깊이 6센티미터, 길이 3미터 정도.

이것을 발견한 사람이 '이것은 무엇일까? 누군가가 장난으로 만들어 바다에 던져 넣은 것이려나.'라고 생각하고, 자세히 보니 뱃전을 따라 1척 정도의 간격을 두고 노를 저은 흔적이 있었다. 전부 노를 저어 닳은 자국이었다. 그래서 발견한 사람은 '실제로 사람이 타던 배가 맞구나.'라고 판단하고 '도대체 어떤 난쟁이가 탄 배일까?' 하고 추측하였는데, 그저 기이할 따름이었다. "이게 노를 젓고 있을 때는 지네의 다리처럼 보이겠지. 세상에 참 희한한 일도 다 있구면."이라 하고, 수령이 있는 관청에 이 배를 가져갔는데 수령도 무척 기이해 하였다.

그러자 한 노인이 "예전에도 이렇게 작은 배가 떠내려온 적이 있소이다."라고 하였는데, 그렇다면 이 배를 탈 수 있을 정도의 난쟁이도 있다는 것이 틀림없다. 이처럼 에치고 지방에 몇 번이고 떠내려 왔다면, 여기서 북쪽으로 소인국小人國이 있을 것이다. 다른 지방에 이렇게 작은 배가 떠내려왔다는 이야기는 듣지 못하였다.

이 일은 수령이 상경하고 수행했던 사람들[4]이 이야기한 것을 듣고 전하여, 이렇게 이야기로 전하여 내려오고 있다 한다.

---

4   원문에는 "眷屬". 친족이나 종자를 의미함.

越後国被打寄小船語第十八

今昔、源ノ行任ノ朝臣ト云フ人ノ越後ノ守ニテ其ノ国ニ有ケル時ニ、□ノ郡ニ有ケル浜ニ小キ船被打寄タリケリ。広サ二尺五寸、深サ二寸、長サ一丈許ナリ。

人此ヲ見テ、「此ハ何也ケル物ゾ。戯レニ人ナドノ造ル海ニ投入タリケルカ」ト思テ、吉ク見レバ、其ノ船ノ鉉一尺許ヲ迫ニテ、梶ノ跡有リ。其ノ跡馴杭タル事無限シ。然レバ見ル人、「現ニ人ノ乗タリケル船也ケリ」ト見テ、「何也ケル少人ノ乗タリケル船ニカ有ラム」ト思テ、奇異ガル事無限シ。「漕ラム時ニハ蜈蚣ノ手ノ様ニコソハ有ラメ」ト云テ、館ニ持行タリケレバ、守モ此ヲ見テ極ク奇異ガリケリ。

長ナル者ノ云ケルハ、「前々此ル小船寄ル時々有」トナム云ケレバ、然レバ其ノ船ニ乗ル許ノ人ノ有ルニコソハ。此ヨリ北ニ有ル世界ナルベシ、此ク越後ノ国ニ度々寄ケルハ。外ノ国ニハ此ル小船寄タリトモ不聞エズ。

此事ハ守京ニ上テ眷属共ノ語リケルヲ、聞継テ、此ナム語リ伝ヘタルトヤ。

오타기데라愛宕寺의
종 이야기

오노노 다카무라小野篁가 지은 오타기데라愛宕寺의 종을 만든 주물사가 종을 흙 속에 묻고 '사람이 치지 않아도 열두 시각마다 저절로 울리도록 장치를 하여 만들었으니 3년째에 파내시오.'라고 일러둔다. 그러나 절의 별당別當이 참지 못하고 약속한 기한이 되기 전에 종을 파냈기 때문에 결국 평범한 종이 되고 말았다는 이야기. 불신을 경계하는 교훈적인 이야기이면서 오타기데라의 종의 유래담이기도 하는데, 또 명장담名匠譚 성격도 가진다.

　이제는 옛이야기이지만, 오노노 다카무라小野篁[1]라는 사람이 오타기데라愛宕寺[2]를 세우고, 절에서 사용하기 위해 주물사에게 종을 주조하도록 하였다. 그때 주물사가

　"이 종은 치는 사람이 없어도 매일 열두 번[3] 울리도록 만들 생각입니다. 그러려면 종을 주조시킨 뒤에 땅을 파서 묻고, 3년 동안 그대로 두어야 합니다. 그리고 오늘부터 정확히 3년이 되는 날의 다음 날에 파내야만 합니다. 만약 하루라도 일수가 모자라거나, 또는 그보다 늦게 종을 파내면, 방금

1　→ 인명.
2　→ 사찰명.
3　하루 열두 시각(자 … 해)마다. 즉 지금의 두 시간 간격으로 열두 번 울린다는 것.

말씀드린 바와 같이 치는 사람 없이 열두 시각에 맞춰 울리게 되지 않습니다. 그러한 장치를 해 두었습니다."

하고 돌아갔다.

그런 까닭으로 땅을 파서 종을 묻었는데, 그 후 이 절의 별당別當[4]인 법사法師가 2년이 지나고 3년째가 되어 아직 그 당일이 되지 않았는데, 도무지 기다릴 수가 없고 주물사가 말한 대로 정말로 울릴지 불안하였기에, 경솔하게도 그것을 파내 버리고 말았다. 그 때문에 그 종은 열두 시각에 맞춰 저절로 울리는 종이 아닌, 그저 평범한 종이 되는 데 그쳤다. 당시의 사람들은

"주물사가 말한 대로 정해진 날에 파냈더라면 열두 시각마다 혼자 울리는 종이 되었을 걸세. 그랬다면 종소리가 들리는 곳에서 정확히 시간을 알 수 있어서 참으로 좋았을 텐데 말이야. 정말이지 그 별당이 일을 아깝게 만들었구먼."

하고 비난하였다.

그러므로 성급하고 인내심이 없는 사람은 반드시 이렇게 일을 그르치는 법이다. 이것은 어리석게 약속을 지키지 않은 결과이다.

이것을 들은 세간 사람들은 절대로 약속을 깨뜨려서는 안 된다고 이렇게 이야기로 전하여 내려오고 있다 한다.

---

4 절 전체의 사무를 총괄하는 역할의 승려.

愛宕寺鐘語第十九
おたぎでらのかねのことだいじふく

今昔、小野ノ篁ト云ケル人、愛宕寺ヲ造テ、其ノ寺ノ料ニ鋳師ヲ以テ鐘ヲ鋳サセタリケルニ、鋳師ガ云ク、「此ノ鐘ヲバ、搥ク人モ無クテ、十二時ニ鳴サムト為ル也。其レヲ、二鋳テ後、土ニ堀埋テ、三年可令有キナリ。今日ヨリ始メテ三年ニ満テラム日ノ其ノ明ム日、可堀出キ也。其レヲ、或ハ日ヲ不令足ズ、或ハ日ヲ余テ堀開タラム、然カ搥ク人モ無

クテ十二時ニ鳴ル事ハ、不可有ズ。而ル構ヘヲシタル也」ト云テ、鋳師ヲ返リ去ニケリ。

然テ土ニ堀埋テケルニ、其後別当ニテ有ケル法師、二年ヲ過テ、三年ト云フニ、未ダ其ノ日ニモ不至ザリケルニ、否不待得ズシテ、心モトナカリケルマヽニ、云フ甲斐無ク堀開テケリ。然レバ、搥ク人モ無テ十二時ニ鳴ル事ハ無テ、只有ル鐘ニテ有ル也ケリ。「鋳師ノ云ケム様ニ、其ノ日堀出タラマシカバ、搥ク人モ無クテ十二時ニ鳴ラナマシ。然鳴マシカバ、鐘ノ音ノ聞及バム所ニハ時ヲモ慥ニ知リ、微妙カラマシ。極クロ惜シキ事シタル別当也」トナム其ノ時ノ人云ヒ謗リケル。

然レバ騒シク、物念ジ不為ザラム人ハ、必ク此ク弊キ也。

心愚ニテ不信ナルガ至ス所也。

世ノ人此ヲ聞テ努々不信ナラム事ヲバ可止シ、トナム語リ伝ヘタルトヤ。

료간지靈巖寺의 별당別當이
바위를 부순 이야기

교토 기타 산北山에 있는 료간지靈巖寺는 묘견보살妙見菩薩이 나타나신 곳으로서 번영
하였으나, 절의 별당別當이 출세를 위해 천황天皇의 행차를 성사시키고자, 절문 앞에
우뚝 솟아 있는 유명하고 거대한 바위를 깨뜨려 부순다. 그러자 보살의 영험도 사라져
절이 황폐해졌다는 이야기. 승려의 사욕을 경계하는 교훈적인 내용을 담고 있으며, 료
간지의 유래담이기도 하다. 앞 이야기와는 승려의 얕은 생각 때문에 영위靈威를 상실
한다는 내용으로 연결된다.

이제는 옛이야기이지만, 도읍의 기타 산北山¹에 료간지靈巖寺²라는 절
이 있었다. 이 절은 묘견보살妙見菩薩³이 모습을 나타내신 곳이다. 절 앞에
서 세 정三町⁴ 정도 떨어진 곳에 커다란 바위가 있었는데, 사람이 몸을 숙
여 겨우 지나갈 수 있을 정도의 구멍이 나 있었다. 모든 사람들이 빠짐없이
참배하는 영험이 신통한 절이었기 때문에 수많은 승방僧房이 즐비했고 대단
히 번창하였다.

1 　원문에는 "北山". 교토京都 북쪽 일대의 산들에 대한 총칭. 후나오카 산船岡山, 기누가사 산衣笠山, 이와쿠라
　　산岩倉山 등 교토京都 북방 일대의 산들의 총칭.
2 　→ 사찰명. 『권기權記』 장보長保 원년(999) 12월 9・13일, 동 2년 6월 28일, 7월 16일 등에는 이치조一條 천황
　　天皇의 눈병이 묘견보살妙見菩薩의 저주라고 하여 료간지靈巖寺 묘견당妙見堂을 수리한 기사가 있음.
3 　→ 불교(묘견妙見).
4 　약 330미터.

그런데 □□□ 천황天皇[5]이 눈에 병이 나서서 료간지에 행차하실지 안하실지가 논의되었는데 "바위가 있어 도저히 가마가 통과할 수 없을 것 같으니, 행차는 단념하는 게 좋을 것 같다."고 결정되었다. 절의 별당別當[6]은 이것을 듣고서

'행차가 있다면, 틀림없이 승강僧綱[7]에 임명될 테지만, 행차가 없다면 승강에 임명될 가망이 없다.'

고 생각하였다. 그래서 행차가 가능하도록 "그 바위를 깨부수자."고 하고 인부들을 불러 모아서 많은 잡목들을 베어 내고, 그것들을 바위 위아래에 쌓아 올리고 불을 붙여 태우려고 하였다. 그러자 료간지의 승려들 중에서도 나이가 지긋한 자들이

"이 절의 영험이 신통한 것은 바로 그 바위가 있기 때문이다. 그러니 바위를 부수면 영험이 사라져 절이 쇠퇴할 것이다."

라고 말을 주고받으며 한탄하였다. 그렇지만 당시의 별당은 자신의 출세를 위해서 무슨 일이라도 하겠다고 마음먹었기 때문에, 절의 승려들이 하는 말을 들을 리 있겠는가. 결국 별당은 그 말을 듣지 않았고, 베어서 쌓아 놓은 잡목에 불을 붙이고 태웠다.

이렇게 하여 바위를 달구고 커다란 철퇴로 때려서 부쉈다. 바위는 산산조각이 나서 《사방으로 튀었다.》[8] 그때 부서진 바위 속에서 백 명 정도가 일제히 와자지껄 웃는 소리가 들렸다. 절의 승려들은

---

5   천황의 시호의 명기를 위한 의도적인 결자. 어느 책에 산조三條라고 되어 있으며, 산조 천황의 눈병에 대한 이야기가 여러 기록에 보이는데, 『권기』에 의하면 이치조 천황일 것임. 다만 어찌됐든 료간지 행차에 대한 이야기는 없음.
6   절 전체의 사무를 총괄하는 역할의 승려.
7   → 불교.
8   저본에는 공란이 설정되어 있지만 공란이 없으면 의미가 통하지 않아 공란을 설정함. 문맥을 고려하여 보충.

"참으로 어처구니없는 일을 했군. 이 절은 이제 황폐해질 것이네. 악마⁹에게 홀려서 이런 일을 저지르다니."라고 말하며 별당을 미워하고 비난하였다. 바위는 없어졌지만 행차도 없었기 때문에, 별당은 승강에 임명받지 못한 채 이 일은 끝이 났다.

그 후 별당은 절의 승려들에게 크게 미움을 받아 료간지에도 가까이 가지 못하게 되었다. 그 이후 절은 황폐해질 대로 황폐해져서 당사堂舍나 승방 모두 없어져 버렸다. 승려가 단 한 명도 살지 않게 되었고, 종국에는 나무꾼이 지나는 길이 되어 버렸다.

이것을 생각하면, 별당은 참으로 어리석은 일을 하였다. 승강이 될 숙보宿報¹⁰가 없었던 이상, 바위를 없앴다 한들 승강이 될 리 만무하였다. 지혜롭지 못한 승려였던 것이다. 어리석게 그것을 깨닫지 못하여 승강에 임명되지 못한데다, 존귀하고 영험이 있는 곳을 잃고 말다니 참으로 어리석은 일이다.

그러므로 영험이라는 것도 장소에 따라 나타나는 것이라고 이렇게 이야기로 전하여 내려오고 있다 한다.

---

9 원문에는 "마장魔障". 불도수행을 방해하는 악마. 천마天魔.
10 숙보宿報. 전세에서 했었던 일에 대해 현세에서 받는 응보應報. 승강僧綱이 되지 못한 것은 모두 전세에서 행했던 선악으로 인한 것이라고 함.

霊巌寺別当砕巌語第二十

今昔、北山ニ靈巖寺ト云フ寺有ケリ。此ノ寺ハ妙見ノ現
ジ給フ所也。寺ノ前ニ二三町許去テ巖廉有リケリ。人ノ屈テ
通ル許ノ穴ニテゾ有ケル。万ノ人皆参リ仕リテ、驗新タ也
ケレバ、僧房共数造リ重ネテ、脺シ事無限シ。

而ル間、□ノ天皇御目ヲ病セ給ヒケレバ、彼ノ靈巖寺
ニ行幸有ベキ議有ケルニ、「此ノ巖廉ノ有レバ、御輿ノ可通
キ様無カリケレバ、行幸否不有マジカナリ」ト被定ケルヲ聞
キ、其ノ寺ノ別当ケル僧、「行幸有ラバ、我レ必ズ僧綱ニ
可成キニ、行幸無クハ、僧綱ニ成ス事ハ不用ナリ」ト思テ、
行幸ヲ有ラセムガ故ニ、「此ノ巖廉失ハム」ト云テ、夫ヲ以
テ多ノ柴ヲ苅セテ、此ノ巖廉ノ上下ニ積セテ、火ヲ付テ焼ム
ト為ルニ、其ノ寺ノ僧ノ中ニ、年老タル者共ナド有テ、「此

ノ寺ノ驗ジ給フ事ハ、此ノ巖廉ニ依テ也。其レニ、此ノ巖廉
ヲ被失ナバ、驗失セテ寺廢ナムトス」ト云合テ歎キケレドモ、
時ノ別当ノ我喜セムガ為ニ破無ク謀ル事ナレバ、寺ノ僧共
ノ云ハム事ヲバ聞テムヤハ。耳ニモ不聞入ズシテ、其ノ苅積
タル柴ニ火ヲ付テ焼キツ。

然ノ巖ヲ温カシテ、大キナル鐵鎚ヲ以テ打砕ケレバ、皆
砕テ散々ニ□。其時ニ巖廉ノ砕ケル中ヨリ百人許ガ音ニテ同
音ニ咲タリケレバ、寺ノ僧共、「極キ態カナ。此ノ寺ハ荒ヌ。
魔障ニ被謀テ此シツル也」ト云テ、別当ヲ憐ミ嗟ケル程ニ、
巖廉ハ失ナヒタレドモ、行幸モ無カリケレバ、別当喜ビモ
不為デ止ニケリ。

其ノ後、別当、寺ノ僧共ニ憐ミ被厭テ、寺ニモ不寄来ズ成
ニケリ。

其ノ後ヨリ寺只荒ニ荒テ、堂舎僧房モ皆失ニケレバ、
僧一人モ住ム事無クシテ、後ニハ木伐ノ道ト成テナム有ケル。

此ヲ思フニ、糸益無キ態シタル別当也カシ。僧綱ニ可成キ
報ノ無カラムニハ、極ク巖廉失タリトモ成ナムヤハ。智リ無

カリケル僧ニヤ、愚ニ其レヲ不知ズシテ、我ヲ喜ビ不為ヌ者

カラ、止事無キ霊験ノ所ヲ失ナヒタル、心踈キ事也。

然レバ所ニ随ヒテ験モ有ケル也、トナム語リ伝ヘタルトヤ。

노토 지방能登國의
오니노네야 섬鬼の寝屋島 이야기

노토 지방能登國의 어부들은 오니노네야 섬鬼の寝屋島에 가서 전복을 잡아 국사國司에게 헌상하고 있었는데, 후지와라노 미치무네藤原道宗가 노토 지방의 수령이었을 때 너무 많은 양의 전복을 요구해서 어부들이 에치고 지방越後國으로 이주해 버렸고, 그 때문에 노토 지방에서는 더 이상 전복을 잡지 않게 되었다는 이야기. 노토 지방 수령의 과욕에 관한 이야기로, 철을 캐는 광부에게 명해서 사도佐渡의 금을 캐오게 하고 다량으로 갈취한 권26 제17화의 후지와라노 사네후사藤原實房 이야기도 있다. 미치무네는 가인歌人으로도 알려져 있는데, 이 이야기는 사네후사의 이야기와 더불어, 수령受領의 가렴주구가 중앙에서의 우아한 생활을 뒷받침했었다는 사실을 알려 주는 예화이다.

이제는 옛이야기이지만, 노토 지방能登國[1]의 먼 바다에 네야寝屋[2]라는 섬이 있었다고 한다. 그 섬에서는 강가에 굴러다니는 돌처럼 셀 수 없이 많은 전복이 수확되어서 이 지방의 히카리 섬光島의 바닷가에 살던 어부들은 오니노네야 섬鬼の寝屋島에 건너가 전복을 따고 국사國司에게 세금으로 바쳤

---

1 → 옛 지방명.
2 표제 및 후문에 "오니노네야 섬鬼の寝屋島"이라고 되어 있음. 노토能登 반도 북단의 와 섬輪島에서 북쪽으로 21킬로미터 바다에 7개의 군도인 '나나쓰 섬七ツ島'이 있는데, 그 군도 또는 한 섬을 가리키는 것으로 추정. 또한 더 북쪽으로 약 3킬로미터 가면 헤쿠라 섬舳倉島이 있다. 이것이 후문의 '네코 섬猫の島'에 해당된다고 함.

다. 히카리 섬의 바닷가에서 오니노네야 섬까지는 배로 꼬박 하루가 걸리는 거리였다.

또 여기부터 더 멀리 네코 섬猫島이라는 섬이 있었다고 하는데, 오니노네야 섬에서 네코 섬에 가려면 순풍을 받아서 달려도 만 하루가 필요하다고 하였다. 그러니까 이 거리를 추측해보면 고려국高麗國[3]에 건너갈 정도로 먼 거리인 듯하다. 그렇지만 《보통 일》[4]이 아니고서는 그 네코 섬으로 사람이 가지 않는 모양이었다.

한편 히카리 섬 바닷가의 어부들은 오니노네야 섬에 다녀오면, 한 사람당 일만 개의 전복을 국사에게 바쳤다. 게다가 한 번에 사오십 명이나 섬으로 건너갔으니, 그 전복의 양은 상상을 초월하였다.

그런데 후지와라노 미치무네藤原道宗[5] 아손朝臣이란 사람이 노토 지방의 수령으로 지내다 임기가 끝나는 해, 히카리 섬 바닷가의 어부들이 오니노네야 섬에 다녀와서 국사에게 전복을 바쳤다. 수령은 전복을 더 많이 가져오도록 강요하였고, 때문에 어부들은 곤혹스러워져서 에치고 지방越後國으로 건너가 버렸다. 그런 이유로 히카리 섬 바닷가에는 사람이 한 명도 남지 않았고, 오니노네야 섬에 건너가 전복을 따는 일도 없어지게 되었다.

이렇듯 사람이 무턱대고 욕심을 내는 것은 어리석은 일이다. 재촉하여 한 번에 많은 것을 가지려고 했기 때문에, 나중에는 하나도 가질 수 없게 되어 버린 것이다. 지금도 국사가 그 전복을 받지 못하고 있어서, 그 지방 사람들은 참으로 어리석은 짓을 하였다고, 미치무네 아손을 비난하였다고 이렇게 이야기로 전하여 내려오고 있다 한다.

---

3 → 지명.
4 한자표기를 위한 의도적인 결자. 문맥을 고려하여 보충.
5 → 인명.

能登国鬼寝屋島語第二十一

今昔、能登ノ国ノ奥ニ寝屋ト云フ島有ケリ。其ノ島ニハ、河原ノ石ノ有ル様ニ、鮑ノ多ク有ナレバ、其ノ国ニ光ノ島ト云フ浦有リ、其ノ浦ニ住ム海人共モハ、其ノ鬼ノ寝屋ニ渡テ鮑ヲ取テ国ノ司ニハ弁ケル。其ノ光ノ浦ヨリ鬼ノ寝屋ハ一日一夜走テ人行ケル。

亦其ヨリ彼ノ方ニ猫ノ島ト云フ島有ナリ。鬼ノ寝屋ヨリ其ノ猫ノ島ヘハ亦負風一日一夜走テゾ渡ルナリ。然レバ程ヲ思フニ、高麗ニ渡ル許カリ程ノ遠サハ有ニヤ有ラム。然ドモ其ノ猫ノ島ヘハ□ニテ人不行ザルナリ。

然テ光ノ浦ノ海人ハ彼ノ鬼ノ寝屋ニ渡テ返ヌレバ、一人シテ鮑万ヲゾ国ノ司ニ弁ケル。其レニ一度ニ四五十人渡ケレバ、其ノ鮑ノ多サヲ思ヒ可遣シ。

而ル間、藤原ノ通宗ノ朝臣ト云フ能登ノ守ノ任畢ノ年、其ノ光ノ浦ノ海人共ノ、鬼ノ寝屋ノニ渡テ返テ、国ノ司ニ鮑弁ケルヲ強ニ責ケレバ、海人共忙テ、越後ノ国ニ返テ渡ニケレバ、其ノ光ノ浦ニ一人ノ人無クテ、鬼ノ寝屋ニ渡テ鮑取ル事絶ニケリ。

然テ人ノ強ニ欲心有ルハ弊キ事也。一度ニ責テ多ク取ラムトシケル程ニ、後ニハ一ツヲダニ否不取デ止ニケリ。于今モ国ノ司其ノ鮑不取ザルナレバ、極テ益無キ事也トゾ、国ノ者共モ彼ノ通宗ノ朝臣ヲ謗ナル、トナム語リ伝ヘタルトヤ。

사누키 지방讚岐國의 마노 못을 파괴한
국사 이야기

백성들을 위해 고보弘法 대사大師가 사누키 지방讚岐國의 마노滿農 못을 만들었는데, 그 못에 사는 대량의 물고기를 국사國司가 한 번에 독점하려고 둑에 구멍을 뚫었다. 그런데 그 구멍이 넓어져서 물고기도 떠내려가려고 주위의 논밭도 유실된 데다 둑이 무너져 못이 파괴된 이야기. 이 이야기는 국사가 지방의 특산물을 독점하고자 백성들에게 고통을 준 이야기로 앞 이야기와 연결되는데, 한편으론 마노 못의 유래담 성격도 지닌다.

이제는 옛이야기이지만, 사누키 지방讚岐國[1] 《나카那珂》[2]군郡에 마노滿農 못[3]이라는 커다란 못이 있었다. 고야高野 대사大師[4]가 이 지역 사람들을 위하여 많은 이들을 모아서 만든 못이었다. 이 못의 둘레는 아득히 먼 곳까지 이어져 있었고, 둑도 상당히 높아서 도저히 못이라고 생각할 수 없었는데 마치 바다처럼 보였다. 못의 건너 기슭은 저 너머로 어렴풋이 보일 정도이니 그 넓이가 짐작될 것이다.

---

1 → 옛 지방명.
2 공란는 군명의 명기를 위한 의도적인 결자. 문맥을 고려하여 보충.
3 → 지명.
4 고보弘法 대사大師(→인명)를 가리킴. 고야 산高野山의 곤고부지金剛峰寺를 개기開基한 것에서, 고야 대사라고 칭하게 되었음.

이 못의 둑은 축조된 후, 오랜 세월 동안 무너진 적이 없었다. 그 덕에 그 지방 사람들이 논을 일구고 가뭄 때에도 많은 논들이 이 못의 은혜를 입었고, 이 지방 사람들 모두가 이를 진심으로 기뻐하였다. 못에는 상류에서 많은 양의 하천이 흘러내려와 언제나 수량이 가득하였고, 마르는 일도 없었다. 그래서 못 안에는 크고 작은 물고기가 많이 있었다. 이 지방 사람들이 여러 가지 방법을 써서 물고기를 잡았는데, 물고기가 많아서 항상 물고기가 못에 가득하고 줄지 않았다.

그런데 □□□□[5]라는 사람이 이 지방의 국사國司로 재임하던 중에, 그 지방의 사람들과 관청 사람들이 모여 잡담을 하다가,

"아, 마노 못에는 셀 수 없을 정도로 고기가 많습니다요. 개중엔 삼 척三尺[6]이나 되는 잉어도 있습죠."

라는 이야기를 주고받고 있었다. 그때 수령이 이것을 전해 듣고 그 물고기가 탐이 났고, 무슨 수를 써서라도 못의 물고기를 마음껏 잡고 싶어졌다. 하지만 못이 무척이나 깊어서 사람이 내려가 그물을 칠 수도 없었다. 그래서 수령은 못 둑에 커다란 구멍을 뚫어서 물을 빼내고, 물이 빠져나가는 곳에 물고기가 들어갈 것을 설치한 뒤 물을 빼내도록 하였다. 그러자 물이 빠져나감과 동시에 둑의 구멍에서 무수히 많은 물고기들이 흘러나왔고 수령은 그것을 끊임없이 잡아들였다.

그 후 수령은 둑의 구멍을 막으려고 하였는데, 뿜어져 나오는 물살이 워낙 강해서 아무리 애를 써도 막지를 못하였다. 원래 못에는 수문[7]을 세우고, 거기에 물받이를 설치해 물을 빼내야 못이 버틸 수 있었다. 그런데 이

---

5 인명의 명기를 위한 의도적인 결자.
6 약 90센티미터.
7 원문에는 "梜". 못이나 용수用水의 둑 등에서 물을 밖으로 유출하는 곳에 설치한 수문의 일종. 상자와 같이 만들어서 땅속에 묻고 문을 개폐해서 수량을 조절함.

경우에는 둑에 구멍을 후벼 파냈기 때문에, 구멍이 점차 무너지면서 넓어졌다. 그 사이 폭우가 내려 상류에서 유입되는 여러 강줄기의 물이 불어나고 그 물이 못에 차서 넘쳤다. 그러자 결국 구멍 때문에 둑이 터져서 무너지고 말았다. 못 안의 물이 전부 흘러나왔고 백성들의 집과 논밭 등이 모조리 떠내려갔다. 많은 물고기도 흘러나와서 여기저기에서 사람들에게 포획되었다. 그 뒤에 못 한가운데에 조금이나마 물이 남아 있었지만, 끝내 그 물마저 다 마르고 말았고, 지금은 못의 흔적[8]조차 사라졌다고 한다.

이것을 생각하면, 이 못은 수령의 욕심 때문에 사라진 것이다. 그러니 수령은 이로써 얼마나 큰 죄를 지은 것인가. 존귀한 권자權者[9]인 고야 대사가 사람들을 위하여 만드신 못을 망가뜨린 것만으로도 가늠할 수 없을 정도로 큰 죄를 진 것이다. 게다가 못이 터지고 무너져, 많은 민가를 파괴하고 많은 논밭을 잃게 한 죄도 오직 이 수령이 짊어져야 한다. 그리고 못의 수많은 물고기가 사람들에게 잡힌 죄 또한 누가 짊어지겠는가. 참으로 어리석은 짓을 한 수령이다.

그러므로 사람은 절대 지나치게 욕심을 부려서는 안 된다. 또 그 지방 사람들[10]도 지금까지 수령을 미워하며 비난한다고 한다.

그 못의 둑의 흔적은 여전히 없어지지 않고 남아 있다고 이렇게 이야기로 전하여 내려오고 있다 한다.

---

8 현재는 1959년의 대대적인 개수로 인해 존재함.
9 불보살이 중생을 구하기 위해 임시로 모습을 바꾸어 세상에 나타난 인물을 말함. 권화權化, 권현權現, 화현化現, 화신化身이라고도 함. 여기서는 고보 대사를 가리킴.
10 앞 이야기 끝에도 동일한 평어가 있음. 이 이야기는 앞 이야기와 같이, 민중을 괴롭히는 탐욕스러운 비도덕적인 국사國司를 다루고 있는데, 이 밖에도 물욕에 급급한 수령受領 계급의 사람이 등장하는 이야기가 본조부本朝部에서 비교적 많이 다뤄지고 있음.

讃岐国満農池頽国司語第二十二

今昔、讃岐ノ国、□ノ郡ニ満農ノ池トテ大キナル池アリ。

高野ノ大師ノ、其ノ国ノ人ヲ哀マンガ為ニ、人ヲ催テ築給ヘル池也。池ノ廻リ遥ニ遠クテ堤高カリケレバ、更ニ池トハ不思エデ、海ナドトゾ見ケル。広サハ彼方幽ナル程ナレバ、思ヒ可遣シ。

其ノ池築テ後不頽ズシテ久ク有ケレバ、其ノ国ノ人田ヲ作ルニ、旱魃スル時ナレドモ、多ノ田此ノ池ニ被助テ有ケレバ、国ノ人皆喜ビ合ヘル事無限シ。上ヨリ数ノ川共懸リタレバ、池ノ内ニ水湛テ絶ル事無カリケリ。然レバ池ノ内ニ大キナル小サキ多ノ魚有ケリ。此ヲ国ノ内ノ人、自然ラ構テ取ル事有レドモ、魚シ多ク有ケレバ、池ニ魚満テ期モ無カリケリ。

而ル間、□ノ□ト云フ人、其ノ国ノ司トシテ国ニ有ケ

ルニ、其ノ国ノ者共モ館ノ人モ集テ物語ナドシケル次デニ、「哀レ、満農ノ池ニハ無限ク多カル魚カナ。三尺ノ鯉ナドモ有ラム」ナド語ケルヲ、「欲」ト思ケレバ、「構テ此ノ池ノ魚ヲ取ラバヤ」ト思フニ、池遥ニ深ケレバ、人下テ網ヲ置ク事モ不能ズ。然レバ為ケル様、池ノ堤ニ大ナル穴ヲ通シテ、其ヨリ水ヲ出シテ、水ノ落ツル所ニ魚ノ可入キ物ヲ構ヘ置テ水ヲ出シケレバ、水走リ出ルニ随テ、其ノ穴ヨリ多ノ魚共出ケレバ、期モ無ク取テケリ。

然レ其ノ後、其ノ穴ヲ塞ケレドモ、水ノ出ル勢強クテ、更ニ否塞ギ不得ザリケリ。池ニハ槭ト云フ物ヲ立テ、打樋ヲ構テ水ヲバ出セバコソ、池ハ持ツ事ニテハ有ルニ、此レ堤ヲ撚通シテケレバ、暫ク其ノ穴頽レテ広ク成ケル程ニ、大キナル雨降テ、池ノ上ヨリ流レ来ル河共ノ水増リテ、水池ニ多ク満ケル程ニ、其ノ穴本トシテ堤被突頽ニケリ。然レバ池ノ水皆出テ、其ノ国ノ人ノ家共田畠ナド皆損ジニケリ。多ノ魚共ハ流レ出テ、此彼ニテ皆人ニ被取ニケリ。其ノ後ハ池ノ

心モ少クテ有ケル程ニ、漸ク其ノ残タル池モ皆失セテ、今ハ其ノ池跡形モ無テゾ有ナル。

此レヲ思フニ、此ノ守ノ欲心ニ依テ失タル池也ケリ。然レバ此ノ守此ニ依テ何罪量無カラムカシ。然ル止事無キ権者ノ人ヲ哀マムトテ築給ヘル池ヲ失ヒタラムニ、量無キ罪也。

其レニ、此ノ池ノ頽ルニ依テ、多ノ人ノ家共ヲ損ジ、多ノ田畠ヲ失ヒタル罪モ、只此ノ守コソハ負フラメ。何況ヤ池ノ内ニ有ル若干ノ魚共ノ被取タル罪モ、誰人カハ負ハムト為ル。

極テ益無キ態シタル守也カシ。

然レバ、人ノ強ク欲心ハ可止キ也カシ。亦国ノ人共モ今今至マデ、其守ヲゾ憾ミ謗ルナル。

其ノ池ノ堤ナドノ形ハ未ダ不失セデ有ナリ、トナム語リ伝ヘタルトヤ。

도노미네^{多武峰}가 히에이 산^{比叡山}의
말사^{末寺}가 된 이야기

히에이 산比叡山의 손네이尊睿 율사律師는 뛰어난 관상가로, 후에 무도지無動寺의 좌주座主가 되는 교묘慶命가 젊은 시절에 그의 관상을 봐 주고 율사의 관직을 양도한다. 손네이가 도노미네로 옮겨가서, 관백關白에게 청하여 당시 어떤 절에도 소속되어 있지 않았던 도노미네를 히에이 산의 말사末寺로 삼게 한다. 그 까닭에 고후쿠지興福寺의 여러 승도들이 소동을 일으켜 관백에게 항의하지만, 이미 결정된 일이라 번복하지 못했다는 이야기.

이제는 옛이야기이지만, 히에이 산比叡山¹에 손네이尊睿² 율사律師라는 사람이 있었다. 그는 오랜 세월에 걸쳐 산에 살며 현밀顯密³의 법을 배워 고승으로서의 명성이 드높았다. 또 뛰어난 관상가이기도 하였는데, 이후에 도읍에 내려와 운림원雲林院⁴에서 지내고 있었다.

그런데 무도지無動寺⁵의 교묘慶命⁶ 좌주座主가 젊은 시절 아사리阿闍梨⁷

---

1 → 사찰명. 천태종天台宗의 총본산 엔라쿠지延曆寺를 가리킴.
2 → 인명.
3 → 불교.
4 → 사찰명.
5 → 사찰명.
6 → 인명.
7 → 불교.

였을 때였다. 손네이 율사가 교묘 아사리를 보고

"스님께서는 각별히 고귀한 상을 모두 갖추신 분이시오. 이 산의 불법의 동량이 될 상이 분명히 보이오. 소승은 이미 나이가 많아 이 지위를 유지한들 아무런 보람도 없는 육신인지라, 소승의 승강僧綱[8]의 지위를 스님에게 양도하여 드리겠소. 스님께서는 관백關白님[9]을 가까이 모시고 두터운 신임을 받고 계시오. 이러한 뜻을 위에 말씀해 주시오."
라고 교묘 아사리에게 말했다. 그래서 교묘 아사리는 기뻐하고 이것을 나리께 아뢰었다. 여기서 나리란 바로 미도御堂 나리를 말하는 것이다. 나리는 아사리를 총애하셔서 이러한 사실을 들으시고 "그거 참 좋은 일이로군."이라고 하셨고, 손네이의 《추천》[10]에 의해 교묘 아사리는 율사[11]가 되었다.

그 후 손네이는 도심道心[12]을 일으켜 히에이 산을 떠나, 도노미네多武峰[13]에 칩거하여 그저 후세의 왕생을 빌며 염불을 외었다. 도노미네는 그곳에 있는 어묘御廟[14]는 원래 존귀한 것이었지만, 현밀의 불법은 행해지지 않고 있었다. 그런데 손네이가 도노미네에서 살며 진언眞言의 밀법密法을 퍼뜨리고, 천태天台의 교의를 가르쳐서 많은 학승學僧을 배출하였고, 법화팔강法華八講[15]을 행하여 삼십강三十講[16]을 시작하게 되었다. 그러자 어느새 도노미

8 → 불교.
9 후지와라노 미치나가藤原道長(→인명)를 가리킴. 미치나가는 실제로 관백關白은 아니었으나, 그를 '관백님'이라고 칭하는 것은 예로부터 일반적이었다. 미치나가를 '미도御堂'라고 하는 것은, 당시 조정과 백성들을 깜짝 놀라게 한 호조지法成寺 건립에서 비롯된 것.
10 결자의 종류 또는 해당어를 알 수 없으나, '추천'이 들어갈 것으로 추정.
11 → 불교.
12 구도심求道心. 보리심菩提心. 이 구절은, 이미 히에이 산比叡山이 참된 불도수행의 땅이 아니게 되었다는 것을 나타냄.
13 → 지명.
14 도노미네多武峰에는 후지와라노 가마타리藤原鎌足의 묘가 있음.
15 → 불교.
16 → 불교.

네는 불법의 땅이 되었다. 손네이는

'이곳을 불법의 땅으로 만들었지만, 아직 이렇다 할 본사本寺가 없다. 이왕이면 내가 원래 있었던 본산本山[17]의 말사末寺로서 기진하도록 하자.'

라고 생각하고, 교묘 좌주가 각별히 관백 나리의 신임을 받으며 가까이 모시고 있어서 좌주를 통해 나리에게 의견을 여쭈었다. 이를 전해 들으신 나리는 "참으로 훌륭한 일이로다."라고 하시고 "속히 말사로 삼거라."[18] 하고 분부하셨기에 도노미네를 묘랴쿠지妙樂寺[19]라고 하여, 히에이 산의 말사로서 기진하였다.

그때 야마시나데라山階寺[20]의 많은 승도들이 이 사실을 듣고

"도노미네는 대직관大織冠[21]의 묘다. 고로 당연히 야마시나데라의 말사여야 한다. 엔랴쿠지延曆寺[22]의 말사가 웬 말인가."

하고 소란을 피우며 전하殿下[23]에게 이러한 사정을 호소하였다. 하지만 나리는 "엔랴쿠지의 말사가 될 만한 까닭이 있었기 때문에 이미 허가를 내린 것이다."라고 하시며 받아들이지 않아서 그 청원은 이루어지지 않았다.

참으로 후회막급이라는 말 그대로이다. 예나 지금이나 일단 명이 내려지면 쉬이 바꿀 수 없는 법이다. 만약에 야마시나데라가 먼저 신청하였더라면, 야마시나데라의 말사가 되었을 것이다. 무슨 일이든 간에 적기라는 것이 있는 것이므로, 이미 명이 내려진 후에 이의를 제기해 본들 이루어질 리만무하다. 이러한 연유로 도노미네는 히에이 산의 말사가 되어 지금까지도

---

17 * 히에이 산을 가리킴.
18 역사적 사실로는 천력天曆 원년(947) 히에이 산의 승려 짓쇼實性가 도노미네의 좌주座主가 되고, 그 후 머지않아 엔랴쿠지延曆寺의 말사末寺가 된 듯함.
19 단잔 신사談山神社의 전신인 도노미네데라多武峰寺의 별칭.
20 → 사찰명.
21 → 인명.
22 덴교傳敎 대사大師의 엔랴쿠지 건립은 권11 제7화에 상세히 나와 있음.
23 섭정. 관백의 경칭. 여기에서는 후지와라노 미치나가를 가리킴.

천태의 불법이 번창하고 있다.

　이리하여 손네이를 도노미네 묘랴쿠지의 본원本願[24]이라 한다고 이렇게 이야기로 전하여 내려오고 있다 한다.

---

24 사원의 창립자.

多武峰成比叡山末寺語第二十三

今昔、比叡ノ山ニ尊睿律師ト云フ人有ケリ。年来山ニ住

シテ顕蜜ノ法ヲ学ビテ、止事無カリケル者也。亦極タル人

ニテナム有ケル。後ニハ京ニ下テ雲林院ニゾ住シケル。

而ル間、無動寺ノ慶命座主ノ未ダ年若カリケル時、阿闍梨

ニテ有ケルニ、此尊睿律師、慶命阿闍梨ヲ見テ、「和君ニ殊

ニ止事無キ相有ル人也。必ズ此ノ山ノ仏法ノ棟梁ト

可成キ相顕也。然レバ已ハ八年モ老ヌレバ、世ニ有テモ益不

有ジ。此ノ己ガ僧綱ノ位、和君ニ譲申ムニ、和君ハ関白殿ニ

親ク仕ツリテ思エ御ナル人也。此由ヲ申シ給ヘ」ト云ヒケ

レバ、阿闍梨心ニ、「喜」ト思ヒテ、其由ヲ殿ニ申テケリ。殿

ト申スハ御堂也。殿、慶命阿闍梨ヲ、「糸惜」ト思食ケル人

ニテ有ケレバ、此ノ由ヲ聞食シテ、「糸吉キ事也」ト被仰テ、

慶命阿闍梨ヲ尊睿ガ□ニ依リ律師ニ被成テケリ。

其ノ後、尊睿道心ヲ発シテ、本山ヲ去テ、多武ノ峰ニ籠居

テ、偏ニ後世ヲ思テ、念仏ヲ唱ヘテ有ケルニ、多武ノ峰ニ尊

睿多武ノ峰ニ住シテ、真言ノ蜜法ヲ弘メ、天台ノ法文ヲ教ヘ

リ御廟ハ止事無ケレド顕蜜ノ仏法ハ無カリケルニ、此ノ尊

睿、既ニ仏法ノ地ト成ニケルニ、尊睿、「此ノ所ニ此

ク仏法ノ地ト成シツト云ヘドモ、指ル本寺無シ。同ク此

レ我ガ本山ノ末寺ト寄セ成テム」ト思ヒ得テ、尊睿彼ノ慶

命座主ノ関白殿ノ思ヘ殊ニシテ、親ク参ケルヲ以テ、殿ニ御

気色ヲ取ケレバ、殿此ヲ聞食シテ、「尤モ吉キ事也」ト被仰

テ、「速カニ可寄シ」ト被仰下ニケレバ、多武ノ峰ヲ妙楽寺

ト云フ名ヲ付テ、比叡ノ山ノ末寺ニ寄成シケリ。

其ノ時ニ山階寺ノ大衆此ノ事ヲ聞テ、「多武ノ峰ハ大職冠

ノ御廟也。然レバ尤モ山階寺ノ末寺ニコソ可有ケレ。何カデカ

延暦寺ノ末寺ニハ可被成キゾ」ト云喤リ合テ、殿下ニ此ノ由

ヲ訴ヘ申ケレバ、殿、「前ニ延暦寺ノ末寺ト可為キ由申シ請

シニ依テ、既ニ仰セ下シ畢ヌ」ト被仰テ、承引無カリケレバ

不叶ズシテ止ニケリ。

然レバ後ノ悔前ニ不立ヌト云フ譬ニテゾ有ケル。今モ昔モ

下ヌル事ハ此ナム有ケル。山階寺ニ前ニ申シタラマシカバ、

山階寺ノ末寺ニテコソ有マシ。尤モ便宜有ル事ナレバ、其レ

ヲ既ニ被仰下テ後ニ申サムニハ、当ニ叶ナムヤ。然レバ比叡

山ノ末寺トシテ于今天台ノ仏法盛也。

然テ彼ノ尊睿ヲバ彼ノ山ノ本願トハ云ナル、ト語リ伝ヘタ

ルトヤ。

기온祇園이 히에이 산比叡山의
말사末寺가 된 이야기

원래는 야마시나데라山階寺(고후쿠지興福寺)의 말사末寺였던 기온祇園이 엔랴쿠지延曆
寺의 말사가 된 내막을 설명하는 이야기. 기온의 별당別當인 로잔良算이 근처에 있는
엔랴쿠지의 말사인 렌게지蓮花寺 문 앞의 단풍나무를 차지하려다 다툼이 된 것이 사건
의 발단이다. 천태종天台宗의 좌주座主 지에慈惠 승정僧正이 강제로 기온을 엔랴쿠지
의 말사로 삼고 로잔을 추방하려고 하자, 로잔은 무사를 고용하여 무력으로 대항하려
하자,지에 승정도 무사에게 명하여 상대를 몰아내게 하고, 로잔을 추방시킨다. 이것을
알게 된 야마시나데라의 승도들이 노하여 조정에 호소하기 위하여 대거 상경한다. 이
사이에 지에는 세상을 떠나고, 조정의 판결을 앞두고 야마시나데라 측이 의지하는 변
론가 주잔中算이 있는 곳에 지에의 영靈이 나타나 교섭을 한다. 그래서 주잔은 다음날
판결에 나오지 않았고, 결국 야마시나데라의 승도들은 포기하고 돌아가서 기온이 엔
랴쿠지의 말사가 되었다는 이야기. 말사의 소속을 둘러싼 남도북령南都北嶺의 불화를
다룬 점에서 앞 이야기와 연결된다. 두 이야기 모두 야마시나데라가 관계되어 있다는
사실은 설화 성립의 정보원情報源으로서 주목할 만하다.

이제는 옛이야기이지만, 기온祇園[1]은 원래 야마시나데라山階寺[2]의 말
사末寺였다. 그 정동쪽에는 히에이 산比叡山의 말사인 렌게지蓮花寺라는 절이
있었다.

1   → 사찰명.
2   → 사찰명.

그런데 기온의 별당別當[3]으로 로잔良算이라는 승려가 있었는데, 권세가 있고 유복한 생활을 보내던 승려였다. 렌게지의 당堂 앞에 훌륭한 단풍나무가 있었는데, 시월 무렵에 단풍나무가 매우 아름답게 물들어서 기온의 별당 로잔이 그 가지를 꺾으려고 심부름꾼을 보냈다. 렌게지의 주직住職인 법사法師는 심보가 비뚤어진 사람이라 이것을 제지하며

　"기온의 별당이 아무리 유복하시다 한들, 어찌 천태天台 말사의 경내에 있는 나무를 마음대로 양해도 구하지 않고 꺾으려고 하시는 겁니까? 몰상식하기 짝이 없군요."

라고 말했다.

　로잔이 보낸 심부름꾼이 이렇게 제지당하고 단풍나무가지를 꺾어 오지 못한 채 돌아가서 "이러이러 하다며 꺾지 못하게 하였습니다."라고 로잔에게 보고하였다. 로잔은 크게 노하여 "그런 식으로 말한다면 차라리 나무를 뿌리째 베어 오너라."라고 명하여 종자들을 보냈다. 한편 나뭇가지를 꺾지 못하게 제지했던 렌게지의 법사는 '분명히 로잔은 종자들을 보내서 나무를 베려고 할 것이다.'라고 짐작하고, 로잔의 종자들이 오기 전에 직접 단풍나무를 뿌리째 베어 쓰러뜨려 버렸다. 이에 로잔의 종자가 가서 보니 이미 나무는 베어져 쓰러져 있었다. 종자들이 돌아가 로잔에게 이 사실을 알렸더니 로잔은 더욱더 화를 냈다.

　그런데 요카와橫川[4]의 지에慈惠[5] 승정僧正이 그 무렵 천태좌주天台座主[6]로 전

3　→ 불교.
4　→ 사찰명.
5　→ 인명.
6　→ 불교.

하殿下[7]의 어수법御修法[8]을 위해 호쇼지法性寺[9]에 계셨는데, 렌게지의 법사가 나무를 베자마자 호쇼지로 급히 와서 이 사정을 좌주에게 아뢰었다. 당시에는 좌주와 어깨를 견줄 만한 인물이 없었는데, 좌주가 크게 노하고 로잔을 불러들이려고 사람을 보냈다. 그러자 로잔은

"나는 야마시나데라의 말사의 주직住職이다. 무슨 까닭에 천태 좌주가 함부로 나를 부르는 것인가?"

라고 큰소리를 치며 호쇼지로 가지 않았다. 이에 좌주는 더욱 화를 내고 히에이 산에서 사무를 보는 승려를 내려오게 해서 기온의 신인神人[10]이나 대인代人[11]들의 신병을 엔랴쿠지가 맡는다는 문서를 쓰도록 하고, 신인들에게 "여기에 도장을 찍어라."라고 강요하였다. 신인들은 잇달아 채근당하는 통에 하는 수 없이 문서에 도장을 찍었다.

그 후 좌주는 "이렇게 되었으니 기온은 천태산天台山의 말사다. 속히 별당인 로잔을 추방하도록 하라."라고 명하여 로잔을 추방시켰다. 그러나 로잔은 꿈쩍도 하지 않고, 《다이라 平》[12]노 기미마사公正[13]와 다이라노 무네요리平致賴[14]라는 무사의 낭등郎等들을 고용하여, 방패를 일렬로 세우고 군비를 갖추고 오기를 기다리고 있었다. 좌주가 이것을 듣고 더욱 분노하여 서탑西

---

7   전하는 섭정攝政과 관백關白의 존칭이며 구체적으로 누구를 말하는지는 알 수 없음. 지에慈惠 승정僧正의 천태좌주天台座主 재임기간은 19년이며, 이 기간의 섭정·관백은 후지와라노 사네요리藤原實賴·고레타다伊尹·가네미치兼通·요리타다賴忠임.
8   → 불교.
9   → 사찰명.
10   신사의 하급 직원. 주로 경비·잡역에 종사.
11   대리인. 신인神人의 대리인으로 추정.
12   씨성의 명기를 위한 의도적인 결자. 문맥을 고려하여 보충.
13   → 인명.
14   → 인명.

塔[15]의 평남방平南方[16]이란 곳에 사는 무예가 제일가는 에이카睿荷라는 승려와 무네요리의 동생으로 뉴젠入禪[17]이란 무예에 능통한 승려, 이 두 사람을 기온으로 보내서 로잔을 추방시키도록 하였다. 그래서 두 사람이 기온으로 가서 로잔이 모은 군사들을 향해 "너희들이 함부로 활을 쏴서 악사惡事를 행한다면 후에 험한 꼴을 당할 것이다."라고 설득하였다. 로잔이 고용한 무네요리의 낭등들은 뉴젠을 보고 "아이고, 히에이 산의 선사님께서 오시다니." 하고 뒷산으로 도망쳤다. 그래서 두 사람은 계획대로 로잔을 추방시켰다.

이렇게 해서 에이카를 기온의 별당으로 임명하고 사무寺務를 집행하게 하였는데, 후에 야마시나데라의 승도들이 봉기하여 조정에 고하였다.

"기온은 예로부터 야마시나데라의 말사입니다. 그러한 절을 어찌 엔랴쿠지에게 멋대로 뺏길 수 있겠습니까. 속히 원래대로 야마시나데라의 말사가 되도록 명을 내려 주시옵소서."
라고 수차례 호소를 하였다. 하지만 허가가 좀처럼 나지 않았기 때문인지, 야마시나데라의 승도들이 상경하여 권학원勸學院[18]에 모여들었다.

이 사실을 조정에서 알고 깜짝 놀라 서둘러 판결을 내리려고 하였는데, 그 전에 좌주 지에 승정이 세상을 떠났다.[19] 그런데 "내일 판결이 있을 예정이다."고 이미 분부가 내려졌기 때문에 야마시나데라의 승도들 모두가 권학원에 머물러 있었다. 야마시나데라의 주잔中算[20]은 주도적으로 사건에

15 → 사찰명.
16 승방의 일종이나, 구체적으로는 알 수 없음.
17 무네요리致賴의 동생이나, 『존비분맥尊卑分脈』 등에는 없음.
18 좌경左京 삼조三條의 북쪽에 있었던 후지와라 씨藤原氏 일문一門의 자제들을 위한 교육기관. 홍인弘仁 12년 (821) 후지와라노 후유쓰구藤原冬嗣가 창설함.
19 지에의 사망연도는 영관永觀 3년(985) 1월 3일로, 주잔中算은 그 이전인 정원貞元 원년(976)에 사망하였으므로, 이 이야기는 사실과 맞지 않음. 주잔은 특히 논쟁에 능숙하여, 응화應和 3년(963) 8월, 청량전淸凉殿에 남도북령南都北嶺의 승려들이 모여서 법론法論을 벌였는데, 지에 승정과 대결하여 승부가 판가름이 안 난 채로 끝났음. 이러한 것이 이 이야기에 영향을 준 것으로 추정.
20 → 인명.

대처하는 인물이었는데, 권학원 근처의 오두막집을 숙소로 하고 있었다. 주잔은 사전에 많은 제자들을 거느리고 있었는데, 이날 저녁에 갑자기 "이제 곧 사람이 여기에 올 것이다. 너희들은 잠시 밖에 나가 있어라."라고 하였다. 제자들 모두가 자리를 비웠고 아무도 밖에서 들어가지 않은 것 같았는데, 주잔이 누군가와 이야기를 하는 소리가 들렸다. 제자들은 이상하게 생각하였다. 잠시 뒤 주잔이 제자들을 불렀고, 모두가 주잔에게 갔다. 주잔이 "여기에 요카와의 지에 승정께서 오셨었다."라고 하자, 이를 들은 제자들은 '대체 무슨 소리란 말인가. 지에 승정은 이미 돌아가셨는데.'라고 생각하였다. 하지만 두려움에 아무 말도 하지 못하였다.

한편 이튿날, 조정의 재결裁決이 행해졌다. 그런데 주잔이 감기에 걸렸다고 하여 재결 장소에 가지 않았고, 그 바람에 야마시나데라 측에는 딱히 변론에 나설 인물이 없었다. 때문에 뜻하는 대로 판결결과를 얻지 못하였고, 승도들은 나라奈良로 돌아갔다. 결국 기온은 히에이 산의 말사가 되고 말았다.

로잔의 어리석은 악사惡事로 일어난 사건이었지만, 이것을 생각하면 지에 승정이 기온에 강한 집착을 갖고 있었기 때문이라고 여겨진다. 승정은 세상을 떠났지만, 그 영靈이 찾아와서 주잔에게 부탁을 한 것이며, 주잔은 갑자기 감기에 걸렸다고 하여 재결 장소에 나가지 않았던 것이다. 만약 주잔이 재결 장소에 나가서 야마시나데라를 변론하였다면 어떻게 되었을지도 모른다. 그러므로 이것을 안 지에 승정의 영이 주잔에게 부탁을 하러 온 것이 틀림없다. 제자들이나 이 이야기를 들은 모든 사람들은 주잔이 보통사람이 아니라는 사실을 알게 되었다고 이렇게 이야기로 전하여 내려오고 있다 한다.

◉ 제24화 ◉
기오祇園이 히에이 산比叡山의 말사末寺가 된 이야기

祇薗成比叡山末寺語第二十四

今昔、祇薗ハ本山階寺ノ末寺ニテナム有ケル。其ノ只

東ニ比叡ノ山ノ末寺ニ蓮花寺ト云所有リ。

而ル間、祇薗ノ別当ニテ良算ト云フ僧有ケリ。勢徳有テ世

間叶タリケル僧也。其レニ、彼ノ蓮花寺ノ堂ノ前ニ微妙キ紅

葉有ケルガ、十月ノ比、色ノ微妙カリケレバ、祇薗ノ別当

良算折ニ遣タリケルヲ、蓮花寺ノ住僧ノ法師、祇薗ノ別当

バ、此ヲ制シテ云ク、「祇薗ノ別当徳人ニ坐ガリトモ、何デ

カ天台末寺ノ内ナル木ヲバ、心ニ任セテ、案内モ不云ズシテ

可被折キゾ。極タル非常ノ事也」ト。

良算ガ使ヒ此ク被制デ否不折デ返テ、「此ナム申シテ折セ不

侍ヌ」ト良算ニ云ケレバ、良算大キニ嗔テ、「此云ナラバ同

ク其ノ木皆伐テ来」ト云テ、徒者共ヲ出シ立テ遣ケル程ニ、

彼ノ蓮花寺ノ制シツル法師、「定メテ良算、従者共遣セテ、

此ノ木ヲバ伐セムズラム」ト悟テ、良算ガ従者共ノ不来ヌ前

ニ、法師自ラ其ノ紅葉ノ木ヲ根際ヨリ伐臥セテケリ。然レバ

良算ガ使行テ見ルニ、木ヲ伐テケレバ、返テ良算其ノ由ヲ云

ケレバ、良算弥ヨ嗔ケリ。

而ル間、横川ノ慈恵僧正、天台座主トシテ殿下ノ御修法シ

금석이야기집 권31 ◉ 雜事　255

テ法性寺ニ有ケルニ、彼ノ法師、木ヲ伐ルママニ、法性寺ニ急ギ参テ、此ノ由ヲ座主ニ申ケレバ、其ノ時ニ座主肩ヲ並ブル人無カリケルニ、大キニ嗔テ、良算ヲ召シニ遣タリケルニ、良算、「我ハ山階寺ノ末寺ノ司也。何ノ故ゾ、天台座主我ヲ心ニ任テ可召キゾ」ト云テ放言ニテ不参リケレバ、座主弥ヨ嗔テ山ノ所司ヲ呼下シテ、其レヲ以テ祇薗ノ神人等、代人等ヲ延暦寺ニ寄スル寄文ヲ書儲テ、「其レニ判ヲ加ヘヨ」ト押責ケレバ、神人等被責侘テ判ヲ加ヘケリ。

其ノ後座主、「今ニ於テハ、祇薗天台山ノ末寺也。早ク別当良算ヲ可追却キ也」ト云テ追セケルニ、良算敢テ事ト不為ズシテ、□ノ公正、平ノ致頼ト云フ兵ノ郎等共ヲ雇寄セテ、楯ヲ儲ケ、軍ヲ調テ待ケル間ニ、座主此ヲ聞テ弥ヨ嗔テ、西塔ノ平南房ト云フ所ニ住ケル睿荷ト云ケル僧ハ、極タル武芸第一ノ者也。亦彼ノ致頼ガ弟ニ入禅ト云フ僧有ケリ、極タル兵也、此ノ僧二人ヲ祇薗ニ遣テ、良算ヲ令追ルニ、此ノ二人彼ノ所ニ行テ、良算ガ儲タル軍兵ニ向テ云ク、「汝等、藍ニ箭ヲ放テ悪事ヲ至サバ、後ノ為ニ悪カリナム」ト誘ケル良算ガ雇タル致頼ガ郎等共、入禅ヲ見テ、「早ウ、山ノ禅師殿ノ御スルニコソ有ケレ」ト云テ、後ノ山ニ逃去ニケリ。心ニ任セテ良算ヲ追却シテケリ。

然テ睿荷ヲ別当ニ成シテ令執行ケルニ、其ノ後、山階寺ノ大衆発テ公家ニ訴ヘ申ス様、「祇薗ハ往古ノ山階寺ノ末寺也。其ノ寺ノ、其レヲバ何カデカ恣ニ延暦寺ニ被押取ム。速ニ本ノ如ク山階寺ノ末寺ト可為キ由ヲ可被仰下シ」ト度々訴ヘ申シケル程ニ、御裁許ノ遅々シケルニヤ、山階寺ノ若干ノ大衆京上シテ勧学院ニ着ケリ。

然レバ、公ケ聞シ食シテ、驚テ御沙汰可有カリケルニ、其ノ前ニ彼ノ座主ノ慈恵僧正失ニケリ。然テ、「其ノ沙汰明日可有」ト既ニ被仰下タリケルニ、山階寺ノ大衆ハ皆勧学院ニ有ケルニ、其ノ寺ノ中算ハ宗ヲ此事ヲ可沙汰キ者ニテ有ケルニ、勧学院近キ小家ニ宿テ居タリケルニ、其ノタ去リ方、前ニ弟子共ナド数居タリケルヲ、俄ニ中算、「只今此ニ二人来タ

ラムトス。其達暫ク外ニ出デヨ」ト云ケレバ、弟子共皆去テ有ケル程ニ、人外ヨリ入来ルトモ不見エヌニ、中算人ト物語スル音ノ聞エケレバ、弟子共、「怪」ト思ケル程ニ、中算、「此テ、中算弟子共ヲ呼ケレバ、皆出来タリケルヲ、中算、「此ニ山ノ慈恵僧正ノ御サリツル也」ト云ケレバ、弟子共此ヲ聞テ、「此ハ何カニ宣フ事ゾ。慈恵僧正ハ早ウ失ニシ人ヲバ」ト思ケレドモ、怖シクテ物モ不云デ止ニケリ。

然テ明ル日、此ノ沙汰有ケルニ、中算、「風発タリ」ト云テ、沙汰ノ庭ニ不出ザリケレバ、山階寺ノ方ニ指申シ沙汰スル人無カリケルニ依テ、其ノ御裁許不切ザリケレバ、大衆モ返下ナドシテ遂ニ祇薗ハ比叡ノ山ノ末寺ニ成畢タル也由無キ良算ガ悪事ヨリ発ル事ナリケレドモ、此ヲ思フニ、慈恵僧正ノ強ク被執タリケル事ニコソ有ヌレ。失タリケレドモ其ノ霊ノ行テ、中算ニ乞請ケレバ、中算ハ、「俄ニ風発タリ」トテ不出ザリケルニコソ。中算出テ沙汰セマシカバ、何ニカハ有マシ。然レバ、其レヲ知テ慈恵僧正ノ霊モ行テ乞請ニコ

ソハ。然レバ「中算只人ニハ非ザリケリ」トナム、弟子共モ此ヲ聞テ人モ皆知ニケリ、トナム語リ伝ヘタルトヤ。

세상의 이치를 안
도요사키豊前 대군大君 이야기

도요사키豊前 대군大君은 세상사를 잘 알고 정치의 옳고 그름을 잘 판단하는 사람으로, 제목除目 전에 누가 어떤 지방에 임명되는가를 정확하게 예지하였다. 그래서 사람들은 대군을 신뢰하고 천황도 제목에 대해 의견을 듣게 되었다는 이야기. 이 이야기는 현소縣召 제목에 대한 것인데, 이에 대해 중·하류 귀족들은 큰 관심을 가졌고, 『마쿠라노소시枕草子』에도 제목에 대한 기술이 자주 등장한다. 특히 '흥 깨지는 것すさまじきもの' 단의 '제목에서 관리에 임명되지 못한 사람의 집.'은 국사國司 선임에 웃고 우는 사람들의 모습을 잘 그리고 있다. 이 이야기의 도요사키 대군은, 세상 사람들이 깊이 관심을 갖는 국사 임명의 예언자이기 때문에 마치 전설적인 인물로 다루어진다.

이제는 옛이야기이지만, □□¹ 천황天皇의 치세에 도요사키豊前 대군大君²이란 사람이 있었다. 가시와바라柏原³ 천황의 다섯 번째⁴ 황자의 손자이었는데, 관위는 사위四位로 관직은 형부경刑部卿⁵ 겸 야마토 지방大和國의 수령이

---

1   천황天皇의 시호의 명기를 위한 의도적인 결자.
2   → 인명.
3   → 인명. 간무桓武 천황.
4   도요사키豊前 대군大君은 도네리舎人 친왕親王의 자손이라 하는데, 도네리 친왕은 간무 천황의 황자가 아니라 덴무天武 천황의 다섯 번째 황자임.
5   형부성刑部省의 장관. 그러나 『삼대실록三代實錄』에는 도요사키 대군의 형부경刑部卿 기사는 보이지 않음.

었다.[6] 이 사람은 세상사를 잘 알며 정직하고 조정의 정치의 시비를 잘 판단하였다. 그는 제목除目[7]이 있을 때에는 국사國司가 결원이 있는 지방들의 경우, 각각 차례를 기다리며 국사로 선임되길 바라는 사람들이 있었는데, 그 지방의 등급[8]을 고려하여,

"누구는 어느 지방의 수령이 될 것이다. 누구는 나름의 이치를 세워 수령이 되길 희망하나 임명되지 못할 것이다."

라며 각 지방별로 예견을 하였다. 그것을 듣고, 뜻을 이룬 사람은 임명된 다음날에 대군을 찾아가 칭송하였다. 대군의 예측은 절대로 빗나간 적이 없어서 온 세상 사람들이

"역시 제목에 대한 대군의 예측은 정말 대단하다."

고 칭송하였다.

제목 전에도, 대군에게 많은 사람들이 몰려가 제목의 결과에 대해 물어보면 예측한 그대로를 답해 주었다. "임명될 것"이라고 들은 사람은 손뼉을 치며 기뻐하였고, "역시 대군은 대단한 분이시다." 하고 돌아갔다. 그런데 "임명되지 못할 것"이라고 들은 사람은 몹시 성을 내고 "대체 무슨 소리람, 이상한 대군일세. 도소신道祖神[9]을 믿더니 돌았나 보군." 하고 화를 내며 돌아갔다.

이렇게 "임명될 것"이라고 들은 사람이 임명되지 않고 다른 사람이 임명되면, 대군은 "조정의 선택이 잘못되었다."고 정치를 비난하였다. 그래서 천황도 "도요사키 대군이 제목에 대해 어떤 말을 했는가."라고 가까이 모시

---

6 야마토大和 수령에 임명된 것은 인수仁壽 3년(853) 봄.
7 이 경우는 현소縣召 제목除目. 지방관을 임명하는 의식.
8 율령제에서 면적·인구 등에 따라서 지방을 대·상·중·하 지방으로 나눔.
9 도로 보전保全의 신으로, 지방이나 촌락의 경계나 길의 분기점 등에서 모셔지고, 악령의 침입을 막고, 여행의 안전을 지킴. 한편으로는 성신性神·예능신적인 성격을 갖춘 최하급의 신령으로서 이단적 존재로 보기도 하였음. 여기서는 후자에 해당.

는 사람들에게 "가서 물어보고 오라."라고 명하셨다.

옛날에는 이러한 인물이 세상에 있었다고 이렇게 이야기로 전하여 내려오고 있다 한다.

豊前大君知世中作法語第二十五
とよさきのおほぎみのなかのさほをしることだいにじふご

今昔、□天皇ノ御代ニ豊前ノ大君ト云フ人有ケリ。

原ノ天皇ノ五郎ノ御子ノ御孫ニテナム有ケル程ニ、位ハ四位

ニテ、官ハ刑部卿ニテ大和守ナドニテナム有ケル程ニ、此人

世ノ中ノ事ヲ吉ク知、心バヘ直ニテ公ノ御政ヲ吉モ悪モ

吉ク知テ、除目有ラムズル時ニハ、先ヅ国ノ数ヲ開タルヲ、

各ノ次第ヲ待テ望ム人々ノ有ルヲモ、国ノ程ニ宛テ押量テ、

「其ノ人ヲバ其ノ国ノ守ニコソ被成ラメ。其ノ人ハ道理立テ

望メドモ、否不成ジカシ」ナド、国毎ニ云タリケル事ヲ人皆

聞テ、所望叶タリケル人ハ除目ノ後朝ニ此ノ大君ノ許ニ行

テナム讃ケル。此ノ大君ノ押量リ除目露不違ザリケレバ、世

ル。

挙テ、「尚此ノ大君ノ押量リ除目賢キ事也」トナム云ヒ嘖ケ

除目ノ前ニモ、此ノ大君ノ許ニナム行キ集テ問ケレバ、思

ヒ量タルマヽニナム答ヘ居タリケル。「可成シ」ト被云タル

人ハ手ヲ摺テ喜ビテ、「尚此ノ大君極キ人」ト云テナム返ケ

ル。「不成ジ」ト云フヲ聞タル人ハ大キニ嗔テ、「此ハ何事云

居ル旧大君ゾ。道祖ノ神ヲ祭テ狂ニコソ有ヌレ」ナド云テ、

腹立テナム返ケル。

然テ此ク可成シト云タル人不成ズシテ、異人ノ成タルヲ

バ「此ハ公ノ悪ク被成タルゾ」トナム、大君世ヲ謗リ申ケル。

然レバ天皇モ、「豊前ノ大君ハ除目ヲバ何ガ云ナル」トナム、

天皇ニ親ク仕ツル人々ニ、「行テ問ヘ」トナム被仰ケル。

昔ハ此ル人ナム世ニ有ケル、ト語リ伝ヘタルトヤ。

우치후시打臥 무녀 이야기

엎드려서 과거와 미래를 예언하는 무녀라서 우치후시打臥 무녀라고 불린 무녀를 호코
인法興院이 늘 불러들여 무릎베개를 해 주며 신탁을 받았다는 이야기. 정치 예언자 이
야기라는 점에서 앞 이야기와 연관성을 갖는데, 이 무녀도 전설적인 인물로 다루어졌
다. 『대경大鏡』 가네이에 전兼家傳에 있는 이야기는 다소 간략하지만 이와 같은 이야기
이다. 동일 원전原典에 의한 것으로 추정된다. 또 『중외초中外抄』에서 '仰云'이라는 표
현이 나오는 점에서, 이 이야기는 구두로도 전해져 내려온 것으로 여겨진다.

이제는 옛이야기이지만, 우치후시打臥 무녀¹라는 무녀가 세상에 있었다.
옛날부터 가모賀茂²의 무녀는 들어 본 적이 없지만, 이 무녀에게 가모의 와
카미야若宮³가 지피셨다고 한다. '왜 우치후시 무녀라고 하는가' 하면 항상
엎드려서 신탁을 하기 때문에 우치후시 무녀라고 하는 것이다.⁴

도읍의 상중하의 사람들이 모두 모여서 이 무녀에게 무슨 일을 물어보면,
과거의 일, 장래 일어날 일, 현재 일어난 일 등 전부 조금도 틀리지 않았기

---

1   → 인명.
2   가미가모上賀茂, 시모가모下鴨 두 신사神社의 총칭. 가미가모는 가모 씨賀茂氏의 조신祖神 와케이카즈치노
    미코토別雷命이고, 시모가모는 그 모신母神인 다마요리비메노 미코토玉依姫命와 외조부신인 다케쓰누미노
    미코토建角身命를 모심.
3   가미가모의 말사末社, 또는 본전本殿의 북쪽에 있는 약궁若宮. 또 본궁의 제신祭神인 아들을 모시는 신사라
    는 등의 설이 있음.
4   * 일본어 '우치후시打臥'는 엎드린다는 의미.

에, 세상 사람들 모두가 머리를 숙이고 손을 모아 그 말을 믿고 존귀하게 여겼다. 나중에는 호코인法興院[5]도 늘 불러들여서 물으셨다. 무녀는 기가 막힐 정도로 정확하게 답을 하였으므로, 깊이 신뢰하시고 평소에도 불러들이셨다. 호코인은 제대로 관을 쓰고 끈을 묶은 정장 차림을 하고 무릎베개를 해 주며 물어보셨는데,[6] 기대하는 만큼 잘 했는지, 늘 불러들이셔서 물어보시었다.

하지만 이것을 좋지 않게 생각하는 사람도 있었다. 무녀가 말한 것이 조금도 빗나가지 않은 것은 사실이었지만, 이리도 고귀한 분이 무녀에게 무릎베개를 시켜 주며 물으시는 것은 너무도 걸맞지 않은 행동이시기에, 이것을 좋지 않게 생각하는 사람이 있는 것도 당연하다고 이렇게 이야기로 전하여 내려오고 있다 한다.

---

5 후지와라노 가네이에藤原兼家(→인명)를 가리킴.
6 가네이에가 의관과 속대를 정장한 것은 초능력을 지닌 무녀에 대한 경외심을 표현.

打臥御子巫語第二十六

今昔、打臥ノ御子ト云フ巫世ニ有ケリ。昔ヨリ賀茂ノ

巫ト云フ事ハ不聞ヌニ、此レハ賀茂ノ若宮ノ託セ給フトゾ
云ケル。「何ナレバ此ク打臥ノ御子トハ云フゾ」ト思ヘバ、

打臥ノミ物ヲ云ケレバ、打臥ノ御子トハ云ケル也ケリ。

京中ノ上中下ノ人挙テ物ヲ問ケルニ、過ニシ方ノ事、行末
ニ可有キ事、当時有ル事ナド惣テ彼レガ云タル事、露許モ違

フ事無カリケレバ、世ノ人皆、首ヲ傾ケ手ヲ造テ此レヲ信ジ
貴ビケリ。畢ニハ法興院モ常ニ召シテ問セ給ケルニ、此ク正

ク艶ズ物ヲ申ケレバ、深ク信ゼサセ給テ、常ニ召ツヽ、御
冠ヲ奉リ紐ヲ差セ給テ、御膝ノ上ニ枕ヲセサセ給テ問セ給

ケルニ、思シ食ケル事ニ叶ケルニコソ、常ニ召シテ問セ給ケ
ル也。

然ドモ此ヲ不受申サヌ人モ有ケリ。万ノ事露不違ズ申シ叶

フトハ云乍ラモ、然許ノ人ノ御膝ニ枕ヲセサセテ、巫ニ物ヲ
問セ給ケル事ノ頗ル落居サセ不給ヌ様ナレバ、「此レヲ不受

申ヌ人モ理也」、トナム語リ伝ヘタルトヤ。

두 형제가 원추리와
개미취를 심은 이야기

아버지를 잃은 형제가 처음에는 아버지를 그리워하며 슬퍼하였는데, 얼마 안 있어 형은 원추리를 심어서 그 슬픔을 잊으려고 하였고, 동생은 개미취를 심어서 더욱 아버지를 애타게 그리워하고 성묘하러 갔다. 묘를 지키는 오니鬼가 동생을 가엾이 여기고, 하루 중에 일어날 길흉사를 꿈속에서 알게 해 주었다. 그 후 동생은 자신에게 일어날 길흉사를 예지할 수 있게 되었다는 이야기. 효양담이자 일본 민담의 형제담에 속하는 이야기이다. 『만엽집萬葉集』 3060과 그 외 자료에서 원추리를 '망각초忘れ草'라고도 하는데, 개미취와 더불어 시가에 함께 들어가 있는 노래로 다음의 『만엽집』 3062가 있다. "망각초를 울타리에 가득 심었건만, 얄궂게도 공연히 그 사람이 아직도 그립도다.[1]"라는 노래인데, 이러한 점을 고려해 보면 이 이야기에는 원추리·개미취와 관련된 전설적인 성격이 포함되어 있다고 할 수 있다.

이제는 옛이야기이지만, □□지방國[2] □□군郡[3]에 사는 사람이 있었다. 아들이 두 명 있었는데, 아버지가 죽어서 두 아들은 매우 비탄해 하며 몇 년이 지나도록 잊지 못하였다.

옛날에는 죽은 사람을 땅에 묻었기에 두 아들은 아버지를 땅에 묻고 아버

---

1 * "忘れ草垣もしみみに植ゑたれど醜の醜草なほ恋ひにきけり". '와스레구사忘れ草'는 원추리이고, '시코쿠사醜草'는 개미취이다.
2 지방명의 명기를 위한 의도적인 결자.
3 군명의 명기를 위한 의도적인 결자.

지가 그리울 때면 묘에 가서, 눈물을 흘리며 자신의 근심과 한탄을 마치 살아 있는 부모에게 말하듯이 이야기하고는 돌아갔다.

어느덧 세월이 지나 두 아들이 조정에 출사하게 되어 사적인 일을 돌볼 겨를도 없이 바쁘게 되었다. 형은

'이대로는 슬픔을 《위로받을》[4] 수도 없을 것 같다. 원추리라는 풀은 사람의 생각을 잊게 해 준다고 하는데, 그 원추리를 묘소에 심자.'

라고 생각하고 그 풀을 심었다.

그 후 동생은 늘 형의 집에 가서 "언제나처럼 산소에 성묘하러 가지 않겠습니까?"라고 권하였지만, 형은 사정이 자꾸 생겨 좀처럼 함께 가지 못하였다. 그러자 동생은 형을 '무정한 사람'이라고 생각하고

'우리 둘은 모두 아버지에 대한 그리움에 의지하여 여태껏 세상을 살아온 것이다. 형은 이제 아버지를 잊어버렸지만, 나만큼은 아버지를 그리워하는 마음을 잃지 말자.'

고 다짐하였다. 그리고 동생은 '사람이 개미취[5]라는 풀을 보면 마음속의 생각을 잊지 않게 된다.'라고 말을 떠올리고, 개미취를 묘 주변에 심고 늘 가서 보았기 때문에 아버지를 잊지 않았다.

이렇게 세월을 보내던 어느 날, 묘 안에서 소리가 났다.

"나는 네 아버지의 유골을 지키는 오니鬼다. 무서워할 것 없다. 나는 너 또한 지켜 주려고 한다."

동생은 이 목소리를 듣고 '너무나도 무섭다.'고 생각하며 대답도 못하고 듣고 있으니, 오니가 말하기를,

4　한자표기를 위한 의도적 결자. 『도시요리 수뇌俊賴髄腦』를 참조하여 보충.
5　국화과의 초목으로, 줄기의 길이는 1～2미터에 달하고, 가을에 연보랏빛 꽃을 피움. 오니노시코구사鬼の醜후라고도 함.

"네가 아버지를 그리워하는 마음은 세월이 지나도 조금도 변하지 않았다. 형도 너처럼 아버지를 그리워하고 슬퍼하는 것처럼 보였지만, 생각을 잊는 풀을 심고 보아서 그 풀의 효험대로 되었다. 너 또한 개미취를 심어서 그것을 보고 그 풀의 효험대로 되었다. 그래서 나는 아버지를 그리워하는 네 마음이 보통이 아닌 것에 감탄했다. 내 비록 오니이긴 해도 자비심이 있어 불쌍히 여기는 마음이 깊도다. 또 하루 중 일어날 선악의 일도 확실히 예지할 수 있다. 그러므로 나는 너를 위해 그것을 보여 주려고 한다. 꿈[6]에서 반드시 알려 줄 것이다."라 하였다. 그리고 목소리는 다시 들리지 않았다. 동생은 눈물을 흘리며 이루 말할 수 없이 기뻐하였다.

그 후 동생은 하루 중 일어날 일에 대해 꿈을 꾸었는데, 그것은 꼭 들어맞았다. 그리고 자신에게 일어날 여러 선악의 일들을 확실히 예지하였다. 이것도 부모를 그리워하는 마음이 깊기 때문인 것이다.

그러므로 기쁜 일이 있는 사람은 개미취를 심고 늘 바라봐야 하고, 근심 있는 사람은 원추리를 심고 늘 바라봐야 한다고 이렇게 이야기로 전하여 내려오고 있다 한다.

---

6 꿈은 장래의 길흉이나 사후에 대해 알려 준다는 고대인의 생각이 반영된 것. 오니가 미래를 예지하는 이야기는 권9 제36화, 권26 제19화 등에 있음.

兄弟二人殖萱草紫菀語第二十七

今昔、[一二]□ノ国[一三]□ノ郡ニ住ム人有ケリ。男子二人有ケルガ、其ノ父失ニケレバ、其ノ二人ノ子共恋ヒ悲ブ事、年ヲ経レドモ忘ル事無カリケリ。

昔ハ失ヌル人ヲバ墓ニ納メケレバ、此ヲモ納メテ、[一四]子共祖ノ恋シキ時ニハ打具シテ彼ノ墓ニ行テ、涙ヲ流シテ、我ガ身ニ有ル憂ヘヲモ歎ヲモ、生タル祖ナドニ向テ云ハム様ニ云ツ、ゾ返ケル。

而ル間、漸ク年月積テ、此ノ子共[一五]公ケニ仕ヘテ私ヲ顧ルニ難堪キ事共有ケレバ、兄ガ思ケル様、「我レ只ニテハ思ヒ可□キ様モ無シ。萱草ト云フ草コソ、其レヲ見ル人思ヲバ忘ルナレ。然レバ彼ノ萱草ヲ[四]墓ノ辺ニ殖テ見ム」ト思テ、殖テケリ。

其ノ後、弟常ニ行キテ、「例ノ御墓ヘヤ参リ給」ト兄ニ問ケレバ、足障ガチニノミ成テ不具ズノミ成ニケリ。弟兄ヲ、[五]「糸心疎シ」ト思テ、「我等二人シテ祖ヲ恋ツルニ懸リテコソ、日ヲ暗シ[六]夜ヲ曙シツツ。兄ハ既ニ思ヒ忘レヌレドモ、我ハ更ニ祖ヲ恋ル心不忘ジ」ト思テ、[七]「紫菀ト云フ草コソ、其ヲ見ル人心ニ思ユル事ハ不忘ザナレ」トテ、紫菀ヲ墓ノ辺ニ植テ、常ニ行ツ見ケレバ、弥ヨ忘ル、事無カリケリ。

此様ニ二年月ヲ経テ行ケル程ニ、墓ノ内ニ音有テ云ク、「我レハ汝ガ祖ノ[九]骸ヲ守ル鬼也。汝ヂ怖ル、事ナカレ。我レ亦汝ヲ守ラムト思フ」ト。弟此ノ音ヲ聞クニ、[一〇]「極テ怖シ」ト思ヒ乍ラ、答ヘモ不為デ聞居タルニ、鬼亦云ク、「汝ヂ祖ヲ

恋ル事、年月ヲ送ルト云ヘドモ、替ル事無シ。兄ハ同ク恋ヒ

悲デ見エシカドモ、思ヒ忘ル草ヲ殖テ、其レヲ見テ既ニ其ノ

験ヲ得タリ。汝ハ亦紫菀ヲ殖テ、亦其レヲ見テ其験ヲ得タリ。

然レバ、我レ祖ヲ恋フル志ノ懃ナル事ヲ哀ブ。我レ鬼ノ身

ヲ得タリト云ヘドモ、慈悲有ルニ依テ、物ヲ哀ブ心深シ、亦

日ノ内ノ善悪ノ事ヲ知ル事明カ也。然レバ我レ、汝ガ為ニ、

見エム所有ラム。夢ヲ以テ必ズ示サム」ト云テ、其ノ音止

ヌ。弟、泣々ク喜ブ事無限シ。

其ノ後ハ日ノ中ニ可有キ事ヲ夢ニ見ル事違フ事無カリケリ。

身ノ上ノ諸ノ善悪ノ事ヲ知ル事暗キ事ナシ。此レ祖ヲ恋フル

心ノ深故也。

然レバ、喜キ事有ラム人ハ紫菀ヲ殖テ常ニ可見シ、憂ヘ有

ラム人ハ萱草ヲ殖テ常ニ可見シ、トナム語リ伝ヘタルトヤ。

후지와라노 노부노리藤原惟規가
엣추 지방越中國에서 죽은 이야기

후지와라노 노부노리藤原惟規가 부친의 임지인 엣추 지방越中國에 내려가는데, 중병에 걸려 임종에 가까워진다. 부친이 승려를 초청하여 염불을 독송하게 하고, 승려가 노부노리에게 지옥의 고통을 들려주지만, 노부노리가 중유中有의 여행길에서 단풍이나 억새꽃 등 아름다운 자연을 볼 수 있는지를 묻자 승려는 포기하고 도망친다. 그 후 노부노리는 고통에 차 숨을 내쉬며 부친에게 붓과 종이를 청하고 도읍을 그리워하는 노래를 쓰다 만 채 죽었다는 이야기.

이제는 옛이야기이지만, 엣추 지방越中國의 수령인 후지와라노 다메요시藤原爲善[1]라는 박사博士의 아들로, 노부노리惟規[2]라는 사람이 있었다. 다메요시가 엣추[3]의 수령이 되어 임지로 내려갔을 때, 노부노리는 현직 장인藏人[4]이었기 때문에 함께 따라가지 않고, 오위五位에 임명된 뒤 내려갔

---

1 → 인명. 도모야스倫寧의 손자, 마사토理能의 아들. 모친은 기요하라 모토스케淸原元輔의 딸. 그러나 노부노리惟規는 다메요시爲善의 아들이 아님. 후리와라노 다메토키藤原爲時(→인명)를 잘못 기록한 것으로 추정.
2 → 인명(후지와라노 노부노리藤原惟規).
3 다네토키는 에치젠越前・에치고越後의 수령이 되지만, 엣추越中의 수령은 되지 않았음. 에치고의 수령이 바른 표기이나, 『도시요리 수뇌俊賴髓腦』에 "엣추의 수령"이라는 기사를 답습한 것.
4 장인藏人은 천황天皇 측근의 직책으로, 천황의 의복・수라에 봉사하거나 전선傳宣・진주進奏・제목除目・제절회諸節會의 의식 등을 다룸. 별당別當・두頭・오위五位 장인・육위六位 장인 이하의 여러 직책이 있지만 노부노리는 육위 장인.

다.[5] 그런데 옛추로 가던 도중에 노부노리는 중병에 걸렸다. 그러나 도중에 머물러 있을 수 없어서 어떻게든 참으며 옛추에 당도하였는데, 옛추에 다다르자마자 상태가 위중해졌다.

아버지 다메요시는 노부노리가 내려온《다고》[6] 듣고 기뻐하며 기다리고 있었는데, 아들을 보니 이렇게 위독한 상태이었기 때문에 매우 놀라며 이루 말할 수 없이 크게 슬퍼하였다. 그래서 팔방으로 손을 써서 간병했지만 낫지 않아 절망적인 상태에 이르렀는데, 아버지는 "이제는 현세에 매달리는 것은 무익하다. 사후의 일을 생각하는 것이 좋겠다."라고 말하고, 학식 있는 고승을 머리맡에 불러서 염불 등을 외도록 하였다. 승려가 노부노리의 귀에 입을 가까이 대고 알려 주기를,

"지옥의 고통이 지금 목전에 다가왔습니다. 그 괴로움은 말로 다하기 어렵습니다. 그런데 일단 죽으면, 중유中有[7]라고 해서 다음 생이 아직 결정되지 않은 동안 새도 짐승도 없는 아득한 광야를 오직 혼자서 가야 합니다. 그 불안감, 현세에 두고 온 사람들에 대한 그리움 등은 얼마나 견디기 힘들 것인지 헤아리시길 바랍니다."

라 하였다. 노부노리가 이것을 듣자 고통에 겨운 숨을 내쉬며

"그 중유의 여행길에는 폭풍에 어지러이 흐트러지는 단풍잎이나 바람에 나부끼는 억새꽃 아래에서 우는 방울벌레 소리도 들을 수 없는 것인지요?"

라고 《주저》[8]하면서도 숨이 끊어질 듯 물었다. 그러자 승려는 노여움에 언성을 높이고 "대체 무엇 때문에 그런 것을 물으시는 것입니까?"라고 물었

---

5 원문에는 "서작敍爵"으로 되어 있으며, 오위에 임명된 것을 가리킴. 소위 '장인의 오위'가 된 것으로, 육위 장인 임기가 끝나고 오위로 임명되어 전상殿上을 내려옴.
6 파손에 의한 결자로 추정. 다이토큐기념문고본大東急記念文庫本을 참고하여 보충.
7 → 불교.
8 한자표기를 위한 의도적 결자. 『도시요리 수뇌俊賴髓腦』를 참조하여 보충.

다. 그러자 노부노리는 "만일 그렇다면 그것들을 보고 《마음을 위안받고자》[9] 합니다."라고 끊어질 듯 말 듯 말했기 때문에, 승려는 "완전히 정신을 놓아 버렸군."이라 하고 도망쳐 버렸다.

아버지는 '아직 살아 있는 동안만이라도.' 하고 노부노리 곁에 있으며 지켜보고 있었다. 그러자 노부노리가 양손을 올리고 두 손을 가까이 붙이려고 하였다. 무엇을 하려는 것인지 알지 못한 채 그저 보고 있으니, 옆에 있던 사람이 "혹시 뭔가를 쓰시려는 것이 아닐까요?"라고 노부노리의 생각을 알아채고 물어보니, 노부노리가 《고개를 끄덕였기》[10] 때문에 붓을 적시고 종이를 함께 주니 이렇게 썼다.

도읍에도 그리운 이들이 많으니, 모쪼록 이번 여행에서 생을 이어나가 다시금 도읍에 돌아가고 싶도다.[11]

그런데 노부노리가 마지막 한 글자인 '다'를 다 쓰지 못하고 숨을 거두자, 아버지는 "이렇게 쓰고 싶었던 것이겠지." 하고 마지막에 '다'를 써 주었다. 그리고 이것을 유품으로 삼고 보관하여 늘 꺼내 보고 울었고, 종이는 눈물에 젖어 결국 찢어져 버리고 말았다.

아버지 다메요시가 상경하여 이것을 이야기하자 당시에 이를 들은 사람들은 진심으로 가엾이 여겼다.

이것을 생각하면, 노부노리는 얼마나 무거운 죄를 지은 것인가. 삼보ㄷ

---

9 한자표기를 위한 의도적 결자. 『도시요리 수뇌俊賴髓腦』를 참조하여 보충.

10 한자표기를 위한 의도적 결자. 『도시요리 수뇌俊賴髓腦』를 참조하여 보충.

11 원문은 "ミヤコニモワビシキ人ノアマタアレバナヲコノタビハイカムトゾオモフ"로 되어 있음. '다비タビ'는 동음이의어인 '度'와 '旅'와 관련되며, 'イカム'는 동음이의어인 '行カム(갈 것이다)'와 '生カム(살 것이다)'와 관련됨.

寶[12]를 생각하며 죽은 사람조차 악도惡道[13]를 피하기 어려운 법이거늘, 노부노리는 조금도 삼보를 생각하지 않았으니 슬픈 일이라고 이렇게 이야기로 전하여 내려오고 있다 한다.

12 → 불교.
13 → 불교.

藤原惟規於越中国死語第二十八

今昔、越中ノ守藤原ノ為善ト云ケル博士ノ子ニ、惟規ト云フ者有リ。為善ガ越中ノ守ニ成テ下ケル時ニ、惟規ハ当職ノ蔵人ニテ有ケレバ、否具シテモ不下シテ、叙爵シテ後ニゾ下ケルニ、惟規道ヨリ重キ病付タリケレドモ、然トテ道ニ可留キニ非ネバ、構テ下リ着ニケリ。国ニ行キ着ケレバ、限ナル様ニ成ニケリ。

父為善、惟規ガ聞テ、喜テ待付タルニ、此ク限ナル様ナレバ、奇異ク思テ歎キ騒グ事無限シ。然テ万ニ療グケレモ不愈ズシテ無下ニ限リニ成ニケレバ、「今ハ此ノ世ノ事ハ無益カリ。後ノ世ノ事ヲ思ヘ」ト云テ、智リ有リ止事無カリケル僧ヲ枕上ニ居ヘテ、念仏ナド勧メサセセムト為ケルニ、僧惟規ガ耳ニ宛テ教ヘケル様、「地獄ノ苦患ハヒタブルニ成ヌ。

云ヒ不可尽ズ。先ヅ中有ト云テ生来ヌ不定ヌ程ハ、遥ナル広野ニ鳥獣ナドダニ無キニ、只独リ有ル心細サ、押量ラセ給ヘ」ナド云ケレバ、惟規此ノ恋サナドノ難堪サ、此ノ世ノ人ヲ聞テ、息ノ下ニ、「其ノ中有ノ旅ノ空ニハ、嵐ニ類フ紅葉、風ニ随フ尾花ナドノ本ニ松虫ナドノ音ナド不聞エヌニヤ」ト、息ノ下ニ云ケレバ、僧惋サノ余リニ、糸荒カニ、「何ノ料ニ其ヲバ尋ネ給ゾ」ト問ケレバ、惟規、「然ラバ其等ヲ見テコソハ　メ」ト打息ミツ云ケレバ、僧此ノ事ヲ、「糸狂シ」ト云テ、逃テ去ニケリ。

父、「尚働ラカム限ハ」ト思テ副居テ守リケレバ、惟規ニツノ手ヲ挙テカヽリケルヲ心モ不得デ見居タリケルニ、傍ナル人、「若シ物書ムナド思スニヤ」ト心得テ問ケレバ、此ク書ケレバ筆ヲ湿シテ紙ヲ具シテ取セタリケレバ、此ク書タリケリ、

ミヤコニモワビシキ人ノアマタアレバナヲコノタビハイ

カムトゾオモフ

274

ト書ケルニ、畢ノフ文字ヲバ否書キ不畢デ息キ絶ニケレバ、父ナム、「然ナメリ」ト云テ、其ノフ文字ヲ書副ヘテ、「形見ニセム」トテ置テ、常ニ見ツヽ泣ケレバ、涙ニ湿テ畢ニハ破レ失ニケリ。

父京ニ返リ上テ語ケレバ、其ノ比此ヲ聞ク人極ク哀ガリケリ。

此ヲ思フニ、何カニ罪深カリケム。三宝ノ事ヲ心ニ懸テ死ヌル人尚シ悪道ヲ遁ル、事ハ難カナルニ、此レハ偏ニ其ノ方ヲバ離レケレバ悲キ事也。此ナム語リ伝ヘタルトヤ。

장인藏人 겸 식부승式部丞인
사다타카貞高가 전상殿上에서 급사한 이야기

오노노미야 사네스케小野宮實資가 두중장頭中將이던 시절, 장인藏人 후지와라노 사다타카藤原貞高가 전상殿上에서 돌연사한다. 사람들이 우왕좌왕하고 도망쳤지만, 사네스케는 일단 하인에게 시신을 동쪽 진陳에서 내보내도록 명한다. 그런데 그 뒤에 갑자기 서쪽 진 쪽에서 내보내도록 명을 바꾸는데, 이 바람에 구경꾼들의 눈을 피하게 되어 사다타카에게 수치를 주지 않을 수 있었다. 그 후 사네스케의 꿈에 사다타카가 나타나 진심으로 사례를 하였다는 이야기. 오노노미야 사네스케가 현명하고 인정이 두터운 사람이란 점을 칭송하는 설화.

이제는 옛이야기이지만, 엔유인圓融院 천황天皇[1]의 치세에 내리內裏가 소실되어서[2] 천황은 《후後》원院[3]에 계셨다.

어느 날, 전상殿上의 저녁식사 때, 많은 전상인殿上人과 장인藏人들이 태반台盤[4] 앞에 앉아서 식사를 하고 있었다. 그때 식부승式部丞 장인藏人[5] 후지와

---

1 → 엔유圓融 천황天皇.
2 엔유圓融 천황天皇 때 내리內裏가 소실된 것은 천연天延 4년(976) 5월과 천원天元 3년(980) 11월 두 차례 있었음. 여기서는 후자에 해당.
3 원명院名의 명기를 위한 의도적인 결자. 『우지 습유宇治拾遺』를 참조하여 보충.
4 상류사회에서 음식을 담아 올린 식기를 올려 두는 다리 달린 상.
5 장인藏人으로 식부승式部丞을 겸한 사람. 식부승은 식부성部省(조정의 의식·위기位記·행상行賞 등을 관장하는 관청)의 삼등관.

라노 사다타카藤原貞高⁶라는 사람도 그 자리에 있었는데, 갑자기 사다타카가 고꾸라지더니 태반에 이마를 대고 컥컥 소리를 내는데 너무도 볼썽사나웠다. 우대신右大臣 오노노미야 사네스케小野宮實資⁷ 공公은 당시 두중장頭中將⁸이셨고 이분 역시 태반을 두고 식사를 하고 계셨는데, 곧장 주전사主殿司⁹를 불러서 "식부승이 앉아 계신 것이 영 이상하구나. 곁에 가서 살펴보거라."라고 명하였다. 그래서 주전사가 식부승에게 가까이 가서 몸을 살피니 "이미 숨을 거두셨습니다. 이거 참 큰일입니다.¹⁰ 어쩌면 좋을까요."라고 말했다. 이를 들은 태반 앞에 자리한 모든 전상인과 장인들이 일제히 일어나 발이 향하는 대로 달려 나가서 뿔뿔이 흩어졌다.

두중장은 "그렇다고 이대로 둘 수는 없지 않은가." 하고, "주사奏司¹¹의 하인을 불러서 밖으로 실어 나르도록 하라."라고 명하셨다. 그래서 "어디 진陣¹²에서 밖으로 운반하면 좋을까요?"라고 여쭙자, 두중장은 "동쪽 진¹³에서 내보내도록 하라."라고 명하셨다. 그것을 듣고 장인소藏人所의 중衆¹⁴을 비롯해 농구瀧口의 시侍, 출납出納,¹⁵ 어장여관御藏女官,¹⁶ 주전사, 하인들에 이르기까지, 동쪽 진으로부터 사다타카를 나르는 것을 보려고 앞다투어 모여 왔

---

6 → 인명.
7 → 인명. 후지와라노 사네스케藤原實資를 가리킴.
8 장인두藏人頭로 근위중장을 겸한 사람을 가리킴. 『공경보임公卿補任』에 따르면, 사네스케가 장인두가 된 것은 천원天元 4년(981) 2월 14일로, 그때는 우근소장右近少將이었음. 좌중장左中將을 겸한 것은 영관永觀 원년(983) 12월 13일로, 이 이야기의 사건보다 나중 일임.
9 주전료主殿寮(궁내성宮內省에 속하고, 공양·청소·타촉打燭 등을 관장)의 관리.
10 궁중이 죽음의 부정에 영향을 받을 것을 두려워서 한 말.
11 어떤 기관을 가리키는지 알 수 없음.
12 궁중 경비를 하는 무관들의 집합소.
13 선양문宣陽門의 이칭異稱. 내리의 동쪽에 있으며 건춘문建春門 반대편에 위치. 좌병위左兵衛의 진陣이 있었던 곳.
14 장인소에서 일하는 하급 시侍.
15 장인소藏人所에서 문서, 잡구雜具의 출납 등의 잡무를 담당한 관리.
16 장인소에서 일하는 하급 궁녀.

다. 그때 두중장이 갑자기 "서쪽 진[17]으로부터 내보내도록 하라."라고 명을 하셨기에, 시신을 전상殿上의 돗자리에 말아서 짊어지고 날랐다. 그 때문에 이를 보려고 모여든 군중이 보지 못하고 말았다.

한편 진 밖으로 시신을 실어 나르자, 부친인 《사네미쓰實光》[18] 삼위三位가 와서 인계를 받고 돌아갔다. 그것을 본 사람들은 "용케도 사람들에게 보이지 않고 일을 마쳤구나."라고 서로 말했다. 처음에 두중장은 시신을 "동쪽에서 내보내라."라고 명하고, 그 후에 갑자기 "서쪽에서 내보내라."라고 바꾸어 명하셨는데, 이것은 두중장이 연민의 마음을 갖고 계셨기 때문으로, 사다타카를 가엾이 여기서서 죽은 이에게 수치를 주지 않으려고 꾀한 것이었다.

그 후 열흘 정도 지나 두중장은 꿈에서 죽은 식부승 장인과 내리에서 만났다. 가까이 다가온 식부승을 보니, 하염없이 울면서 뭔가를 말하고 있었다. 들어 보니 "제 죽음의 수치를 감춰 주신 은혜는 영원히 잊지 않겠습니다. 그리도 많은 사람들이 구경하러 모였기 때문에 만약 서쪽으로 저를 내보내시지 않으셨다면 많은 사람들의 구경거리가 되어서 이루 말할 수 없는 죽음의 수치를 당했을 것입니다."라고 하였다. 식부승은 눈물을 흘리며 두 손을 모아 기뻐했고, 두중장은 이러한 꿈을 꾸고 깨어났다.

그러므로 무릇 사람에게는 인정을 베풀어야 하는 법이다.[19]

이것을 생각하면, 두중장은 참으로 훌륭한 분이었다. 그래서 순간적인 판단으로 지시를 내리신 것이라고 이를 들은 사람들 모두가 두중장을 칭송하였다고 이렇게 이야기로 전하여 내려오고 있다 한다.

---

17 의추문宜秋門. 우위문右衛門의 진이 있음.
18 인명의 명기를 위한 의도적인 결자. 문맥을 고려하여 보충.
19 결어에서 인정을 강조하는 예로는 권20 제44화, 권30 제10 · 11화가 있음.

蔵人式部丞拯貞高於殿上俄死語第二十九

今昔、円融院ノ天皇ノ御時ニ、内裏焼ニケレバ、□院

ニナム御ケル。

而ル間、殿上ノ夕サリノ大盤ニ殿上人蔵人数着テ物食ケ

ル間ニ、式部丞ノ蔵人藤原ノ貞高ト云ケル人モ着タリケルニ、

其ノ貞高ガ俄ニ低シテ、大盤ニ顔ヲ宛テ、喉ヲクツメカス様

ニ鳴シテ有ケレバ、極テ見苦カリケルヲ、小野ノ宮ノ実資ノ

右ノ大臣、其ノ時ニ頭ノ中将ニテ御ケルガ、其レモ大盤ニ着

テ御ケレバ、主殿司ヲ呼テ、「其ノ式部ノ丞ガ居様ヲ極ク

不心得ネ。其レ寄テ捜レ」ト宣ケレバ、主殿司寄テ捜テ、

「早ウ死給ヒニタリ。極キ態カナ。此ハ何ガ不為キ」ト云ケ

ルヲ聞テ、大盤ニ着タル、有ト有ル殿上人、蔵人皆立走テ、

向タル方ニ走リ散ニケリ。

頭ノ中将ハ、「然リトテ此テ可有キ事ニモ非ズ」ト云テ、

「此ヲ、奏司ノ下部召シテ、掻出ヨ」ト被仰ケレバ、「何方ノ

陣ヨリカ可将出キ」ト申ケレバ、頭ノ中将、「東ノ陣ヨリ可

出キゾ」ト被仰ケルヲ聞テ、蔵人所ノ衆、滝口、出納、御蔵

女官、主殿司、下部共ニ至ルマデ、東ノ陣ヨリ将出サムヲ見

ムトテ、競ヒ集タル程ニ、頭ノ中将違ヘテ俄ニ、「西ノ陣ヨ

リ将出ヨ」ト有ケレバ、殿上ノ畳乍ラ西ノ陣ヨリ掻出テ将

行ヌレバ、見ムトシツル若干ノ者共ハ否不見ズ成ヌ。

陣ノ外ニ搔出ケル程ニ、父ノ□ノ三位来テ迎ヘ取テ、去

ニケリ。然バ、「賢ク此レヲ人ノ不見ズ成ヌルゾ」ト人云ケ

ル。此レハ頭中将ノ哀ビノ心ノ御シテ、前ニハ、「東ヨリ出

セ」ト行ヒテ、俄ニ違ヘテ、「西ヨリ将出ヨ」ト被俸テタリ

ケルハ、此レヲ哀ビテ恥ヲ不見セジトテ構タリケル事也。

其ノ後十日許有テ、頭ノ中将ノ夢ニ、有シ式部ノ丞ノ蔵

人、内ニテ会ヌ。寄来タルヲ見レバ、極ク泣テ物ヲ云フ。聞

ケバ、「死ノ恥ヲ隠サセ給タル事、世々ニモ難忘ク候フ。然

許人ノ多ク見ムトテ集テ候ヒシニ、西ヨリ出サセ不給ザラマ

シカバ、多ノ人ニ被見綟テ、極タル死ノ恥ニテコソハ候ハマ

シカ」ト云テ泣々ク手ヲ摺テ喜ブ、トナム見エテ夢覚ニケル。

然レバ、人ノ為ニハ専ニ情可有キ事也。

此ヲ思フニ、頭ノ中将然ル止事無キ人ナレバ、然モ急ト思

ヒ寄テ被俸ケル也、トナム此ヲ聞テ人皆頭ノ中将ヲ讃ケル、

トナム語リ伝ヘタルトヤ。

오와리尾張의 수령 □□가
도리베노鳥部野로 사람을 내쫓은 이야기

오와리尾張 수령 아무개의 가족 중 가인歌人으로 알려진 여인이 있었다. 두세 명의 자식들이 있었지만, 아무도 여인을 부양하지 않았고 나이 들고 쇠약해진 여인은 비구니가 된다. 이윽고 오와리 수령으로부터도 내쳐져서 어쩔 수 없이 오라비에게 의지하던 중에 병에 걸려 중태에 빠진다. 그러자 여인을 집에서 죽게 둘 수 없다 하여 오라비도 여인을 내쫓는다. 그래서 여인은 기요미즈清水 부근에 사는 옛 친구를 의지하여 찾아가는데, 친구도 꺼리며 집에 들이지 않는다. 여인은 어쩔 수 없이 도리베노鳥部野로 가서 흙바닥 위에 자리를 깔고 누웠다는 이야기. 이 이야기에서는 빈사의 병인을 집 밖으로 내치는 풍습은 너무도 인정 없는 처사라고 비판한다. 시대의 변화가 느껴지는 대목이다. 이 이야기는 인정(앞 이야기), 몰인정(이 이야기)의 대조와 더불어 죽은 사람과 빈사의 사람을 집 밖으로 내보낸다는 이야기로서 앞 이야기와 연결된다.

　이제는 옛이야기이지만, 오와리 지방尾張國의 수령 □□□□[1]라는 사람이 있었다. 그 □□□[2]인 여인이 있었는데, 가인歌人으로 알려져 있었고 심성이 고상하고 정해진 남편도 없었다.

　오와리의 수령이 그 여인을 가엾이 여겨 지방이나 고을의 관리管理를 시키고 있어서, 여인의 생활은 풍족하였다. 자식이 두세 명 있었는데, 그 아이

1　오와리尾張 수령의 성명의 명기를 위한 의도적인 결자.
2　한자표기를 위한 의도적인 결자. 오와리 수령과의 관계를 나타내는 부분. '딸'이 들어갈 것으로 추정.

들은 어머니를 전혀 닮지 않은 우둔한 자들로, 모두 다른 지방을 떠돌다 소식이 끊기고 말았다. 여인이 이윽고 나이를 먹고 몸도 쇠약해져 비구니가 되었는데, 나중에는 오와리 수령도 돌봐 주지 않게 되었다. 종국에는 오라비 되는 사람에게 신세를 지며 나날을 보내고 있었기에 괴로운 일들이 많았다. 그러나 본디 교양이 있는 사람이어서 보기 흉한 행동은 하지 않았고, 변함없이 기품을 유지하여 고상하게 행동하며 지내던 중, 여인은 병에 걸리고 말았다.

날이 지남에 따라 병세는 점차 위중해졌고, 의식도 흐려지게 되었다. 오라비는 '절대로 집에서 죽게 할 순 없다.'고 생각하고 집에서 내보냈다.[3] 그럼에도 불구하고 여인은 '어떻게든 도와주겠지.'라고 생각하고, 옛 친구였던 사람이 기요미즈淸水[4] 부근에 살고 있어서 이를 믿고 수레를 타고 나갔다. 그러나 믿고 찾아간 곳에서도 "여기서 죽으면 곤란해요."라고, 집주인이 생각을 바꾸어 말했다. 그래서 결국 어쩔 수 없이 도리베노鳥部野[5]에 가서 흰 바탕에 문양을 넣은 테두리[6]를 한 깔끔한 돗자리를 깔고, 그 위에 앉았다. 여인은 온화하고 우아한 사람이라 평지보다 조금 높은 곳의 잘 보이지 않는 곳에서 몸치장을 단정히 하고 돗자리 위에 앉아 있었다. 이렇게 돗자리 위에 누운 것을 지켜보고 난 뒤, 따르던 여인도 돌아갔다. 그 당시의 사람들은 이 여인에 대해서 이야기하였다. "분명히 이름이 있는 사람이지만, 불쌍하니까 이름은 쓰지 않겠다."고 사람들이 말했다. 그 오와리 수령의 처인지, 아니면 여동생인지, 딸인지는 알 수 없다.

---

3 죽음의 부정을 피하기 위해 빈사의 병자를 집에서 내보내는 풍습이 있었음. 권26 제20화 참조.

4 오늘날의 교토 시京都市 히가시야마 구東山區에 있는 고조자카五條坂 부근의 지명. 특히 기요미즈데라淸水寺를 가리키는 경우도 있음.

5 → 지명.

6 원문에는 "고라이베리高麗端". 흰 바탕에 구름문양이나 국화꽃 문양 등을 연쇄적으로 짜 넣은 다다미疊의 테두리.

그러나 그 여인이 누구든 간에 오와리 수령이 돌봐 주지 않다니, 참으로 패씸하다고 이야기를 들은 사람들 모두가 비난하였다고 이렇게 이야기로 전하여 내려오고 있다 한다.

尾張守□於鳥部野出人語第三十

今昔、尾張ノ守□ノ□ト云フ人有ケリ。其ノ□。

ニテ有ケル女有ケリ、歌読ノ内ニテ、心バヘナドモ糸可咲ク
テ、男ナドモ不為デナム有ケル。

尾張ノ守此ヲ哀デ、国ニ郡ナド預ケテ有ケレバ、便リ有テ
ナム有ケル。子二三人有ケレバ、母ニモ不似ズ、極タル不覚
ノ者ニテ有ケレバ、皆外ノ国へ迷ヒ失ニケリ。其ノ母ハ年老

テ衰ケレバ尼ニ成テケルニ、後ニハ尾張ノ守モ不問ズ成ニケ
リ。畢ニハ兄也ケル者ニ懸リテ過ケル間ニ、難堪キ事多カリ
ケレドモ、本ヨリ有職ナル者ニテ弊キ事ヲバ不為ズシテ、尚
身ヲ持上テ心憾ヲ造テ過シケル程ニ、身ニ病付ニケリ。
日来ヲ経ルマ、ニ、病ノ萎ニ沈ムデ、気色不覚ニ見エケレ
バ、兄有テ、「家ニテハ不殺ジ」ト思テ、家ヲ出シケレバ、

其レヲモ、「我レヲバ為ル様有ラム」ト思テ、昔ノ共達ニテ
有ケル者ノ清水ノ辺ニ有ケルガ許ニ、其レヲ打憑ムデ車ニ乗
テ行タリケルニ、憑デ行タル所ニモ思ヒ返シテ、「此ニテハ

否不殺」ト云ケレバ、「何ガセム」トテ鳥部野ニ行テ浄ゲナ
ル高麗端ノ畳ヲ敷テ其レニ下居ケレバ、極ク和キ哀レ也ケル
人ニテ、膝ノ影ニ隠レテ引疎テ畳ニ居タリケル。然テ畳ニ

寄臥ケルヲ見テ、従者ニテ有ケル女ハ返ニケリ。哀ナル事ニ
ナム、其ノ比人云テ、
彼ノ尾張ノ守ノ妻カ、妹カ、娘カ、

不知。
「此ハ慚ナル人ナレドモ、糸惜ケ
レバ不書ズ」トゾ人云シ。

何デ有トモ、「極ク口惜ク不問ザリケル事」トゾ聞ク人誹

リケル、トナム語リ伝ヘタルトヤ。

284

대도대大刀帶 집합소에
생선을 팔러 온 여자 이야기

평소에 행상하는 여자가 대도대大刀帶 집합소에 와서 말린 생선을 팔았는데, 대도대大刀帶들이 이것을 사서 매우 맛있게 먹었다. 그런데 그들이 기타노北野에 갔을 때, 여자가 포획하여 뱀을 잘게 자른 것을 보고, 맛있게 먹은 말린 생선의 정체를 알고 놀랐다는 이야기. 당시 세태의 일면을 알 수 있는 것으로, 정사正史에서는 알 수 없는 하층민 중의 일상생활을 보여 준다. 행상하는 여자가 속임수로 장사를 하고 있다는 사실을 적발하고, 독자에게 주의를 환기시키나 뭔가 씁쓸함이 남는 이야기. 아쿠타가와 류노스케芥川龍之介의 소설『나생문羅生門』의, 노파에게 머리카락을 뽑히는 여자시체는 이 이야기에서 소재를 얻은 것이다.

이제는 옛이야기이지만, 산조인三條院 천황天皇[1]이 황태자[2]이셨을 때 대도대大刀帶[3] 집합소에 항상 생선을 팔러 오는 여자가 있었다. 대도대들이 그것을 사게 해서 먹어 보자 상당히 맛이 있어서, 그것을 귀하게 여기고 찬으로 삼아서 즐겨 먹었다. 그것은 말린 생선을 잘게 자른 것이었다.

---

1   → 인명. 산조三條 천황天皇.
2   산조三條 천황天皇은 관화寬和 2년(986)에 태자가 되고, 관홍寬弘 8년(1011)에 즉위.
3   사인舍人의 집합소. '대도帶刀', '대도사인帶刀舍人'도 같은 말. 춘궁방春宮坊의 사인감舍人監 관리. 황태자의 경비를 맡음. 사인 중에서 무예가 뛰어난 자를 선별하여, 특히 검을 갖고 다니게 하여서 이렇게 칭하게 됨.

그런데 팔월 경에 대도대들이 매사냥을 하러 기타노北野[4]에 가서 놀고 있는데, 그 생선팔이 여자가 어디선가 나타났다. 대도대들은 여자의 얼굴을 본 적이 있었기 때문에 '이 들판에서 뭘 하는 걸까.' 하고 말을 타고 가까이 가 보자, 여자는 커다란 광주리[5]를 들고, 다른 한 손에는 채찍을 쥐고 있었다. 여자가 대도대들을 보더니 이상하게도 금방이라도 달아날 것같이 안절부절못하며 부산을 떨었다. 대도대의 종자들이 가까이 다가가 "들고 있는 광주리에 뭐가 들어 있는가." 하고 들여다보려고 하자, 여자가 감추면서 보여 주지 않으려고 하였다. 이상하게 여기고 종자들이 광주리를 가로채서 안을 보니, 뱀이 네 촌四寸[6] 정도의 크기로 잘린 채 들어 있었다. 기이하게 여기며 "이건 대체 어디다 쓰는 게요." 하고 물었지만, 여자는 입을 다문 채 대답하지 않고 □□[7] 서 있었다. 여자는 채찍으로 덤불을 쳐서 기어 나오는 뱀을 때려죽여 잘게 잘랐고, 집으로 가지고 돌아가 소금을 치고 건조시켜서 팔아 왔던 것이었다. 대도대들은 그런 줄도 모르고 사들여서 줄기차게 먹고 있었던 것이다.

이것을 생각하면, 뱀을 먹으면 중독이 된다고 하는데, 그들은 어떻게 뱀을 먹고서도 중독되지 않았을까.

그러므로 형태가 온전치 않고 토막이 난 생선을 파는 경우 경솔하게 사 먹어서는 안 된다고, 이것을 들은 사람들이 서로 이야기하였다고 이렇게 이야기로 전하여 내려오고 있다 한다.

---

4   대내리大內裏의 북쪽에 있는 들. 현재의 교토 시京都市 조쿄 구上京區 내.
5   원문에는 "시타미籭". 바닥은 사각으로 되어 있고 위쪽은 둥글게 대나무로 만들어진 소쿠리.
6   약 12센티미터.
7   한자표기를 위한 의도적인 결자. '놀라며' 등의 단어가 들어갈 것으로 추정됨.

대도대大刀帯 집합소에 생선을 팔러 온 여자 이야기

大刀帯陣売魚嫗語第三十一

今昔、三条ノ院ノ天皇ノ春宮ニテ御マシケル時ニ、大刀帯ノ陣ニ常ニ来テ魚売ル女有ケリ。大刀帯共此レヲ買セテ食フニ、味ヒノ美カリケレバ、此レヲ役ト持成シテ菜料ニ好ミケリ。干タル魚ノ切々ナルニテナム有ケル。

而ル間、八月許ニ大刀帯共小鷹狩ニ北野ニ出テ遊ケルニ、此ノ魚売ノ女出来タリ。大刀帯共女ノ顔ヲ見知タレバ、「此ノ奴ハ野ニ何態為ルニカ有ラム」ト思テ、馳寄テ見レバ、女、大キヤカナル籮ヲ持タリ、亦楚一筋ヲ捧テ持タリ。此ノ女、大刀帯共ヲ見テ、怪ク逃目ヲ仕ヒテ只騒ギ騒グ。大刀帯ノ従者共寄テ、「女ノ持タル籮ニハ何ノ入タルゾ」ト見ムト為ルニ、女惜ムデ不見セヌヲ、怪ガリテ引奪テ見レバ、蛇ヲ四寸許ニ切ツヽ入レタリ。奇異ク思テ、「此ハ何ノ料ゾ」ト

問ヘドモ、女更ニ答フル事無クテ□テ立テリ。早ウ、此奴ノシケル様ハ、楚ヲ以テ藪ヲ驚カシツヽ、這出ル蛇ヲ打殺シテ切ツヽ、家ニ持行テ、塩ヲ付テ干テ売ケル也ケリ。大刀帯共其レヲ不知ズシテ、買セテ食ケル也ケリ。

此レヲ思フニ、蛇ハ食ツル人悪ト云フニ、何ド蛇ノ不毒ヌ。然レバ、其ノ体懼ニ無クテ切々ナラム魚売ラムヲバ広量ニ買テ食ハム事ハ可止シ、トナム此レヲ聞ク人云繚ケル、トナム語リ伝ヘタルトヤ。

술에 취한 행상부의 만행을 목격한
사람 이야기

절인 은어를 파는 행상하는 여자가 폭음을 하고 팔려던 은어에 토를 한다. 그런데 구토와 은어를 뒤섞어서 다시 그것을 팔려고 하는 것을 본 남자가 이후에 은어를 단 한 번도 먹지 않았다는 이야기. 이 이야기도 당시의 세태의 일면을 보여 주는 것이며, 행상하는 여자가 파는 음식물의 끔찍한 정체를 알려 준다는 점에서 앞 이야기와 연결된다. 당시 도읍에는 동서東西로 시장이 있었고, 가게를 갖춘 판매는 그 한 구획에만 한정되어 있었다. 때문에 일상생활에 필요한 것을 행상인에게 부탁하는 경우가 많았을 것으로 여겨진다. 또한 앞 이야기와 마찬가지로 이 이야기에서도 여성이 등장하는 것은, 오하라메大原女[1]나 현재의 여러 지방에서 볼 수 있는 행상부行商婦를 상기시킨다는 점에서 흥미롭다.

이제는 옛이야기이지만, 도읍에 살던 어떤 사람이 지인의 집을 방문하였다. 말에서 내려 문 안에 들어가려다 문득 보니, 그 문 건너편에 낡은 문이 있고 닫힌 채 사람이 다니지 않았다. 문 아래에 행상을 나온 여자가 팔 것들을 담은 평평한 통을 옆에 두고 드러누워 있었다. '왜 이런 데서 자고 있는 거지?' 하고 가까이 다가가 보니, 여자는 완전히 술에 취해 있었다.

여자를 본 사람이 집에 들어갔다 잠시 뒤에 나와서 다시 말에 올라타려

---

1   ＊교토京都 교외의 오하라大原 마을에서 땔나무·화초·목공품木工品 따위를 팔러 짐을 머리에 이고 교토 시내로 나오는 여자들.

고 하였다. 그때 여자가 눈을 떴다. 그런데 여자가 깨자마자 구역질을 하며 팔 것을 담은 통 안에 구토를 하였다. 그가 속으로 '아이고 더러워라.' 하고 여자를 보고 있는데, 통 안에 있는 절인 은어²에 토하는 것이었다. 그리고는 여자가 낭패스러워 하며 황급히 손으로 토사물을 은어에 섞어 놓는 것이 아닌가. 이것을 보니 너무나 더러워 말로 형용할 수가 없었다. 남자는 속이 뒤집히고 매슥거려서 급히 말을 타고 그 자리를 떠났다.

이것을 생각하면, 본래 절인 은어는 언뜻 보기에 구토물과 비슷하여서 아무것도 모르는 사람이 본다면 여자가 구토물을 뒤섞어 놓았다고 알아채기 어려울 것이다. 필시 그 은어를 팔긴 했을 텐데, 사 간 사람도 먹지 않을 리는 없다. 그런데 이것을 본 사람은 그 이후 단 한 번도 은어를 먹지 않게 되었다. 그런 행상꾼이 파는 은어는 안 먹는 것은 당연하고, 자기 집에서 제대로 만든 것조차 먹지 않았다. 그뿐만 아니라 모든 지인들에게 이것을 이야기해 주고 "은어만은 먹지 말라."고 먹지 못하도록 막았다. 그리고 식사를 하던 곳에서도 은어를 보면 마치 미친 것처럼 침을 뱉고 일어나 도망쳤다.

그러므로 시장 가게에서 파는 것이나 행상하러 나온 여자가 파는 것이나 매우 불결하다.

이러한 까닭에 조금이라도 경제적으로 여유가 있는 사람은 무엇이든지 눈앞에서 제대로 조리시킨 것을 먹어야 한다고 이렇게 이야기로 전하여 내려오고 있다 한다.

---

2   은어를 밥과 소금에 절여 발효시킨 음식.

人見酔酒販婦所行語第三十二
ひとさけにゑひたるひさきめのしよぎやうをみることだいさむじふに

今昔、京ニ有ケル人、知タル人ノ許ニ行ケルニ、馬ヨリ下テ其ノ門ニ入ケル時ニ、其ノ門ノ向ヒ也ケル旧キ門ノ閉テ人モ不通ヌニ、其ノ門ノ下ニ、販婦ノ女傍ニ売ル物共入レタル平ナル桶ヲ置テ臥セリ。「何ニシテ臥タルゾ」ト思テ打寄テ見レバ、此ノ女酒ニ吉ク酔タルナリケリ。

此ク見置テ其ノ家ニ入テ暫ク有テ出テ、亦馬ニ乗ラムト為ル時ニ、此ノ販婦ノ女驚キ覚タリ。見レバ、驚クママニ物ヲ突ニ、其ノ物共入レタル桶ニ突キ入レテケリ。「穴穢ナ」ト

思テ見ル程ニ、其ノ桶ニ、鮨鮎ノ有ケルニ突懸ケリ。販婦、「錯ツ」ト思テ、忩テ手ヲ以テ其ノ突懸タル物ヲ、コソ掻リケレ。此レヲ見ルニ、穢シト云ヘバ愚也ヤ。鮨鮎ニ肝モ違ヒ心モ迷フ許思ヘケレバ、馬ニ急ギ乗テ、其ノ所ヲ逃去ニケリ。

此レヲ思フニ、鮨鮎本ヨリ然様ダチタル物ナレバ、何ニトモ不見エジ、定メテ其ノ鮨鮎売ニケムニ、人不食ヌ様ナジ。然様ニ売ラム鮨鮎ヲコソ不食ザラメ、我ガ許ニテ懼ニ見テ鮨セタルヲサヘニテナム不食ザリケル。其レノミニモ非ズ、知ト知タル人ニモ此ノ事ヲ語テ、「鮨鮎ナ不食ソ」トナム制シケル。亦物ナド食フ所ニテモ鮨鮎ヲ見テハ、物狂ハシキマデ唾ヲ吐テナム立テ逃ケル。

然レバ、市町ニ売ル物モ販婦ノ売ル物モ極テ穢キ也。此レニ依テ少モ叶タラム人ハ万ノ物ヲバ目ノ前ニシテ懼ニ調ゼタラムヲ可食キ也、トナム語リ伝ヘタルトヤ。

대나무 캐던 노인이
여자아이를 발견하고 키운 이야기

다케토리竹取 설화說話라고 하는 것으로, 『다케토리 이야기竹取物語』와 거의 동일하나 완전히 일치하지는 않으며, 각지에 남은 민간전승이나 고문헌의 기록 등을 둘러싸고 여러 견해가 제시되었다. 본서의 이야기는 『다케토리』의 뒤를 이은 오래된 기록이며, 다케토리 이야기 연구에 중요한 위치를 차지하고 있다.

이제는 옛이야기이지만, □□[1] 천황天皇의 치세에 한 노인이 있었다. 대나무를 캐어 바구니를 만들어 필요로 하는 사람에게 주고, 그 대가로 살아가고 있었다. 노인이 바구니를 만들기 위해 대숲에 가서 대나무를 베고 있는데, 그중 한 그루가 빛나고 있었고 그 대나무의 마디 안에는 세 촌三寸[2] 정도 크기의 사람이 있었다.

노인이 이걸 보고 '내 오랜 세월 대나무를 캐 왔지만, 처음으로 이런 걸 발견했다.'고 기뻐하며 한손에는 그 작은 사람을 들고, 다른 한손에는 대나무를 짊어지고 집에 돌아와서 부인인 노파에게 "대숲 속에서 이런 여자아이를 발견했소."라고 하자, 노파도 기뻐하며 처음에는 바구니에 넣어 키웠는데,

---

1 천황天皇의 시호의 명기를 위한 의도적인 결자.
2 약 9센티미터.

석 달 정도 키운 사이에 보통사람처럼 커졌다. 이 아이는 점점 성장할수록 세상에 견줄 자가 없을 만큼 아름다웠고, 이 세상 사람이라고 여겨지지 않을 정도라서 노인도 노파도 더욱 소녀를 아끼고 소중하게 키우는 사이, 이러한 사실이 세간에 널리 알려지게 되었다.

그 후 노인이 또 대나무를 캐러 대숲에 갔다. 대나무를 베자, 이번엔 대나무 안에서 황금을 발견하였다. 노인은 이것을 갖고 집으로 돌아갔다. 그래서 노인은 별안간 부자가 되었다. 거처로 궁전과 누각을 만들어 그곳에 살고, 다양한 재보가 곳간에 가득 찼다. 그와 더불어 부리는 사람이 많아졌다. 또 아이를 발견한 뒤로는 모든 일이 생각하는 대로 이루어졌다. 그래서 더할 나위 없이 이 아이를 아끼고 소중하게 키웠다.

그러던 중, 당시 여러 상달부上達部,[3] 전상인殿上人들이 편지를 보내며 구혼해 왔다. 하지만 여자는 조금도 관심을 두지 않았다. 그런 까닭에 모두가 필사적으로 속마음을 전했지만, 여자는 처음에는 "하늘을 울리는 천둥을 붙잡아 와 주세요. 그러면 뜻에 따르겠습니다." 하고, 이어서

"우담화優曇華[4]라는 꽃이 있다고 합니다. 그걸 가져다주세요. 그러면 뜻에 따르겠습니다."

라고 하였다. 또 이어서

"사람이 치지 않은데도 소리를 내는 북[5]이 있다고 합니다. 그걸 가져다 저에게 주시면 제가 직접 응해 드리겠습니다."

---

3 상달부上達部는 삼위三位 이상(참의參議만 사위四位 이상)의 고급 귀족. 공경公卿. 전상인殿上人은 청량전淸涼殿의 '전상간殿上間'에 오르는 것을 허락받은 사람으로, 사위·오위五位, 또는 육위六位의 장인藏人을 가리킴. 『다케토리 이야기竹取物語』에서는 이시즈쿠리石作 황자, 구라모치 황자, 우대신右大臣 아베노 미우시阿倍御主人, 대납언大納言 오토모노 미유키大伴御行, 중납언中納言 이소노카미노 마로타리石上麿足 총 다섯 명이 구혼자로 등장하였음.
4 삼천 년에 한 번 금륜왕金輪王의 출현 때 핀다는 꽃(『법화경法華經』 방편품方便品 등).
5 『법화경』 서품序品에 나오는 '천고天鼓'를 말함. 도리천切利天의 선법당善法堂에 있으며, 치지 않아도 혼자 울리며, 원래怨來·원거怨去·애욕·생염生厭 네 종류의 소리를 낸다고 함.

라고 말하며 구혼자들을 만나려고 하지 않았다. 구혼자들은 여자의 모습이 이 세상 사람처럼 여겨지지 않을 정도로 아름다운 것에 마음을 빼앗겨, 여자의 말을 따랐다. 비록 어려운 일이었지만, 세상사에 통달한 노인에게 여자가 말한 것들을 구할 방법을 물어보거나, 혹은 집을 나가 해변에 가거나 했으며, 혹은 세상을 버리고 산에 들어가거나 해서 물건을 찾아 헤매다 목숨을 잃기도 하고 또 어떤 사람은 끝내 돌아오지 못하기도 하였다.[6]

그 사이 천황이 여자에 대해 들으시고

'세상에 둘도 없이 아름답다고 하는데, 직접 가서 보고 정말로 아름답다면 바로 황후로 삼아야겠다.'

고 생각하셨고, 곧장 대신 이하 백관百官을 이끌고 그 노인의 집으로 행차하셨다. 당도하여 보니, 집이 훌륭하여 마치 왕궁과도 같았다. 여자를 불러들이자 곧바로 어전에 나왔다. 천황이 보시니 정말로 세상에 둘도 없을 정도로 아름다웠다. '이 여인은 나의 황후가 되기 위해 다른 남자에게 가까이 가지 않았던 것이로다.'라고 기뻐하시며 "바로 데려가 궁에 돌아가 황후로 책봉하고자 하노라."라고 말씀하셨다. 그러자 여자는

"저를 황후로 맞이하여 주신다니, 한없이 기쁘옵니다만, 사실 저는 인간의 생을 받은 자가 아니옵니다."

라고 아뢰었다.

천황이 "그럼 너는 무엇이란 말인가? 오니鬼인가, 신인가."라고 물으시자, 여자는

"저는 오니도 신도 아니옵니다만, 곧 하늘에서 저를 데리러 사람이 올 것이옵니다. 폐하, 속히 돌아가 주시옵소서."

---

6 「다케토리 이야기竹取物語」에서는 5명의 구혼자들에게 각각, '부처의 돌 사발', '봉래산의 보물로 된 나뭇가지', '불 쥐의 가죽옷', '용의 목의 구슬', '제비의 안산 조개'를 가져오게 함.

라고 하였다. 천황은 이를 들으시고

　'이것은 대체 무슨 소리인가. 당장 사람이 하늘에서 내려와 맞이하러 올리가 없지 않은가. 그저 내 제안을 거절하려는 구실이리라.'
라고 생각하였는데, 잠시 뒤에 하늘에서 많은 사람들이 가마[7]를 들고 내려와서, 여자를 태우고 하늘로 올라가 버리고 말았다. 데리러 온 이들의 모습은 이 세상 사람이라고 여겨지지 않았다.

　그때 천황은 '정말로 이 여자는 이 세상 사람이 아니었구나.'라고 생각하시고, 궁으로 돌아가셨다. 그 후 천황은 이 세상 사람으로 여겨지지 않을 정도로 아름다운 여자의 자태를 보셨기에, 늘 여자를 떠올리시고 견딜 수 없이 그리워하셨지만 어쩔 도리가 없었다.

　결국 여자의 정체는 밝혀지지 않았다. 또 노인의 자식이 된 것도 어떤 사정이 있었던 것일까. 세상 사람들은 모두 이해할 수 없는 일이라고 생각하였다. 이렇게 불가사의한 일이기 때문에 이렇게 이야기로 전하여 내려오고 있다 한다.

7　원문에는 "고시輿". 집모양의 탈 것. 두 개의 긴 자루가 달렸으며, 사람이 짊어지거나 옆쪽에서 들거나 함.

대나무 캐던 노인이 여자아이를 발견하고 키운 이야기

竹取翁見付女児養語第三十三

今昔、□天皇ノ御代ニ、一人ノ翁有ケリ。竹ヲ取テ籠ヲ造テ、要スル人ニ与ヘテ其ノ功ヲ取テ世ヲ渡リケルニ、籠ノ中ニ一ノ光リ、其ノ竹ノ節ノ中ニ三寸許ナル人有リ。

翁此レヲ見テ思ハク、「我レ年来竹取ツルニ、今此ル物ヲ見付タル事」ヲ喜テ、片手ニハ其ノ小人ヲ取リ、今片ニ竹ヲ荷テ家ニ返テ、妻ノ嫗ニ、「篁ノ中ニシテ、此ル女児ヲコソ見付タレ」ト云ケレバ、嫗モ喜テ、初ハ籠ニ入レテ養ケル二、三月許養ル、、例ノ人ニ成ヌ。其ノ児漸ク長大スルマヽニ、世ニ並無ク端正ニシテ、此ノ世ノ人トモ不思エザリケレバ、翁嫗弥ヨ此レヲ悲ビ愛シテ傅ケル間ニ、此ノ事世ニ聞エ高ク成テケリ。

而ル間、翁亦竹ヲ取ラムガ為ニ篁ニ行ヌ。竹ヲ取ルニ、其ノ度ハ竹ノ中ニ金ヲ見付タリ。翁此レヲ取テ家ニ返ヌ。然レバ翁忽ニ豊ニ成ヌ。居所ニ宮殿楼閣ヲ造テ、其レニ住ミ、種々ノ財庫倉ニ充チ満テリ。眷属衆多ニ成ヌ。亦此ノ児ヲ儲テヨリ後ハ、事ニ触レテ思フ様也。然レバ弥ヨ愛シ傅ク事無限シ。

而ル間、其ノ時ノ諸ノ上達部殿上人消息ヲ遣テ仮借シケルニ、女更ニ不聞ザリケレバ、皆心ヲ尽シテ云セケルニ、女、初ニハ、「空ニ鳴ル雷ヲ捕ヘテ将来レ」ト云ケリ。次ニハ、「優曇花ト云フ花有ケリ。其レヲ取テ持来レ。然ラム時ニ会ハム」ト云ケリ。後ニハ、「不打ヌニ鳴ル鼓ト云フ物有リ。其レヲ取得セタラム折自ラ聞エム」ナド云テ、不会ザリケレバ、仮借スル人々、女ノ形ノ世ニ不似ズ微妙カリケルニ耽テ、只此ク云フニ随テ、難堪キ事ナレドモ、旧ク物知タル人ニ此等ヲ可求キ事ヲ問ヒ聞テ、或ハ家ヲ出テ海辺ニ行キ、或ハ世ヲ棄テ山ノ中ニ入リ、此様ニシ

テ求ケル程ニ、或ハ命ヲ亡シ、或ハ不返来ヌ輩モ有ケリ。

而ル間、天皇此ノ女有様ヲ聞シ食シテ、『此ノ女世ニ並

無ク微妙シ』ト聞ク。我レ行テ実ニ端正ノ姿ナラバ、速ニ

后ニセン」ト思シテ、忽ニ大臣百官ヲ引将テ、彼ノ翁ノ家

ニ行幸有ケリ。既ニ御マシ着タルニ、家ノ有様微妙ナル王

ノ宮ニ不異ス。女ヲ召出ルニ即チ参レリ。天皇此レヲ見給ニ、

実ニ世ニ可譬キ者無ク微妙カリケレバ、「此レハ我ガ后ニ成

ラムトテ、人ニハ不近付ザリケルナメリ」ト喜ク思シ食テ、

「ヤガテ具シテ宮ニ返テ后ニ立テム」ト宣フニ、女ノ申サク、

「我レ后ト成ラムニ無限キ喜ビ也ト云ヘドモ、実ニハ己レ人

ニハ非ヌ身ニテ候フ也」ト。

天皇ノ宣ク、「汝、然レバ何者ゾ。鬼カ神カ」ト。女ノ云

ク、「己レ鬼ニモ非ズ、神ニモ非ズ。但シ己ヲバ只今空ヨリ

人来テ可迎キ也。天皇速ニ返ラセ給ヒネ」ト。天皇此レヲ

聞給テ、「此ハ何ニ云フ事ニカ有ラム。只今空ヨリ人来テ

可迎キニ非ズ。此レハ只我ガ云フ事ヲ辞ビムトテ云フナメリ」

ト思給ケル程ニ、暫許有テ、空ヨリ多ノ人来テ、其ノ輿ヲ持来テ、

此ノ女ヲ乗セテ空ニ昇ニケリ。其迎ニ来レル人ノ姿、此ノ世

ノ人ニ不似ザリケリ。

其ノ時ニ天皇、「実ニ此ノ女ハ只人ニハ無キ者ゾ有ケレ」

ト思シテ、宮ニ返リ給ニケリ。其ノ後ハ天皇、彼ノ女ヲ見給

ケルニ、実ニ世ニ不似ズ形チ有様微妙カリケレバ、常ニ思シ

出テ破無ク思シケレドモ、更ニ甲斐無クテ止ニケリ。

其ノ女遂ニ何者ト知ル事無シ。亦翁ノ子ニ成ル事モ何ナル

事ニカ有ケム、惣ベテ不心得ヌ事也、トナム世ノ人思ケル。

此ル希有ノ事ナレバ、此ク語リ伝ヘタルトヤ。

권31 제34화

야마토 지방大和國의
하시하카箸墓 이야기

황녀의 거처로 매일 밤 드나드는 정체불명의 남자에게 이름을 묻자, 빗함에 있는 기름 단지 속을 보라고 한다. 그래서 황녀가 단지 속을 들여다보니 작은 뱀이 있었다. 황녀는 뱀을 무서워하였고, 남자는 무서워하는 황녀를 원망하여 황녀의 음부에 젓가락을 찔러 황녀가 죽고 만다. 그 황녀의 묘를 하시하카箸墓(*젓가락 무덤이라는 뜻)라고 부르게 되었다는 이야기. 이른바 저묘전설箸墓傳說로, 유사한 이야기나 관련된 이야기가 『고사기古事記』와 『일본서기日本書紀』를 비롯한 여러 문헌에 많이 있다. 또한 정체불명의 남자가 여자의 거처를 드나들어 남자의 정체를 알려고 한 신혼설화神婚說話로, 그 기원은 한국에서부터 아시아대륙의 오지에 이른다(마부치 가즈오馬淵和夫 '미와야마 설화의 원향三輪山說話の原鄕').

　이제는 옛이야기이지만, □□[1] 천황天皇이라고 불리는 황제에게 한 따님[2]이 계셨다. 용모와 자태가 참으로 아름다워서, 천황도 모후母后도 아끼시고 소중하게 기르셨다.

　따님은 아직 미혼이셨는데, 어느 날 누군지 알 수 없지만 대단히 고귀한 남자가 남몰래 곁에 와서 "그대와 부부가 되고 싶소."라고 하였다. 따님은 "저는 아직 남자를 경험한 적이 없습니다. 어찌 쉽게 당신의 말에 따르겠

1　천황天皇의 시호의 명기를 위한 의도적인 결자.
2　『일본서기日本書紀』 숭신기崇神紀에는 야마토토토비모모소히메노 미코토倭迹迹日百襲姫命라고 함.

습니까. 또한 부모님께 알리지 않고 따를 수는 없사옵니다."

라고 하셨는데, 남자는 "부모님이 아시게 되더라도 노하시지 않을 것이오."

라고 하였다. 이렇게 남자는 밤마다 찾아와서 이야기를 나누었는데, 따님은

잠자리를 허락하지 않았다.

그러던 중 따님이 천황에게 "이러이러한 사람이 밤마다 와서 이렇게 말하

였습니다."라고 아뢰자, 천황은 "이는 사람이 아니며, 신이 오셔서 말씀하시

는 것이리라."라고 말씀하셨다. 그런데 그 사이 따님은 결국 잠자리를 허락

하셨다. 그 후 두 사람은 서로를 애틋하게 여기며 지냈지만, 따님은 상대의

정체를 알지 못하였다. 그래서 여자는 남자에게

"당신이 누군지도 모르니, 참으로 궁금하옵니다. 어디서 오셨습니까. 저

를 진심으로 생각하신다면 숨기지 마시고 누구신지 알려 주시옵소서. 그리

고 사시는 곳도 알려 주시옵소서."라고 하셨다. 그러자 남자가

"나는 이 근처에 살고 있소. 내 모습을 보고 싶다면, 내일 그대가 지닌 빗

함 속의 기름단지³를 보시오. 그리고 보시거든 무서워하지 말아 주시오.

만약 무서워하면 나는 너무도 괴로울 것이오."

라고 하였다. 여자는 "절대로 무서워하지 않겠사옵니다."라고 약속하셨고,

날이 밝자 남자는 돌아갔다.

그 후 여자가 빗함을 열어서 기름단지 속을 들여다보시니, 단지 속에서

움직이는 것이 있었다. '뭐가 움직이는 거지?' 하고 들어 올려 안을 보시니,

아주 작은 뱀이 똬리를 틀고 있었다. 기름단지 속에 든 뱀이니 그 크기가 얼

마나 작을지 상상이 갈 것이리라. 여자는 뱀을 보시자마자 무서워하지 않겠

다고 남자와 굳게 약속하셨음에도 잔뜩 겁에 질려 비명을 지르고 단지를 내

---

3   여기서는 머릿기름을 담아 두는 단지. 빗함은 본래 여성이 지닌 신성한 상자였던 점에서, 남자의 영혼도
이곳을 거처로 삼은 것으로 보임.

던지고 도망쳤다.

그날 밤, 남자가 찾아왔다. 평소와 다르게 남자는 몹시 불쾌한 표정을 지은 채 여자에게 □⁴하지 않았다. 여자는 이상해 하며 곁으로 다가가셨다. 그러자 남자가

"그토록 당부하였거늘, 약속을 지키지 않고 무서워하시다니 참으로 무정하시구려. 그러니 나는 이제 오지 않을 것이오."

하고, 너무도 냉담하게 돌아가려고 하였다. 여자는 "고작 그런 일로 이제 오지 않겠다고 하시다니, 진정 원망스럽사옵니다." 하고 소매를 붙잡으셨다. 그때 남자가 여자의 음부에 젓가락을 꽂았다. 여자는 갑작스레 돌아가셨고, 천황과 황후는 비탄에 빠지셨지만, 이미 돌이킬 수 없게 되었다.

한편 그 묘소를 야마토 지방大和國 시키노시모 군城下郡⁵에 만들고, 하시하카箸墓⁶라고 하여 지금도 그곳에 있다고 이렇게 이야기로 전하여 내려오고 있다 한다.

---

4 결자의 종류 및 해당어를 알 수 없음.
5 후에 시키노카미 향城上鄉·도치 향十市鄉이 합병하여 시키 향磯城鄉이 됨. 현재 나라 현奈良縣 사쿠라이 시 櫻井市 지역.
6 * 젓가락 무덤이라는 뜻.

大和国箸墓語第三十四

● 제34회 ●
야마토 지방 大和國의 하시하카箸墓 이야기

今昔、□□天皇ト申ケル帝一人ノ娘御ケリ。

端正也ケレバ、天皇母后悲ビ、傅キ給フ事無限シ。形チ有様

此ノ娘未ダ娶給フ事モ無キ間ニ、誰トモ不知ヌ人ノ極ク気

高キ、娘ノ御許ニ忍テ来テ云ク、「我レ君ト夫妻ト成ラムト
思フ」ト。娘ノ宣ハク、「我レ未ダ男ニ觸遣フ事無シ。何カ
輙ク君ノ言ニ随ハム。亦父母ニ此ノ由ヲ不申シテハ不可有
ズ」ト。男ノ云ク、「譬ヒ父母知給ヘリトモ、悪キコト不有
ジ」ト。如此ク夜々来テ語ラフト云ヘドモ、近付ク事無シ。
而ル間、娘天皇ニ申シ給フ、「然々有ル人ナム夜々来テ如
此ク申ス」ト。天皇宣ハク、「其レハ人ニハ非ジ、神ノ来宣
フ事ナ・リ」ト。然ル程ニ、娘遂ニ近付キ給ヒニケリ。其後
ハ互ニ相思テ過給ヒケルニ、誰人トモ不知ネバ、女男ヲ申シ
給フ様、「我レ君ヲ誰トモ不知ネバ、極テ不審シ。何クヨリ
御スルゾ。我レヲ実ニ思ヒ給ハバ、隠シ無ク誰人ト宣ヘ、亦
御スラム所ヲモ知セ給ヘ」ト。男ノ云ク、「我レハ此ノ近キ
辺ニ侍ル也。我ガ体ヲ見ムト思サバ、明日其ノ持給ヘル櫛ノ
箱ノ中ニ有ル油壺ノ中ヲ見給ヘ。然テ其レヲ見給フトモ、恐
ヂ怖ル、心無クテ御セ。若シ愕給ハバ我ガ為ニ極テ難堪カリ

ナム」ト。女、「更ニ不憖ジ」ト宣テ、明ヌレバ男返リ給ヌ。

其ノ後、女櫛ノ箱開テ油壺ノ中ヲ見給フニ、壺ノ内ニ動ク者アリ。「何ノ動クゾ」ト思テ持上テ見給ヘバ、極テ小キ蛇蟠テ有リ。油壺ノ内ニ有ラム蛇ノ程ヲ思ヒ可遣シ。女此レヲ見給フママニ、然コソ、「不憖ジ」ト契シカドモ、大キニ憖テ音ヲ挙テ棄テ逃去ヌ。

其ノ宵男来レリ。例ニ非ズ気色糸悪クテ、女ニ二事無シ。

女、「怪シ」ト思テ寄給ルニ、男ノ宣ハク、「然許申シ事ヲ不用給ズシテ憖給フ事、極テ情無キ事也。然レバ我レ今ハ参リ不来ジ」トテ、極ク半無気ナル気色ニテ返リ給フヲ、女、「然許ノ事ニ依リ、『不来』ト有コソ口惜ケレ」トテ、引キカヘ給フ時ニ、女ノ前ニ箸ヲ搔立テ、女即チ死給ヌレバ、天皇后歎キ給フト云ヘドモ更ニ甲斐無クテ止ニケリ。

然テ其ノ墓ヲバ大和国ノ城下ノ郡ニシタリ、箸ノ墓トテ于今有ル其レ也、トナム語リ伝ヘタルトヤ。

겐메이元明 천황天皇의 능을
조에定惠 화상和尚이 정한 이야기

겐메이元明 천황天皇이 붕어하셨을 때, 후지와라노 가마타리藤原鎌足의 장남 조에定惠 화상和尚이 칙명을 받아 황릉을 만들 땅을 도노미네多武峰 기슭, 가루노데라輕寺의 남쪽으로 정하고, 황릉을 훌륭하게 조영한다. 도노미네에는 가마타리와 후히토不比等의 묘가 있고, 그 자손이 번영하고 있는데, 천황과 사이가 안 좋아질 때면 가마타리의 묘가 반드시 울린다는 이야기. 무덤의 유래를 이야기한다는 점에서 앞 이야기와 연결된다. 겐메이 천황의 능에 대해서는 『속일본기續日本紀』8・양로養老 5년(721) 10월 조에 따르면 오토모노 다비토大伴旅人가 유언에 따라서 능을 조영했다고 한다. 천황의 붕어와 조에의 사망연도나 능의 장소를 보더라도, 이 이야기의 황릉 조영이 역사적 사실과 부합하는지 의문이 든다. 조에는 부친인 가마타리의 유언에 따라 당나라에서 돌아온 뒤 도노미네에 부친의 묘를 만드는데, 이것은 『도노미네 연기多武峰緣起』『원형석서元亨釋書』에도 있으므로, 이것이 이 이야기와 같은 와전訛傳을 만든 것으로 여겨진다.

이제는 옛이야기이지만, 겐메이元明 천황天皇[1]이 붕어하셨을 때, 능을 만들 땅을 고르기 위해 대직관大織冠[2]의 장남 조에定惠[3] 화상和尚이라는 분

---

1 → 인명.
2 → 인명. 후지와라노 가마타리藤原鎌足를 말함. 가마타리에 대해서는 권22 제1화에 자세히 나와 있음.
3 → 인명. 단 겐메이元明 천황天皇보다 조에定惠가 더 먼저 죽었으므로, 조에가 겐메이 천황의 능을 조영했다고 볼 수 없음. 그런데 『도노미네 연기多武峰緣起』, 『도노미네 약기多武峰略記』에 따르면, 조에는 부친 가마타리의 유해를 셋쓰 지방攝津國 아이 산阿威山에서 도노미네로 이장하여 13층탑을 건립하였다고 함. 이러한 내용이 와전이 되었을 가능성이 있음.

을 지명하여 야마토 지방大和國으로 파견하였다.

그런데 요시노 군吉野郡 구라하시 산藏橋山⁴의 봉우리와 도노미네多武峰⁵의 기암절벽이 첩첩이 있는 뒤쪽으로 한 봉우리가 있었다. 그 앞에는 일곱 개의 골짜기가 마주 보고 있었다. 조에 화상이 이것을 보시고

'아, 참으로 훌륭하고 존귀한 땅이로다. 그러나 황릉으로 삼기에는 좌우가 내려가 있구나. □□□⁶ 사람은 없겠구나. 땅이 협소하여 여태까지 이를 택하지 않았으리라.'

라고 생각하고 택하지 않았다.

한편 그 산기슭 서북쪽에 넓은 땅이 있어서, 조에 화상은 그곳을 택하였다. 가루노데라輕寺⁷의 남쪽에 있었고, 이곳이 겐메이 천황의 히노쿠마 능檜前陵⁸이 되었다. 주변에는 오니鬼 형상의 석상⁹을 둘러 세우고, 못 주변에 있는 능과 마주보게 하였는데 상당히 훌륭하였다. 석상에 쓴 돌도 다른 능보다 좋은 것이었다.

그런데 도노미네에는 대직관과 단카이 공淡海公¹⁰의 묘소도 있었다. 그 뼈는 절구에 빻고 체질을 하여 가루로 만들어 뿌렸다. 그리고 소나 말이 밟지 않도록 주변에 해자를 넓게 두르고, 절대로 사람이 가까이하지 못하게 하였다. 게다가 대직관과 단카이 공의 자손은 이 나라 최고의 좌우대신으로서 지금도 번영하고 계신다. 그런데 천황과 불화가 생길 때면, 꼭 대직관의 묘소가 명동鳴動했다. 그래서 이것을 기이하게 여기지 않는 이가 없었다.

4   → 지명.
5   → 지명.
6   결자의 종류나 해당어를 알 수 없음.
7   → 사찰명.
8   → 지명.
9   원래 긴메이欽明 천황의 능의 남쪽 해자 외곽에 있었는데, 현재는 기비히메吉備姬 묘역으로 옮겨진 원숭이 석상을 가리키는 것으로 추정.
10   → 인명.

도노미네라는 곳이 바로 이곳이라고 이렇게 이야기로 전하여 내려오고 있다 한다.

元明天皇陵点定恵和尚語第三十五

今昔、元明天皇ノ失給ヘリケル時、陵 取ラムガ為ニ、大職冠ノ御一男定恵和尚ト申ケル人ヲ差シテ、大和国ヘ遣シケリ。

四
然レバ、吉野ノ郡蔵橋山ノ峰、多武峰ノ岸重レルガ後ニ峰有リ、前ヘニ七ノ谷向テ有リ、定恵和尚此ヲ見給テ、「哀レ、微妙カルベキ止事無キ地カナ。但シ天皇ノ御墓所ニテハ左右ハ下レリ。前々モ狭キニ依テ不取ザリケル也ケリ」トテ不取ザリヌ。

□ノ人不有ジ。

然テ其ノ麓ニ戌亥ノ方ニ広キ所有リ。其ヲ取ツ。軽寺ノ南也。此レ、元明天皇ノ檜前ノ陵也。石ノ鬼形共ヲ廻□池

然テ峰ニハ大職冠淡海公モ御墓ヲシタル也。其ノ御骨ヲ

辺陵ノ墓様ニ立テ微妙シ。造レル石ナド外ニハ勝レタリ。

バ春筋テ蒔テケリ。然レバ馬牛ニ不踏セジトテ、廻ニハ塹ヲ遠クシテ、敢テ取リ人不寄ズ。其レニ、大職冠淡海公ノ御流レ、国ノ一ノ大臣トシテ于今栄エ給フ。而ルニ天皇ノ御中ト不吉ラヌ事出来ラムトテハ、其ノ大職冠ノ御墓必ズ鳴リ響ク也。然レバ此レヲ不怪ズト云フ事無シ。多武峰ト云フ所此レ也、トナム語リ伝ヘタルトヤ。

권31 제36화

오미 지방近江國에서
잉어와 상어가 싸운 이야기

오미 지방近江國 세타 강勢多川의 신미心見 여울로 바다에 살던 상어가 거슬러 올라와서 비와 호琵琶湖의 잉어와 싸운다. 그런데 상어는 패배하여 야마시로 지방山城國으로 내려가 돌이 되고, 잉어는 승리하여 비와 호의 지쿠부 섬竹生島을 맴돌며(*일본어로 '시마쿠繞く') 살게 된다. 그래서 그 여울을 신미 여울이라고 부르게 되었다는 지명기원 전설.

　　이제는 옛이야기이지만, 오미 지방近江國 시가 군志賀郡 후루치 향古市郷[1]의 동남쪽에 신미心見[2] 여울이란 곳이 있었다. 후루치 향의 남쪽 부근에 세타 강勢多河[3]이 흐르고 있었는데, 신미 여울은 이 강의 여울이었다.

　　어느 날, 드넓은 바다에서 그 여울로 상어[4]가 거슬러 올라와서 비와 호琵琶湖의 잉어와 싸웠다. 그런데 상어가 싸움에서 진 탓에 되돌아가다 야마시로 지방山城國[5]에서 돌로 변하여 머물렀다. 잉어는 싸움에서 이겨서 비

1　→ 지명.
2　이시야마데라石山寺 부근의 세타 강勢多川의 얕은 여울. 구고 여울供御の瀬을 가리키는 것으로 추정.
3　→ 지명.
4　권23 제23화에는 상어와 스모 인과의 격투, 권29 제31화에는 상어와 호랑이와의 격투 이야기가 보임.
5　→ 옛 지방명.

와 호로 돌아가 지쿠부 섬竹生島[6]을 맴돌며[7] 살았다. 이런 까닭에 신미 여울이라고 하게 되었다.

그 상어가 변한 돌은, 지금 야마시로 지방 □□군郡[8]의 □□[9]에 있으며, 잉어는 지금도 지쿠부 섬을 맴돌고 있다고 전해지고 있다. 신미 여울이란 세타 강의 □□[10] 여울이라고 이렇게 이야기로 전하여 내려오고 있다 한다.

6　→ 지명.
7　일본어로 '시마쿠繞く'. '시마쿠'에서 '신미'라 이름이 붙여졌다는 지명설화.
8　군명의 명기를 위한 의도적인 결자.
9　향명鄕名의 명기를 위한 의도적인 결자.
10　여울의 이름 명기를 위한 의도적인 결자. 여기에 '고코로미 여울こころみの瀨'이 들어갈 것으로 추정됨.

近江鯉与鰐戦語第三十六

今昔、近江ノ国志賀郡古市ノ郷ノ東南ニ心見ノ瀬有リ。

郷ノ南ノ辺ニ勢多河有リ。其ノ河ノ瀬也。

其ノ瀬ニ大海ノ鰐上テ、江ノ鯉ト戦ケリ。而ル間、鰐戦

負ヌレバ、返リ下テ山背ノ国ニ石ト成テ居ヌ。鯉ハ戦ヒ勝ヌ

レバ江ニ返リ上テ、竹生島ヲ続キテ居ス。此ノ故ニ心見ノ瀬

ト云フ也ケリ。

彼ノ鰐ノ石ニ成タリト云フハ、今山城ノ国□郡ノ□ニ

有ル此レ也。彼ノ鯉ハ于今竹生島ヲ続テ有トゾ語リ伝ヘタル。

心見ノ瀬ト云ハ、勢多河ノ□ノ瀬也、トナム語リ伝ヘタル

トヤ。

오미 지방近江國 구리모토 군栗太郡의
큰 갈참나무 이야기

오미 지방近江國의 거목 전설. 오미 지방 구리모토 군栗太郡의 거대한 갈참나무 밑둥의 둘레는 오백 발이나 됐고, 거목의 그림자가 아침에는 단바 지방丹波國에 닿고, 해질녘에는 이세 지방伊勢國까지 덮었다. 그래서 오미 지방의 시가志賀, 구리모토栗太, 고가甲賀 세 고을의 농민들이 햇살이 논밭을 비추지 못하는 것을 한탄하고, 천황에게 이사실을 알려서 거목을 잘라 쓰러뜨린다. 이후에는 농사가 잘 돼서 풍작을 이루었다는 이야기. 『수신기搜神記』 권18・416・417화에도 거목전설이 등장한다. 『삼국전기三國傳記』 권3 제24화는 이전異傳을 수록하고 있다.

이제는 옛이야기이지만, 오미 지방近江國 구리모토 군栗太郡에 큰 갈참나무가 자라 있었다. 그 둘레는 오백 발[1]이나 되니, 나무의 높이나 뻗어 나간 가지의 길이가 얼마나 될지 상상할 수 있을 것이다. 그 나무 그늘은 아침에는 단바 지방丹波國[2]에 닿았고, 저녁에는 이세 지방伊勢國[3]에 닿았다. 천둥이 칠 때에도 나무는 꿈쩍도 하지 않았고, 강풍이 불어도 흔들리지 않았다.

---

1 양팔을 좌우로 뻗어서 재는 길이. 대체로 1.8미터 정도.
2 → 옛 지방명.
3 → 옛 지방명.

그런데 그 지방의 시가志賀, 구리모토栗太, 고가甲賀 세 고을의 농민들이 나무 그늘에 가려 햇빛이 비추지 않아서 경작을 할 수 없었다. 그래서 농민들은 천황天皇에게 이 사실을 아뢰었다. 천황은 속히 소수掃守의 숙녜宿禰[4] □□[5] 등을 보내서 농민들의 요청에 따라 나무를 베어서 쓰러뜨렸다. 그래서 나무를 벤 뒤에 농민들이 논밭을 일구니 풍작이 되었다.

그때 천황에게 아뢴 농민들의 자손은 지금도 그 고을에 살고 있다.

옛날에는 이렇게 거대한 나무가 있었다. 참으로 불가사의한 일이라고 이렇게 이야기로 전하여 내려오고 있다 한다.

4　소수료掃守寮의 관리. 소수료는 궁내성宮內省에 속하며, 궁중의 청소나 공사 등을 관장함. '숙녜宿禰'는 고대 성姓의 일종. 팔성八姓의 세 번째.
5　인명의 명기를 위한 의도적인 결자.

近江国栗太郡大柞語第三十七

今昔、近江ノ国栗太ノ郡ニ大キナル柞ノ樹生タリケリ。

其ノ囲五百尋也。然レバ其ノ木ノ高サ、枝ヲ差タル程ヲ思ヒ可遣シ。其ノ影朝ニハ丹波ノ国ニ差シ、夕ニハ伊勢ノ国ニ差ス。

霹靂スル時ニモ不動ズ、大風吹ク時ニモ不揺ズ。

而ル間、其ノ国ノ志賀栗太甲賀三郡ノ百姓、此ノ木ノ蔭ヲ覆テ日不当ザル故ニ、田畠ヲ作得ル事無シ。此レニ依テ其ノ郡々ノ百姓等、天皇ニ此ノ由ヲ奏ス。天皇即チ掃守ノ宿禰□等ヲ遣テ、百姓申スニ随テ、此ノ樹ヲ伐リ倒シテケリ。

然レバ其ノ樹伐リ倒シテ後、百姓田畠ヲ作ルニ、豊饒ナル事ヲ得タリケリ。

彼ノ奏シタル百姓ノ子孫于今其ノ郡々ニ有リ。昔ハ此ル大キナル木ナム有ケル。此レ希有ノ事也、トナム語リ伝ヘタルトヤ。

금석이야기집今昔物語集

부록

출전·관련자료 일람

1. 『금석 이야기집』의 각 이야기의 출전出典 및 동화同話·유화類話, 기타 관련문헌을 명시하였다.
2. 「출전」란에는 직접적인 전거典據(2차적인 전거도 기타로서 표기)를 게재하였고, 「동화·관련자료」란에는 동문성同文性 또는 동문적 경향이 강한 문헌, 또 시대의 전후관계를 불문하고, 간접적으로라도 어떠한 관련이 있다고 판단되는 문헌, 자료를 게재했고, 「유화·기타」란에는 이야기의 일부 또는 소재의 유사성이 있다고 판단되는 문헌을 게재했다.
3. 각 문헌에는 관련 및 전거가 되는 권수(한자 숫자), 이야기·단수(아라비아숫자)를 표기하였으며, 또한 편년체 문헌의 경우 연호年號·해당 연도를 첨가하였다.
4. 해당 일람표의 작성에는 여러 선행 연구에 의거하는 부분이 많은데, 특히 일본고전문학전집 『금석 이야기집』 각 이야기 해설(곤노 도루今野達 담당)에 많은 부분의 도움을 받았다.

권30

권/화	제목	출전	동화·관련자료	유화·기타
권30 1	平定文仮借本院侍従語第一	未詳	世繼物語(小世繼)53 宇治拾遺物語50 十訓抄一29 本朝語園八382	一卷本實物集
2	會平定文女出家語第二	未詳	大和物語103 平中物語38 十訓抄五12	
3	近江守娘通淨藏大德語第三	未詳	大和物語105 發心集四5 私聚百因緣集九21 後撰集一二832	拾遺往生傳中 日本高僧傳要文抄一 大法師淨藏傳 今昔二〇別本「淨藏親生事」 七卷本實物集五 諸緣深知集 三國傳記六9 ささめごと末 修驗道名稱原儀 直談因緣集四10 今昔二〇七三一3

권/화	제목	출전	동화·관련자료	유화·기타
4	中務太輔娘成近江郡司婢語第四	未詳	伊勢物語62	高鳳流麥逸話(今昔一〇25) 朱買臣故事(前漢書六四列傳 蒙求買妻恥醮 唐物語19 十訓抄八9 등) 今昔一九5 曠野(堀辰雄)
5	身貧男去妻成攝津守妻語第五	未詳	大和物語148 拾遺集九雜下 七卷本寶物集二 源平盛衰記三六難波浦賤ノ夫婦ノ事 神道集七43(42)接(攝)ノ州葦苅明神事 謠曲「蘆苅」 遺老說傳36	神道集八45釜神事 민담「炭燒長者」「産神問答」 蘆刈(谷崎潤一郎)
6	大和國人得人娘語第六	未詳		長谷寺驗記下24 源氏物語浮舟
7	右近少將□□行鎭西語第七	未詳		散逸物語「露の宿り」(風葉和歌集離別566)
8	大納言娘被取內舍人語第八	未詳	大和物語155 萬葉集一六有由緣幷雜歌 古今集仮名序 古今集序注 十訓抄五9 古今著聞集五181 俊賴髓腦 奧義抄 悅目抄 古來風體抄 和歌色葉中 和歌童蒙抄五 東齋隨筆人事類 體源抄一二	更級日記竹芝寺條
9	信濃國姨母棄山語第九	俊賴髓腦	大和物語156 和歌色葉	今昔九45 陽明文庫本孝子傳上6 船橋家本孝子傳上6 注好選上57 沙石集(梵舜本)三6 私聚百因緣集六10
10	住下野國去妻後返棲語第十	未詳	大和物語157	伊勢物語23 今昔二六11 三〇11·12
11	品不賤人去妻後返棲語第十一	未詳		今昔三〇10·12
12	住丹波國者妻讀和歌語第十二	未詳	大和物語158 十訓抄八7 雜々集上20	今昔三〇10·11

권/화	제목	출전	동화·관련자료	유화·기타
13	夫死女人後不嫁他夫語第十三	俊賴髓腦	和歌童蒙抄八鳥部	南史七四 太平廣記270衞敬瑜妻
14	人妻化成弓後成鳥飛失語第十四	俊賴髓腦	詞林采葉抄四朝毛吉紀條 袖中抄五	繁野話第三編紀關守が靈弓一旦白鳥に化する語

권31

권/화	제목	출전	동화·관련자료	유화·기타
권31 1	東山科藤尾寺尼奉遷八幡新宮語第一	未詳	扶桑略記天慶二年條 本朝世紀天慶元年八月一二日條 古事談五12	
2	鳥羽鄕聖人等造大橋供養語第二	未詳		今昔一一2 一九31
3	湛慶阿闍梨還俗高向公輔語第三	未詳	三代實錄天慶四年一〇月一九日條 扶桑略記天慶四年一〇月一九日條 玉葉仁安三年三月一四日條 眞言傳四13 四家悉曇所引「故記」 明匠略傳日本下 元亨釋書一七 眞言宗談義聽聞集 吒抧尼血脈(金澤文庫藏) 三國傳記八15 雜談鈔8 菅家本諸寺緣起集極樂寺條 本朝語園九438	諸緣深知集 三國傳記六9 修驗道名稱原儀 直談因緣集四10 賢學草子日高川 日高川雙紙 민담「運定め話(夫婦の因緣)」 續幽怪錄韋固 太平廣記159定婚店 아라비아夜話拾遺一
4	繪師巨勢廣高出家還俗語第四	未詳		枕草子「御佛名のまたの日」 辨乳母集 榮花物語六 八 巨勢氏系圖 地獄草紙 聞書集 春日權現驗記繪 古今著聞集一一387·388 日本高僧傳要文抄二 北野天神緣起繪卷七 大乘院寺社雜事記文明四年一二月二三日條 本朝語園五264
5	大藏史生宗岡高助傳娘語第五	未詳		今昔二八4·31·33
6	賀茂祭日一條大路立札見物翁語第六	未詳	十訓抄一28	今昔二八2

권/화	제목	출전	동화·관련자료	유화·기타
7	右少辨師家朝臣値女死語第七	未詳	雜談集四8	今鏡一〇敷島の打聞
8	移燈火影死女語第八	未詳		今鏡一〇敷島の打聞
9	常澄安永於不破關夢見語第九	未詳		今昔二八11·12 二九13·14
10	尾張國勾經方妻夢見語第十	未詳		今昔二七20
11	陸奧國安倍賴時行胡國空返語第十一	未詳	宇治拾遺物語187	御伽草子「御曹子島渡」
12	鎭西人至度羅島語第十二	未詳		今昔一一12
13	通大峰僧行酒泉鄉語第十三	未詳		今昔二六8 桃花源記(陶淵明) 異鄉譚(隱里傳說)
14	通四國邊地僧行不知所被打成馬語第十四	未詳		出曜經一五利養品 幻異志板橋三娘子篇 太平廣記286板橋三娘子 七卷本實物集一 狂言「人馬」 민담「旅人馬」 高野聖(泉鏡花)
15	北山狗人爲妻語第十五	未詳		瀟湘錄(廣川學海第七冊) 南總里八犬傳
16	佐渡國人爲風被吹寄不知島語第十六	未詳		今昔二六9 三一12·21
17	常陸國□□郡寄大死人語第十七	未詳	常陸國風土記香島郡條	
18	越後國被打寄小船語第十八	未詳		今昔二〇46 二六12
19	愛宕寺鐘語第十九	未詳	古事談五40	纂異記(舊小說第十冊, 說郛第百九冊等所收)
20	靈嚴寺別當碎巖語第二十	未詳		平家物語五物怪之沙汰
21	能登國鬼寢屋島語第二十一	未詳		今昔二六15 三一16
22	讚岐國滿農池頹國司語第二十二	未詳	日本紀略弘仁一二年五月二七日條 大師御行狀集記萬農池條六八 弘法大師行化記弘仁一二年條 讚岐國萬農池後碑文	今昔二〇11
23	多武峰成比叡山末寺語第二十三	未詳		多武峰略記 多武峰緣起
24	祇園成比叡山末寺語第二十四	未詳		日本紀略天延二年五月七日條 今昔二〇8
25	豊前大君知世中作法語第二十五	未詳	宇治拾遺物語120	枕草子「すさまじきもの」
26	打臥御子巫語第二十六	未詳	大鏡兼家傳 中外抄康治二年九月一五日條 二中歷一能歷·巫覡	

권/화	제목	출전	동화·관련자료	유화·기타
27	兄弟二人殖萱草紫菀語第二十七	俊賴髓腦		萬葉集四727 一二3060·3062 奧義抄 綺語抄 法華經 鷲林拾葉鈔一○藥草喩品五
28	藤原惟規於越中國死語第二十八	俊賴髓腦	刊本宇治大納言物語上19 十訓抄一45 體源抄一二末	後拾遺集一三764 七卷本寶物集七
29	藏人式部拯貞高於殿上俄死語第二十九	未詳	宇治拾遺物語121 十訓抄六34 寢覺記一○ 小右記目錄天元四年九月四日條 日本紀略天元四年九月四日條 百錬抄天元四年九月四日條 扶桑略記天元四年九月一○日條 小右記寬仁二年五月一二日條 中右記永久二年二月一五日條	
30	尾張守□□於鳥部野出人語第三十	未詳		
31	大刀帶陣賣魚嫗語第三十一	未詳		羅生門(芥川龍之介)
32	人見醉酒販婦所行語第三十二	未詳		
33	竹取翁見付女兒養語第三十三	未詳	竹取物語	丹後國風土記逸文 駿河國風土記逸文(本朝神社考五) 詞林采葉抄五 萬葉集一六3791 古今集註 古今序註七 海道記 曾我物語八 三國傳記一二30 神道集八46 塵袋一47 塵添壒囊鈔四9 鷲林拾葉鈔二○ 桂川地藏記上 臥雲日件錄 謠曲「富士山」 富士山の本地 廣大寶樓閣善住秘密阿羅尼經 佛說㮈女祇域因緣經 佛說月上女經 後漢書 漢武內傳 班竹姑娘譚(티벳)

권/화	제목	출전	동화·관련자료	유화·기타
34	大和國箸墓語第三十四	未詳	日本書紀崇神天皇一〇年九月條	古事記崇神天皇條 山城國風土記逸文 肥前國風土記松浦郡 土佐國風土記神河(仙覺抄) 新撰姓氏錄大和國神別·大神朝臣 上宮太子拾遺記一 俊賴髓腦 민담「蛇壻入り(苧環型)」 三國遺事二甄萱 그리스 신화 프시케담
35	元明天皇陵点定惠和尙語第三十五	未詳		續日本紀養老五年一〇月一三日條 多武峰略記 多武峰緣起 元亨釋書九釋定慧
36	近江鯉與鰐戰語第三十六	未詳		伊呂波字類抄竹生嶋條 護國寺本諸寺緣起集 竹生嶋緣起 溪嵐拾葉集三七 太平廣記464鯉魚
37	近江國栗太郡大柞語第三十七	未詳	本朝語園一〇547	古事記仁德天皇條 日本書紀景行天皇一八年條 肥前國風土記佐嘉郡 播磨國風土記逸文 筑前國風土記逸文 古風土記逸文 考證所引佐々木家記 先代舊事本紀景行天皇四年條 三國傳記三24 近江國興地志略四一栗太郡川邊村 近江名所圖會 東海道名所圖會 和漢三才圖會六一 泉のひびき(日本傳記叢書) 민담「大木の秘密」 搜神記一八417

인명 해설

1. 원칙적으로 본문 중에 나오는 호칭을 표제어로 삼았으나, 혼동하기 쉬운 경우에는 본문의 각주에 실명實名을 표시하였고, 여기에서도 실명을 표제어로 삼았다.
2. 배열은 한글 표기 원칙에 의한 가나다 순으로 하였다.
3. 해설은 최대한 간략하게 표기하며, 의거한 자료·출전出典을 명기하였다. 이는 일본고전문학전집 『금석 이야기집今昔物語集』의 두주를 따른 경우가 많다.
4. 각 항의 말미에 해당 인물이 등장하는 이야기를 숫자로 표시하였다. 예를 들면 '㉚ 1'은 '권30 제1화'를 가리킨다.

㉮

가시와바라柏原 천황天皇

간무桓武 천황天皇. 가시와바라柏原 천황은 야마시로 지방山城國 가시와바라 능柏原陵에 장례 지낸 것에서 유래한 시호諡號임. 천평天平 9년(737)~연력延曆 25년(806). 제50대 천황. 재위, 천응天應 원년(781)~연력延曆 25년. 고닌光仁 천황의 제1황자. 어머니는 다카노노 니가사高野新笠. 보귀寶龜 3년(772) 오사베他戶 친왕이 태자로서 폐위됨에 되어 다음해 태자로 책봉됨. 나가오카 경長岡京의 조영이나 헤이안 경平安京 천도(연력 13년), 에조蝦夷 원정 등을 행함. ㉚ 25.

간추寬忠

연희延喜 7년(907)~정원貞元 2년(977). 우다宇多 천황天皇의 손자, 아쓰카타敦固 친왕親王의 삼남. 속명俗名은 나가노부長信. 진언종眞言宗의 승려. 준유淳祐 내공內供의 제자. 내공內供·권율사權律師·권소승도權少僧都가 되고, 안화安和 2년(969) 도지東寺 장자長者가 됨. 본래는 다이안지大安寺,

도다이지東大寺에 살았지만, 후에는 닌나지仁和寺의 자원子院인 이케가미데라池上寺를 건립하여 그곳에서 머물며 살았음. '이케가미池上 승도僧都'라는 이명은 이로부터 왔다고 여겨짐. ㉚ 5.

겐메이元明 천황天皇

제명齊明 7년(661)~양로養老 5년(721). 제43대 천황. 재위, 경운慶雲 4년(707)~영귀靈龜 원년(715). 덴치天智 천황의 제4황녀. 어머니는 소가 노힌宗我嬪. 휘諱는 아베阿部(阿閉). 구사가베草壁 황자의 비妃. 덴무文武 천황·겐쇼元正 천황·기비吉備 내친왕內親王의 어머니. 치세 중에 화동개진和同開珍주조, 화동和銅 3년(710)의 헤이조平城 천도, 화동 5년의 오노 야스마로太安萬侶에 의한 『고사기古事記』 편찬이 있었음. 영귀靈龜 원년, 겐쇼元正 천황에게 양위하고 태상천황太上天皇이 되어 후견함. 양로養老 5년 12월 7일 붕어崩御. 나라奈良의 나호야마 히가시 능奈保山東陵에 묻힘. ㉚ 35.

고레타카惟喬 친왕親王

승화承和 11년(844)~관평寬平 9년(897). 몬토쿠文德 천황의 제1황자. 어머니는 기노 나토라紀名虎의 딸, 갱의更衣 시즈코靜子. 대재수大宰帥·탄정윤彈正尹이 되었고, 히타치 태수常陸太守와 고즈케上野 태수를 겸임. 정관貞觀 14년(872) 7월 11일, 병을 이유로 출가. 동생 고레히토惟仁 친왕(후의 세이와淸和 천황)과의 황위 계승 싸움에서 패하고 실의에 빠져 있던 것을 기노 아리쓰네紀有常, 아리와라노 나리히라在原業平 등과 함께 풍류風流를 통해 위로함. 야마시로 지방山城國 오타기 군愛宕郡 오노小野에 은거하여, 오노 궁小野宮이라 불림. ③1 9.

고보弘法 대사大師

보귀寶龜 5년(774)~승화承和 2년(835). 사누키 지방讚岐國 사람. 속성俗姓은 사에키 씨佐伯氏. 아버지는 사에키아타이노 다키미佐伯直田公, 어머니는 아토 씨阿刀氏, 어릴 적 이름은 마오眞魚. '고보 대사'는 다이고醍醐 천황의 칙시勅諡에 의한 것. 밀호密號는 헨조콘고遍照金剛. 휘諱는 구카이空海. 대승도大僧都. 내공봉십선사內供奉十禪師. 대승정大僧正으로 추증됨. 진언종眞言宗의 개조. 18세에 출가. 연력延曆 23년(804) 입당, 혜과惠果에게 태장胎藏·금강金剛 양부兩部의 법을 전수받음. 대동大同 원년(806) 귀국 후, 홍인弘仁 7년(816) 사가嵯峨 천황에게 청을 올려 고야 산高野山에 곤고부지金剛峰寺를 세웠음. 홍인 14년, 도지東寺(교오고코쿠지敎王護國寺)를 하사받아 근본도장根本道場으로 삼음. 종교·학문·교육·문화·사회사업 등에서 폭넓게 활약. 저서 『비밀만다라십주심론秘密蔓茶羅十住心論』, 『삼교지귀三敎指歸』 등. 구카이의 마노萬能의 연못(滿濃池) 수축에 대해서는 『일본기략日本紀略』 홍인弘仁 12년 5월 조, 『대사행상집기大師行狀集記』, 『고보대사행

화기弘法大師行化記』, 이 이야기집 권20 제21화에 기록되어 있음. ③1 22.

고세노 히로타카巨勢廣高

출생, 사망 시기는 자세히 전해지지 않음. '弘高', '廣貴'라고 표기하기도 함. 후카에深江의 아들. 가나오카金岡의 증손자. 이치조一條 천황의 치세에 활약한 화공. 회소장자繪所長者. 가잔인花山院의 명령에 의해 쇼샤 산書寫山의 쇼쿠性空 상인上人의 모습을 그린 것은 유명(『권기權記』 장보長保 4년〈1002〉 9월 7일 조). 『영화 이야기榮花物語』 6에 관련기사가 있음. 법명法名은 엔겐延源. 다만, 후에 환속함. ③1 4.

교묘慶命

강보康保 2년(965)~장력長曆 2년(1038). 후지와라노 다카토모藤原孝友의 아들. 헨쿠遍救, 가슈賀秀, 교엔慶圓의 제자. 장보長保 4년(1002) 호쇼지法性寺 아사리阿闍梨. 다음 해 손에이尊叡 승도僧都가 물러나고, 권율사權律師가 됨(『승강보임僧綱補任』). 만수萬壽 5년(1028) 6월 19일에 제27대 천태좌주天台座主. 장원長元 4년(1031) 대승정大僧正. 무도지無動寺 검교檢校였기 때문에 무도지 좌주座主로 불림. 후지와라노 미치나가藤原道長에게 중용되어 미치나가가 행한 수법修法에 자주 관련됨(『미도관백기御堂關白記』 장화長和 2년〈1013〉 8월 14일 조 등). ③1 23.

기미마사公正

다이라노 기미마사(긴마사)平公雅. 출생, 사망 시기는 자세히 전해지지 않음. 간무桓武 다이라 씨平氏. 시모쓰케下總 개介 요시카네良兼의 아들. 천경天慶 3년(943) 정월, 다이라노 마사카도平將門 추토追討를 위해 동국東國(가즈사 지방上總國)의 연緣이 됨. 오키요 왕興世王을 추토한 공으로,

같은 해 종오위하從五位下가 되고, 아와安房 수령이 됨. 천경 5년에 무사시武藏 수령. 『이중력二中歷』 일능력一能歷·무사武士의 항목에 그 이름이 보임. ③ 24.

㉲

다이라노 나카키平中興

?~연장延長 8년(930). 우대변右大辨 스에나가季長의 아들. 종오위상從五位上. 연희延喜 4년(904)에 도토우미 수遠江守, 동 10년 사누키 수讚岐守, 동 15년 오미 수近江守가 됨. 가인歌人. 『고금집古今集』과 『후찬집後撰集』에 수록. ③ 3.

다이라노 무네요리平致賴

?~관홍寬弘 8년(1011). 긴마사公雅의 아들. 혹은 요시마사良正의 아들. 자식으로는 무네쓰네致經, 긴치카公親, 긴무네公致, 무네미쓰致光가 있음(『존비분맥尊卑分脈』). 통칭은 다이라노 고다이후平五大夫. 빗추 승비備中丞·우위문위右衛門尉·종오위하從五位下. 『권기權記』 장덕長德 4년(998) 12월 14일 조에, 이세 지방伊勢國 가미 군神郡에서 다이라노 고레히라平維衡와 전투를 벌였다고 기록되어 있음. 무네요리는 전투 시에는 산위散位이자 무관無官이었음. 이 전투의 죄를 물어, 다음 해인 장보長保 원년에 오키 지방隱岐國으로 유배. 장보 3년(1001) 소환되어, 다음해 본위本位를 되찾음. 무용武勇으로 고명하였으며, 『이중력二中歷』 일능력一能歷·무사武者 항목에 "平五大夫致賴"라는 내용이 있으며, 『속본조왕생전續本朝往生傳』에서도 "天下之一物也"이라 기록되어 있음. 오사다 류長田流의 시조. ③ 24.

다이라노 사다후미平定文

정관貞觀 13년(871)?~연장延長 원년(923). 사다후미貞文라고도 함. 『고급집古今集』에는 "きたふ

ん"이라고 되어 있음. 요시카제好風의 아들. 시게요 왕茂世王의 손자. 정관 16년에 다이라 성平姓을 받음. 우병위소위右兵衛少尉·미카와 권개三河權介·우마 권개右馬介·시종侍從·좌근위좌左兵衛佐 등을 역임. 종오위상從五位上. 헤이추平中라고도 불림. 중고中古 36가선의 한 사람으로 왕조王朝의 풍류호색인風流好色人으로서 유명(『고금집목록古今集目錄』 『중고가선삼십육인전中古歌仙三十六人傳』 『존비분맥尊卑分脈』 『명형왕래明衡往來』). 사다후미를 주인공으로 한 우타 모노가타리歌物語에 『헤이추 이야기平中物語』가 있음. 연장 원년 9월 27일 사망. ③ 1·2.

단카이 공淡海公

후지와라노 후히토藤原不比等. 제명齊明 5년(659)~양로養老 4년(720). 단키이 공은 시호諡號. 사후死後, 오미 지방近江國 12군郡을 추봉追封한 것에서 단카이 공淡海公이라 칭함. 분주 공文忠公이라고도 함. 가마타리鎌足의 아들. 어머니는 구루마모치쿠니코車持國子의 딸. 중납언中納言·대납언大納言을 거쳐 우대신右大臣. 양로 2년 태정대신太政大臣으로 천거되었으나 사퇴辭退. 정이위正二位. 사망 후, 정일위正一位 태정대신을 추증追贈받음. 대보율령大寶律令·양로율령養老律令 제정, 헤이조 경平城京 천도 등에 공헌. 가마타리를 계승해서 후지와라 씨藤原氏의 번영의 기초를 닦음. 자식은 남南·북北·식式·경京의 네 집안을 일으키고, 여식으로는 몬무文武 천황의 부인 미야코宮子, 쇼무聖武 천황의 황후 고묘시光明子가 있음. ③ 35.

단케이湛慶

홍인弘仁 6년(815)~원경元慶 4년(880). 사네쿠니實國의 아들. 어린 나이로 출가. 엔랴쿠지延曆寺에 거주하며, 진언眞言의 가르침을 배움. 아사리

阿闍梨가 되었으나, 인수仁壽 연중(851~854) 동궁東宮의 유모乳母와의 밀통密通이 발각되어 태정대신太政大臣 요시후사良房에 의해 환속還俗당하였고, 다카무코노 기미스케高向公輔라 칭함. 또 고대부高大夫라고도 함. 후에 황태후궁대진皇太后宮大進・사누키 권수讚岐權守・종사위하從四位下. 원경 4년 사망. 64세(『옥엽玉葉』, 『삼대실록三代實錄』). 『이중력二中歷』 명인력名人歷・도가道家 항목에 "高大夫淇契阿闍梨、俗姓高向、還俗時名公輔"라고 되어 있고, 동 밀교密教 항목에 "探慶高大夫"라고 보임. ③ 3.

대직관大織冠

후지와라노 가마타리藤原鎌足. 스이코 천황推古天皇 22년(614)~덴치 천황天智天皇 8년(669). 아버지는 나카토미노 미케코中臣御食子. 내대신內大臣. 대직관大織冠. 대화大化 3년(647) 제정制定의 관위 13계의 최고위인 대직관은 가마타리에게 주어진 것이 유일한 예였기 때문에, '대직관'이라고 한다면 가마타리를 가리켰음. 덴치 천황 8년 천황으로부터 '후지와라노 아손藤原朝臣'이라는 성을 하사받았으며, 차남인 후히토不比等의 계통이 이를 계승함. 대화 원년 나카노오에中大兄 황자(후의 덴치天智 천황天皇)와 도모하여 소가노 이루카蘇我入鹿를 토벌하고, 대화의 개신改新을 추진한 중심인물임. 도노미네多武峰의 단잔신사談山神社에 모셔짐. ③ 23・35.

도요사키豊前 대군大君

연력延歷 24년(805)~정관貞觀 7년(865). 도네리 사인舍人 친왕親王의 자손으로, 사카이 왕榮井王의 아들. 대학조大學助・무부대승武部大丞・제릉조諸陵助・대재대감大宰大監・빗추 수備中守・미카와 수三河守・대장대보大藏大輔를 거쳐, 승화承和 14년(847)에 종오위상從五位上. 아키 수安藝守・이

요 수伊予守・좌경권대부左京權大夫・민부대보民部大輔 등을 역임. 야마토 수에는 인수仁壽 3년(853)에 임명됨. 정관 6년에 종사위상從四位上. 다음해 2월 2일 사망. 형부경刑部卿이 된 적은 없음. ③ 25.

ⓜ

마가리노 쓰네카타勾經方

출생・사망 시기는 자세히 전해지지 않음. 야마토大和・부젠豊前에는 마가리勾의 땅이 있어, 히다飛驒・오와리尾張・스루가駿河 등에 마가리 씨勾氏가 있었다고 함. 『습개초拾芥抄』 중中, 성호록부姓戶錄部, 아기나군阿祇奈君의 항목에 "勾マカリ"라고 보임. ③ 10.

미나모토노 요리요시源賴義

영연永延 2년(988)~승보承保 2년(1075). 요리노부賴信의 장남. 좌위문소위左衛門少尉・병부승兵部丞・좌마조左馬助・이요伊予 수령・가와치河內 수령・사가미相模 수령・무쓰陸奧 수령・진수부장군鎭守府將軍. 영승永承 6년(1051) 무쓰 수령에 임명. 『부상약기扶桑略記』에 의하면, 천희天喜 5년(1057) 9월 2일, 진수부장군에 임명되어 있음. 전구년前九年의 역役에서 활약함. 『이중력二中歷』 일능력一能歷・무사의 항목에 보임. 승보承保 2년 7월 13일에 사망. ③ 11.

미나모토노 유키토源行任

출생, 사망 시기는 자세히 전해지지 않음. 다이고醍醐 미나모토 씨源氏. 다카마사高雅의 아들. 어머니는 후지와라노 지카아키라藤原親明의 딸. 장인藏人・노토 수能登守・에치고 수越後守・빗추 수備中守・오미 수近江守・단고 수丹後守・하리마 수播磨守 등을 역임. 정사위상正四位上. 노토 수에 임명된 것은 관홍寬弘 7년(1010)으로, 같은 해 윤

閏 2월에 부임赴任(『미도관백기御堂關白記』). 에 치고 수는 관인寬仁 3년(1019) 10월 29일, 오절五節을 사퇴辭退하였기 때문에 임기를 그만두게 할 때까지 재임在任(『소우기小右記』). 『좌경기左經記』 치안治安 원년(1021) 6월 19일 조條에는 "越後前司"라고 되어 있음. 영승永承 3년(1048) 하리마 수로 임명됨. 이 이후는 미상. ㉛ 18.

㉕

산조三條 천황天皇

산조인三條院 천황. 정원貞元 원년(976)~관인寬仁 원년(1017). 제67대 천황. 재위 관홍寬弘 8년(1011)~장화長和 5년(1016). 레이제이冷泉 천황의 제2황자. 어머니는 후지와라노 가네이에藤原兼家의 딸 조시超子. 관화寬和 2년(986) 7월 16일, 태자에 책봉됨. 관홍 8년 10월 16일 즉위. 후지와라노 미치나가藤原道長와 대립하여, 『소우기小右記』 장화長和 원년 4월 16일 조에는, "左大臣(道長)爲我無禮尤甚"라고 분개하고 있음. 외손자인 아쓰히라敦成 친왕親王(어머니는 쇼시彰子)을 옹립하려고 한 미치나가는, 산조 천황에게 눈병을 이유로 퇴위하도록 압박을 가함. 제1황자 아쓰아키라敦明 친왕親王을 태자로 세우는 조건으로, 양위하고 상황上皇이 됨. 관인寬仁 원년 4월 29일에 출가하고, 같은 해 5월 9일에 삼조원三條院에서 붕어崩御. ㉛ 31.

손네이尊睿

?~관홍寬弘 4년(1007). 좌경左京 사람으로, 천태좌주天台座主 기카이義海의 제자. 천력天曆 8년(954) 득도수계得度受戒. 관화寬和 2년(986) 10월, 요카와橫川 혜심원惠心院의 아사리阿闍梨가 됨(『승강보임僧綱補任』). 장덕長德 4년(998) 10월에 권율사權律師. 후에, 도노미네多武峰 제8대 좌주座主가 됨(『승강보임』, 『도노미네야기多武峰略

記』). ㉛ 23.

㉖

아베노 무네토安倍宗任

출생, 사망 시기는 자세히 전해지지 않음. 요리토키賴時의 삼남. 사다토貞任의 동생. 이에토家任와 함께 도리노우미鳥海 성채에 살아, 도리노우미 사부로鳥海三郎라고 불림. 전구년前九年의 역역으로 강평康平 5년(1062) 사다토가 죽은 후, 항복하여 이요 지방伊予國으로 유배. 후에 대재부大宰府로 옮김(『무쓰 화기陸奥話記』, 『수좌기水左記』, 『조야군재朝野群載』, 『부상약기扶桑略記』, 『안등계도安藤系圖』). ㉛ 11.

아베노 사다토安倍貞任

?~강평康平 5년(1062). 요리토키賴時의 차남. 무쓰 지방陸奥國 이와테 군岩手郡 구리야가와 성厨川柵에 살았던 것에서, 구리야가와 지로厨河二郎라고 불렸음. 전구년前九年의 역역에서 분투하였으나, 강평 5년 9월 17일에 구리야가와 성에서 전사. 이 이야기집 권25 제13화 참고. ㉛ 11.

아베노 요리토키安倍賴時

?~천희天喜 5년(1057). 다다요시忠良의 아들. 초명은 요리요시賴良. 형제로는 다메모토爲元와 요시아키良昭가 있고, 자식으로는 사다토貞任와 무네토宗任가 있음. 무쓰 지방陸奥國 군사郡司(『무쓰 화기陸奥話記』). 고로모가와衣川 관문에서 남쪽으로 가려고 했을 때, 무쓰 수령 후지와라노 나리토藤原登任가 토벌을 하러 왔으나, 나리토를 이김. 후에 무쓰 수령으로 미나모토노 요리요시源賴義가 임명되고, 전구년前九年의 역역이 격화됨. 천희 5년 7월 26일에 화살에 맞아 전사. ㉛ 11.

엔유圓融 천황天皇

천덕天德 3년(959)~정력正曆 2년(991). 제64대 천황天皇. 재위, 안화安和 2년(969)~영관永觀 2년(984). 무라카미村上 천황의 제5황자. 어머니는 후지와라노 모로스케藤原師輔의 딸 야스코安子. 법명은 곤고호金剛法. 후지와라노 센시藤原詮子와의 사이에서 태어난 장남은 제66대 이치조一條 천황으로 즉위. ㉚ 29.

오노노 다카무라小野篁

연력延曆 21년(802)~인수仁壽 2년(852). 미네모리岑守의 장남. 천장天長 10년(833) 동궁학사東宮學士 겸 탄정소필彈正少弼. 승화承和 원년(834) 견당부사遣唐副使에 임명되었으나, 대사大使인 후지와라노 쓰네쓰구藤原常嗣와 다투어, 병을 핑계로 승선을 거부. 이로 인해 오키隱岐로 유배가게 됨. 동 7년에 복관하여, 장인두藏人頭·참의參議가 됨. 시가詩歌·서도書道에 뛰어나며, 야쇼공野相公이라 불림. 한시집으로 『야상공집野相公集』이 있었으나 산일됨. 다카무라를 주인공으로 다룬 작품으로 『다카무라 이야기篁物語(『오노노 다카무라집小野篁集』)』가 있음. 또한 지옥의 명관으로서 현세와 명계를 왕복하였다고도 전해짐. ㉚ 19.

오노노미야 사네스케小野宮實資

후지와라노 사네스케藤原實資. 천덕天德 원년(957)~영승永承 원년(1046). 오노노미야小野宮는 호. 사다토시齊敏의 아들. 후에 조부인 사네요리實賴의 양자가 됨. 천원天元 4년(981)에 장인두藏人頭, 영관永觀 원년(983) 좌중장左中將. 대납언大納言을 거쳐, 치안治安 원년(1021) 7월 5일에 우대신右大臣이 됨. 사망하기 전까지 우대신으로 있었음. 종일위從一位. '현인우부賢人右府'라 불리고, 고실故實(*옛날의 법제·의식·복식 등에 관한 규정이나 관습)에 능통함. 강직한 인품으로, 당시의 권력자인 미치나가와도 대립. 일기 『소우기小右記』, 고실서故實書 『오노노미야 연중행사小野宮年中行事』가 있음. ㉚ 29.

요제이인陽成院

요제이陽成 천황天皇. 정관貞觀 10년(868)~천력天曆 3년(949). 제57대 천황. 재위, 정관貞觀 18년~원경元慶 8년(884). 세이와淸和 천황天皇 제1황자. 어머니는 후지와라노 나가라藤原長良의 딸 다카이코高子. 17세의 젊은 나이로 도키야스時康 친왕親王(고코光孝 천황天皇)에게 양위. 양위의 이유는 병약했기 때문이라는 설과 요제이 천황이 아리와라노 나리히라在原業平의 사생아라는 설이 있음. 기행奇行·난행亂行으로 알려졌으며, 『황년대약기皇年代略記』에는 "物狂帝"라고 기록되어 있음. 양위 후에는 요제이인陽成院이라고 불림. 천력 3년 9월 29일 82세의 나이로 붕어崩御. ㉚ 6.

우다宇多 천황天皇

정관貞觀 9년(867)~승평承平 원년(931). 제59대 천황. 재위在位 인화仁和 3년(887)~관평寬平 9년(897). 고코光孝 천황의 제7황자. 다이고醍醐 천황의 아버지. 우다 천황 즉위 때, 아형阿衡 사건이 일어난 사실은 유명함. 우다 천황의 체세는 후세에 '관평의 치治'라고 불림. 양위讓位 후인 창태昌泰 2년(899)에 출가, 다이조太上 천황이라는 존호尊號를 사퇴하고, 스스로 법황法皇이 됨. 이 것이 법황의 최초의 예. 어소御所는 주작원朱雀院·닌나지 어실仁和寺御室·정자원亭子院·우다원·육조원六條院 등. 법황은 불교 교의에 깊이 통달하고, 신자쿠眞寂 친왕親王을 비롯한 제자를 두었으며, 그 법계法系는 히로사와류廣澤流·오노류小野流로서 후세까지 이어짐. 닌나지 어실에서 붕어. ㉚ 2.

우치후시打臥 무녀

출생, 사망 시기는 자세히 전해지지 않음. '御子'
는 무녀를 말함. 『마쿠라노소시枕草子』에 "弘徽殿
とは"으로 시작하는 단에 "그분(弘徽殿)께, 우치후
시라는 딸이 사쿄左京라는 이름으로 출사했는데"
라고 되어 있고, 딸인 사쿄左京는 이치조一條 천
황의 여어女御 기시義子를 모심. 『대경大鏡』 가네
이네전兼家傳에도 관련기사가 보임. ㉛ 26.

이치조一條 천황天皇

이치조인一條院. 천원天元 3년(980)~관홍寬弘 8
년(1011). 제66대 천황. 재위 관화寬和 2년(986)~
관홍寬弘 8년. '사키前'는 고이치조後一條 천황에
대비한 호칭. 엔유圓融 천황의 제1황자. 어머니
는 후지와라노 가네이에藤原兼家의 딸 센시詮子.
후지와라노 미치타카藤原道隆의 딸 데이시定子,
후지와라노 미치나가藤原道長의 딸 쇼시彰子를
각각 황후, 중궁으로 들임. ㉛ 4.

㉛

조에定惠

고교쿠 천황皇極天皇 원년(642)~덴치 천황天智天
皇 4년(665). '定慧', '貞慧'라고 표기하기도 함. 후
지와라노 가마타리藤原鎌足의 장남. 실제로는 덴
치 천황의 아들(본집 권22 제1화)이라고도 함. 백
치白雉 4년(653) 도조道昭 등과 함께 입당入唐. 장
안長安 혜일사慧日寺의 신태법사神泰法師에게 사
사師事받음. 덴치 천황 4년에 일본으로 귀국. 같
은 해 10월 23일에 23세의 나이로 사망. 일설에
는 화동和銅 7년(714) 6월 25일에 70세로 사망했
다고도 함(『도노미네 연기多武峰緣起』, 『도노미네
약기多武峰略記』). 도노미네데라多武峰寺의 개기
開基로서도 알려져 있음(『효덕기孝德紀』, 『도노미
네 연기』). ㉛ 35.

조조淨藏

관평寬平 3년(891)~강보康保 원년(964). '대덕'은
경칭. 미요시 기요유키三善淸行의 8남. 7세의 나
이로 출가하여 히에이 산比叡山에 오름. 겐소玄
昭, 다이에大惠 등에게 사사師事. 요카와橫川나
구마노熊野의 긴푸 산金峰山 등의 영장靈場에서
수행하였고, 수험자로서 명성이 세간에 널리 퍼
져 있었음. 후지와라노 도키히라藤原時平가 병
에 걸렸을 때, 스가와라노 미치자네菅原道眞의 원
령怨靈을 퇴치하거나(『부상약기扶桑略記』) 다이
라노 마사카도平將門를 요카와에서 항복하게 함
(『습유왕생전拾遺往生傳』). 현밀顯密 · 실담悉曇 ·
관현管弦 · 천문天文 · 역도易道 · 복서卜筮 · 교화
敎化 · 의도醫道 · 수험修驗 · 다라니陀羅尼 · 음곡音
曲 · 문장文章 · 예능藝能에 정통했음(『습유왕생전
拾遺往生傳』). 강보 원년 11월 21일, 히가시 산東
山의 운고지雲居寺에서 74세의 나이로 사망(『대
법사 조조전大法師淨藏傳』). ㉛ 3.

주잔中算

'仲算'이라고도 함. 승평承平 5년(935)~정원貞元
원년(976). 고후쿠지興福寺 별당別當 소승도少僧
都 구세이空晴에게 사사師事. 신키眞喜, 효닌平忍,
수초守朝와 함께 구세이의 사신족四神足이라 불
림. 마쓰무로松室에 거주. 강보康保 4년(967) 유
마회維摩會 수의竪義. 천연天延 원년(973) 사이다
이지西大寺 별당別當. 내외전內外典에 능통하고,
현교顯敎의 명인名人이라 불림. 42세의 나이로
사망. ㉛ 34.

주진 공忠仁公

후지와라노 요시후사藤原良房. 연력延曆 23년
(804)~정관貞觀 14년(872). 후유쓰구冬嗣의 2남.
천장天長 10년(833)에 닌묘仁明 천황天皇이 즉위
함과 동시에 장인두藏人頭가 된 후, 연이어 눈부

신 승진을 하게 됨. 54세 때, 인신人臣 최초의 태정대신太政大臣, 그 후 섭정攝政이 됨. 인신섭정人臣攝政의 효시嚆矢이자, 후지와라 씨藤原氏에 의한 섭관독점체제攝關獨占體制의 단서가 됨. 정관 14년 9월 2일 동일조제東一條第에서 69세의 나이로 사망. 정일위正一位를 추증追贈. 주진 공忠仁公은 시호諡號. ㉛ 3.

지에慈惠

연희延喜 12년(912)~관화寬和 원년(985). 오미 지방近江國 사람. 지에慈惠는 시호諡號. 법명은 료겐良源. 정월正月 3일에 입적入寂하였기에 간산元三 대사大師라고도 불림. 천태종의 승려. 강보康保 3년(966) 제18대 천태좌주. 이후 19년간 후지와라노 모로스케藤原師輔의 후원을 받아 엔랴쿠지延曆寺를 정비, 겐신源心·가쿠운覺雲·진젠尋禪·가쿠초覺超 등을 육성. 히에이 산比叡山 중흥中興의 시조로 알려짐. 천원天元 4년(981) 대승정大僧正. 저서로『백오십존구결百五十尊口決』,『태금염송행기胎金念誦行記』,『구품왕생의九品往生義』 등이 있음. ㉛ 24.

지카쿠慈覺 대사大師

연력延曆 13년(794)~정관貞觀 6년(864). 시모쓰케 지방下野國 사람. 속성俗姓은 미부 씨壬生氏. 지카쿠 대사는 시호. 법명은 엔닌圓仁. 천태종天台宗 산문파山門派의 시조. 사이초最澄의 제자. 승화承和 5년(838) 견당사로서 입당. 천태산天台山에 가려던 뜻을 이루지 못하고 오대산五台山에서 장안으로 가서 회창會昌의 폐불廢佛과 조우하여 승화 14년에 귀국. 인수仁壽 4년(854) 제3대 천태좌주天台座主. 히에이 산 당사堂舍의 정비, 천태밀교天台密敎(태밀台密)의 대성, 부단염불不斷念佛의 창시 등, 천태교학에 새로운 바람을 일으킴. 정관 8년, 일본에서 최초로 대사大師 칭호를 하사받음. 저서『입당구법순례행기入唐求法巡禮行記』,『금강정경소金剛頂經疏』,『재당기在唐記』 등. ㉛ 3.

후지와라노 가네이에藤原兼家

연장延長 7년(929)~영조永祚 2년(990). 모로스케師輔의 아들. 자식으로는 미치타카道隆, 미치카네道兼, 미치나가道長 등이 있음. 정원貞元 3년(978) 10월 2일 우대신右大臣에 임명. 우대신 재임 기간은 관화寬和 2년(986) 6월 23일까지. 관화 2년 6월, 책략을 세워 가잔花山 천황天皇을 퇴위시키고, 외손外孫인 야스히토懷仁 친왕親王을 이치조一條 천황天皇으로서 즉위시킴. 그로 인해 가네이에는 섭정攝政·관백關白이 됨. 영조 원년 태정대신太政大臣. 종일위從一位. 다음해 7월 2일 사망. 호코인法興院이라 칭하게 됨. 법홍원法興院은 원래 이조二條 북쪽, 교고쿠極 동쪽에 있던 가네이에兼家의 저택으로 이조경극저二條京極邸(동이조원東二條院)라 칭했는데, 가네이에가 출가한 후인 영조 2년 5월에 사찰이 됨. ㉛ 26.

후지와라노 노부노리藤原惟規

?~관홍寬弘 8년(1011). 다메토키爲時의 아들. 무라사키 식부紫式部의 동복형제. 오빠라는 설도 있음. 관홍 4년 정월 13일, 병부승兵部丞을 겸하여 장인藏人이 됨(『미도관백기御堂關白記』). 종오위하從五位下. 동 8년 2월 1일, 아버지 다메토키가 에치고 수越後守가 되어, 장인藏人을 사퇴하고 에치고로 하향下向. 에치고에서 얼마 안 가 병으로 사망. 『무라사키 식부 일기紫式部日記』에도 기록되어 있음. 가인歌人이며, 『후습유집後拾遺集』 등에 그 노래가 수록되어 있음. 『노부노리 집惟規集』을 남김. ㉛ 28.

후지와라노 노부미치藤原信通

출생, 사망 시기는 자세히 전해지지 않음. 나가요리永賴의 아들. 어머니는 후지와라노 노부마사藤原宣雅의 딸. 히타치 개상陸介・도토우미 수遠江守・이가 수伊賀守・소납언少納言 등을 역임. 종사위하從四位下(『존비분맥尊卑分脈』). 『소우기小右記』 만수萬壽 원년(1024)부터 동 4년에 히타치 국사國司(개介)로서 보임. ㉛ 17.

후지와라노 다메요시藤原爲善

출생, 사망 시기는 자세히 전해지지 않음. 도모야스倫寧의 손자, 마사토理能의 아들. 어머니는 기요하라 모토스케淸原元輔의 딸. 단, 다메요시爲善의 자식에 노부노리惟規는 없고, 다메토키爲時의 오류로 보임. → 후지와라노 다메토키藤原爲時. ㉛ 28.

후지와라노 다메토키藤原爲時

출생・사망 시기는 자세히 전해지지 않음. 마사타다雅正의 아들. 어머니는 후지와라노 사다카타藤原定方의 딸. 자식으로는 노부노리惟規, 무라사키 식부紫式部 등이 있음. 문장생文章生 출신. 스승은 스가와라노 후미토키菅原文時. 식부경式部丞・장인藏人・대내기大內記. 장덕長德 2년(996) 정월 25일 아와지淡路 수령에 임명됨. 같은 달 28일, 에치젠越前 수령 미나모토노 구니모리源國盛가 병으로 쓰러졌기 때문에 에치젠 수령이 됨(『일본기략日本紀略』). 관홍寬弘 7년(1010) 정오위하正五位下 좌소변左少辨. 다음 해 에치고越後 수령으로 임명됨(『변관보임辨官補任』). 장화長和 5년(1016) 4월 29일, 미이데라三井寺에서 출가(『소우기小右記』). 시문詩文에 뛰어나 『이중력二中歷』 시인력詩人歷・문장생文章生・제대부諸大夫의 항목에 보임. 또한 와카和歌는 『후습유집後拾遺集』, 『신고금집新古今集』에 수록됨. 『속본조왕생전續本朝往生傳』에서는 "天下之一物"중에 들어가 있음. ㉛ 28.

후지와라노 다카쓰네藤原隆經

출생, 사망 시기는 자세히 전해지지 않음. 요리토賴任의 아들. 가인歌人. 장인藏人・가이甲斐・셋쓰攝津・미노美濃 등의 수守를 역임. 정사위하正四位下. 영구延久 3년(1071)부터 동 4년에 걸쳐, 미노 수로서의 이름이 기록에 보임(『도다이지 문서東大寺文書』・5, 『헤이안 유문平安遺文』・3). 그의 와카가 『후습유집後拾遺集』 등에 수록됨. ㉛ 8.

후지와라노 도키히라藤原時平

정관貞觀 13년(871)~연희延喜 9년(909) 후지와라노 모토쓰네藤原基經의 장남. 어머니는 사품四品 탄정윤彈正尹 사네야스人康 친왕親王의 딸. 같은 어머니에게서 태어난 형제로는 나카히라仲平, 다다히라忠平, 온시穩子들이 있음. 가문의 장자. 참의參議・중납언中納言・우대장右大將・대납언大納言・좌대장左大將 등을 거쳐, 창태昌泰 2년(899) 2월에 좌대신左大臣과 좌대장을 겸임하게 됨. 연희延喜 원년 스가와라노 미치자네菅原道眞를 좌천시키고, 후지와라 씨藤原氏의 지위를 확보. 연희 9년 4월 4일에 39세로 사망. 그때가 정이위正二位 좌대신左大臣이었음. 정일위正一位 태정대신太政大臣으로 추증됨(『공경보임公卿補任』, 『존비분맥尊卑分脈』). 혼인본院 대신大臣・나카미카도中御門 좌대신左大臣이라고 불림. 『일본삼대실록日本三代實錄』, 『연희식延喜式』의 찬수撰修를 주도하였음. ㉛ 1.

후지와라노 모로이에藤原師家

만수萬壽 4년(1027)~강평康平 원년(1058). 쓰네스케經輔의 아들. 어머니는 식부대보式部大輔 후지와라노 스케나리藤原資業의 딸. 소납언少納言・

오위장인五位藏人·셋쓰 수攝津守 등을 거쳐, 영승永承 3년(1048) 12월 7일 우소변右少辨. 동 5년 9월 17일까지 우소변으로 근무하여, 우중변右中辨에까지 이름. 종사위하從四位下. 강평 원년 9월 32세의 나이로 사망. ㉛ 7.

후지와라노 미치나가藤原道長

강보康保 3년(966)~만수萬壽 4년(1027). 가네이에兼家의 아들. 어머니는 후지와라노 나카마사藤原中正의 딸 도키히메時姬. 섭정攝政·태정대신太政大臣이 되지만 관백關白은 되지 않음. 하지만 세간에서는 미도관백御堂關白·호조지관백法成寺關白이라 칭해짐. 큰형 미치타카道隆·둘째 형 미치카네道兼가 잇달아 사망하고 미치타카의 아들 고리치카伊周·다카치카隆家가 실각하자 후지와라 일족에서 그에게 대항할 자가 없어져 '일가삼후一家三后'의 외척 전성시기를 실현함. 처인 린시倫子와의 사이에서 태어난 쇼시彰子는 이치조一條 천황의 중궁이 되고, 그 시녀 중에 무라사키 식부紫式部가 있었고, 역시 이치조 천황의 황후가 된 미치타카의 딸 데이시定子의 시녀에는 세이 소납언淸少納言이 있어서 여방문학원女房文學園의 정화精華를 연 것으로 유명하지만 본서에는 거기에 대해서는 일절 기록이 없음. 미치나가의

일기인 『미도관백기御堂關白記』는 헤이안 시대의 정치, 사회, 언어생활을 알 수 있는 귀중한 자료. ㉛ 23.

후지와라노 미치무네藤原通宗

?~응덕應德 원년(1084). 쓰네히라經平의 아들. 어머니는 다카시나노 나리노부高階成順의 딸. 스오 수周防守·노토 수能登守·와카사 수若狹守·우문위좌右衛門佐 등을 역임. 정사위하正四位下. 가인歌人으로서도 알려져 있어, 『후습유집後拾遺集』, 『금엽집金葉集』에 그 시가 수록되어 있음. 노토 수 재임 중인 연구延久 4년(1072) 3월, 게타 궁氣多宮 신전 앞에서, '게타 궁 우타아와세歌合'를 주최. 자식으로 가승歌僧 류겐隆源이 있음. 응덕 원년 4월 사망. ㉛ 21.

후지와라노 사다타카藤原貞高

'貞孝'라고도 함. 사네미쓰實光의 아들. 장인藏人·식부승式部丞. 『소우기小右記』 목록 천원天元 4년(981) 9월 4일 조條에 "藏人貞孝於殿上頓死事", 『일본기략日本紀略』 같은 날 조에 사다타카가 오니鬼에게 살해당했다는 내용에 기사가 보임. ㉛ 29.

불교용어 해설

1. 본문 중에 나오는 불교 관련 용어를 모아 해석하였다.
2. 불교용어로 본 것은 불전佛典 혹은 불전에 나오는 불교와 관계된 용어, 불교 행사와 관계된 용어이지만 실재 인명, 지명, 사찰명은 제외하였다.
3. 배열은 가나다 순으로 하였다.
4. 각 항의 말미에 해당 단어가 등장하는 각 편을 숫자로 표시하였다. 예를 들면 '㉛ 1'은 '권31 제1화'를 가리킨다.

⑩

묘견妙見

묘견보살妙見菩薩의 줄임말. 존성왕尊星王·묘견존성왕妙見尊星王·북진보살北辰菩薩·북두보살北斗菩薩이라고도 함. 북두칠성北斗七星을 신격화神格化한 것으로, 국토國土를 수호하고, 재해를 없애며, 사람의 복수福壽가 늘어나게 해준다는 보살. 밀교密敎에서는 식재息災·연명延命을 기원하여 북두법北斗法(북두존성왕법北斗尊星王法)을 수행함. 또한 『인융초印融鈔』에 의하면 "안정眼精 특히 청결하여 사물을 잘 보신다."라고 되어 있는 것에서, 눈병 치료의 보살로서 신앙되어졌던 것으로 추정. ㉛ 20.

⑪

법화팔강法華八講

『법화경法華經』 전 8권을 8좌座로 나누어, 여덟 명의 강사가 한 사람이 한 좌를 담당. 하루를 아침, 저녁 두 좌로 나누어, 한 좌에 한 권씩 강설하여 4일간 결원結願하는 법회. ㉛ 23.

별당別堂

승직僧職의 하나. 도다이지東大寺·고후쿠지興福寺·닌나지仁和寺·호류지法隆寺·시텐노지四天王寺 등 여러 대사大寺에서 삼강三綱 위에 위치하여 일산一山의 사무寺務를 통괄. 천평승보天平勝寶 4년(752) 로벤良辨이 도다이지 별당이 된 것이 처음. ㉛ 24.

보살菩薩

'보리살타菩提薩埵'의 줄임말. 범어梵語 bodhisattva(깨달음에 이르려고 하는 자)의 음사音寫. 대승불교에서 이타利他를 근본으로 하여 스스로 깨달음을 구하여 수행하는 한편, 다른 중생 또한 깨달음에 인도하기 위한 교화에 힘쓰고, 그러한 공덕에 의해 성불하는 자. 부처(여래如來) 다음가는 지위. 덕이 높은 수행승에 대한 존칭. ㉛ 1.

부동존不動尊

부동명왕不動明王. 밀교에서의 오대명왕五大明王(오대존五大尊)의 중앙존. 분노상忿怒相을 나타내며 색은 청흑색으로, 화염火焰을 등지고 있음. 오른손에는 '항마降魔의 이검利劍'을, 왼손에는 박승縛繩을 들고 있으며, 모든 번뇌와 악마를 항복시키고 퇴치하여 보리菩提를 성취시킨다고 여겨져, 헤이안平安 초기 이래, 널리 신앙됨. ㉛ 3.

삼보三寶

세 종류의 귀한 보물이라는 뜻. 삼존三尊이라고도 함. 불교에서 공경해야 하는 세 가지 보물로 불佛(buddha)·법法(dharma)·승僧(samgha)의 총칭. ㉛ 28.

삼십강三十講

법화삼십강法華三十講. 『법화경法華經』 28품에, 개경開經인 『무량의경無量義經』과 결경結經인 『관보현경觀普賢經』을 더해 30품으로 하여 30일간에 걸쳐 강설講說하는 법회法會. 1일 1좌座가 일반적이며, 아침·저녁으로 2좌를 행하여 15일 만에 끝내는 경우도 있음. 궁중宮中의 삼십강은 후지와라노 미치나가藤原道長의 본원本願에 의해 시작됨. 정례는 5월. ㉛ 23.

선근善根

좋은 과보果報를 가져오는 행위. 공덕功德. 구체적으로는 사경寫經·조상造像·공양供養·재회齋會 등을 말함. ㉛ 14.

숙세宿世

범어梵語 purva의 번역. 전세前世, 과거세過去世. 또 전세로부터의 인연因緣, 운명이라는 숙업宿業·숙명宿命의 의미를 줄여서 칭하는 경우에 사용됨. ㉛ 3.

승강僧綱

승려와 비구니를 관리하고 법무法務를 통괄하는 승려의 관직으로 승정僧正·승도僧都·율사律師의 세 직책. 보통 승정·대승도大僧都·소승도少僧都·율사律師의 네 가지 밑에 위의사威儀師·율의사律儀師를 두어 구성됨. ㉛ 20·23.

아사리阿闍梨

범어梵語 acarya의 음사音寫. '궤범사軌範師' '교수教授' 등으로 번역함. 대승大乘·소승小乘·밀교密敎 모두에서 수계受戒 또는 관정灌頂에 있어 제자에게 십계十戒·구족계具足戒를 부여하고 위의威儀(작법作法)를 가르치는 사승師僧을 말함. 일본에서는 직관職官의 하나로 관부官符에 의해 보임되었음. 승화承和 3년(836), 닌묘仁明 천황 시대에 히에이 산比叡山·히라 산比良山·이부키 산伊吹山·아타고 산愛宕山·고노미네지神峰寺·긴푸센지金峰山寺·가쓰라기 산葛城山의 일곱 산에서 아사리의 칭호를 받아(칠고산아사리七高山阿闍梨) 오곡풍양五穀豊穣을 기원한 것이 최초라고 하며, 이후에는 궁에서 보임을 받지 않고 각 종파에서 임의로 칭호를 사용하게 됨. ㉛ 23.

아수라녀阿修羅女

여자 아수라阿修羅. 아수라는 범어梵語 asura의 음사音寫. 줄여서 수라修羅라고도 함. 고대 인도의 귀신鬼神으로 호전好戰적임. 장신長身으로 바닷가나 깊은 바닷속에 살고 있다고 여겨짐. ㉛ 17.

악도惡道

악취惡趣라고도 함. '취趣'는 향하는 곳이라는 의미. 현세現世에서 행한 악사惡事(악업惡業)에 따라 사후에 다시 태어나게 되는 고경苦境. 육도六

道중 지옥地獄·아귀餓鬼·축생畜生의 삼도三道
를 가리킴. ㉛ 28.

어수법御修法

국가 또는 개인을 위해 진언밀법眞言密法을 행하
는 법회法會. 궁중의 어수법御修法은 닌묘仁明 천
황天皇 때인 승화承和 원년(834) 고보 대사弘法大
師가 진언원眞言院에서 오불정법五佛頂法을 수행
한 것에서 시작됨. 정월 8일부터 14일까지의 7일
간 옥체안전玉體安全과 국가안온國家安穩을 기원
함. 진언원의 어수법, 후7일의 어수법이라고도
함. 본집 권31 제24화의 어수법은 호쇼지法性寺
에서의 '전하殿下의 어수법'이라고 되어 있으므로
개인을 위해 행한 항례어수법恒例御修法. 천태종
天台宗에서는 치성광법熾盛光法·안진법安鎭法·
북두법北斗法 등을 수행. ㉛ 24.

율사律師

승정僧正·승도僧都에 다음가는 승강僧綱의 하나
로, 승니僧尼를 통합統合하는 관직官職. 지율사持
律師·율자律者 등으로 부르며, 계율戒律을 잘 이
해하는 자를 가리키는 경우도 있음. ㉛ 23.

이익利益

공덕功德을 얻는 것. 현세에서의 선행에 대하여
현세에 얻게 되는 공덕을 현세이익이라고 함. ㉛
13.

㉠

중유中有

탄생의 순간인 '생유生有', 태어나서 죽음에 이르
기까지가 '본유本有', 죽음의 순간인 '사유死有'와
함께 유성有性이 전회轉回를 거듭하는 네 가지 과
정, 즉 '사유四有'의 하나로 죽음으로부터 다음 삶
이 주어지기 전의 중간 상태를 말함. 그 기간은

보통 49일간으로 여겨져 '중음中陰'이라고도 칭
함. 이 기간은 7일마다 다음 생이 주어지는 기회
가 있다고 하여 7일마다 추선공양追善供養이 행
해짐. ㉛ 28.

진언밀법眞言密法

진언밀교와 같은 뜻. '진언비밀眞言祕密의 가르
침'이라고도 함. 교의敎義를 문자로 명시한 현교
顯敎와 다르게 교의가 심원深遠하여 문자로는 설
명할 수 없는 가르침에서 비롯된다고 함. 밀교에
서는 진언眞言(범어梵語 주문)을 외우는 것을 취
지로 하는 것에서 비롯된 명칭. 엔닌圓仁·엔친圓
珍 등에 의해 전해진 천태계天台系의 태밀臺密과
구카이空海에 의한 도지東寺 계통의 동밀東密의
큰 두 개의 흐름이 있음. ㉛ 3.

㉡

천태좌주天台座主

히에이 산比叡山 엔랴쿠지延曆寺 일산一山을 통
치하는 천태종의 최고승직最高僧職. 천장天長 원
년(824) 엔랴쿠지 제2세世 기신義眞이 천태좌주
라는 호칭을 처음으로 씀. 엔랴쿠지 좌주의 공식
선명公式宣明과 명칭은 제형齊衡 원년(854) 관부
官符로서 좌주가 된 제3대 지카쿠慈覺를 최초로
함. ㉛ 24.

㉣

하치만八幡

하치만대보살八幡大菩薩. 우사하치만궁宇佐八幡
宮, 이와시미즈하치만궁石淸水八幡宮 등, 하치만
궁에 모셔진 주제신主祭神. 권31 제1화에서는 이
와시미즈하치만궁에서 제사祭祀되는 하치만대
보살을 가리킴. 하치만신八幡神을 호국영험위력
신통대자재왕보살護國靈驗威力神通大自在王菩薩
의 수적신垂迹身으로 보고, 대보살이라 칭함. 오

진천황應神天皇을 주좌主座로 하여, 진구 황후神功皇后, 히매신比賣神 또는 주아이 천황仲哀天皇을 합해 삼신三神을 말함. 헤이안平安 시대 초기에는 이미 대보살의 칭호가 주어짐. ③1.

현밀顯密

'현교顯教'와 '밀교密教'. '밀蜜'은 '밀密'의 통자通字. 현교란 언어나 문자로 설파하는 교의로, 밀교 이외의 모든 불교. 특히 석가釋迦·아미타阿彌陀의 설교에 의한 종파. 밀교는 언어·문자로 설파하지 않는 비밀스러운 가르침으로, 대일여래大日如來의 설교에 의한 종파. '진언밀교의 가르침'이라고도 하며, 일본에서는 도지東寺를 중심으로 하는 진언종의 동밀東密과 천태종의 태밀台密이 있음. ③23.

지명·사찰명 해설

1. 본문 중에 나오는 지명·사찰명 중 여러 번 나오는 것, 특히 긴 해설을 필요로 하는 것을 일괄적으로 해설하였다. 바로 해설하는 것이 좋은 것은 본문의 각주脚注에 설명했다.
2. 배열은 한글 표기 원칙에 의한 가나다 순으로 하였다.
3. 각 항의 말미에 그 지명·사찰명이 나온 이야기를 숫자로 표시하였다. 예를 들면 '㉚ 1' 은 '권30 제1화'를 가리킨다.

㉮

가루노데라輕寺

나라 현奈良縣 가시하라 시橿原市 오가루 정大輕町에 있던 절. 현재의 호린지法輪寺 부근이 사적寺跡으로 남아 있음. 『일본서기日本書紀』 주조朱鳥 원년(686) 8월 조에는 봉호封戶 백호百戶가 시입施入되었다고 함. 『미도관백기御堂關白記』에 의하면, 후지와라노 미치나가藤原道長가 관홍寬弘 4년(1007) 8월 5일, 당사에 숙박하였다고 함. ㉚ 5.

가쓰라 강桂川

수원水源은 교토 시京都市 사쿄 구左京區로, 여러 강이 합류하는 니시쿄 구西京區 가쓰라桂 부근에 흘러들어, 후시미 구伏見區에서 가모 강鴨川을 아울러 요도 강淀川에 흘러드는 강. 가도노 강葛野川이라고도 함. 유역流域에 따라 호칭이 달라, 오이 강大堰(井)川·호즈 강保津川·우메즈 강梅津川 등으로도 불림. ㉚ 2.

고려高麗

고려국. 조선朝鮮 왕조 중의 하나로, 왕건이 918

년 신라新羅를 대신하여 왕위를 이어, 936년 반도를 통일하여 건국. 불교문화가 꽃피었으며, 건축建築·미술美術 등도 번영하였음. 1392년 이성계李成桂에게 멸망함. 또한, 단순히 일본에서 조선반도를 가리키는 말이기도 함. ㉚ 21.

고쿠라쿠지極樂寺

교토 시京都市 후시미 구伏見區 후카쿠사深草에 있던 진언율종眞言律宗의 정액사定額寺. 『대경大鏡』에 의하면, 후지와라노 모토쓰네藤原基經가 닌묘仁明 천황이 아끼는 금琴의 가조각假爪角을 찾아낸 땅에 창건했다고 전해짐. 본존本尊은 아미타여래阿彌陀如來. 후지와라 씨藤原氏 가문의 절氏寺로, 모토쓰네·도키하라時平·나카히라仲平·다다히라忠平를 거치며 조영이 계승됨. 남북조南北朝 이후, 니치렌종으로 바뀌어, 현재는 신소 산深草山 호토지寶塔寺가 있음. ㉚ 3.

구라마 산鞍馬山

헤이안 경平安京의 북쪽, 현재의 교토 시京都市 사쿄 구左京區 구라마혼 정鞍馬本町에 소재. 동쪽에는 구라마 강鞍馬川, 서쪽에는 기부네 강貴船

川이 흐르고 있음. 연력延曆 15년(796) 창건되었다고 하는 구라마데라鞍馬寺가 남쪽 산중턱에 있음. 산악수험山岳修驗의 영지靈地로 알려져 있음. 벚꽃, 단풍의 명소로 예로부터 와카和歌의 소재가 된 명승지. ③ 3.

구라하시 산藏橋山

'倉梯山', '倉椅山', '倉橋山', '椋橋山'이라고도 표기. 별명은 오구라 산小倉山. 현재의 나라 현奈良縣 사쿠라이 시櫻井市 오아자쿠라하시大字倉橋의 동남쪽의 오토와 산音羽山, 혹은 도노미네多武峰, 또는 그 북쪽의 산이라고도 함. 『삼대실록三代實錄』 정관貞觀 11년(869) 7월 8일 조에 "大和國十市郡椋橋山河岸崩裂"라고 되어 있음. 고대로부터 '도이치 군十市郡'에 속하나, 이 이야기집에는 '요시노 군吉野郡'이라고 잘못되어 있음. ③ 35.

기온祇園

기온사祇園社. 야사카八坂 신사의 옛 이름. 교토 시京都市의 시조대교四條大橋의 동쪽, 원산대곡圓山大谷의 서쪽에 소재. 정관貞觀 918년(876), 나라奈良의 승려 엔뇨圓如가 하리마 지방播磨國 히로미네사廣峰社의 고즈牛頭 천왕天王(무토武塔 천신天神)을 권청勸請하여 창건. 당초에는 지금의 교토 시京都市 히가시야마東山區 기온아라정祇園荒町에 소재. 미야데라宮寺의 감신원感神院은 고후쿠지興福寺의 말사末寺가 되었으며, 승평承平 5년(955) 정액사定額寺에 속했으나, 천연天延 2년(974) 3월(『일본기략日本紀略』에는 5월), 엔랴쿠지延曆寺 별원別院이 됨. 이십일사二十一寺 중 하나. ③ 24.

ⓣ

도노미네多武峰

나라 현奈良縣 사쿠라이 시櫻井 도노미네多武峰

(표고 607미터의 고바레쓰 산御破裂山을 중심으로 하는 봉우리)에 소재하는 도노미네데라多武峰寺를 가리킴. 후지와라노 가마타리藤原鎌足의 장남, 조에定慧가 가마타리의 유골을 도노미네로 이장移葬하고, 13중탑을 건립한 것을 시작으로 함. 원래는 묘라쿠지妙樂寺라고 불렀음. 이후에 성령원聖靈院이 건립되고, 가마타리의 목상이 만들어짐. 메이지明治 초년의 신불분리 후에는 단잔談山 신사神社가 됨. ③ 23·35.

도리베노鳥部野

'鳥邊野'라고도 표기. 고대로부터 도리베 산鳥邊山(현재의 교토 시京都市 히가시야마 구東山區 이마구마노 아미다가미네 정今熊野阿彌陀ケ峯町)의 기슭, 북·서·남쪽으로 부채꼴 모양의 경사진 들판을 가리킴. 헤이안 경平安京이 정해진 이래로, 장례·화장터로 알려짐. 현재는 기요미즈데라淸水寺 서남, 오타니 본묘大谷本廟(니시오타니西大谷) 동쪽 묘지를 이르는 것이 통례. ③ 8·30.

도바鳥羽

현재의 교토 시京都市 후시미 구伏見區 시모토바下鳥羽, 미나미 구南區 가미토바上鳥羽. 고대의 기이 군紀伊郡 도바 향鳥羽鄕. 헤이안 경平安京의 남쪽에 접해 있고, 가모 강鴨川과 가쓰라 강桂川 사이에 있는 저온低濕의 평야. 도바鳥羽 가도街道가 있어, 교토와 연결되어 있었음. ③ 2.

ⓡ

료간지靈巖寺

헤이안平安 전기, 교토京都 기타 산北山에 소재한 사원. 묘견妙見 보살菩薩이 모셔져 있고, 그 묘견당妙見堂이 유명하여 묘켄지妙見寺라고도 불림. 개창開創의 경위는 정확하지는 않지만, 승화承和 연간(834~48), 당으로 간 승려 엔교圓行가 당사에 머문 적이 있어, 료간지 화상和尚이라고 불린 엔교를 개기開基로 기록하고 있는 것도 있음. 장보長保 원년(999)에는, 이치조一條 천황天皇의 눈병을 계기로 심하게 파손되었던 묘도당을 수리하여, 다음 해 완성함. ㉛ 20.

㉮

마노滿濃 못

가가와 현香川縣 나카타도 군仲多度郡 만노 정滿濃町에 소재. 일본 굴지의 관개용 저수지. 예로부터 마노眞野 연못, 또는 도치十千 연못이라는 아명으로 불림. 홍인弘仁 12년(821) 구카이空海에 의해 제방이 만들어진 것으로 알려짐. 권21 제11화에는 '萬能ノ池'라고 표기. ㉛ 22.

무도지無動寺

히에이 산比叡山 동탑東塔 오곡五谷 중 하나. 동탑의 별소別所로, 근본중당根本中堂의 남쪽에 위치. 본당本堂은 무도지 명왕당明王堂(명왕원明王院·부동당不動堂이라고도 함)으로, 정관貞觀 7년(865) 소오相應 화상和尚이 창건하여, 부동명왕不動明王을 안치함. 원경元慶 6년(882) 칙명에 의해 천태별원天台別院이 됨. ㉛ 23.

미이데라三井寺

정확하게는 온조지園城寺. 미이데라라는 이름은 통칭. 시가 현滋賀縣 오쓰 시大津市 온조지 정園城寺町에 소재. 천태종 사문파寺門派 총본산. 본존本尊은 미륵보살彌勒菩薩. 오토모大友 황자의 아들, 오토모 요타노 오키미大友與多王의 집을 절로 만들어 창건했다고 전해짐. 그 창건 설화는 본집 권11 제28화에 보임. 오토모 씨大友氏 가문의 절氏寺이었으나 엔친圓珍이 부흥시켜 엔랴쿠지延曆寺의 별원別院으로 하고 초대 별당別當이 되었음. 사이초最澄가 죽은 후, 엔친圓珍이 제5대 천태좌주天台座主가 되지만, 엔닌圓仁의 문도파門徒派(산문파山門派)와 엔친의 문도파(사문파寺門派)의 대립이 생겨 정력正曆 4년(993) 엔친의 문도는 엔랴쿠지를 떠나 온조지를 거점으로 하여 독립함. 황실이나 권세 있는 가문의 비호를 받아 대사원이 됨. 덴치天智·덴무天武·지토持統 세 천황이 갓난아이일 적에 사용하기 위한 목욕물을 길은 우물이 있었던 연유로 미이御井·미이三井라고 불림. ㉛ 2.

㉯

서탑西塔

동탑東塔·요카와橫川와 함께 히에이 산比叡山 삼탑三塔 중 하나. 히에이 산 서측에 위치. 석가당釋迦堂·보당원寶幢院이 핵을 이룸. 북곡北谷·동곡東谷·남곡南谷·남미南尾·북미北尾의 오곡五谷을 기점으로 함. ㉛ 24.

세타 강勢多川

세타 강瀨田川. 비와 호琵琶湖 남단 이시야마데라石山寺 부근에서 시작되어 우지 강宇治川, 오구라巨椋 연못으로 흘러드는 강. ㉛ 36.

㉰

아사카 산安積山

후쿠시마 현福島縣 고리야마 시郡山市의 서부, 오우奧羽 산맥의 봉우리 중 하나인 히타이토리 산額取山을 가리킨다고도 하고, 고리야마시 히와다 정日和田町에 존재했던 작은 언덕을 칭한다고도 함. 후자는 현재, 아사카 산 공원이 되었음. '아사카 못安積沼'과 함께, 무쓰 지방陸奧國의 예로부터 와카和歌의 소재가 된 명승지. 『만엽집萬葉集』 권16에 "아사카 산의 그림자가 비칠 듯한 얕은 샘처럼, 얕은 마음으로 당신을 대하고 있다고는 생각하지 않습니다(安積香山影さへ見ゆる山の井の淺

き心をわが思はなくに).”라는 노래가 보임. ③ 8.

山階寺로 통칭. ③ 23·24.

아와타구치粟田口

현재의 교토 시京都市 히가시야마 구東山區 아와타구치粟田口. 교토의 삼조三條 거리에서 동해도東海道·동산도東山道로 가는 출입구로, 오미 지방近江國의 오쓰大津에 통하는 교통의 요지. 헤이안平安 시대에는 귀족들의 저택이 많았음. ③ 1.

아와타 산粟田山

히가시 산東山 연봉連峰 중의 하나. 교토에서 동해도東海道·동산도東山道에의 출입구인 아와타구치粟田口(교토 시京都市 히가시야마 구東山區 아와타구치粟田口) 부근의 산을 총칭. 부근에는 귀족들의 별장이 많았음. ③ 1.

야마시나데라山階寺

고후쿠지興福寺의 별칭. 나라 시奈良市 노보리오지 정登大路町에 소재. 법상종 대본산. 남도칠대사南都七大寺·십오대사十五大寺 중 하나. 초창草創은 텐치天智 8년(669) 후지와라노 가마타리藤原鎌足의 부인 가가미노 오키미鏡女王가 가마타리 사후, 석가삼존상釋迦三尊像을 안치하기 위해 야마시나데라山階寺(교토 시京都市 야마시나 구山科區 오타쿠大宅)를 건립한 것으로부터 시작. 덴무天武 천황이 도읍을 아스카飛鳥 기요미하라淨御原로 옮길 때, 우마사카데라厩坂寺(나라 현奈良縣 가시하라 시橿原市)로 이전, 헤이조 경平城京 천도와 함께 화동和銅 3년(710) 후지와라노 후히토藤原不比等에 의해 현재 위치로 조영, 이축되어 고후쿠지라고 불리게 됨. 그 경위에 대해서는 권11 제14화에 상세. 후지와라 씨藤原氏 가문의 절 씨사氏寺로 융성했지만, 치승治承 4년(1180) 다이라노 시게히라平重衡의 남도南都(나라奈良) 방화로 대부분 전소全燒. 또한 이축 후에도 야마시나데라

오미네大峰

나라 현奈良縣 요시노 군吉野郡 요시노 정吉野町에 소재. 긴푸 산金峰山에서 구마노熊野에 이르는 산맥. 중심은 산조가타케山上ヶ岳(1719m). 수험도修驗道의 근본영장根本靈場으로 엔 행자役行者가 개산開山하고, 쇼보聖寶가 중흥시켰다고 전해짐. 또한, 이 요시노吉野·구마노熊野 사이에 있는 행장行場을 걷는 수행을 오쿠가케奧駈라고 하여, 수행자(야마부시山伏)의 최고의 연행練行으로 여겨짐. 구마노에서 요시노의 코스를 순봉順峰, 그 역코스를 역봉逆峰이라고 함. ③ 13.

오이 강大井川

'大堰川'이라고 표기하기도 함. 호즈 강保津川의 아라시야마嵐山 부근을 칭함. 또한 하류는 가쓰라 강桂川이 됨. 예로부터 와카和歌의 소재가 된 명승지로 유명하고, 자주 행행行幸도 있었음. 우다인宇多院이 연희延喜 7년(907) 9월 10일에 행차를 했음(『일본기략日本紀略』). 후에는 뱃놀이도 자주 행해졌음(『고금저문집古今著聞集』 권5). ③ 2.

오타기데라愛宕寺

교토 시京都市 히가시야마 구東山區 고마쓰 정小松町에 소재하는 (로쿠도六道) 진노지珍皇寺를 가리킴. 넨부쓰지念佛寺라고도 함. 임제종臨濟宗 겐닌지 파建仁寺派. 초창草創에 대해서는 여러 설이 있지만, 본집 권31 제19화에는 오노노 다카무라小野篁가 건립하였다고 되어 있음. 도지東寺의 말사末寺. 절의 동쪽에서 도리베노鳥邊野에 걸쳐서 교토京都 오삼매五三昧 중의 하나로, 고대로부터 공동묘지였음. 일대는 육도六道의 사거리라고 부름. ③ 19.

요카와橫川

동탑東搭・서탑西塔과 함께 히에이 산比叡山 삼탑三塔 중 하나. '橫河'라고도 표기하며, 북탑北塔이라고도 함. 근본중당根本中堂의 북쪽에 소재. 수릉엄원首楞嚴院(요카와橫川 중당中堂)을 중심으로 하는 구역. 엔닌圓仁이 창건, 료겐良源이 천록天祿 3년(972) 동서의 양 탑으로부터 독립시켜 융성함. ③ 24.

운림원雲林院

교토 시京都市 기타 구北區 무라사키노紫野에 소재한 절. 후나오카 산船岡山의 동쪽 기슭에 해당함. 당초에는 자야원紫野院이라고 함. 준나淳和 천황의 이궁離宮이었음. 천장天長 원년(824)에 운림정雲林亭으로 개칭하고, 운림원雲林院이라고도 불림. 닌묘仁明 천황의 황자인쓰네야스常康 친왕親王이 물려받지만 친왕의 출가出家에 의해 정관貞觀 11년(869) 2월에 헨조遍照 승정僧正이 부촉附囑을 받아 사원寺院이 됨. 원경元慶 8년(884) 간케이지元慶寺 별원別院이 됨. 천덕天德 4년(960)에는 무라카미村上 천황의 어원탑御願塔이 건립. 보리강菩提講은 『대경大鏡』의 무대로 유명. ③ 23.

이와시미즈하치만 궁石淸水八幡宮

교토 부京都府 하치만 시八幡市 하치만다카보八幡高坊에 소재. 오토코 산男山에 자리 잡고 있기에 오토코야마하치만 궁男山八幡宮이라고도 함. 구 관폐대사官幣大社. 다이안지大安寺의 승려 교쿄行敎가 정관貞觀 원년(859) 규슈九州의 우사하치만 궁宇佐八幡宮의 탁선託宣을 받아 권청勸請하여 이듬해에 창건. 조정의 존숭尊崇이 두터워 국가진호・왕성수호의 신으로서 신앙됨. 그 창건과 방생회放生會에 대해서는 12권 제10화에 자세히 나옴. ③ 1.

ᄌ

조라쿠지長樂寺

교토 시京都市 히가시야마 구東山區 마루야마 정圓山町에 소재. 마루야마 공원圓山公園의 남동쪽에 위치. 시종時宗. 본존本尊은 천수관음千手觀音. 우다宇多 천황의 어원사御願寺. 본래 천태종에서 엔랴쿠지延曆寺의 별원別院. 헤이안平安 시대 말기, 호넨法然의 제자 류칸隆寬 때 정토종이 됨. 준지관음准胝觀音의 영지로 건례문建禮門 원락식院落飾의 절로 유명. ③ 4. 지

지쿠부 섬竹生島

현재의 시가 현滋賀縣 히가시아자이 군東淺井郡 비와 정びわ町 하야자키早崎의 비와 호琵琶湖 안, 북부에 위치한 섬. 둘레는 약 2킬로미터로, 비와 호 내에 떠 있는 섬으로는 두 번째로 큼. 고대로부터 수험修驗의 행장行場이나, 변재辨才天・관음觀音을 기리는 영장靈場으로 신앙을 모았음. 일본 삼대변천三大辨天 중의 하나로, 호곤지寶嚴寺 변천당辨天堂, 서국삼십삼소西國三十三所 관음영장觀音靈場 제30번 찰소札所의 관음당觀音堂이 있음. ③ 36.

ᄒ

하세데라長谷寺

나라 현奈良縣 사쿠라이 시櫻井市 하세 강初瀨川에 소재. 하세 강初瀨川의 북쪽 언덕, 하세 산初瀨山의 산기슭에 위치. 풍산신락원豊山神樂院이라고도 하며, 진언종 풍산파豊山派의 총본산. 본존本尊은 십일면관음十一面觀音. 서국삼십삼소西國三十三所 관음영장觀音靈場 중 여덟 번째. 국보 법화설상도동판명法說相華圖銅板銘에 의하면, 시조는 가와라데라川原寺의 도메이道明로, 주조朱鳥 원년(686) 덴무天武 천황을 위해 창건(본 하세데라本長谷寺). 훗날 도쿠도德道가 십일면관음상

十一面觀音像을 만들고, 천평天平 5년(733) 개안 공양開眼供養, 관음당觀音堂(後長谷寺·新長谷寺)을 건립했다 함(『연기문緣起文』, 호국사본護國寺本『제사연기집諸寺緣起集』). 헤이안平安·가마쿠라鎌倉 시대에 걸쳐 관음영장觀音靈場으로도 유명. ⑨ 6.

호쇼지法性寺

교토 시京都市 히가시야마 구東山區 혼 정本町, 현재의 도후쿠지東福寺가 있는 곳에 소재한 대사大寺. 헤이안 경平安京 구조九條 끝, 가와라河原의 동쪽에 위치. 연장延長 3년(925) 후지와라노 다다히라藤原忠平가 창건. 개산開山은 천태좌주天台座主 손이尊意. 후지와라노 미치나가藤原道長가 관홍寬弘 3년(1006)에 이곳에 오대존상五大尊像을 안치한 오대당五大堂을 건립하여 공양함. 현재는 같은 이름의 정토종淨土宗 니시야마西山 젠린지파禪林寺派의 작은 절이 있음. '홋쇼지'라고도 함. ⑨ 24.

후루치 향古市鄉

『화명초和名抄』에 "古市布留知"라고 되어 있음. 오미 지방近江國 시가 군滋賀郡 4향 중에서 가장 남쪽에 위치. 현재의 시가 현滋賀縣 오쓰 시大津市 남부, 세타 강瀬田川 서쪽 일대를 가리킴. ⑨ 36.

후와不破 관문

현재의 기후 현岐阜縣 후와 군不破郡 세키가하라 정關ヶ原町 마쓰오松尾에 있었던 관문. 동국東國에 대한 군사적 방위를 위해, 동산도東山道 미노 지방美濃國 후와 군不破郡 내에 설치했음. 동해도東海道 스즈카鈴鹿 관문, 북륙도北陸道 아라치愛發 관문과 함께 삼대 관문 중의 하나. ⑨ 9.

히노쿠마 능檜前陵

히노쿠마사카아이 능檜隈坂合陵. 현재의 나라 현奈良縣 다카이치 군高市郡 아스카 촌明日香村 오아자시모히라타大字下平田에 소재. 전방후원분前方後圓墳. 에도江戸 시대부터 긴메이欽明 천황天皇의 능으로 여겨짐. 또한 본문 중에 나온 겐메이元明 천황의 능은, 이 지역에 있는 것이 아니고, 현재의 나라 시奈良市 나라자카 정奈良阪町에 소재하는 나호야마 히가시 능奈保山東陵으로 여겨짐. ⑨ 35.

히에이 산比叡山

(1) 히에이 산比叡山. 교토 시京都市와 시가 현滋賀縣 오쓰 시大津市에 걸친 산. 오히에이大比叡와 시메이가타케四明ヶ岳 등으로 되어 있음. 엔랴쿠지延暦寺가 있는 곳으로 유명하지만, 엔랴쿠지가 생기기 이전부터 신앙의 대상으로 여겨짐. 덴다이 산天台山이라고도 함.

(2) 엔랴쿠지延暦寺를 말함. 오쓰 시大津市 사카모토 정坂本町에 소재. 천태종天台宗 총본산. 에이 산叡山이라고도 함. 연력延暦 7년(788) 히에이 산기슭에서 태어난 사이초最澄가 창건한 일승지관원一乘止觀院을 기원으로 함. 사이초의 사망 이후, 홍인弘仁 13년(822) 대승계단大乘戒壇의 칙허勅許가 내리고, 이듬해 홍인弘仁 14년(823) 엔랴쿠지라는 이름을 받음. 동탑東塔, 서탑西塔, 요카와橫川의 삼탑三塔을 중심으로 16곡谷이 정비되어 있음. 온조지園城寺(미이데라三井寺)를 '사문寺門', '사寺'로 칭하는 것에 비해, 엔랴쿠지를 '산문', '산'이라고 칭함. ⑨ 23.

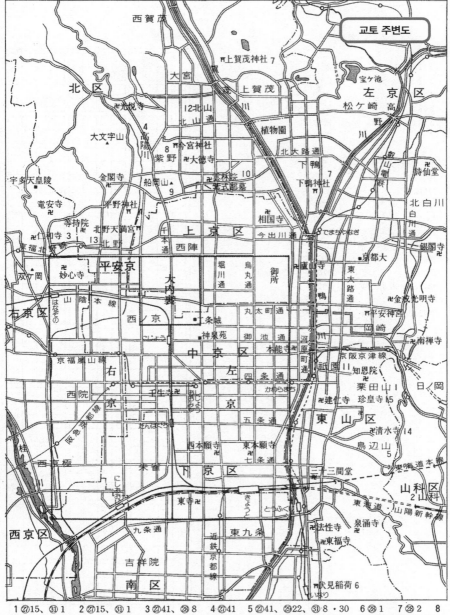

교토 주변도

1 ⑳15、㉛1　2 ㉗15、㉛1　3 ㉗41、㉘8　4 ㉗41　5 ㉗41、㉙22、㉛8・30　6 ㉘1　7 ㉘2　8
㉘2　9 ㉘3、㉙3　10 ㉘3、㉛23　11 ㉘11、㉛24　12 ㉘28、㉛15・20　13 ㉘35、㉛31　14 ㉙22・28
15 ㉛19

● 그림 중의 굵은 숫자는 권27~권31 이야기 속에 나오는 지점을 가리킨다.

● 지점 번호 및 그 지점이 나오는 권수 설화번호를 지점번호순으로 정리했다.
  1⑳1은 그림의 1 지점이 권27 제1화에 나온다는 의미이다.
  (다음의 헤이안경도의 경우도 동일하다)

0　　　　　2km

● →은 이야기 속에서 등장인물이
　이동한 경로를 가리킨다.

右 京

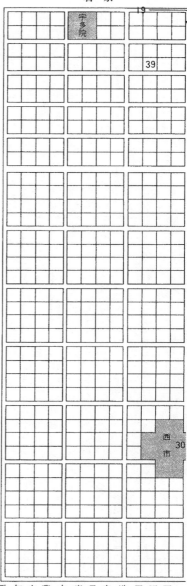

西京極大路　無差小路　山小路　菖蒲小路　木辻大路　恵止利小路　馬代小路　宇多小路　道祖大路　野寺小路　西堀川小路　西靱負小路

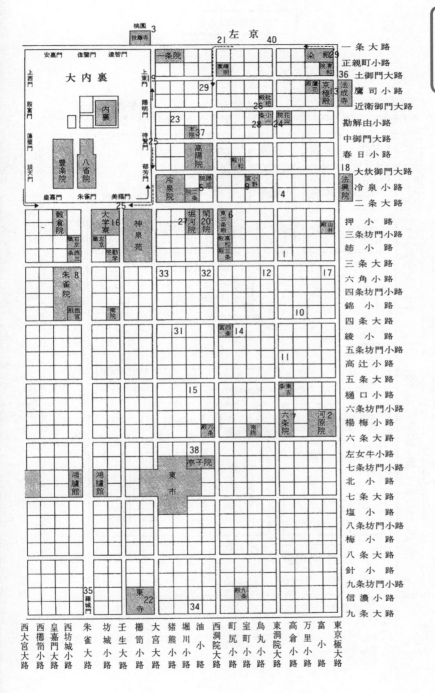

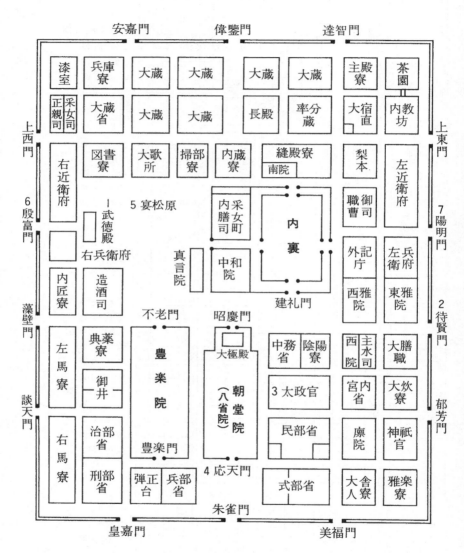

1 ㉗8　　2（中御門）㉗9、（東中御門）㉘16　3（官）㉗9　　4㉗33　5㉗38　6（近衛御門）㉗38　7（近衛御門）㉘41

● ( ) 안은 이야기 속에서의 호칭.

헤이안경 내리도

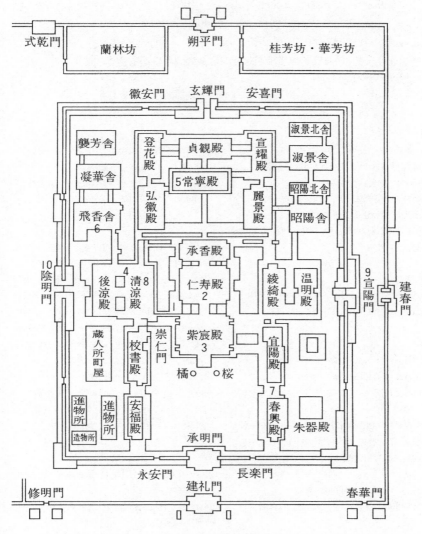

1 (中橋) ㉗10　2 ㉗10　3 (南殿) ㉗10　4 (滝口) ㉗41　5 ㉘4　6 (藤壺) ㉘14　7 (陣の座) ㉘25　8 (夜御殿) ㉙14　9 (東ノ陣) ㉛29　10 (西ノ陣) ㉛29

● (　) 안은 이야기 속에서의 호칭.

옛 지방명

– 율령제의 기본행정단위인 '지방國'을 나열하고, 지도에 위치를 나타냈다.
– 명칭의 배열은 가나다 순을 따랐으며, 국명의 뒤에는 국명보다 상위로 설정되었던 '오기칠도五畿七道' 구분을 적었고, 추가로 현대 도都·부府·현縣과의 개략적인 대응 관계를 나타냈다.
– 지방의 구분은 9세기경 이후에 이러한 모습으로 고정되었다. 무쓰陸奧와 데와出羽는 19세기에 세분되었다.

㉮

가가加賀 (북륙도) 이시카와 현石川縣 남부.
가와치河內 (기내) 오사카 부大阪府 남동부.
가이甲斐 (동해도) 야마나시 현山梨縣.
가즈사上總 (동해도) 치바 현千葉縣 중앙부.
고즈케上野 (동산도) 군마 현群馬縣.
기이紀伊 (남해도) 와카야마 현和歌山縣 전체, 미에 현三重縣의 일부.

㉯

나가토長門 (산양도) 야마구치 현山口縣 북서부.
노토能登 (북륙도) 이시카와 현石川縣 북부.

㉰

다지마但馬 (산음도) 효고 현兵庫縣 북부.
단고丹後 (산음도) 교토 부京都府 북부.
단바丹波 (산음도) 교토 부京都府 중부, 효고 현兵庫縣 동부.
데와出羽 (동산도) 야마가타 현山形縣·아키타 현秋田縣 거의 전체. 명치明治 원년(1868)에 우젠羽前·우고羽後로 분할되었다. → 우젠羽前·우고羽後
도사土佐 (남해도) 고치 현高知縣.
도토우미遠江 (동해도) 시즈오카 현靜岡縣 서부.

㉳

리쿠젠陸前 (동산도) 미야기 현宮城縣 대부분, 이와테 현岩手縣의 일부. → 무쓰陸津
리쿠추陸中 (동산도) 이와테 현岩手縣의 대부분, 아키타 현秋田縣의 일부. → 무쓰陸津

㉱

무사시武藏 (동해도) 사이타마 현埼玉縣, 도쿄 도東京都 거의 전역, 가나가 현神奈川縣의 동부.
무쓰陸津 (동산도) '미치노쿠みちのく'라고도 한다. 아오모리青森·이와테岩手·미야기宮城·후쿠시마福島 4개 현에 거의 상당한다. 명치明治 원년(1868) 세분 후의 무쓰는 아오모리 현 전부, 이와테 현 일부. → 이와키磐城·이와시로岩代·리쿠젠陸前·리쿠추陸中
미노美濃 (동산도) 기후 현岐阜縣 남부.
미마사카美作 (산양도) 오카야마 현岡山縣 북동부.
미치노쿠陸奧 '무쓰むつ'라고도 한다. → 무쓰陸津
미카와三河 (동해도) 아이치 현愛知縣 동부.

㉲

부젠豊前 (서해도) 오이타 현大分縣 북부, 후쿠오카 현福岡縣 동부.
분고豊後 (서해도) 오이타 현大分縣 대부분.
비젠備前 (서해도) 오카야마 현岡山縣.
빈고備後 (산양도) 히로시마 현廣島縣 동부.
빗추備中 (산양도) 오카야마 현岡山縣 서부.

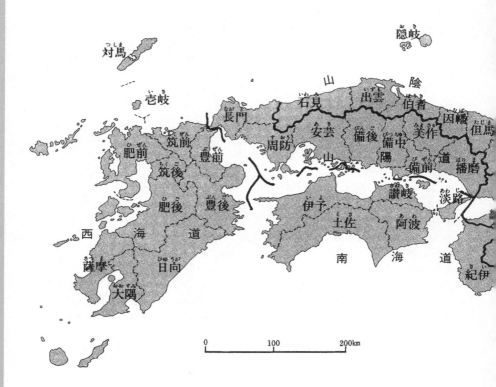

五畿図

陸奥

羽後
出羽
陸中
陸奥
奥
羽前
陸前

佐渡
道

能登
陸
加賀
越中
越後
岩代
磐城

北
前
飛驒
信濃
上野
下野

美濃
東

尾張
甲斐
武蔵
常陸

三河
相模
下総

遠江
駿河
上総
道

伊豆
海
安房

東

山城
摂津
河内
和泉
大和

해 설

1. 본집의 구성과 조직

『금석이야기집』은 천축天竺(인도)·진단震旦(중국)·본조本朝(일본)에 걸친 삼국의 불교설화佛敎說話·세속설화世俗說話, 천수십여 화를 31권(총3권 결권)에 수록한 대작이다. 작품 안에는 석존釋尊을 비롯한 부처佛·보살菩薩·고승高僧에서 무명의 빈승貧僧에 이르는 출가자出家者와, 제왕帝王·귀신貴紳에서 일반서민에 이르는 다양한 계층의 속인들이 등장한다. 그리고 그들이 도읍과 산간벽지 등, 다양한 장소에서 어떤 사건과 연루되어 각자의 소망을 위해서 능력을 발휘하며 생동감 넘치게 살아가는 이야기가 다수 존재한다. 이러한 점에서 본집은 일본 고전문학사상, 유달리 이색적인 작품임에도 불구하고 그 저술의 사정이나 저술시기, 편자編者(찬자, 작자) 등 모든 것이 명확하게 밝혀지지 않았다. 다만, 저술시기에 있어서는 1130년 전후라고 추정되고 있다.

본집에 수록된 방대한 설화는 일반적으로 일본과 중국의 여러 선행서나 전승을 원거로 하고 있으며, 그것을 천축·진단·본조의 3부로 나누어 각각 권1~5, 권6~10, 권11~31에 수록하고 있다. 그리고 그것은 다시 불교설화와 세속설화로 나뉘어 불교설화는 천축―권1~4, 진단―권6~9, 본조―권11~20

에 수록되었고, 세속설화는 천축―권5, 진단―권10, 본조―권21~31에 각각 수록되었다.

　다음으로 각각의 설화를 그 내용에 따라 종류별로 모으고, 그것을 사전에 정한 권 조직에 따라서 각 권에 순차배열하고 있다. 그때 모든 설화는 본집의 독자적인 문체·표기에 따라 통일되고, 일정한 양식을 기준으로 정연하게 배열되고 있다. 권부터 설화배열에 이르기까지의 모든 작업은 편자 한 사람에 의해 수행되었다고 판단된다.

　이렇듯 본집은 더없이 조직적으로 구축된 작품인데, 이 점을 더욱 구체적으로 검토하고 왜 이러한 형태를 취하게 되었는가를 고찰할 필요가 있을 것이다.

　앞서 설명했듯이 본집은 조직적인 대작이라는 점에서, 책이 완성된 후에 반드시 중후한 서문이 붙여졌어야 했을 것이다. 그러나 현존하는 어느 고사본古寫本에도 서문은 없다. 만약 서문이 있었다고 한다면 본집 저술의 경위나 조직의 의미 이외의, 저술시기, 편자명 등이 분명하게 밝혀졌을 것이다. 그러한 서문이 없다는 것은 본집이 어떠한 이유에 의해 완성 직전에 중단되었다는 것을 뜻하는 것이며, 그것은 본집 곳곳에 보이는 결권缺卷·결화缺話·결문缺文·결자缺字의 존재 등으로도 유추할 수 있다.

삼국의 불교 설화의 조직

　본집에서는 삼국 모두 처음에는 그 국가의 불교창시(진단·본조는 전래)와 이후의 홍포弘布에 관한 설화군說話群을 불교전개사佛教展開史의 형태로 나열하고, 이어서 삼보三寶(불보佛寶·법보法寶·승보僧寶)의 영험설화군靈驗說話群을 삼보의 순서에 따라 배치하고 있다. 삼보 중에 불보란 스스로 진리를 깨닫고 타인도 진리로 인도하는 사람들을 말하는 것으로 석가불釋迦佛·약사불藥

師佛・아미타불阿彌陀佛 등의 여러 부처(진단・본조에서는 여러 불상佛像)를 말하며, 그들의 영험・기서奇瑞를 이야기하는 것이 불보영험설화이다. 법보란 여러 부처가 설법한 교법敎法을 말하며, 그것을 기술한 여러 경전(『화엄경華嚴經』, 『유마경維摩經』, 『반야경般若經』, 『법화경法華經』, 『열반경涅槃經』 등)을 가리키는데, 그것들의 영험・기서를 이야기한 것이 법보영험설화이다. 승보란 불법을 수행하여 체득하고 그것을 사람들에게 전하는 보살菩薩・고승高僧 등을 말하며, 그들의 영험・이익利益을 이야기한 것이 승보영험설화이다. 영험을 이야기한다는 것은 곧 찬양을 뜻하는 것이니, 영험설화는 찬양설화라고 할 수 있다. 이상의 삼보영험설화군의 뒤에는 인과응보설화군이 배치된다. 인과응보는 불교 이법理法의 하나로, 인간의 사고나 행위의 선악善惡을 교도하는 것으로 특히 중시되었는데, 그것을 평이하게 설하는 교훈 이야기는 오래전부터 설경說經의 소재로 사용되었다. 삼보영험설화의 뒤에 인과응보설화를 배치한 것은 각각 불교 찬양과 불교 교훈으로 대응시키고자 했던 의도가 있었다고 판단된다.

　이상이 삼국의 전체적인 불교설화의 배치에 대한 기본 방침으로, 이를 각 나라에 대입시켜 보면 천축부에서는 권1 제1~8화가 불교창시설화佛敎創始說話, 권1 제9~38화(권말)가 불보(석가불)의 영험설화, 권2 모든 설화(총 48화)가 법보(석가 설법의 인연법因緣法) 영험설화, 권3・권4 모든 설화(총 76화)가 승보영험설화로, 불제자・보살・나한羅漢・비구比丘 등의 영험설화이다. 이어서 인과응보설화가 배치되었어야 했지만, 천축부에는 인과응보설화를 모아서 배치한 권은 없다. 다만, 권5에는 인과응보설화라고 간주되는 이야기도 다수가 수록되어 있으나, 권5는 전체적으로 세속설화의 권이라고 보는 것이 좋다. 진단부에서는 권6 제1~10화가 불교창시(전래) 설화, 권6 제11~20화가 불보(불상) 영험설화, 권6 제31~48화가 법보(『화엄』, 『아함阿含』, 『방등方等』, 『반야』,『법화』,『열반』등의 여러 경전) 영험설화가 수록되어 있다. 권8은 결권이지만, 문수文殊・보현普賢・미륵彌勒・관음觀音・세지勢至・지장地藏 등의 보살 영험설화가 수록되어야 할 권이었다는 점은 분명하다. 권9는 인과응보설화(효양 설화를 포함)가 수록되어 있다. 그중의 전반은 선인선과善因善果, 후반은 악인악과惡因惡果의 설화이다. 본조부에서는 권11 제1화~권12 제10화가 불교창시(전래・여러 절의 건립・여러 법회의 연기緣起) 설화이며, 권12 제11~24화가 불보(불상) 영험설화이다. 권12 제25화~권15의 모든 설화는 법보(경전) 영험설화이다. 본조에서는 이 당시『법화경』신앙이 융성했기 때문에『법화경』영험설화를 다른 경전의 영험설화의 앞인 권12 제25화에서 권14 제29화까지 배치하고, 그 뒤에 권14 권말의 총 16화를『반야경』,『인왕경仁王經』,『열반경涅槃經』등의 영험설화로 배치하고 있다. 권15는 아미타불신앙에 의한 정토왕생설화군淨土往生說話群으로 미타불념彌陀念佛 즉 '나무아미타불南無阿彌陀佛'의 명호를 읊고 왕생을 이룬 자를 찬양하는 이야기를 나열하고 있다. 천태종天台宗에서는 명호실상법名號實相法이라고 하여, 미타의 명호는 천태기본교양인 제법실상諸法實相의 이理를 다하는 '법法'이라고 파악한다. 정토삼부경淨土三部經의 하나인『관무량수경觀無量壽經』에는 명호를 제법실상멸죄법諸法實相滅罪法 또는 미묘법微妙法이라고 하여, 하범下凡의 악인을 구하는 최상법最上法으로 취급한다. 이러한 연유로 편자는 왕생설화를 불보(아미타불) 영험설화로 분류하지 않고 법보영험설화로 분류한 뒤, 이 시대에『법화경』신앙과 함께 열망의 대상이었던 왕생과 관련된 이야기를 권15의 한 권으로 배치한 것이다. 권16・17은 승보영험설화로, 전자는 관세음보살觀世音菩薩의 영험설화, 후자는 지장보살, 그 외의 다른 제천諸天의 영험설화를 수록하고 있다. 권18은 결권이지만, 일본 고승들의 영험설화가 예정되어 있었을지도 모른다. 권19・20은『일본영이기日本靈異記』등을 전거로 하는 인과응보설화가 수록되어 있다.

삼국의 세속설화의 조직

삼국 모두 그 처음에는 국왕·왕비 등의 설화를 배치하고, 이어서 국가에 공적을 쌓은 요인들이나 훌륭한 무장에 관한 설화를 수록하고 있다. 그 이후에는 각각 그 나라의 사회상과 관련된 다양한 설화를 나열해 나간다. 이것이 설화 배치의 기본방침이지만, 천축부·진단부에서 세속설화로 할당된 권은 저술 당초부터 권5와 권10 각각 한 권으로 예정되어 있었다. 세속설화를 수록한 권이 상대적으로 적은 이유는 편자가 이 두 나라의 세속설화, 특히 사회상에 관련된 이야기에는 관심이 적었으며, 또한 전거로 삼을 만한 소재도 구하기 어려웠기 때문일 것이다. 권5(총 32화)는 권두에「천축부불전天竺付佛前」이라고 권 제목이 붙어 있고, 제불諸佛의 전생의 행업行業을 이야기하는『본생경本生經』(자타카) 등을 원거로 하는 설화가 수록되어 있는데, 모두에 상카라국僧迦羅國 건국과 관련된 이야기가 배치되어 있으며, 이어서 그 외 국왕·왕비관련 이야기가 이어지고, 왕자 이야기를 포함하여 왕족과 관련된 설화가 반수 이상을 차지하고 있다. 그 외에는 앞서 설명한 바와 같이 몇 화의 인과응보관계의 설화를 배치한다. 진단 세속설화의 권10(총 40화)은 권두에「진단부국사震旦付國史」라는 권 제목이 있고, 제1화에 진나라의 시始황제皇帝의 건국과 멸망 이야기를 수록하고, 이어서 한漢·당唐의 국왕·왕비 이야기, 공자孔子·장자莊子 등의 국가적인 요인 이야기, 유명한 무장 이야기가 이어지며, 권말로 갈수록 사회상과 관련한 이야기를 배치하고 있다.

본조 세속설화는 권21(결권) 이하 권31까지 총 11권이 예정되었기 때문에, 이에 대응하는 많은 이야기가 여러 문헌이나 전승된 이야기에서 채집되고, 앞서 기술한 방침에 근거하여 각 권에 배치되고 있다. 권21은 천황·황후 등의 황실관계설화를 배치했어야 했지만, 뜻대로 되지 않는 사정이 있어 좌절되고, 결권인 채로 방치될 수밖에 없게 된 것으로 추정된다. 권21은 천축·진단의 세속설화 권5·권10의 앞 부분인 국왕관계설화군과 대응하고 있다. 그리고 그것들(권5·6 두 권의 전반부 설화군과 권21)을 삼국 불교설화의 불교창시와 그 전개를 논하는 설화군(권1 제1~8화, 권6 제1~10화, 권11 제1화~권12 제10화)과 대응시켜 보면, 전자는 삼국의 국가창시와 전개, 후자는 불교창시와 전개라는 유사한 설화군으로 대응관계를 이루고 있다는 사실을 알 수 있다. 권22는 천황을 보좌하는 중신 후지와라 씨藤原氏의 중심인물을 고르고, 인물의 어떤 행위를 가지고 그 인물을 찬양하는 후지와라 씨藤氏 열전列傳의 형태로 수록하려고 한 권이다. 총 8화에서 끝난 것은 찬술의도를 둘러싼 문제로 인해 미완성인 채 중단할 수밖에 없었던 것으로 보인다. 그 때문에 권두에는 「본조」라고 권 제목을 달았을 뿐으로, 권24 이하의 각 권에 보이는 것과 같이 설화의 종류를 나타내는 「본조부本朝付 ○○」식의 권 제목이 기록되지 않은 것으로 추측된다. 권23은 「강력剛力」의 권이라고 일컬어지는데, 주로 스모선수와 같이 괴력을 발휘하는 인물을 찬양하는 이야기가 총 14화 수록되어 있다. 그러나 첫 번째 이야기의 번호가 '제13'이며, 그 뒤로 일련번호대로 번호가 매겨져 '제26'으로 끝난다. 이와 같이 권23은 설화 번호 및 화수話數의 면에서 부자연스러우며, 또 그 위치에 「강력剛力」을 내용으로 하는 설화가 배치된 것에도 문제가 있다. 앞의 진단 세속설화의 권10에서는 국가적 요인의 이야기군 다음에 유명한 무장설화가 배치되었다. 이들의 이야기들로 추측하건대, 편술 당초에는 이 권23에는 무력을 통해 국가수호에 임하는 훌륭한 무장들의 무용武勇·공적을 찬양하는 설화가 예정되어 있었던 것은 아닐까. 다만, 그러한 설화는 뒤에 권25에 수록되어 있다. 이 권25와 권23은 각각의 편집 작업 중에, 편자가 고민하고 동요하여 설화배열도 또 권의 배치도 납득하지 못한 채 뜻하지 않게 이러한 형태로 방치되었다는 사정을 보여 주고 있는 것은 아닐까. 그 점을 조금 더 구체적으로 상상하면 다음과 같다. 권23에는 앞서 언급했듯이 무장설화武將說話가 예정되어 있어 헤이안平安 시대의 천황·귀신貴紳 사이에 있었던, 국가최대의 위기라고 여겨지는 다이라노 마사카도平將門의 난을 진압한 충성스러운 무장, 다이라노 쓰네모토平經基, 다이라노 사다모리平貞盛, 후지와라노 히데사토藤原秀鄕의 공적을 찬양하는 이야기를 필두로, 미나모토노 요리미쓰源賴光, 후지와라노 야스마사藤原保昌, 미나모토노 요리노부源賴信, 그의 아들 요리요시賴義 등의 무장의 무용을 찬양하는 12화를 수록했다. 그 후, 제13화에 다이라노 고레히라平維衡, 다이라노 무네요리平致賴의 두 무장이 이세 지방伊勢國(미에 현三重県의 대부분)에서 사투私鬪를 벌여 조정에 죄를 짓고 벌을 받은 이야기를 배치하고, 제14화에 다이라노 무네요리의 아들 무네쓰네致經가 도읍에서 귀인의 경호를 맡았을 때 보인 무인의 몸가짐을 찬양하는 이야기를 수록하고 있다. 제15화는 말류末流 귀족貴族이지만 뛰어난 무인武人과 견줄 만한 다치바나노 노리미쓰橘則光가 한밤의 도읍에서 노상강도를 처벌하는 이야기이다. 제16화에는 노리미쓰의 아들인 스에미치季通가 완력腕力과 기책奇策을 통해 위난危難을 피하는 이야기가 배치되어 있으나, 그 이야기에는 스에미치를 강력剛力의 소유자라 기록하고 있다. 이 '강력剛力'에 이어서 제17화부터는 강력剛力의 소유자로서의 오미 지방尾張國(아이치 현愛知県 서부)의 여자 이야기나 힘이 센 스모 선수의 이야기로 전개된다. 권23에 예정되었던 무장설화는 처음 이러한 설화배열로 될 예정이었지만 이윽고 제13화 이하의 이야기가 당초예정이였던 무장상찬화武將賞讚話와는 내용적으로 괴리가 있다는 것을 깨닫고 그것들을 앞의 12화에서부터 나눈 뒤, 제12화가 미나모토노 요리노부源賴信·요리요시賴義 부자의 무용설화이기에 뒤에는 미나모토노 요리요시와 그의 아들 요시이에義家의 두 무장의 무용담인 전구년前九年의 역役 (1051~62년), 요시이에에 의한 후삼년後三年의 역役(1083~87년)에 관한 이야기를 제13 · 14화로서 배치하였다(다만, 제14화는 미성립). 그러한 뒤에 제1화에서 제14화까지를 권25로 하고, 앞서 분리한 제13화부터 제26화까지의 총 14화를 그대로 권23에 배치하였다. 그 이유는 권22와 권24의 관계에 의한 것이라고 여겨진다.

권21(천황관계설화)을 제외하고, 권22 이하 권31까지의 총 10권은 수록 설화의 종류에 따라 문화적인 관점에서 두 권씩 대응시키면서, 사회적인 관점에서는 그 두 권을 중앙적 성격의 설화를 수록한 권과 지방적 성격의 설화를 수록한 권 중에 어느 쪽으로 정하고, 원칙적으로 전자를 앞에 두는 것을 기본방침으로 삼았다고 여겨진다. 그것을 권22~25에 적용시켜 보면, 권22는 후지와라 씨藤氏 열전列傳 설화로, 중앙사회(도읍)에서 권력을 가지고 있던 후지와라 가문 귀족이 공적인 혹은 사적인 장소에서 겪은 일들을 다루고 있는 이야기로, 중앙적 설화에 해당하는 권이다. 권23은 권22에 대응하는 지방적 설화에 해당하는 권으로, 지방 사람이면서 무력을 통해 국가질서를 지키는 강력한 무장의 이야기를 한 권에 수록하는 것이 당초의 예정이었지만, 앞서 기술한 경위로 편집도중에 일단 중단된 채 그대로 권24에 수록되었다. 권24는 수기手技 · 공예 · 바둑 · 의약 · 음양도陰陽道 · 음악 · 한시 · 와카和歌 등의 여러 기능技能이나 문예文藝의 명수名手 · 달인達人을 찬양하는 설화를 총 57화 수록하고 있다. 이것들은 도시인들과 관계가 있는 것으로 중앙적 설화에 해당한다. 다음 권에는 앞의 기능 · 문예 설화에 대응하는 지방적 설화에 해당하는 것으로, 지방을 기반으로 하는 무장의 뛰어난 무예설화를 수록하려는 것이 당초의 예정이었다. 그래서 그것에 적합한 이야기로 먼저 권23에 충당하려는 생각으로 집필했지만, 앞서 언급한 사정으로 중단된 무장설화군의 전반 12화에 전구년·후삼년의 역의 이야기를 더하여 14화로 하여 권 25에 배치하였다. 그리고 후반에 지방출신의 강력剛力의 소유자에 관한 화 군은 이때 권22의 중앙의 정치적 권력자 화군에 대응하는 것으로 간주하여 어쩔 수 없이 권23의 위치에 남겨 놓았다고 미루어 짐작해 볼 수 있다. 이렇 게 파악하는 것은 다소 억지스러운 감도 있지만, 이하의 모든 권이 두 권씩 대응의 형태를 유지하고 있어, 앞서 언급하였듯이 권23이 불안정한 형태를 나타내고 있는 이상, 이렇게 생각할 수밖에 없다. 또한 권23의 첫머리도 전 권과 동일하게 「본조」라고만 권명이 표기되어 있는 것은 위와 같은 사정에 의한 것이리라. 한편 권22~25는 대략적으로 각 설화의 주인공을 찬양하는 이야기가 수록되어 있어, 이 네 권은 세속설화 중에 상찬설화의 권에 해당 하고, 삼국의 불교설화 중에 삼보영험(상찬賞讚)설화 전체와 대응관계에 있는 것으로 파악된다.

권26은 권두에 「본조부숙보本朝付宿報」라고 되어 있어, 숙보宿報 설화를 수 록하고 있다고 할 수 있다. '숙보'란 불교용어로 숙세宿世(과거세過去世＝전세前 世)에 행한 업인으로 인해 현세에 감수感受한 과보이며, 삼세三世(과거세過去 世·현세現世·내세來世)에 걸친 인과응보 중의 하나이다. 따라서 권26은 불교 설화를 수록한 권으로도 파악할 수 있다. 수록된 총 24화는 등장인물들이 일 상생활에서 생각지도 못한 행복·불행에 조우한 체험담이고, 이야기 마지막 에 그 체험을 전세의 응보로서 기록한 것이 많다. 그래서 권두에 「숙보」라고 하기는 했으나, 전세가 원인(언동言動)이 되는 것을 구체적으로 당사자도, 그 누구도 알지 못한다. 그런 까닭에 그 체험을 인과응보로 파악할 수 없어, 그 이야기를 불교설화가 아니라 여러 지방의 다양한 인간이 겪은 흥미롭고 불 가사의한 체험담으로서 파악하고, 그 등장인물이나 이야기가 다양한 지방 에서 발생했기 때문에 지방적 설화의 권으로 배치한 것이다.

권27은 권두에 「본조부영귀本朝付靈鬼」로 되어 있어, 영귀靈鬼의 설화를 수록하고 있다는 것을 알 수 있다. 여기서 영귀란 불가사의한 영력을 발휘한 정령을 말한다. 인간의 사령死靈·생령生靈 이외에, 자연물自然物·기물器物의 정령精靈이나 일반적으로 오니鬼라고 불리는 괴물怪物 등의 이류異類·요괴妖怪가 사람에게 고통을 주는 사건들을 수록하고 있다. 도읍이라고 해도 밤은 칠흑 같은 어둠에 휩싸여, 이매망량魑魅魍魎이 날뛰는 공간이었기 때문에, 사람들은 두려워하며 몸을 숨겼다. 이러한 세계에서 생겨난 다양한 영귀담 중에서 총 45화를 선택했다는 점에서 권27은 중앙적 설화의 권이라고 할 수 있다. 또한 그 일들이 불가사의함이나 기괴함을 중심으로 하는 설화라는 점에서 앞의 권26과 대응하여 배치되어 있으나, 중앙적 설화의 권이 뒤에 배열된 것은 이야기의 중심이 인간이 아니라 이류異類·요괴妖怪이기 때문일 것이다.

권28은 소화笑話(골계담滑稽譚)가 총 48화 수록되어 있다. 당시 도읍에 살던 상하귀족·승려들은 일종의 문화적 사교계를 형성하고, 공적 혹은 사적인 생활 속에서 언어유희言語遊戲를 즐겼다. 그것은 그들의 문예인 와카和歌의 괘사(掛詞, 동음이의어 사용)·연어緣語 등에 나타나 있지만, 일상회화에서도 사용하여 웃음을 자아내는 일이 많았던 것 같다. 또한 사소한 실수가 주위를 폭소로 이끌어, 그것들이 사람들의 입에 오르내리고, 이어서 웃음을 동반한 세간 이야기世間話로 많이 생산되었을 것이다. 그중에 선별된 이야기들이 권28의 설화로 수록되었으며, 이것은 중앙적 설화의 권이라고 할 수 있다. 권28의 권두에서는 「본조부세속本朝付世俗」이란 제목을 쓰고 있는데, 이 점은 권24(예능설화)·권25(무장설화)와 동일하다. 이 '세속'은 무엇을 의미하는 것일까. 이들 세 권의 화제話題는 앞서 기술했듯이 각각 다르지만 다른 여러 권의 화제와 비교해 보면, 일부의 설화를 제외하고 전반적으로는 구두로 내려온 세간 이야기(소문)적 요소가 강하다는 점이 같으며, 그러한 이야기를 편자는 '세속世俗'이라고 했을 것이다. 현재는 일반적으로는 불교설화 이외의 것을 세속설화라고 칭하고 있다.

권29는 권두에 「본조부악행本朝付惡行」이라고 되어 있다. 악행이란 도적행위를 중심으로 그 외의 살인·상해 등을 일으키는 것을 말한다. 그러한 악한 일을 한 자들이나 동물들끼리의 싸움을 내용으로 하는 설화 총 40화가 수록되어 있다. 당시는 귀족문화가 화려하게 번창하였으나, 도읍의 치안은 더할 나위 없이 불안정하고, 특히 야간에는 노상강도질이 성행하고, 교토 근처의 산간에 반거蟠踞하는 강도 집단이 밤낮으로 도읍에 출몰하여 여러 집들을 덮쳤다. 이러한 세태를 반영하여 도읍 사람들 사이에서는 도적에 대한 관심이 높아졌다. 여기에 지방을 위협하던 도적들의 이야기도 수집하고, 살인·상해와 관련된 다양한 이야기도 더해져서 권29가 성립되었다. 도읍을 습격하는 도적의 거처는 주로 도읍 밖이며, 또한 지방에서 활동하고 있는 도적 이야기나 동물 간의 싸움 이야기도 다수 수록되어 있기에 본권은 지방적 설화의 권이라고 생각할 수 있다. 한편 도시 사람들의 관심이 높은 도적 이야기는 세간 이야기의 화제가 된다. 이른바 가담항설街談巷說이라고 하는 것으로, 앞의 권28의 소화笑話와 권29의 악행은 서로 이야기의 종류는 매우 다르지만, 가담항설의 성격을 가지고 있는 설화라는 점에서 다른 권보다는 유사하다고 할 수 있기 때문에, 이 두 권을 대치시킨 것이리라. 이 권을 '세속世俗'이라고 하지 않고 '악행惡行'으로 한 것은, 권27의 '영귀靈鬼'와 같은 이유로 화제가 공포를 느끼게 하는 특별한 종류의 사회현상이기 때문일 것이다.

권30·31의 권두는 「본조부잡사本朝付雜事」라고 되어 있다. 잡사란 무엇을 의미하는가. 편자가 본조세속설화의 주류로, 주변에서 일어나는 일들, 즉 현실성·동시대성이 있는 화제를 가진 것(앞서 언급한 '세속世俗'성을 가진 이야기)으로 하려는 방침이었던 것 같다. 권22부터 권29까지의 설화는 대체적으로 그 방침에 따르는 것들이었다. 권30·31은 그 방침에서 벗어나서 과거의 고소설物語이나 기록, 예로부터 전승된 것에서 선별한 흥미 있는 설화 이외에 잡다한 기화奇話가 수록되어 있다. 그것들을 방류적傍流的인 것으로 보고 '잡사'로 분류한 것이다. 권30은 『야마토 이야기大和物語』등의 고소설류를 전거로 하는 총 14화의 가화歌話를 수록하였다. 가화라고 해도, 와카和歌를 둘러싼 남녀·부부의 슬픔과 기쁨 등, 그들의 살아가는 모습에 중점을 두어 수집된 설화이다. 인물이나 장면은 중앙·지방, 어느 쪽이 많다고 할 수는 없지만, 귀족적 문예인 영가詠歌를 중심으로 배치하고 있기 때문에 본권을 중앙적 설화의 권으로 파악해도 좋을 것이다. 권31은 대다수의 이야기의 전거가 불분명하다. 수록된 설화의 종류에도 일관성이 없고, 전승성이 강한 잡다한 것들이라고 할 수 있다. 다만, 권말로 갈수록 야마토 지방大和國(나라 현奈良県)·오미 지방近江國(시가 현滋賀県) 등, 몇 곳의 지방 토지의 내력을 서술하는 오래된 전승이 수록되어 있는 것은 주목할 만하다. 본권은 도시 사람들의 등장인물이 적고, 장면도 대체적으로 지방으로 파악되기 때문에 지방적 설화의 권이라고 할 만하다. 권30·31은 '전설傳說'로 한데 묶어서 권30은 '가화歌話'로 중앙적 설화, 권31은 '그 외'로 지방적 설화로 대응되고 있다. 또한 권26~31의 여러 권의 각 설화 마지막에 일상의 언동에 대해서 훈계訓戒·교도敎導의 의미를 가지고 있는 글이 덧붙여 있으므로 교훈의 권이라고 할 수 있음과 동시에, 불교설화의 인과응보(교훈) 설화 전체와도 대응의 관계에 있다고 볼 수 있다.

한편, 다른 관점에서 보면 권21(결권)은 천황관계설화를 수록한 것으로 추정되고 있는데, 앞서 기술했듯이 권21 이하의 열 개의 권이 설화의 종류에 따라 순차적으로 두 권씩 대응 관계를 이루고 있는 것에 비해 권21만은 열 권의 설화와는 달리 고립된 셈이 된다. 그렇다면 편자는 조직상 권21 이하의 열 권을 일괄하여 권21에 종속시키려고 한 것은 아닐까. 덧붙여 말하면, 권21에 수록되어야 했던 설화의 주인공인 천황은 권22의 설화의 주인공 후지와라 씨 이하, 열 권에 등장하는 여러 신하와 민중, 그 모든 사람들 위에 지배자로서 군림하는 자로, 즉 바람직한 국가 질서를 나타내려고 했던 것은 아닐까 여겨진다. 그렇지 않고서는 신하·민중의 세계를 다양하게 이야기하고 있는 열 권을 굳이 2권씩 대응시켜 배치하고 있으면서 권21만을 이들 앞에 독립시킨다는 권 조직의 의미를 이해할 수 없다. 권21이 결권(불성립)인 이유는, 본집의 저술의도를 파악한다는 점에서 매우 중요하다.

2. 설화배열의 양식

2화 1류 양식

본집은 이상과 같이 보기 드물게 복잡하면서도 정연한 조직을 가지고 있는 것 이외에, 이제껏 보지 못한 설화배열을 완성시키고 있다. 그것은 전권의 모든 설화가 그 내용상의 전체 내지는 일부의 유사성을 계기로 삼아 독자적인 연쇄적 배열을 시도하고 있다는 것이다. 구체적으로 말하면 하나의 설화와 다음 설화 사이에 어떠한 내용적 유사성을 찾아 일괄적으로 배치하고, 그다음의 두 화에 대해서도 그러한 배치를 하는 것이다. 앞의 두 화 중에 뒤에 오는 이야기와 다음에 오는 두 화 중에 앞에 오는 이야기 사이에도, 다른 약간의 유사성을 찾아 그것을 계기로 전후의 두 화를 연결시키고 있다. 이렇게 하여 다다음의 두 화를 권말까지 전부 쇠사슬처럼 이어나가고 있다. 또한 적은 수이기는 하나, 세 이야기를 묶어 전후의 두 화에 연결시키는 경우도 있고, 또 이야기의 종류에 따라서는 드물게 여러 이야기가 묶여 독립되어 있는 경우도 있다. 어쨌든 전권에 걸쳐 이러한 사슬과 같은 설화 배열이 정확하게 행해지고 있는 것이다. 이 설화배열을 필자는 '2화 1류 양식(두 이야기를 하나로 묶음)'이라고 이름 붙였다(『今昔物語成立考』〈증보판〉참고).

편자는 2화 1류를 적용함에 있어서, 먼저 본집 전체의 구성과 권 조직 등을 정하고, 그 뒤에 일본과 중국의 선행 문헌이나 전승되어 온 많은 이야기 중에서 조직에 적합한 이야기를 고르고, 일단 그들의 배치장소를 정해 둔 다음에 2화 1류 양식을 이루는 설화를 선별해 나가면서 일 화씩 배열해 나 갔다. 그러기 위해서는 전거가 되는 선행 문헌 중의 다수의 이야기나 전승 되어 온 다양한 이야기의 내용을 충분히 머릿속에 넣어 두지 않으면 안 된 다. 이 작업은 당시의 사람들의 기억력·집중력이 현대인에 비해 뛰어났다 고 하더라도 상상을 초월한 끈기와 노력이 필요했을 것이다. 왜 그렇게까지 했던 것이며, 하지 않으면 안 되었던 것일까. 본집 저술과 관련된 문제 중 하나이다.

3. 본집찬술의 기반

본집은 1에서 살펴보았듯이 전체가 몇 개의 설화군이나 각 권의 대응에 의해서 조직된 작품이다. 그 대응을 정리하면 다음과 같다.

대응① 전권에 걸쳐서 불교설화와 세속설화. 이것이 본집의 기본적 대응.

대응② 불교설화 중에 불교창시(전래) 설화군과 세속설화 중에 국가창시 설화군(국왕화군國王話群).

대응③ 불교설화 중에 삼보영험(상찬) 설화군 및 인과응보(교훈) 설화군과 세속설화 중에 귀신貴紳·무장·그 외의 인물·기능技能 상찬설화군 및 민간의 사회상을 이야기하는 교훈설화군.

대응④ 본조세속설화 중에 중앙적 내용의 권(권22·24·27·28·30)과 지방적 내용의 권(권23·25·26·29·31).

대응⑤ 본조세속설화 중에 중앙적 설화의 권에 속하는 각 권과 지방적 설화의 권에 속하는 각 권의 대응.

1. 권22(후지 씨藤氏 이야기)와 권23(강력剛力 이야기). 전자는 중앙의 정치적 권력, 후자는 지방의 육체적 지배력.

2. 권24(예능 이야기)와 권25(무장 이야기). 전자는 중앙인의 예능, 후자는 지방무인의 무예·격투格鬪·전투.

3. 권27(영귀 이야기)과 권26(숙보 이야기). 전자는 중앙의 영적 공포체험, 후자는 지방의 불가사의한 체험.

4. 권28(소화)과 권29(악행 이야기). 양자 모두 가담항설성이 강하며, 전자는 양적陽的, 후자는 음적陰的.

5. 권30(가화歌話)와 권31(그 외). 전자는 중앙의 교양과 관련된 전설傳說·가화歌話, 후자는 주로 그 외의 지방 전설.

6. 권21(결권, 천황 관련 이야기?)는 대응하는 권이 없지만, 권23 이하의 신하·민중과 관련된 여러 설화 위에 군림하는 권으로 독립시킨 것으로 파악할 수 있다.

이상의 여러 대응 관계 중에서 가장 기본이 되고 있는 것은 ①의 불교설화의 권과 세속설화의 권을 대응시키는 것이다. 이 대응은 무엇에 기초하여 만들어진 것일까.

일본에 불교가 정착한 이래, 국가경영의 근저에 놓여 있던 것은 불교의

'불법왕법상의佛法王法相依'의 사상이다. 이는 불법과 왕법이 서로 도와 서로 융성을 도모한다는 사상으로 불법은 부처의 가르침을, 왕법은 정치를 뜻한다. '불법왕법佛法王法'이라 했으니 불교가 정치에 비해 주도적 성격을 갖고 있음을 나타낸다. 쇼무聖武 천황이 도다이지東大寺를 세우고 "나는 삼보의 종이 되겠다"라고 말한 것도 이를 구체적으로 나타내고 있는 것이다. 본집에서 우리들이 세속설화라고 칭하고 있는 것은 실은 '왕법' 설화이다. 불교설화의 권을 먼저 배치하고 세속설화의 권을 뒤에 두고 있는 것은 '불법왕법상의'의 사상에 의한 것은 아닐까. 그렇게 되면 본집의 찬술은 불교를 숭앙하고 불교와 인간사회가 하나가 되어 보다 강력한 국가를 형성해야 할 것을, 평이하면서도 친근한 설화를 통하여 가르치려는 것은 아니었을까. 또한 천황설화의 권이라고 여겨지는 권21이 여러 신하·민중의 설화를 내용으로 하는 여러 권 앞에 독립되어 있는 것에는 천황이 국가 전체의 절대 지배자라는 것을 나타내고 있다고 할 수 있지 않을까.

4. 본집의 독자대상

본집은 설화내용이나 표현의 평속성平俗性으로 보아, 상류귀족을 독자대상으로 하고 있는 것은 아니다. 국가질서의 실상, 불교의 존숭, 귀족사회의 관례, 갖가지 문화적 교양 등에 그다지 통달해 있지 않으며, 한자도 일단은 읽고 쓰는 것이 가능하지만 약점이 많은 수령층受領層인 자들이나 지방호족이 된 무인들에게 이야기의 흥미와 관심을 이용하여 그것들을 알려줌과 동시에 일상의 언동에 교훈을 줄 수 있도록 저술된 것은 아닐까.

시험 삼아 본조세속설화 여러 권 중에 후지와라 열전의 권22를 제외하고 권23 이하의 총 9권 약 280화 중에서, 국사國司·군사郡司(그의 부인, 가까운 신하를 포함) 및 지방호족·무인이 이야기 속 주인공 내지는 조연으로 등장하는 설화를 추출해 보면 그 수는 약 80여 편이다. 권24는 귀족세계의 여러 예능·문예 이야기가 총 57화가 수록되어 있으며, 그중에 국사國司·군사郡司에 관계된 자가 주인공인 이야기는 2화밖에 없지만, 이 권을 따로 두고 보면, 8권 중에 약 3분의 1이 국사·군사·호족·무인관계의 이야기라는 것을 알 수 있다. 이 정도의 수가 있다는 것은 본집의 독자대상을 주로 앞서 언급한 자들이라고 생각했기 때문이 아니었을까. 물론 단언은 할 수 없지만, 찬술된 시대사회의 일면에 대조하자면 그렇게 생각된다.

본집이 찬술된 것이 1130년경이라고 한다면 헤이안平安 후기, 시라카와白河 상황上皇의 원정院政 시대에 속한다. 시라카와 천황은 양위 후 원정을 창시한 이래, 후지와라 섭관가攝關家의 권력을 봉쇄하고 정치상의 독재자, 전제군주적 지위를 확보했다. 우대신 후지와라노 무네타다藤原宗忠의 일기『중우기中右記』에 의하면 "그 위권威權은 사해四海에 넘치고 천하가 이에 복종한다. 과감하게 옳고 그름의 결단을 내리고, 상벌賞罰은 분명하며 애증愛憎은 명백하고, 빈부의 차별도 현저하다."라고 기록하고 있다. 그의 '위권'을 배후에서 지지하고 있는 것은 지방의 부유한 수령층의 경제력이고, 무장들의 군사력이었던 모양이다. 원정을 원활하게 행하기 위해서 수령층과 무장들을 지금보다 더 높은 교양이나 덕의성德義性·질서성秩序性을 함양시킬 필요가 있다고 생각한 상황의 의향에 따라, 어느 인물이 본집 저술을 기획하고 실행한 것은 아니었을까.

상황은 또한 깊이 불교에 귀의하여 재위 중, 교토京都의 시라카와白河의 땅에 홋쇼지法勝寺·손쇼지尊勝寺·사이쇼지最勝寺·엔쇼지圓勝寺를 차례로 건립하였다. 대치大治 4년(1129), 상황은 병을 얻자 쾌유기원의 불사佛事도 관두고 서방정토왕생西方淨土往生을 염원하며 붕어崩御하였는데, 본집이 불교설화를 특히 중시하고 정토왕생 이야기를 일부러 한 권으로 독립시켜 완성한 것도 상황의 불교신앙에 의한 것이라고 할 수 있지 않을까. 다양한 설화군이나 여러 권들의 양자대응, 모든 설화배열의 2화 1류 양식의 배후에 있는 사상은 명확히 밝힐 수는 없지만, 혹은 모든 존재가 서로 대립하면서 관련을 가지고 국가를 형성하고 있는 것이라는 사고에 기초하고 있는 것은 아닐까. 추측이기는 하지만 어찌되었든 본집은 그 전체상에서 보는 한, 한 개인이 즉흥적인 생각이나 흥미라든가, 단순히 시대적 요청 등에 의해 찬술된 것이라고 할 수는 없다. 배후에는 강대한 국가권력자의 종교적宗敎的 · 정치적政治的 의지를 이어받아, 불굴의 노력을 거듭하여 작성해 나가던 중 마침내 완성의 직전단계에서 마무리될 수밖에 없었던, 계몽성啓蒙性이 강한 작품이다. 편집자는 불교계와 상하귀족사회, 무인사회, 시가詩歌 등의 여러 예능에 통달한 교양인이었지만, 그것이 누구인지는 아직도 알 수 없다.

5. 본집의 문학적 특성

본집에 수록된 설화는 앞서 설명한 바와 같이 선행의 여러 문헌이나 전승으로부터 삼국 각각의 불교의 발생發生 · 전개展開, 삼보영험三寶靈驗, 인과응보因果應報, 국왕國王 · 공신功臣 · 무장武將, 예능藝能, 사회상社會相 등에 해당하는 이야기가 편집당초 정해진 조직에 맞게 선택된 것이기는 하지만, 그 선별기준과는 별도로 편자의 독자적인 문학적 기준이 있어서, 이 기준도 선별 과정에서 상당한 역할을 하고 있다고 할 수 있다.

설화는 이미 언급하였듯이, 한 사람(또는 다수)의 실재인물(때로는 동물)을 주인공으로 하여 주인공이 경험한 이상하고 희귀하며, 혹은 훌륭한, 또는 무서운 사건(행위·체험)에 흥미와 관심을 가지고 이야기하는 것이다. 본집 설화의 경우, 그 사건의 발현에서 종말에 이르기까지 주인공이나 그것과 관련된 인물의 언동·상황이 자세하고도 사실적으로 그려지고 있다. 이 점이 설화에 현실성을 부여하여 문학적 흥취를 더하게 한다. 이러한 묘사는 전거로 하고 있는 선행문헌에서 이어받은 경우도 많지만, 편자가 독자적으로 부가하고 있다고 여겨지는 것도 많다. 이것은 설화 선별에 있어서 편자 자신이 설화의 등장인물의 언동에 각별한 관심을 가지고 있기 때문이라고 할 수 있을 것이다.

본집 설화에 등장하는 인물은 승려와 속인을 불문하고 무엇인가에 대한 원망願望이나 능력을 가지고 있는 경우가 많다. 원망은 종교적 진선미眞善美의 세계에 대한 추구이거나, 남녀·부부夫婦·부모자식·사제師弟·주종 간의 애정이거나, 또한 혐오스러운 잔혹함, 비정함이나 때로는 골계를 동반하는 물욕·색욕色欲·출세욕 등의 욕망이 되기도 한다. 능력에는 예술로서의 시가詩歌·공예工藝·회화繪畵의 재능 외에, 바둑·의약·음양도陰陽道의 역량, 또는 무용武勇·완력腕力·변설辨舌·기전機轉 등이 있다. 편자는 여러 원망과 능력의 달성을 위해 적극적으로 행동하는 자들의 모습을 사실적으로 상세하게 이야기하고, 생동감 넘치는 표현성을 가진 설화에 관심을 가지고, 그러한 것들을 가능한 한 많이 찾아내어 완성시키려고 하였다. 또한 사령死靈·생령生靈·오니鬼가 되어 상대에게 원한을 풀려고 집념을 불태우는 자의 모습에도 관심이 깊었다고 생각된다. 이 외에 두려운 영성靈性을 가지고 있다고 여겨지는 텐구天狗·개·원숭이·여우·너구리·뱀 등의 이류異類·동물의 행동을 이야기하는 설화나, 생각지 못한 행운·불행을 겪은 자들이나 구사일생의 위기적 상황을 맞은 자들이 필사적으로 행동하는 이야기라든가, 본 적도 없는 이경異境·비경秘境의 풍토나 그곳에 살고 있는 사람들의 일상적인 삶에도 깊은 관심을 가지고 있는 듯하여, 그러한 설화도 어느 정도 선택되었다.

편집자가 이러한 인간(또는 이류異類·동물動物)의 적극적인 행동에 관심을 가지고, 그러한 내용을 담은 설화를 선택하여 집대성하였다고 한다면, 그 작품은 승려와 속인·귀인과 천인·선과 악·미와 아름다움과 추함 등, 다양한 인간들이 제각각 힘껏 살아가는 현실 세계를 그린 일대 만다라曼茶羅라고도 할 수 있으며, 이 점에 본집의 문학적 특성이 있다고 해도 좋을 것이다.

(이상 구니사키 후미마로國東文麿)

6. 저본底本에 대해서

본 일본고전문학전집에서 사용하는 저본은 권별로 여러 본들 중에서 최선의 것을 사용하였다. 따라서 일본고전문학전집본은 속된 말로 '짜깁기본'이라고 할 수 있다. 왜 이렇게 되었는가 하면 『금석이야기집』은 현존 여러 전본 간의 서사계보관계가 상당히 명확하여 현존 여러 본은 거의 모두 나라본奈良本(스즈카본鈴鹿本)에서 나왔기 때문이며 결국 나라본奈良本만 있으면 그것을 저본으로 하여 본문은 정해졌다고 해도 좋다. 그러나 나라본은 현재 스즈카본 총 9권밖에 발견되지 않았기 때문에 나머지 권은 가장 스즈카본과 유사한 것을 고르게 되었다. 그런데 그 위치에 있다고 인정되는 고본계古本系라 불리는 전본 또한 나머지 권을 갖고 있는 것이 없다. 고본계 중에서 가장 양질의 본문을 갖고 있다고 인정되는 것은 짓센實踐여자대학 소장(구로카와 가문黑川家 구장舊藏) 26책冊본인데 이것도 고본계는 그중의 총 19권뿐이며 게다가 스즈카본과 중첩되는 것은 총 8권이다. 따라서 짓센여자대학 소장본으로 보충할 수 있는 권은 총 11권이 된다. 이어서 고본계로 보충할 수 있는 것은 도쿄대학 국어연구실 소장(고바이 문고紅梅文庫 구장舊藏) 15책冊본(단 22권분이 있음)인데 이것을 이용하여 보충할 수 있는 권은 총 5권이다. 나머지 6권 중, 권8·권18·권21의 3권은 현존하는 어느 본에도 없기 때문에 아마도 나라본도 결권이었을 것으로 판단된다. 따라서 고본계에서 보충할 수 있는 것은 권11·23·24 세 권이 되며 이것들은 유포본을 이용하여 보충하지 않으면 안 된다.

이상을 통해 본서의 저본으로 삼은 것은 각각의 권의 출처가 다르면서, 모두 나라본의 재건을 추구한다는 의미에서 공통의 성격을 갖고 있음을 알 수 있다. 이하는 본집 권11에서 권 31까지의 저본 일람표이다.

권11 짓센實踐여자대학 소장 26책冊본

권12 스즈카본鈴鹿本

권13 짓센實踐여자대학 소장 26책冊본

권14 상동

권15 상동

권16 상동

권17 스즈카본鈴鹿本

권18 결권

권19 짓센實踐여자대학 소장 26책冊본

권20 상동

권21 결권

권22 짓센實踐여자대학 소장 26책冊본

권23 도쿄대학 국어연구실 소장 21책冊본(중간본)

권24 짓센實踐여자대학 소장 26책冊본(유포본)

권25 도쿄대학 국어연구실 소장 15책冊본

권26 상동

권27 스즈카본鈴鹿本

권28 도쿄대학 국어연구실 소장 15책冊본

권29 스즈카본鈴鹿本

권30 도쿄대학 국어연구실 소장 15책冊본

권31 상동

(이상 마부치 가즈오馬淵和夫)

7. 현존 제본諸本 해제

제본諸本의 계통은 아래의 그림과 같다. 이하 그 이유와 제본의 개략을 소개하고자 한다. 현존 제본에는 일련번호를 붙이고 존재한다고 가정한 본本은 로마자로 나타냈다. 가정한 본은 실재한 책인지 아닌지는 알 수 없다.

(1) 奈良本(鈴鹿本): 卷2·5·7·9·10·12·17·27·29의 九卷은 鈴鹿家에 전해졌기 때문에 鈴鹿本이라 불리고 있다. 그 외의 僚卷도 있었을 터인데, 이것들은 발견되지 않았기에 全卷(缺卷을 제외하고)을 합쳐 부를 때는 奈良本이라 하는 편이 좋을 듯하다. 奈良本이라는 명칭은 伴信友가 명명한 것으로 이 本이 奈良에 있었기 때문이다. 그러나 현재 알려진 것은 鈴鹿本뿐이므로 이것을 가지고 奈良本 전반을 추측하게 되었다. 이 本은 가마쿠라 중기鎌

倉中期의 서사로 추정된다. 當本이 현존하는 대부분의 寫本의 원조라는 사실은 이 本의 벌레 먹은 부분을 충실히 전하고 있기 때문이다(馬淵「今昔物語集傳本考」〈『國語國文』1951년 5월〉). 그러나 이 本에도 誤寫로 보이는 것이 약간 있다. 권12부터 예를 들면,「悲ムテ云ヘトモ」(제2화),「然レト公モ此ノ」(제10화),「此レヲ聞ク其ク其ノ辺ノ」(제17화) 등이 있다. 특히 제17화의 경우, 착각하여 언더라인 부분을 중복해서 쓴 것이라 판단되는데, 서사할 때 자주 생기는 실수이다. 또 제5화에도 이와 같은 예로

> 最勝王經ヲ講讀シテ<u>永キ事トセムト帝王ノ</u>
> <u>宣ハク申ス所可然シ速ニ申スカ如クニ行ヒ</u>
> <u>テ</u>摩御齊二會ノ講師ヲ用キル

라는 문장의 언더라인 부분은 2행 전에 나왔던

> 最勝王經ヲ講シテ<u>永キ事トセムト帝王ノ宣</u>
> <u>ハク申ス所可然シ速ニ申スカ如クニ行ヒテ</u>
> 代々ノ帝王ノ御後ノ人ヲ以テ檀越ト可爲
> シト

라고 되어 있는 '最勝王經ヲ講シテ'까지 착각하여 중복해서 써 버리고 실수를 깨달았지만 '維摩'의 '維'를 쓰지 못했던 것이다. 그런데 이것

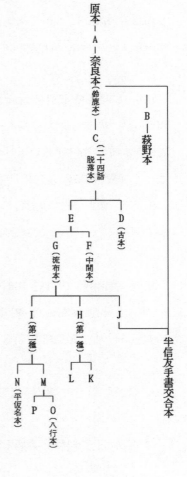

을 서사한 諸本의 원거가 된 本에서는 주의를 해서 확실하게 '維'를 보완해서 서사했지만, '最勝王經ヲ講讀シテ'까지 너무 삭제했기 때문에 '維摩御齋二會ノ 講師ヲ用キル'(丹鶴叢書)라고 하는 설명이 부족한 문장이 되어 버린 것이다. 이것으로 생각하면, 鈴鹿本(奈良本)도 사본의 하나가 아닌가 생각된다.

반 노부토모伴信友가 鈴鹿本을 보고 그 권12·27·29를 자신이 소지한 본과 교합校合한 경위에 관해서는 사카이 겐지酒井憲二가 「伴信友の鈴鹿本今昔 物語集研究に導かれて」(『國語國文』 1975년 10월), 「再び伴信友に導かれて今 昔物語集の成立について考える」(『國語國文』 1982년 9월), 「伴信友の今昔物語 集研究」(『山梨縣立女子短期大學紀要』 제9호) 등에서 상세하게 논하고 있다.

또한, 노부토모 교합본校合本을 서사한 長澤伴雄本에 관해서는 나가노 조이 치長野嘗一「今昔物語集『奈良本』について」(『國語と國文學』 1962년 10월)가, 또 信 友校合本에서 태어난 田口本이라고 하는 본을 야마카와 마키요山川眞淸가 新宮 城本과 교합하였고, 그것이 丹鶴叢書本이 된 경위에 관해서는 호리 준이치堀淳 一가 「新宮城本「今昔物語集」に施されたある異本注記—伴信友手澤本·鈴鹿 本に遡って—」(『說話文學研究』 제26호)에서 밝히고 있다.

또한 鈴鹿本은 1991년 10월에 스즈가 가문鈴鹿家으로부터 교토대학京都大 學 부속도서관附屬圖書館에 기증되었고, 1996년 6월에 국보로 지정되었다. 1997년 5월에는 교토대학 학술출판회에 의해서 영인출판影印出版되었다.

A. 奈良本 이전의, 원본과 奈良本 사이에 A라는 본을 하나 상정했다.

C: 현존하는 제본은, 鈴鹿本에 있는 권2의 제24화를 누락하고 있으므로,

그와 같은 탈락을 일으킨 본을 鈴鹿本 사이에 설정하지 않으면 안 된다. 이것을 C라고 했다.

(2) 萩野文庫本:『今昔物語抄』九州大學藏萩野文庫本『今昔物語抄』에 관해서는 사코노 후미노리迫野虔德 씨가 「九州大學萩野文庫藏『今昔物語抄』について」(『國語國文』1982년 4월)에서 소개하였고, 후에 이 소개문을 싣고 원본을 영인·간행하였다(1992년 6월, 和泉書院影印叢刊 80). 이 본은 전반 부분 끝에 「已上十五卷抄」라고 쓰여 있으며, 또한 이 부분이 분명히 현존『今昔物語集』의 제15권의 이야기들에서 뽑아낸 것이므로, 이『今昔物語抄』는 현존『今昔物語集』의 어떤 본에서 초출한 것이 된다. 권15와 권20은 鈴鹿本에는 존재하지 않기 때문에 직접 비교할 수는 없지만, 현존 제본에서 결문缺文으로 되어 있는 것 중에 조본祖本의 벌레에 의한 손상에 의해 결문으로 된 것이 이『今昔物語抄』에는 제대로 들어가 있으며 그것들 중에 후세의 추정에 의해 보충되었다고 생각되지 않는 것이 있기 때문이다. 물론 후세에 보충한 것으로 추정되는 것도 있다. 하지만 이것은 「オホロケノ緣」(33才 1행)처럼 오른쪽 끝에 조심스럽게 적혀 있다. 기타, 의도적으로 비워 두었다고 생각되는 「加賀ノ國 郡ノ 鄕」(22才 2행)와 같은 것은 현존 제본과 동일하다.

그러나 현존 제본에 있는 벌레에 의한 손상으로 생긴 결문缺文으로 생각되는 부분은 모두 문장이 채워져 있다. 그것도 문장의 뜻이 잘 통하고 있으며, 후세에 채워 넣은 것으로 판단되지 않는다. 예를 들면『今昔物語抄』제36丁ウ의 다음 문장은 다른 제본에서는 권20 권말에 해당하며 모든 제본에 상당량의 결문이 있다. 여기서는 그것을 「 」로 묶어서 표시했다.

此レヲ得タル他ニ非ス「國ノ內ノ」佛神ノ懃ニ崇メ國ヲモ吉ク治メテ民ヲモ冨

ハシ我レモ冨テ「亦此思ヒ」不懸ヌ財ヲモ得タル也ト喜フ事無限シ亦心ノ直
「キカ至セル所也其後ハ」弥ヨ國ノ政ヲ直ク行ヒテ佛ヲ貴ヒ神ヲ崇メ「人ニ情
ヲ當リ民ヲ哀レムテソ」有ケル然レハ國司ハ國ノ内ノ佛神ニ吉ク「仕リ道理ヲ
可政キ也トナム語」傳申

또, 제본의 뜻이 분명하지 않은 부분과 연결이 이상한 부분에 대해서 萩
野本을 참조해 보면 약 한 행 분이 탈락되어 있음을 알 수 있다. 그 예는 아
래와 같으며, 제본에서 빠진 부분은 「 」로 표시했다.

권15 제39화
僧都涙ヲ流シテ「泣キケル其ノ後七ゝ日ノ法事□悩ニ修シ畢テ□弟子引具
シテ」横川ニハ返タリケル

권19 제26화
何テ的ハ「ハツシ」タルソト「被問ケレハ目ノ□暗ニ罷成テ的ノ不見ス候ヒ
ツル也トソ答ケル亦何ニ□ノ打ッ□不逃スシテ
(「ハツシ」는 후세에 보충한 부분. 萩野本의 본문에도 □가 있음을 주의할
것)

그러나 한편으로 萩野本에만 있는 탈문脱文도 있으나, 여기서는 생략하기로
한다(馬淵「萩野文庫本「今昔物語抄」寸考」〈『今昔研究年報』제7호, 후에 「古典の窓」에 실림〉).

B. 萩野本은 제본에서 탈락된 부분이 탈락되지 않고 남아 있으나, 奈良本
계통임은 분명하며, 萩野本의 조본祖本으로서 B라는 본을 상정했다.

(3) 大東急·某氏·山田本: 권31 제24화부터 제36화까지 7화(시작과 끝 부분 없음)를 남기고 있는 단간斷簡 여덟 쪽이 있으며 1쪽에서 6쪽까지는 대동급大東急 기념문고記念文庫 소장.

6쪽은 본래 세키네 마사나오關根正直 박사博士 소장. 7쪽은 이와나미고전문학대계본岩波古典文學大系本『今昔物語集』제5권 권두에 사진으로 게재되어 있으며, 지금은 아무개 씨가 소장 중이다. 8쪽은 야마다 다다오山田忠雄 씨가 소장 중으로 알려져 있다. 무로마치室町 시대에 필사된 것으로 8쪽 전부가 히라바야시 세이토쿠平林盛得에 의해 번각翻刻되었다(다카모토 후미오橋本不美男 편, 『王朝文學資料と論考』1992년 8월, 笠間書院 간행). 이 단간들의 본문본 계통에 관해서는 과거에 도쿄대학東京大學 국어연구실國語研究室 소장 紅梅文庫本과 거의 같은 계열이라는 지적(馬淵「『今昔物語集』もしくはその文體の成立」〈『國文學解釋と教材の研究』1984년 7월, 후일『古典の窓』에 실림〉의 注2)이 있었지만, 현재 새로 두 쪽의 신규 자료를 추가하여도 그 이상의 사실은 알 수가 없다. 萩野本처럼 奈良本계 제본의 공통적인 결손부분이 이 본에 채워져 있다는 식의 결정적인 증거가 없는 이상, 이 본의 계통에 관해서는 단언할 수 없다. 다만, 이 본에서 각 화의 번호가 다른 제본보다 6씩 크며, 또한 이 단간들에서 각각 해당 숫자를 정정한 흔적이 명확한 점은 주목할 만하며, 아마도『今昔物語集』의 원래의 형태를 보존하고 있는 것이리라 생각된다(馬淵「『今昔物語集』の原姿」〈『今昔研究年報』제5호, 1991년 3월, 후일『古典の窓』에 실림〉). 이 본이 무로마치 시대의 고사본이라는 점을 고려해 보면 奈良本과는 다른 계통이었을 가능성도 있다. 그렇다면 제31권의 각 화의 번호는 奈良本(으로 한정할 수는 없으나) 등에서 현존본을 따라 정정된 것으로 생각된다. 어쨌든 본문계통에 관해서는 결정적인 사실은 말하기 어렵다.

C. 다시 D(고본古本)와 그 외의 본으로 나눠진다.

D. 고본古本: 여기에 속하는 것으로 현재 밝혀진 것은 다음의 여섯 본이다. 이것들은 野村本을 제외하면 모두 한 면에 9행으로 쓰여져 있다는 특징이 있다.

(4) 東京大學國語硏究室藏(紅梅文庫舊藏)十五冊本: 현존권現存卷은 1~7, 9~17, 22, 25~28, 30, 31 등 총 23권. 단 권11은 고본계 본문이 아니다. 서사는 에도江戸 시대 말기. 제첨題簽에 『舊本今昔物語』라고 되어 있는 부분은 이자와 나가히데井澤長秀 판본版本에 대한 내용일 것이다.

도쿄대학국어연구실東京大學國語硏究室 자료총서資料叢書로서 영인되어 있으며, 대계본大系本의 여러 권의 저본으로 채용되는 등, 교합본으로서 사용되고 있으므로 각각에 대해 볼 수 있다. 또, 본서는 實踐女子大學 소장 二十六冊本과 완전히 같은 체재이기 때문에 서사한 원본은 동일할 것이다. 혹은 實踐女子大學藏本을 서사한 것으로도 생각된다.

(5) 國學院大學藏(水野忠敥氏舊藏)二十九冊本: 권8, 18, 21, 23, 31의 다섯 권이 없으며, 권11, 24, 26의 세 권이 상하 두 권으로 구성되어 있다. 각 권의 표지 뒤에 「子爵水野忠敥氏寄贈」이라는 인印을 찍어 붙인 종이가 있다. 이 미즈노水野 씨는 야마가타山形 성주城主의 후예로서, 단카쿠丹鶴 성주城主인 미즈노 씨와는 다른 가문이다(야마기시 도쿠헤이山岸德平 선생의 가르침을 받았음). 본서의 현존하는 스물여섯 권은 서사 양식과 내용으로 보아 다음 세 종류로 확연히 구분된다.

9행으로 쓴 권 1~7, 9, 10, 12~17, 19, 20, 22, 27

8행으로 쓴 권 11, 24, 26,

11행으로 쓴 권 25, 28~30

9행으로 쓴 부분은 D(고본) 계통에 속하며, 11행으로 쓴 부분은 松井簡治氏舊藏本과 밀접한 관계가 있으며, 8행으로 쓴 부분은 筑波大學付屬圖書館二十八冊本, 內閣文庫林家舊藏本(후술할 M계통본)과 쓰기 방식이 완전히 동일하다. 9행으로 쓰인 부분은 대부분, 전술한 東大國語研究室十五冊本과 일치한다. 또한 본서의 존재는 아사쿠라 하루히코朝倉治彦 씨의 가르침을 통해 알게 되었다.

(6) 東北大學狩野文庫藏二十二冊本: 현존권은 1, 2, 4~7, 9~16, 22, 24, 26~31 등 총 22권이다. 그중에서 권11, 24, 26, 28~31의 7권은 8행 가나 혼용체로 쓰여 있으며, 나머지 열다섯 권은 9행의 가타카나쌍기체片仮名雙記體이다. 이 열다섯 권이 고본계이다. 본서에 관해서는 고전전집본古典全集本『今昔物語集』의 해설에, 호시카 소이치星加宗一 씨의 소개가 있으며, 또한 대계본의 교합에도 이용되고 있다. 나는 네고로 쓰카사根來司 씨에게 조사를 의뢰하였다. 본서는 표지 오른쪽 아래에 「新宮城書藏」이라는 주인朱印이 찍혀 있는 것으로 보아, 「丹鶴叢書」의 발간에 쓰였을 것으로 생각된다.

(7) 實踐女子大學藏(黑川家舊藏)二十六冊本: 현존권은 1~7, 9~17, 19, 20, 22, 24~30의 26권으로서, 권11, 24, 26의 세 권은 8행본行本이며 25, 28~30의 네 권은 11행본으로, 고본계로 인정할 수 있는 것은 나머지 열아홉 권뿐이다. 서사형식, 매수까지 東大國語研究室十五冊本과 완전히 일치하며, 서

사는 더 오래전의 것이다. 각 권은「黑川眞賴藏書」「黑川眞道藏書」라는 장방형長方形의 주인朱印과「黑川眞賴」라는 원형 주인이 찍혀져 있다. 표지에「昌平御庫本校合」「狩谷棭齋本校合」「鈴木安覺本校合」이라고 되어 있으며, 본문에 붉은색으로 각각「東」「棭」「木」으로 해서 교합한 부분이 있다. 하지만 뒷부분에는 모두「イ」로 교합을 표시했을 뿐이다. 교합본은 전부 유포본流布本으로, 이 교합은 國學院大學藏本, 野村本에도 존재한다. 이 교합이 에키사이棭齋와 교류가 있었던 구로카와 하루무라黑川春村에 의한 것이라고 한다면, 구로카와 가문이 소장했던 이 본이 원본原本이며 國學院大學藏本, 野村本은 그것을 베낀 것이 될 것이다. 그리고 이 본은 東大國語研究室十五冊本과 원본이 동일하다고 말할 수 있을 것이다. 그러므로 일단 다음과 같은 계통을 생각할 수 있다.

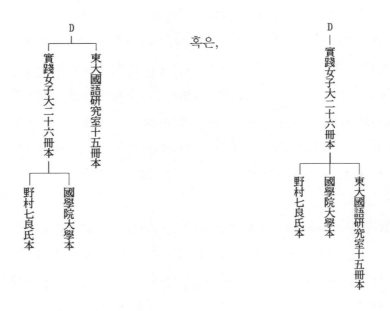

혹은,

(8) 實踐女子大學藏(黑川家舊藏)四冊本: 현존권은 1~4의 4권. 각 권은 한 면에 9행으로 쓰여졌다. 체재는 동 대학 소장 二十六冊本과 같다. 권마다 「綠園文庫」「黑川眞賴藏書」「黑川眞道藏書」의 장방형인長方形印과 「黑川眞賴」라는 원형 인印이 찍혀 있다.

(9) 野村家藏十四冊本: 현존권은 1~7, 9~12, 14~16의 14권. 내용은 實踐女子大學藏二十六冊本과 동일하며, 「昌平御庫本校合」「狩谷棭齋校合」「鈴木安覺本校合」이라고 되어 있는 부분도 마찬가지로 동일하다. 권11도 타본과 동일하게 고본계로 볼 수는 없으나, 이 계통에 속하는 것들 중 본서만이 한 면에 11행으로 쓰여 있다. 본서도 대계본의 교합본으로 채용되었다. 본서는 야마다 다다오山田忠雄 씨의 호의를 얻어 야마다 씨가 촬영한 사진으로 조사할 수 있는 기회를 얻을 수 있었다.

(10) 田中賴庸舊藏本: 본서는 종래 도쿄제국대학에 소장되어 있었으나, 관동대지진으로 소실되었다. 단, 그 이전에 하가 야이치芳賀矢一 박사博士의 『攷證今昔物語集』의 저본으로 쓰였기 때문에 본문은 대부분 볼 수가 있다. 사견으로는 田中賴庸舊藏本은 전권이 고본계는 아니었을 것으로 생각되므로 여기에서는 일단 고려하지 않기로 한다.

또한 본서에 관해서는 대계본『今昔物語集』二, 해설「攷證本の本文について」의 고찰이 있다.

이상 기술한 고본계의 본문을 전하고 있는 권을 정리하면 다음과 같다.

권	鈴鹿本	東大國語研究室十五冊本	國學院大學本	東北大學本	實踐女子大學二十六冊本	實踐女子大學四冊本	野村本
권제1		○	○	○	○	○	○
권제2	○	○	○	○	○	○	○
권제3		○	○		○	○	○
권제4		○	○	○	○	○	○
권제5	○	○	○		○		○
권제6		○	○	○	○		○
권제7	○	○	○	○	○		
권제8							
권제9	○	○	○	○	○		○
권제10	○	○	○	○	○		○
권제11							
권제12	○	○	○	○	○		○
권제13		○	○	○	○		
권제14		○	○	○	○		○
권제15		○	○	○	○		○
권제16		○	○	○	○		○
권제17	○	○	○		○		
권제18							
권제19			○		○		
권제20			○		○		
권제21							
권제22		○	○	○	○		
권제23							
권제24							
권제25		○					
권제26		○					

권제27	○	○	○	○	○	
권제28		○				
권제29	○					
권제30		○				
권제31		○				

　고본계는 모두 비교적 늦은 시기에 서사된 것임을 고려하면 그 원전이 된 한 본이 에도 시대 말기까지 존재했을 것으로 상상할 수 있으나 현시점에서는 아직 발견되지 않았다.

　고본계가 위와 같이 상당수의 양이 갖추어져서 鈴鹿本의 결권을 재현하는 작업도 꽤 진전될 수는 있었으나, 아직 약간의 권에서 불충분하다. 그러므로 다음 계통의 본이 문제시된다.

　F. 중간본中間本: 중간본이란 고본에서 유포본으로 바뀌는 중간에 위치한 본이라는 뜻이다. 현재 판명된 바로는 다음 세 본이 있다.

　(11) 東京大學國語硏究室藏二十一冊本:　현존권, 1~3, 5, 6, 9, 11~20, 23~27. 한 면에 10행. 대계본에 東大本 을乙로서 교합에 쓰였다.

　(12) 國會圖書館藏(榊原家舊藏)九冊本: 현존권, 1~10(권8 없음). 한 면에 12행.

　(13) 國會圖書館藏(榊原家舊藏)三冊本: 현존권, 17, 19, 20. 한 면에 12행.

　이 계통의 공통이문共通異文은, 권6 목차에 제46화의 제목이 없고 제47, 48

화가 각각 하나씩 올라가 있다는 것과 권19의 목차에서 제6화 제목의 「人」자와, 제9화 제목의 「破」자. 제18화 제목의 「皇太后」의 「太」자, 제28화 제목의 「死」자, 제40화 제목의 「於淸水」의 세 글자가 없다는 점이다. 따라서 국회도서관의 九冊本과 三冊本은 일치하는 권이 없으나, 東大國語硏究室二十一冊本이 개재介在된 동일계로 판단했다.

G. 유포본流布本: 상술한 본들 이외의 제본은 모두 유포본流布本으로 처리했다. 유포본 중에서도 재차 몇 개의 계통으로 갈라진다.

H. 유포본 제1종

(14) 靜嘉堂文庫藏二十六冊本: 권8, 18, 21, 23 없음. 한 면에 12행. 권1은 착간錯簡이 있으며, 오자가 너무 많아서 조본粗本이긴 하지만, 권2 이후로는 양호하다. 권4도 원본에 착간이 있었던 것으로 보인다. 권11은 유포본 제2종 본문이다.

(15) 國會圖書館藏二十六冊本: 권1부터 권10까지와 권18, 21이 없다. 한 면에 12행으로 써졌고, 권말의 간기刊記가 상술한 (14)와 완전히 동일하며, 다음과 같다.

今昔物語本朝部三十一卷 山岡俊藏本

今片山氏藏之乞受校合畢 天明三年癸卯五月

이 본은 그 뒤에 「忠寄」(오쿠보 다다스케大久保忠寄)라고 되어 있다. 권24의 제19화가 중간부터 이야기 끝까지 히라가나 혼용문이 되는 것까지 양본兩本이 일치하고 있다.

(16) 靜嘉堂文庫藏十三冊本: 현존권, 7, 11~16, 25~27, 29~31. 한 면에 11행. 가타요세 마사요시片寄正義 씨의『今昔物語集の硏究』에서는 열여섯 권으로 되어 있지만 권24는 없고, 또 권26, 27 두 권은 두 부部씩 있으며 그 각각의 한 부는 분명 별본別本이므로, 나눠서 따로 한 본을 설정했다.

(17) 靜嘉堂文庫藏二冊本: 현존권, 26, 27. 한 면에 11행. 에도 초기 필사. 전술한 十三冊本은 이 본의 부본副本으로서 서사된 것이 아닌가 생각된다.
이 계통의 공통이문은 다음과 같다. 권12의 제31화에서, 제본諸本「此ノ山□□ヒケル間」라고 되어 있는 부분을, 「此ノ山ニ上ケリ間」로 뜻에 맞춰 채워 넣은 부분. 권26의 제5화에서, 「我道モ絶」를 「我道モ終ニ」로 하고 있는 부분. 권27의 제26화에서 제본諸本(鈴鹿本도) 「□集ノ橋」라고 되어 있는 부분을 「樋集ノ橋」(攷證本도)로 한 부분 등.

(18) 靜嘉堂文庫藏(松井簡治博士舊藏)四冊本: 현존권, 25, 28, 29, 30. 和學講談所舊藏. 한 면에 11행. (16), (17), (18) 세 본은 모두 11행본인데, 實踐女子大學二十六冊本, 國學院大學二十九冊本 등의 보사補寫에 쓰인 것은 이 계통일 것이다. 하지만 상술한 것처럼 보사補寫 11행 부분의 권 수가 마쓰이松井 박사의 구舊 소장본의 권 수와 일치하고 있다는 점을 고려하면 이 본이 보사補寫에 쓰였을 공산이 크다. 예를 들면, 권25 제4화의 「或ハ太万ヲ拔テ走リ騷クト云トモ」의 「ト云」는 (16), (18), (5)의 세 본에만 존재하는 이문異文이다.

I. 유포본 제2종: 이 계통에 들어가는 것은 권10의 목차에 있어서, 본문의 제목에 따라 정리를 한 형태를 취하고 있다. 이 계통의 것을 다시 동류끼리 묶어서 가타카나를 한자와 같은 크기로 적은 것을 M, 가타카나 대신 히라가나를 쓴 것을 N으로 삼는다. 다시 한 면의 행수에 따라서 O와 P로 나눈다(각 본의 체재 등의 세부사항은 가타요세 마사요시片寄正義 씨의『今昔物語集の硏究』上을 참조하길 바란다).

O. (8행본行本**)**: 모두 넉넉한, 대형본이며 가타카나 혼용체이다.

(19) 筑波大學附屬圖書館藏二十八冊本: 권8, 18, 21의 세 권이 없음.

(20) 內閣文庫林家舊藏二十八冊本: 권8, 18, 21의 세 권이 없음.

(21) 蓬左文庫藏二十八冊本: 권8, 18, 21의 세 권이 없음.

(22) 前田家尊經閣文庫藏二十九冊本: 권8, 18, 21의 세 권이 없음. 권23이 중복. 해당본은 직접 보지 않았으며, 가타요세 씨의 소개에 의한 것.

(23) 京都大學附屬圖書館藏續今昔一冊本: 현존, 권29 제17화부터 끝까지.

(24) 京都大學附屬圖書館藏四冊本: 현존권, 권13~15, 31. 권14~15의 세 권은 이 계통의 것이지만 권31은 다른 계통으로 靜嘉堂文庫藏十三冊本(16)에 가깝다.

(25) 神習文庫藏(井上賴囶舊藏)一冊本: 권29.

기타, 彰考館文庫藏二十六冊本이라고 하는 것도 이것들과 동본으로 추정되지만, 네고로 쓰카사根來司 씨에 의하면 전쟁으로 소실되었다고 한다. 押小路家本이라고 하는 것도 국사대계國史大系의 교합으로 추정해 보면 이 계통일 것이다.

P. (8행이 아닌 본)

(26) 筑波大學附屬圖書館藏十八冊本: 현존권, 권12~21, 24~31, 한 면에 11행. M계통에 속하는 것으로 판단된다.

(27) 靜嘉堂文庫藏一冊本: 현존권, 권19. 한 면에 12행. M계통으로 추정.

(28) 靜嘉堂文庫藏十一冊本: 현존권, 권16(본서에서는 권11로 되어 있음), 17(마찬가지로 권10), 19(마찬가지로 권3), 24(마찬가지로 권7), 25(마찬가지로 권6), 26(마찬가지로 권5), 27(마찬가지로 권1), 28(마찬가지로 권9), 29(마찬가지로 권2), 30(마찬가지로 권4), 31(마찬가지로 권8). 한 면에 10행. 겉장에 「續今昔物語集」이라는 표제가 있다. 내용은 M계통으로 추정.

(29) 靜嘉堂文庫藏五冊本: 현존권, 권22, 24~27. 권24는 丹鶴叢書本의 사본. 다른 권의 내용은 전항 (28)과 같은 계열.

(30) 內閣文庫藏舊本二十八冊本: 권8, 18, 21이 없음. 「일본고전문학대계

日本古典文學大系」에 의하면 M계통에 속한다.

(31) 彰考館文庫藏三十冊本: 권8, 18, 21이 없으나 권8에 권23을 위치시키고, 권18에 권22를 위치시켜, 권21, 22, 23을 결권으로 하고 있다. 권11, 19, 29를 각각 상하로 나누었기 때문에 전부 30책이 된다. 한 면에 11행. 내용은 M계통. 본서의 조사는 네고로 쓰카사根來司 씨에게 의뢰하였다.

(32) 東北大學狩野文庫藏六冊本: 현존권, 권16, (본서에서는 권4로 되어 있음), 17(마찬가지로 권1), 19(마찬가지로 권5), 20(마찬가지로 권2), 30(마찬가지로 권3), 31(마찬가지로 권6). 겉장에「今昔物語舊本」라는 표제가 있다. 내용은 M계통.

N. 히라가나본平仮名本: 다른 제본에서 가타가나로 쓰여 있는 부분이 히라가나로 쓰여 있는 것.

(33) 實踐女子大學(黑川家舊藏)十五冊本: 현존권, 권11~16, 22, 24~31의 15권. 한 면에 10행.「朝田家藏書」「福田文庫」「黑川眞賴藏書」「黑川眞道藏書」라는 장방형인과「黑川眞賴」라는 원형인을 찍었다.

(34) 京都大學附屬圖書館藏一冊本: 권28. 한 면에 10행.

田中忠三郎氏藏本이라고 하는 본도 가타요세 씨의 보고에 의하면 이 계통의 히라가나본이라고 한다.

Q. 기타 사본

(35) 京都大學附屬圖書館藏十冊本: 현존권, 권22~31의 10권. 한 면에 10
행. 판본인 丹鶴本을 그대로 서사한 것이다. 단 권28과 권24의 제16화부터
제34화의 반까지는 丹鶴本이 아니다.

(36) 內閣文庫(岡本保孝舊藏)本: 대계본 중에서 「內閣文庫本B」로서 교합
에 사용되었으나, 조사의 기회가 없었기 때문에 대계본을 참조하기를 바란
다.

R. 고판본古版本 및 활판본活版本

(37) 井澤長秀校本: 향보享保 5년(1720), 동 17년(1732) 판版. 고사본古寫本을
개편하여 본조부本朝部 30권으로 만든 것. 또 이 본의 활자본活字本이 『宇治大
納言源隆國卿撰 今昔物語』로 명치明治 28년(1895), 辻本尚古堂에서 간행되었
다. 또 1990년 9월 이나가키 다이이치稻垣泰一에 의해 『考訂今昔物語』(新典
社)로 사진 복제로 출판되었다.

(38) 丹鶴叢書本: 단카쿠丹鶴 성주城主 미즈노 다다나카水野忠央가 막말幕末
에 간행한 「丹鶴叢書」에 수록되어 있던 것. 전문全文 가나가나 쌍행체로 되
어 있으나, 저본 전부가 그러한 체재의 고사본이었다고는 생각되지 않는다.
아사쿠라 하루히코朝倉治彦 씨의 조언에 의하면 『新宮城藏書目錄』(國會圖書
館藏)에는,

今昔物語集　　二十二冊

今昔物語　　　二十四冊

今昔物語　　　二十三冊

今昔物語　　　零本二冊

今昔物語目錄　二冊

今昔物語　　　二十七冊

今昔物語抄　　三冊

이라고 되어 있다고 한 점을 고려해 보면, 어느 것을 저본으로 삼았다고는 확언할 수 없으며, 기술한 (6)과 같은 것이 그중의 한 본이었다고 가정하면 역시 취합본取合本을 저본으로 했다고 할 수 있을 것이다.

또, 1912년 간행된 國書刊行會丹鶴叢書本은 위의 활자번인본活字翻印本이나 오식誤植이 많다.

이하, 「改定史籍集覽」「國史大系」「國文叢書」「日本文學大系」「古典全集」「大日本文庫」「新訂增補國史大系」「古典全書」「日本古典文學大系」 등에 수록되었다. 문헌학적 방법상, 「日本古典文學大系」가 가장 우수하지만 저본의 선정 방법에서 본서와 약간의 차이가 있다. (이상 마부치 가즈오馬淵和夫)

8. 본집에 있어서의 설화의 수용과 재구축

『금석이야기집』은 12세기 초에 편찬되었다고 추정되는 일본 최대의 설화집이다. 『금석이야기집』은 천축(인도), 진단(중국), 본조(일본)의 3부 구성을 취하고 있으며, 전 31권(단, 권8·18·21의 세 권은 결권)으로 약 일천여 화가 수록되어 있다. 각각의 설화는 구두전승에 의한 것이 아니라 모두 출전을 가지고 있으며, 아직 출전미상의 설화에 대해서도 동문적 동화同文的同話 관계에 있는 다른 자료를 통해 유추하면 어떤 문헌에 의거하여 설화가 채록되었다고 판단된다.

그런데 설화는 일반적으로 역사적 사실, 또는 사실事實이라고 믿어져 전승되어 온 사건을 구승 또는 서승書承(서사를 통해 전달하는 것)의 형태로 수용하여 그것들을 기록하여 집성한 것을 설화집이라고 한다. 본집에 수록된 각각의 설화도 편자에 의한 창작이 아니라 이른바 바통 터치하듯이, 구승되거나 출전에 기록되어 있는 설화를 그대로 기록하는 형태로 계승하여, 일천여 화를 수록한 일대작품으로 편찬된 것이라고 생각하기 쉽다. 이러한 생각이 반드시 전면적으로 잘못된 것이라고 할 수는 없지만, 『금석이야기집』의 설화수용과 편술 형태는 대다수의 다른 설화집과 약간 달라서, 『금석이야기집』의 설화로 다시 고쳐지고, 편자의 서술 스타일을 통해 새롭게 설화가 재생산·재구축되었던 것이다. 출전과의 비교를 통해 알 수 있는 것은 편자가 출전의 설화를 충분히 읽고 그것을 이해한 후에, 새롭게 설명적인 서술이나 상황묘사, 심중묘사 등을 더해 각색하고, 때로는 대화 장면을 설정하거나, 근대의 소설기법인 복선적 서술을 미리 준비하거나 했다는 점이다. 『금석이야기집』은 출전 설화의 줄거리나 골격에 관계될 만큼 큰 변용은 시도하고 있지 않지만 도처에 위와 같은 부가나 각색을 시도하고 있다. 서술의 순서도 출전과 비교했을 때, 그 전후를 바꾸거나 하는 작업도 하였다. 더욱이 편자(이야기 분석상에서는 '화자')가 이야기 속 인물과 일체가 되는 듯한 표현을 취하거나 역으로 본래 일인칭 표현이었던 것을 객관적으로 삼인칭으로 서술하는 경우도 있다.

이렇게 『금석이야기집』은 출전의 설화를 있는 그대로 전사轉寫하는 수용
태도를 취한 것이 아니라, 전거로 삼은 각각의 설화를 『금석이야기집』 나름
대로의 충분한 해석을 통해, 새롭게 『금석이야기집』의 설화로 재탄생시켰
던 것이다. 『금석이야기집』을 문학작품으로 보는 한, 그러한 편자의 영위는
간과할 수 없을 것이다. 여기서는 『금석이야기집』에서의 각각의 설화 수용
(해석)과 그것을 어떻게 서술하고 있는가라는 설화 재구축의 모습을 예를 들
어 고찰해 보고자 한다.

시제의 이동과 대화의 설정

먼저, 권13 제2화 「籠葛川僧值比良山持經仙人(가즈라 강葛川 은둔승이 히라 산
比良山에서 우연히 지경선인持經仙人을 만난 이야기)」을 통해 구체적으로 고찰해 보
자. 본 이야기는 가즈라 강이라는 곳에 살고 있는 승려가 꿈의 계시에 의해
히라 산에 사는 지경선인을 방문하여, 그의 신선과 같은 생활과 법화지경자
法華持經者로서의 고행을 견문하고, 그것을 동학의 승려에게 전한다는 내용이
다. 본 이야기의 전거는 요카와横川의 승려 진겐鎭源이 장구長久 연간(1040~44)
에 선술選術했다고 하는 『대일본국법화경험기大日本國法華經驗記』(『본조법화험기
本朝法華驗記』라고도 함. 이하 『법화험기』라고 약칭) 상권 제18화 「比良山持經者蓮
寂仙人」이다. 다음은 약간 긴 인용이지만 그 전반부분을 각각 비교대조하는
의미로 게재한다.

今昔、葛川ト云フ所ニ籠テ修行スル僧有ケリ。穀ヲ斷テ菜ヲ食テ、懃
ニ行テ月來ヲ經ル間ニ、夢ニ氣高キ僧出來テ告テ云ク、「比良山ノ峰
ニ仙人有テ、法花經ヲ讀誦ス。汝速ニ其ノ所ニ行テ、彼ノ仙人ニ可結
緣シ」ト。夢覺テ後、忽ニ比良ノ山ニ入テ尋ヌルニ、A仙人無シ。

日來ヲ經テ强ニ尋ネ求ル時ニ、遙ニ法花經ヲ讀ム音許髴ニ聞ユ。其ノ音貴クシテ可譬キ方無シ。僧喜テ、其ノ音ヲ尋テ東西ニ走リ求ルニ、經ノ音許ヲ聞テ、主ノ體ヲ見ル事ヲ不得ズ。心ヲ尽シテ終日ニ求ルニ、巖ノ洞有リ。B傍ニ大ナル松ノ木有リ。其ノ木笠ノ如シ。洞ノ中ヲ見ルニ聖人居タリ。身ニ肉無クシテ只骨皮許也。靑キ苔ヲ以テ服物ト爲リ。C僧ヲ見テ云ク、「何ナトル人ノ此ニハ來リ給ヘルゾ。此ノ洞ニハ未ダ人不來ザル所也」ト。僧答テ云ク、「我レ葛川ニ籠リ行フ。夢ノ告ニ依テ結緣ノ爲ニ來レル也」ト。仙人ノ云ク、「汝ヂ我レニ暫ク不近付ズシテ、遠ク去テ可居シ。我レ人間ノ烟ノ氣眼ニ入テ、涙出デ、難堪シ。七日ヲ過テ可近付キ也」ト。(이제는 옛이야기이지만, 가즈라 강葛川이라는 곳에 칩거하며 수행하는 승려가 있었다. 곡기를 끊고 산채를 먹으며 몇 달에 걸쳐 열심히 수행하고 있었는데, 어느 날 꿈속에 고귀한 승려가 나타나서 "히라 산比良山 봉오리에 선인仙人이 있고 『법화경法華經』을 독송하고 있다. 너는 속히 그곳으로 가서 그 선인과 결연結緣하도록 하라."라고 했다. 꿈에서 깨자마자 서둘러 히라 산속을 헤치고 들어가 A선인을 찾았지만 찾을 수 없었다.

며칠씩이나 필사적으로 찾고 있자 아득히 멀리서 『법화경』을 읽는 목소리가 희미하게 들렸다. 그 목소리는 실로 존귀하여 비할 데가 없었다. 승려는 기뻐하며 그 목소리를 찾아서 동쪽으로 서쪽으로 뛰어다녔지만, 경 읽는 목소리만 들릴 뿐 목소리 주인은 아무리 해도 찾을 수 없었다. 온종일 계속해서 힘닿는 대로 찾던 중 바위 동굴이 보였다. B옆에는 큰 소나무가 있어 삿갓 같은 모양을 하고 있었다. 동굴 속을 들여다보니 한 명의 성인聖人이 앉아 있었다. 몸에 살이 없었고, 단지 뼈와 가죽만으로 푸른 이끼를 의복으로 삼고 있었다. C그 성인이 승려를 발견하고 말했다. "대체 누가 오셨나요. 이 동굴은 이제까지 아무도 온 적 없는 곳이지요." 승려가 답했다. "저는 가즈라 강에 은둔하여 수행하고 있는 자입니다. 꿈속에서 계시를 받고 당신과 결연하고자 온 것입니다." 그 선인이 말했다. "자네는 당분간 나에게 가까이 오지 말고 멀리 떨어져 있으시게나. 아무래도 인간 냄새나는 연기가 눈에 들어와서 눈물이 나와 참을 수 없구먼. 이레 지나서 가까이 오면 될 게야.")   (『금석』)

葛河伽藍有一沙門。斷食苦行。懺悔修行送於年月。夢有僧告沙門。當知比良山峰有一仙僧。誦法華經。諸佛所歎。諸天禮拜。汝當往詣親近結緣。比丘驚夢入比良山。逕歷数明推尋覓求。遙聞讀誦大乘音声。其声微妙無可比物。不高不下深銘心府。比丘歡喜東西馳尋。雖尋聞經声不見其處。漸漸遊行。經於多時。至平正處。縱廣相搆。三方俱下。苔敷篠生量纏二丈。有一岩洞。希有絶妙。<u>有大松樹。根宿岩上。枝葉四垂覆洞前庭。風吹松声不異音樂。雨降如笠不湿庭上。熱時松能作清冷影。</u>寒時任運施煖溫氣。有一聖人。血完都尽。但有皮骨。形貌奇異。着靑苔衣。<u>告比丘言。希有來臨。</u>暫住近邊。不得付近。所以者何。煙氣入眼。淚出難堪。血膿腥膻鼻根受苦。過七日已更來。 (『법화험기』)

『금석이야기집』은 『법화험기』의 한문체(변체變體한문이라고 함) 문을 한자가나漢字仮名 혼용문으로 번역하여 설화를 기술하고 있지만, 그것은 '직역'이 아니라 '의역'이라고 할 만한 방법을 취하고 있다.

먼저, 모두부분에 관해서인데 말할 것도 없이 『금석이야기집』의 거의 모든 이야기는 "今昔(이제는 옛이야기이지만)"으로 시작해서, "トナム語リ傳ヘタルトヤ(이렇게 이야기로 전하여 내려오고 있다 한다.)"로 끝을 맺는, 이른바 설화 전승을 이야기한다는 통일된 형식으로 설화를 기술하고 있다. 이 이야기도 예외는 아니다. 첫 줄에 "僧有ケリ(승려가 있었다)"라는 전문傳聞·전승傳承된 과거의 사실을 회상하는, 이른바 'ケリ(~다더라)'서술 방식을 사용하고 있다. 이것도 『금석이야기집』에서는 그 대부분의 설화가 시작된 후, 잠시는 'ケリ(~다더라)'라는 서술로, 편자(화자)가 과거의 전승된 설화를 받아들여, 이야기를 현재 시점에서 서술하고 있는 자세를 보인다. 단 조금 후에는 '而(然)ル間(그러는 동안)' '而(然)ルニ(그런데)' 또는 '其(ノ)後(그후)' '其(ノ)時ニ(그때)' 등의 장면전환의 접속어를 넣어, 역사적 현재의 서술법으로 이동해 간다. 이 이야기에서는 즉시 '穀ヲ斷テ…(곡기를 끊고)' 이후, 현재형으로 이동한다. 장면의 현장을 현재에 두어 현장감을 높이고자 하는 서술방법인 것은 설명할 필요도 없다.

A 부분의 '仙人無シ(선인을 찾을 수 없었다)'는 출전인 『법화험기』에는 보이지 않는 설명적 기술로 『금석이야기집』은 이러한 보충적 설명을 곳곳에서 행하고 있다. 밑줄 친 C 부분을 보자. 『법화험기』에는 "告比丘言。希有來臨"라고 되어 있는 것에 대해, 『금석이야기집』은 "僧ヲ見テ云ク、『何ナトル人ノ此ニハ來リ給ヘルゾ。此ノ洞ニハ未ダ人不來ザル所也』ト(승려를 발견하고 말했다. '대체 누가 오셨나요. 이 동굴은 이제까지 아무도 온 적 없는 곳이지요.')"라고 지경성인持經聖人의 심리를 짐작하여 발언문發言文을 기술하고 있다. 또한 그 후에 "僧答テ云ク、『我レ葛川ニ籠リ行フ。夢ノ告ニ依テ結緣ノ爲ニ來レル也』ト('저는 가즈라 강에 은둔하여 수행하고 있는 자입니다. 꿈속에서 계시를 받고 당신과 결연하고자 온 것입니다.' 승려가 대답했다)"라고 가즈라 강의 승려의 발언문을 만들어 부가하고 있다. 이 발언의 내용은 제1단락의 내용을 다시 설명·요약하고 있는 것으로, 이러한 대화 장면의 설정으로 그 장면의 상황이 입체적으로 그려지는 것은 당연한 것이다.

B의 부분에 대해 생각해 보자. 이 부분은 지경성인이 수행하고 있는 바위

동굴의 정경을 묘사한 것이다. 『법화험기』에는 "有大松樹。根宿岩上。枝葉四垂覆洞前庭。風吹松声不異音樂。雨降如笠不湿庭上。熱時松能作清冷影。寒時任運施煖溫氣。"라고 상세하게 기술되어 있다. 이에 비해 『금석이야기집』에서는 "傍ニ大ナル松ノ木有リ。其ノ木笠ノ如シ(곁에는 큰 소나무가 있어 삿갓 같은 모양을 하고 있다)"라고 되어 있을 뿐, 가즈라 강의 승려는 금방 동굴 안에 있는 성인을 발견하게 된다. 실은 『법화험기』의 바위 동굴의 묘사 부분이 『금석이야기집』에서는 후반에 성인의 발언문 속에 언급된다. 그 부분을 기술하면 다음과 같다.

天魔波旬モ我ガ邊ニ不寄ズ。怖畏災過モ更ニ名ヲ不聞ズ。佛ヲ見、法ヲ聞ク事、心ニ任セタリ。亦、此ノ前ニ有ル松ノ木ハ笠ノ如クシテ、雨降ルト云ヘドモ洞ノ前ニ雨不來ズ。熱キ時ニハ蔭ヲ覆ヒ、寒時ニハ風ヲ防ク。此レ亦自然ラ有ル事也。汝ヂ亦此ニ尋ネ來レル、宿因無キニ非ズ。(무서운 천마파순도 이 사람 옆에 가까이 못했고, 두려움도 재액災厄도 그 이름조차 들을 일이 없었지. 마음만 먹으면 부처를 만나 법문法門을 들을 수 있다네. 또한 이 앞에 있는 소나무는 삿갓과 똑같아서 비가 내려도 동굴 앞으론 비가 들어오지 않는다네. 더울 때는 그늘을 만들어 주고 추울 때는 바람을 막아 주지. 이것들도 모두 저절로 그렇게 된 것이라네. 자네가 이곳에 찾아온 것은 전세의 인연이 없는 것도 아닐 걸세.)   (『금석』)

天魔惡人不近我邊。怖畏災禍不聞其名。見佛聞法心得自在。比丘尋來非少緣。

(『법화험기』)

즉, 이 부분의 "松ノ木ハ笠ノ如クシテ(소나무는 삿갓과 똑같아서)"에 해당하는 서술을 『금석이야기집』에서는 앞서 "其ノ木笠ノ如シ(큰 소나무가 있어 삿갓 같은 모양을 하고 있다)"라고 간략하게 서술하고(근대 소설기법의 복선적 서술), 후에 지경성인의 발언 속에 자세히 말하는 방법을 사용하고 있다. 전반부분에서 큰 소나무의 묘사는 필요 없고, 오히려 조금이라도 빨리 성인을 등장시키는 것이 효과적이었던 것이다. 『금석이야기집』은 『법화험기』의 기술을 후반에 성인의 발언문 속에 포함시키고 그것이 정경묘사의 역할도 할 수 있도록 하고 있다. 위에서 살펴본 바와 같이 『금석이야기집』은 『법화험기』의 기술을 한 차례 독해하고, 그것을 어떻게 서술할 것인가 고려하여 설화를 재구축하고 있다고 파악할 수 있다.

심리묘사와 복선적 서술

다음으로 한 가지 용례를 더 살펴보자. 같은 권13 제9화의 「理滿持經者顯經驗語(리만理滿 지경자持經者가 경전의 영험을 나타낸 이야기)」이다. 리만이라는 지경자가 『법화경法華經』 독송에 전념하고, 꿈에서 왕생의 징표를 얻었다는 내용의 이야기이다. 이 이야기도 『법화험기』 상권 제35화 「法華持經者理滿法師」가 출전이다. 여기서도 비교대조를 한다는 의미로 양자의 본문을 기재한다.

今、理滿ト云フ法花ノ持者有ケリ。河內ノ國ノ人也。吉野ノ山ノ日藏ノ弟子也。道心ヲ發シケル始メ、彼ノ日藏ニ隨テ供給シテ、彼ノ人ノ心ニ不違ズ。

而ルニ、理滿聖人思ハク、A「我レ世ヲ猒テ佛道ヲ修行ズト云ヘドモ、凡夫ノ身ニシテ未ダ煩惱ヲ不斷ズ。若シ、愛欲ノ發心ヲテハ、其レヲ止メムガ爲ニ不發ノ藥ヲ服セム」ト願ヒケレバ、師其ノ藥ヲ求テ、令

服メテケリ。然レパ、藥ノ驗有テ、彌ヨ女人ノ氣分ヲ永ク思ヒ斷ツ。

日夜ニ法花經ヲ讀誦シテB棲ヲ不定ズシテ、所々ニ流浪シテ佛道ヲ修

行ズル程ニ、C「渡リニ船ヲ渡ス事コソ無限キ功德ナレ」ト思ヒ得テ、

大江ニ行居テ、船ヲ儲テ渡子トシテ諸ノ往還ノ人ヲ渡ス態ヲシケリ。

亦、或ル時ニハ、京ニ有テ、D悲田ニ行テ、萬ノ病ニ煩ヒ惱ム人ヲ哀

デ、願フ物ヲ求メ尋ネテ與フ。如此クシテ所々ニ行クト云ヘドモ、法

花經ヲ讀誦スル事更ニ不怠ズ。(이제는 옛이야기이지만, 리만理滿이라고

하는 법화지경자法華持經者가 있었다. 가와치 지방河內國 사람으로 요시노 산

吉野山의 니치조日藏 상인上人의 제자였다. 리만은 도심이 일어난 초기에는 니

치조 상인을 가까운 곳에서 모시며, 그분의 뜻에 반하는 적이 없었다. 그런

데 리만 성인聖人은 A'나는 현세를 꺼려해 불도수행을 하고 있지만 범부의 몸

으로 아직까지도 번뇌를 끊지 못한다. 혹시 애욕의 마음이 생길지도 모른다.

그것을 멈추기 위해서 애욕을 억누르는 약을 먹고 싶구나.'라고 생각하여, 스

승인 니치조에게 부탁하자 스승은 그 약을 구해 와서 리만에게 먹게 했다.

그러자 곧바로 효과가 나타나서 드디어 오랫동안 여인을 생각하는 마음을

지울 수 있었다. 그리고 밤낮 없이 『법화경法華經』을 독송하고 B거처를 정하

지 않은 채 이곳저곳으로 유랑하면서 불도를 수행하며 걷고 있는 중에 C'선

착장에서 사람을 배로 건너게 하는 일이야말로, 더할 나위 없는 공덕이 된

다.'라고 생각했다. 그리고 나니와難波의 오에大江로 가서, 거기에 살면서 배

를 준비해서 왕복선의 뱃사공이 되어 오고가는 많은 사람을 건너게 하는 일

에 종사했다. 또 어느 때는 도읍에 있으며 D비전원悲田院에 가서 여러 가지

병으로 고통받는 사람을 불쌍히 여겨, 그들이 필요로 하는 것을 구하여 주었

다. 이런 식으로 여기저기를 걸어서 돌아다녔지만 『법화경』의 독송을 결코

게을리하지 않았다.)　　（『금석』）

沙門理滿。河內國人。吉野山日藏君弟子也。最初發心。隨逐彼君。祇
候給仕。不違彼意。<u>願服不發藥</u>。日藏君瞻其謹厚。今服不發藥。由是
力於女人境永絶希望。以讀誦法華。爲一生所作。沙門在大江作渡子。
設船艫度一切人。<u>或時在花洛愍諸病惱人</u>。求所樂物而與之。雖作種々
利他之事。而不闕退讀誦法華經。(『법화험기』)

　이 이야기도 "今昔(이제는 옛이야기이지만)"이라고 시작하고, "法花ノ持者有
ケリ(법화지경자法華持經者가 있었다)"라고 전문傳聞·전승의 회상을 나타내고
있는 '케リ(~다더라)' 서술로 설화를 시작하고 있다. 그 후, 리만에 대한 인
물설명에 들어가, '而ルニ(그런데)'를 시작으로 서서히 역사적 현재형으로 시
제는 이동해간다. A 부분은 리만의 심리를 짐작한 부분이다. 『법화험기』에
서는 '願服不發藥'이라고만 기술되어 있는 것을 『금석이야기집』에서는 리만
의 심리를 추측하여 "我レ世ヲ猒テ佛道ヲ修行ズト云ヘドモ、凡夫ノ身ニ
シテ未ダ煩惱ヲ不斷ズ。若シ、愛欲ノ發心ヲテハ、其レヲ止メムガ爲ニ
不發ノ藥ヲ服セム('나는 현세를 꺼려해 불도수행을 하고 있지만 범부의 몸으로 아직
까지도 번뇌를 끊지 못한다. 혹시 애욕의 마음이 생길지도 모른다. 그것을 멈추기 위해서
애욕을 억누르는 약을 먹고 싶구나.')"라고 하며, 애욕의 번뇌로부터 벗어나기 위
해, 정욕을 일으키지 않는 '不發ノ藥(애욕을 억누르는 약)'을 먹으려고 결의한
다. 이 부분은 『금석이야기집』의 '의역'이 분명하다.
　다음으로, 『법화험기』에는 밑줄 친 B의 부분에 대한 대응부분이 없다. 이
부분은 『금석이야기집』이 경과설명을 위해 부가한 부분이라고 할 수 있다.
『법화험기』의 기사만으로는 다소 엉뚱하다는 느낌이 든다. 『금석이야기집』
에서는 오에大江로 가서, 왕복선의 뱃사공이 되어 사람을 건너게 하는 일을
하게 되는 상황을, 줄거리에 따라 개연성이 있는 전개로 보충설명을 덧붙이

고 있다. C의 부분도 A의 부분과 같이 심중사유心中思惟로서 이하의 리만의 행동, 상황에 따른 심리묘사로 지극히 당연한 내용이다. 이것을 『법화험기』와 비교하면, 설화의 줄거리 전개상, 향유자가 이해하기 쉽도록 설화를 재구축하고 있는 부가적 부분이라고 해야 할 것이다. 일반적으로 설화 문학은 시종 서사적 서술이 중심이 되어 심리묘사가 적다고 하지만, 『금석이야기집』에서는 의외로 이야기 속의 인물의 심리를 묘사하는 경우가 많다. 다만, 위와 같은 예로 알 수 있듯이, 그 묘사는 줄거리 전개에 따른 것이 대부분으로, 편자編者(화자)가 이야기 속의 인물이 처한 상황에 근거하여 상상할 수 있는 범위 안의 진부한 묘사에 지나지 않으며, 이야기 속 인물의 정신적인 고뇌나 심리를 파헤치는 듯한, 의미심장한 경우는 많지 않다.

D의 부분으로 이동하자. 이 부분은 리만이 교토로 가서, 고뇌하는 사람들을 구제하였다는 기사이다. 『법화험기』에는 "或時在花洛愍諸病惱人"라고 되어 있을 뿐이다. 이에 대해 『금석이야기집』은 "悲田二行テ (비전원에 가서)"라고, 그 장소를 분명히 하고 있다. 이것은 이 이야기의 후반부에 "悲田ノ病人二藥リヲ與フル事十六度也(열여섯 번이나 비전원의 병자들에게 약을 구해 주었다)"(이 부분은 『법화험기』에도 "悲田病人供養食藥十六箇度"라는 기술이 있음)라고 되어 있는 것을 앞에서 먼저 기술한 것으로, 전후 모순 없이 조응시키려고 한 것이다. 이것은 앞서 언급한 복선적 서술이라고도 할 수 있지만, 『금석이야기집』은 한 이야기 속에서 전후의 조응, 정합성을 꾀하는 것에 주의를 기울이는 경향이 있다. 앞서 지적한 복선적 서술이라고 할 수도 있지만, 이러한 경향을 근대 소설 기법에 있어서 복선적 서술로 파악하기보다는, 정합성·합리성을 중요하게 여긴 서술 태도로 보아야 할 것이다.

같은 예가 아쿠타가와 류노스케芥川龍之介의 『참마죽芋粥』의 소재가 되기도 한, 권26 제17화「利仁將軍若時從京敦賀將行五位語(도시히토利仁 장군이 젊

은 시절 도읍에서 쓰루가敎賀로 오위五位를 데리고 간 이야기)」에서도 보인다. 도시히
토利仁 장군이 오위五位를 쓰가루敎賀에 데리고 가기 위하여 꾀어내는 장면에
서 「利仁來テ、五位ニ云ク、『去來サセ給へ、大夫殿。東山ノ邊湯涌シテ候
フ所ニ』ト (도시히토가 찾아와 오위에게 "자, 갑시다, 대부님. 히가시 산東山 근처에 목
욕물을 데워 둔 곳이 있으니."라고 했다.)」라고 하는데, 이때 히가시 산東山의 가까
운 곳이라는 구체적인 장소를 제시하며 권유하고 있다. 해당 부분을 동문적
동화同文的同話로 『금석이야기집』과 같은 원거原據라고 생각되는 『우지습유
이야기宇治拾遺物語』 제18화에는 "利仁來ていふやう"いざさせ給へ、湯浴
みに。大夫殿"といへば(도시히토가 와서 말하기를 '자, 갑시다. 목욕을 하시러 대부
님'이라 하자)"라고만 하여, 장소는 명시하고 있지 않다. 여기에서 『금석이야
기집』의 기술은 그 설화의 후반부분에 오위가 도시히토의 사위인 아리히토
有仁에게 쓰루가까지 온 사정을 이야기하는 장면에서, "東山ニ湯涌タリト
テ、人ヲ謀出テ、此ク宣フ也(히가시 산에 목욕물을 끓여 두었다고 나를 속이고 데
려와서는 이렇게 말을 하시는 겁니다.)"라고 서술하고 있는 것과 대응하고 있다
(『우지습유 이야기』도 이에 해당하는 같은 기술이 있음). 『금석이야기집』은 출전으
로 하는 설화의 줄거리의 전개를 대강 파악한 후에, 그 전후의 조응관계나
정합성을 배려하여, 설화 서술에 수정을 가하고 있다고 볼 수 있다. 때로 이
러한 방법은 다소 지겨운 인상을 주거나, 상상이나 여운을 없애는 결과를
부르기도 하지만, 『금석이야기집』의 문학적 성격을 잘 나타내고 있는 부분
이다.

서술의 재조합과 재구성

이어서, 이야기 하나를 더 예로 들어 보자. 권16 제36화 「醍醐僧蓮秀仕觀
音得活語(다이고醍醐의 승려 렌슈蓮秀가 관음觀音을 섬겨 되살아난 이야기)」로, 다이

고지醍醐寺의 승려 렌슈蓮秀가 중병에 걸려 후에 사망하였으나, 하룻밤이 지나 소생하고, 처자식들에게 명도에서 있었던 일을 전하는 하는 이야기이다. 이 이야기는『법화험기』중권 제17화「렌슈蓮秀 법사法師」를 출전으로 하고 있다.

今昔、醍醐ニ蓮秀ト云フ僧有ケリ。妻子ヲ具セリト云ヘドモ、年來懃ニ觀音ニ仕ケリ。毎日ニ觀音品百卷ヲゾ讀奉ケル。A亦、常ニ賀茂ノ御社ニゾ參ケル。(이제는 옛이야기이지만, 다이고지醍醐寺에 렌슈蓮秀라는 승려가 있었다. 처자식이 있긴 했지만, 오랜 세월 관음을 신봉하여, 매일 관음품觀音品 백 권을 독송했으며, A또 한편으로는 가모신사賀茂神社에도 항상 참배하고 있었다.)   (『금석』)

沙門蓮秀。醍醐住僧矣。頃年持法華。毎日無懈倦。兼念持觀音。十八日持齋。牽世路雖具妻子。心猶歸信法華大乘。毎日讀誦觀音經一百卷。(『법화험기』)

『금석이야기집』의 앞 부분은『법화험기』의 기사를 관음에 귀의하는 내용을 주안적으로 기사를 선택하고, 내용을 요약하여 렌슈의 인품에 대해서 '케리(~다더라)'로 완화하여 서술하고 있다. A 부분 "亦、常ニ賀茂ノ御社ニゾ參ケル(또 한편으로는 가모신사賀茂神社에도 항상 참배하고 있었다)"는『법화험기』에는 보이지 않는 기사이다. 이 설화에서 렌슈는 명도冥途를 향해 가고, 산도三途의 강가에서 탈의脫衣 할멈에게 옷을 빼앗기게 되었을 때, 네 명의 천동天童이 나타나 렌슈를 구해 주었다. 그중에 두 사람은 법화지경자法華持經者를 옹호하는 천동자天童子였고, 다른 두 사람은 가모 명신賀茂明神이 보낸 천동이

었다. 즉, 렌슈는 법화지경자이면서 가모 명신에 대한 신앙도 깊었던 인물로 이해할 수 있다. 그것을 『금석이야기집』에서는 사전에 명시하고 있는 것이다. 이 기술은 이 이야기의 마지막 부분과도 대응하고 있다. 『금석이야기집』은 이 이야기의 마지막 부분에,

其ノ後ハ、彌ヨ法花經ヲ讀誦シ、觀音ニ仕ケリ。<u>亦、賀茂ノ御社ニ參</u><u>ケリ</u>。(그 후로는 전보다 더 『법화경』을 독송하여 관음을 섬김과 동시에, <u>또한 가모신사에 참배를 게을리하지 않았다</u>.)　　(『금석』)

라고, 가모 신사에 참배한 이야기를 하여, 이야기 앞부분과 마지막 부분을 조응시키고 있다. 『법화험기』에는 이 부분에 해당하는 기사는 보이지 않는다. 이것도 앞서 언급한 복선적 서술과 같은 예이다. 이어서 『금석이야기집』은 다음과 같이, 렌슈의 죽음과 소생을 서술하고 있다.

而ル間、蓮秀ガ身ニ重キ病ヲ受テ、苦ミ惱ム事無限シ。日來ヲ經テ、遂ニ死ヌ。其ノ後、一夜ヲ經テ活ヌ。妻子ニ語テ云ク、「我レ死テ、尙ク嶮キ峰ヲ超テ、遙ノ道ヲ行キヽ。(以下略) (그런데 이 렌슈가 중병에 걸려 늘 괴로워하다가 며칠 지나 그만 죽는다. 그 후 하룻밤이 경과한 후 다시 되살아나서 처자식에게 "나는 죽고 나서 한참동안 험준한 산봉우리를 넘어 멀리멀리 걸어갔어.")

접속어인 '而ル間(그런데)' 이후에 역사적 현재형의 시제로 옮겨 간다. 렌슈가 중병으로 고생한 끝에 사망하지만, 하룻밤이 지나 소생하고, 처자식에게 명도에서 있었던 일을 이야기하는 회상담이다. 이 부분을 『법화험기』에

서는

乃至受取重病。辛苦惱亂。身冷息絶。卽入死門。遙向冥途。隔人間境。
超深幽山險難高峰。其途遼遠。

라고 하여, 렌슈가 사망한 후에, 명도로 가는 모습을 이야기하고 있다. 그 후
에도 명도에서 일어난 일을 회상담으로 처리하지 않고, 지문으로 시간의 경
과에 따라 기술하고, 마지막은 "逕一夜竟。即得蘇生"으로 끝맺는다. 그러나
『금석이야기집』은 이 기술을 렌슈의 회상담으로 다시 구성하고 있다. 『금
석이야기집』에서 소생담을 이야기할 경우에 회상담으로 서술하는 형태로
는 권17 제18·25·26·28화 등, 지장보살地藏菩薩 영험담靈驗譚에서 발견된
다. 이 이야기에서도 그 형식을 채용하고 있는 것이다. 또한 이 이야기와 동
일한 서술의 순서를 구축하고, 재구성하고 있는 이야기로는 권13 제13·35
화, 권16 제17화 등을 들 수 있다. 특히 주목되는 것은 권12 제39화 '愛宕護
山好延持經者語(아타고 산愛宕護山의 고엔好延 지경자持經者 이야기)'의 예이다. 이
이야기의 후반 부분에서, 도쿠다이지德大寺라는 곳에 살고 있는 아사리阿闍梨
가 꿈속에서 아타고 산에 가서, 그곳에 있는 어느 큰 연못의 동쪽 기슭에서
『법화경法華經』을 독송하는 승려를 발견한다. 얼마 후, 멀리서 자색 구름에
탄 금으로 된 연화蓮花가 날아와, 연못 중간쯤에 머문다. 승려는 그 연꽃을
타고 서방으로 사라져 간다. 아사리는 승려에게 누구냐고 묻자, 아타고의
봉우리에 사는 고엔好延이라고 대답한다. 꿈에서 깬 아사리는 즉시 부하 승
려를 아타고에 보내어 확인해 보자, 과연 고엔은 입적入滅했다는 것을 알게
된다. 이 부분의 출전으로 여겨지는 『법화험기』 상권 제34화 「愛太子山好
延法師」에서는 고엔의 입적을 앞서 기술하고, 그날 밤에 아사리가 전술한

내용의 꿈을 꾸었다고 되어 있다. 이것을『금석이야기집』에서는 순서를 재구축하여, 줄거리의 전개를 극적으로 수정하고 있다. 설화의 재구축과 서술의 방법을 생각할 경우, 간과해서는 안 되는 부분이다.

1인칭과 3인칭 서술의 교차

계속해서 권16 제36화에서는 렌슈蓮秀가 명도에서의 자기 체험을 이야기하는 회상담이 나온다. 당연한 것이지만 "我レ死テ、尙ク嶮キ峰ヲ超テ、遙ノ道ヲ行キヽ (나는 죽고 나서 한참동안 험준한 산봉우리를 넘어 멀리멀리 걸어갔어)"라고 1인칭으로 이야기를 시작하고 화자 자신의 직접체험을 회상하는 조동사 'キ(~였[었]다)'를 이용하고 있다. 하지만 잠시 지나면, 장면이 전환하는 '其ノ時ニ(그래서)' '而ル間(그리고)'의 접속어를 경계로 다음과 같이 3인칭의 서술로 전환되어 버린다.

其ノ時ニ、蓮秀衣ヲ脱テ、嫗ニ與ヘムト爲ル間、四人ノ天童俄ニ來テ、蓮秀ガ嫗ニ與ヘムト爲ル衣ヲ奪取テ、嫗ニ云ク、(以下略) (그래서 렌슈는 옷을 벗어 노파에게 주려고 하는데 갑자기 네 명의 천동天童이 나타나, 렌슈가 노파에게 주려고 한 옷을 빼앗고, 노파에게)

而ル間、天童蓮秀ニ語テ云ク、『汝ヂ此ヲバ知レリヤ。冥途也。惡業ノ人ノ來ル所也。(以下略) (그리고 천동은 렌슈에게 "그대는 여기가 어딘지 알고 있는가. 여기는 명도冥途라 하여 악업惡業을 저지른 자가 오는 곳이지.")

『금석이야기집』은『법화험기』에서 3인칭으로 표현된 지문을 전부 회상담으로 바꾸어 1인칭으로 서술하는 태도를 일관되게 유지하지 못하고, 렌슈의 회상담(직접화법)이 편자(화자)의 지문(간접화법)과 같은 서술이 되어 버렸다. 즉, 1인칭 시점과 3인칭 시점이 교차하고, 지문으로서의 객관적 묘사로 이동하고 있는 것이다. 이와 같은 예는 권16 제27화「依觀音助借寺錢自然償語(관음觀音의 도움으로 절의 빌린 돈이 저절로 갚아진 이야기)」에서도 찾을 수 있다. 다이안지大安寺 다이슈다라大修陀羅의 공전을 빌린 벤슈辨宗가 그 빌린 돈을 변제하지 않고 하세데라長谷寺에 참배하고 관음에 기원하자, 후네船 친왕親王에게 보시를 받는다. 이것을 벤슈가 관음의 명조冥助라고 생각한다는 부분이다.

> '此レ偏ニ辨宗ガ實ノ心ヲ至セルニ依テ、 觀音ノ助ヶ給フ也'ト知テ、 彌ヨ信ヲ發シケリ。('이것도 오로지 벤슈가 진심을 담아 신앙하였기 때문에 관음이 도와주신 것임에 틀림없다.'고 알고 한층 더 신앙심을 갖게 되었다.)

이 부분을 벤슈의 심중사유로 본다면, 본래라면 '我ガ(내가)'라고 되어 있어야 하는 부분이 지문으로 서술되고, 그것이 벤슈의 심리를 서술하는 것으로 이동해 버린 것이다. 이러한 예는 몇 개인가 지적할 수 있다(예를 들면 권12 제19화, 권12 제23화, 권13 제4화, 권13 제30화 등).

이것과는 반대로, 본래 지문으로 3인칭 시점의 서술이 될 부분을 1인칭 시점으로 이동시켜 버리는 예도 많다. 예를 들어, 권16 제20화「從鎮西上人依觀音助遁賊難持命語(진제이鎮西에서 상경하는 사람이 관음觀音의 도움으로 도적의 난을 모면하고 목숨을 구한 이야기)」로 대재대이大宰大貳의 막내아들이 하리마 지방播磨國의 이나미노印南野 주변에서 승려 모습을 한 도적에게 속아, 도적의 저택 침전의 남쪽으로 안내받았을 때의 지문이 그러하다.

我ガ有ル所ニハ女一兩ナン有ル。此クテ裝束ナド解テ臥シヌ。(내 옆
에는 한두 명의 시녀가 시중을 들고 있었다. 이윽고 옷을 벗고 누웠다.)

위 내용은 원래라면, 3인칭 시점의 기술이어야 하는 부분이다. 그것을 '我
ガ(내)'라고 1인칭으로 서술하고 있다. 그 후에 이 부부는 도적의 접대를 받
지만, 그때도

我レ、妻夫ハ苦サニ不被寝デ、物語ナドシテ、哀ナル契ヲシテ、(以下
略) (나, 부부는 피로 때문에 잠을 이루지 못하고 베갯말 이야기를 나누며 서
로 사랑을 속삭이다가)

라고 1인칭을 사용하고 있다. 또한 다음 이야기의 권16 제21화 「下鎭西女依
觀音助遁賊難持命語(진제이鎭西로 내려간 여자가 관음觀音의 도움으로 도적의 난을 벗
어나 목숨을 구한 이야기)」에도 이와 같은 예가 보인다. 도적의 부인이 된 여자
가 남편에게 충고하자, 결국 남편이 그 아내를 주살하려고 데리고 나가는
장면에서

妻ヲ馬ニ乘セテ我モ馬ニ乘テ、胡錄掻負テ、從者二人許具シテ、申酉
ノ時許ニ出立テ行ク。(부인을 말에 태우고 나도 말에 타고 화살통을 메고
종자 두 명 정도를 대동하여 신유辛酉 무렵에 출발했다.)

라고, 이 부분도 지문임에도 불구하고, '我モ(나도)'라고 1인칭으로 서술하고
있다. 그 후, 이 여자는 늪 주변에서 용무를 보는 것으로 위장하고, 늪지에
들어가, 의복을 벗고 그 위에 이치메市女 갓을 둔다. 그리고는 그곳에 쭈그려

앉아 있는 듯이 위장을 하고, 알몸인 채로 늪 속에 기어들어 간다. 그 장면에서도

> 我レハ裸ニテ窃ニ沼ニ這入ヌルニ、此等露不知ズ。(나는 알몸으로 몰래 늪으로 들어갔는데 주인도 종자들도 조금도 알아채지 못했다.)

라고 서술되어 있다. 3인칭으로 여자의 모습을 묘사하여야 하는 부분을 '我レハ(나는)'라고 1인칭으로 표현하고 있다.

또 다음과 같은 예도 있다. 본집에서 가장 으뜸가는 장편 이야기인 권17 제33화「比叡山僧依虚空藏助得智語(히에이 산比叡山의 승려가 허공장虚空藏의 도움으로 깨달음을 얻은 이야기)」이다. 주인공인 히에이 산의 승려가 사가嵯峨의 호린지法輪寺의 허공장보살虚空藏菩薩이 권화한 여성을 사모하고 그 여자가 말한 대로 히에이 산의 수행을 끝내고, 다시 여자의 집을 방문한다. 그날 밤에 뜻을 이루려고 여자와 동침을 하고 있는 사이에, 무심코 잠이 들어 버렸다. 그러나 일어났을 때에는 참억새가 무성히 자라 있는 들판에 혼자 남겨져 있었다는 대단원의 장면이다. 여기서는

> 驚クママニ目悟ヌ。見レバ、薄ノ生タルヲ搔臥セテ、我レ寝タリ。
> (놀라 잠에서 깨어났다. 문득 주변을 보니 나는 우거진 억새풀 위에 누워 있었다)

라고 그 장면을 묘사하고 있다. 여기도 원래라면 3인칭 시점으로 서술되어야 하는 부분이지만, 1인칭 시점으로 전환되었다. '見レバ(주변을 보니)'는 주어가 생략되어 있고, 편자(화자)가 화중인물과 일체가 되어 함께 행동하고

있는 표현으로 되어 있다. 이른바 이야기 속 인물에의 초점화가 되어 있다고 해도 좋다('聞ケバ〈들으니〉' 등의 예도 있다). 그리고 마침내 '我レ〈나는〉'이라고 이야기 속 인물과 시점이 겹치는 서술을 하고 있다. 즉, 편자(화자)는 시간과 장소에 따라 인물의 입장으로 완전히 변모하여 설화를 서술하고 있는 것이다. 본집은 이러한 예를 곳곳에서 보이고 있다.

그 외, 여기서는 지면상의 제약으로 상술하지는 않지만, 본집에서는 때때로 편자(화자)가 이야기 속에 들어가 『겐지 이야기源氏物語』 등의 소시지草子地(＊소설 속에서, 설명을 위하여 작자의 의견 등이 그대로 기술된 부분)와 같이, 평어評語나 보충적 설명을 더하는 경우도 있다. 앞선 언급한 아쿠타가와 류노스케芥川龍之介의 『참마죽』의 소재가 된 권26 제17화에서, 도시히토에게 불려 간 오위가, 종자도 동반하지 않고 쓰루가까지 갈 때에 느낀 불안을 이야기하자, 도시히토가 대답하는 장면에서

利仁疵咲テ「己レ一人ガ侍ルハ千人ト思セ」ト云ゾ、<u>埋ナルヤ</u>。(도시히토가 재미있다는 듯이 웃으며 "거참, 내가 있는 한, 천 명이 있다고 생각해 주십시오."라고 말하니, <u>참으로 지당한 말이다.</u>)

라고, 편자(화자)가 '理ナルヤ(참으로 지당한 말이다)'라는 해설적 평어를 서술하고 있는 것이 이것에 해당한다.

이렇게 1인칭 서술과 3인칭 서술이 교차하거나, 편자(화자)가 이야기 속에 들어간다는 서술은 현대의 시선으로 본다면 잘못된(파격적) 서술법, 또는 미숙한 서술법이라고 파악하기 쉽다. 그러나 당시 『금석이야기집』과 같이 전승성을 전제하고 있는 설화나 고소설物語 작품에 있어서는 지극히 자연적인 서술법이라고 생각할 수 있다.

지금까지『금석이야기집』의 설화의 서술과 재구축의 양상을 살펴봤는데, 각각의 사항을 염두에 두고, 마지막으로 아쿠타가와 류노스케의『나생문羅生門』의 소재가 된 유명한 이야기, 권29 제18화「羅城門登上層見死人盜人語(나성문羅城門 상층上層에 올라가 죽은 사람을 본 도적 이야기)」를 생각해 보자(여기서는『금석이야기집』의 본문은 구체적으로 들지 않는다. 상세한 이야기는 원문을 검토해 주기를 바란다).

이 설화는 출전미상으로 어디까지가 원화原話에 기록되어 있었는가는 불명확하다. 앞부분의 몇 행은 도둑의 등장과 장면 묘사로 이른바 전승적 회상의 'ケリ(~다더라)' 서술로 기록되어 있다. 셋쓰 지방攝津國에서 온 도둑은 나생문 아래에 도착한다. 도둑은 통행인의 눈을 피해 천천히 나생문 위로 기어 올라간다. 그리고 "見レバ、火髣ニ燃シタリ(올라가서 보니 어슴푸레하게 불이 밝혀져 있었다.)"라는 서술로부터 역사적 현재형의 시제로 이동한다. '見レバ(보니)'는 화중인물, 즉 도둑에게 초점화되어 있는 표현으로, 편자(화자)의 시선은 화중인물과 겹쳐져 간다.

이 나생문 위에는 젊은 여자의 시체가 누워 있고, 그 머리맡에 불이 켜져 있어, 노파가 여자의 시체로부터 머리카락을 뽑고 있었다. 도둑은 공포에 휩싸여 오니鬼라고 생각한다. 도둑의 심리와 그 후의 노파와의 대화. 마침내 도둑은 노파의 의복과 노파가 뽑은 머리카락을 빼앗아 도주한다. 그 후에

然テ其ノ上ノ層ニハ死人ノ骸骨ゾ多カリケル。死タル人ノ葬ナド否不爲ヲバ、此ノ門ノ上ニゾ置ケル。(그런데 그 상층에는 죽은 사람의 많은 해골이 굴러다니고 있었다. 장례를 치르지 못하는 죽은 사람을 이 문 위에다 버려 둔 것이다.)

라고 되어 있다. 이것은 이 이야기의 줄거리 전개와는 직접 관련이 없고, 편자(화자)의 설명적·보충적 설명이라고도 파악할 수 있다. 마지막에는

此ノ事ハ其ノ盗人ノ人ニ語ケルヲ聞繼テ此ク語リ傳ヘタルトヤ。(이 이야기는 그 도둑이 어떤 사람에게 이야기한 것을 전문轉聞하여 이렇게 이야기로 전하여 내려오고 있다 한다.)

라고 끝맺는다. 이 화말결어話末結語는 설화의 당사자(여기서는 도둑)를 그 설화의 첫 번째 전승자로 하는 것으로『금석이야기집』에서 상투적으로 사용하고 있는, 전승성傳承性·신빙성信憑性을 부여하기 위한 수단이다.

아무래도 이 설화는『금석이야기집』의 설화로 재생, 재구축된 부분이 많을 것으로 추정된다. 원화는 매우 단편적인 기사, 내용일 가능성이 높다. 굳이 말하자면, 이 설화는『금석이야기집』이 만들어 낸 설화 작품으로 인지해도 좋을 것이다.

보충

최근, 해외 전승 이야기 작품의 대작『아라비안 나이트』의 이야기 행위를 상세하게 분석한 논고 — 아오야기 에쓰코青柳悦子 『『아라비안 나이트』의 이야기 행위'(『언어문화논집』제52호〈2000년 1월〉)를 읽었다. 여기에서는 최근에, 제라르 주네트(Gérard Genette)의 이야기 분석(『이야기의 담화』1972년)이 이룬 역할을 높이 평가하면서도, 그 분석에서 벗어난『아라비안 나이트』의〈이야기〉의 특색을 찾아냈다. 특히 1인칭 서술과 3인칭 서술이 교차, 동질화되고 있다는 지적 등은 주목할 가치가 있다. 세에라자드를 전편의 '화자'로 설정하는『아라비안 나이트』와 특정 '화자'를 정하지 않는『금석이야기집』은 작

품의 구성이 다르지만, 전승성을 허구화하여 구성하고 있다는 점에서는 유사한 점이 있다. '이야기'의 여러 측면, '인용'이라는 이야기 행위 등, 시사하는 바가 크다.

(이상, 이나가키 다이이치稻垣泰一)

9. 『금석이야기집』의 말과 표기

『금석이야기집』을 읽을 때, 알아 두면 좋은 단어에 관하여 논하고자 한다. 이러한 작업은 『금석이야기집』이 성립한 시대의 언어와 그 표기가 배경에 있는 것이기 때문에, 당연히 원정院政시대의 일반적인 상황을 생각하는 것이기도 하다.

표기

스즈카본鈴鹿本에서 볼 수 있듯이 한자를 주체로 하여 그 사이에 가타카나片仮名를 두 줄로 쓴 것이 원본의 모습이었을 것이라 추측된다. 이는 헤이안平安 시대의 한자와 가타카나 혼용문의 일반적인 모습이며, 『금석이야기집』과 거의 같은 시대의 자료로, 헤이안 시대의 사본이 현존하고 있는 『타문집打聞集』(장승長承 3년〈1134〉 서사), 간다 기이치로神田喜一郎 씨 소장의 『강담초江談抄』(영구永久 2,3년〈1114~15〉경 서사), 『법화수법일백좌문서초法華修法一百座聞書抄』(천인天仁 3년〈1110〉 성립. 그 무렵의 서사. 단 본서는 가타카나로 되어 있는 부분이 많기 때문에 가타카나가 큰 글씨로 되어 있는 부분이 많으나, 한자가 들어가 있는 부분에서는 역시 가타카나가 작은 글씨로 되어 있음), 『반음작법反音作法』(관치寬治 7년〈1093〉 작作. 가보嘉保 2년〈1095〉 서사. 이것도 가타카나는 작은 글씨 한 줄로 쓰여짐)

등은 같은 체재이다. 이는 한문에서 나온 변체한문變體漢文 체재가 더욱 일본화한 것으로 뒤에 문체 부분에서 서술하는 것과 같이 어떤 종류의 일본문장을 표기하기 위한 양식이었다.

이러한 종류의 표기양식은 그 원류를 헤이안 초기의 『도다이지 풍송문고東大寺諷誦文稿』나, 그 당시의 고점본古点本 안에 기입된 것 등에 이미 나타난다. 예를 들어 『도다이지 풍송문고』에서는 오쿠리가나送り仮名(* 한문을 훈독하기 위하여 오른쪽 밑에 작게 다는 가나)는 물론, 『금석이야기집』에서 말하는 전훈全訓 스테가나捨て仮名(* 오쿠리가나와 같음)에 해당하는 '何イカニソ'나 '宿ヤトリ給' 등도 나타나며, 또한 가나 부분이 두 줄인 것도 있으며, 한 줄인 것도 있다. 총체적으로 보면 이 자료에서는 가나를 한 줄로 쓰는 것이 우세하므로, 두 줄로 쓰는 것이 오래된 것이라고는 할 수 없다. 이다음의 자료로서는 도다이지東大寺 도서관 소장 『칠유삼평등십무상의七喩三平等十无上義』 및, 그 종이 뒷면의 『법화론의초法華論義草』 등이 있으며, 『금석이야기집』만큼 가나는 많지 않으나, 고체古體 가타카나가 한자 자간에 들어가 있다.

이처럼 헤이안 시대 후기에는 학자·승려 사이에서 한자와 가타카나 혼용 표기가 일반적으로 사용되었다. 또한 앞에서 서술한 바와 같이 가타카나를 두 줄로 쓰는 것이 반드시 오래되었고, 한 줄로 쓰는 것이 새로운 것이라고 할 수 없는 것으로, 이 양식은 가마쿠라鎌倉 시대부터 무로마치室町 시대까지도 학자·승려 사이에서는 그 흐름이 계속 이어졌다.

문자와 읽는 법

『금석이야기집』에서 사용된 한자가 무엇인가 특이한 것이라는 인상이 에도江戶 시대부터 있어 오야마다(다카다) 도모키요小山田(高田)與淸의 『구본 금석이야기 독법舊本今昔物語讀法』, 『금석이야기 훈今昔物語訓』, 『금석이야기 난자 읽는 법今昔物語難字讀方』 등이 있다. 또한, 오카이 신고岡井愼吾 박사의 「금석이야기의 한어와 한자今昔物語の漢語と漢字」를 비롯한 일련의 논문이 있고, 하가 야이치芳賀矢一 박사의 『고증 금석이야기집攷證今昔物語集』이나, 『교주일본문학대계校註日本文學大系』 등에도 훈법訓法의 예가 등장한다.

그러나 현재 진전된 조사 단계에서 본다면 『금석이야기집』에는 그렇게 특이한 글자가 많은 것은 아니다. 오히려 당시의 일반적인 한자가 평범하게 사용되었다고 할 수 있을 것이다. 현대의 입장에서 보았을 때, 한자들 중에 특이하다고 여겨지는 글자가 없는 것은 아니다. 그러나 이것도 『유취명의초類聚名義抄』를 보면, 대부분 수록되어 있는 글자이거나 그 이체자異體字이다. 그럼에도 당시의 다른 문헌에서는 발견되지 않는 글자가 있다. 이러한 글자는 아마도 『금석이야기집』 편자(찬자撰者, 작자作者. 여러 명일 것으로 추정)의 착각이거나 오자誤字일 것이다. 또한 그중에는 후세의 서사자書寫者가 잘못 옮긴 것도 있을 것이다.

이렇게 보면 『금석이야기집』의 한자는 원정院政 시대 때 통용되던 보통의 한자라고 할 수 있을 것이다. 따라서 이러한 한자를 어떠한 국어國語에 해당시켰는가라는 점에서도 그다지 유별난 것은 아니었을 것이라고 예측된다. 사실, 어떤 단어를 표기하기 위한 한자는 그다지 여러 종류가 있는 것이 아니라, 이른바 상용한자常用漢字라는 것이 있었다고 할 수 있다. 이것은 본서의 한자 읽는 법을 결정하는 원칙으로서 유념하고 있는 부분이다.

음운과 가나표기법

『금석이야기집』의 시대의 음운은 음절의 레벨에서 말하면 가나로 표기된 47음 중 オ와 ヲ는 섞여 있지만, 그 외 탁음의 20음은 존재하고 또 발음撥音과 촉음促音이 발생하고 있었다. 한자음 중에는 요음拗音이라고 할 만한 것이

414

성립했는지 아닌지는 명확하지 않다. クワ・グワ라는 합음合音은 カ・ガ
와 구별해서 발음했지만 クエ・グエ는 이미 ケ・ゲ가 되어 있었을지 모르
고, スヰツ・ズヰツ와 같은 합요음合拗音은 スツ・ズツ, 혹은 シュツ,
ジュツ로 되어 있었을지도 모른다. 운미韻尾의 m・n・ŋ는 ム・ン・ウ
로 구별해서 쓰려 하고 있지만 ム와 ン의 혼동이 상당히 보이는 것으로 보
아 음으로서는 혼동하고 있었는지도 모른다. 또 입성운미인 p・t・k는 フ,
ツ・チ, ク・キ로 쓰는데 이때의 ツ・チ는 t로 끝나 모음을 동반하지 않고
발음했던 듯하다. 또 어중의 ハ행음은 t 뒤 등에서는 p로 발음했다고 여겨
진다. 국어 속에 한자가 들어옴에 따라 발음도 다채롭게 되었던 것이다.

　보통 사람들의 실제 발음은 어떤 소리였을까. 모음은 ア・イ・ウ・エ・
オ의 다섯 종류였지만 エ는 〔ie〕, オ는 〔uo〕와 같은 발음이었을 것으로 생
각된다. 자음은, カ행음 〔k〕, ガ행음 〔g〕 (어중에서는 〔ŋ〕), ナ행음 〔n〕, バ
행음 〔b〕, マ행음 〔m〕, ラ행음 〔r〕 등이 현대의 발음과 동일하였을 것으
로 생각되지만, サ행음은 〔ʃ〕(シャ・シ・シュ・シェ・ショ의 두음), ザ행음은
그 탁음 〔ʒ〕, ハ행음은 〔ɸ〕(위아래 입술을 좁혀서 숨을 내쉬는 소리)와 비슷한 소
리였을 것으로 생각된다. 그리고 이 ハ행음은 연속된 발음 안에서는 〔u〕 소
리와 같아졌다. サ행음・ザ행음에서는 현대와 같이 〔s〕〔z〕 소리도 발생하
였을 것이다. ヤ행음은 〔ia〕〔iu〕〔io〕의 세 소리였으나, エ의 〔ie〕도 이
안에 넣어도 상관없다. ワ행음은 〔ua〕〔ui〕〔ue〕의 세 소리였으나, ヲ는
〔uo〕로 オ와 같은 소리였다.

　그렇다면 이러한 소리를 표기하는 가나는, 소위 고전가나표기법古典仮名遣
い과 대체적으로 동일하게 쓰이고 있으나 음운의 변화를 반영하여 オ와 ヲ
의 혼용, 어중의 ハヒフヘホ를 ワヰウエヲ로 적은 것, ヤ행의 エ를 ヘ로
적은 것 등이 이곳저곳에 보인다. 또한, ン의 가나는 원래, 한자음 운미韻尾

의 n소리를 나타낸 것으로서, 학자들의 세계에서 쓰이던 것이었으나, 스즈카본鈴鹿本 『금석이야기집今昔物語集』 안에서도 소수의 예가 있으며, 후세의 사본에서는 ム 대신에 빈번이 쓰이는 권卷도 있으나 이것은 서사書寫한 시대가 내려간 때문일 것으로 추정된다. 촉음편促音便은 본래 무표기無表記였으며 『금석이야기집』에서도 그러하였을 것으로 해석되나 촉음편의 예는 그다지 보이지 않는다.

문체

『금석이야기집』의 표기양식이 한자 가타카나 혼용 표기라는 점은 그 문체도 결정하는 것이 된다. 즉, 헤이안 시대에서의 문체는 그 표기형식과 밀접한 관계가 있다.

쓰키시마 히로시築島裕 박사는 「중고어 표현유형의 하나로서의 한문훈독어中古語表現類型の一つとしての漢文訓讀語」에서 헤이안 시대의 다양한 말이나 용자用字・문체의 차이를 분류하고 있는데, 지금 이 분류에 따라 『금석이야기집』의 문체를 살펴보고자 한다.

(1) 문헌의 성격에 기초한 분류
① 공적인 문헌과 사적인 문헌

쓰키시마 씨는 "'공적 문헌'이라고 하는 것은, 칙찬서물勅撰書物을 비롯하여 민간인이 관리에게 상신上申한 문서, 관부官府에서 타 관부, 또는 민간인에게 전달한 것, 종교적・학술적 저술로 완성된 것 등을 말하며, 이에 대해 '사적 문헌'이란 각 개인이 자신의 비망備忘으로 기록하여, 타인이 볼 것을 반드시 예상하지 않는 문헌이나 개인과 개인 사이에서 교환된 서간書簡 종류 등을 포함하는 것이다."라고 규정하고 있는데, 『금석이야기집』이 공적인 것이 아님은 분명하며, 필자가 이미 제출한 「금석이야기집 미정고본설今昔物語集未定稿本說」에 따르면 더더욱 '사적 문헌'이라 할 수 있다.

② 문예의식이 있는 문헌과 없는 문헌

이것은 문제가 매우 복잡하다. 『금석이야기집』에는 출전이 명백한 것이 있어, 출전의 문예의식이 『금석이야기집』으로 옮겨진 것인가, 또는 출전의 문예성이 『금석이야기집』에 의해 왜곡된 부분이 있는가, 출전에 없었던 문예성이 어느 정도 부가되었는가 등등 여러 가지 문제가 나타나게 되는데, 결론적으로는 어느 정도의 문예의식이 있는 문헌으로 보아도 좋을 것이다. 많은 이야기 중에는 문예의식이 희박한 것도 있을 것이지만, 전체적으로 보았을 경우 교화教化를 위한 초고草稿나 대본이 아닌, 그 표제에서처럼 '이야기物語'를 지향하고 있는 것이라 생각한다.

(2) 표기형태(용자법用字法)에 기초한 분류

이 분류기준은 다음과 같다.

① 순수한문純粹漢文(한자만으로 연결되며, 더욱이 바른 격식의 한문법에 준거한 것. 만요가나萬葉仮名로 기록된 어구나 와카和歌도 포함한다)

② 변체한문變體漢文(원칙적으론 한자만으로 연결되어 있으나, 바른 격식의 한문법에 준거하지 않고, 일본어 특유의 어순·어휘나 말투를 병용併用하는 것) 및 한자와 가타카나 혼용문(한자와 가타카나로 일필一筆로 기록된 것)

③ 선명체宣命體(한자와 만요가나로 연결되며, 또한 만요가나가 작은 글씨로 약간 오른쪽으로 치우쳐 있는 것)

④ 가타카나를 사용한 문(한문의 훈점으로서 한자, 한어에 보조적으로 부기한 것, 및 가타카나만으로 기록된 문)

⑤ 히라가나平仮名문(대부분이 히라가나이며 드물게 한문을 혼용하여 기록된 문)

『금석이야기집』은 ②에 속하는 것으로 볼 수 있다. 쓰키시마 씨의 추가 설명에서는 "변체한문에는 문헌에 따라 다소의 차이가 있으나, 가나(만요가나 또는 가타카나가 많다)를 혼용하는 경우가 많은 한편, 한자 가타카나 혼용문에도 한문적인 반독返讀하는 부분이 섞여 있는 것이 많으며, 변체한문과 한문 가타카나 혼용문과의 경계는 애매하기 때문에, 이 두 가지를 합쳐 한 유형으로 하였다. <u>이 유형은 대체적으로 문예의식이 없는 문헌에 사용되는 듯하며</u>, 본래는 사적인 문헌이 많았으나 후에는 공적인 문헌에서도 사용되기에 이르렀을 것이다. 공경公卿 등의 개인적 기록, 우타아와세歌合, 불사佛事 등의 기록, 또는 그러한 것을 편찬한 고실서故實書, 전기戰記 등은 주로 변체한문, 또한 훈점본訓點本의 주기注記, 간기刊記, 설교나 논의의 초안草案, 불경의 주석서(강의체講義體로 된 것이 많았음), 기타 불교 가요나 설화류는 한자 가타카나 혼용문이 많다."(하선은 인용자가 붙임)라고 되어 있다. 이것은 이 그룹에 속하는 것이 일반적으로는 그러할 것이라 생각하나, 『금석이야기집』은 예외로 한자 가타카나 혼용문이 문예의식이 있는 문헌에서 사용되었다라는 것이 된다. 이것은 본래 문예의식이 없는 문헌을 기록하기 위한 용자법을 그 목적으로밖에 사용하지 않았던 계층의 사람들이 드디어 문예의식에 눈을 떠, 어디 한번 '이야기物語'를 써 보자는 생각은 하였으나, 우아하고 세련된 히라가나문은 도저히 쓸 수가 없고 그렇다고 해서 한문도 쓸 수가 없으니, 아마도 자신들이 가장 익숙하게 사용하던 문체를 가지고 거칠면서도 시원시원한 '이야기物語'를 써내려갔다라고 할 수 있지 않을까. 그리고 그것이 『금석이야기집』이 일종의 서민문학의 시초를 이루었다고 일컬어지는 증거가 되지 않겠는가. 이윽고 이것이 다음 시대의 문학을 표현하는 형식인

화한혼용문和漢混交文이 된 것은 아닐까 하고 추측해 본다.

(3) 어법·어휘에 기초한 분류

『금석이야기집』의 어법·어휘에 대해서 이미 여러 연구가 있는데, 대개 권1부터 권20까지는 한문훈독조漢文訓讀調이며, 권22부터 권31까지는 화문조和文調라는 것이 명백해졌다. 그러나 미네기시 아키라峰岸明 씨는 주로 권11부터 권20까지의 본조불법부本朝佛法部에는 오히려 변체한문의 영향이 농후하다고 명쾌하게 논했다. 이는 『금석이야기집』의 문체연구에 대한 진일보한 훌륭한 논고로, 나는 여기서 ① 한문훈독조, ② 변체한문조, ③ 화문조의 '조'의 의미를 생각해 보고자 한다. 지금 많은 예를 들 수는 없으나, 각각의 예를 하나씩 들기로 한다.

① 한문훈독조의 예

『금석이야기집』 권3 제11화	『대당서역기大唐西域記』 권3, 長寬元年点
其ノ中ニ一人ノ釋種有テ流浪スル間行キ疲レテ途中ニ息ミ居タルニ一ノ大ナル鴈有リ釋種ニ向ヒ居テ更ニ不怖ズシテ馴レ睦ビタリ釋種近付クニ不逃ネバ此ノ鴈ニ乘ヌ然レバ此ノ鴈遠ク飛テ去ヌ遙ニ飛テ何クトモ不知ヌ所ニ落ヌ見レバ池邊也木ノ茂リタル陰ニ寄テ借染ニ打臥タルニ寢入ニケリ其ノ時ニ此ノ池ニ住ム龍ノ娘出テ水ノ邊リニ遊ブ程ニ此ノ釋種ノ寢タルヲ見テ竜ノ娘夫ニ爲ムト思フ心忽ニ出來テ思フ樣此レハ人ニコソ有メレ我ハカク怪キ土ノ中ニ住ム身也定テ怪々思	其(の)一の釋種既に國都を出(で)跋涉て中路に疲弊す。[而]止ル時に一の鴈有(り)、飛て其の前に趣(く)。 既(にし)て[以]馴レ狎ル。因(て)即(ち)焉ニ乘ル。其の鴈飛一翔(して)此の池の側に下リヌ。釋種虚ヨリ遊て遠ク異國ニ適ク。迷シて路を知(ら)不、樹陰に仮寢(せり)。池の竜の少女、水浜に遊覧ブ。忽に釋種を見(て)[不得]當ツマジキコト(を)恐る。 變(じ)て人の形を爲(り)即(ち)[而]摩拊ツ。釋種驚窹(し)て因て即(ち)謝りて曰く、羈旅の羸レタル人に何ゾ親シビ拊デラ見、。遂(に)款ムで股ニナヌ

해설　419

ヒナム亦賤シミ蔑ラレナムト思テ人 ノ形ニ成テサリ氣無テ遊ビ行クヲ此 ノ釋種見テ寄テ物語ナドシテ近付キ馴 レニケリ	(나카다 노리오中田祝夫 박사　『古点本の國 語學的研究』에서 발췌)

② 변체한문조의 예

『금석이야기집』 권25 제1화	楊守敬舊藏本 『마사카도기將門記』	眞福寺本 『마사카도기』
其ノ時ニ國ノ司藤原弘雅前司大中臣ノ宗行等館ニ有テ兼テ國ヲ奪ムトスル氣色ヲ見テ先ヅ將門ヲ拜シテ即チ印鑰ヲ捧テ地ニ跪テ授テ逃ヌ其ヨリ上野國ニ遷ル即チ介藤原尚範ガ印鑰ヲ奪テ使ヲ付テ京ニ追ヒ上ツ其ノ後將門府ヲ領シテ廳ニ入ル陣ヲ固メテ諸國ノ除目ヲ行フ	[于]時(に)新一司、　藤原ノ弘雅、前一司大仲臣完一行ノ朝臣等、兼テ國ヲ奪(は)ムト欲スルノ[之]氣色ヲ見テ先ツ將門ニ再拜シテ便チ印鑰ヲ擊ケテ地ニ跪イテ授テ奉ル(中略)之ヲ吟(ひ)テ終ニ山一道從リ追ヒ上(ぐ)ルルコト已(に)了ハヌ、次ニ將門同月十五日ヲ以テ[於]上野國へ遷ル次ニ上野ノ介藤原尚範朝臣、印鑰ヲ奪ゝ'レ[被]テ十九日ヲ以テ急ニ使ヲ付イテ[於]官都ニ追ヒ上ク其ノ後府一入一廳ヲ領シテ四門ノ[之]陣ヲ固メテ且ツ諸國ノ除目ヲ放ツ (미네기시 아키라峰岸明 씨의 해설에 따름)	[于]時(に)新司藤原公雅、前司大中臣ノ全行ノ朝臣等、兼テ國(を)奪(はむ)ト欲(す)ル氣色ヲ見テ先(づ)將門ヲ再拜シテ便(ち)印鑰ヲ擊ケテ地ニ跪(き)テ授(け)奉ル"中略"吟こ(の)[之]間、終に[從]山道(より)追(ひ)上(ぐ)コト已(に)了(ぬ)、將門同月十五日(を)以(て)[於]上毛野(に)遷(る)[之]次に、下毛野介藤原尚範朝臣、印鑰(を)奪(は)被十九日(を)以(て)兼テ使(を)付(けて)[於]官堵(に)追(ふ)其後、府ヲ領シ廳(に)入(りて)四門(の)[之]陣ヲ固(め)テ且諸國(の)[之]除目ヲ放ツ (미네기시 아키라 씨의 해설에 따름)

주: 인명이 일치하는 점을 보면 『금석이야기집』은 楊守敬舊藏本에 가깝다.

③ 화문조의 예

『금석이야기집』권30 제9화	『야마토 이야기大和物語』
婦ハ彌ヨ此レヲ厭テ今マデ此レガ不死ヌ事ヨト思テ夫ニ此ノ姨母ノ心ヲ極テ憾キニ深キ山ニ將行テ棄テヨト云ケレドモ夫糸惜ガリテ不棄ザリケルヲ妻强ニ責云ケレバ夫被レ責レ侘テ棄ムト思フ心付テ八月十五夜ノ月ノ糸明カリケル夜姨母ニ去來給ヘ嫗共寺ニ極テ貴キ事爲ル見セ奉ラムト云ケレバ姨母糸吉キ事カナ詣デムト云ケレバ男搔負テ高キ山ノ麓ニ住ケレバ其ノ山ニ遙々ト峰ニ登リ立テ姨母ヲ下リ可得クモ非ヌ程ニ成テ打居ヘテ男逃テ返ヌ	これをなほこの嫁ところせがりて、今まで死なぬことと思ひて、よからぬことをいひつつ、「もていまして、深き山に捨てたうてよ」とのみ責めければ、責められわびて、さしてむと思ひなりぬ。月のいとあかき夜、「嫗ども、いざたまへ。寺にたうときわざすなる、見せたてまつらむ」といひければ、かぎりなくよろこびて負はれにけり。高き山のふもとにすみければ、その山にはるばると入りて、高き山の峰の、おり來べくもあらぬに置きて逃げて來ぬ。

(『신편일본고전문학전집』본156단) |

　　모두 원전과는 문체상의 차이가 약간 있다. 『금석이야기집』의 편자(찬자,
작자)에게는 충실히 번역하겠다는 의식이 전혀 없으며, 큰 줄거리를 붓 가는
대로 쓰면서 부가하거나 수식을 더하는 태도를 취하였기 때문에, 원전과 차
이가 나는 것은 당연한 일이지만, 바로 이 점에서 자연스럽게 편자의 문체
가 드러나고 있다고 생각해야 하는 것은 아닐까? 앞에서 논한 한문훈독조,
화문조라고 하는 것은, 원전이 가지고 있는 문체 스타일이 편자의 문체를
통해 배어 나온 것이라 이해할 수 있을 것이다. 그렇지 않다면, 지금까지의
연구에 따라 명백해진, 권20을 경계로 전후에 문체적 차이가 있다고 하는
견해에 반하여 많은 수의 예외가 존재한다는 점을 전혀 설명할 수 없는 것
이다. 반대로 이 예외야말로 편자의 문체가 나타난 것이라고 할 수 있지 않

을까. 그리고 그것은 아마도 한문훈독보다는 훨씬 변체한문에 가까우나, 조금 더 화문和文에 가까운 것이지 않을까 생각된다. 따라서 이러한 문체는 출전이 없는 이야기에 그대로 나타나 있을 것이라 생각할 수 있다. 단 이러한 문체가 설화이기 때문에 구어口語적인 요소를 다분히 포함하고 있다는 설은 곧바로 수긍하기는 어렵다.

표현

설화는 구송口誦된 것이므로,『금석이야기집』의 문체에는 구송의 흔적이 남아 있다고 하는 논의가 상당히 행해지고 있다. 그러나 작품으로서 문자화할 경우, 구송 형식을 그대로 남겨 둔다는 것은 있을 수 없는 일이다. 예를 들어『법화경일백좌문서초法華經一百座聞書抄』에

> 舍衛國ニ屠者アリキ。ソノ名ヲバアクイトイフ。トサトハレウシナ
> ムドニヤアラム。三寶ノ名字ヲシラズ、タヾアケクレハモノヽ命ヲ
> ノミコロス。

라는 문장이 있다. "トサトハレウシナムドニヤアラム"라는 문장은 분명 강사講師가 이야기한 그대로를 삽입하며 문장화한 것인데, 구송口誦의 형식 그대로가 아니다. 고소설物語문학에서 말하는 '소시지草子地(* 고소설物語 · 초지草紙 등의 안에서 설명을 위해 작자의 의견 등이 그대로 서술되어 있는 부분. 또는 고소설 · 초지 속의 지문 · 서술부분.)'일 것이다. 고소설物語문학은 특정 작자와 그 개인적 문체라는 것을 전제로 하는 이상, 위와 같은 삽입구도 하나의 개인적 문체라고 할 수 있다. 단지, 문장작성 과정에서 본디 머릿속에 있는 언어를 문자로 옮겨 나가는 것이기 때문에, 문장작성에 익숙하지 않은 사람에게는

어찌되었든 생생한 언어가 있는 그대로 드러나는 것은 흔히 있을 수 있다. 예를 들어 권11 제1화에서 『삼보회三寶繪』를 출전으로 하는 『금석이야기집』의 기술과 출전을 비교해 보자.

『금석이야기집』 권11 제1화	『삼보회三寶繪』
亦、太子、甲斐ノ國ヨリ奉レル黑キ小馬ノ四ノ足白キ有リ、其レニ棄テ、空ニ昇テ雲ニ入テ東ヲ指テ去給ヌ	かひのくにより獻れるくろきこまのよつのあししろきに乗りてくもにいりてひむかしに去りたまひぬ　　(東寺觀智院本)

『금석이야기집』에서는 '太子'라고 썼기에 그것을 받는 것은 '其レニ棄テ'가 되며, 그 사이의 '甲斐ノ國ヨリ奉レル黑キ小馬ノ四ノ足白キ有リ'는 삽입구이다. 출전인 『삼보회사三寶繪詞』에서는 동작의 주체는 나타나 있지 않지만, 주술관계는 한가지로 알기 쉽다.

이러한 예를 다 일일이 거론할 수는 없으나, 이처럼 출전과 비교해 봤을 때 『금석이야기집』의 편자는 문장 작성을 꼼꼼하게 하지 않고 비교적 대범하게 처리했음을 알 수 있다. 결코 구송이 원인이 되어 문장이 흐트러졌다고 할 수 없다.

이와 같이 생각해 볼 때, 『금석이야기집』의 문장이 정돈되어 있지 않은 점을 다시금 주목하게 되는데, 그 한 예를 들자면 권20 제31화에 다음과 같은 문장이 있다.

其ノ母、子ノ瞻保ガ稻ヲ借仕テ、可出キ物無カリケリ、不償ザリケルヲ、瞻保强ニ此ヲ責ケルニ、母ハ地ニ居タリ、瞻保ハ板敷ノ上ニ有テ責メ云ケルニ、此ヲ見ル人瞻保ヲ誘ヘテ云ク……

이 문장에서는 '可出キ物無カリケリ'의 종지형이 아닌, '無カリケレバ'로서 연결하면 매끄럽게 연결될 것이고, '其ノ母'는 '不償ズ'로 일단 문장이 종지되어야 할 것을, 'ヲ'로 연결하여, 그것을 '此ヲ'로 받고 있다. 그 뒤 또, '母ハ地ニ居タリ、瞻保ハ板敷ノ上ニ有リ'라는 삽입적인 문장을 이었고, 또 '責メ云ケル'를 반복하여, 이를 또한 '此ヲ'로 받고 있다. 즉, 이 문장은 다섯 가지 문장을 줄줄이 연결했기 때문에(그것도 아직 문장이 끝나지 않음), 문맥이 복잡하게 뒤얽혀 있어 이 또한 결코 호평을 받을 수 없는 것이다. 이러한 문체는 그 자체로는 재미있는 문장연구 과제를 제공하고 있지만, 여기서는 그것을 길게 서술할 여유가 없다. 독자 여러분이 주의하여 문맥을 잘못 이해하지 않고 읽어 주셨으면 좋겠다.

또한, 여기에서는 다루지 않았으나 『금석이야기집』에는 고소설物語 문학에 나타나지 않는 한어의 사용과, 속어의 사용이 있어(『日本の說話』第七卷, 「ことばと表現」 등을 참조 바람), 그것이 위에 기술한 것과 같은 다듬어지지 않은 문장과 함께 생생한 박력을 자아내고 있다. 이것이 현대인에게 있어 『금석이야기집』의 매력의 한 가지라는 것은 부정할 수 없는 것이다.

(이상 마부치 가즈오馬淵和夫)

10. 본집의 유포와 향수

이미 앞에서도 상세하게 서술(1~5)한 바와 같이 『금석이야기집』은 지극히 조직적이고 계통적으로 편찬된 일대설화집이다. 그 내용은 설화의 지역을 고려하면 그 당시 일본인이 의식하고 있던 전 세계, 전 국토, 전 공간을 무대로 하는 설화를 수집한 것이다. 또한 여러 종류의 다양한 인간, 다양한

계층의 사람들, 거기에 여러 불보살, 선인仙人에서 영귀靈鬼·요괴妖怪·조수
鳥獸·벌레 종류에 이르기까지 인간계를 둘러싼 모든 존재에 관한 설화를 수
록하고 있다. 더 나아가 다양한 종류의 이야기를 포함하고 있으며, 다양한
지역의 다양한 인물·존재들의 모든 모습을 그려내고 있는 것이다. 『금석
이야기집』은 이른바 각 설화가 한 편의 모자이크가 되어 큰 그림의 구성의
일부가 되는, 이를테면 설화에 의한 대만다라大曼茶羅라고 해야 할 작품이다.

이처럼 『금석이야기집』은 이전에 없었던 장대한 스케일을 가진 설화집인
데, 실은 언제, 어디서, 누구에 의해, 어떠한 의도로, 어떠한 사람들을 독자
대상으로 하여 편찬된 것인지 아직까지 명확한 것을 알 수 없는, 베일에 싸
인 작품이기도 하다. 현재로서는 그 성립(성립이라고 하여도 미정고未定稿 작품이
라 보이기 때문에 현존본 형태가 성립된 시점)에 대해서는, 헤이안平安 시대 말기,
12세기 전반, 1120년대에서 1130, 40년대일 것이라 추정된다. 그 유포와 향
수 및 영향에 대해서도 지금까지 본격적인 세밀한 연구가 그다지 이루어지
지 않았다. 『금석이야기집』은 미완성의 대작으로 보이며, 미정고인 채로 방
치되어, 오랫동안 묻혀있던 작품이었던 것으로 추정된다. 작품의 향수, 영
향관계에 대해서는 가마쿠라鎌倉 시대, 무로마치室町 시대를 통해 확증을 가
지고 지적할 수 있는 작품이나 문헌은 몇몇의 예를 제외하고는 대부분 알려
지지 않은 상황이다.

에도江戸 시대의 유포와 향수

에도시대에 들어와 17세기에는 하야시 돗코사이林讀耕齋(야스시靖)에 의해
편술, 간행된 『본조둔사本朝遯史』, 하야시 슌사이林春齋(가호鵞峰)가 편술한 『속
본조통감續本朝通鑑』, 후카쿠사노 겐세이深草元政 상인上人이 편술한 『부상은
일전扶桑隱逸傳』, 후지이 란사이藤井懶齋가 편술한 『본조효자전本朝孝子傳』 등에

'금석물어'의 서명書名이 보이는데, 극히 그 일부가 참고 정도로 인용되어 있을 뿐이다. 그러한 점에서 『금석이야기집』은 그 존재와 내용의 일부는 알려져 있었어도, 널리 향수되고 이용되는 단계까지는 이르지 않았다고 할 수 있다. 18세기 초기, 보영寶永 3년(1706)에 판행版行된 『본조어원本朝語園』 10권 12책은 편자미상(서문에 '고산거사孤山居士'라고 쓰여 있음)의 '유서類書'라 할 수 있는 서적으로 전체 549조條의 이야기가 수록되어 있는데, 그중에 출전으로서 '금석물어'의 서명이 실려 있는 이야기가 15조(그중 하나는 잘못된 것)가 보인다. 또한 이외에도 『금석이야기집』을 전거典據로 하는 이야기가 12조가 있어, 『금석이야기집』 설화를 약술하는 형태로 전재轉載하고 있다. 그 외에 라쿠게쓰도 소시落月堂操卮가 편술한 『화한승합선和漢乘合船』, 고요슌오 가쿠겐厚譽春鶯郭玄이 편술한 『본조괴담고사本朝怪談故事』, 이자와 나가히데井澤長秀(반류반룡蟠龍)가 편술한 『광익속설변廣益俗說辨』 전 20권 등을 들 수 있다. 특히 『광익속설변』은 16조에서 '今昔物語'의 이름을 명기하고 인용하였으며, 각각의 조항에서 이야기 소재와 동화同話, 혹은 관련화關聯話가 『금석이야기집』에 수록되어 있다는 점을 지적하기도 하면서, 등장인물이나 이야기 소재의 주석·고증에 활용하고 있다. 단 권22 이후의 본조本朝 세속부世俗部, 그것도 권 24·25·28·31의 설화, 즉 제도담諸道譚, 기예담技藝譚, 합전담合戰譚, 무용담武勇譚 등의 무사武士 설화, 가담항설街談巷說, 골계담滑稽譚, 기담奇譚 등을 중심으로 향수, 이용하고 있을 뿐이다. 이자와 나가히데는 그 후, 고정찬주考訂纂註 『今昔物語』(향보享保 5년〈1720〉 전편 15권, 동18년〈1733〉 후편 15권)를 판행하는데, 『금석이야기집』이 세간에 알려져 널리 유포, 향수되게 되는 것은 이 이후의 일인 것이다(이나가키 다이이치稲垣泰一 「『今昔物語集』の流布と享受」(『文藝言語研究 22』 1992년 9월)).

무로마치室町 시대의 유포와 향수

그런데 『금석이야기집』의 향수에 관하여, 거의 틀림없이 『금석이야기집』을 가리키고 있다고 생각되는 가장 오래된 문헌자료는 무로마치 시대, 고후쿠지興福寺 대승원大乘院 제18세世 문주門主, 교카쿠經覺의 일기인 『교카쿠 사요초經覺私要鈔』 제2 · 보덕寶德 원년(1449) 7월 4일 조에 보이는

今昔物語七帖返遣貞兼僧正畢

（松林院）

이라는 기사이다(일본고전문학대계 『今昔物語集 1』〈1959 · 3〉해설). 이 데이켄貞兼 승정僧正에 관해서는 『고후쿠지 별당차제興福寺別當次第』 권5에

權僧正貞兼松林院。准大臣兼室息。室者伊勢守貞行息。
文安二年乙丑四月廿一日宣下。同廿八日渡印鑰於西院。同五年四月
廿三日奉納印鑰。寶德四年四月八日入寂。五十歲。

라는 기사가 있으며, 『고후쿠지원가전興福寺院家傳』의 조에는,

貞兼。別當。僧正。碩學名匠。世稱慈恩大師化現。後瑞雲院贈內大臣
兼宣公猶子。伊勢守平貞國朝臣子。

라고 기록되어 있는 고후쿠지 별당 권승정權僧正 데이켄이다. 가네노부 공兼宣公은 히로하시 가네노부廣橋兼宣를 가리키며, 응영應永 30년(1423) 종從1위 대납언大納言, 동 32년 준대신准大臣이 되어 출가, 영향永享 원년(1429) 64세의 나이로 세상을 떠난, 당상공경堂上公卿, 증내대신贈內大臣, 법호法號를 후서운

원後瑞雲院이라 했던 인물이다. 히로하시 가문은 히노日野 가문의 지류支流로 문필가文筆家로서 알려진 명가였다. 데이켄은 가네노부의 양자養子이다. 즉, 교카쿠는 어떠한 이유로 '今昔物語' 7첩을 자은대사慈恩大師의 현신이라 불리어질 정도의 데이켄 승정으로부터 차용借用하였는데, 그것을 돌려주었다고 하는 것이다. 자은대사 규기窺基는 현장삼장玄奘三藏의 제자로 현장과 함께 『성유식론成唯識論』 10권을 번역해 낸 중국 법상종法相宗의 시조라 여겨지는 고승高僧이다(고후쿠지는 물론, 일본 법상종의 대본산大本山). 이것은 데이켄이 입멸하기 3년 전인 보덕寶德 원년의 일이다.

이 자료와 함께 소화昭和 50년대 전반에, 가장 오래된 『금석이야기집』 사본인 스즈카본鈴鹿本(나라본奈良本이라 칭해야 하는가)에서 다섯 군데에 기입된 메모가 발견되어 소개되었다(사카이 겐지酒井憲二 「伴信友の鈴鹿本今昔物語集研究に導かれて」〈國語國文44—10 1975 · 10〉). 이하는 그중의 일조이다.

　　一　見畢南井坊內總六丸、此比春日太神開門、尤以目出タシ、新造屋八月

　　　　中一日ノサンロウ

라는 기사가 주목을 받게 되었다. 이 남정방南井坊을 둘러싸고 도다이지東大寺 내에 있는 것인지, 고후쿠지 내에 있는 것인지가 조사연구 됨과 동시에, 가스가태신春日太神 개문의 연시年時에 관한 고증이 행해졌다. 현재로서는, 가스가사春日社의 개문은 문안文安 3년(1446) 8월 11일(히라바야시 모리토쿠平林盛得 「今昔物語集原本の東大寺存在説について」〈日本歷史356 1978 · 1〉, 『聖と說話の史的研究』〈1981 · 7 수록〉) 남정방은 고후쿠지 보살원방菩薩院方의 승방으로, 신조옥新造屋은 고후쿠지에서 가스가사에 봉사하는 납소納所, 5개 방의 하나일 것(다구치 가즈오田口和夫 「今昔物語集『鈴鹿本』興福寺內書寫の事」〈說話6 1978 · 5〉)이라는 것이 정설화되었다. 이와 같은 조사, 고증에서 스즈카본(나라본)은 무로마치 시대, 15세기 전반에 남도南都 고후쿠지 내에서 전해져서 현존하고 있었던 것은 확실하며, 극히 한정된 범위이기는 하나 고후쿠지를 중심으로『금석이야기집』이 빌려주고 빌려져 그 일부가 전사轉寫되기도 하고, 향수되기도 했던 상황이 명확해진 것이다. 이 점에 입각하면 권대납언 기쿠테이 스에타카菊亭季孝의 자식으로, 원귀元龜 원년(1570) 10월 11일 고후쿠지 별당이 된 광명원光明院 지쓰교實曉 승정의 일기인『지쓰교 기實曉記』의 천문天文 22년(1553) 2월 24일의 조에,

東北院法務前大僧正兼繼御房ニ桑申云、故松林院貞昭得業春日社ニア
ルイマハムカシト云抄物ヲ借出被寫タル報ニ早世歟之由、 京ノ中村越
前物語之間、如然ノ秘物アルヤト尋申候處、一向無御存知候

에서 나타나는 'イマハムカシト云抄物'도『금석이야기집』을 가리키는 것으로 봐도 틀림없을 것이다(마부치 가즈오馬淵和夫『『今昔物語集』もしくはその文體の成立립〈國文學 29-9 1984·7)). 이 기사에서 볼 수 있는 겐케이兼繼 어방御房은 영정永正 16년(1519) 6월 14일 및 천문天文 5년 11월 두 번 고후쿠지 별당이 된 승려로,『고후쿠지 별당차제』권6에 의하면,

權僧正兼繼 宣下以後任權僧正云々。室町大納言廣光卿子。
大僧正兼繼 再任任東院。

라는 기사가 있다. 고故 송림원松林院 사다아키 도쿠고貞昭得業는『고후쿠지 원가전興福寺院家傳』에,

貞昭。權律師。未遂講、早世。如雲院內府兼秀公三男。母若狹守源隆益
女。

天文十七年十二月十六歲研學竪義。

同十九年十八歲化。臨終正念之事、賢忍房記アリ。八歲ノ時入室云々。

라는 기사가 있다. 여운원如雲院 내부內府 가네히데 공兼秀公이란 내대신內大臣
히로하시 가네히데廣橋兼秀로, 가네노부의 5대 후의 인물이다. 사다아키貞昭
는 가네히데의 3남으로 어린 나이(8세 때)에 고후쿠지에 맡겨져, 장래를 촉망
받았으나 유마회維摩會 강사가 되지 못하고, 18살의 젊은 나이로 사망하였
다. 그것도 '이마와무카시라고 하는 책(イマハムカシト云抄物)'을 빌려서 서사
한 응보에 의한 것인가라는 소문이 있었다고 하니, 『금석이야기집』은 기
이한 책으로 인식되고 있었던 것 같다.

앞에 기술한 스즈카본(나라본) 권27 제21화의 메모,

此一條ハ尤外コワキ事也。　可有覺悟可有覺悟可有覺悟。(이　이야기는
매우 무섭다. 각오를 단단히 하는 것이 좋다)

라는 내용이 마음에 걸린다. 권27은 영귀靈鬼 편이다. 여기서 말하는 '이마와
무카시라고 하는 책'은 권27의 영귀편을 가리키고 있는 것일지도 모른다.
이것을 서사하였기 때문에, 영귀의 요기妖氣로 인해 단명한 것이라 해석된
것은 아닐까. '비물秘物'이라고도 여겨졌기 때문에, 내용도 포함하여 고후쿠
지 송림원에 전해진 고사본古寫本으로서 소중하게 여겨졌던 것 같다.

또한, 이미 주지의 자료인데, 에이슌英俊 권대승도權大僧都가 저술한 『다문
원일기多聞院日記』 천정天正 11년(1583) 11월 8일 조의,

一、大疏抄四十一帖・今昔物語十五帖大門二在之、南井坊へ返遣了

라고 하는 '今昔物語十五帖'도 앞에서 언급한 스즈카본(나라본)에 기입된 기사를 감안한다면 『금석이야기집』이라 생각해도 될 것이라 판단된다.

『대승원사사잡사기大乘院寺社雜事記』 지배문서紙背文書

최근의 일인데 2001년 6월의 설화문학회대회에서 고후쿠지 대승원大乘院 문주門主 진손尋尊 대승정의 일기인 『대승원사사잡사기大乘院寺社雜事記』(국립공문서관내각문고 소장)의 지배문서紙背文書 중에 『금석이야기집』을 가리키는 것으로 여겨지는 기사가 보이는 문서(서장書狀)가 존재한다고 하는 주목할 만한 발표가 있었다(우라베 마코토浦部誠 「興福寺の今昔物語集―奈良本は松林院本か―」). 그것은 모두 고후쿠지 송림원 겐가兼雅가 대납언 어방 손요尊譽에게 보낸 서장이다. 이하, 그러한 서장의 내용 중 『금석이야기집』과 관련이 있는 부분을 발췌하여 적어보기로 한다.

(1) 寬正二年(1461)三月二十九日付書狀

今昔物語何之帖御用共候。雖不覺悟仕候、先以六帖之分進上仕候。若又余之帖御用候者、文

而可蒙仰候へく候。

(2) 文明六年(1474)六月五日付書狀

一、今昔信貴山事、書候段、必々可撰進上候。

一、七大寺緣起者無之候。大安寺者緣起者候。但諸寺之緣起今昔候。可撰進上候。只今取亂 事候間、遲々候。

(3) 文明六年六月八日付書狀

(ㄱ) 七大寺縁起とて候ハ無之候。今昔候間、懸御目候。大安寺縁起候間、

同懸御目候。當寺七

堂之縁起候し、若可被御覧候者、静可撰候。尚々此今昔七大寺之様に

て候。

(ㄴ) 信貴山之今昔種々求候へ共、其狀未にて候。尚々撰候而、求出候者可

懸御目候。相撰候間

遅々候。

(4) 文明六年六月十日付書狀

今昔信貴之段、尚々可撰(候)。

(5) 文明六年六月十六日付書狀

一、今昔信貴之一段未尋出候。長信と申者借候て、乞候へ共未返候。

이 서장을 보낸 사람인 젠가는 『고후쿠지 별당차제』 권5에,

法院權大僧都兼雅 松林院。日野權中納言宣光息。改親光。卅二。改兼卿(郷ヵ)。文
明十三年五月入滅。四十八。

라고 되어 있으며, 『고후쿠지 원가차제興福寺院家次第』에도 그 이름이 보인다. 이에 따르면, 권중납언 가네사토兼郷(히로하시 가네노부廣橋兼宣의 아들)의 3남으로, 향록享祿 3년(1530) 연학수의研學竪義가 되고, 관정寬正 4년(1463) 6월 11일 36세의 나이로 권별당權別當, 동 6년 5월 12일 별당이 되었으며, 문명文明 13년 5월 23일 48세의 나이로 입멸한 인물이다. 앞서 언급한 『교카쿠 사요초經覺私要鈔』의 기사에 나타나는, 데이켄의 뒤를 이어, 송림원 문주가 된다. 데이켄은 히로하시 가네노부의 양자이므로, 가네노부의 아들인 가네사토兼郷

의 3남인 겐가는 데이켄의 조카가 되는 것이다. 받는 사람인 손요는『고후쿠지 별당차제』권5에,

權僧正尊譽 號東林院。孝祐僧正舍弟。

라고 되어 있다. 문명文明 8년 4월 5일 권별당, 동 10월 29일 권승정, 문명 12년 4월 28일 별당으로 임명되며, 동문원東門院을 사가방寺家坊으로 삼아 살았던 인물이다.

　서장(1)에 보이는 '今昔物語', '6첩'은 아마 송림원에 전해져 내려온 데이켄이 소유한『금석이야기집』을 물려받은 것일 것이다. 서장(2)~(5)에서 보이는 '今昔信貴山事' '信貴山之今昔', '今昔信貴之段', '今昔信貴之一段'은,『금석이야기집』권11 제36화를 가리키는 것으로 여겨진다. 서장(2), (3)의 '七大寺緣起'는 오에노 지카미치大江親通가 저술한 『칠대사순례사기七大寺巡禮私記』(대승원구장大乘院舊藏, 간 고지로菅孝次郎 씨 소장을 거쳐 현재 호류지法隆寺 소장)를 가리키는 것으로 여겨진다. 서장 (1)~(5)를 감안하면, 어쩌면 대납언 어방 손요, 혹은 그 주변에서는 제사연기류諸寺緣起類를 수집하고, 그것을 참고자료로 해서 제사연기집을 정리하려고 한 것 같다. 그래서 겐가에게 자료로서의 '칠대사연기', '다이안지 연기大安寺緣起' 등을 차용하고자 하는 뜻을 전한 것이다. 이에 대한 답이 이들 서장인 것은 아닐까. 겐가는 '칠대사연기'가 수중에 없었던 점, '다이안지 연기'는 소지하고 있었던 점, 또 제사연기에 대응하는 것으로서『금석이야기집』(아마 권11)이 있었기에, 그것을 진상進上하고 싶다는 뜻의 답장을 쓴 것이다. 다만, 서장(5)에 의하면, 나가노부長信란 자가 해당 부분(권11 첩으로 추정)을 빌려가서 돌려주지 않기 때문에, 지연되고 있는 상황이었던 것은 아닐까 하고 판단된다.

대납언 어방 손요, 혹은 그 주변에서 편집하고 있던 제사연기집은 관가본 菅家本『제사연기집諸寺緣起集』(대승원구장, 간 고지로菅孝次郎 씨 소장을 거쳐 현재 동경국립박물관 소장)이었던 것은 아닐까. 사견에 의하면, 그 원래 형태부분의 성립은 응인應仁 3년(1469)부터 문명 12년 사이로 추정된다. 관가본『제사연기집』은『금석이야기집』과 매우 밀접한 관계에 있으며, 합계 15조에서 다른 문헌에서는 찾아볼 수 없는『금석이야기집』과 동일한 기사를 볼 수 있으며, 또한 부분적으로 관련이 있는 기사를 확인할 수 있다(이나가키 다이이치稻垣泰一「菅家本『諸寺緣起集』と『今昔物語集』卷十一〈說話3 1971·5〉, 및 전게한 졸고).

그러면, 다음으로 관가본『제사연기집』의 시기산지信貴山寺의 조를 들어 생각해 보고자 한다.

> 信貴山寺
> 件寺者、修行僧明練建立云々、本尊者毗沙門天王也、以石槻爲本躰、
> 彼槻仁在銘、護世大悲
> 多門天(聞カ)(이하생략)

이 기사는『금석이야기집』권11 제36화「修行僧明練始建信貴山語(수행승 묘렌明練이 처음으로 시기 산信貴山을 창건한 이야기)」를 초출抄出해서 그 요점만을 기록한 내용이다. 아마도 관가본『제사연기집』은『금석이야기집』을 참조하면서 기술한 것이라 생각된다. 주지한 바와 같이 시기산 연기를 기록한 것으로『시기산연기회권信貴山緣起繪卷(회사繪詞)』가 알려져 있으며, 이것과 동일한 내용의 이야기가『고본설화집古本說話集』하권 제65화,『우지습유이야기宇治拾遺物語』제101화에 수록되어 있다. 그러나 이것들은『금석이야기집』과는 다른 계통의 전승 이야기다.『금석이야기집』에서는 히타치 지방常陸國

의 승려 묘렌이 회국수행回國修行 중 영지靈地를 찾아다니며 시기산에 올라, 산속에서 '호세대비다문천護世大悲多聞天'의 명문銘文이 새겨진 돌함을 발견, 그곳에 당사를 건립했다고 한다(현재도 시기산 조고손시지朝護孫子寺는 이 돌함을 덮듯이 하여 본당이 세워져 있다). 관가본 『제사연기집』의 기사는 『금석이야기집』의 이야기를 약술한 것으로, 승명 '묘렌'('命れん·命れむこゐ'〈연기회사縁起繪詞〉, 'まうれん·まうれんこゐ(い)ん'〈고본설화古本說話, 우지 습유宇治拾遺〉)도 일치하고 있다.

　여기서 한 가지 관가본 『제사연기집』과 『금석이야기집』이 밀접한 관련이 있는 이야기로서 『금석이야기집』 권11 제17화 「덴치天智 천황天皇이 야쿠시지藥師寺를 세우신 이야기天智天皇造藥師寺語」를 살펴보자. 이 이야기는 야쿠시지藥師寺 건립 경위를 기록한 것으로, 모두부분이 누락되어 있으며 앞 이야기인 다이안지의 조 말미부분과 연결되어 기술되고 있다. 이 점에 관해서는 현존하는 여러 판본의 조본祖本에 파손 혹은 낙정落丁이 있었기 때문에(아마도 한 장 정도의 낙정일 것이다), 앞 이야기의 말미와 접속하여 기술된 것이라 생각된다. 그러나 주목해야 할 점은 관가본 『제사연기집』 야쿠시지의 조에 이 권11 제17화의 모두부분에 해당하는 기사가 보인다는 것이다(이나가키 다이이치稻垣泰一 「今昔物語集と諸寺緣起」〈言語と文藝72 1970·9〉). 그 부분을 들면 다음과 같다.

當寺建立事
天智天皇御宇、御子持統天皇未姬宮仁御在之時、彼姬御背仁惡瘡出來。天皇無限恐歎給、爲祈禱、以金銅丈六藥師佛鑄給之間、其驗新而、宮病即嚵給。天皇喜貴給事無限。其後者於奉恭敬供養給。然間天智天皇失給後、弟天武天皇即位也。其次持統天皇即位也。此天皇高市郡仁

建立寺安彼像。元明天皇之時、奈良之西京六條防仁建立寺。今藥師寺

是也。寺僧等不入堂內、只俗堂子計入堂內、奉佛燈明也。

　야쿠시지藥師寺는 일반적으로 덴무天武 천황이 황후인 지토持統 천황의 병이 쾌유되기를 기원하여 창건하였고, 지토 천황이 그것을 이어받아 당사를 건립, 그 후 겐메이元明 천황이 헤이조平城 천도와 더불어 나라奈良로 이건移建하였다(야쿠시지 연기藥師寺緣起, 야쿠시지 동탑찰명藥師寺東塔擦銘, 덴무기天武紀, 지토기持統紀 등)는 것이 통설이다. 상기의 기사에서 볼 수 있듯이, 덴치 천황이 그 자식인 지토 천황이 공주였을 때 등에 생긴 악창惡瘡의 치료를 기원하여 창건했다고 하는 것은 이전異傳이다. 『금석이야기집』 권11 제17화에서는 그 표제에 「덴치天智 천황天皇이 야쿠시지藥師寺를 세우신 이야기」라고 되어 있으며, 권12 제5화 모두에서 "덴치天智 천황天皇 야쿠시지藥師寺를 세우신 후", 권12 제20화에서도 "덴치天智 천황天皇이 세우신 후 400여 년이 지나"라고 기술하고 있다. 또한 『이려파자유초伊呂波字類抄』에 "或書云、天智天皇第九年造之"라는 기사가 있으며, 『습개초拾芥抄』하 제사부諸寺部 제9, 칠대사七大寺 조에도 "天智天皇元年造之"라는 내용이 보이는 것으로 보아 어쩌면 이러한 이전도 있었을지 모른다. 아마도 『금석이야기집』 권11 제17화 모두의 결손부분은 관가본 『제사연기집』과 같은 내용이었음에 틀림없다. 그렇다면 관가본 『제사연기집』이 참고한 『금석이야기집』은 아직 한 장 정도의 낙정이 발생하기 이전인 나라본(스즈카본은 권11이 전존傳存하지 않음)이었을 것이라 추측할 수 있다. 앞서 기술한 서장(5)에서 『금석이야기집』(권11 첩으로 추정)이 대여되어 반환되지 않은 상황을 고려하면, 이후에 한 장 정도의 낙정이 생기고, 더욱이 권11에 해당하는 부분이 전존傳存하지 않게 되었을 가능성도 높다고 상상할 수 있다. 또한 『금석이야기집』 권11 제17화 본문에서, "高市郡

□□卜云フ所" 및 "西京ノ六條□防" 식으로 야쿠시지의 소재지를 나타내고
있는 부분을, 관가본『제사연기집』에서는 각각 "高市郡仁", "西京六條防仁"와
같이『금석이야기집』의 의도적 결자에 해당하는 부분을 두지 않고, 그대로
이어서 기술하고 있다. 이러한 사실도 관가본『제사연기집』이『금석이야기
집』을 참조한 증좌가 될 것이다.

또한 권11 제17화 중간 부분에 보이는 천황의 어사御師가 선정에 들어 용
궁에 가게 되었고, 그 용궁을 모방하여 야쿠시지가 세워졌다고 하는 부분(해
당 부분의 출전은『삼보회三寶繪』하권 제11화)에 존재하는 결손을 관가본『제사연
기집』이 피하여 기술하고 있는 점이 주목된다. 이러한 것은『금석이야기집』
권11 제15화「聖武天皇始造元興寺語(쇼무聖武 천황天皇이 처음으로 간고지元興寺를
세우신 이야기)」와 관가본『제사연기집』간고지元興寺의 조의 경우에서도 지
적할 수 있다. 즉 이 두 가지는 동문적동화同文的同話로 관가본『제사연기집』
이『금석이야기집』을 참고하며 기술한 것이라 생각할 수 있는데,『금석이
야기집』에서의 결손부분(크게 세 부분이 있음)을 관가본『제사연기집』에서는
피하여 기술하고 있어, 대응부분이 확인되지 않는 것이다. 이 점으로 미루
어 보면 관가본『제사연기집』이 본『금석이야기집』(나라본)은 이미 벌레로
인한 손상, 또는 파손이 꽤 발생했었다고 판단할 수 있다. 그러므로 이 시점
에서 현존하는 여러 판본의 조본에 해당하는 나라본이 원본을 서사하여 성
립했다고는 생각할 수 없는 것이다.

편자 · 독자대상 · 의도

이상, 최근의 연구동향을 소개하면서『금석이야기집』의 유포와 향수에
대해 고찰해 보았는데, 마지막으로 한 마디 억측을 해 보고자 한다.

본고에서 거론하는 자료에서『금석이야기집』을 소지하고 있거나 빌렸던

교카쿠 대승정, 데이켄 권승정, 겐가 대승도, 에이슌 권대승도, 또 그것을 서사하거나 읽었던 사다아키 도쿠고貞昭得業(18세로 단명), 소로쿠마로總六丸(스즈카본의 메모에 의하면, 당시 19세)는 그대로 『금석이야기집』의 편자와 독자를 대상으로 비정比定할 수 있는 것이 아닌가 생각한다. 한편은 고후쿠지 별당직에까지 이를 정도로 석학碩學인 고승으로, 40대 중반을 넘긴 인물, 관리직·교수직과 같은 입장에서, 후진을 지도, 육성한 고승이며, 또 다른 한편은 어린 나이에 대사원의 원가院家에게 맡겨진 고귀한 신분계급의 자제로, 장래를 촉망받던 10대 후반의 젊은 학승, 혹은 어느 정도의 난해한 문자를 해독할 수 있는 지식을 가진 동자계급의 인물이다. 그렇다고 한다면, 권11 제2화 「교키行基 보살菩薩이 불법佛法을 공부하여 사람들을 이끈 이야기)」의 마후쿠다마로眞福田丸(지코智光), 권15 제1화 「간고지元興寺의 지코智光·라이코賴光가 왕생한 이야기」의 지코, 권17 제33화 「히에이 산比叡山의 승려가 허공장虛空藏의 도움으로 깨달음을 얻은 이야기」의 젊은 학승, 혹은 권28 제1화 「이케노오池尾의 젠치禪智 내공內供의 코 이야기」에 등장하는 동자 등은 그러한 독자대상과 겹쳐진다. 즉 이러한 설화는 『금석이야기집』이 굳이 집어넣은 화재話材였던 것이 아닌가. 이처럼 생각하면, 『금석이야기집』은 설화에 의한 대만다라大曼茶羅를 제시하여, 이 세상이 어떠한 것인가라는 것을 알려줌과 함께 어떻게 정신을 수양하고, 어떻게 수학하고, 어떻게 처세해야 좋은가라는 지혜를 스스로 깨닫도록 하기 위해 고후쿠지와 같은 큰 사찰의 승방 안에서 편찬된 것은 아닌가, 하고 억측을 해본다. 그러나 안타깝게도 『금석이야기집』은 미완의 대작인 채로 방치되었던 작품이었던 것 같다.

(이상, 이나가키 다이이치稻垣泰一)

『금석이야기집』
본조〈일본〉부의 성립과 불법왕법상의이념

1. 시작하며

『금석이야기집』의 연구는 전후, 그에 대한 연구가 비약적으로 진전되어 문학뿐만 아니라 역사, 사회학, 민속학 등 각 방면으로부터 뛰어난 연구가 축적되어 왔다. 주요한 연구동향은 출전, 구성, 표현, 성립 사정(편자, 성립 시기, 편찬 장소), 편찬 의도 등 여러 방면에 걸쳐 있으나, 『금석이야기집』의 본질을 추구하는 데 있어 각 분야는 개별적이라기보다 상호보완적이라 할 수 있다. 그러나 현재 『금석이야기집』의 연구에 있어서 명확한 견해에 이르지 못한 여러 문제들이 여전히 남아 있으며, 특히 성립 시기, 편자, 편찬 의도 등에 관해서는 정설을 찾을 수 없다. 이것은 비교적 정연한 구성을 가진 방대한 설화집임에도 불구하고 있어야만 하는 '서문序文'이나 '발문跋文'을 가지고 있지 않은 것에 결정적인 원인이 있다. 확실한 외부 증거가 새롭게 발견되지 않는 한, 정설에 이르는 것은 불가능에 가까울 것이다. 그러한 점에서 내부(내용) 분석을 통하여 성립사정을 추정하는 움직임이 활발해지는 것은 자연스러우나, 그중에서 설화의 배열, 분류(몇 화 혹은 권 등의 단위 구성) 기준 등을 통하여, 『금석이야기집』의 세계의식, 편찬 의도를 추구하는 것은 빼놓을 수 없는 연구 방법으로 정착되어 왔다. 『금석이야기집』의 구성론의 선행연구로는 구성론의 현격한 진전을 가져온 구니사키 후미마로國東文麿, 구니사키의 조직·구성론을 계승·비판한 고미네 가즈아키小峯和明와 모리 마사토森正人, 또 두 사람을 비판한 마에다 마사유키前田雅之 등의 논문이 주목된다. 이 글의 목적은 『금석이야기집』의 구성이론으로 주목받고 있는 불법왕법상의이념(론)佛法王法相依理念(論)을 고찰의 중심에 두고 선행연구의 성과를 참고로 하여 구성론에 관한 필자의 견해를 개관함에 있다. 필자는 주로 본조本朝(일본)부에 주목하고자 한다. 물론 천축天竺(인도)부·진단震旦(중국)부에도 각별한 주의를 기울여야 하지만, 본조(일본)부야말로 편자를 둘러싼 당시 현재에 대한 문제의식과 편자의 의도가 가장 극명하게 드러나는 부이기도 하기 때문이다.

2. 불법왕법상의이념의 궤적

본 절에서는 『금석이야기집』의 구성론에 들어가기에 앞서, 먼저 불법왕법상의이념佛法王法相依理念의 개념을 파악해 두고자 한다. 고찰의 범위는 『금석이야기집』의 성립시기임과 동시에 이 개념이 가장 현저하게 주창되었고, 승병僧兵의 활동이 왕성했던 고대말기 원정기院政期 즈음까지로 한다. 구로다 도시오黑田俊雄는 불법왕법상의이념에 있어서의 '왕법' '불법'의 개념에 관해 불법이란 본래 불교의 교학이나 신앙을 의미하고 있지만 실제로는 사회적·정치적인 존재로서의 '사사세력寺社勢力'이며, 또한 왕법이란 본래 바람직한 국가통치 방법을 의미하지만 실제로는 천황을 정점으로 하는 '공사公事'의 체계이며, 구체적으로는 천황天皇·섭정攝政·원院·장군將軍 등 세속정치권력이라고 지적한다.[1] 초기에는, 일종의 외래신外來神으로 여겨져 왔던 불교는 율령적 체제의 승니령僧尼令에 의해 지배 권력으로부터 엄격한 통제와 간섭을 받는 대신에, 정세물正稅物이나 봉호封戶, 사전寺田 등의 형태를 통한 국가적 급부를 제공받음으로써 존립 기반을 국가에 의해 보장받았다.

그러나 율령제지배가 종언을 고하는 10세기를 전기로 하여 징세방법의 대폭적인 변화가 생기게 되었고, 이로 인해 국가적 사원은 점차 기존의 방식으로 국가적 급부를 얻기가 곤란해지게 되었다. 그래서 절의 형태를 정액사正額寺에서 어원사御願寺로 바꾸거나, 유력귀족으로부터 보시布施를 받아 장원莊園을 새로운 경제기반으로 삼았다. 장원의 획득에 의해 고대사원에서 중세사원으로 변모를 하게 된 사원은 장원이나 말사(末寺·末社)의 경영과 더불어 원院, 섭정攝政 가문, 국아재청國衙在廳과 대립하며 분쟁과 교전마저 불사하지 않는 특수한 사회적·정치적 세력이었으며, 각 절과 신사는 모두 속세의 권문(원·섭정계열)에 필적하는 종교적 권문으로서 그 위치를 확립하여 갔다.[2] 불법왕법상의이념이 문헌에 출현하는 것은 바로 이 사원들이 새로운 주요재정기반으로써의 장원의 경영에 착안, 그것을 본격화하는 시기와 맥락을 같이하는 것이었다. 이를테면, 천희天喜 원년(1053년) '東大寺領美

1　黑田俊雄 編『體系佛敎と日本人②國家と天皇』(春秋社, 1987년)의 總論.

2　黑田俊雄「王法と佛法」(『王法と佛法』, 法藏館, 1983년) 참조. 그 외에 黑田俊雄『日本中世の國家と佛敎』(岩波書店, 1975년), 平雅行『日本中世の社會と佛敎』(塙書房,1992년), 佐藤弘夫『日本中世の國家と佛敎』(吉川弘文館, 1987년), 菊池大樹「王法佛法」(『日本の佛敎⑥』, 法藏館, 1996년), 五味文彦「王法と佛法」(『別冊佛敎』, 法藏館, 1989년) 등을 참조.

濃國茜部莊司住人等解'3의 모두冒頭는

請被持蒙鴻慈、奏聞事由於公家、改本四至、打牓示、令停止檢田收納四度使
入勘、裁免國郡差課色々雜役、偏勤仕寺家恒例所課及御地子物辯狀

라고 되어 있으며, 장사莊司와 주민들이 영주인 도다이지東大寺에 대해, 국가
적 공인을 실현하기 위해 힘쓰도록 요구하고 있다. 해문解文에는 이어서 "왕
법과 불법이 서로 같이 서는 것은 이를테면 수레의 두 바퀴, 새의 두 날개와
같다. 만약 그중 하나가 없다면 결코 굴러가고 날 수 있겠는가. 만약 불법이
없다면 어떻게 왕법이 있겠는가. 만약 왕법이 없다면 어찌 불법이 있겠는가
(王法佛法相双ぶこと、譬へば車の二輪、鳥の二翼の如し。若しその一闕かば、敢てもって
飛輪することを得ず。若し佛法無くんば何ぞ王法あらんや。若し王法無くんば豈に佛法あ
らんや)."라는 이념이 덧붙여져 있다. 우리는 여기서 불법왕법상의이념을 읽
어낼 수 있음과 동시에, 불법왕법상의이념이 사원 세력의 장원 확보 내지는
국사國司에 대항하기 위해 장원의 불수불입不輸不入을 정당화하는 하나의 이
데올로기였다는 점을 명확하게 알 수 있다.

　10세기 후반에 모습을 드러내, 11세기에 정식화된 불법왕법상의이념은
사원 세력이 영토에 대한 국아國衙 세력의 간섭을 배제하고 장원을 확보하
기 위해 제창한 하나의 이데올로기였다. 그러나 이것은 사원 세력만의 발
언이 아닌, 왕법 세력에서도 거론되고 있었다. 왕법 세력은 공가公家와 천
황天皇(=원院)으로 나뉘는데, 먼저 공가 세력의 예를 몇 가지 들어보도록 하
자. 영보永保 원년(1081년), 히에이 산比叡山의 산문山門이 수천의 병력을 이

3　『平安遺文三』702號.

끌고 온조지園城寺의 절 문을 습격하고, 이에 온조지 또한 수천의 병력으로 맞서 진을 치고 산도山徒를 물리치는 사건이 일어났다. 당시 권중납언權中納言 · 정이위正二位의 지위를 가진 미나모토노 쓰네노부源經信의 일기『師記』에는 "王法佛法已破滅之刻歟、可哀々々"[4]라고 사건에 대한 감개가 기록되어 있다. 그리고 가승嘉承 원년(1106년), 히에이 산의 산도山徒가 관백關白의 이조정二條亭에 난입한 사건에 관해, 참의參議 후지와라노 다메다카藤原爲隆는 그의 일기『永昌記』에서 "尙無王法、無佛法、可恐可悲"[5]라고 쓰고 있다. 왕법과 불법이라는 개념은 고대 말기의 귀족들에게 있어서 그들이 처해 있는 상황을 설명하는 하나의 의식체계(=정국관政局觀)였으며, 동시에 어떤 의미에서는 세계관이었다고도 할 수 있을 것이다.

다음으로 '불법왕법상의이념'에 해당하는 표현을 천황(원) 스스로 입에 올린 예로서, 도바鳥羽 천황 선명안宣命案(천영天永 4년〈1113년〉 4월 15일)을[6] 살펴보자. 이 선명의 취지는 "停止所々神人衆徒等濫行由、石淸水宮奉宣命狀云"라고 되어 있듯이, 천영 4년(1113년) 기온祇園 신사의 귀속을 둘러싸고 발생한 엔랴쿠지延曆寺 · 고후쿠지興福寺의 대립에 관해 그 진정鎭靜을 기원하는 글이다. 주목되는 내용으로 첫 번째, "遂忘王法、已破律儀"하였으므로, 이것은 곧 "獅子身中虫"이라는 기술이며, 두 번째 이러한 행위가 "是朝威忽諸"뿐만 아니라 "不憚神慮"이며, 신은 무례를 받아들이지 않는다는 "神不享非禮"라는 기술이다. 전자의 "遂忘王法、已破律儀"에서 '불법왕법'의 이원론적인 의식을 엿볼 수 있지만, 이상적인 '불법왕법상의이념'에서 보면 그야말로 근본을 뒤흔드는 파괴 행위이자, 그것은 사자(=국가통치질서) 몸속의 벌

4 『師記』永保元年六月九日條.
5 『永昌記』嘉承元年十月二七日條.
6 『平安遺文四』1793號.

레(=질서파괴분자)라고 규정되고 있는 것이다. 한편, 후자는 사원 세력이 신의 종교적 권위를 업고 위세를 부리는 것을, 역으로 왕권은 그 신의 권위를 이용하여 그들의 강소强訴를 물리치고 있는 것이다.

그러면 어떻게 이러한 발상의 역전이 가능했는지를 설명하자면, "신위神威는 황위皇威에 의해 위를 떨치고, 신명神明은 황명皇明에 이끌려 명明을 더한다. 신 스스로 고귀하지 않으며, 사람에 의해 고귀하다. (불)교 스스로 널리 퍼지지 않으며, 사람에 의해 퍼진다.(神威は皇威に依って威を施し、神明は皇明に引かれて明を増す。神おのずから貴からず、人に依って貴い。(佛)教おのずから弘まらず、人に依って弘まる)"는 기술에서 그 답을 구할 수 있을 것이다. '신위' '신명' '신의 고귀함' '교세'가 신 스스로의 힘으로 실현, 유지되는 것이 아니라 '천황의 위' '천황의 명' '사람=천황'에 의지하지 않으면 안 되기 때문이다. 결국, 왕권이 이야기한 '불법왕법상의이념'은 왕권 세력의 사원통제를 위한 이데올로기로서 기능하고 있었음을 확인할 수 있다.

3. 불법세속⟨왕법王法⟩부 병치구성

『금석이야기집』은 다양한 화제의 약 1100개의 설화를 담고 있다. 이 방대한 설화들은 그야말로 헤이안平安 시대 사람들이 상상할 수 있는 전 세계를 드러내는 것이다. 『금석이야기집』의 전체 설화는, 먼저 지리적으로 삼국(천축天竺·진단震旦·본조本朝)으로 나눠지며, 추가적으로 각국의 설화는 불교설화와 소위 비불교설화非佛敎說話(세속설화)로 분류되어 있다. 전 31권(8, 18, 21세 권은 결권) 중에 5분의 3인 합계 18권이 불교설화이며, 5분의 2에 달하는 합계 13권이 비불교설화이다.

그러면 불교설화(불법부)와 비불교설화(세속부)의 관계는 어떻게 이해되어 왔는가.『금석이야기집』의 불교설화의 양적 우위 때문인지, 여러 선학은 불법부를 중시하며『금석이야기집』을 규정하는 경향이 있었다.[7] 각각의 이해 방법은 아마도 각 측면에 있어서 정당할 터이지만, 다음과 같은 이유로 얼마간 부족한 것처럼 여겨진다. 첫째로, 천축·진단에서의 세속설화에 대한 불교설화의 양적 우세는 세속설화의 자료적 제한에 의한 것일 가능성을 생각할 수 있다. 시점을 달리하면, 자료적 제한에도 불구하고 천축부의 권5, 진단부의 권10의 비불교설화가 설정되어 있는 점, 비교적 자료 입수가 용이했던 본조부에서는 불법부·세속부의 권수가 균등하게 배분되어 있는 점 등에 주목할 필요가 있다. 두 번째로 애초에 불교의 삼국전래관三國傳來觀은 당시의 일반적 인식으로서 정착되어 있었으며, 천축·진단·본조의 삼국은 당시 일반적으로 인식되던 전 세계全世界였다. 시점을 달리하면, 불교설화의 수집만을 위한 것이 아니라 세계의 모든 설화를 모으기 위해서 불법전래사傳來史의 관점이 이용되었다고도 여겨지는데, 옳고 그름을 판단하기가 쉽지 않다. 단지, "(국제관계는[필자주]) 원정기院政期의 문학에도 반드시 큰

---

7   사카이 고헤이坂井衡平는 "국가적 조화가 국가·국토에 의거한다는 불법의 포교상, 절대적 이기利器를 부여함에 있어서, 불법이 가능한 한 왕법에 현실세계現實世界의 귀착점을 찾는 것은 자연스러운 형국이라 해야할 것이다."라고 지적한다(『今昔物語集の新研究』, 誠之堂, 1923년). 黒部通善는 세속설화에 관해 "불교설화의 연장선상에 위치하는 세속설화는, 언뜻 불교설화와 이질적인 것 같지만, 불법의 은혜를 입은 세계에서 일어난 다양한 인간의 모습을 묘사한 것으로서 이해할 수 있다. 물론 개개의 세속설화는 불교와는 무관한 것이 대부분이며, 그 가운데에는 말법의 세상의 처참한 세태를 적나라하게 그려낸 설화마저 있다. 그러나 그것들도 부처의 자비로 둘러싸인 세계의 사건이라는 점에서 불교설화의 연장선상에 세속설화가 위치하는 의도를 판단할 수가 있다"라며(『今昔物語集における佛傳說話』, 『日本佛傳文學の研究』, 和泉書院, 1989년), 어디까지나 불교에 의해 구제되어야 할 세계로서 세속부의 의의를 설명한다. 또 西尾光一는 『금석이야기집』 전체에 대한 의견은 아니나 '신앙의 이야기'"고대 인간의 애처롭기까지 한 종교적인 갈망의 노정露呈'이라고 평하면서 불교설화의 종교성에 무게를 두고 있다(『종교문학으로서의 금석이야기집』, 『日本古典文學大系第二四卷付錄月報』, 岩波書店, 1961년 3월). 또 今野達는 『금석이야기집』의 편자는 잡찬적雜纂的 설화집인 『宇治大納言物語』에 크게 영향받았음을 지적하면서, 세속부 병치의 이유에 관해서는 "설화적 흥미와 세속적 관심에서 유래하는 다양한 설화편집을 유지하려는 의욕"에 의한 것이라고 지적한다(『日本古典文學全集 今昔物語集①』 解說, 小學館, 1971년).

영향을 끼치고 있었다. 그리고 그중 가장 큰 영향을 끼친 것은『금석이야기 집』의 편찬이었을 것이다. …해외에 대한 강한 동경의 산물이었음을 인정 하지 않으면 안 된다.”라는 고미 후미히코五味文彦의 지적[8]이나, “원정기 시 대에 들어 종래의 가치관으로 다 포섭할 수 없는 고금동서의 온갖 이야기를 그 내실內實에 입각하여 통합하려 하는 의도가 부상하고 있다면, 그것을 통 일하는 이론은…먼저 이 불교의 시스템 이외에서는 찾을 수 없을 것이다.” 라는 요시에 아키오義江彰夫의 지적[9]은 시사하는 바가 크다. 셋째로, 세속부 의 의의가 간과되어『금석이야기집』의 본질이 명확하게 설명되어 있지 않 다.『금석이야기집』보다 시대는 뒤에 성립된 작품이지만,『금석이야기집』과 마찬가지로 삼국 불교의 불교전래 설화를 수집한『사취백인연집私聚百因緣 集』이나『삼국전기三國傳記』에서는 세속설화는 찾을 수 없고 대부분이 불교 설화로 이루어져 있어,『금석이야기집』과는 매우 다른 구성을 이루고 있는 것이다. 적어도『금석이야기집』의 세속부가 편찬 과정에 있어서 불법부의 설화를 중심으로 수집한 후에 부차적副次的으로 추가된 것이 아니라는 점 은, 본조부의 치밀한 구성에서 보아도 쉽게 판단할 수 있을 것이다.

이처럼 불법·세속(비불교설화) 병치구성의 의의에 대한 기존의 견해에 일 대 전환을 가져온 것이 불법왕법상의이념佛法王法相依理念의 적용인 것이다. 이 이념은 일찍이 구니사키 후미마로國東文麿에 의해 일부 제기되었지만,[10] 그것을 불법부·세속부의 작품 전체에 적용하여,『금석이야기집』의 구성 근 간으로 설정한 것은 고미네 가즈아키小峯和明이다.[11] 고미네 가즈아키小峯和

---

8   五味文彦「院政期という時代」(『解釋と鑑賞』, 1988년 3월).

9   義江彰夫「歷史學から見た『今昔物語集』」(『鑑賞日本の古典 今昔物語集·梁塵秘抄·閑吟集』, 尙學圖書, 1980년).

10   國東文麿「今昔物語集の撰述意圖と撰者」(『今昔物語集成立考』[增補版], 早稻田大學出版部, 1962년 초판, 1978년 증 보판).

11   小峯和明「本朝〈王法〉部の組織」(『今昔物語集の形成と構造』, 笠間書院, 1985년).

明가 작품전체에 불법왕법상의이념을 적용하려고 생각한 것에 대해, 모리 마사토森正人는 권26 이후를 두고 약간의 이견異見을 가지면서도 불법부·세속부에 있어서의 불법사佛法史(권11~권12 제10화), 왕조사王朝史(권21·황실사皇室史, 권22 후지와라씨 가문사藤氏史, 권25 병사兵史)의 역사서술에 주목하여 기본적으로 불법부·세속부를 불법·왕법으로 파악하는 인식은 고미네 가즈아키小峯和明와 대동소이하다고 할 수 있을 것이다.[12] 이제까지의 연구에서는 '불법부' '세속부'를 분리하여 검토하는 경향이 강했으며, 쌍방의 관련성을 유기적으로 다루는 견해는 거의 없는 상황에서 불법부·비非불법부를 총합적·통일적으로 파악하는 시점이 제시된 것이다. 이후 마에다 마사유키前田雅之의 고미네 가즈아키小峯和明에 대한 비판이 제기되었지만,[13] 마에다설說의 비판과 함께 『금석이야기집』의 구성논리로서의 불법왕법상의이념에 관한 필자의 견해는 다음과 같다.

먼저, 세속부를 〈왕법〉으로 판단해야 하는가라는 점에 관해서이다. 문제는 왕법을 체현한 〈공公=조정朝廷=왕권王權〉중심주의로 일관하는 권21에서 권25까지가 아니라, 그 이후의 권26 이후이다. 필자는 권26 이후의 각 권도 다음처럼 〈왕법〉부에 해당한다고 판단한다. 즉 권26은 사람의 운명으로밖에 이해할 수 없는 불가사의한 사건을 설명하여 합리화하려고 한 것으로서, 세상의 모든 사상事象을 가능한 한 수집하여 질서를 부여하려고 하는 점에서 왕법의 세계에 들어간다. 또 권28(소화笑話)의 경우, 웃음 그 자체가 개선改善과 예방豫防을 촉진하는 성격을 가지고 있는 점, 웃음거리가 되는 사람에 대한 『금석이야기집』의 비평이 일개 개인을 향한 것에 그치지 않고 당시의 사

---

12 森正人 「說話形成と本朝佛法史」 「說話形成と王朝史」(『今昔物語集の生成』, 和泉書院, 1986년), 「說話の世界文學構想」(『岩波講座日本文學史③』, 岩波書店, 1996년).
13 前田雅之 「今昔物語集の〈佛法〉と〈王法〉」(『日本文學』, 1986년 4월), 「『今昔物語集』と〈佛〉」(『佛敎文學の構想』, 新典社, 1996년).

회 일반이 인식하고 있는 그들이 속한 집단의 존재 양상에 입각하고 있는 점 등을 고려하면, 권28은 사회질서의 안정에 기여하며 그러한 의미에서 〈왕법〉에 해당한다고 판단된다. 한편 권29(악행惡行)의 경우, 악행은 '공의 적公の御敵' '반왕법적 존재反王法的存在'로 기술되며, 배열과 문장·표현 레벨에서 왕법에의 수렴收斂과 왕법에 의한 제압制壓의 의도를 쉽게 읽을 수 있다. 결국 권26 이후는 '왕법'의 전 세계를 묘사하고 질서를 부여하려고 한 의도의 일환으로, 권25까지와는 모순 없이 〈왕법〉부 안에서 통합되어 있다고 말할 수 있을 것이다. 『금석이야기집』의 비불교설화군, 소위 세속부는 〈왕법〉부로 정의했을 때 비로소 『금석이야기집』의 본질에 다가설 수 있다고 판단된다.

위에 서술한 것과 같이 기존의 세속부를 이해한다면, 고미네 가즈아키小峯和明에 의한 불법왕법상의이념의 적용은 타당한 견해로 볼 수 있지만, 앞서 이야기한 것처럼 마에다의 반론도 있었다. 다음의 내용은 마에다의 반론 근거와 그것에 대한 필자 나름의 견해를 기술한 것이다.

마에다는 고미네 설에 대해 『금석이야기집』은 불법왕법상의이념과는 거리가 있거나 관계가 없다라고 반론하고 있으며, 그 근거로서

(1) 권5는 어디까지나 불법부, 세속부의 이원론의 도식으로 이해하는 것은 불가능하다는 점
(2) 표현 레벨에 있어서 '불법·왕법'이라는 용례는 "일본에는 불법이 오래도록 번창하고 국왕이 법령法令에 의해 의식을 갖추어 깊이 경의를 표하는 것은 이 법회뿐이다(朝ニ佛法ノ壽命ヲ繼ギ、王法ノ禮儀ヲ敬フ事ハ只、此ノ會ニ限レリ。)."(권12 제3화) 하나밖에 없으며, 게다가 이것은 불법왕법상의이념이라기보다는 진호국가鎭護國家 사상으로 보는 편이 타당하다는 점
(3) 애초에 '불법'이라 함은 살아 있는 부처(석가)가 설파한 법이지만, 석가는 일

448

회성 존재이기 때문에 부처의 법은 자기증식自己增殖적인 비약 논리에 의해 『금석이야기집』에 있어서의 '불법'이라 함은 경經, 영험靈驗, 아미타阿彌陀 등의 제불諸佛, 종파 등 모든 것을 의미하는 '불법'으로서 발전하였으며, 또한 특정 종파에 치우치지 않는다. 한편, 불법왕법상의이념은 특정 사원이 국가와 대립하던 상황에서의 특정 종파를 '불법'으로 추상화하는 논리였기 때문에 『금석이야기집』과 다르다.

(4) 불법왕법상의이념은 불법·왕법이 상호규정적相互規定的인 이론이기 때문에 『금석이야기집』의 구성조직 레벨에서 '불법부' '왕법부'로 각각 분리되는 것은 이념의 성격상 성립하지 않으며, 모순된다.

등의 점을 열거하고 있다. 마에다의 시점은 외재하는 이념과 『금석이야기집』에 내재하는 이념을 엄밀히 구별할 필요가 있다는 점에서는 주의해야 마땅하지만, 『금석이야기집』이 불법왕법상의이념과 관계가 없다고 하는 것에는 수긍하기 힘들다.

먼저, 근거 (1)에 관해서인데, 권5 '불전佛前'의 의의는 지금까지 논란이 되어온 권으로, 한마디로 말하면 권5가 불법부에 속해야 할 것인가, 세속부에 속해야 할 것인가라는 논점으로 수렴될 것이다. 전자의 입장을 취하는 것이 구니사키 후미마로國東文麿이며, 구니사키는 권5의 본생담本生譚이 갖고 있는 '전세前世의 선악의 인연'을 중요하게 여겨 권5는 진단부의 권9 및 본조부의 권19·20에 대응하는 권이라 보고 불교교훈에 해당하는 권으로서 불법부의 하나로 설정한다.[14] 이에 대해 이케가미 준이치池上洵一·모리 마사토森政人·고미네 가즈아키小峯和明 등은 권5를 진단부의 권10 및 본조부의

---

14 國東文麿 「今昔物語集卷一～卷五の組織」(『今昔物語成立考』[增補版], 早稻田大學出版部, 1962년 초판, 1978년 증보판).

권21(권21은 결권이기 때문에 실제로는 권22) 이하의 세속부와 대응하는 세속설화에 해당하는 권으로서 파악하고 있다.[15] 양설의 포인트는 결국 본생담을 어떻게 처리할 것인가 하는 점으로 귀착된다. 여기서 권5의 수록화를 본생담과 세속설화라는 관점에서 화종話種을 정리해 보면, 본생담이 합계 23화와 세속성이 강한 이야기가 합계 9화로 본생담이 더 많으며, 따라서 불법부에 보다 어울리는 것으로도 보인다. 그러나 주의해야 할 것은 원래 본생담이었던 이야기가 『금석이야기집』에서는 본생담이 아니게 된 화군話群(1, 4, 5, 6, 13, 16, 19, 20, 24, 25, 32)이 있다는 점이다. 그렇다면 『금석이야기집』에 있어서 본생담이라고 할 수 있는 이야기는 합계 12화이며 이에 반해 세속화世俗話는 합계 20화가 된다. 주목해야 할 점은 화수의 문제가 아니라, 천축 설화 대부분이 불전을 통해서밖에 입수할 수 없었던 자료적 제한이 있음에도 불구하고, 천축의 국사관련설화를 필두로 하여 세속부를 구성하려고 했던 편자의 태도일 것이다. 권5에 수록되어 있는 이야기 중에 세속화世俗化된 이야기와 본생담이 같이 열거되어 있는 점에 주목한 이케가미의 "불교설화 중에서는 가장 세속적인 취향이 짙은 화종話種인 본생담을 구태여 세속설화 쪽에 이항移項시켜서라도, 어떻게든 세속설화에 해당하는 권을 만들고 싶었던 것이리라." "천축의 세속설화에 대한 갈망의 절실함[16]"이라는 지적은 핵심을 찌르고 있다고 할 수 있을 것이다.

그런데 여기서 또 하나 주목해야 할 것은 권5가 단순히 세속설화의 화군만이 아니라, 〈왕법〉을 이야기하는 것이라는 고미네 가즈아키小峯和明의 지적이다.[17] 고미네 가즈아키小峯和明는 독자적인 구상을 구현할 수 있는 자료

15 池上洵一 「『今昔物語集』の展望」(『今昔物語集の世界』, 筑摩書房, 1983년), 森正人 「說話形成と王朝史」(『今昔物語集の生成』, 和泉書院, 1986년), 小峯和明 「天竺部の組織」(『今昔物語集の形成と構造』, 笠間書院, 1985년).

16 池上洵一 「『今昔物語集』の展望」(『今昔物語集の世界』, 筑摩書房, 1983년).

17 小峯和明 「本朝〈王法〉部の組織」(『今昔物語集の形成と構造』, 笠間書院, 1985년).

가 부족했기 때문에 본생담이 존재하는 등의 구성상의 문제는 있지만, '국왕관련화國王關聯話'가 19화에 달하는 점, 설화 레벨·표현 레벨에 걸쳐서 불법에 의해 지탱되는 국가·국토의 양상을 파악하려 한 예가 많은 점, 특히 원천源泉은 본생담인 제1화가, 제2화와 함께 각각 '승가라국僧迦羅國' '집사자국執師子國'의 건국설화로서 기능하고, 이후 국왕, 왕비에 관한 이야기가 이어지는 점 등을 근거로 들며, 권5의 의도는 '천축국가의 창시創始와 전개'를 보여 주는 것으로 '불법'과 대비되는 '왕법'을 이야기하고 있으며, 따라서 천축·진단·본조 삼국에 걸친 "'왕법'(국사國史)의 구성이라는 전체적 구성의 대응이 보다 선명해진다."라고 지적한다. 이상의 견해를 종합하면, 권5는 문제점은 없지 않으나, 세속 〈왕법〉부로서 이해하는 것이 타당하리라 판단된다.

이어서 (2)는 불법왕법상의이념과 진호국가의 사상은 상반되는 것이 아니라 전자가 후자의 개념까지 포함하고 있다는 점[18]을 간과해서는 안 되며, 『금석이야기집』에 수록된 화제話題가 고대의 것이라 해도 그것이 원정기라는 시대에서 재해석되고 있음을 고려해야 한다. 또한 마에다는 불법왕법상의이념 중 '상의相依'라는 측면을 중요시하여, 각 설화의 표현 중에 '상의'가 명확하게 나타나 있는지 여부를 가지고 불법왕법상의이념을 『금석이야기집』에 적용하는 것에 대한 타당성을 판단한다. 하지만, 『금석이야기집』이 그 이념과 깊게 연결되어 있다고 해도 『금석이야기집』은 설화를 수록함에 있어, 설화를 창작하는 것이 아니라, 기본적으로 출전의 취지를 따른 번역을 통해 설화를 수집했다는 점을 생각하면 그 이념을 명확하게 표현하는 것도 쉽지는 않았을 것이다. 아니, 설화를 수집하는 기준으로서 불법왕법상의이념이 근저에 있다면, 그것을 굳이 하나하나 명기하지 않을 가능성도 생각

---

18 黒田俊雄 「中世における顯密體勢の展開」(『日本中世の國家と佛敎』, 岩波書店, 1975년).

할 수 있다. 이러한 의미에서 비록 '불법·왕법'의 표현이 본집 내부에서 보이지 않는다고 해도 고미네 가즈아키小峯和明가 제시한 동 이념과 깊게 관련이 있는 화제, 표현 서술 등의 예[19]를 무시하는 것은 타당하지 않다.

다음으로 (3)에 관해서이다. 『금석이야기집』에 있어서의 '불법'이라는 개념의 정의, 종파적 입장 등에 대해서는 필자의 생각도 동일하며, 또한 불법왕법상의이념에 있어서의 '불법'은 고대사원古代寺院에서 장원제적 대토지 소유를 기반으로 하는 중세사원中世寺院으로 변모하고자 하는 사원이, 스스로의 영토에 대한 국아세력國衙勢力의 간섭을 배제하고, 장원의 확보를 위해 제창한 하나의 이데올로기였던 점[20]을 고려한다면, '불법'이라는 말이 특정 사원에 귀결됨은 마에다의 지적 그대로이다. 그러나 마에다는 불법왕법상의이념이 사원뿐만 아니라, 당시의 귀족으로부터 천황에 이르기까지의 조정·왕권 세력에서도 제창되었던 이념이었던 사실을 간과하고 있는 것은 아닐까. 생각해야 할 것은 왜 『금석이야기집』의 '불법'이 특정 사원의 '불법'에 수렴되지 않았는가 하는 점일 것이다. 사원 세력이 주장하는 '불법'은 그것이 드러내는 범주가 겨우 일개 권문으로서의 사원과 종파에 지나지 않는 것과 대비되게, 귀족과 왕족이 주장한 '불법'[21]은 국정國政·국가적 통합과 관

---

19 小峯和明 「本朝〈王法〉部の組織」, 『今昔物語集の形成と構造』, 笠間書院, 1985년).

20 義江彰夫 「國衙支配と兵の登場」, 「莊園公領體制と武士團」(『日本歷史大系①』, 山川出版社, 1984년) 및 「國衙支配の展開」(『岩波講座日本歷史④』, 1976년).

21 대부분의 경우, 사원 세력의 조정에 대한 강소强訴나 사원 간의 대립 등으로 인해 촉발된 감개感慨였다. 2절에서 언급한 예 이외에 이하의 예도 참고로 적어 둔다. 무네타다宗忠의 일기 『中右記』에는 "오늘밤, 히에이 산의 대중이 하경했다. 횃불을 들고 산에서 내려오는데 마치 별들이 운집한 듯했다. 니시자카西坂 밑으로 내려가 모였지만, 검비위사檢非違使와 무사武士 등이 강가에서 이를 막았기에 도읍에 진입하지 못했다. 다만 온 도읍은 난리가 났다. 불법왕법파멸의 때인가."(天仁元年(1108) 三月三十8日條, 시라카와인白河院이 도지東寺의 젠요禪譽를 손쇼지尊勝寺 관정아사리灌頂阿闍梨로 임명한 것에 반발한 엔랴쿠延曆·온조지園城寺 양사兩寺의 승도에 의한 강소强訴), "밤이 되어, 전하로부터 부름을 받아 바로 입궐하였다. 말씀하시길, 남북의 대중이 요즘 전투를 하려는데 어떠한가. 조속히 제지해야 할 것이라는 뜻을 말씀하셨다. 왕법불법을 위해 제지하지 않는다면 후회할 것이다. 맹악猛惡을 막지 못한다면 조정에 참으로 큰일이 일어날 것이다."(天永四年(1113) 四月八日條, 기온사祇園社의 귀속을 둘러싸고 히에이 산比叡山과 고후쿠지興福寺가 대립]라는 기술이 보인다.

련된 그들의 직능職能상, 일개 종파에 치우치지 않고 불법의 전체를 객체화하고 있었다는 점을 고려하지 않으면 안 된다.

마지막으로 (4)에 관해서인데, 마에다의 지적은 다음과 같은 이유로 긍정하기 어렵다. 먼저 불법부의 '불법사佛法史'에는 왕권과 불법의 조화적인 관계가 묘사되며, 특히 불법멸진佛法滅盡의 말법이 왕권이 주도하는 국가불교에 의해 '불법융성佛法隆盛'으로 역전되는 등, 불법왕법상의이념에 기반하고 있는 특징이 존재하는 점, 둘째로, 불법부·왕법부의 구분은 다시 말해 전 세계를 불법의 세계, 왕법의 세계로 분할하여 파악하는 것이 되며, 이것은 불법왕법상의이념에 있어서의 불법·왕법의 이원론二元論이 원정기 당시 사람들의 세계관이었던 것과 상통한다는 점,[22] 셋째로, 불법과 왕권(왕법)의 대

---

22 이 점은 주(21)에서 언급한 용례로부터 충분히 짐작할 수 있다. 참고로, '왕법'과 '불법'을 쌍으로 생각하게 된 사회적 배경으로서 왕법불법상의 이념이 정착해 갔던 점과 아울러 아래와 같은 요인이 있었을 것으로 판단된다. 9세기 말 이후, 제병제병除病·연명延命·안산安産·원령강복怨靈降伏 등 귀족의 개인적 요구에 응하는 밀교 수법이 급속하게 발달하고 원정기에 전성기를 맞이하는 정토교淨土敎도 거의 비슷한 발전과정을 보이고 있다는 점을 고려해 본다면, 개인의 현세·내세관이 급속하게 확대되어 간 사실을 알 수 있다. 10세기 이전의 정토교가 죽은 자의 추선追善을 주로 한 것에 대해, 지금은 자기의 정토왕생을 비는 것이 그 중심을 차지하게 되었던 것이다. 한편, 이러한 정황에서 대사원大寺院은 유력귀족에게 안산 기원이나 조복調服의 수법 등을 이용하여 접근, 그들로부터 보시를 받은 장원을 경제적 기반으로 삼았다. 불교의 세속화를 귀족의 입장에서 보면 개인적 신앙의 심화는 그들에게 이원적인 가치체계를 갖게끔 하였다. 慶滋保胤의『池亭記』에는 "조정에서는 몸을 잠시 왕사王事에 따르고, 집에서는 마음을 오랫동안 부처에게 귀의한다(朝に在りては身暫く王事に隨ひ 家に在りては心長く佛那に歸す)."라는 기술이 보여, '왕사'와 '불법'이 낮과 밤이라는 시간적 구별이 있다고는 해도, '왕사'와 '불법'의 이원적 인식을 확인할 수 있다. 源爲憲의『三寶繪詞』,『空也誄』,『池亭記』의 저자 慶滋保胤의『日本往生極樂記』, 大江匡房의『續本朝往生傳』, 三善爲康의『拾遺往生傳』,『後拾遺往生傳』, 藤原宗友의『本朝新修往生傳』등 귀족의 손에 의한 불교관계 저작물은 물론이고, 왕조시대의 고소설, 와카, 수필 등은 불교에 집착하는 그들의 정신세계를 명확하게 드러내주고 있다.『源氏物語』를 중심으로 폭넓은 장르의 불교사상에 관한 논의로는 三角洋一「平安貴族の法華三大部受容」(『解釋と鑑賞』, 1996년 12월),『源氏物語と天台淨土敎』(若草書房, 1996년) 등을 참조하길 바란다. 이외에 귀족의 왕법·불법의 이원적 사고에 영향을 미친 것으로 불교법회의 연중행사화를 들 수 있다. 불교와 귀족(국가)이 밀착됨에 따라 중요한 조정의식에 법회가 커다란 비중을 차지하게 되었다. 源爲憲의『三寶繪詞』는 불교행사가 연중행사화된 사정을 살펴보기에 편리하다. 정월의 수법회修法會·어재회御齋會·궁중진언원宮中眞言院의 후칠일어수법後七日御修法·치부성治部省의 태원사법太元師法에서 12월의 불명회佛名會에 이르기까지 수많은 법회가 기록되어 있으며, 그 외에 임시 법회, 개인적 법회까지 합쳐서 생각하면 당시 귀족들의 공적 시간의 대부분이 법회의 준비와 참가로 채워져 있었다고 해도 과언은 아닐 것이다. 즉, 왕법과 불법이라는 개념은 고대말기의 귀족들에게 있어서 그들을 둘러싸고 있는 상황을 설명하는 세계관이었던 것이다.

립·갈등을 다룬 이야기가『금석이야기집』의 방대한 양을 고려해 볼 때 대단히 적다는 점, 넷째로, 불법부·왕법부의 요체를 이루는 '불법사' '왕조사'가 양쪽 다 역사서술로서, 각각 국가불교의 '불법융성', 개별사個別史나 직능체계의 정점에 서는 〈공=조정=왕권〉의 번영이 각각 선언되어 있으며―필자는 이 공통점을 우연이라고는 생각하지 않는다―이것이야말로 불안정한 현실에 대한 '불법' '왕법'에 의한 질서회복의식의 표출이었던 것이다.

4. 불법왕법상의이념과 편찬 의도

편찬 의도에 관해서는 많은 선학이 지적하고 있지만, 아래처럼 크게 두 갈래의 경향이 있다. 하나는 넓은 의미에서의 계몽(종교=창도唱導, 도덕, 교양 등)으로 이해하는 설이며, 또 하나는 국가불법전래관國家佛法傳來觀에 기반을 두고 있는 삼국구성 등을 중요시 여기는 견해이다.

먼저, 계몽에 관한 견해이다.『금석이야기집』의 선구적 연구를 행한 가타요세 마사요시片寄正義는『금석이야기집』의 설화와 일치하는 이야기가 창도에 이용되고 있는 사실을 지적함과 동시에, 창도교화唱導敎化에 인연비유적 因緣比喩的 설화가 수차례 인용되었던 점을 들어『금석이야기집』의 성립과 창도교화의 밀접한 관계를 제시했다.[23] 또한 가와구치 히사오川口久雄는『금석이야기집』을 '창도의 대본臺本'으로 파악하고 있으며,[24] 한편, 나가이 요시노리永井義憲는 설교 노트의 메모인 설초說草에서 보이는 동종의 이야기가 설화집에 곳곳에 보인다는 점을 들어 "창도 기록의 집대성이 불교설화집의

---

23 片寄正義『今昔物語集の研究 上卷』(藝林社, 1943년初版, 1974년 復刊).
24 川口久雄「今昔物語集と古本說話集について」(『文學』1955년 4월).

성립에 중요한 기반이 되었다"라고 지적하며,『금석이야기집』의 2화1류二話一類 형식은 소책자 형식의 설초와 비슷한 것을 편집, 배열한 것이라고 추측하고 있다.[25] 확실히 자료 측면에서 보면 천축·진단의 불법부 이야기에 당시의 창도와 관계된 요소가 다수 등장하는 것은 사실이다. 문체적 특징을 보아도 출전과 비교해 어려운 한어는 삭제하거나 쉬운 말로 바꾸었고, 주어·지시대명사·목적어 등이 빈번하게 반복되며, 읽는 경우에도 쉽게 읊을 수 있고 듣는 경우에도 귀에 잘 들어오도록 현장감 넘치는 문체로 되어 있는 등 창도와의 관계를 짐작하게 하는 요소가 있다. 하지만 상기의 문체적 특징은 창도와 무관한 모든 설화에서도 엿볼 수 있는 것이며, 더군다나『금석이야기집』의 편찬 목적을 창도라고 볼 경우, 비불교설화인 세속부를 설명할 수 없다는 것이 가장 큰 문제가 된다. 또한 출전으로부터 옮겨 적은 수법, 예를 들면,『일본영이기日本靈異記』,『삼보회사三寶繪詞』의 이야기 끝에 붙어 있는 출전인 '경전經典'을『금석이야기집』은 삭제하고 있는데, 창도의 장소를 생각한다면 처음부터 붙어 있지 않은 경우는 어쩔 수 없다고 해도, 처음부터 설법의 근거가 되는 경전 부분을 삭제하는 것은 창도의 편의를 생각하지 않았다는 증거가 되는 것은 아닐까. 오히려 경전의 근거 대신에 독자적인 화말평어話末評語를 집요하게 덧붙이고, 기존 불교설화집을 집대성하여 모든 불교설화집을 망라한『금석이야기집』의 수법을 생각한다면, 창도관련설화가 유입되는 것은 당연한 일로, 그것을 즉각 편찬 의도로 수렴시키는 것은『금석이야기집』의 본질의 일부분에 대한 설명에 지나지 않는다고 판단된다.

한편 다카기 유타카高木豊는『금석이야기집』의 의도가 12세기 전반, 사회

---

25 永井義憲「唱導と說話」(『日本の說話③ 中世 I 』, 東京美術, 1973년).

의 표면에 등장한 다양한 신분·계층의 사람들을 계몽=교화하는 점에 있고, 따라서 각각의 신분에 들어맞는 불교설화와 다양한 등장인물이 나오고 있다,라고 지적한다.[26] 다카키 설説과 거의 동일선상에 있는 것은 와타나베 슈준渡邊守順으로, 와타나베는 "(『금석이야기집』은, [필자주]) 정치·경제·문화·사회의 교양으로서 필요한 지식을 망라하고 있는 것으로 여겨진다. 『금석이야기집』을 읽는 것을 통해, 당시 사회 리더의 자격이 충족되었던 것은 아닌가하는 추측은 타당할 것이리라."라고 '교양제공'에 『금석이야기집』의 편찬 동기를 찾고 있으며, 불교설화에 중점을 두는 다카기 설에 비해 일반적인 계몽적 성격을 강조한다.[27] 한편, 곤노 도루今野達는 편자編者를 다방면의 전적典籍, 종이와 먹을 비교적 쉽게 손에 넣을 수 있었던 대사원의 서기승書記僧과 같은 하급승으로 추측하면서, 그의 '소한消閑(한가로움을 달램)'에 편찬 동기가 있었다고 하고,[28] 이마나리 겐쇼今成元昭는 『금석이야기집』은 "인간으로서의 바람직한 생태生態와 갖추어야 할 지혜를 단적으로 설명하고자 한 것이다."라고 지적하고 있다.[29] 이상의 견해를 지식·교양·갖추고 있어야 할 지혜 등의 말에 초점을 맞추면 『금석이야기집』의 편찬 배경을, "원정기의 지식의 심화와 확대에 따라서, 서적에 있어서의 기존의 유취類聚의 틀의 유효성이 상실되고, 필연적으로 편찬이라고 불러야 할 양적 집성으로 향하게 된다."라는 시점[30]이나, 『20권본 유종가합類從歌合』, 『중우기부류지배한시집中右記部類紙背漢詩集』, 『조야군재朝野群載』, 『유종명의초類從名義抄』, 『유종고집類從古集』, 『유종잡요집類從雜要集』 등과 같이 "원정기의 유종類從 문화적 기운

26　高木豊 『平安時代法華佛敎史硏究』(平樂寺書店, 1973년).
27　渡邊守順 「『今昔物語集』の天台」(『說話文學の叡山佛敎』, 和泉書院, 1996년).
28　今野達 「今昔物語集の作者を廻って」(『國語と國文學』, 1958년 2월).
29　今成元昭 「今昔物語集の不成立をめぐって」(『說話文學硏究 十二號』, 1977년 6월).
30　大隅和雄 「古代末期における價値觀の變動」(『北海道大學文學部紀要』, 1968년 2월).

에 의한 유종작품類從作品의 빈출頻出" "대규모적인 지적집성知的集成"으로 보는 견해와 공감하는 부분이 있다. 분명히 전대를 회고·상대화하는 '유종문화' '지적집성'이 원정기에 활발하게 일어나 그 문화적 기운 가운데『금석이야기집』의 편찬이 이루어졌다는 지적은 수긍할 만한 것이며, 그러한 의미에서 교양과 지식을 제공하는 측면도 있었을 것이다.

다음은 삼국불법전래관에 기반하고 있는 삼국구성 등을 중요하게 생각하는 설로서 예를 들면, 구로베 미치요시黑部通善는『금석이야기집』은 불교설화가 중심이라고 지적하면서도, 그 의도에 관해서는 "인도로부터 시작된 불법부가 인도·중국·일본의 삼국, 다시 말해 전 세계로 유포, 융성해 간 양상을 드러내려고 한 것이다."라고 불교의 유포와 융성의 제시라는 측면을 강조한다.[31] 또『금석이야기집』의 세속부를 "설화적 흥미와 세속적 관심에서 유래하는 다채로운 설화 편집을 보수하는 의욕"에 의한 것으로 지적하는 곤노 도루今野達는 "『금석이야기집』의 편자는『우지 대납언 이야기宇治大納言物語』를 높이 평가하여 그 내용에 대단한 공감과 매력을 느끼면서도, 이 책이 편찬적 설화집으로서, 불교를 기축으로 한 전체적 통일과 조직적인 유종類從을 찾아볼 수 없는 점에 강한 불만을 느꼈다. 그 결과, 그는『우지 대납언 이야기』를 지양하고 새롭게 불교를 주제로 하는 조직적인 설화집을 창조하고자 하는 의욕이 불타올랐다. 그래서 먼저『우지 대납언 이야기』를 전면적으로 해체하고, 그것에 수록된 이야기의 태반을 채택하면서도 새롭게 그 몇 배에 달하는 설화군을 삼국불교설화 중심으로 채집, 불법의 동류東流 과정을 좇아, 삼국불교의 역사적 연혁을 삼보三寶의 존귀·공덕을 가장 중요한 것으로 풀어내는 것을 지향한 것이리라."라고 지적한다.[32] 한편, 이케가미

---

31 黑部通善「今昔物語集における佛傳說話」(『日本佛傳文學の硏究』, 和泉書院, 1989년).
32 今野達『日本古典文學全集 今昔物語集①』解說 (小學館, 1971년).

준이치池上洵一도 편자 자신은 아마도 불법 세계에 적을 두고 있을 것이라고 지적하면서, 천축·진단의 양부兩部에 있어서의 불교설화의 양적 우세, 천축의 불법사(=석존전釋尊傳)로 시작하여 진단·본조에 걸친 불법의 전래의 삼국구성과 관련지어 "(천축·진단·본조, [필자주]) 각부 모두 불교 설화가 있고, 그 뒤에 세속설화가 위치한다. 그 비율은 본조부에서 거의 1대 1이지만 천축·진단부에서는 4대 1이며, 『금석이야기집』 전체를 보아도 불교설화가 65퍼센트 이상을 차지한다. 설화의 배치와 설화의 숫자에서 보면 『금석이야기집』의 주축을 이루는 것은 불교설화로서, 『금석이야기집』의 편찬목적이 첫째로는 불교설화의 집성에 있었음은 의심할 바가 없다. 이러한 사실은 『금석이야기집』이 천축·진단·본조의 삼부구성을 취하고 있다는 사실이 명백하게 이야기하고 있다. …삼국설화를 집성한다는 발상 그 자체가 불교설화의 집성을 의도함이 아니고서는 생겨날 수 없었던 것이다."라고, '불교설화의 집성'을 가장 중요한 의도로 보고 있다.[33]

두 사람의 이해 방식은 아마도 각 측면에 있어서 합당하다고 할 수 있지만, 3절에서 언급한 바와 같이 자료의 제약에도 불구하고 천축부의 권5, 진단부의 권10의 비불교설화가 설정되었고, 비교적 자료 입수가 쉬웠던 본조부에서는 불법부·세속부의 권수가 균등하게 배분되었으며, 애시당초 불교의 삼국전래관은 당시에 일반적으로 인식되는 전 세계였다는 점을 고려해야 할 것이다.

필자는 편찬 의도를 생각하는 데 있어 중요하게 고려해야 할 요소로서 '망라성網羅性' '구성(체계화)' '불법왕법상의이념' '왕권을 구심력으로 하는 질서의식'에 주목한다.

33 池上洵一 「『今昔物語集』の展望」(『今昔物語集の世界』, 筑摩書房, 1983년).

『금석이야기집』은 주지하는 바와 같이『금석이야기집』이전의 설화, 예를 들면, 영험설화靈驗說話(법화경法華經, 지장경地藏經 등의 여러 경전, 제불영험담諸佛靈驗譚 및 인과응보담因果應報譚, 왕생담往生譚 등), 괴이설화怪異說話, 유식有識과 고실故實, 교양지식에 관한 설화, 우타 모노가타리歌物語 등의 흐름을 집대성하고 있다. 하지만『금석이야기집』을 단순히 전대 설화의 집대성으로만 이해할 수는 없다. 왜냐하면『금석이야기집』의 편자는 전대의 작품을 충실하게 옮겨 적는 수법만을 취한 것이 아니라, 주요 출전 외에 유명 혹은 이름 없는 다양한 책을 망라하여 출전이 된 전대의 설화집보다 양적으로 한층더 많은 관련설화를 수집하여 적극적으로 수록하고 있기 때문이다. 예를 들면 불법부에서는 중앙·지방의 지역차와 신분의 귀천을 따지지 않고 도읍의 시정市井과 지방의 다양한 신분의 사람들의 신앙을 생생히 묘사하고 있는 것이다. 한편, 세속〈왕법〉부에 있어서도 특히 권26 이후의 경우 '숙보宿報' '영귀靈鬼' '소화笑話' '악행惡行' 등의 사상事象은『금석이야기집』에 이르러처음으로 본격적으로 집성된 테마로서, 공간적으로는 중앙과 지방을 불문하고 천황, 귀족, 서민, 더 나아가 도적의 군상 등이 생생히 그려져 있다. 이 망라주의적網羅主義的인 의욕은 전대의 설화의 집대성이라기보다 편자가 설화의 집성을 통해서 불법·세속(왕법)에 관한 삼라만상과 그와 관계된 다양한 계층의 사람들 및 지역을 망라하려고 하였다고 적극적으로 평가해야 할것이다. 이상의『금석이야기집』의 특징을 고려한다면 '평속성平俗性' '인간에의 흥미, 호기심' '기존 문학에 참가할 수 없었던 편자'에『금석이야기집』의편찬 동기와 의도를 찾는 것은 사실의 일면에 지나지 않는 것은 아닌가 하는 의문이 생긴다. 나아가 한가로움을 달래기 위해 써서 모은 것(곤노 설說)이라고 한다면, 그 양적 방대함, 표현 레벨에서 보이는 사건에 대한 편자의집요하기까지 한 설명과 해설, 무엇보다도 단순한 호기심의 영역을 초월한 적극적이고 치밀한 분류는 설명할 수 없는 것이다. 망라한다는 행위 그 자체가 세계에 대한 의미 부여이기도 하지만,『금석이야기집』의 편자는 망라된 설화를 한층 더 일정 기준에 따라 체계화하는 것을 통해 세계에 질서를 부여하고자 했던 것이다.

그런데 추가적으로 무엇이 체계화(구성)의 기준이 되었는지에 대해서까지 이야기하지 않으면『금석이야기집』의 편찬 의도는 보이지 않을 것이다. 요시에 아키오義江彰夫는 원정기라는 변혁기는 아직 새로운 체제질서가 발견되지 않은 단계로, 그것을 모색하는 일환으로서 온갖 설화를 유취類聚하고, 새롭게 일어나고 있는 세계와 가치관을 총체적이고 체계적으로 파악함으로써 "기존의 전통과 질서의 틀에서 벗어난 다양한 방향과 가치를 포함한 현실의 세계를 포섭하려고 한다."라고,『금석이야기집』의 편찬 의도를 설명한다. 새로운 체제질서가 발견되지 않은 단계라면 역시 기존의 질서를 용인하고 확인하는 방법을 취하는 것이 자연스러우며, 그러한 의미로서『금석이야기집』이 체계화의 근거로 삼은 질서원리는 고미네 가즈아키小峯和明가 말하는 불법왕법상의이념 이외에는 있을 수 없는 것이다.

나아가 주목해야 할 것은, 구성의 근간이라고도 할 수 있는 '불법사' '왕조사'에 있어서, '지금今'의 현실에 대한 인식과 불일치가 있음에도 불구하고, 국가불교의 '불법융성', 후지와라 가문과 무사, 직능의 체계적 정점에 서 있는 '공公'의 번영이 각 권에서 선언되고 있으며, 각각 이상적인 세계가 그려져 있다는 사실이다.『금석이야기집』의 이러한 구성이야말로 불안정한 현실에 대한 질서회복의 갈망이, 포괄적으로는 전통적인 신분질서와 가치관 —이전의 구체제의 기수에 의해 유지되어 왔던—의 유동화流動化와 붕괴로 인해 일어난 사회적 사상事象과 군상에 대한 응시·체계화를 촉진하고, 구체적으로는 '불법사'에 있어서의 사회불안과 정국의 파탄을 초래한 말법관과 사원 간의 대립, 갈등을 없애고, '왕법사'에 있어서의 섭정정치에 대한 왕권으로의 수렴, 새롭게 대두한 무사의 수렴, '공公'을 정점으로 하는 제도諸道의 체계화를 통해 구체적으로 체현된 것이다. 그리고 여기서 간과해서는 안 되는 것은 이상의 불법부, 〈왕법〉부의 구성을 떠받치고, 각 권문(중앙귀족, 사원, 무사 등)과 모든 신분의 사람들, 모든 사상事象(화제)의 정점에 서며, 질서의 구심력이 되어 있는 것이 왕권이라는 점이다. 〈왕법〉부에 있어서는 당연하겠지만, 본조 불법부도 '국가=왕권=공'에 의한 전 불법세계의 질서유지에 대한 갈망을 기반으로 하여 구상되었다고 볼 수 있다. 불법왕법상의이념이 이야기하는 것처럼 불교와 국가체제는 운명공동체라는 인식이 정착되어 가는 가운데 종파(사원) 간의 균열이 심각하면 심각할수록, 체제의 위기의식이 심각해지면 심각해질수록, 왕권을 정점으로 하는 통합과 질서회복에 대한 갈망은 절실해지는 법이다.

5. 끝으로

이상 『금석이야기집』의 구성과 불법왕법상의이념과의 관계에 관해서는 소위 세속부는 〈왕법〉부로 정의했을 때 비로소 『금석이야기집』의 본질에 다가갈 수 있다고 판단되므로 불법왕법상의이념의 적용은 타당한 견해라고 지적했다. 또한 편찬 의도에 관해서는 『금석이야기집』은 원정기라는 시대의 질곡에서 탈출하기 위해서 수많은 설화를 망라하여 모든 신흥세계와 군상, 그리고 다극화된 가치관을 체계화하고자 시도했다는 사실, 그 체계화는 기존의 질서원리였던 불법왕법상의이념에 의해 구체화되었다는 사실, 나아가 그 체계의 정점에서 질서회복의 원동력이 되었던 것은 왕권 이외에 있을 수 없었다는 사실 등을 지적했다.

　마지막으로『금석이야기집』에 있어서 '불법'과 '왕법' 가운데, 어느 쪽이 우위에 서는가라는 문제에까지 나아가지 않으면 안 된다면, 적어도 본조부에 한정해서는 아래와 같이 판단할 수 있다. 필자는 '불법사'가 불법부의 근간을 이루고, 영험담·인과응보담이 그것을 보완하고 있는 점, 한편 〈왕조〉부의 근간이라고 할 수 있는 권21에서 권25까지에는 불법과의 관련이 거의 나타나지 않는다는 점, 나아가 권26 이후의 각 권의 의의 등을 고려한다면, 오히려 〈왕조〉부 쪽이 구성 레벨에서 우위라고 판단하는 것이 타당하지 않은가 생각한다. 기존의 연구처럼 불법(부)를 중심에 두고 그 주변으로서 〈왕법〉부를 해석하는 것에 대해 그 반대의 관점도 가능하지 않은가 하는 점을, 하나의 시론試論으로서 제시하고 싶다. 단 이 주장은 어디까지나 천축부, 진단부를 포함하지 않는 본조부에 한정된 것임을 밝혀 둔다.

참고문헌

〔일러두기〕

1. 참고문헌【Ⅰ】은 小峯和明 編『今昔物語集を學ぶ人のために』에 수록된 연구문헌목록 (鈴木彰 作成)을 거의 그대로 게재한 것이다.

2. 참고문헌【Ⅱ】는 李市埈『『今昔物語集』本朝部의 硏究』에 수록된 인용문헌을 그대로 게 재한 것이다.

3. 참고문헌【Ⅲ】은 국내에서 간행된 서적을 정리한 것이다.

4. 한자표기의 경우 가급적 일본식 한자를 한국에서 일반적으로 통용하는 글자로 변환시켜 표기하였다.

【Ⅰ】

一. 本文 · 注釋

『今昔物語集』一~五(日本古典文學大系) 山田孝雄 · 山田忠雄 · 山田英雄 · 山田俊雄 校注 1959 · 3~1963 · 3 岩波書店

『今昔物語』一~十(東洋文庫) 永積安明 · 池上洵一 譯 1966 · 12~1980 · 8 平凡社

『今昔物語集』一~四(日本古典文學全集) 馬淵和夫 · 國東文麿 · 今野達 校注譯 1971 · 7~1974 · 7 小學館

『今昔物語集』一~五(新潮日本古典集成) 阪倉篤義 · 本田義憲 · 川端善明 校注 1978 · 1~1984 · 5 新潮社

『今昔物語集全譯注』(一)~(九)(講談社學術文庫) 國東文麿 校注 1979 · 1~1984 · 2 講 談社『今昔物語集』一~四(完譯日本の古典) 馬淵和夫 · 國東文麿 · 今野達 譯注 1986 · 1~1988 · 7 小學館

『今昔物語集』上 · 下(日本の文學 古典編) 小峯和明 · 森正人 譯注 1987 · 7 ほるぷ出版

『今昔物語集讀解』1~6 松尾拾 1990 · 10~1999 · 5 笠間書院

『今昔物語集』一~五(新日本古典文學大系) 池上洵一 · 小峯和明 · 今野達 · 森正人 校注 1993 · 5~1999 · 7 岩波書店

『鈴鹿本今昔物語集–影印と考證–』(上 · 下卷) 安田章 編 1997 · 5 京都大學學術出版會

『今昔物語集』本朝部上中下, 天竺 · 震旦部(岩波文庫) 2001 · 5~11 岩波書店

WWW版「今昔物語集」(鈴鹿家舊藏) 東都大學電子圖書館貴重資料画像

http://ddb.libnet.kulib.kyoto-u.ac.jp/exhibit/konjaku/index.html

二. 索引

『増補改訂日本說話文學索引』境田四郎・和田克司 増補改訂 1974・9 清文堂出版

『今昔物語集文節索引』卷一～卷三十一 馬淵和夫 監修 1976・2~1981・8 笠間書院

『今昔物語集人名人物總索引―天竺・震旦・本朝 平安時代政治經濟社會思想史資料』

　　彥由一太 監修 金澤正大・彥由三枝子・小山田和夫 編 1976 政治經濟史學會

『今昔物語集自立語索引』馬淵和夫 監修 1982・2 笠間書院

『今昔物語集漢字索引』馬淵和夫 監修 1984・1 笠間書院

『今昔物語集地名索引』國東文麿 監修 今昔の會 編 1989・1 笠間書院

『今昔物語集索引』小峯和明 編(新日本古典文學大系) 2001・4 岩波書店

三. 研究書・入門書

『攷證今昔物語集』天竺震旦部・本朝部上・下 芳賀矢一 1913・6~1921・4 冨山房〈復

　　刊〉1960・3

『今昔物語集の新研究』坂井衡平 1923・3 誠之堂書店〈復刊〉1925・4

『說話文學と繪卷』益田勝實 1960・2 三一書房

『今昔物語集の研究』上・下 片寄正義 1974・4 藝林舍

『今昔物語集論』片寄正義 1944・3 三省堂〈復刊〉1974・2 藝林舍

『今昔物語集成立考』國東文麿 1962・5〈增補版〉1978・5 早稻田大學出版部

『今昔物語集の語法の研究』櫻井光昭 1966・3 明治書院

『今昔物語集の文體の研究』松尾拾 1967・11 明治書院

『今昔物語―若い人への古典案内―』(現代敎養文庫) 西尾光一 1970・10 社會思想社

『今昔物語集』(日本文學研究資料叢書) 日本文學研究資料刊行會 編 有精堂 1970・3

『日本の說話2 古代』神田秀夫・國東文麿 1973・10 東京美術

『今昔物語集の鑑賞と批評』長野嘗一 1978・4 明治書院

『今昔物語集―說話文學の世界―』第一集 說話と文學研究會論 1978・5 笠間書院

『今昔物語集語法考』岩井良雄 1978・9 笠間書院

『今昔物語』(圖說日本の古典) 梅津次郎・國東文麿・村井康彦 編 1979・10 集英社

『今昔物語集論考』(長野嘗一 著作集 第一卷) 長野嘗一 1979・12 笠間書院

『今昔物語集の世界』(敎育社歷史選書) 坂口勉 1980・2 敎育社

『今昔物語集注文の研究−用語の類義關係の研究に基いて−』松尾拾 1982・5 櫻楓社

『今昔物語集』(古典を讀む) 中野孝次 1983・4〈再刊〉1996・4 岩波書店

『『今昔物語集』の世界−中世のあけぼの−』池上洵一 1983・8 筑摩書房〈新版〉1999・3 以文社

『今昔物語と醫術と呪術』槇佐知子 1984・12 築地書館

『今昔物語集の形成と構造』小峯和明 1985・11〈補訂版〉1993・5 笠間書院

『今昔物語集作者考』國東文麿 1985・12 武藏野書院

『今昔物語集の生成』森正人 1986・2 和泉書院

『今昔物語集と宇治拾遺物語 說話と文體』(日本文學研究資料新集) 小峯和明 編 1986・7 有精堂

『講座平安文學論究』第四輯 平安文學論究會 編 1987・6 風間書房

『今昔物語集・宇治拾遺物語必携』(別冊國文學) 三木紀人 編 1988・1 學燈社

『今昔物語集』(日本文學研究大成) 池上洵一 編 1990・11 國書刊行會

『今昔物語集・宇治拾遺物語』(新潮古典文學アルバム) 小峯和明 編 1991・1 新潮社

『今昔物語集震旦部考』宮田尙 1992・6 勉誠出版

『平安朝"元氣印"列傳−『今昔物語』の女たち−』(丸善ライブラリー) 山口仲美 1992・12 丸善

『今昔物語集の世界構想』前田雅之 1999・10 笠間書院

『今昔物語集の表現と背景』中根千繪 2000・1 三弥井書店

『今昔物語集の文章研究−書きとめられた「ものがたり」−』山口康子 2000・3 おうふう

『池上洵一 著作集 第一卷 今昔物語集の研究』池上洵一 2001・1 和泉書院

『今昔物語集の世界』(ジュニア新書) 小峯和明 2002・8 岩波書店

『今昔物語集を學ぶ人のために』小峯和明 編 2003・1 世界思想社

『今昔物語集の表現形成』藤井俊博 2003・10 和泉書院

『今昔物語集僻說』佐藤辰雄 2004・3 こうち書房

『今昔物語集の人．平安京篇』中村修也 2004・11 思文閣出版

『今昔物語集南都成立と唯識學』原田信之 2005・2 勉誠出版

『『今昔物語集』本朝部の研究：その構成と論理を中心に』李市埈 2005・12 大河書房

『今昔物語集を讀む』小峯和明 2008・12 吉川弘文館

『說話集の構想と意匠−今昔物語集の成立と前後』荒木浩 2012 勉誠出版

四. 雜誌特集

『文學』12−4(今昔物語集) 1955・4 岩波書店

『國文學解釋と鑑賞』24−7(第一特集 今昔物語集の新しい研究と展望) 1959・5 至文堂

『說話文學研究』12(シンポジウム『今昔物語集』の成立をめぐって」收錄) 1977・6 說話文學會

『國語展望』別冊26 古文研究シリーズ9(今昔物語集) 1979・5 尙學圖書

『佛敎文學』7(シンポジウム『今昔物語集』の構造をめぐって」收錄) 1983・3 佛敎文學會

『國文學 解釋と敎材の研究』29−9(今昔物語集と宇治拾遺物語−說話のコスモロジー)

 1984・7 學燈社

『國文學解釋と鑑賞』49−11(說話文學の世界) 1984・9 至文堂

『今昔研究年報』同刊行會 編 1987・1~1996・5 笠間書院

『說話文學研究』29(小特集 今昔物語集) 1994・6 說話文學會

『佛敎文學』23(シンポジウム『鈴鹿本今昔物語集から」收錄) 1999・3 佛敎文學會

【Ⅱ】

○安達直哉「法親王の政治的意義」(『莊園制社會と身分構造』, 校倉書房, 80年)

○阿部秋生「『大鏡』覚書(一)」(『文學』, 87年10月)

○阿部泰郎「笑いにおける藝能の生成」(『日本の美學 笑い』, ぺりかん社, 93年)

○井口久美子「說話文學における笑話」(『立敎大學 日本文學』, 76年2月)

○池上洵一「往生傳の系譜と今昔物語集卷十五(上)」(『日本文學』, 63年11月)

 「今昔物語集の方法−原話と『今昔』とを分けるもの−」(『日本の說話③』, 東京美術, 73年)

 「今昔物語集の成立について」(『說話文學研究』, 77年6月)

 「『今昔物語集』への招待」「『今昔物語集』の展望」(『今昔物語集の世界』, 筑摩書房, 83年)

 「今昔物語集の精神世界」(『日本學』, 83年5月)

 「金澤文庫本『佛敎說話集』の說話」(『國文論叢 十二號』, 85年3月)

 「今昔物語集の方法と構造−卷二五〈兵〉說話の位置−」(『日本文學講座③ 神話・說話』(大修

 館書店, 87年)

○池田尙隆「歷史敍述としての物語」(『岩波講座 日本文學史③』, 岩波書店, 96年)

○石井進「12~13世紀の日本」(『岩波講座 日本通史⑦』, 岩波書店, 93年)

○石田勝彦「大日本國法華經驗記から今昔物語集への變貌」(『國文學踏査』, 83年9月)

○出雲路修「三寶繪の編纂」「今昔物語集の編纂」(『說話集の世界』, 岩波書店, 88年)

○稻垣泰一「今昔物語集の〈鬼〉の樣相」(『金城國文 五九號』, 83年3月)

○井上滿郎「檢非違使の成立」(『平安時代の軍事制度の研究』, 吉川弘文館, 80年)

○井上光貞『新訂日本淨土教成立史の研究』(山川出版社, 89年, 初版56年)

　『日本古代の國家と佛教』(岩波書店, 71年)

　『日本思想大系 往生傳・法華驗記』(岩波書店, 74年)の「文獻解題」

　「南都六宗の成立」(『日本佛教史論集② 南都六宗』, 吉川弘文館, 85年)

○今成元昭「『今昔物語集』の不成立をめぐって」(『說話文學研究 十二號』, 77年6月)

○岩田諦靜「法相教學と文學－ことに『今昔物語集』に關して－」(『佛教文學の構想』, 新典社, 96年)

○海老名尚「『僧網』小考－中世僧網制に關する一試論－」(『學習院史學 二七號』, 89年3月)

○追塩千尋「西大寺の變遷と叡尊」(『中世の南都佛教』, 吉川弘文館, 95年)

　「『今昔物語集』と南都佛教」(『日本宗教文化史研究』, 97年11月)

○大島建彦「民間說話の系譜」(『日本の說話④』, 東京美術, 74年)

○大隅和雄「古代末期における價値觀の變動」(『北海道大學文學部紀要十六・1』, 68年2月)

○岡田重精『斎忌の世界－その機構と變容－』(國書刊行會, 89年)

○梶原正昭「高野山往生傳(往生傳類解題)」(『往生傳の研究』, 新讀書社, 68年)

　「將門記」(『解釋と鑑賞』, 98年12月)

○數江敎一「公卿日記に現れる末法意識」(『日本の末法思想』, 弘文堂, 61年)

○片寄正義『今昔物語集の研究 上卷』(藝林社, 43年初版, 74年復刊)

○勝野隆信『僧兵』(至文堂, 55年)

○加藤靜子『新編日本古典文學全集 大鏡』(小學館, 96年)の「解說」

○加藤正雄「中央と地方との說話的交涉－今昔物語本朝の部を中心に－」(『國語と國文學』, 25年8月)

○加納重文「『大鏡』の歷史意識」(『王朝歷史物語の世界』, 吉川弘文館, 91年)

○鎌田茂雄「南都敎學の思想史的意義」(『日本思想大系 鎌倉舊佛教』, 岩波書店, 71年)

○川口久雄「今昔物語集と古本說話集について」(『文學』, 55年4月)

　「日本說話文學と外國文學とのかかわり」(『解釋と鑑賞』, 65年2月)

○菊池大樹「王法佛法」(『日本の佛教⑥』, 法藏館, 96年)

○北山茂夫『藤原道長』(岩波書店, 70年)

○國東文麿「今昔物語集の撰述意圖と撰者」「『今昔』卷十一～卷十七の組織と三寶感應要

略錄」「今昔物語集卷一~卷五の組織」「今昔物語集佛法部組織および卷八」「今昔物語集
世俗部の組織」「今昔物語集と大鏡の關係」(『今昔物語集成立考[增補版]』, 早稻田大學出版部,
62年初版, 78年增補版)

『今昔物語集作者考』(武藏野書院, 85年)

○ 久保田收『八坂神社の研究』(臨川書店, 74年)

○ 倉本一宏『『榮華物語』における「後見」について」(『榮華物語研究 第二集』, 高科書店, 88年)

「簾中抄」(『國史大辭書』, 吉川弘文館, 93年)

○ 黑田紘一郎「今昔物語にあらわれた都市」(『日本史研究』, 76年2月)

○ 黑田俊雄「中世における顯密體勢の展開」(『日本中世の國家と佛教』, 岩波書店, 75年)

『王法と佛法－中世史の構圖－』(法藏館, 83年)

○ 黑部通善「今昔物語集卷十一・十二考－その構成について－」(『名古屋大學國語國文學
一六號』, 65年2月)

「今昔物語集における佛傳說話」(『日本佛傳文學の研究』, 和泉書院, 89年)

○ 小峯和明「〈シンボジウム〉今昔物語集の構造をめぐって」(『佛教文學』, 83年3月)

「今昔・宇治成立論の現在」(『國文學』, 84年7月)

「天竺部の組織」「本朝佛法部の組織」「本朝〈王法〉部の組織」「末法の認識」「都京と邊境」
「愛欲ノ心」と性表現」(『今昔物語集の形成と構造』, 笠間書院, 85年)

「因果・転生」(『國文學』, 88年1月)

「天竺から來た天狗」「怨霊から愛の亡者へ」「女盗人二題目」(『說話の森』, 大修館書店, 91年)

「澄憲斷章(上)(下)」(『春秋』, 91年4・5月)

「中世笑話の位相－『今昔物語集』前後－」(『日本の美學 笑い』, ぺりかん社, 93年)

『新日本古典文學大系 今昔物語集④』(岩波書店, 94年)の「解說(今昔物語集の誕生と未成)」

「異界・悪鬼との交差－『今昔物語集』を中心に－」(『國文學』, 95年10月)

○ 五味文彦「院政期という時代」(『解釋と鑑賞』, 88年3月)

「王法と佛法」(『別冊佛教』, 法藏館, 89年)

『殺生と信仰』(角川選書, 97年)

○ 今野達「今昔物語集の作者を廻って」(『國語と國文學』, 58年2月)

「今昔物語集の成立に關する諸問題」(『解釋と鑑賞』, 63年1月)

『日本古典文學全集 今昔物語集①』(小學館, 71年)「解說」

「今昔の本文欠話臆斷－内容の推定が示唆するものー」(『專修國文』, 72年1月)

○ 斎藤昭俊, 成瀬良德『日本佛教宗派辭典』(新人物往來社, 88年)

○酒井憲二「伴信友の鈴鹿本今昔物語集研究に導かれて」(『國語國文』, 75年10月)

「再び伴信友に導かれて今昔物語集成立について考える」(『國語國文』, 82年9月)

○坂井衡平『増訂 今昔物語集の新研究』(誠之堂, 初版22年, 増訂版25年)

○佐木みよ子「庶民話藝におけるグロテスク-『今昔物語集』の笑話と落語-」(『津田塾大學

紀要十四・一』, 82年3月)

○佐藤勢紀子「中古物語文藝における宿世思想の展開-「宿世の文脈」を手がかりとして

-」(『日本思想史研究』, 80年3月)

○佐藤辰雄「今昔物語集本朝部の構想と相剋」(『說話文學研究』, 91年6月)

○佐藤弘夫『日本中世の國家と佛教』(吉川弘文館, 87年)

○篠原昭二『鑑賞日本の古典 今昔物語集・梁塵秘抄・閑吟集』(尚學圖書, 80年)「解說」

「反王朝文學として-滑稽と卑俗-」(『國文學』, 84年7月)

○鈴木則郎「陸奧話記-鎭定者の理論-」(『解釋と鑑賞』, 88年12月)

○關敬吾『日本昔話集成 本格昔話①』(角川書店, 53年)

○關幸彦『說話の語る日本の中世』(そしえて, 92年)

○關山和夫『說敎の歷史-佛敎と話藝-』(白水社, 92年)

○平雅行「末法・末代觀の歷史的意義」「中世佛敎の成立と展開」(『日本中世の社會と佛敎』,

塙書房, 92年)

○高木豊『平安時代法華佛敎史研究』(平樂寺書店, 73年)

○高橋富雄『德一と最澄』(中公新書, 90年)

○高橋貢「今昔物語集選者考」(『日本文學研究 十二號』, 76年11月)

「今昔物語集成立の背景をさぐる」「地藏菩薩靈驗記(今昔物語集卷十七を含む)成立の一背

景」(『中古說話文學研究序說』, 櫻楓社, 74年)

○田口和夫「今昔物語集『鈴鹿本』興福寺內書寫のこと」(『說話 六號』, 78年6月)

○竹内理三「王朝のヒューマンコメディー」(『日本文學の歷史④』, 角川書店, 67年)

○田中貴子「都市の光と闇-『今昔物語集』を中心に-」(『國文學』, 95年10月)

○田中久夫「地藏信仰の傳播者の問題-『沙石集』『今昔物語集』の世界-」(『日本民俗學』, 72

年7月)

○田中文英「後白河院政期の政治權力と權門寺院」(『日本史研究』, 83年6月)

○玉井力「院政支配と貴族官人層」(『日本の社會史③』, 岩波書店, 87年)

○田村圓澄『宗の傳來』『飛鳥・白鳳佛敎史 下』(吉川弘文館, 94年)

『圖說日本佛敎の歷史 飛鳥・奈良時代』(佼成出版社, 96年)

○知切光歳『天狗考』(濤書房株式會社, 73年)

○辻善之助「僧兵の起源」(『日本佛教史研究 第三卷』, 岩波書店, 84年)

○戸田芳實『日本領主制成立史の研究』(岩波書店, 72年)

　「檢非違使の記錄」(『日記・記錄による日本歷史叢書 中右記』, そしえて, 79年)

○仲井克己「『三寶繪』と『法華經』」(『解釋と鑑賞』, 96年12月)

○永井義憲「唱導と說話」(『日本の說話③ 中世I』, 東京美術, 73年)

○中田祝夫『新編日本古典文學全集 日本靈異記』(小學館, 95年)の「解說」

○中村史「『日本靈異記』觀音說話と法會唱導」(『日本靈異記と唱導』, 三弥井書店, 95年)

○永積安明「今昔物語集の課題」(『中世文學の展望』, 東京大學出版會, 56年)

○長野甞一「今昔物語への道」(『日本文學の歷史④』, 角川書店, 67年)

○西尾光一「宗敎文學としての今昔物語集」(『日本古典文學大系 第二四卷付錄月報』, 岩波書
　店, 61年3月)

　「今昔物語集における說話的発想」「今昔物語集における盜賊の物語」(『中世說話文學論』,
　塙書房, 63年)

○野口博久「今昔物語集」(『日本文學と佛敎② 因果』, 岩波書店, 94年)

○橋木義彦「藤原道長とその一門」「院政の成立と展開」(『平安の宮廷と貴族』, 吉川弘文館, 96
　年)

○馬場あき子「盜賊」(『國文學』, 72年9月)

○林陸朗『古代末期の反亂』(敎育社, 77年)

　「將門記解說」(『將門記』, 現代思潮社, 82年)

○速水侑『觀音信仰』(塙選書, 70年)

　『地藏信仰』(塙新書, 75年)

　『平安貴族社會と佛敎』(吉川弘文館, 75年)

　「院政基の淨土信仰」(『淨土信仰論』, 雄山閣, 78年)

　「院政期の佛敎と末法思想」(『院政期の佛敎』, 吉川弘文館, 98年)

○原田信之「『今昔物語集』天竺部佛傳說話の意味するもの－法相宗三時敎との關係－」
　(『論究日本文學』, 92年12月)

　「『今昔物語集』天竺部の年代分布－「佛後」「佛前」の意味するもの－」(『佛敎文學』, 93年12月)

　「『今昔物語集』における「今昔」の意味－法相宗敎理との關係－」(『語源研究』, 93年12月)

　「『今昔物語集』の「佛法」と「世俗」－法相宗四重二諦との關係－」(『說話文學研究』, 94年6月)

　「說話集の方法－今昔物語集を中心に－」(『講座日本の傳承文學④ 散文文學〈說話〉の世界』, 三

弥井書店, 96年）

○播摩光壽「『今昔物語集』の三國往來説話−三國意識の展開をさぐる−」『佛教文學の構成』,
新典社, 96年）

○平岡定海『日本寺院史の研究』(吉川弘文館, 81年)

○平田俊春「大鏡と今昔物語との關係を論じて再び大鏡の著作年代に及ぶ」『國語と國文
學』, 37年11月)

『僧兵と武士』(日本教文社, 65年)

○平林盛得『人物叢書 良源』(吉川弘文館, 76年)

○廣田徹「『今昔物語集』にみる兵の糸譜−特に卷二十五を中心に−」『國學院雜誌』, 69年3月)

○福永進「系譜と逸話−大鏡の歴史敍述−」『大學』, 87年10月)

○堀池春峰「南部六宗」『國史大辭典』, 吉川弘文館, 89年)

○前田雅之「今昔物語集本朝佛法來史の歴史敍述−三國意識と自國意識−」『國文學研究』,
84年3月)

「今昔物語集本朝佛法史の認識−寺院建立話群をめぐって−」『日本文學』, 85年7月)

「今昔物語集の〈佛法〉と〈王法〉−その固有性をめぐって−」『日本文學』, 86年4月)

「今昔物語集」『解釋と鑑賞』, 86年9月)

「非在と現前の迫で−古今著聞集における京−」『日本文學』, 93年7月)

「今昔物語集の普遍性と個別性−基礎的考察と卷三十・三十一付雜事−」『説話文學研究
二九號』, 94年6月)

「『今昔物語集』と《佛》−《佛》と〈佛法〉の間−」『佛教文學の構想』, 新典社, 96年)

○益田勝實「貴族社會の説話と説話文學」『解釋と鑑賞』, 65年2月)

「院政期文學の世界」『解釋と鑑賞』, 88年3月)

○松尾拾「今昔物語集の注文について−卷二八の物云説話の性格−」『大妻國文』, 72年3月)

「茨田の重方の話−今昔物語集卷二八第一話について−」『日本大學國文學語文』, 72年3月)

『今昔物語集讀解②』(笠間書院, 94年)

○真鍋廣濟「今昔物語と地蔵菩薩霊驗記」『文學語學』, 58年3月)

○松本治久『大鏡の構成』(櫻楓社, 69年)

「大鏡は道長の榮華をどのように捉えているか」『大鏡の主題と構想』, 笠間書院, 79年)

○三角洋一「平安貴族の法華三大部受容」『解釋と鑑賞』, 96年12月)

「話型」『源氏物語と天台淨土教』, 若草書房, 96年)

○宮崎榮雅「平安時代に於ける佛教の地方普及について」『大正大學學報』, 31年11月)

○宮田尙「『霊異記』のひずみ－信念の陥穽－」(『佛教文學の構想』, 新典社, 96年)

○村井康彦「王朝の惡役」(『國文學』, 72年9月)

○元木泰雄『院政期政治史研究』(思文閣出版, 96年)

○森正人「承平天慶の亂と今昔物語集」(『國文字』, 76年9月)

「今昔物語集」(『解釋と鑑賞』, 81年8月)

『今昔物語集の生成』(和泉書院, 86年)

「古代の說話と說話集」(『說話の講座④ 說話集の世界Ⅰ 古代』, 勉誠社, 92年)

「說話の世界文學構想」(『岩波講座日本文學史③』, 96年)

『新日本古典文學大系 今昔物語集⑤』(岩波書店, 96年) 解說(今昔物語集の編纂と本朝世俗部)

○八木毅『日本霊異記の研究』(風間書房, 76年)

○柳田國男『日本昔話名彙』(日本放送出版協會, 48年)

「烏滸の文學」(『不幸なる藝術・笑いの本願』, 岩波書店, 79年)

○山田英雄「大日本國法華驗記の今昔的屈折(上)」(『國語國文研究 十四號』, 59年10月)

○義江彰夫「國衙支配の展開」(『岩波講座 日本歷史④』, 岩波書店, 76年)

「國衙支配と『兵』の登場」「莊園公領體制と武士団」(『日本歷史大系①』, 山川出版社, 84年)

「歷史學から見た『今昔物語集』」(『鑑賞日本の古典 今昔物語集・梁塵秘抄・閑吟集』, 尙學圖書, 80年)

『歷史の曙から傳統社會の成熟へ』(山川出版社, 86年)

「武門の擡頭」(『日本通史⑤ 古代4』, 岩波書店, 95年)

『神佛習合』(岩波新書, 96年)

「日本中世の王權と民衆」(『未來のなかの中世』, 東京大學出版會, 97年)

○米田雄介「平安時代の文化」(『古文書の語る日本史②』, 筑摩書房, 91年)

○米田悦子「今昔物語集卷十五の方法」(『中古文學 二九號』, 82年5月)

「今昔物語集卷十三に於ける法華經霊驗譚についての一考察」(『平安文學研究』, 82年12月)

「今昔物語集卷十四の法華經霊驗譚についての一考察」(『梅光女學院 日本文學研究』, 83年11月)

○渡邊守順「『今昔物語集』の天台」(『說話文學の叡山佛教』, 和泉書院, 96年)

【 Ⅲ 】

고미네 가즈아키 저, 이시준 역, 『일본 설화문학의 세계』, 소화, 2009

교카이 저, 문명재 · 김경희 · 김영호 역, 『일본국현보선악영이기』, 세창출판사, 2013

쿄오카이 저, 정천구 역, 『일본영이기』, 씨아이알, 2011

문명재, 『금석물어집의 전승방법』, 보고사, 2005

문명재, 『일본 설화문학 연구』, 보고사, 2003

마부치 가즈오馬淵 和夫

1918년 아이치현愛知県 출생. 도쿄문리과대학東京文理科大學 졸업(국어사 전공). 前 쓰쿠바대학筑波大學 교수.

저 서:『日本韻学史の研究』,『悉曇学書選集』,『今昔物語集文節索引・漢字索引』(감수) 외.

구니사키 후미마로国東 文麿

1916년 도쿄 출생. 와세다대학早稲田大學 졸업(일본문학 전공). 前 와세다대학 교수.

저 서:『今昔物語集成立考』,『校注・今昔物語集』,『今昔物語集 1~9』(전권 역주) 외.

이나가키 다이이치稲垣 泰一

1945년 도쿄 출생. 도쿄교육대학東京教育大學 졸업(중고·중세문학 전공). 前 쓰쿠바대학筑波大學 교수.

저 서:『今昔物語集文節索引卷十六』,『考訂今昔物語』,『寺社略縁起類聚 I』외.

한역자 소개

이시준 李市埈

한국외국어대학교 일본어과 및 동 대학원 석사졸업. 도쿄대학 대학원 총합문화연구과 박사(일본설화문학), 현 숭실대학교 일어일문학과 교수. 숭실대학교 동아시아언어문화연구소 소장.

저 서:『今昔物語集 本朝部の研究』(일본).
공편저:『古代中世の資料と文學』(義江彰夫 編, 일본),『漢文文化圈の說話世界』(小峯和明 編, 일본),『東アジアの今昔物語集』(小峯和明 編),『說話から世界をどう解き明かすのか』(說話文學會 編, 일본),『식민지 시기 일본어 조선설화집 기초적 연구 1, 2』.
번 역:『일본불교사』,『일본 설화문학의 세계』,『암흑의 조선』,『조선이야기집과 속담』,『전설의 조선』,『조선동화집』.
편 저:『암흑의 조선』등 식민지 시기 일본어 조선설화집자료 총서.

김태광 金泰光

교토대학 일본어·일본문화연수생(일본문부성 국비유학생), 고베대학 대학원 문학연구과 석사졸업, 동 대학원 문화학연구과 박사(일본설화문학, 한일비교문화), 현 경동대학교 교수.

논 문:「귀토설화의 한일비교 연구 —『三國史記』와『今昔物語集』을 中心으로 — 」,「『今昔物語集』의 耶輸陀羅」,「『今昔物語集』석가출세성도담의 비교연구」,「금석이야기집(今昔物語集)의 본생담 연구」등 다수.
저역서:『한일본생담설화집 "석가여래십지수행기"와 "삼보회"의 비교 연구』,『세계 속의 일본문학』(공저),『삼보에』(번역) 등 다수.

今昔物語集 日本部 九